和而不同，多元之美

北京大学比较文学与比较文化研究所成立40周年纪念文集

北京大学比较文学与比较文化研究所 主编

图书在版编目(CIP)数据

和而不同，多元之美：北京大学比较文学与比较文化研究所成立40周年纪念文集 / 北京大学比较文学与比较文化研究所主编. —— 北京：北京大学出版社，2025.9. —— ISBN 978-7-301-36539-7

Ⅰ.I0-03；G04-53

中国国家版本馆CIP数据核字第2025XH6067号

书　　名	和而不同，多元之美：北京大学比较文学与比较文化研究所成立40周年纪念文集 HE'ERBUTONG, DUOYUANZHIMEI: BEIJING DAXUE BIJIAO WENXUE YU BIJIAO WENHUA YANJIUSUO CHENGLI 40 ZHOUNIAN JINIAN WENJI
著作责任者	北京大学比较文学与比较文化研究所　主编
责任编辑	朱房煦
标准书号	ISBN 978-7-301-36539-7
出版发行	北京大学出版社
地　　址	北京市海淀区成府路205号　100871
网　　址	http://www.pup.cn　新浪微博：@北京大学出版社
电子邮箱	编辑部 pupwaiwen@pup.cn　总编室 zpup@pup.cn
电　　话	邮购部 010-62752015　发行部 010-62750672　编辑部 010-62754382
印 刷 者	北京鑫海金澳胶印有限公司
经 销 者	新华书店
	720毫米×1020毫米　16开本　28.25印张　440千字
	2025年9月第1版　2025年9月第1次印刷
定　　价	138.00元

未经许可，不得以任何方式复制或抄袭本书之部分或全部内容。
版权所有，侵权必究
举报电话：010-62752024　电子邮箱：fd@pup.cn
图书如有印装质量问题，请与出版部联系，电话：010-62756370

Contents 目录

乐黛云
001/ 比较文学发展的第三阶段

严绍璗
012/ 关于文学"变异体"与发生学的思考

［美］Nicholas Koss（康士林）
037/ Presenting China to Early Modern English Readers: The 17th-Century English Translation of Martino Martini's *De bello Tartarico historia*

孟 华
062/ "皮之不存，毛将焉附"——试论国际文学关系研究的地位与作用

车槿山
078/ 我们的历史——巴尔特书写的中国

伍晓明
089/ 人类共同价值的可能性——从中国传统出发的探讨

陈跃红
121/ 变革与创新：人工智能的迭代发展与人文学科的未来

张京媛
145/ 第三世界批评：民族·种族·性别

丁尔苏
156/ 中国苦戏与西方悲剧

刘　东
175/ 《齿痛》到《药》的变幻

［法］金丝燕
190/ 《长阿含》巴汉对勘研究引论
　　——双向革命：原典的书面语化与文言的松动

戴锦华
198/ 《钢的琴》：阶级，或因父之名

陈　纳
214/ 但丁的"俗语"

刘建辉
229/ 产生自日本的中国"自画像"

张　辉
249/ 德意志为什么失去真正的批判力量？
　　——试说奥尔巴赫对歌德、席勒的不满

王宇根
268/ 中国语境中的诠释循环

蒋洪生
281/ 阿甘本文论视野中的诗与哲学之争

秦立彦
307/ 不以诗怨：惠特曼的《草叶集》

张 沛

316/ 比较文学之道：一个中国的视角

高 冀

345/ 高乃依《西拿》和《庞培之死》中的"国家理性"话语

附 录

365/ 北京大学比较文学与比较文化研究所介绍

370/ 杂 志

371/ 丛 书

415/ 学生名录

418/ 学位论文目录

435/ 讲座目录

444/ 后 记

比较文学发展的第三阶段

乐黛云

如果说比较文学发展的第一阶段主要在法国,第二阶段主要在美国,那么,在全球化的今天,它已无可置疑地进入了发展的第三阶段。这一阶段比较文学的根本特征是以维护和发扬多元文化为旨归的、跨文化(非同一体系文化,即异质文化)的文学研究。它必须满足两个条件:一是跨文化,二是文学研究。中国比较文学是继法国、美国比较文学之后在中国本土出现的、全球第三阶段的比较文学的集中表现,它的历史和现状充分满足了这两个条件。

比较文学的出现是一定社会和物质条件以及文学本身发展到一定阶段的产物。它作为一门独立学科的形成是以1877年世界第一本比较文学杂志的出现(匈牙利)、1886年第一本比较文学专著的出版(英国)以及1897年第一个比较文学讲座的正式建立(法国)为标志的。经过数十年法国关于文学传播及其相互影响的研究和第二次世界大战后美国关于并无直接关联的文学之间的平行研究和跨学科研究,比较文学已有百年历史。但是,中国比较文学并不是这一历史的直接分支,它虽出现在同样的时代语境,受着世界比较文学的重大影响,有时甚至是塑形性影响,但却有着自己发生、发展的独特过程。

20世纪的一百年,是中国学术文化史从传统向现代转型,并在中外学术的冲突和融通中曲折地走向成熟和繁荣的一百年。在这一百年中,比较文学先是作为学术研究的一种观念和方法,后是作为一门相对独立的学科,在中国学术史上留下了自己深刻而独特的足迹。比较文学在20世纪中国的发生、发展和繁荣,首先是基于中国文学研究观念变革和方法更新的内在需要。这决定了20世纪中国比较文学的基本特点。学术史的研究表明,中国比较文学不是古已有之,也不是舶来之物,它是立足于本土文学发展的内在需要,在全球交往的语境下产生的、崭新的、有中国特色的人文现象。

20世纪伊始,清政府一方面是对改革派横流天下的"邪说"实行清剿,一方面也不得不提出"旧学为本,新学为用"的口号,并于1901年下令废除八股,1905年废除科举并派五大臣出洋考察,1906年又宣布预备立宪、改革官制等。在这样的形势下,有头脑的中国人无论赞同与否,都不能不面对如何对待西方文化的问题,也不能不考虑如何延续并发扬光大中国悠久文化传统的问题。在这样的形势下,西学东渐成为不可阻挡的时代潮流。在西学的冲击下,传统文人难以单靠汉语文学立身处世,于是,出国留学、学习外语便成为新的选择。连林纾那样倾向保守的人士,尽管无法掌握外语,都可以与人合作,译出了300多种外国小说。林纾的译作在读书人面前展开了新异的文学世界,推动了中国人的文学观念由传统向现代的转变。从此,在中国人的阅读平台上出现了与汉文学迥然不同的西洋文学,这就为中西文学之"比"提供了语境。清末民初不少学者,如林纾、黄遵宪、梁启超、苏曼殊、胡怀琛、侠人、黄人、徐念慈、王钟麒、周桂笙、孙毓修等,都对中外(外国主要是西方,也包含日本)文学发表了比较之论。当然,这些"比较"大都是为了对中西文学做出简单的价值判断,多半是浅层的、表面的比较,但它却是20世纪中国比较文学的最初形式。

如果说比较文学当初在法国甚至欧洲是作为文学史研究的一个分支而产生的,它一开始就出现于课堂里,是一种纯学术的"学院现象",那么,20世纪伊始,比较文学在中国却并不是作为一种单纯的学术现象,也不是在学院中产生的,它与中国社会,与中国文学由传统向现代的转型密切相关,它首先是一种观念、一种眼光、一种视野，它的产生标志着中国文学封闭状态的终结，意味着中国文学开始自觉地融入世界文学之中，与外国文学开始平等对话。看不到这一点，就看不到比较文学在中国兴起的重大意义与价值。

这第一点不同决定了中国比较文学与欧洲比较文学的第二点不同，那就是法国及欧洲的比较文学强调用实证的方法描述欧洲各国文学之间的事实联系及其传播途径，而中国的比较文学一开始就具有强烈的中外（主要是中西）文学的对比意识或比照意识；欧洲比较文学要强调的是欧洲各国文学的联系性、相通性，而中国比较文学则在相通性之外，更强调差异性和对比性。从这一点看，初期欧洲比较文学的重心在"认同"，不在差异的"比较"，而初期中国比较文学的重心却在差异的"比较"而不在"认同"。

这种发生和发展的不同，意味着中国比较文学与西方比较文学之间的另一层深刻的差异，那就是欧洲比较文学主要是在西方文化这一特定的、同质文化领域的文学内部进行的，它在很长的一段历史时期都是一种区域性内部的比较文学；而中国比较文学一开始就是中西两种异质文化之间的比较文学，是在世界文学的大背景上发生的，它一开始就跨越了区域界限，具有更广阔的世界文学视野。诚然，欧洲人靠着新大陆的发现、奴隶贸易、资本的输出和殖民地的建立，在政治、军事、经济上比中国人更早具备了世界视野，但从文学上看，当比较文学在19世纪后期的法国作为一门学科产生的时候，其基本宗旨是清理和研究欧洲内部各国文学之间的联系，直到20世纪30年代，梵·第根在其《比较文学论》中将法国的比较文学实践加以理论概括和总结时，他的视野仍然仅囿于欧洲文学之内。这种情况的出现有着多方面的原因：首先是法国学派将比较文学学科界定为文学关系史的研究，而这种研究只有在欧洲各国文学之间才能进行；超出欧洲之外，则因当时文学交流与传播的事实链条尚未形成，或正在形成中，还较难成为实证研究的对象。而且，从当时法国人及欧洲其他国家比较学者的语言装备来看，通晓欧洲之外的语言并具备文学研究能力的学者，可以说是凤毛麟角，因而将研究视野扩展到欧洲文学之外，对他们来说即使有心，也是无力；况且他们所关注的主要是使其他文化变得跟他们自己的文化一样，如罗力耶在《比较文学史》一书中所追求的，这就使欧洲的比较文学更难成为以多元文化为基础的比较文学了。这种情形到了50年代才出现了变化：平行研究的蓬勃发展和某些非欧美血统的学者（特别是俄、日、印度的学者）的加入，为西方比较文学添加了更多世界性因素，开拓了新的学术空间，特别是增添了并无直接关联的、超越时空的主题学研究和跨学科研究。但由于西方中心论意识形态的局限和语言本身的限制，属于不同文化体系的异质文化之间的比较文学研究始终未能得到应有的发展。

中国比较文学在20世纪初发轫，20年代后作为一种学科开始孕育，尽管由于时代和政治的原因，中国大陆地区的比较文学在60—70年代处于一种沉潜状态，但港台地区的比较文学却在这一期间率先繁荣起来，成为中国比较文学大发展的前驱。1979年，改革开放后的大陆学术界，压抑了多年的学术热情和创造力像井喷一样迸发。比较文学作为最具开放性、先锋性的学科之一，得到了迅速的复兴和迅猛的发展。中国比较文学在此时的崛起具有重大的历史意义。众所周知，20世纪80年代前后，世界更全面、更深入地进入了全球化时代。多元文化共存的要求与帝国文化霸权和文化原教旨主义之间形成了尖锐对立，不同文化体系之间的人们急需相互理解、沟通和对话，而文学的任务首先是研究人，作为跨文化文学研究的比较文学，对促进不同文化之间的人的相互认识和理解有着独特而重要的作用。

事实上，在全球资讯时代，人类所面临的问题仍然是历史上多次遭遇的共同问题：如生死爱欲问题，即个人身心内外的和谐生存问题；权力关系与身份认同问题，即人与人之间的和谐共处问题；人和外在环境的关系问题，即人与自然之间的和谐共存问题。追求这些方面的"和谐"是古今中外人类文化的共同目标，也是不同文化体系中的文学所共同追求的目标。深入了解不同文化中的文学对这些共同困惑的探索，坚持进行文学的交流互动，就有可能把人们从目前单向度的、贫乏而偏颇的全球主义意识形态中解救出来，形成以多元文化为基础的另一种全球化。因此，当代比较文学第三阶段的特征，首先是有关不同文化体系中，即异质文化之间，文学的"互识""互补"和"互动"。

中国比较文学之所以能成为全球第三阶段比较文学的集中表现者，第一是由于中国作为发展中国家，它不可能成为帝国文化霸权的实行者，因而可以坚定地全力促进多元文化的发展。第二，中国具有悠久的文化历史，深厚的文化积淀，为异质文化之间的文学研究提供了取之不尽、用之不竭的源泉。第三，长期以来，历史上中国和印度、日本、波斯等国已有过深远的文化交往；近百年来，中国人更是对外国文化和外国语言勤奋学习，不断积累（包括派送大批留学生和访问学者），这使得中国人对外国的了解（包括语言和文化修养），一般来说，要远胜于外国人士（特别是欧美人士）对中国的了解。这就使得中国比较文学有可能在异质文化之间的文学研究这一新的时代高度，置身于建构新的比较文学体系的前沿。第四，中国比较文学以"和而不同"的价值观作为现代比较文学的精髓，对各国比较文学的派别和成果兼收并蓄。20世纪30年代初，梵·第根的《比较文学论》、罗力耶的《比较文学史》都是在出版后不久就被名家翻译成了中文的。到20世纪末，中国翻译、编译出版的外国（包括俄国、日本、印度、韩国、巴西）比较文学著作、论文集已达数十种，对外国比较文学的评价分析文章已有数百篇，绝大多数的中国比较文学教材都有评介外国比较文学的专门章节。或许在世界上其他任何一个国家，也都没有学者像中国学者这样对介绍与借鉴外国的比较文学如此重视、如此热心。最后，还应提到中国传统文化一向文史哲不分，琴棋书画、舞蹈、戏剧相通，为跨学科文学研究提供了全方位的各种可能。

总之，可以说20世纪的中国比较文学既拥有深厚的历史基础，又具有明显的世界性和前沿性。它接受了法国学派的传播与影响的实证研究，也受到了美国学派的平行研究与跨学科研究的影响，它既总结了前人的经验，又突破了法国比较文学与美国比较文学的欧洲中心、西方中心的狭隘性，使比较文学能真正致力于沟通东西方文学和学术文化，从各种不同角度，在各个不同领域将比较文学研究深入导向崭新的比较文学发展的第三阶段。

代表世界比较文学发展第一阶段的法国比较文学，开创了以文献实证为特色的传播和影响研究。在这方面，中国有自己独特的研究历史。这不仅是简单的方法选择问题，而且也是研究的必需。举例来说，中国一千多年间持续不断的印度佛经及佛经文学的翻译，为中国比较文学学术研究留下了丰富的学术资源。在宗教信仰的束缚下，在宗教与文学的杂糅中，古人很难解释这段漫长而复杂的历史。到了20世纪20年代，胡适、梁启超、许地山、陈寅恪、季羡林等将比较文学的实证研究方法引入中印文学关系史，在开辟了中外文学关系史研究的同时，显示了中国比较文学实证研究的得天独厚，也为中国的中外文学关系研究贡献了第一批学术成果。整个20世纪中国现代文学对外国文学的接受史，其范围之广，影响之深，对全世界来说，也是绝无仅有的。此外，中国文学在东亚的朝鲜、日本、越南诸国的长期的传播和影响，也给中外文学关系、东亚文学关系的实证研究展现了广阔的空间。因而，在20世纪中国比较文学中，实证的文学传播史、文学关系史的研究不但没有被放弃，反而是收获最为丰硕的领域。中国学者将中国学术的言必有据、追根溯源的考据传统，与比较文学的跨文化视野和方法结合起来，使这一研究的生命力大大焕发，在这个领域中出现的学术成果以其学风的扎实、立论的严谨和科学，而具有难以磨灭的学术价值和长久的学术生命。

20世纪50年代后，代表世界比较文学发展第二阶段的美国比较文学，突破了法国学派将比较文学定位为文学关系史的学科藩篱，提倡无事实联系的平行研究和文学与其他学科之间的跨学科研究，取得了很大成绩。中国比较文学在这方面也有自己独到的收获。1904年王国维的《红楼梦评论》、1920年周作人的《文学上的俄国与中国》、20世纪20年代茅盾的《中国神话和北欧神话研究》、钟敬文的《中国印欧民间故事之类型》以及1935年尧子的《读西厢记与Romeo and Juliet（罗蜜欧与朱丽叶）》等已为中国比较文学开创了平行研究的先河。后来，钱锺书的《中国诗与中国画》《读〈拉奥孔〉》《通感》《诗可以怨》以及杨周翰的《预言式的梦在〈埃涅阿斯纪〉与〈红楼梦〉中的作用》以及《中西悼亡诗》等，都是跨文化研究与跨学科研究的典范之作。70年代，以钱锺书《管锥编》为代表的多项式平行贯通的研究实践，更是别开生面的平行研究之楷模。当然，在发展中，有波折，也有洄流，例如在平行研究中，人们有意识地在中外文学现象的平行比较中，寻求对中国文学及中国文化的新的理解和新的认识，并在平行比较中尝试为中国文学作进一步科学的定性和定位。但对于平行研究中的可比性问题，陈寅恪等前辈学者早就提出了质疑。80年代后，随着平行研究的兴起，也出现了一些"X比Y"式的牵强附会的比附现象，在受到季羡林等先生的批评后，中国的平行研究才有了更好的发展。"跨学科的文学研究"也曾受到一些质疑，有人提出："它是文学与其他学科之间的关系研究，还是在文学研究的方法和视角上对其他学科的借鉴？"其实，这两者的结合与相互为用是显而易见的。也有人认为只有当"跨学科"同时也是"跨文化"时，才能视为比较文学等等。但"跨学科的文学研究"仍然在曲折中前进，1989年中国社会科学出版社出版了《超学科比较文学研究》一书，杨周翰教授在该书序言中特别指出："我们需要具备一种'跨学科'（interdisciplinary）的研究视野：不仅要跨越国别和语言的界限，而且还要超越学科的界限，在一个更为广阔的文化背景下来考察文学。"

此外，在20世纪之初，王国维独辟蹊径，从另一个侧面进入了比较文学。他以外来思想方法烛照中国文学，用西洋术语概念来解读和阐释《红楼梦》和以楚辞为代表的诗歌以及宋元戏曲等中国作品，努力使外来思想观念与中国固有的文学作品相契合，虽然没有更多直接的比较，但相对表层的直接比较而言，王国维在比较文学方面的探索更具有跨文化的世界文学眼光，体现了一种"他山之石，可以攻玉"的内在比较观念，因而更能够深刻地切入比较文学本体，并由此开中国比较文学阐发研究之先河。以A文化的文学理论阐释B文化的文学作品，又以B文化的文学理论阐释A文化的文学作品，这样的双向阐发在中国的跨文化文学研究中占有很重要的地位，以至有些台湾学者提出阐发研究就是"中国学派"的特色。

总之，中国比较文学并非只是被动地接纳外来的学科理念，而是从自己的历史出发，试图在自己独特的研究中做出自己的判断；中国比较文学作为世界比较文学的第三个发展阶段，不是外来学派的一个分支，它发出了自己独特的声音，表现了自己独到的思考，显示了自己固有的特色，为世界比较文学做出了独一无二的贡献。

近年来，中国比较文学沿着上述发展路径又开创了一些新的领域，表现在以下几方面：

第一，学科理论的新探索。中国比较文学学者结合中国比较文学实践，积极探索全球化时代跨越东西方文化研究的比较文学新观念和新理论，对比较文学的观念有所推进。例如倡导"和而不同"的多元文化共存与互补观念；强调差异、互识互补、和谐相处，并通过文学促进世界文化的多元共存；建立异质文化之间文学交流的基本理论；探索东西方文学对话的话语机制与方法；等等。

第二，文学人类学新学科的建立。文学人类学是文学与人类学交叉研究的硕果，是"中西神话比较研究"的延伸，也是中国比较文学跨学科研究催生出的最具活力的一个新领域。自1991年始，"中国文化的人类学破译"系列共800余万字相继出版，在世界文化语境的参照下，对包括《诗经》《楚辞》《老子》《庄子》《史记》《说文解字》《中庸》《山海经》等这些难解的上古经典，作了极有创见的文学和人类学现代诠释。

第三，翻译作为一门独立学科的出现。中国是一个翻译大国，不仅有着两千多年的翻译历史，而且从事翻译工作的人和翻译作品的数量在世界遥遥领先。20世纪的最初10年，文学翻译作品占我国全部文学出版物的4/5。今天，各类翻译作品也占到了我国全部出版物的将近1/2。文学翻译不只是文字符号的转换，而且是文化观念的传递与重塑，翻译文学不可能脱离译者自己的文学再创造而存在，翻译家的责任不仅是有创造性地再现原意，而且还要在"无法交流处，创造交流的可能"，也就是在两种语言相切的地方，不仅传输外来语言，而且发展本土语言。因此，译成中文的翻译作品应是中国文学的一个不可或缺的重要组成部分，翻译文学史应是中国文学史的一个重要分支，这已成为中国比较文学界的共识。

第四，海外华人文学与流散文学（Diaspora）的相遇。近年的华人文学研究不仅包容了海外华文作品，而且包容了海外华人及其后裔用不同语言写的文学作品。这种研究的重点在于观察和分析不同文化相遇、碰撞和融合的文学想象，并进一步以这些作品为核心展开异国文化的对话和不同文化的相互诠释。近几年来，这种研究迅速汇入世界性的以漂泊流浪的作家作品为主体的"流散文学"探讨。这方面的学者不仅致力于引进西方的流散写作理论，而且通过总结中国流散写作的理论和实践，直接与国际学术界进行有效的对话。中国在全世界的移民为数众多，历史悠久，该研究必将为未来世界文学史的重写做出不可替代的贡献。

第五，关于文学关系的清理。钱锺书先生早就指出：从历史上看，各国发展比较文学，最先完成的工作之一都是清理本国文学和外国文学的相互关系，研究本国作家与外国作家的相互影响。近年关于中外文学关系研究的最大进展，是将20世纪中国文学和世界文学作为一个整体来探讨，全面研究20世纪中国作家所体现的中国传统文化继承与西方文化影响的互动。15卷跨文化个案丛书"中国现代作家在古今中西文化坐标上"的出版就是一个明显的例证。"中国文学在国外"的研究也有了长足的进展。12卷本的"外国作家与中国文化"无疑是20世纪一部重大的学术成果。季羡林教授认为，中国、印度、波斯、日本、朝鲜和其他阿拉伯国家由于历史悠久的积累，形成了与西方不同的庞大而深邃的、独立的文学理论体系，可惜从事文学理论研究的人往往"知西而不知东"，这是很大的遗憾。近年来，关于东方比较文学的研究有了新的可喜的进展。此外，比较诗学、跨文化生态文学研究、形象学研究，以及中国少数民族文学比较研究等也都创造了可观的成绩。

比较文学在中国的兴起，使中国学术文化发生了一系列深刻变化。这主要表现为研究视野的扩大、新的研究对象的发现和文学观念与方法的更新等。在以文学理论、文学批评、文学史为主体的文学研究方面，更是如此。诸如《现代学术视野中的中华古代文论》《中国现代文学接受史》《中国古代文学接受史》《多种文学·多种文学理论·多种文学史》《中国翻译文学史》，特别是6卷本的《中国象征文化》、8卷本的《中国形象：西方的学说与传说》等都是这一论点的实证。

总之，中国比较文学作为全球比较文学的第三阶段，其基本精神是促进不同民族文化之间的理解和平等对话；它既反对"文化霸权主义"，又反对"文化原教旨主义"，始终高举人文精神的旗帜，为实现跨文化和跨学科沟通，维护多元文化，建设一个多极均衡的世界而共同努力。展望未来，我们对中国和世界比较文学前景抱有美好期待。对20世纪一百年比较文学学术史的总结和书写，就是要通过对有关方面的传统学术遗产的梳理、盘点和评说，进一步激活我国固有的学术传统，同时使新世纪的比较文学从过去一百年的传统中获取足够的营养和应有的启示，进而获得健康发展。

毋庸讳言，人类正在经历一个前所未有也很难预测其前景的新时期。在全球"一体化"的阴影下，促进文化的多元发展，加强人与人之间的理解与宽容，开通和拓宽各种沟通的途径，也许是拯救人类文明的唯一希望。奠基于中国文化传统的中国比较文学，作为世界跨文化与跨学科文学研究的第三阶段，必将在消减帝国文化霸权，改善后现代主义造成的离散、孤立、绝缘状态等方面起到独特的重要作用。

乐黛云 　　　　　　　　　　　　　　（1931—2024）

北京大学中国语言文学系现代文学和比较文学教授、博士生导师，兼任跨文化研究中心主任、北京外国语大学文学院教授。乐黛云先生在北大先后领导建立了中国大陆第一个比较文学硕士点、博士点和博士后流动站，并长期担任国际比较文学学会副主席（1990—1997）、中国比较文学学会会长（1990—2011）、北京大学跨文化研究中心主任，撰写和主编出版了大批高水平的研究著作、系列丛书和学术刊物，在比较诗学、中国现代文学、跨文化研究等领域做出了奠基性和标志性的贡献。

关于文学"变异体"与发生学的思考

严绍璗

文学的发生学,是关于"文学"生成的理论。我国人文科学领域内对文学的研究,大多数学者都是在国别文学史的系统内加以展开的,即是对已经生成的"文学文本"在民族文化的范畴中进行阐述(这里使用的是广泛意义上的"文本"概念,包括文学样式、文学创作和文学理论等,下同)。文学的发生学,更加关注文学内在运行的机制,从而阐明每一种文学文本之所以成为一种独特的文学样式的内在逻辑。

从文学研究的广谱上加以考察,"比较文学研究"确立了对文学研究的新的视角——这一学术与其说是提供了研究的方法论,不如说它是确立了突破狭隘陈说从而重新构建文学研究的新理念。正是基于比较文学研究的这一基本学术特征,本来在传统的国别文学史的范畴内事实上无法解决的"文学的发生学"问题,终于被提到了"比较文学研究"领域中来,从而使比较文学在研究趋向与研究结论方面,更接近于触摸到"文学"的本质。

比较文学研究意义上的发生学,可能多少与生命科学领域内关于探索"人之所以成为人"的命题在思维逻辑和实证推导方面有些类似。学术界尽可以对"人"(包括"人性")作出各种各样的"诠释",但是,科学家对于"人之所以成为人"的答案认定是唯一的,即他们认为,正是人的基因的独特的组合程序,才使人成了人。黑猩猩的基因组合与人的基因组合虽然只有2%的不同,但它们就不是人。因此,阐明人的成因,从基因组合的立场上说，便是破译其组合成"人"的相关的密码。这是唯一科学的结论。所谓"科学的结论"，即是符合事实的结论，即是事物成因的唯一的真相。哲学家阐明人的"性"，科学家阐明人的"成因"。他们各有所好，各有所为。同样的，比较文学在诠释学等层面上致力于阐明文学的"性"，在发生学层面上致力于阐明文学的"成因"。

现在，从我们对东亚文学发生的研究体验说来，或许有把握提出关于比较文学与文化"变异体"研究"文学的发生学"的范畴，并解析其路径和尽可能提供操作的程序。

一、确立"文学变异体"的概念

"文学变异体"概念是文学发生学研究的基本视阈。从文学发生的立场上观察文学文本，则可以说，在"文明社会"中它们中的大多数皆是"变异体"（variants）文学[①]。

在人类文明发展的过程中，一个脱离了"蒙昧时代"的族群，多少总会有与外部世界接触的机会，在文化活动的层面上——无论主动或是被动，此种活动一定会形成"新"的文化语境。这种状况不一定只是在"弱势文化"中存在，就是在"强势文化"中也是普遍存在的。即使像古代汉字文化圈内的各个族群，它们在吸纳汉文化的同时，也仍然以各种不同的方式在不同的层面上把它们自己的文化渗入处于"强势"状态的大陆汉文化之中；18世

---

① 这里说的"文明社会"是文化人类学的概念，指的是以金属生产工具的出现、文字的形成等为标志的社会形态。关于"变异体"文学的特征，本文著者自 1985 年在《中国比较文学》（第 1 期）上刊出《日本"记纪神话"变异体的模式和形态及其与中国文化的关联》以来，在国内外的论著中陆续有所阐发，已为学界多人所接受，例如曹顺庆先生及其指导的研究生 2006 年以来的论说，皆是对这一学术范畴的正确与不正确的阐发。张哲俊博士在 2000 年《中国比较文学》（第 2 期）的"人物志"上发表《踏实的学风，实在的研究——记严绍璗教授的学术道路和学术建树》一文，对著者构思的"变异体"理论的概述至为妥切，有兴趣的读者请参见著者相关的论著和张哲俊教授的文章。

纪末至20世纪初期是欧洲殖民主义文化冲击世界的时代，然而，正是在这个时代，各"弱势族群"的文化，在世界文化的若干领域中成就着最伟大和最杰出的业绩，像"进化论"（evolutionism）、"文化人类学"（cultural anthropology）等这些影响着后来社会历史进程的学说，以及像Charles Robert Darwin（达尔文）、Lewis Henry Morgan（摩尔根）和Edward Burnett Tylor（泰勒）等这样一些近代文化杰出的创造者，他们的"文化"中事实上留存了大剂量的"弱势族群"的文化成分。

当年，比较文学研究从"法国学派"发展为所谓的"美国学派"，据说是因为一些学者不屑于做"文学的输出入"的买卖，这当然有其学术史的必然性。但事实上，这一观念的背后，多少也透露出从事比较文学研究的一部分学者十分地缺少像文化史学、文化人类学、考古学、文献学、民族学和民俗学的理论和知识。今天，当我们回过头来读一读这些相关的著作的时候，应该说，这是一个不争的事实。今天，尚有学者指摘"（比较文学）这个学科要立足很难"，其实，这正是表现了他们对"这个学科"无知的"悲哀"了。文化现象清楚地表明，在世界大多数民族中，几乎都存在着本族群文化与"异文化相抗衡与相融合的文化语境"。当我们从这一文化语境的视角操作还原文学文本的时候，注意到了原来在这一层面的"文化语境"中，文学文本存在着显示其内在运动的重大的特征——此即文本发生的"变异"活动并最终形成文学的"变异体"。

文本的"变异"机制，是文学发生学的重要内容。

那么，什么是文学的"变异"呢？

人类早期的"文化"（包括文学），都是在古代居住民生存的特定的自然环境与人文环境中形成的，由此而在文化中孕育的气质，是文化内具的最早的"民族特性"。任何文化的"民族特性"一旦形成，就具有"壁垒性"特征——其实，"文化"与"文化运动"，从本质上说，应该是没有文化学家们所津津乐道的所谓"开放的文化"还是"闭锁的文化"之分的。这种由文化的"民族性"特征而必然生成的文化的"壁垒性",是普遍范围内各民族文化冲突的最根本的内在根源(这里是在排除了文明社会中经济对文化的制约和政治权力对文化的控制等各种因素而言的)。文化冲突并不一定是一件坏事(这里的"冲突",指的是在广泛的意义上发生的由接触而生的撞击现象),从文化运行的内在机制来说,文化冲突能够激活冲突双方文化的内在的因子,使之在一定的条件中进入亢奋状态。无论是欲求扩展自身的文化,还是希冀保守自身的文化,文化机制内部都会发生一系列的"变异"。

从"文学文本"(这里说的"文本"是一个大概念,它可以是一个族群的总体文学,可以是一个文学类别,可以是一个文学作品,可以是一个作家群,可以是一个作家)的立场上考察,"文学变异体"至少有以下诸种类型:

1. 以族群文学作为"文本"。对这个族群的最原始的"源文学"而言,它们在本质上就是一组庞大的"文学变异体"。

假如"汉族"(在一个多民族国家中不要轻易地说"中国文学")文学的本源是"华夏文学",而所谓"纯粹的华夏文学"及其"传统"从逻辑上说,则无疑应该是以"夏周"与"商"两大族群文学为根本性的组合以及这一组合的后裔,然而事实上,从春秋后期开始,现在所谓"中国(汉)文学史"中表述的不少文学,就已经是"变异体文学"了。最明显的实证就是《楚辞》,它的文体与内容显现出它是在当时"纯粹华夏族群文化"组合之外的"异族群"的文学。

中国文学史家陆侃如、冯沅君先生早就注意到这一文学属性[①]。我们尚可以举证上古文献,如《孟子·滕文公》(上)曰:"今也南蛮䦕舌之人,非先王之道。"《国语·晋语》(八)曰:"楚为荆蛮……与鲜卑守燎,故不与盟。"《史记·楚世家》曰:"我蛮夷也,不与中国之号谥。"这些都表

---

① 参见两位的《中国诗史》(上),北京:作家出版社,1956年。

明，"楚"并不是周天下的诸侯国，与"周"非一个大血统的族裔，而是一个可以与"周族"分庭抗礼的很具有进攻性的异族群。《九歌》中有文句记载"羌声色兮娱人，观者憺兮忘归"。这里描述了古代羌人（今居住于岷江中游）的生活习俗，后世《汶川县志》呼应了《九歌》的记事。其《志》记"羌民丧葬有丧葬曲，相互舞蹈，以示悲欢，盖古风尚存焉"。2008年5月12日汶川大地震，《南方周末》记者于当年5月22日的报道中记叙："5月14日。汶川大地震的第三天，汶川县城东北面山脊海拔2300米的最高处，牛脑寨的村民正在用羌人的仪式为地震中的逝者释怀安魂。倏地，葬礼中静默的人群跃动起来，手舞足蹈。羌人尚舞。"随着考古学的发展，20世纪被发掘的以四川广汉为中心的"三星堆"文化遗址，展示了惊人的文明发展状态。它的青铜器文物在铸造技术与内聚的艺术美的想象力诸层面，不仅可以与中原商周文化并驾齐驱，甚至还有超越之处。研究表明，"三星堆"文明的创造者可能是由上古时代羌族族群所组成。由此也提示了在今日中国版图内广袤的云贵湘鄂地区存在着极为辉煌的古代文明与黄河文明交相辉映，《楚辞》对当时的"华夏"文学的经典如《尚书》《诗经》体系而言，是一种"异族群"中的"文学"[①]。

仅这一个实例足可以证实传承至今的"汉族文学"绝对不是"夏周华夏文学"纯粹的血统。它从战国时代，或许更早的时候开始，就是一个庞大的"文学变异体"。

2. 日本、朝鲜、越南的"汉文学"系统，使这些国家的文学在总体上构成为"变异体"文学。

例如，6、7、8、9世纪日本文学中原先存在的无格律的"自由"形态的"和歌"，面临中国"汉诗"的重大冲击与挑战，为了寻求和歌的生存之

[①] 关于《楚辞》非黄河流域华夏文明文学，学界已有若干论述。其中可注意的是，一部分杰出的自然科学家对《楚辞》天体观念的质询，对提升人文学者的认识当有相当的启蒙与启示。

路，争取获得与汉诗相抗衡的能力，"自由形态"的"和歌"内部发生了一系列重大的调整，其中包括从汉文"歌骚体"文学中获取有价值的文学材料，在反复的抗衡与挣扎之中，终于形成了"三十一音素律"，"和歌"成为具备了固定音律节奏的"歌"，其生命力一直延续到现代。以"音素"为节奏单位构成格律体现了"日本语表现力"的特征，然而，以"三十一音"作为格律的"型"则对日本语的"歌"具有明显的强制性（不适应性）。这种新的文学样式，我们称之为"变异体"，它的一系列的衍化过程，便可以称之为"变异"。在日本古文学中，从"记纪歌谣"到《万叶集》的"歌"，可以说是"和歌"发生一系列"变异"的过程，从《万叶集》到《古今和歌集》是"格律和歌"最后定"型"的过程。"和歌"的格律化，便是在数百年间的文化撞击中形成的[①]。

文学的"变异体"形成之后，随着族群与民族心理的熟悉与适应，原先在形成过程中内蕴的一些"强制性"因素在文学传递层面上会逐渐地被溶解（在学理层面上将是永久地留存的）。这些因素一旦被消解，不被人强烈地感受到，人们也就忘记了，并且不承认它们与"异质文化"之间的具有"生命意义"的联系，进而将它们认定为"民族"的了。以此为新的本源，又会衍生出新的文学样式。一个民族的文学的民族传统，其实就是在这样的"变异"过程中，得以延续、得以提升，并在此基础上再次衍生，就像"民族"的日本"和歌"，后来又衍生出了如连句、俳句等等那样。

脱离了比较文学的发生学立场，常常把处在运动过程中的文学文本作为一个凝固的恒定的物体，因而常常在该文本的"生成"的阐述上失却了文化

---

① 对这一课题有兴趣的读者可以阅读严绍璗：《日本古代短歌诗型中的汉文学形态》，《北京大学学报（哲学社会科学版）》1982年第5期（编入段宝林、过伟、刘琦主编：《古今民间诗律》，北京：北京大学出版社，1999年）；又有严绍璗：《诗人不能产生语言，语言能够产生诗人》，《学人》1996年总第10辑。还可见严绍璗：《〈万叶集〉的发生学研究——兼评西乡信纲的〈日本文学史〉》，《日本学刊》1999年第1辑；严绍璗：《关于对〈万叶集〉中"训读和歌"的思考》，刘德有主编：《中日诗歌比较研究》（第一辑），北京：国际文化出版公司，2000年。

事实的本相。例如有的学者把中国文学中的"话本形式的叙事方法"认定为"是小说创作的最基本的（汉民族的）民族传统，丢掉了这一特征，事实上就是放弃了在小说表现领域中的（汉民族的）民族形式"。这其实是从"孤立主义"的自我意识来臆说自己文学的历史传统和民族形式。其实，只要把"话本"的样式做一点"变异体"的研究，就可以明白它的雏形是在与一种异质文化相撞击的文化语境中形成的。这种异质文化形式，不仅最终造就了汉民族的"话本型小说"，而且也造就了像日本的"歌物语"那样的古小说形式。一个与异文化接触的族群，它的文学文本的发生与发展，一般说来，都可能具有"变异"的特征。所谓民族传统、民族形式，皆是在这样的"变异"过程中得以改造、淘汰、提升与延续的。对于世界大多数民族来说，"纯粹的"民族文学是不存在的，就像欧洲各君主国的皇室那样，并不存在"纯粹"的国别血统，却仍然维持着各国先后相承的君主谱系；也正如提倡所谓"平行研究"的一些美国学者那样，它本身就是一个与"异质"具有"血缘联系"的"跨文化体"，他们或他们的先辈正是在这种"血缘输出入"的"买卖"中形成的具有"变异特征"的新的"种族"。试图割断或否认这种"联系"，好比是儿子否认自己是有父亲的、孙子否认自己是有爷爷的，臆造出一系列的"文化孤儿"与"文学孤儿"，于是，便误导大众，以为只有"孤儿"才具有最"纯粹的血统"。所以，尊重文学运动的内在机制，确立"变异体文学"的概念，则是从理论上对被各种虚妄的论说搅乱了"文学身份"的大多数文本进行重新构建，并由此可以在这一层面上揭开文学的真正的成因。

文学的"变异"是一个十分复杂的文化运行过程，根据我们对东亚文学文本的解析，可以说，几乎一切"变异"都具有"中间媒体"。这是一个尚未被研究者注意到的文化运转的过程。或者说，关于一切"变异"都具有"中间媒体"的论断，它事实上描述了文学变异的基本轨迹。

我们在日本神话向古物语（古小说的初期形态）演进的过程中发现，中国文化的某些因子以一种被分解的形态介入其中。我们在对日本"短歌"的格律形成的检讨中也发现了相同的文化现象,即某些汉诗被分解而成为新的韵文的过渡形式。例如《万叶集》中有著名的歌人大伴家持的《悲亡妾歌》,此《歌》曰:

从今者,秋风寒,将吹鸟,如何独,长夜乎将舍(No. 462)

又有著名的歌人柿本人麻吕的《雷神歌》。此《歌》曰:

雷神小动,刺云雨零耶,君将留(No. 2513)

这两首"歌"并不是"汉诗",也不是"和歌"。当代日本的万叶学家把它们以"三十一音素律"加以"训读",使读者以为它们原本就是"万叶体"的"短歌"。然后,对日本语来说,这种"训读"表现出了明显的"不适应性"和"强制性"。从文学的发生学的立场上考察这样的形式,应该说是"汉文韵文文体"进入"和歌"韵文体过程中一种被分解的形态。异质文化(含文学)以"嬗变"的形态,即异质文化整体部分或它的局部以一种"被分解"的形态介入本土文化之中,在本土文化生成新的"变异体"的过程中,形成一个"一方被溶解""一方欲接受"的过渡性"走廊",并使异质文化中被分解的部分逐步成为本土文化样式的"成分",这就是文学变异体生成中的"中间媒体"及其意义。当原先的文本衍生成新的"变异体"形式时,这些作为"传递走廊"的"中间媒体"也就消融在新的文本中了。

"变异"过程中的此种"中间体"的作用,有些类似化学反应中的"催化剂"(catalyst)。对"催化剂"的理解或许可以提升我们对于"变异体"过程的体察,但"中间媒体"与"催化剂"仅仅是在"助力"与"催化"的意义上相似,其反应的后果却是不同的,即"催化剂"在反应中起"加速"作用,反应结束后它仍然保有自身的性质,而文化"变异"过程中的"中间媒体"是两种(或多种)文化撞击的通道,对不同"质"的文化接触起促进合成作用，它本身也逐渐地被消融在这一撞击与接触的过程中。比较文学发生学研究的任务之一，便是运用多元文化的视阈（语言学的、文献学的、考古学的、文化人类学的、民族学的，乃至自然科学的多元手段），研究、揭示并还原它们原来的形态，从而在"变异体"文本的"逆向解构"中追寻它们与"源文本"的诸种联系。

从文本的解析中揭发这一具有决定意义的"文学发生学"现象，并从实践上与理论上加以确认，将对文学文本的发生学研究具有相当实际的意义。

文本的"变异"过程和"变异体"的成立，就其形式与内容考察，从最本质的意义上可以说，它们都是在"不正确的理解"中实现的。由这一命题而确认了在文学的"变异"中所形成的新的文学样式（文本），都是本土文学传统的延伸和在另一层面中的继承。

二、在"多元文化语境"中"还原"文学文本

从本质上说，"文学"是作家以艺术的形式表现他对于人生的体验和经验。由于它是以"艺术"的形式表现的，因此，长久以来，有很多先生认为"文学"的研究其根本点在于阐述它的"文学性"价值；文学研究其着眼点在于"文学性"，在于把握文学的"美意识"。一般说来，这没有什么可以质疑的。但是，当我们把文学研究深入一步到研讨文学"美意识"生成的途径的时候，研究者的"研究视阈"就应该有所扩大。

我们如何能够感受到文学的内涵的"美意识"呢？一般说来，都是通过情节、意象、比喻等一系列的具象的连接。那么，这一系列的"具象"是如何生成并组合成"文本"的呢？

"文化语境"（cultural context）是文学文本生成的本源。

从文学的发生学的立场上说，"文化语境"指的是在特定的时空中由特定的文化积累与文化现状构成的"文化场"（the field of culture）。这一范畴

应当具有两个层面的意义。

第一层面的意义，指的是与文学文本相关联的特定的文化形态，包括生存状态、生活习俗、心理形态、伦理价值等组合成的特定的"文化氛围"。

第二层面的意义，指的是文学文本的创作者（有意识或无意识的创作者，个体或群体的创作者）在这一特定的"文化场"中的生存方式、生存取向、认知能力、认知途径与认知心理，以及由此而达到的认知程度，此即是文学的创作者们的"认知形态"。事实上各类文学"文本"都是在这样的"文化语境"中生成的。因此，揭示文学的发生学的轨迹，首先应该借助"文化语境"的解析，即在"文化语境"中"还原"文学文本。

我们如果对东亚文学发展的实际轨迹加以考察（请注意，这是人类文明的摇篮之一，遗憾的是至今"诗学"中的那些"普遍性理论"的构造者常常缺乏这一领域的知识，却又张扬其"普适性"价值），那么，构成"文学的发生学"的"文化语境"，实际上存在着三个层面。第一层面是"显现本民族文化沉积与文化特征的文化语境"，第二层面是"显现与异民族文化相抗衡与相融合的文化语境"，第三层面是"显现人类思维与认知的共性的文化语境"。每一层"文化语境"都具有多元的组合。目前的研究可以证明，几乎所有的东亚文学都是在这样的文化语境中生成的。

一般说来，所谓"文学"，可以说是在精神形态中以意象形式显现的"人"的审美意识。这里说的"意象形式"，则是创作者在自己生存的"文化场"中对他所关注的生活，以他或以他们自身的"认知形态"加以虚构、象征、隐喻并且以编纂成特定的意境、情节、人物、故事等的手段来表现创作者作为"人"的审美意识特征。因而，所谓在"文化语境"中"还原"文学，便是在一定的"文化语境"的层面中，透过组合成"文学"的各个"装置"，例如意境、情节人物、故事等，对其内含的各种虚构、象征、隐喻等进行"实在意义"上的解析，这样便可以凸显"文学文本"内含的真正的审美意识特征，并相应阐明"文学文本"的实际的成因。

例如从比较文学研究的立场上观察日本古代的文学，那么，我们常常会感到"文学史"给予我们的知识的匮乏——目前几乎所有的《日本文学史》（包括篇幅更加巨大的《东方文学史》），实在无力揭开深藏在日本文学文本之中的使各个"文本"之所以成为"如此形态"的秘密。例如，关于"记纪神话"中Izanaki和Izanami二神创造世界的形态，他们在下降大地之初，在创生的伊始，为什么首先要在大地上竖立起"御柱"？为什么要实行男神从右向左旋转，而女神从左向右旋转呢？为什么二神依此规则实行"交合"后第一次的创生却因为生下一个"Hiruko"（水蛭子）而失败呢？为什么神话创造了一个"太阳女神"而不是"男神"呢？为什么太阳女神委派她的"孙子"而不是她的"儿子"再次下降大地，从而组织起对人间的统治呢？又例如在日本古代韵文文学的演进中，从"自由音素律"到格律化，为什么最终会确立"Misohitomoji"（三十一音素律）？为什么"三十一音素律"最终是以"5·7·5·7·7"的音节组成节奏？为什么这一被称为"短歌"的文学样式，在《万叶集》的"长歌"的尾声中又无一例外地被称为"反歌"呢？又例如在日本古代文人叙事文学创建之初出现的《竹取物语》，为什么故事以"竹取"开的头，却以"飞升"为其结尾呢？为什么女主人公设定的"难题"内容大多与佛教有关，而自己最后的"飞升"却又与佛教无涉呢？……由文本所提供的疑问实在是很多的，这些疑问如果思考下去，就必然会涉及日本古代文学中关于"发生学"的一系列具有根本意义的问题。如果我们能够把这些"疑问"放置于生成这些"疑问"的特定的"文化语境"中加以解析，其内含的各种虚构、象征、隐喻等便可以彰显其真实的意义。

日本当代具有权威意义的学者梅原猛教授，构筑起了庞大的"梅原古代学"。在关于日本"记纪神话"的解读方面，梅原教授认为，以《古事记》为核心的日本"记纪神话"，实际上是公元8世纪日本皇室为安排政权接替而特意创作的作品——因为当时执政的元明女天皇正在依照她的婆婆持统女天皇那样，安排她自己的孙子接任天皇位，因而，《古事记》便特地把"太阳神"描述为"女性",并且安排了"天孙降临"(太阳神把她的孙子降临大地,筹划实行人间的统治)的场面①。

这是很典型的历史英雄论(euhemerization)②解密论。梅原先生对《古事记》的发生的阐述,由于在事实上脱离了相应的"文化语境",因而对这一特定的"文学文本"中的虚构、象征、隐喻等的解析,陷入了重大的误区,终于使神话失去了民族的灵光,而沦落为政治的僵尸。

如果我们把《古事记》放置于与它相关联的"文化语境"中解析,便有可能从本体上把握它的一系列的虚构、隐喻、象征等的真正意义。例如,在日本"记纪神话"中,太阳神为什么是女性神而不像希腊神话、中国神话那样是男性神呢?这应该从以《古事记》形成时代为中心的"显现本民族文化沉积与文化特征的文化语境"中加以探索。这一层面的"文化语境"向研究者提供了日本古代居住民把太阳神定格为"女神",进而把这位女神幻化为日本皇谱上具有第一意义的"远皇祖"的丰厚的民族文化资源,即日本古代社会中长期持续而且深刻化的"女性崇拜"的心理特征,它构成为特定时空中日本人普遍性的人生观与世界观,并且至今表现为一种社会时尚③。

至于"梅原古代学"中关于"天孙降临"的设问,即太阳神不是以第一代而是以第三代作为管理人间大地之首,在降临大地时又配以"五部神"作为随从,授予"三神器"作为权力的象征。这一重大的组合,其实是以圣数"三五"为核心构成,其内蕴的意义便涉及了第二层面的文化语境。从《古事记》的整体结构考察,这一神话群系具有与异民族文化相接触后形

---

① 参见梅原猛:《诸神流窜——论日本〈古事记〉》,卞立强、赵琼译,北京:经济日报出版社,1999年;日文原文请参见日本集英社,1982年,第1版。

② Euhemerus(前4世纪—前3世纪初),古希腊美塞尼亚哲学家。其名著 *Sacred Writing* 中提出了关于希腊神话中诸神起源的理论。他认为神话中的诸神,都是被"神化了的"氏族或部落的酋长或帝王。例如,他指宙斯原本就是克里特岛国的国王等。

③ 文献实证材料参见严绍璗:《确立解读文学文本的文化意识》,北京大学外国语学院日语系、北京大学日本文化研究所编:《日本语言文化论集(第二辑)》,北京:北京出版社,2000年。

成的"隐喻"（metaphor）系统。而其中若干个"隐喻"系统则是通过使用"sacred-number"（圣数）来实现的。例如，《古事记》开首描述最初的创始天神的形成，首先出现的是"三柱神"（mihashira no kami），继而组成为"五柱神"（gohashira no kami），提供了第一个具有"隐喻性"的"三五"的组合。当创始男神Izanaki从黄泉归来，在水边洗涤污垢之时，他洗左眼而化成的神，称为"天照大御神"（Amaterasu），洗右眼而化成的神叫"月读命"（Tsukuyomi no mikoto），洗鼻子而化成的神叫"建速须佐之男命"（Takehayasusanoo no mikoto）。由此便开始建立了"太阳神的神话"群系。这个神话群系是以上述"三贵子"的诞生作为起始的——神话再次把"三"作为象征性"隐喻"推到了读者面前。后来，当太阳神的弟弟因为思念母亲而上高天原寻找姐姐，天神们以为他前来夺权，惊恐万状，于是姐弟互相以"生殖"孩子作为彼此没有歹心的"信物"——太阳神因此而"生殖"了五个儿子，她的弟弟因此而"生殖"了三个女儿——这里提供了又一个"三五"的组合。

研究者注意到《古事记》中的以圣数"三五"组成的结构，几乎皆是出现在神话的"创生"状态中——它内蕴着关于"生命创造与起源"的意义。其实，这正是亚洲大陆中国道家文化中关于"三极创生"的最经典性的命题《道德经》说："道生一，一生二，二生三，三生万物。"这表明在关于宇宙起源的认知学说中，道家把"三"作为万物之始。从隐喻表述的心理意义上说，"三"便是万物创始的象征。中国早期的阴阳家在阐述宇宙和人体的生命运动时，又以"五"为万物均衡的中心，创"九宫之说"。于是，"三五"便作为"非数而数"，成为"万物创生"与"万物恒定"的"sacred-number"，具有了"隐喻"的意义。所以司马迁在《史记·天官书论》中说："为国者，必贵三五"，"为天数者，必通三五"，指的就是"三五"圣数所内蕴的"万物创生"与"万物恒定"的"隐喻"意义。从《古事记》所透露的文化语境以及与《古事记》形成相关联的文化语境考察①,"记纪神话"中的"天孙降临"便正是在这样的文化氛围中被构思为具象,组合而形成具有"隐喻性的"故事。只有在这特定的文化语境中加以认知,才能揭示其内含的本质价值。

实际上,从发生学的立场上来阅读《古事记》,还存在着许多研究者尚未注意到的若干文化符号,需要从第三层"文化语境"中加以阐述②。例如,在最初的"天神"形成的时候,在推出第一组"三五"组合的神像之后,事实上先后又形成了十尊天神,但是,"记纪神话"称它们为"神代七世"(Kamiyo Nanayo)。我们知道,依据《圣经·旧约·创世记》的记载,希伯来人是把"主"对世界创造的周期定为以"七"为基数的。中国魏晋南北朝的"志怪"作品《刘阮说话》,记载"刘晨、阮肇入天台山采药",逢"仙女"作乐数日,返回人间,而"乡邑零落已七世矣"。据 Brain Morris 报告,"祖尼人"的"分类体系的基本原则,是把空间划分为七方位"。他还引用早期人类学家 Frank Cushing 关于印第安人的认知形态的调查说,"在氏族之内的印第安人的村庄,也是按照人们自身的归属判定为七个部分"③。这些简单的事例告诉我们,人类虽然分居于全球的天涯海角,但是,在其思维形式和认知形态方面一定具有共性的成分,并且以多种"象征"与"隐喻"的形式表达出来,从而在各民族的文化内部,构成第三层文化语境。

第三层文化语境指的是人类思维的共性语境。人类社会在类似的"社会生产力"状态下,会出现类似的社会关系。在社会发展的相同的阶段中不同民族在"思想意识"中,特别是在文学艺术领域中,也会出现相似的状态而

---

① 参见严绍璗:《日本古代文化中的道家思想》,北京大学日本学研究中心编:《日本学(第七辑)》,北京:北京大学出版社,1996年;刘萍:《中国的阴阳学说与日本的古代文化》,严绍璗、源了圆主编:《中日文化交流史大系(3)思想卷》,杭州:浙江人民出版社,1996年,第4章。
② 参见严绍璗:《記紀神话における二神創世の型態——東アジア文化とのかかわり》,日本文部省国际日本研究中心,1996年。
③ 《刘阮说话》文本见《文渊阁四库全书·子部·小说家类》;Brain Morris 的报告,见他本人所著 Anthropological Studies of Religion, Cambridge: Cambridge University Press, 1987, pp. 131—132。

不需要有"相互的影响"。

例如,各民族的英雄史诗——中世纪日耳曼语系和拉丁语系的民族史诗,俄罗斯的壮士歌,南斯拉夫人的英雄歌,以及突厥语系和蒙古语系中的民族史诗创作——它们都很相似。

又如,12—13世纪法国普罗旺斯的行吟诗人和德国歌唱武士爱情的游唱诗人们歌唱的"骑士抒情诗",与9—12世纪流传的阿拉伯人的"爱情诗"相似。

再如,西方12—13世纪的"诗体骑士小说",和11—13世纪伊朗语文学中的"爱情史诗"相似。

近代文学与中世纪文学相比,题材方面传统的、稳定的、典型的东西为更加分化的民族特征和更加个性化的意识手法所代替,但是,它们的发展仍然具有内在的相似性。

例如,市民戏剧和家庭小说,几乎是在18世纪资产阶级启蒙时期的英国和法国同时出现的。这与当时两国资产阶级的活跃,以及为其生活利益和艺术趣味服务的文学的产生相关联。

又如,德国和英国的浪漫主义的产生也可以追溯到同一年代——1798年到1800年的数年间。而当时,英国和德国的老一辈的浪漫主义者之间并没有什么交往。

作为一般文学史发展过程,欧洲各民族自文艺复兴以来,几乎经历了完全类似的历程:文艺复兴—巴洛克式—古典主义—浪漫主义—批判现实主义—自然主义—象征主义—现代主义……无论在文艺思想,或艺术心理,或艺术形态,或艺术风格,乃至体裁结构、主题情节等方面都具有类似性。这种类似性,存在着有规律的演进与更替,它们表现出的正是人类思维的共性语境状态。

这种"人类思维的共性",还表现在世界文明史的更广泛的领域内,并且在广泛的层面中表现出来。

当代法国学者弗朗索瓦·勒赛克乐（Francois Lecerele，巴黎第四大学法国与比较文学系主任）曾经就欧洲"拉丁戏剧"与东方"传统戏剧"的表现形式的"共性"，做过很有趣味的研讨表述。他认为，"拉丁戏剧"与现代欧洲戏剧在表现形式上的类似，还比不上与东方"传统戏剧"在形式上的接近，主要有这样五个层面①：第一，一系列的戏剧场面在同一环境中进行；第二，演出中肢体语言的成分常常超越台词对白；第三，音乐成分大大胜过人物台词对白；第四，道具中"面具"与"服装"具有重要意义，场景道具很少；第五，舞蹈动作与肢体语言十分相近。

弗朗索瓦·勒赛克乐所说的"东方传统戏剧"主要指的是他曾经观赏过的中国的京剧和日本的歌舞伎。所以他说："在法兰西剧院观看莫里哀和拉辛戏剧的'复原性演出'，有一种观看歌舞伎和京剧的感觉。现代法国人看不懂。"（他说的"复原性演出"是依照莫里哀和拉辛时代的表演形式和语言进行的演出，但他同时认为，"完全意义上的复原是不可能的。因为观众已经变化，不可能复原观众的情绪"。）这为我们认识文化语境的第三层面，即"人类思维的共性语境"提供了宽阔的视野。

日本"记纪神话"中，Izanaki和Izanami二神创世之初，先在大地上立起一根"御柱"（《日本书纪》中称之为"国柱"），成为二神创世的第一个道具。那么，开创世界之初，男女二神为什么需要这样的道具呢？有学者称此为"宇宙的中轴"，实在过于抽象。其实，这是内隐在神话中的一种"象征的积蓄"，是实物形态的符号。本来，人类对自身生命的起源的认知，经历了漫长的道路。大约在公元前6世纪—前5世纪，人们开始把创造生命的权威，从女性逐步地转移到了男性身上。公元前5世纪，希腊哲学家Anaxagoras（公元前500—前428）创立"种子说"，认为万物起源的根源在于男性的

---

① 本文所表述的这一段内容依据的是勒赛克乐 2007 年 10 月 10 日在北京大学比较文学与比较文化研究所的讲演记录文稿。

"种子",女性不过是提供了生产的"场所"。所以,古希腊、古罗马神普里阿普斯(Pripus)的本源便是神化了的男性生殖器。同样的观念在古印度文化中也得到显现,古印度教三大教派之一的"Saiva Sakta",其形象的象征被称为"Linga",即是男性的生殖器①。至于中国汉民族的文化中,其"祖先"的"祖"即是"且"字,从"象形"的视觉考察,则与考古发掘之"陶祖"同为男性生殖器的符号。日本在爱知县有"县神社",本身就是"ペニス"(penis)崇拜的祭祀场所,至今热闹。每年的4月上旬有一天为"ペニス祭"。2008年4月7日的"ペニス祭"为香港凤凰电视台所转播,场面中女士们高举"ペニス",表示对生命的欢呼,并弘扬生命的力量。正是这样一种在世界范围内的对生命起源的革命性的认识,它的原型的意义在原始文化中以各种文化符号出现,从而构筑起相关的话语。日本神话中的"御柱""国柱",中国神话中的"树"与"大杆"等,都是以象征与符号的形式显现的话语形式,显示"生命之源"的力量,从而构筑起属于神话的叙事模式。

一般来说,在这样三层文化语境中解析文本,就有可能揭示文本中原先通过情节、人物、故事等而内含着的虚构、象征、隐喻、符号等所具有的真实意义,显现了各个文本所生成的"文化场"的基本特征,阐明了各个文本之所以具有"个性"的基本内因②。

三、把握文化传递的"不准确形态"

比较文学的"发生学"十分注重文化传递的形态和轨迹,它是准确阐明文学文本生成过程中"变异"得以形成的不可或缺的领域。

---

① "湿婆"(Siva)与"梵天""毗湿奴"构成印度教和婆罗门教的三大主神。此神在教义中主"毁灭"与"再生",所以供奉中以表示生命之源的男性生殖器"Linga"接受供拜。
② 发生学研究中对文本"个性"的解读,与文本创作者关于文本的自我表述不一定是一致的,这好比"人"对自我的认知与社会相关人士对"这个人"的例如"社会学"的、"生物学"的、"解剖学"的以及基因结构的认识不一定是相同,二者是同一道理。

从文化学的一般意义上讲，任何一种文化都是特定的时间及空间的产物，所以文化具有"时空上的绝对性"。但在实际的生活中，文化也表现为具有"超越时空的延续性"。那么，这种"延续性"是怎么样形成的呢？

我以为，人类连续不断地对"文化"进行的"阐释"，则是使"文化"具有延续性的根本。"文化的阐释"为什么可能具有这样的效应呢？最根本的就在于一切文化阐释都是建立在"不正确理解的基础上的"。在比较文学的研究中，有一个"误读"的概念，但我以为，对文化的"不正确理解"与所谓的"误读"是两个不尽相同的概念。

"文化的阐释"在时间上形成的纵向的接触链被称为"文化的继承"；而其在空间上形成的横向的接触链被称为"文化的交流"。两者并不是以平面的形态，而更多是以多维的形态进行的，从而构成了复杂而生动的"文化的传递"。当我们面对历史时，我们面对的只是事实的描述而非事实本身，而在历史中流动的文化自然也是描述的文化而非事实的文化。

我们以17世纪后期到18世纪欧洲启蒙主义思潮与同一时期日本德川幕府官方意识形态的生存形态来考察"异质文化传递"的基本形态轨迹。这是一个可以作为揭示"文化传递"本质的经典性命题。

本命题之所以在"比较文学"的"文化传递"中可以作为经典加以阐述，是因为在同一自然历史时期中，当时地理上分处欧亚两洲互不相干的两个地区正在生成的两种本质上对立的"文化形态"中，却检出了它们都包融了一种共同的文化"因素"——中国的儒学。

欧洲自文艺复兴以来，反宗教神学的思想力量一直在成长，其中虽存在不同流派，但几乎都对中国的儒学文化倾注着热情。他们从中看到了批判宗教神学的"理性之光"，尤其是在18世纪法国大革命中，思想的先驱们曾广泛而狂热地运用中国儒学文化来守护欧洲近代启蒙思想的摇篮并唤起民众。他们主要以中国儒学宗师孔子的学说来作为反对中世纪神学统治、争取实现资产阶级统治的精神力量。

几乎在同一时期，日本进入德川幕府的封建专制统治时期。德川幕府为确保其权力的永恒性，以政治力量确定了宋代儒学文化在意识形态中的统治地位。德川幕府时期，几乎所有高层官僚和知识分子都接受了此种教育。虽然在德川幕府的250年间，"儒学"内部分裂为很多门派，但其作为维护德川幕府封建制度的意识形态的根本性立场则并无二意。于是，在以后19世纪中期的明治维新的起始时期，"儒学"便成为日本近代思想启蒙主义者们确立"近代国民思想"的主要的精神敌人。

于是文化史学便提出一个耐人寻味的问题：同一种儒学文化为什么会在几乎相同的历史时期，在欧洲成为反对中世纪封建统治，争取资产阶级权力的精神力量，而又在亚洲成为巩固封建制度，确保专制的意识形态，并随后成为日本近代启蒙思想运动的主要精神敌人呢？这一现象深刻地展现了"文化阐释"的本质特征和"文化变异体"成形的基本轨迹。

如果将儒学文化在欧洲及亚洲的传递中形成的"接触链"以线图的方式表现出来，可以形成下面的两组图式：

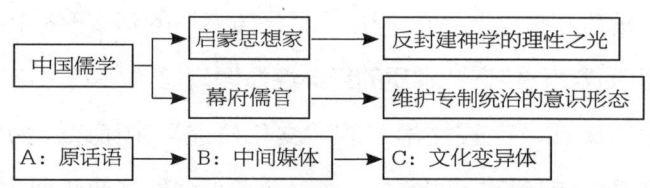

在这组"接触链"中，分别存在着A、B、C三个文化场。A是被阐释的"源文本（原话语）"，B是作为阐释的"中间媒体"，C是作为被"阐释"激活而形成的新"文化变异体"。儒学在欧亚所起的不同作用都是通过这样两次"阐释"（文化对话）才得以实现的。在欧洲，儒学文化是经由启蒙思想家这个"媒体"而表现为具有"启蒙的理性意义"的；而在日本则是通过德川思想家这个"媒体"而表现为"巩固幕府统治的封建意识形态"的。也就是说，中国的儒学文化在特定时空中可能具有何种社会意义，并不取决于儒学本体的价值，而取决于"文化传递"中的"媒体系列"的阐释。经过

"中间媒体"之后,儒学文化的本体价值便从"事实的文化"演变为"描述的文化"。而一切所谓的"文化的对话"都是在"描述的文化"的层面上进行的。

马克思于1861年7月22日写了一封给他的朋友拉萨尔的信,其中在评价拉萨尔的《既得利益体系》时有如下的阐述:

> 你证明了罗马遗嘱法的袭用最初是(而因为与法学家的科学理解有关,现在也是)建立在不正确理解上。但是决不能由此得出结论说:现代形式下的遗嘱法,——不管现代法学家借以制定它的罗马法被歪曲成了什么样子,——是不正确理解的罗马遗嘱法。否则就可以说,每一过去时期的任何成就,一被后来的时期所接受,都是不正确理解的古老东西。例如,无疑地,路易十四时期的法国戏剧家从理论上所构想的那样的三一律,是建立在对希腊戏剧(和它的说明者亚里斯多德)的不正确理解上。但是另一方面,同样无疑地,他们正是按照他们自己艺术的需要来理解希腊人的。因而在达斯和其他的人向他们正确地解说了亚里斯多德之后,还长久地固持着这种所谓的"古典"戏剧。……不正确理解的形式正好是普遍的形式,并且在社会的一定发展阶段上,是适合于普遍使用的形式。①

马克思在这里讲到了两组基本事实,一是英国的遗嘱法和罗马的遗嘱法之间的关系问题,二是16世纪到17世纪法国古典主义戏剧理论"三一律"和古希腊戏剧之间的关系问题。他认为这两个文化事实可以说明一个基本的原理,即文化"传递"中"不正确理解的形式正好是普遍的形式"。

马克思认为,法国古典主义戏剧家们在理论上提出的"三一律"是建立在对希腊戏剧不正确的理解上的,但是另外一方面,他们是按照他们自己的

---

① 米海伊尔·里夫希茨编:《马克思恩格斯论艺术》,曹葆华译,北京:人民文学出版社,1960年,第189—190页。

艺术需要来理解希腊人的,因此在安德烈·达西和其他人正确地解说亚里士多德之后,还长久地执着于这个所谓的古典戏剧。16世纪到17世纪是法国路易十四的时代,就是"朕即国家"的时代,处于大革命前夜的法国的主流戏剧家们,以所谓遵循"三一律"原则而形成古典主义戏剧流派。而所谓的"三一律",依据古典主义戏剧家的解释,即戏剧故事的演绎必须遵从"地点""时间"和"情节"的一致性。之所以称它为古典主义戏剧原则,是因为这一流派强调所谓"三一律"是从古希腊悲剧中提升出来的原则,由亚里士多德所传导。然而,思想界对"三一律"提出了怀疑,哲学家安德烈·达西天真地认为这是因为法国人没有看懂亚里士多德的《诗学》而造成的"误会"。但是,尽管安德烈·达西把亚里士多德的《诗学》从拉丁文翻译成了法文,解释了希腊悲剧没有"三一律",亚里士多德也没有提出过"三一律",而古典主义戏剧潮流依然蓬勃成长。马克思认为,这一文化运行的事实表达了一种文化传递的基本逻辑,这种形式就是"不正确理解的形式"。我们把马克思的思考分为以下几层:

1. 古典主义戏剧里面有希腊悲剧的某些成分,但它不是希腊悲剧。

2. "三一律"是对希腊悲剧的"不正确的理解形式",但是也不能把古典主义戏剧说成是"不正确理解的希腊悲剧"。因为你如果说它是不正确理解的希腊悲剧,那就是说它还是希腊悲剧。

3. 古典主义戏剧只是古典主义戏剧家们生存的那个时代所需要的这么一个形式。古典主义戏剧家们找到了可以和古希腊悲剧互相联结的某些成分,从而制造了"三一律"这么一个文学理论。

4. 古典主义戏剧家们只有按照自己的需要对希腊悲剧作一个"不正确的理解",才能提出"三一律",才能有古典主义戏剧。

5. 结论:不正确理解的形式正好是普遍的形式,并且在社会的一定的阶段里,是适合于普遍使用的形式。

文化传递的基本形态就是这样的——原话语经过中间媒体的解构和合

成，成为文化的变异体，文化的变异体已经不再是文化的原话语。之所以有新文化（或新文学）文本产生，不是为了重复原话语，完全是为了本土文化的需要。所有的比较文学发生学、阐释学、形象学都是和这个文化传递的模式有关系的。迄今为止的文化运动，都证明了马克思所阐述的这一原理的准确性。在文学的"发生学"的机制中，作为它内在"异质文化语境"的文化传播的所有形式几乎都是在不正确理解的逻辑中进行的。

依据这一理论原则，我们可以这样判定中国儒学与18世纪的欧亚文化间的"对话关系"：

1. 虽然使用了中国儒学的材料，但无论是法国理性主义思想还是日本德川幕府的封建极权主义，都不是中国的儒学文化。

2. 两者同样也不是"不正确理解"的中国的儒学文化。

3. 法国批判宗教神学的理性主义思想是当时法国的文化思想。同样的，日本德川幕府的封建极权主义也是当时日本统治阶级的意识形态。

4. 两者各自依照自身的需要对中国儒学文化进行了"不正确的理解"，从而使儒学文化中的相关成分成为各自的材料。

5. 所以，在相同的历史年代中，中国儒学文化既可以参与批判宗教神学、倡导资产阶级革命的思想文化活动，又可以参与维护封建意识、倡导极权统治、张扬宗教神道的思想文化活动。

事实上，中国儒学所承担的两种价值完全相悖的社会功能并非"事实的儒学"的本体性价值，它们只能是"描述的儒学"的价值，只有对"事实的儒学"进行一个"不正确的理解"使其演变为"描述的儒学"，在此层面上才有可能实现文化的传递。而这一过程的基本特征便是对话中的（B）方总是从自己的意欲出发来激活"原话语"（A）方的，其核心表述则是对"原话语的解构"。所以法国思想家与日本思想家以各自不同的"不正确理解的形式"将儒学演绎为"描述的文化"，但这并不是文化传递的终极形态。在传递过程中还要经过（B）与（C）的对话，通过这组对话，"描述的儒学"便消融于异质文化中，于是产生了新的文化，所以（B）与（C）的对话便表现为"文化的消融"与"文化的重构"，这样中国儒学就通过（A）方与（B）方以及（B）方与（C）方两组对话进入异质文化中并使其发生变异。这就是中国儒学向欧亚传递的终极形态。这便是不同文化之间的传递所遵循的共同轨迹①。

"文学的发生学"研究，极大地提升了比较文学领域中的传统的"影响研究"。其实，"影响研究"和"关系研究"的本质，正是在于从"文本"的立场上探索文学的成因。因此，当我们把"文学的发生学"作为比较文学的一个新的研究范畴提出来时，事实上，我们是把传统的"影响研究"的学术做到了可能接近于它的终极目标的层面上了。在这样的意义上可以说，一切所谓的"影响研究"，如果脱离了"文学发生学"的基本的理论的指导，便会失缺了研究的终极目标，其研究"成果"的价值将是极为微弱的。在同

---

① 笔者关于"文化传递形态"的思考，源于20世纪70年代前期"批林批孔"的政治运动。当时主流话语揭露"林彪推崇孔老二就是为了在中国复辟奴隶制度"，笔者大感不解，觉得如此论说，则"吃猪肉就是为了变成猪"，"吃牛肉就是为了变成牛"，在理论上深陷痛苦，于是阅读马克思的著作寻求关于"文化传递与文化接受"的本质意义究竟是什么，受到极为深刻的教育。由此笔者进入"历史文化论"的思考，并把自己的思考形成一门课程在北京大学讲授。2002年1月我在日本文部省国际日本文化研究中心与中国作家协会副主席、著名作家陈建功先生见面，他对我说："严老师呀，你当年教我们课，说了许多现在也记不住了，真是对不起了。但有一个命题，我终生不忘记，就是你说的'文化的传递是以不正确理解的形式'进行的，我思考多少年都觉得这是真理呀！"我对他说："建功呀，这不是我说的，是马克思说的呀！"我们相对大笑。笔者本人多年来关于这一命题有过许多的阐述。1987年出版的《中日古代文学关系史稿》一书的基本理路就是在这一命题上构建的，日本学者对此有过积极的评价（可参见1989年《日本学（第一辑）》的《日中古代文化关系的新思维——评严绍璗先生〈中日古代文学关系史稿〉》），称"这一理论见解，对于不同时代、不同民族的文化相互之间继承的内涵，提供了一种新的思维，就这一点而言，我隐约感到，或者可以预言，它对于探讨文化史的继承问题，具有十分重要的理论意义"。此后，我在国内外的研讨会上发表过《文化的传递与不正确理解的形态》，如1997年6月14日在韩国汉城（今首尔）"韩国比较文学学会成立20周年国际学术大会"上的讲演，2005年3月在"北京大学—耶鲁大学比较文学学术论坛"上的讲话等。书面文本也被转载多次，主要有：《中国比较文学》1998年第4期；乐黛云、张辉主编：《文化传递与文学形象》，北京：北京大学出版社，1999年；文池主编：《在北大听讲座（第十三辑）》，北京：新世纪出版社，2005年；孙康宜、孟华主编：《比较视野中的传统与现代：北大—耶鲁比较文学学术论坛》，北京：北京大学出版社，2006年。

样的意义上说,"文学的发生学"也对"比较诗学"提出了极为深刻的理论要求,它使在本门研究中对作为建构理论基础的各类"文本"的阐述,可以建立在由"发生学"的研究成果所提供的真实又稳定的基础上,从而在观念与方法论方面真正成为理论研究与文本实证相互观照的学术,使研究者从"概念的移译"与"名词的叠架"中摆脱出来,从被人称之为"说大话、吹大牛、批发洋货、贻害青年"的无奈境地中摆脱出来,从而真正达到"从作品与世界的关系出发来探讨文学的性质"的学术目标,而真正成为智者的事业。

正像"文学的发生学"这一学术范畴本身所显示的基本特征,以及对它的解析所显示的路径与操作程序等等,表明这一学术是"跨文化(文学)"研究中具有重要意义的成员,尽管它在学术范畴的界定方面可能还是不完整的,在具体的研究路径的提示方面还有不清晰的地方,但是,我以为比较文学的研究只有在对作为"研究基础"的各类"文本"的发生有了准确的把握之后,才有可能得出各种各样的见解、论说和理论,才能显示出这一学术的稳定的科学意义。①

(本文最早载于《中国比较文学》2000年第3期,原题《"文化语境"与"变异体"以及文学的发生学》;同年日本《中央学院大学人间自然论丛》第12辑发表同题日文稿《文学テキストの文化学的読解と解釈に関する論考:日本古代文学の発生学的研究の構想に際して》;2005年4月29日应邀在

---

① 依据上述三个"关键词"层面进行的"文学的发生学"研究,是一个解析文学内在生成机制的逻辑系统。有先生认为,本文的主张属于"后现代与解构"流派,实在是没有弄明白"发生学"的机理。"后现代"理念的基本点在于"文化颠覆",以便操作者在对"传统"或"经典"解构之后依据自己的"自由心证"(即属于自我的生存经验和生产欲望)重新"敷衍"文化史。发生学以"原典实证"构成学术观念和方法论,在解析过程中从根本的意义上考量,没有"自由言说"的余地,一切以"可以确证的原典文本"为依据,阐述"文本"之所以成为"这样的文本"的一系列以"文化语境"为"生成场"中多元文化连接的逻辑过程。

上海市比较文学研究会特别讲演会上以此课题做了讲演，同年8月15日应邀在中国比较文学学会第八届全国年会上又以本题做了讲演；此文入选《比较文学与世界文学：乐黛云教授七十五华诞特辑》和《东亚诗学与文化互读：川本皓嗣教授古稀纪念论文集》，编入时各有所增补；2011年编入严绍璗专著《比较文学与文化"变异体"研究》时又做了一些修订。）

严绍璗 （1940—2022）

生于上海，1959年进入北京大学中文系古典文献专业学习。1964年7月毕业后留校任教，历任副教授、教授。曾任北京大学比较文学与比较文化研究所所长及中文系学术委员会主任、国际比较文学协会东亚研究委员会主席、中国比较文学学会副会长兼学术委员会主任。历任日本京都大学、宫城女子大学、文部省国际日本文化研究中心等客座教授。1996年获亚太出版协会学术类图书金奖，2010年获日本第23届"山片蟠桃奖"，2015年获首届"中国比较文学终身成就奖"，2016年获首届"国际中国文化研究终身成就奖"。长期从事以中国文化研究为基础的东亚文化与文学关系的研究。在原典实证的基础上，建立了关于理解东亚文化的"变异体"理论，以此开创"文化与文学的发生学"研究。《中日古代文学关系史稿》《比较文学与文化"变异体"研究》《日本古代文学发生学研究》《日本中国学史稿》等专著体现了他在比较文学和日本学方面高度的学术成就。在文献学方面刊成《汉籍在日本流布的研究》《日本藏宋人文集善本钩沉》和《日藏汉籍善本书录》等著作。2021年北京大学出版社刊有《严绍璗文集》五卷。

Presenting China to Early Modern English Readers: The 17th-Century English Translation of Martino Martini's *De bello Tartarico historia*

[美] Nicholas Koss（康士林）

The 17th-century English translations of Jesuit works on China offered English readers eager to learn about the world beyond Europe the latest information about China.① During the first half of the 17th-century, there was some gap between the time of the original Latin publication and the English translation. For instance, Matteo Ricci and Nicolas Trigault's *De Christiana expeditione apud Sinas* was originally published in 1615 but there was no English version until the one published by Samuel Purchas in 1625. Similarly, it took fifteen years before Alvarez Semedo's history of China (Madrid 1641) appeared in English (1655).② But, beginning with the English translation of Martino Martini's *De bello Tartarico*

---

① This essay is based on a presentation entitled "17th-century English Translations of Latin and French Jesuit Material on China: *De Bello Tartarico* and *La Morale de Confucius, Philosophe de la Chine*" given at The Third International Conference on Translation sponsored by the Translation Center of National Chengchi University, June 9, 2007. The primary sources are: Martino Martini, *De bello Tartarico historia*, Antwerp: Ex officina Plantiniana Balthasaris Moreti, 1654. *Bellum Tartaricum or The Conquest of the Great and Most Renowned Empire of China*, London: John Crook, 1654.

② The history of the translation of Semedo's text is presented in Rudolf Löwenthal's "The Early Jews in China: A Supplementary Bibliography," *Folklore Studies* 5 (1946): 380—381. Basically, the original manuscript was in Portuguese, from which there were Spanish and Italian translations, with the English translation being based on the Italian translation.

historia, there was a much shorter time period between the publication of the original text and the English translation. Martini's work appeared in English in 1654, just one year after the Latin publication. Most of the subsequent 17th-century English translations of Jesuit material on China were done within a year or two of the original publication. This reduction of the amount of time it took to bring out an English translation attests to the developing interest in China in the second half of the 17th-century.

  This essay will give special attention to how the Latin original of Martino Martini's *De bello Tartarico historia* was translated into English and also to how an English vocabulary was developing at this time to present and discuss the country of China.① But before doing so, I will give an overview of readers, books, and the religious situation in 17th-century England. At the beginning of the 17th-century, England had a population of approximately 4,000,000, which then increased to about 5,000,000 by 1635. This figure reached 5,300,000 by 1657 and then remained around this number until the end of the century.② As for London, in 1600, it had 200,000 residents, which grew to around 375,000 in the middle of the 17th-century. The majority of these 17th-century English men and women were at the bottom of the social scale and led a very difficult life in the countryside, at times even facing starvation. Even though 80 per cent of the population was illiterate, 1,000,000 could read to a certain extent. Seventy-five per cent of these readers were males. Nonetheless, there was at this time a sufficient reading population so that the people

---

① In an earlier essay, I discussed the images of China presented in the English translation of *De bello Tartarico historia*: "Images, Structures, and Rewritings: China Conceived in Sixteenth- and Seventeenth-Century England," *NTU Studies in Language and Literature* 10 (June 2001): 105—128.

② Alan G. R. Smith, *The Emergence of a Nation State: The Commonwealth of England: 1529—1660*, 2nd ed, London: Longman, 1997, p. 166.

then said it was a "reading age."①

Printing and publishing had begun in England in the last part of the 15th-century. In 1600, 259 books were published, with the number increasing to 577 in 1640.② London during these years had 19 printing houses and most of London's 200 booksellers were centered at St. Paul's Churchyard. The majority of the books published were of a religious or literary nature, and there were also many translations of Classical Latin works. Two types of translation especially popular were "[t]he history of various countries and potentates, and the story of the exploration of foreign realms."③ At the same time, Englishmen were writing "books telling of new 'trafficks and discoveries', some made by the travelers themselves, some work of compilers. "④

By 1600, the Church of England, started by Henry VIII in the middle of the 16th-century, was the dominant religious force in England, but Roman Catholicism had not been completely eliminated; and Puritanism continued to take issue with many practices of the Church of England. Under James I (1603—1625), twenty Roman Catholic priests were executed,⑤ but the number of Roman Catholics continued to increase as did the number of priests. Under the Protectorate (1653—1659), Catholics had more freedom than before,⑥ which might account for the permission to publish the English translation of the Jesuit *De bello Tartarico historia* in 1654.

---

① H. S. Bennet, *English Books and Readers 1603—1640, Being a Study on the History of the Book Trade in the Reigns of James I and Charles I*, Cambridge: Cambridge University Press, 1970, p. 2.
② Ibid., p. 1.
③ Ibid., p. 75.
④ Ibid., p. 168.
⑤ Alan G. R. Smith, *The Emergence of a Nation State: The Commonwealth of England: 1529—1660*, 2nd ed, London: Longman, 1997, p. 265.
⑥ Ibid., p. 344.

Out of the over ten thousand books published in England in the 17th-century, approximately ten were devoted exclusively to China. The majority of these books were English translations of Jesuit books written in either Latin or French. Original works about China written in English were three in number. Two were literary texts: the drama *The Conquest of China, By the Tartars: A Tragedy* by Elkanah Settle (1676) and the essays about Chinese culture by Sir William Temple. The third book was what now would probably be called historical linguistics: *An Historical Essay Endeavoring a Probability That the Language of the Empire of China is the Primitive Language* by John Webbe (1669).

At the end of the 16th-century, Richard Haklyut compiled a large volume of travel accounts to many parts of the world entitled *The principall navigations, voyages and discoveries of the English nation, made by Sea or ouer Land, to the most remost and farthese distant Quarters of the earth at any time within the compsse of these 1500 Yeeres*. This volume (1589), which subsequently was considerably expanded and published in three volumes (1598—1600), contained information about China and was influential in introducing China to English readers. In 1625, Samuel Purchas published a continuation of Haklyut's work entitled *Hakluytus Posthumus* or *Purchas his Pilgrimes, contayning a History of the World in Sea Voyages and Lande Travells, by Englishmen and others* (4 vols.). This work too had considerable information about China.

DE BELLO TARTARICO HISTORIA BY MARTINO MARTINI

Martino Martini [Chinese name: Wei Kuangguo 卫匡国], an Italian Jesuit, was born in Trento in 1614, and died in Hangzhou in 1661.[1] His missionary work in China started in 1643. In 1651, it was necessary for him to return to Europe to defend the Jesuit position related to the Rites Controversy. By the time he arrived in Amsterdam in 1654, he had completed his Latin account of the fall of the Ming dynasty. The book was published in Latin in Antwerp soon after his arrival. Within the same year, an English translation appeared, a text of approximately 30,000 words under the title:

BELLUM TARTARICUM,

OR THE

CONQUEST

OF

The Great and most re-

nowned Empire of

CHINA,

By the Invasion of the TARTARS,

who in these last seven yeares, have

wholy subdued that vast Empire.

Together with a Map of the Provinces,

and chief Cities of the Countries, for

the better understanding of the Story.

Written Orginally in Latine by

Martin Martinius, present in the Coun-

---

[1] Gao Yongyuan, "The Life of Martino Martini," *Martino Martini: A Humanist and Scientist in Seventeenth Century China*, eds. Franco Demarchi and Riccardo Scartezzini, Trento: Università degli Studi de Trento, 1996, pp. 39—42.

try at most of the passages herein related, and now faithfully Translated into English.

A second edition came out the following year.①

An historical description of Chinese dynastic change is a daunting task, almost as challenging as that of describing China itself. The only constraining pressure that Martini was under the demand for news of the changes in China that required him to bring his work to publication as soon as possible.② Accordingly, he had great freedom in writing this work. If he were describing a European conflict, he would have had to employ much more self-censorship. He did not need to fear offending the sensitivities of Chinese officials of the old regime, or Tartar [Manchu] and Chinese officials of the new one, since his book would never enter into their hands. Nonetheless, one constraining factor he had to impose upon himself was not to present a situation that would reduce European interest and support for Jesuit endeavors in China. Perhaps this need accounts for the generally favorable image given of the Tartars.

In 1655, the year after the publication of Martini's book in English, another English translation of a Jesuit text on China was brought out: *The History of That Great and Renowned Monarchy of China* by Alvarez Semedo (1585—1658). Appended to this text was a revised edition of *Bellum Tartaricum* "much enlarged & freed from divers Erratas of the former Edition" ("To the Reader"). This study will not examine this revised edition of *Bellum Tartaricum* but will only deal with

---

① The revised edition of *Bellum Tartaricum* was appended to the English translation of Alvarez Semedo's history of China that was published in 1655 under the title of *The History of That Great and Renowned Monarchy of China*.

② David E. Mungello, *Curious Land: Jesuit Accommodation and the Origins of Sinology*, Honolulu: University of Hawaii Press, 1989, p. 354.

the original 1654 English translation. The question remains, however, why these English translations of books by Martini and Semedo appeared in 1654 and 1655. In 1655, Oliver Cromwell was in the third year of his office as Lord Protector (1653—1658). As already mentioned above, under Cromwell, Roman Catholics had more freedom than before. It is entirely possible that this tolerance of Catholics allowed printers to be more willing to bring out the writing of Roman Catholic Jesuits. Furthermore, both works were "Printed for John Crook" and "sold at his Shop at the Sign of the Ship in S. Paul Church-yard." With the Semedo work the printer is identified as E.Tyler.

That both works were published by the same book seller, John Crook, suggests that he was sufficiently well-connected to take the risk of publishing Catholic material. Moreover, the second work is done in a much finer edition, suggesting that the first one must have been profitable. Nonetheless, it is interesting to see that the title pages of both works do not identify Martini or Semedo as Jesuits, and simply say that they have lived in China for a long period of time: Martinius "present in the Country at most of the passages herein related"; Semedo "resided twenty two yeares at the Court, and other Famous Cities of that Kingdom." Nor is the name of the translator given for either work. But, referring to the translator of Semedo's work, the title page has: "Now put into English by a Person of quality..." Such a person could also have revised the translation of Martini. In this essay, I will not attempt to identify this translator but will only say that in an earlier study, I made mention of a former English Jesuit, Richard Willes, who lived in the 16th-century and translated material about China from Italian into English.[①] Perhaps it was a similar type of

---

① See my article, "The Arte of English Poesie (1589): The First Mention of Chinese Poetry in an English Text," *Monumenta Serica* 54 (2006): 207—220.

Englishman who was familiar with the Jesuits and had lived in Rome who did this translation from the Italian in the 17th-century.

The title page of the Semedo/Martini translation also clearly states that the purpose of these translations is "to satisfie the curious, and advance the Trade of Great BRITTAIN." This purpose would be the main justification of using Roman Catholic and Jesuit material.

Besides not giving any information about the English translator for the Martini book, the publisher also did not have a "dedicatory epistle" at the start of the book, as was the custom with books of the time. He must have been aware of the risks involved with what he was doing.

As for the text that Martini prepared, he did not have to introduce China itself, since by the middle of the 17th-century there was already a significant amount of information in Europe about China. But, the Eastern Tartars, as he called the Manchus, were new to Europe, so as he developed his narrative, he also had to introduce and explain them.

The high point of this book, which is right in the middle, is the suicide of the last Ming Emperor of China. The developments leading up to this event mainly take place in the cities of Peking and Liaotung, which were the places of contention between the opposing forces. Martini, who is most famous for his *Novus Atlas Sinensis*, a book of maps about China which was published in 1655, even provides a map at the start of the book so that readers can be sure of the geographical locations of events described. Interestingly, throughout the narrative, dates appear in Western years rather than in the traditional Chinese format using the year of an Emperor's reign, thus giving a Western tone to the work. The second half of Martini's account is a region by region account of the defeat of various areas of Ming China following the capture of Peking by the Tartars. He also presents the rebellions that arose against the new rulers and the sad stories of the pretenders to the Ming throne who had escaped to southern China.

The focus of this essay will be to see how an anonymous English translator in the middle of the 17th-century went about preparing an English translation of a Latin text by an Italian Jesuit missionary to China. At the same time, we will understand how this translator reacts to information about China by the way he translates. After comparing the title pages of the Latin and English versions, I will look at the two versions of the "Note to the Reader," which will be followed by a study of the English translation of twenty pages of the Latin text to give an idea of how the translator approached his task. The final section of this essay will be a discussion of the development of an English vocabulary to discuss China as manifested in the English translation.

THE TITLE PAGES

The title of the Latin text is:

De bello tartarico historia *in quâquo pacto Tartari hac nostra aetate Sinicum imperium inuaserint, ac ferè totum occuparint narratur* eorumque mores breuiter describuntur cum figuris aeneis auctore r.p. Martino Martinio, S.I., Tridentino, ex prouinciâ Sinesi Societatis Iesu in vrbem misso procuratore.

An English translation of this Latin title is:

The History of the Tartar War, in which is told how the Tartars, in our age, invaded the Chinese Empire, and occupied almost all of it, and the customs of the Tartars are also briefly described with prints. Written by Rev. Martin

Martino, from Trent, from the Chinese Province of the Society of Jesus and sent into this city as procurator.

The title page of the English translation (see Figure 1):

Figure 1

The main title of the Latin original, De BELLO TARTARICO HISTORIA, is formal and informative. With the title of the English translation, however, the subject of the book is switched from the Tartars to China with this addition to the English title: *The Conquest of the Great and most renowned Empire of China.* This manner of identifying China recalls the title of the English translation of Juan Gonzalez de Mendoza's work on China that was published in 1588: *The History of the great and mighty Kingdom of China....* The only difference is that "mighty" has been replaced by "renowned" since China's conquest by the Tartars would no longer suggest it to be "mighty." By adding "in the last seven years," the English translation places the beginning of the conquest in 1648. The English translation also has China "wholly subdued," whereas the Latin says "occupied almost all of it," which is closer to the actual situation.

There are maps in the Latin original, but this aspect is not mentioned on the title page of the Latin text. By referring to the maps of China in the title page of the

English version, the suggestion is that the English reader might not be familiar with the geography of China. The maps also could be mentioned here as a selling point.

The English version does not identify the author as a Jesuit, which is understandable given the religious situation in England at the time. What is interesting, however, is the expression "faithfully Translated into English." As we will see, the English translation is a "faithful" one in many ways, but if we take "faithfully" as a pun, it suggests that the translation adheres to the "faith" of the Church of England rather than that of Roman Catholicism.

NOTES "TO THE READER"

In the Latin original, there is a long note "To the Reader" in which Martini explains how he wrote this work during a long journey from China to Europe. The section is completely omitted by the translator, who probably did not want to draw too much attention to the original author. The English version therefore begins with the much shorter second note "To the Reader" in which Martini explains why he added a map of China for the reader and also explains the larger geographical work about China he is working on. I suspect that this information was included to alert English traders to an important atlas about China by Martini soon to be published.

In his translation of the second note "To the Reader," the first thing that the English translator does of interest is to insert the phrase "harsh and barbarous" before "names of countries, and Towns unknown to the European reader." The latter is a faithful rendition of the Latin original. At first, I thought "harsh and barbarous" was the translator in his own words adding his impression of the sounds of the Chinese language, but then I recalled that the expression "*asperitatem et barbariem*" had been used by Martini in the conclusion to the first note "To the Reader," when he calls his own writing "*asperitatem et barbariem*," in the grand tradition of literary humility. The translator then took this expression and used it to describe the sound of Chinese place names. With the juxtaposition of a phrase, we know for sure that the translator did read the omitted note and that this note influenced his translation.

In this second note in the Latin version, Martini mentions that the chart of towns and provinces in China that he will present is based on ones "drawn by those philosophers of the Chinese [*ab ipsis tamen Sinarum Philosophis delineate*]." The English translator must have already had some knowledge of these philosophers from China for he adds the word "learned" to his translation: "drawn by the hands of their **learned** Philosophers...."

In the English translation, the note "To the Reader" concludes in this way:

> I will not therefore for the present deflower that worth [the atlas of China Martini is working on] of its greatest beauty, by an unseasonable exposition of it to the readers view; but expect till it grow to that perfection, as I hope will ravish the unsatiable appetites of this our curious Age.

This sentence does not appear in the Latin original, which only has:

> Ne debitam ampliori Operi gratiam ostentatione prematura subtrahamus.
> [Lest we draw away by premature display the pleasantness owed to the fuller work.]

The image of "deflower[ing]" the atlas before it is able "to ravish" is the translator's own creation. Even more interesting is the concluding phrase "the unsatiable appetites of this our curious Age." It is these "unsatiable appetites" that have created the demand for this translation. It almost sounds as if the translator is saying that he would have preferred not to translate this text but the times have made it necessary.

THE ENGLISH TRANSLATION OF *DE BELLO TARTARICO HISTORIA*

In the following, I will discuss the English translation (1—37) of the opening twenty-some pages of the Latin text of *De bello Tartarico historia* (17—19). Often my examples will be taken from one or more of these four paragraphs: the rise of the founder of the Ming dynasty, which was established in 1368 (Latin 20—21; English 5—6); a description of the Wan-li Emperor (reigned 1572—1620) (Latin 23—24; English 10—12); a protest given to Chinese officials by the Tartars (Latin 25—26; English 13—15); and the introduction to the noble woman of Sichuan who fights for the Ming dynasty (Latin 33—34; English 28—29). The aspects of the English translation that I will discuss include the format of the translated text, the method used to translate, and the translation into English of vocabulary needed to present China in an English context.

Format: Marginal Notes

The 17th-century European language texts usually had marginal notes to indicate the content of the paragraph. The English version carefully translates and preserves the original marginal notes.

Format: Paragraphs

A translator must decide how to handle paragraph arrangement. When I translate from Chinese into English, depending on the nature of the text, I either preserve the paragraph arrangement of the original or adapt it to what I think would be appropriate for an English text. The English translator of the Martini text often breaks down long Latin paragraphs into short English paragraphs. For instance, the long opening Latin paragraph of the original (17—18) is changed into four short

English paragraphs (1—3). Other examples include the paragraph about the rise of the founder of the Ming Dynasty and the establishment of the dynasty. The Latin paragraph (20—21) is changed into four paragraphs in the English version (5—6). The paragraph in the Latin text (23—24) on the Wan-li Emperor is changed into two paragraphs in the English translation (10—12).

At times, however, the long paragraphs of the original are preserved in their entirety. When the son of the King of Niuche wreaks havoc on China because of the unjust death of his father, the very long Latin paragraph (26—29) remains as such in the English version (15—20). It might have been that this fast paced and exciting description needed no paragraph division. Other long paragraphs retained in the English translation include the one on the Tartars protesting to Chinese officials (Latin 25—26; English 13—15) and the introduction to the noble woman from Sichuan who fights on behalf of the Ming dynasty (Latin 33—34; English 28—29). The approach to paragraphs suggests that the translator is aware that his readership might not be of the highest educational background, and it is also the first sign that the translator is not rigid in dealing with the Latin text.

Format: Sentences

A translator also needs to decide how to handle the sentence structure of the original text. When I translate, I retain the original sentence structure only if it allows for smooth reading in English. The Latin periodic sentence, which went through centuries of development, is usually a complex sentence with extensive subordination and parallel clauses but so arranged so that the main clause appears only at the end.

The translator of *De bello Tartarico* at times preserves the original sentence structure and at other times breaks it down into shorter sentences. But, there are also a few occasions where two or more Latin sentences are combined into a long

English sentence. For the paragraph describing the noble woman of Sichuan (Latin 33—34; English 28—29), the four sentences of the Latin original are retained as such in the English translation. In the paragraph on the founder of the Ming Dynasty (Latin 20—21; English 5—6), the three sentences of the Latin text are broken down into four English sentences. Similarly, for the paragraph with Tartars protesting against Chinese officials (Latin 25—26; English 13—15), the three Latin sentences are changed into five English sentences. But for the first paragraph on the Wan-li Emperor (Latin 23—24; English 10—12), five Latin sentences are combined into two English sentences. Such an approach to sentence structure further suggests the flexibility of the English translator in dealing with the original text.

How the Anonymous English Translator Translates

To understand how the English translator goes about his task of translating, I will look at two passages: the opening sentence from the paragraph on the founding of the Ming Dynasty; and the opening sentence of the paragraph that introduces the Wan-li Emperor.

Below are the Latin original and English translation for the first sentence about the establishment of the Ming Dynasty:

Interea Sinicis deliciis fracti, Sinicos induerunt mores & paulatim fortitudinem Tartaricam dediscentes, nimia debilitate pace, Sinae evascerunt: (20)	In this tract of time, the Tartars forgetting their antient Vigour of Mind and warlike Spirits, which the pleasure and delices of that Country had quailed and tamed, being also weakened by so long a Peace, became of a sweeter temper, and received a deep Tincture of the Nature and Disposition of the Natives of China.

For this Latin sentence, the translator does not follow in his translation the order of the clauses of the Latin original, as we can see in the chart below, where the

English clauses are numbered in accordance to their place in the Latin sentence.

	1. In this tract of time,
1. Interea	4. the Tartars forgetting their antient Vigour of Mind and warlike Spirits,
2. Sinicis deliciis fracti	
3. Sinicos induerunt mores	2. which the pleasure and delices of that Country had quailed and tamed,
4. & paulatim fortitudinem Tartaricam dediscentes,	
	5. being also weakened by so long a Peace,
5. nimia debilitate pace,	3. became of a sweeter temper,
6. Sinae evascerunt:	6. and received a deep Tincture of the Nature and Disposition of the Natives of China.

This neatly structured Latin sentence, as to be expected, has the main clause at the end. In building up to this final clause, we are given the reasons why the content of the final clause occurred. The first reason—clause three—is the result of the second clause; the second reason—clause four—is strengthened in meaning by clause five. The overall structure is:

1. Interea [meanwhile] Time of occurrence of final result given in clause 6
2. Sinicis deliciis fracti, [broken by Chinese delicacies] Factor leading to first cause of final result
3. Sinicos induerunt mores [they took on Chinese customs] First cause of final result
4. & paulatim fortitudinem Tartaricam dediscentes, [and gradually unlearning Tartar fortitude] Second cause of final result
5. nimia debilitate pace, [with the weakness of too much peace] Corollary to second cause
6. Sinae evascerunt: [became Chinese] Final result

The English translation retains the important main clause of the original at the end of the sentence. But the sequence of the clauses preparing for the final clause is considerably rearranged, so that the third clause of the original (*Sinicos induerunt mores* [they took on Chinese customs]), which is the first cause of the final result (*Sinae evascerunt*: [became Chinese]), is moved to immediately before the final clause and given equal weight to the final clause as a conclusion [3. became of a sweeter temper, 7 and received a deep Tincture of the Nature and Disposition of the Natives of China.]. The second clause (& *paulatim fortitudinem Tartaricam dediscentes* [and gradually unlearning Tartar fortitude]), which is moved to the beginning of the sentence, is then presented as the cause of the now two final results, but following it are its two causes (2. which the pleasure and delices of that Country had quailed and tamed, 5. being also weakened by so long a Peace).

With the translation of this sentence we see that the translator is taking a rather free approach to the translation of the original text. Moreover, through his translation of particular words and phrases, we learn more about his method of translation. The Latin time word at the beginning of the sentence—*interea*—could have been translated as one word, such as "meanwhile," but the translator opted instead for this expression: "in this tract of time." Further, there are single Latin words that become two English words: the single noun in the expression "*Sinicis deliciis*" becomes "pleasure and delices" in the translation. Likewise, the single-word participle "*fracti*" is rendered as "quailed and tamed." And, "*fortitudinem Tartaricam*" becomes "their antient Vigour of Mind and warlike Spirits." The translator seems to have a clear understanding of the denotations of these Latin words and attempts to bring out the full meaning of the Latin word by using two or more English words.

Even more interesting is the translation for "*Sinicos induerunt mores*," which is, "became of a sweeter temper." Literally, the Latin passage simply means "adopted Chinese customs," (or, as "mores" was commonly translated then, "manners"). What the translator does, however, is to present his interpretation of Chinese manners and their effect: to make one be of a "sweeter temper." For the translation of the final clause *"Sinae evaserunt,"* which literally simply means that they "became Chinese," the translator offers an explanation rather than just a translation: "[the Tartars] received a deep Tincture of the Nature and Disposition of the Natives of China." Here the translator appears to recognize the importance of this concluding clause to this periodic sentence. But, in English, a literal translation with only two or three words would not have much strength. The long translation/explanation that the translator gives is very emphatic in an English context and gives the concluding clause of the English translation the strength it should have. The clause *"nimia debilitate pace,"* which is translated as "weakened by so long a Peace," is an example of the translator doing a rather literal translation. Through this analysis of the sentence, it becomes clear how the translator produces a translation that puts priority on the effect of the English version on the reader rather than on a rigid following of the Latin text to preserve the original.

The translator, however, is able to follow the structure of the Latin sentence when he deems it appropriate, as we see in his translation of the opening sentence to the paragraph on the Wan-li Emperor. This is also the paragraph where he combines three Latin sentences into a long English sentence.

| Imperium itaque Sinicum sic stabilitum ac firmatum, sub Taiminga Familia constanti pace ac quiete fruebatur, quasi per ducentos quinquaginta annos. Eo autem tempore quo Tartarorum septem Dynastae inter se pugnabant, felicissimus Vanlieus Imperator, ex Taiminga Familia decimustertius, toti Imperio iura dabat. Hic Imperium regendum assumpsit anno a part Virginis M.D.LXXIII. & usque ad M.DC.XX. perbelle rexit, magna tum prudentiae tum aequitatis ac iustitiae fama. (23) | Therefore this Kingdom of China being thus established by the Taimingian Family, enjoyed a constant Pease and quietness for CCL. years, and whilst the seven Lords or Governors made Civil wars, that renowned Emperour of China, known by the name of Vanley being the thirteenth Emperour of the Taiminges Family, governed happily the Kingdom of China from the year 1573. to the year 1620. with as much Prudence as Justice and Equity. (10—11) |

Presenting China to Early Modern English Readers | 055

The following chart shows how closely the translator follows the clause structure of the Latin original. There is only a slight variation at the end of the English sentence when the dates are given after rather than before the verb they modify.

1. Imperium itaque Sinicum sic stabilitum ac firmatum,	1. Therefore this Kingdom of China being thus established by the Taimingian Family,
2. sub Taiminga Familia constanti pace ac quiete fruebatur,	2. enjoyed a constant Pease and quietness
3. quasi per ducentos quinquaginta annos.	3. for CCL. years,
4. Eo autem tempore	4. and whilst
5. quo Tartarorum septem Dynastae inter se pugnabant,	5. the seven Lords or Governors made Civil wars,
6. felicissimus Vanlieus Imperator,	6. that renowned Emperour of China, known by the name of Vanley
7. ex Taiminga Familia decimustertius,	7. being the thirteenth Emperour of the Taiminges Family,
8. toti Imperio iura dabat.	
9. Hic Imperium regendum assumpsit	
10. anno a part Virginis M.D.LXXIII & usque ad M.DC.XX.	11. governed happily the Kingdom of China
11. perbelle rexit,	10. from the year 1573 to the year 1620.
12. magna tum prudentiae tum aequitatis ac iustitiae fama.	12. with as much Prudence as Justice and Equity.

A few aspects of this translation should be noted. Twice the Latin text refers to China as "*imperium,*" which here means "empire." But the translator decides to translate the word as "kingdom," since, I suspect, "empire" would be granting more status to China than he is willing to do. Nonetheless, when he comes to the word "Imperator [emperor]," he retains the original meaning with "Emperour."

In the Latin text, the emphasis is that the "*constanti pace ac quiete* [constant Pease and quietness]" was because of the Ming rulers, but in the English version it is the establishment of the dynasty by the Ming rulers that is emphasized. By translating "*felicissimus,*" which means "most fortunate," as "renowned," the translator is probably being influenced by his image of a Chinese emperor. Usually the translator does not omit any part of the original text, but here he does not translate "*iura dabat*," which means "gave laws." Perhaps as a Christian the translator would see the giving of laws to be more a function of God than of an emperor.

Further Comments on the English Translation

One of the guiding principles of the translator in preparing his translation seems to be a concern to help the reader understand what is being presented about this distant country China. Already on the English title page it is said that the text has a map "for the better understanding of the Story." Dividing some of the long Latin paragraphs into shorter English paragraphs could also have been done to help the reader. And, at the same time, by paying close attention to bringing out the meaning of Latin words and phrases, the translator seems to want the English reader to get a feel for the original Latin text. When an English cognate is appropriate, it is used, as when "*perfide*" is translated with the cognate "perfidiously," or "*humilioribus ac submissi*" (25) is translated with the cognates "humble and submissive" (13). But, when necessary, very different English words are used to bring out the meaning of the Latin, as when "*Velocitas*" (27) is rendered "quickness and nimbleness" (17).

The Development of an English Vocabulary to Discuss China

To present and discuss a foreign country and culture in English, a special English vocabulary is often needed to explain the uniqueness of that country and culture. It was in the 17th-century that the English language was developing a vocabulary to explain China to English readers. In this section, I will look at this vocabulary, including expressions for geographical places in China, English renditions of Chinese personal names, and English words needed to talk about the Chinese government.

Place Names

First a mention of the word "China" itself. What this English translation shows is that by 1654 "China" was already the accepted word to refer to this country. According to the Oxford English Dictionary (OED), the first use of the word "China" in an English text was in 1555, one hundred years before the publication of the translation under discussion.

It also is in the 17th-century that the names for other countries in Asia were developing. The OED has Japan being called the following in the first half of the seventeenth century: Japan, Iapon, and Jappon. It is not surprising, therefore, that the translator does not use "Japan" as such, since this word had not yet achieved standard usage. In Martini's original Latin text, the word "*Iaponibus*" (33) is used, which appears as "Japony" in the English version, and which could be added to the OED as yet another variant for Japan in the mid-17th century.

Korea, however, appears in the English translation as "Corea" (23, 30), which is very close to its modern form, and is what is found in the Latin text (30). According to the OED, in the nineteenth century, the "C" became a "K."

As for the place names in Tartary and China used in the Latin text, the English translator often simply transfers the Latin names into the English text, usually with a removal of the Latin ending to the word. When the Latin text refers to places in Tartary, the translator simply transposes them into the English text. For example, the Latin "Samahania, Tanyu, Niuche, Niulhan" (28) appear in exactly the same form in the English version (2).

Provinces of China

In the opening section of *De bello Tartarico historia*, two places are called provinces: "Leaotung Provincia" (24, 28) and "Peking" (28). In both cases, the English (12, 18) retains the words in the Latin text. In the map at the beginning of the English text, all the provinces of China are listed, but, except for Peking, Honan, and Chekiang, the usage of which will continue through the first half of the 20th-century, the others have a romanization that will be replaced in later centuries: Xantung (Shantung, Shandong), Suchuen (Szechuan, Sichuan) and so on.

Cities

The map at the beginning of the English translation uses the words Peking and Nanking, which will continue to be used until the middle of the 20th-century, but for the other cities a romanization is employed that will not be used later: Chingtu (Chengtu, Chengdu), Sigan (Hsi-an, Xi'an), and so on. Both the Latin and English texts use Macao (Latin 29; English 21), which continues to be used to this day. For other cities, such as Tianjin, however, there appears in both the Latin and English a romanized form no longer used: Thiencin (Latin 33; English 27).

Names of Dynasties

In the 17th-century, there was not yet the modern usage of the names for the Chinese dynasties. The Song dynasty appears as "*Sunga*" in the Latin text (19) and becomes "*Sungas*" in the English translation (4). The Latin text uses "*Iuenam*" (19), here the accusative case, for the Yuan dynasty, which is preserved in the English translation as "*Iunea*" (4) in the nominative case. As for the Ming dynasty, the Chinese name for the dynasty, "*Da Ming* [the great Ming]" is transliterated in the Latin text as "*Taimingam*" (20), here the accusative case. In the English version, "Taiminges" (7) appears, being a Latin plural form for the people of the Ming dynasty.

Family Names: Emperors

The founder of the Ming dynasty, Zhu Hongwu, is simply called *Hu* (20), based on the "wu" in Hongwu, when he is first mentioned in the Latin account. The English translator renders this as "Hugh" (5), thereby giving him a fine English name. Subsequently, Zhu is referred to as "*Hunguus*" (23), in both the Latin and English texts (Latin 21, English 7), which gives the Chinese name a Latin form.

The Wanli Emperor appears as "*Vanlieus*" (23) in the Latin original and as "Vanley" (11) in the English translation.

Titles of Government Officials

In classical Rome, "*prefectus*" was a term for a high government official. Martini then uses this word to refer to high government officials in China: *Prefectos* (accusative plural) (24). The English translation at first translates it as "Governors or Prefects" (12), but later uses "Commanders."

The degree of *jinshi* is a requirement for appointment to the highest levels of the Chinese government. Martini, following Ricci and other Jesuits, calls the holders of this degree "Doctores" (34), which is also used in the English translation (29).

In the English translation of *De bello Tartarico historia*, there is already the beginnings of an elementary vocabulary to discuss China in English. There are romanized transliterations for the names of provinces and cities. Many of these romanizations, however, would not have been easy to pronounce, as we saw when in the "Note to the Reader," the English translator calls these names "harsh and barbarian" in sound. In the Latin text, Chinese personal names are transliterated and then the transliteration is given a Latin ending, with "-us" being added for a male. This Latin way of naming is preserved in the English translation. (Even today, "Confucius," which was created in this way, is still used.) As for Chinese government officials, who in Chinese have a myriad of titles, they are lumped together under the term "governor" or "commander."

The English translation of *De bello Tartarico historia* occupies an important position in the history of the English translation of Jesuit material about China in the 17th-century. When Samuel Purchas summarized and translated Ricci and Trigault's *De Christiana expeditione apud Sinas* for his *Purchas his Pilgrimes* (1625), he was not reluctant, as an English Protestant, to criticize in his translation the Jesuits and the Jesuit author of the original text. With the publication of the English translation of Martini's text in 1654, however, there is no apparent anti-Catholicism in the translation itself. The translator simply tries to bring out the meaning of the original as clearly as possible. But, the translator still had to be careful given the religious situation at that time. The name of the translator is not given, nor does the title page indicate the author to be a Jesuit. Nonetheless, in the translation itself, all references to the Jesuit missionary work in China are retained.

The Toleration Act of 1689 passed by Parliament at the start of the reign of William III (r.1689—1702) did not give Roman Catholics freedom of worship, but there was the beginning of tolerance for them. When, in 1698, an English translation of an account of China by the French Jesuit Louis Le Comte was published, it was stated clearly on the title page that the author was a Jesuit.

Nicholas Koss (康士林)

1943年出生,美国宾夕法尼亚州人,1966年于圣文森学院(St. Vincent College)取得哲学学士学位,1966年于台湾新竹Chabanel语言中心研习中文,之后于印第安纳大学伯明顿分校研究比较文学并获博士学位。先后为辅仁大学及圣文森特学院教授。2010年春天起为北京大学比较文学与比较文化研究所特聘教授。现已荣休。

"皮之不存，毛将焉附"
——试论国际文学关系研究的地位与作用

孟 华

长期以来，比较文学界似乎总是处于一种深重的精神焦虑中：比较文学是否还有存在的必要？还能存在多久？此类问题不断被提出，发展到极致，也就出现了形形色色的学科消解论。

消解论之一谓之曰："比较"的意识与方法在当代已为其他学科所普遍接受，不再是比较文学的专利，因而也就无须再为之保留专门的学科位置。

消解论之二鼓吹"文化研究"包罗万象，认为当下的世界是文化研究的一统天下，文化研究万能，大可涵盖一切，因而比较文学也就不必再羞羞答答地强调什么"文学"了，干脆让位，或及早"弃暗投明"，投奔"文化研究"的麾下方为上策。

消解论之三提倡以蓬蓬勃勃发展着的"翻译研究"替代"比较文学"。

消解论之四则以"哀其不幸，怒其不争"的情感，干脆极而言之地宣布比较文学的"学科之死"。

……

乍一看来，这些学科消解论者似乎不无道理：他们质疑的现象绝大多数确曾或依然存在；更何况，世上万事万物原本都有其发生、发展、消亡的过程，一门学科既然可以应运而生，说它终有一天会完成其历史使命而退出舞台，归于沉寂，当也在情理之中。

但倘若稍退一步去环顾一下四周，我们却又会顿生疑窦。譬如中外文学、中外历史、中外哲学等其他人文学科，这些都是与比较文学比肩、相邻，甚至相辅相成的学科，为什么就没有人去质疑它们的生命力？莫说质疑，即便是提出问题本身，恐怕都会引来惊诧的目光①。那么，为何单单要将比较文学拎出来，而不问问"人文学科是否还有必要存在，还能存在多久呢"？

显然，问题的产生是与比较文学学科的独特身份有关。众所周知，"身份"不确是比较文学从学科诞生起就面临的窘境。我在另一篇短文中曾把这种由边缘地位带来的身份不确称为"原罪"，并由此认为：比较文学"生来就属'跨'，所以永远都是边缘的。而且毫无疑义，它还将背负着这个'原罪'进入到人类的第三个千年中去"②。

其实比较文学的边缘地位与"跨"的特性，早已为国内外绝大多数比较学者所认同，似无再讨论的必要。但"原罪"绝不会因为你知道其存在而轻易地饶过你，它会随形势的发展而产生诸多顺应时代的变种。本文开头援引的若干消解论不正是"原罪"在新形势下引发的新问题？看来，要想从根本上使本学科从"原罪"导致的种种疑虑中解脱出来，首先需要为本学科的独特身份"正名"，确切而言，即要找到比较文学作为边缘学科而得以安身立命之根本。本文正是希望在此一方向上做些许的尝试。

一、历史的回顾

提到"正名"，就不能不简单回顾一下本学科的发生、发展史及由此而形成的学科的基础。

---

① 20世纪在西方一度盛行的"文学之死"在国内也多有译介与反响，但似乎从未对文学研究学科的存在构成过威胁，更未见治中国文学的同行产生多么严重的"危机感"。
② 孟华：《比较文学"原罪"论》，《中外文化与文论》1996年第1期。

比较文学生发于国别文学的研究之中。19世纪初，当某些研究国别文学的学者发现了文学实际上是超越国界的，无法孤立地存在时，也就萌发了要使用一个新词来界定此类现象的念头。幸与不幸，那时恰逢"比较"一词在欧洲大行其道，既然可以有"比较解剖学""比较语言学""比较宗教学""比较神话学"……为何不可以"时髦"一把，将对此类跨文学现象的研究称为"比较文学"？但显而易见，该词在当时实际指称的就是由文学交流而导致的跨文学现象，后人称之为"国际文学交流"或"国际文学关系"。因此，国际文学关系研究代表了最原初、最基本的比较文学研究方向。而进行此类研究的比较文学即是文学交流的产物，是开放的、世界主义观念的产物。

在这一点上，国内比较学界似存在着某些误解。一些人认为，法国之所以成为比较文学的诞生地，是因为她自身拥有深厚的文学传统，是因为法兰西人希望"输出"自己的文学，炫耀本国文学的"光荣"。不可否认，第一、二次世界大战前后的某些法国学者确曾表现出了一定程度的文化沙文主义倾向，但这是发展中出现的问题，绝非本学科的主流，更不代表学科诞生时的情况。倘若我们仔细研究一下比较文学的学科史，就会清楚地发现本学科在法国的诞生实际上得益于一种开放的意识。在《论文学》《论德意志》等著作中，被称作"世界比较文学先驱"的斯达尔夫人（Madame de Staël）竭力引起人们注意和重视的，恰恰是非法国文学、文化的财富；1817年，当法国学者诺埃尔（François Noël）在《法文与拉丁文教材中的英国文学与伦理课文》（Leçons anglaises de littérature et de morale sur le plan des leçons françaises et des leçons latines）中第一次使用"比较文学"这个词时，他是用来说明进入了法文和拉丁文作品中的英国思想、文学作品的[①]。继他们而起的早期比较学者们，无论是维尔曼（Abel-François Villemain）、安培（Jean-

---

① 参阅 Y. Chevrel, *La littérature comparée*, Paris: PUF, 1989, p. 8。

Jacques Ampère），还是基内（Edgar Quinet）、查斯勒（Philarète Chasles），他们的工作都与探讨法国文学中的英、德、意等欧洲国家的影响有关①。实际上，如果没有欧洲各国间日趋频繁的交流②，没有在研究本国文学思潮（诸如"浪漫主义"）时，苦于在单纯、孤立的国别文学研究中无法解释相应的文学现象，也就不会有"比较文学"一词的产生。早期的学者们并没有以法国文学为"源头""输出国"，恰恰相反，他们正是意识到了本国文学与欧洲其他民族文学有着千丝万缕割不断的联系，才竭力主张打开视野，向"别处"去寻根问源的。③今天看来，他们的工作固然十分幼稚，往往仅限于将各国文学相交的部分罗列出来，而没有对其间深层的联系，内在的逻辑，文学、文化相遇、对话、互动的过程和问题做更深入的探讨。但这种梳理文学交流的努力在当时已属难能可贵，它充分显示出了学者们希望打破阻隔与界限，从国际的视角来研究文学的愿望，尽管这个"国际"还只囿于欧洲一隅。

这一历史的回顾，清楚地证明了比较文学的概念和思想是以"一种世界主义的、自由主义的、慷慨大度的精神，是否定一切排他主义及孤立主义的精神"④为依托的。尽管自那时以来的法国学者并非全都继承了这一精神，宣言者也未见得个个都实践了这崇高的理想，但我们无法否认布吕奈尔（Pierre Brunel）们对本学科精神实质的总结恰当而精到，开放性正是比较文学的灵魂。而此种开放的精神难道不是源于文化、文学交流并仰仗交流而发扬光大？

---

① 参阅布吕奈尔等：《什么是比较文学》，葛雷、张连奎译，北京：北京大学出版社，1989年，第20—23页。

② 参阅上书，第52页。另请参阅马·法·基亚：《比较文学》，颜保译，北京：北京大学出版社，1983年，第1页。

③ 上述学者也关注他国文学中的法国因素，但从总体而言，重点仍在前者。

④ 布吕奈尔等：《什么是比较文学》，葛雷、张连奎译，北京：北京大学出版社，1989年，第17页。

二、比较文学是一门研究文化交流的学问

显而易见,文化、文学交流是比较文学赖以生存、赖以发展的基础。正因如此,世界上便没有哪一本比较文学教材可以忽略本学科与文化、文学交流的关系,更没有哪一个比较学者可以否认文化、文学交流对本学科所起到的至关重要的作用。恰如基亚(Marius-François Guyard)所言:"每一个人都知道文化交流是人类的……希望之一。……任何一种文学在孤立的情况下都不能不枯萎;而每一种最成功的民族文学都要依靠外来的因素。"①

然而,在讨论比较文学与文化交流的关系时,季羡林先生却提出了一个独到的观点。在《比较文学与文化交流》一文中,先生直截了当地提出了一个命题,他说:"比较文学的研究属于文化交流的范畴……自从有了人类社会以来,世界上各民族、各地区就在不断地进行着文化交流。……比较文学所要探索的正是文学方面的文化交流。"②

先生此说振聋发聩,触及了比较文学最核心、最本质的问题。他不仅在广度和力度上远远超越了前人,超越了本学科一切中外权威,而且还创立了新说。倘若说从文化交流的角度论述比较文学不自先生始,那么,如此明确地提出比较文学归属于文化交流,却不能不说是先生的首创。他第一次响亮地提出了比较文学只是"流",文化交流方为"源"的源流观。这个看上去不起眼的源流之辨,实在是与本学科性命攸关的大问题。

文学、文化交流既然是源,它就是比较文学研究的生命线。前文对学科史的回顾已经清楚地揭示出:比较文学由其而生,因其而长,依其而存。明确了这一点,也就使处于边缘地位的比较文学获得了充分存在的理由:比较文学得天独厚,应的乃是"文化交流"之运,也就必定要伴随文化交流走完

---

① 马·法·基亚:《比较文学》,颜保译,北京:北京大学出版社,1983年,第18页。
② 《比较文学与文化交流》,季羡林:《比较文学与民间文学》,北京:北京大学出版社,1991年,第313页。

全程。只要这交流一天不消亡，对这种交流的研究就一天不会终止。而认同交往、促进对话早已成为当今世界发展的必然趋势，文化交流注定是要生机勃勃地发展下去的，那么，研究"文学方面的文化交流"的比较文学又有何危机可言？学科的消亡又从何谈起呢？！形形色色的学科消解论是否从此可以休矣？

所以我以为，先生此说实在是为比较文学明确了身份，找回了自己得以安身立命之根本。只要坚守研究"文学方面的文化交流"，比较文学从此便可以坦然地面对一切质疑，理直气壮地宣布自己存在的合理性与必然性。

三、国际文学关系研究在比较文学学科中的地位

论及"国际文学关系研究"在比较文学学科中实际占有的地位，我们似可以20世纪60年代比较文学"危机"为界，划分出前后两个阶段。此前，它在比较文学研究中占据着绝对主导的地位；此后，它在法国及欧洲大陆仍然颇受重视，在美国及美国影响所及的地方则愈来愈被忽视，在某些地方甚至被其他研究所取代，完全淡出人们的视线。

这种变化当然有其历史的合理性。在20世纪60年代的那场比较文学"危机"前，"法国学派"表现出来的欧洲中心主义、法国中心主义，以及他们建立在"唯科学主义"基础上，只注意寻觅"事实联系"的实证方法，受到了美国学者及其他革新派的强烈质疑与严厉抨击，国际文学关系研究也因受其累而名声不佳。此外也应考虑到，自那时以来，其他分支研究领域（诸如比较诗学）得到迅速发展，这也占据了部分研究空间，分流了人们对国际文学关系研究的关注。

但面对今天危机说此伏彼起的局面，我们似有必要重新审视国际文学关系研究在本学科中的地位。无论它在历史上有过何种问题，它都是本学科中最直接研究"文学中的文化交流"的领域，它与本学科与生俱来的血脉关联

和它的历史功绩都使我们有理由相信，它在本学科中的核心地位不应也不能改变。改变了，动摇了，就几近于"数典忘祖"，比较文学学科就面临着失却自我，失却根本，站不稳脚跟的危险。此正所谓"皮之不存，毛将焉附"。

更何况，国际文学关系研究也在时时更新着自我：它从原先单向度研究发送国文学的影响，发展到对发送者与接受者进行双向互动关系的研究，且将对接受者主体的研究置于中心地位；从过去单纯考据式的研究方法，发展到充分利用各种新理论、新方法的综合性研究。

在这方面，当代形象学的确立堪称是最具代表性的。"异国形象"在一定程度上折射出了异国文化在本国的介绍、传播、影响、诠释的情况，因而一直属于传统国际文学关系研究的范畴。到了当代，学者们借助于符号学、结构主义、接受美学等理论与方法论，对传统进行了重大革新，终于使之体系化，成就了冠名为"形象学"的研究方向，将此类研究大大向纵深推进。[1]

除此之外，传统国际文学关系研究中的译介学从文化研究中受到启发，经历了关键性的"文化转向"；媒介学也拓展了"媒介"的范围，并从以往对文化、文学传递的线性研究转而讨论文化交流的双向互动，而且十分关注"媒介"自身文化身份在交流中的变化……凡此种种，不一而足。

纵观这些研究领域内发生的变化，我们似乎可以总结说：学者们已不再满足于描述现象、勾勒史实，而是在掌握确凿的"事实联系"的基础上，注重以批判的精神质疑文学、文化交流中的种种现象，挖掘隐含其中的内在逻辑，探讨产生这些现象的原因。一言以蔽之，当今的国际文学关系研究在传统的历史研究中已成功地引入了问题意识，引入了文学批评的精神。

这令人不禁想起艾田伯（René Etiemble）先生四十余年前对比较文学未

---

[1] 关于形象学对传统的革新与继承，详见拙作《形象学研究要注重总体性与综合性》，《中国比较文学》2000年第4期。

来的憧憬:"这种比较文学把历史方法和批评精神结合起来,把考据和文章分析结合起来,把社会学家的谨慎和美学理论家的勇气结合起来,这样比较文学立时便可以找到正确的对象和合适的方法。"① 倘若先生看到今天国际文学关系研究的发展状况,他该是怎样的心境呢?

四、对国际文学关系研究范畴与方法的重新定位

作为对国际文学、文化交流最直接的研究,"国际文学关系研究"必然要寻觅、勾勒、描述这些交流中的"事实的联系",因而必然具有浓厚的史学研究色彩。但如前所述,它绝非单纯的史学研究,更非对所谓的"文学外贸关系"的简单梳理。众所周知,美国学者韦勒克(René Wellek)曾将传统的国际文学关系称之为"文学的'外贸关系'"。布吕奈尔对此反驳说:"以货易货的交易只需一个很简单的手势就行了;而文学则需要更多的细微的差别。"② 实际上,文学、文化交流属于高级"心智"活动,仅用"细微差别"来修饰恐怕仍然很不确切。我在下文将会谈到,它应当是一种综合性的,涉及内、外部各个层次的研究。

此类研究关注的是文学、文化交流中产生出来的种种特殊的跨文化、跨语言现象与事实,因而,它首先属于影响/接受研究的范畴。然而,回答"是什么""怎么样"只是研究的第一个层面,在此基础上,还必须探讨、分析"为什么"的问题,亦即这些现象、事实是缘何及如何在特定的文学、文化场的合力作用下生发、演变、成形的,探究这些现象(事实)产生的内在逻辑。因此,我们不仅要研究文学史实的外部联系,这些史实、现象与社会文化语境的关系,还必须涉及无"事实联系"的类比研究,才能把"关系"缘

---

① 《比较不是理由:比较文学危机》,罗芃译,艾田伯:《比较文学之道:艾田伯文论选集》,胡玉龙译,北京:生活·读书·新知三联书店,2006年,第28页。
② 布吕奈尔等:《什么是比较文学》,葛雷、张连奎译,北京:北京大学出版社,1989年,第38页。

何产生分析清楚。这样，研究就势必被导向了文学内部的、美学的思考。

就以象征派（symbolisme）诗歌在中国的流变为例：

兴起于19世纪中叶（1860年左右）的法国象征主义诗歌流派，从19世纪90年代始在欧洲流播，20世纪20年代风靡全球。也是从1920年起，象征主义被引入中国，在中国新文学的土壤中绽出一朵朵艳丽的奇葩。20年代中、后期，中国涌现出了如戴望舒、王独清、穆木天、冯乃超、蓬子、胡也频等一大批诗人，形成了中国新诗中的象征主义流派。① 迄今为止，中国的象征主义诗歌已引发了学界极大的兴趣，研究成果大批涌现，而许多学者在研究中都感到"中国的象征主义更接近法国的象征主义"。斯洛伐克汉学家高利克（Marián Gálik）曾对个中缘由做过这样的分析："中国的旧文学广泛使用象征——确切地说是比喻和暗示的创作方法，由于传统文学的特殊魅力，也由于欧洲浪漫主义文学的强烈感染……还与作家们对世纪转折点上的文学作品感兴趣分不开。在这一转折期，象征主义文学的影响不仅突破了自身和西方文学的界限，而且几乎风靡了整个文化界。"② 在对这个显然属于接受问题的讨论中，高利克不仅涉及了法中象征主义的渊源关系，接受者（中国诗人）所处的文化、文学语境，他更强调了象征主义与中国传统文学的契合，由此便将研究导向了比较诗学的范畴。

对于这后一点，中国学者其实早已予以了足够的关注。钱锺书先生在《谈艺录》中称象征派与中国的神韵派是"奇缘佳遇"③；梁宗岱先生在《诗与真·诗与真二集》中更是将象征手法与《诗经》里的兴作比，他以《诗经》里的《小雅·采薇》为例，认为《文心雕龙》对"兴"的解释"兴者，起也；起情者依微以拟义"颇能道出"象征底微妙"。④

---

① 详见孙玉石：《中国现代主义诗潮史论》，北京：北京大学出版社，1999年，第44—50页。
② 高利克：《本世纪20年代欧洲文学思潮及其在中国的变形》，《中国比较文学通讯》1988年第2期。
③ 钱锺书：《谈艺录》，北京：中华书局，1984年，第276页。
④ 梁宗岱：《诗与真·诗与真二集》，北京：外国文学出版社，1984年，第6页。

倘若试将《采薇》与魏尔伦（Verlaine）的《白色的月》（*La lune blanche*）作比，会发现在"兴"与"象征"之间的确存在着许多耐人寻味之处。

采薇

昔我往矣，杨柳依依；

今我来思，雨雪霏霏。

行道迟迟，载渴载饥。

莫知我哀，我心伤悲！

白色的月

白色的月，

照着幽林，

离披的叶，

吐吐轻声，

声声清彻，

哦，我的爱人！[①]

La lune blanche

Luit dans les bois ;

De chaque branche

Part une voix ;

Sous la ramée

O bien-aimée !

---

① 魏尔伦：《白色的月》，梁宗岱译：《梁宗岱译诗集》，长沙：湖南人民出版社，1983年，第50—51页。梁先生原文并未引用此诗，笔者为凸显出梁先生所述"兴"与"象征"间的相似，特于此援引梁先生自译的法国著名象征派诗人之诗作。

阅读这两首诗，我们会感到：恰如梁宗岱先生所言，"表面看来"，前后文似乎没有什么显著的关系，然而两首诗的前半部分均"把那片自然风景作传达心情的符号"，或"把我们底心情印上那片风景去"，活现出诗人或喜或悲的心情。①梁宗岱先生是在介绍象征主义的文章中做此阐发的，但他的话却可视作是对高利克研究的最好注释。

由此可见，在回答为何中国的象征主义更像法国的象征主义时，单纯的"事实联系"的方法就完全不够用了，必须运用类比的方法，进行比较诗学的研究。不过，当进一步在美学原则上再做探讨时，却又会发现"兴"与"象征"的相似仍然只是表面上的，在其相似性背后，却蕴含着深刻的文化差异。

法国象征派的"象征"（symbole）强调在象征者和象征物之间，在能指与所指间要建立起新的符指关系，要尽量削弱传统的、约定俗成的联想。而这恰恰与中国传统诗歌中重互文性、重由传统符指关系而产生的联想及约定俗成的喻义南辕北辙。因而两者的美学追求存在着很大的文化差异。中国现代派诗人并未（也不需要）全盘接受法国象征派诗歌的理论，他们借用了许多形式上的东西（通感、音乐性……）去激活本民族的传统，赋予其新意，使传统得以发展。因此，现象的类似，绝不意味着成因的一致。恰恰相反，生成语境的差异性往往导致目的、意义的不同。只有从美学的角度才能揭示中法文化的本质，并由此把握文学思潮、形式在接受中产生的流变，才能将国际文学关系研究搞得深透，从而真正回答"为什么"的问题。

上面这个例子已能说明国际文学关系研究有时需要借助类比研究的方法，从美学的层面来深化思考。而在回答"为什么"时，也还常常会涉及：文学与思想史、心理学、社会学、哲学、宗教、艺术等的跨学科研究（即便

---

① 本段内的引文均出自《象征主义》，梁宗岱：《诗与真·诗与真二集》，北京：外国文学出版社，1984年，第66页。

在传统研究中，这一点也很明显）。以下也试举一例予以说明。

众所周知，儒学在18世纪的欧洲，特别是在法国十分走红。若要深究个中缘由，就不能脱离法国当时的社会、宗教危机，以及法国人当时的心态。一如我在《伏尔泰与孔子》一书中所指出的："正当法国的知识分子由于'正在反抗一种老朽、腐败、衰竭无力的君主专制'……时，'中国思想'也在法兰西的土地上不胫而走……很显然，处于社会、宗教危机之中的法国人，眼光是向全球开放的。在这种全方位的审视中，任何能带来希望，激发想象的东西，都会被认为是有益的。那个被传教士们描绘得如此神奇、美妙的中国，那个富庶、强大，有着几千年文明史的古老帝国，不可能不对法国人产生强烈的刺激，其中最令人感兴趣的就是孔子的思想。"[1]显而易见，研究由此便涉及了思想史、心态史、宗教等领域，且是跨文化的跨学科。

综上所述，我们可否对国际文学关系研究的范畴与方法做出如下重新定位？国际文学关系研究以文学交流为研究对象，关注由交流而产生的种种跨文化、跨语言的现象与事实。在尽量还原"事实联系"的基础上，进而探讨这些现象（事实）的成因、演变过程、后果、效应及由此引发出来的各种文学、文化问题。它以影响/接受研究为主，亦需辅之以类比研究和跨学科研究，因而是本学科内的一种跨界的、综合性的研究。

五、国际文学关系研究与其他分支研究的关系

倘若认可这样一种重新定位，国际文学关系就不是与比较诗学不搭界的研究领域，它既需要借助比较诗学以深化研究，也理应成为比较诗学研究的基础。上文所引有关象征派诗歌的例子，或许已很直观地说明了国际文学关系研究与比较诗学间这种密切的关系：引入比较诗学的研究，才使其得以真正回答清楚"为什么"的问题；而在相反方向上，它也为比较诗学提供了一

---

[1] 孟华：《伏尔泰与孔子》，北京：新华出版社，1993年，第59页。

个绝好的研究课题。

不仅如此,一个讨论诗学问题的研究者,无论其研究对象是文类、修辞、文体,还是格律、意象、结构……在他认定自己进行的是"类比研究"前,首先需要确认被比较的双方在历史上是否发生过"交流",否则研究的大前提就很成问题。更何况我们今天使用的文学概念,绝大多数都是近现代以来从欧美直接或间接移植过来的,它们与欧美,甚至与日本文学、文化有着千丝万缕的联系。若不进行国际文学关系研究,不搞清这些概念自西徂东的文化旅行过程,不清楚它们在西文中如何表述,如何被迻译入日文,又如何直接、间接地被译介成中文,在译介过程中意义发生了怎样的游移、嬗变,在中国新文学观念、新文学史的形成中起到何种作用……进行所谓的比较诗学研究岂不是失去了根基?如此看来,钱锺书先生之所以强调说,"要发展我们自己的比较文学研究,重要任务之一就是要清理一下中国文学与外国文学的相互关系"①,内中当也蕴含了这一层意思罢?

除此之外,进行国际文学关系研究对一个比较学者应该还具有更重要、更深层的意义。它既可训练一个学者的历史感,又可培养进行学术研究所必需的实证精神与方法,而这两条都是一个比较学者必须修炼的基本功。

在《比较不是理由》的长文中,艾田伯曾辟专节描绘他心目中"理想的比较学者"。而在文章开篇处,他首先强调的是:"希望正确地理解我的意思。我的意思不是要把历史学从我们的教学中剔除出去……从历史的角度,起码对时空范畴内充分的'事实联系'进行考察,我以为对每个比较学者来说都是合适的,甚至是必须的。"②联系这段文字的上下文,艾田伯先生实际上对比较学者提出了两个要求:一是要具备历史知识与理论知识,二是要以

---

① 转引自张文定:《海峡两岸比较文学发展的相同和不同趋势》,《中国比较文学通讯》1988年第2期,第24—25页。

② 《比较不是理由:比较文学危机》,罗芃译,艾田伯:《比较文学之道:艾田伯文论选集》,胡玉龙译,北京:生活·读书·新知三联书店,2006年,第31页。

实证的方法来进行研究。

无独有偶，厄尔·迈纳（Earl Miner）先生在《比较诗学》一书中也对历史感提出了几乎同样的观点。他以诗一般的语言说明文学观念不可能不受时间和变化的影响，因此要从历史发展中去探讨理论的源头："当我们竭力使一大堆混杂不堪不断变化的思想凝固……，我们便踏进了文学观念转变的历史洪流。当我们倾注一腔热情，不无魅力地发明我们那转瞬即逝的理论时，时钟的秒摆已敲响了新的一刻，日历已翻开了新的一页。"①

在文学理论、文学概念的时间性方面，杨周翰先生的相关论述或许对中国学者会显得更为清楚，也更为亲切。他在讨论巴罗克文学时，曾对某些学者认为中国古代文学中也存在着巴罗克风格的观点予以反驳："中国9世纪的政治斗争并未改变中国历史的进程，而17世纪则是欧洲历史上的一道分水岭，一种从旧秩序向新秩序的转变。如果巴罗克是17世纪欧洲的独特产物，那么，与17世纪的欧洲如此不同的中国9世纪如何能产生巴罗克呢？只有牢记中国文人的历史背景与心态，才能更好地理解李商隐的困惑和孟郊的孤凄的实质。他们都以完美的艺术表达了自身的情感，但他们不是巴罗克诗人。"②杨先生的结论言之凿凿，他以对比较双方精到的把握，以确凿的"史实"说话，令人信服地论证了每一种文学风格都产生于一种独特的历史语境中。这段充满了历史感和实证精神的论述，实在堪称类比研究的一个典范。

这里涉及的实证精神和方法，实为一切学术研究之基础。比较文学既然是一门人文学科，就不能不遵循学术研究的这一基本法则。胡适先生所倡导的"大胆的假设、小心的求证"的方法，也应是每一个比较学者治学的座右铭。而在比较文学范畴内，要培养和训练历史观念及实证精神与方法，还有什么方式能比具体从事国际文学关系研究更有效？从这个意义上来说，国际

---

① 厄尔·迈纳：《比较诗学》，王宇根、宋伟杰等译，北京：中央编译出版社，1998年，第3—4页。
② 杨周翰：《欧洲中心主义》，1988年。中译文转引自乐黛云：《重读杨周翰先生的〈欧洲中心主义〉》，《中国比较文学》1999年第3期。

文学关系研究对所有自称为"比较学者"的人都至关重要。

回顾历史，国际文学关系研究或许是本学科中最富传奇色彩的一个分支领域：它曾立下过"开山"之功，是比较文学最原初、最主要的研究内容，享有至高无上的荣耀；曾几何时，它又跌入低谷，遭遇挫折，一度成为众矢之的。在某些地区，某些学者中，它至今仍笼罩在20世纪60年代"危机"的阴影中，遭到不应有的鄙视。然而，它既然生发于文学交流中，与生俱来就具有鲜活的生命力。无论外界是褒是贬，国际文学关系研究始终都在反思中前进。本学科特有的开放性与打通性，确保了它生生不息地向前发展。而它最根本的变化，就是在传统的历史研究中引入了问题意识与文学批评精神。

今日的国际文学关系研究，一如既往地以研究文学、文化交流为己任。但在尽力复原各国间文学、文化交流"事实联系"的基础上，它却瞄准了一个更高远的目标：反思这些现象与事实，以揭示出人类（在文化、文学方面）交流、对话、互视互补的内在逻辑与规律，反过来更积极地促进文化、文学的交流，与其他分支研究一起，更好地实现比较文学学科为人类谋福祉的人文主义终极目标。

对于我们这门研究"文学方面的文化交流"的学科来说，国际文学关系研究维系着本学科的身份与根本。在当前纷纷扰扰的"危机说""消解论"中，倘若我们能够"咬定青山不放松"，是否也就可以从各种疑虑中抽身出来，"千磨万击还坚劲"？

［原载《北京大学学报（哲学社会科学版）》2008年第3期］

孟 华

1944年生于江苏阜宁。北京大学比较文学与比较文化研究所教授。北京国际关系学院法语专业本科毕业，法国巴黎索邦大学（巴黎四大）法国文学与比较文学博士。主要研究方向：中法文学关系研究、形象研究、十八世纪研究。主要著作：*Voltaire et la Chine*，*Visions de l'autre: Chine, France*，*Miroirs croisés: Chine-France*（中方主编）、《伏尔泰与孔子》、《中法文学关系研究》、《法国文化史》（合著）、《中国文学中的西方人形象》（主编）。主要译作：《中国孤儿》《神话与史诗——乔治·杜梅齐尔传》。主编：《比较文学形象学》。主要论文：《"皮之不存，毛将焉附"——试论国际文学关系研究的地位与作用》《十八世纪一场关于中国人起源论争的启示》《从艾儒略到朱自清：游记与"浪漫法兰西"形象的生成》。曾长期担任北京大学比较文学与比较文化研究所副所长、中国比较文学学会副会长、国际比较文学学会理事。现有学术兼职：北京大学高等人文研究院学术委员会委员、法国 *Revue de littératurecomparée*（《比较文学杂志》）名誉编委、法国 *Histoire littéraire de France*（《法国文学史杂志》）通讯编委。由于在十八世纪法国文学、中法比较文学及法国汉学领域的卓越建树，于1993、2006、2012年分别获得法国政府颁发的"棕榈叶学术骑士勋章""棕榈叶学术军官勋章""棕榈叶学术统帅勋章"。

我们的历史
——巴尔特书写的中国

车槿山

巴尔特的全部著作中，1970年发表的讲述日本文化的《符号帝国》是最经常被人提到的书之一，并且得到许多人的喜爱和赞扬。例如，曾任法国文化部部长和教育部部长的雅克·兰就说过："我不知道他的书是真实的还是虚构的，不知道他与那个国家的关系是幻觉的、想象的还是现实的，但我非常喜欢他对日本烹调、人群、东京的描绘。"①

在这本书中，巴尔特把自己初次接触的古老而遥远的东方异质文明当成文本解读，展开了自由自在的片段式、发散式思考。他关注的不是日本的历史、地理、政治、经济、法律、意识形态等，甚至不是文学艺术，而是生活艺术，或者说是生活方式。在他的笔下，日本不再是一个民族国家，而是一种文化形态，一种文明范式，一种符号系统，即符号帝国。巴尔特正是用这种文本解读的方式，以亦真亦幻的文学方式，讲述了一个哲学的日本，描绘了一个让我们感到既熟悉又陌生的国家，写出了这部极具个性的著作，真正说出了人所未言的一些东西。

相比之下，尽管巴尔特在1974年也曾访问过中国，但似乎回去后没能就

---

① 路易-让·卡尔韦：《结构与符号——罗兰·巴尔特传》，车槿山译，北京：北京大学出版社，1997年，第194页。

中国说出什么了不起的东西,我们以前知道的也仅仅是一篇发表于《世界报》的应景文章,题目为《中国怎么样》。在这篇文章里,他谈到他在中国各处的参观,强调指出中国没有什么色彩,绿茶无味,景色平淡,生活平静,到处都是祥和的气氛:"民众来来往往,劳动,喝茶或独自做操,没有戏剧,没有噪音,没有矫揉造作,总之没有歇斯底里。"①

这样的印象式描述,自然谈不到深刻,而且和当时法国内外的主流话语有相当的距离,尤其是至少从表面看不大符合中国的历史现实。要知道,当时中国正处于"文化大革命"时期,正在进行热火朝天的批林批孔运动,恰巧并不平静,并不祥和。

巴尔特当然知道中国正在批林批孔,他也谈到了中国的政治运动,说中国几乎只能读出政治文本,到处都是陈词滥调。然而他接下来的分析,却让人感到十分意外,政治运动在他的笔下失去了严肃而残酷的内涵:"这些表面看来严格编码的话语绝不排除发明,我几乎要说:这是某种游戏活动;以目前的批林批孔运动为例,它在各处进行,有千万种形式,它的名称本身就像快乐的铃铛作响,运动分解为发明的游戏:一幅漫画、一首诗、一场儿童短剧,在这种演出中,一个化妆的小女孩在两段芭蕾舞之间突然出来劈开林彪的模拟像。政治文本(独自)孕育了机遇剧的这些节目单。"②

我们可想而知,几乎所有对巴尔特有所期待的人都对他的这篇文章感到失望:巴尔特作为当时最杰出的社会符号学家,曾在《神话》中出色地破译了传媒、广告、时装、饮食、搏击赛、脱衣舞等种种社会话语,曾在《符号帝国》中成功地解读了日本文化,但为什么遇到中国就不行了呢?

其实,情况也许并非如此简单。

首先,巴尔特在这篇文章里对自己的"问题系"有一个说明。在他看

---

① Roland Barthes, *Alors, la Chine? Oeuvres complètes*, tome 3, Seuil, 1995, p. 34.
② Ibid.

来，西方对中国的发问必然带来西方对自身的质疑，在难以发现中国文化的确切意义时尤其如此："中国似乎在拒绝交付这种意义，这并不是因为它隐藏了意义，而是因为它更具颠覆性地拆解了概念、主题、名称的机制；它不分享我们的知识对象；语义场瓦解了；不合时宜地对意义提出的问题，反倒成为意义本身的问题，我们的知识反倒成为幻影。"[1] 显而易见，巴尔特在这里是持一种反本质主义的立场，凸显中国的相对性，因此不能以西方的范式解答中国之谜，描绘中国形象，建构中国叙事，否则就有可能在思想上落入欧洲中心论的陷阱。反过来说，也正是中国文化体现的差异性给他提供了审视自身文化的机遇，中国的"无意义"才是最重要、最值得深究的意义。

其次，这篇文章在第二年出版单行本时他又增补了几段内容，在反驳对自己的责难的同时，更进一步地谈到了言说中国的可能性问题，即他所说的"原则问题"："不是允许说或不说什么，而是可能说或不说什么。"[2] 他认为，就像语言受到限定一样，话语也受限于文明和意识形态，西方历史上对中国的许多发言，都是出于某种教条以肯定、否定或虚假自由的方式展开的对中国的想象。而他恰恰是想突破这种限定，生产一种既不肯定亦不否定，甚至不是中性的话语，而是一种"无可奉告"式的话语，一种属于伦理学和美学而不属于理性和信仰的话语，让中国处于鲜艳的色彩、强烈的味道和生硬的意义之外，因为这样的色彩、味道和意义归根结底是与菲勒斯的炫耀联系在一起的。他在这里所说的"菲勒斯的炫耀"其实也就是德里达所说的逻各斯中心主义。

巴尔特的这些补充性论述，尽管是事后对自己的一种辩护，但仍然表露了他面对中国这个他者时不愿意做出直接而简单的价值判断的根本态度，以及他在更普遍的层面上对写作—阅读这类语言实践活动或文化介入行为的思

---

[1] Roland Barthes, *Alors, la Chine? Oeuvres complètes*, tome 3, Seuil, 1995, p. 32.

[2] Ibid., p. 34.

考，这和他一贯的思想也是吻合的。我们知道，此时的巴尔特早已从结构主义走向了后结构主义，在他的观念中，社会就像文学一样，不再是以线性历史为先设的、成等级制有序排列的、有固定结构和终极意义的研究对象，而是一种体现无限差异的开放性文本。他在《S/Z》一书中曾对这样的文本做过形象的描述："这个文本是一个能指的星云，而不是一个所指的结构；它没有起始，是可逆的；我们通过好几个入口进到其中，但任何一个入口都不能被确认为是主要入口；它调动的代码无止境地显现，不可确定（除了偶然情况，其中的意义从不接受一个判定原则）；各种意义系统有可能控制这个绝对多元的文本，但它们的数目没有穷尽，因为度量单位是语言的无限。"①换句话说，巴尔特在《中国怎么样》这篇文章中的写作态度和他在《符号帝国》一书中的表现其实是一样的。他在此书开篇第一章"那里"中说："写作总体而言是一种具有自身方式的顿悟：顿悟（禅宗事件）是一次或多或少有点强烈的地震，晃动知识和主体：它造成一种'言语的空无'。正是这种言语的空无构成写作；禅宗的特点正是从这种空无出发，抛弃一切意义来书写花园、动作、房屋、树丛、面容、暴力。"②

另外，法国克里斯蒂安·布尔瓜出版社出版了巴尔特的《中国旅行笔记》，这本书还未收入全集，因而应该不大为人所知，但它在法国却引起了一场不小的轰动和争议。我们可以把它看作是《中国怎么样》一文的展开，细读之下，能更清楚地意识到以上所谈的问题。

《中国旅行笔记》实际上是四册笔记的合集，前三册是巴尔特访华时的逐日记录，有时甚至是"逐时"的记录，第四册是他自己对前三册的内容所做的主题索引。

这次访华是受中国驻法国使馆邀请，与泰凯尔派成员索莱尔斯、克里斯

---

① Roland Barthes, *S/Z, Oeuvres complètes,* tome 2, Seuil, 1995, pp. 558—559.
② Roland Barthes, *L'Empire des signes, Oeuvres complètes*, tome 2, Seuil, 1995, p. 748.

蒂娃、普雷奈、瓦尔一起来的,从1974年4月11日至5月4日为时约三周,全程费用自己负担。来中国后,他们按照中国旅行社的安排,先后在北京、上海、南京、洛阳、西安等城市停留,游览了故宫、中山陵、龙门石窟、大小雁塔、长城、十三陵、颐和园、天坛等名胜古迹,参观了人民公社、工厂、医院、小学、幼儿园、居民区、展览会、动物园,与复旦大学、南京师范学院、中央民族学院、北京大学有过交流,晚上还观看了杂技演出、体操表演、女排比赛、电影《青松岭》、舞剧《白毛女》、京剧《杜鹃山》等。总之,这基本上是中国在那个年代为外国人安排的典型的旅游线路和项目。

因此,巴尔特这次访华的经历看似丰富,其实十分有限,但他的笔记仍然涉及中国的方方面面,他自己列出的主题都有一百多个,其中除了"刘少奇""林彪""大字报"等当时不可避免的官方话题之外,出现最多的是"艺术""书法""修辞""色彩""气味""身体""服装""客厅""风景"等主题。这也就是说,他虽然身处当时那种疯狂的政治氛围,但有意保持了一种距离,关注的是事件的细节以及日常生活中的人与物。全书行文也十分散漫,客观记录夹杂着思考和评论,零零碎碎,经常都不是完整的句子。当然,《中国旅行笔记》是巴尔特身后出版的遗作,是一本未完成的书,我们读到的是原初状态的手稿,但它仍然显露了巴尔特书写中国的构想。一百多个主题说到底也就是没主题,他避免的就是结构中国,避免赋予中国一个固定意义,他要把中国当成一个没有中心的文本解读,当成一个"无中之国"。

巴尔特在《中国怎么样》一文的结尾,提到法国著名史学家和散文家米什莱曾把梦想的法国比作一篇大散文。巴尔特借用米什莱的比喻,说中国也是"杰出的散文"[1],也就是说它不是一首诗歌,不是一部小说,不是一出戏剧,总之,不是隐藏着大写的真理和终极的意义而有待破译的叙事。这样我

---

[1] Roland Barthes, *Alors, la Chine? Oeuvres complètes*, tome 3, Seuil, 1995, p. 34.

们也就可以理解，为什么他尽管在中国看过戏剧，却说中国"没有戏剧"。《中国旅行笔记》则最典型地体现了巴尔特的这种散文想象，它本身就是一篇大散文，而其中再现的中国则成为一篇更大的散文。

由于这本书还没有中文译本，作为此书写作风格的例子和具有某种重要性的历史事件的回顾，我们来占用一点篇幅，看看巴尔特对他们在北京大学的交流活动所做的记录和描述。这是《中国旅行笔记》中仅有的较为详尽的部分，长达十多页，而且也是最具批评意识的部分，此书其他地方尽管偶尔也有对中国的批评性思考和评论，但一般都较为温和，而且多是以幽默、委婉、模棱两可的方式提出的。

5月3日，也就是巴尔特离开中国的前一天，他们一行五人来到北京大学和师生座谈。他们清楚地知道这是中国之行的重头戏，为此还特意要求增派翻译，最终每人都配了一名译员。他们乘坐的面包车在校门口就像今天一样被门卫拦住，打了电话才得以放行，进入"精致而无人的校园"①。接待他们的有中文系和哲学系的师生，还有革命委员会的干部。

首先是北大方面为他们介绍学校的历史和现状，内容涉及学科建制、师生概况、两条路线斗争、工农兵上大学、社会实践等，其中基本的观点是说，由于"文化大革命"，现在相比过去，学校发生了根本的变化，取得了巨大的进步。中文系学生现在可以创作诗歌、小说、报告文学，哲学系学生现在学习两个月就可以解释、批判《论语》，这就是教育革命取得的具体成果。然后这些泰凯尔派成员提出问题，北大教师做出回答，问答涉及学生生活、批林批孔运动、《哥达纲领批判》、对斯大林的评价、马克思主义、中国文化传统、语言问题等。

显然，这次座谈的内容主要是政治性的，这在那个政治挂帅的年代是不可避免的普遍情况。而且我们也完全可以想象，北大方面不论是在对学校的

---

① Roland Barthes, *Carnets du voyage en Chine,* Christian Bourgois, 2009, p. 197.

介绍中，还是在对问题的回答中，只会使用一套陈词滥调，建构一个走向光明的革命叙事。巴尔特对此做了认真而忠实的记录，同时也罕见地表达了自己的不满、失望和厌烦。我们从他的评注中摘录几条来看看他当场的实际感受：

"永远不能回答事实问题，历史问题，话语是普遍性的，某种畸形意愿的诉讼。"

"我们确实不是身处历史科学的大学，我们的历史学家为了拿出意愿的证据要付出多大的努力啊！"

"我们总是提出材料的问题，但从未得到回答。"

"推理和论证的幻影，没有证据，返回到神话？返回到话语？"

"这所大学——'文化革命'的发源地，现在完全空荡，平静——而且讲着人们可以想象出的最乖巧的话语。"

"这是纯粹的教理世界。"

"这个可怜的人，幼稚的人，没有料到我们已经听过他的全部讲演了，已经有十次了。或者这对他而言毫无重要性？价值的改变：原创性不再是一个价值？重复不是一件坏事？"

"最奇怪的地方在于，这不是中国，而是激进程度的马克思主义。"

"这所大学超正统，超激进，超符合教理，确实是：先锋派——但不符合我们的词义！"①

座谈结束后，这些法国人回到饭店，不知是因为兴奋还是郁闷，全体聚在一起喝了一通茅台酒。

《中国旅行笔记》大约首先是有史料价值，毕竟"文化大革命"中来华的外国思想家不多，写下记录的就更少了，而来北京大学与师生座谈并写下详细记录的就更可谓是寥若晨星了。北京大学作为中国正式设立的第一所现

---

① Roland Barthes, *Carnets du voyage en Chine,* Christian Bourgois, 2009, pp. 204—211.

代意义上的大学,作为新文化运动、五四运动和多种社会思潮的发源地,一向享有崇高的声誉,理所当然地受到无数人的赞美,像这样受到负面评判应该是罕见的。"文化大革命"中这段不光彩的历史,也不应该忘记,也值得深思,不过这不是我们要讨论的重点。

我们感兴趣的是,巴尔特在这里的种种异议具有惊人的内在一致性,以否定的方式清楚地再现了他的肯定和喜好。普遍性话语、畸形意愿、非历史科学的大学、没有材料、幻影式推理和论证、最乖巧的话语、纯粹的教理世界、没有原创性只会重复、激进程度的马克思主义、超正统、超激进、超符合教理、集权主义、极端主义、激进主义、狂热的独白、强迫性偏执狂,总之"没有裂痕的文本",这一切在他看来全是套话、假话、神话,是屈服于意识形态的说教,不仅不是真实的中国,而且还掩盖了真实的中国,因而不足为信,亦不足为训。换句话说,巴尔特认定的中国就是这里的否定之否定,所以他才会面对这样的疯狂却说中国"没有歇斯底里"。

如果我们把巴尔特有关北大的评论综合起来看,有趣的地方还在于,他反感、反对的一切,也许可以归结为北大违背了蔡元培提倡的"仿世界各大学通例,循思想自由原则,取兼容并包主义"[1]。这当然是巧合,也是我们阐释的结果,巴尔特不大可能知道蔡元培,更不大可能知道几成北大校训的这段名言,但这也恰恰说明中外思想家理想中的"世界各大学通例"其实是一样的,并且扩大而言,这种"通例"也恰恰是巴尔特书写中国时的原则和"主义"。

古往今来,多少外国人书写过中国!以至中国学正在成为,甚至已经成为一门显学。仅就法国当代书写"红色中国"而言,人们经常提及的著名人物就有马尔罗、萨特、波伏瓦、克里斯蒂娃等人,他们全都是驰名世界的思

---

[1] 蔡元培:《致〈公言报〉函并答林琴南函》,高叔平编:《蔡元培全集(第三卷)》,北京:中华书局,1984年,第271页。

想家，但今天看来，他们那些关于中国革命和中国未来的乐观主义论断在相当程度上是成问题的，也部分地被中国自身的历史发展所证伪。巴尔特是左翼知识分子，从亲华—反华这种自启蒙运动就有的简单二项对立来看，他是前者，但他却保持了一种清醒和谨慎，同时也就避免了以上这些人的境遇。

  如果说历史上有人在面对中国时和巴尔特很相似，那应该就是意大利电影导演安东尼奥尼了，巴尔特在《中国旅行笔记》中自己承认了这点。他说："重读我的笔记来做索引，我发现，如果我就这样发表，这就可能是完完全全的安东尼奥尼。"①我们知道，1972年，安东尼奥尼受中国政府邀请来华摄制了大型纪录片《中国》，而1974年初，《人民日报》发表评论员文章将这部影片定性为反华影片，全国性大批判随即展开，直到2004年底，北京电影学院举办安东尼奥尼电影回顾学术观摩展，《中国》才第一次在中国境内解禁公映。在这部影片中，安东尼奥尼尽管也拍摄了一些著名景点，如天安门广场、故宫、长城、苏州园林、红旗渠，也记录了一些官方安排的参观，如小学课间活动、针刺麻醉剖宫产手术、纺织女工学习毛主席语录并讨论政治形势等，但他的重点放在偶然捕捉到的场景上，大量篇幅用于随意的日常生活，尤其是许多特写镜头长久地停留在普通中国人的面孔上，展现各种表情，试图理解人物的精神状态，这也就是《人民日报》的批判文章所说的："他挖空心思地拍摄坐茶楼、上饭馆、拉板车、逛大街的人们的各种表情，连小脚女人走路也不放过，甚至于穷极无聊地把擤鼻涕、上厕所也摄入镜头。"②这样的批判当然是中国"文化大革命"的政治氛围造成的冲突，但同时也隐约显露了中西纪录电影观念的差异。安东尼奥尼作为新写实主义的代表，他眼中的世界只可能是不完美的，不论东方还是西方，不论剧情片还是纪录片，都是如此。他追求个性化体验的影像表达，必然超越意识形态的

---

① Roland Barthes, *Carnets du voyage en Chine*, Christian Bourgois, 2009, p. 215.
② 《恶毒的用心，卑劣的手法——批判安东尼奥尼拍摄的题为〈中国〉的反华影片》，《人民日报》，1974 年 1 月 30 日。

分析，放弃道德说教的叙事，所以如果说中国对西方人是一个谜，那么他的影片恰恰忘记了给出谜底。这一切确实和巴尔特笔下的中国相像。安东尼奥尼和巴尔特相像的另一个地方是，这部影片在导演自己的国家也受到不少的责难。历史的阴错阳差，有时真让人既无奈，又感慨。

归根结底，巴尔特在书写中国时也是没有给出中国的谜底，即拒绝赋予中国的现实一种固定意义，不论是在《中国怎么样》一文中，还是在《中国旅行笔记》一书中，这都是他为自己划出的最基本的警戒线。老实说，他这里应该也有明哲保身的策略考虑。在当时中国甚至整个世界都高度政治化的背景中，他不想得出意识形态的意义，否则，不论他是肯定还是否定还是折中，都将是尴尬的，不讨好的。但无论如何，他书写中国时的这种立场、态度和方式，不仅使他最终展现了一个有多种指向的、多元的中国，没有简化中国，而且使他从根本上避开了"以西格中"的陷阱，即欧洲中心论的陷阱，因为在他看来，就连追问意义本身都是西方思想的特质："西方用意义湿润一切事物，如同一种专制的宗教把洗礼强加给全体民众。"①

其实，欧洲中心论这一概念和思潮本身也是现代历史的建构，只能通过线性历史观得到虚假的证明。因此，换一种说法和理论视野，从历史的角度而言，我们也可以认为，巴尔特在这里拒绝的，其实就是利奥塔尔所说的在世界范围内已然崩溃的大叙事："大叙事失去了可信性，不论它采用什么统一方式：思辨的叙事或解放的叙事。"②巴尔特的替代方案也正是通过描述日常生活的方方面面，创建无数的小叙事："小叙事依然是富有想象力的发明创造特别喜欢采用的形式"③，"如开放系统话语、局部性话语、反方法话

---

① Roland Barthes, *L'Empire des signes, Oeuvres complètes*, tome 2, Seuil, 1995, p. 794.
② 让－弗朗索瓦·利奥塔尔：《后现代状态——关于知识的报告》，车槿山译，北京：生活·读书·新知三联书店，1997年，第80页。
③ 同上书，第130页。

语，以及我们在误构一词下汇集的一切"①。这些小叙事只符合局部决定论，只具有临时契约性质和相对真理价值，但它们却更能经受历史的检验。

今天，离巴尔特访华并书写中国已经几十年过去了，现场记录不可避免地变成历史文献，东西方碰撞的空间问题也变成古今延续的时间问题，尤其是今天的社会现实和理论形态也已经面目全非。然而，不论是阅读巴尔特的《中国旅行笔记》，还是观看安东尼奥尼的《中国》，我们倾向于遗忘的中国人曾经的真实生活，带着震撼的力量扑面而来，唤起我们无尽的回忆和感动，就像普鲁斯特《追忆似水年华》中那块著名的马德莱娜小蛋糕一样，复活了我们的整个世界和历史。本雅明在评论普鲁斯特时把这种回忆称为"没有要点的故事"，并且说："回忆中的事件是无限的，因为它不过是开启发生于此前此后的一切的一把钥匙。"②这种"没有要点的故事"，个性化体验，最终指向集体记忆，指向青春，指向拯救。

车槿山

1988年毕业于法国图卢兹第二大学现代文学系，获文学博士学位；1995年于法国巴黎第八大学文学系完成博士后研究。曾任武汉大学法文系教授、法国研究所所长、《法国研究》杂志主编，后任北京大学中文系比较文学与比较文化研究所教授、博士生导师，现退休。

---

① 让－弗朗索瓦·利奥塔尔：《后现代状态——关于知识的报告》，车槿山译，北京：生活·读书·新知三联书店，1997年，第140页。
② 瓦尔特·本雅明：《普鲁斯特的形象》，汉娜·阿伦特编：《启迪——本雅明文选》，张旭东、王斑译，北京：生活·读书·新知三联书店，2008年，第216页。

人类共同价值的可能性

——从中国传统出发的探讨

伍晓明

> 林回弃千金之璧，负赤子而趋。或曰："为其布与？赤子之布寡矣；为其累与？赤子之累多矣。弃千金之璧，负赤子而趋，何也？"
>
> ——《庄子·山木》

一、价值之为价值

"生命诚可贵，爱情价更高；若为自由故，二者皆可抛。"[1]鲁迅在三十年代追忆殷夫等中国青年作家的文章《为了忘却的记念》中引出的这首短诗在中国几乎人皆能诵。这是殷夫以古诗形式翻译的匈牙利诗人裴多菲的名作《自由与爱情》。此诗歌颂自由，将之置于生命和爱情二者之上：为了爱情，诗人可以牺牲生命，而为了自由，诗人可以抛弃爱情。在此诗的汉译中，此三概念在其重要性上被排成了一个由低到高的序列：生命—爱情—自由。这是诗人自己的价值观，其所反映的则是当时欧洲浪漫主义运动的典型

---

[1] 鲁迅：《为了忘却的记念》，收入《南腔北调集》，鲁迅先生纪念委员会编：《鲁迅全集（5）》，北京：人民文学出版社，1973年，第84页。鲁迅所引此诗第一句原为"生命诚宝贵"。此诗之直译为："自由，爱情！我要的就是这两样。为了爱情，我牺牲我的生命；为了自由，我又将爱情牺牲。"孙用译，https://baike.baidu.com/item/%E8%87%AA%E7%94%B1%E4%B8%8E%E7%88%B1%E6%83%85/2535559?fromModule=lemma_inlink，2023年10月15日访问。

精神。然而，不同时代、不同社会、不同文化的人对生命、爱情和自由三者相对于人而言所具有的重要性，可能会有不同的看法，而这就可以引出本文所欲探讨的基本问题：人类共同价值可能吗？

价值在汉语中基本上是一个现代概念。如果用现代语言来说，有关价值的问题就是相对于人而言何者重要的问题，而如果用古典语言来说，有关价值的问题就是人在关乎自身和外物的一切中以何为贵的问题。所以，在汉语经典文本中，"贵"字经常可以将读者指向古人有关价值问题的论述之处，这在上述裴多菲之诗的古风汉译中就已经表现出来了，尽管"价值"一词并不在这些地方出现。对人而言，重要者或宝贵者不一而足，所以人经常会需要在被认为重要者中决定何者最为重要或最为宝贵，何者其次，等等。但做出明确的价值判断并不总能直截了当，轻而易举，所以人才可能会在进行必要的价值选择时进退两难。而且，这样的判断既会受到人所置身于其中的政治、经济、文化、传统、风俗、习惯的影响，也会受到人所置身于其中的特定事态或特定局面的影响。

如此表述出来，我们就已经触到了价值的两个基本特点：一是所谓价值总是相对于人而言的价值，此即价值所具有的相对性；二是所谓价值总是由人判断和决定的，此即价值所具有的主观性。后一特性有时隐而不显。因为，价值首先总是被接受下来的，例如孩子就首先从父母那里接受关于生活的基本价值，然后才有可能——假如他有幸或努力的话——形成自己的价值观。就此而言，价值对于个人来说首先是被给定的，而只有在经过人的反思之后，价值才能在思想上和理论中被确立，无论进行这一"价值确立"工作的是古代的先王或圣人，还是现代的思想理论家。当然，每一个人也都会在一定程度上自觉或不自觉地进行这样的工作。未经反思的价值可被称为"接受价值"，经过反思的价值可被称为"反思价值"。对于诸价值的看法被统一和体系化之后，就形成我们所谓的"价值观"。

在传统社会中，通常都是某一特定的价值观占据支配地位，这就是马克思所说的一个社会的思想总是统治阶级的思想，而若用孔子的话说，那就是"君子之德风，小人之德草。草上之风，必偃"（《论语·颜渊》）。① 在现代社会中，人类的价值观则趋向于多元。价值的多元当然是人们互相之间变得较为宽容的一种表现，但价值的多元也可以在人们中间造成敌对和冲突。当然，传统社会中的价值观也会随时代的改变而改变。例如，据说楚灵王好细腰宫女，其宫中因而即多饿死者，而唐明皇对体态丰硕的女性之喜爱却很可能反映着当时的流行趣味。关于何者为美何者不美的看法当然也是一种价值判断，尽管此种可被称为"审美判断"者在有些人看来仅具形式意义，因而似乎并不那么重要。

超出所谓"审美判断"，价值问题涉及人类生活各个领域，是哲学、伦理学、政治学、经济学、心理学与其他社会和人文学科皆以不同方式关心和研究的问题。专门研究价值问题的学科名为"axiology"，即"价值学"。其实，就是在平凡的日常生活中，我们也经常需要进行价值选择，无论我们自觉与否。例如，有人之所以会在餐馆里为如何点到不让自己吃亏的菜而犹豫不决，绞尽脑汁，就是怕会做出让自己后悔的价值判断。② 不过，在一般情况下，人经常可能由于无知或为了省心而接受流行的或顺从旁人的选择，据说东方的日本人在作为团体出访西方国家时就很习惯于只照着前一人的样子点餐，结果全团人最后吃的都是一模一样的西餐。但流行的价值判断经常可能是杂乱甚至矛盾的混合，例如意在赞扬友爱比金钱更为重要的俗语"金钱如粪土，朋友值千金"却可以让人推出朋友的价值等于粪土的结论。③ 当然，在日常生活中，价值问题可以是一个轻如"萝卜白菜各有所爱"的问题，即

---

① 卡·马克思、弗·恩格斯：《德意志意识形态》，中共中央马克思恩格斯列宁斯大林著作编译局编：《马克思恩格斯选集（第一卷）》，北京：人民出版社，1995年版，第98页。
② 例如，村上春树在《1Q84》中就生动地描绘了女主人公青豆的女友亚由美首次跟她在一个高级餐馆里点菜时反复左掂右量、犹豫不决的情景。见微信读书手机版，第681—684页。
③ 据说哲学家金岳霖小时候听到这两句话后就发现其中有这样的逻辑问题。

使在这些似乎仅仅涉及个人偏好的问题上,可能也会有人坚持其中一者比另一者更有价值,从而希望甚至强使他人承认和接受,尤其是当这些人拥有权力之时。在这种情况下,某些人就可以出于一己之好恶而决定他人之好恶。但一般说来,尤其是在更为开放和多元的社会中,人们在这样的问题上,会在坚持自己选择的同时也对他人的选择抱有相当的宽容。

如果我们承认,即使在应该享有共同价值的同一社会、同一文化之内,人们各自的价值观也会有所不同,无论是与其中被认为主流的价值观不同,还是与他人特定的价值观不同,那么不同社会、不同文化之间可能有着不尽相同的价值观,就不难令人理解了。而如果在同一社会、同一文化之内者会希望人们能在价值问题上对他人宽容,从而建立和保持社会和谐,那么身在不同社会、不同文化中的人会希望不同社会、不同文化之间也能在价值问题上互相宽容,就会是一个题中应有之义。当然,希望所有人——全人类——都能在价值问题上互相宽容,这其实已经就是一个价值判断了。

如果价值问题只是一个"萝卜白菜各有所爱"的问题,对他人的宽容似乎就应该不成问题,但也可能无足轻重,尽管情况并非总是如此。对于笔者这一代人来说,很多人都还会记得20世纪七八十年代中国官方乃至民间对于当时一些年轻人喜爱的"喇叭裤、大背头"的严厉批评和打击,尽管这会让生活在今日在服饰、发型上"什么都可以"的时代中人不以为然。但如果我们知道,即使在后人看来可能无足轻重的问题上人们都互不宽容,乃至你死我活,那么价值问题可以严重到生死攸关,也就不足为怪了。一个社会、一个文化中人可以为其所接受的价值——那些他们认为是至高的或神圣的价值——而与其他社会、其他文化中人血战到底,乃至献出生命,而其原因则只是他们认为其他社会、其他文化中人忽略、轻视、拒绝、否定乃至亵渎了他们的价值。与之相对地,其他社会、其他文化中人则很可能会认为,在价值问题上的自由和宽容——让每个人都有可以选择不同价值的自由,以及对他人所选择的价值的宽容——才最为重要。这也就是说,我们在价值问题上所享有的个人自由以及对他人的宽容才是"更有价值的价值"。当然，这一看法本身，毫无疑问也是一个价值判断，所以我们即使在欲尽量中立或客观地讨论价值问题时，其实也仍然避免不了进行价值判断。

对于不同价值的宽容态度蕴含着，所有价值都被认为是相对的，无所谓孰大孰小，孰高孰低。但价值上的相对主义会让我们所希望的人类共同价值成为不可能，除非我们将多元主义或相对主义本身视为最高价值。但如果多元主义和相对主义不是出路，亦即不能成为可行的价值选择，那么我们能否发现一个跨越和连接人类——作为具体地存在于不同社会、不同文化之中因而可能有着不同价值观的人类——的共同价值，一个**可以成为人类普遍和平之基础和保证的价值**？这也就是问，一种超出一切社会和文化差异而必然会为所有人接受的价值可能存在吗？"**必然会为所有人接受**"这一表述意味着，无论人们是否认可，是否愿意，他们其实都已——也许只是不知不觉地，或只是不甚情愿地，即"被动地"——接受了这一价值。而既然个人的价值判断总会带有主观色彩，总会因为个人置身于其中的特定社会、文化、语言、传统的影响而可能与外在于这些影响者有所不同（例如信仰一神与信仰多神与信仰无神者之不同），而且也会因为个人置身于其中的特定环境和事态而与其他人有所不同，那么如欲有一种人类共同价值，这样的价值是否就应该既独立于特定个人的主观好恶，也独立于特定群体的客观信仰？此处所谓"客观信仰"仅相对于个人而言，因为虽然个人在特定文化中所接受的价值相对于个人来说是"客观的"，但集体信仰从根本上说也是主观的。作为探讨人类共同价值之可能性的一个出发点，我们可以从自身的思想传统开始。

二、庄子的价值相对论

如上所述，价值所具有的主观性和相对性很容易导向各式各样的价值相对论。在我们的传统中，庄子可说是价值相对论的一个典型。一方面，庄子对于具体价值问题的看法基于庄子的基本思想；但另一方面，庄子的思想本身其实可以说就是一种价值相对论。所以，为了从中国传统提供的思想资源出发来探讨人类共同价值的可能性，我们就不能绕开庄子关于价值全然相对的论辩。

庄子首先以人与非人在身体和感官上的不同来否定共同价值的可能性。这一否定始于庄子在人之知即认识本身中所看到的相对性和不确定性：

> 啮缺问乎王倪曰："子知物之所同是乎？"曰："吾恶乎知之！""子知子之所不知邪？"曰："吾恶乎知之！""然则物无知邪？"曰："吾恶乎知之！虽然，尝试言之：庸讵知吾所谓知之非不知邪？庸讵知吾所谓不知之非知邪？且吾尝试问乎女：民湿寝则腰疾偏死，鳅然乎哉？木处则惴栗恂惧，猿猴然乎哉？三者孰知正处？民食刍豢，麋鹿食荐，蝍且甘带①，鸱鸦耆鼠②，四者孰知正味？猿，猵狙以为雌，麋与鹿交，鳅与鱼游。毛嫱丽姬，人之所美也，鱼见之深入，鸟见之高飞，麋鹿见之决骤，四者孰知天下之正色哉？自我观之，仁义之端，是非之涂，樊然淆乱，吾恶能知其辩！"啮缺曰："子不知利害，则至人固不知利害乎？"王倪曰："至人神矣！大泽焚而不能热，河汉冱而不能寒，疾雷破山、飘风振海而不能惊。若然者，乘云气，骑日月，而游乎四海之外，死生无变于己，而况利害之端乎！"（《庄子·齐物论》）

在庄子的寓言人物啮缺与王倪的问答中，后者说我虽不知己之不知，但你却也并不知我所言之不知是否为一种知，而我所言之知是否为一种不知。庄子由此让王倪说到人与动物基于各自的身体和感官条件而对所谓"正处""正

---

① 《释文》："蝍且，字或作蛆。"《广雅》云："蚿蚣也。"崔云：带，蛇也。
② 《释文》："字或作嗜。"

味""正色"的不同判断。这些当然都是价值判断,尽管可能只是"萝卜白菜各有所爱"的夸张版本,因为不知萝卜白菜孰为正味的毕竟同为被孟子相信为具有共同口味的人类,而不知蔬菜家畜与青草蛇鼠孰为正味的人与禽兽则分属不同物种。但庄子仅欲以此种夸张的对比来突出价值的全然相对:我们无法知道因而也无法判断孰高孰低或孰好孰坏或孰是孰非,就像人与动物似乎不可能具有同样的感受一样。当然,庄子指出这些似乎较不重要的——或价值较小的——判断的相对性,只是为了断言仁、义、是、非这些对人来说至关重要者之难以分辨,亦即它们在价值上所具有的相对性,因而也即它们在价值上的不确定性。庄子的"至人"则代表着对于各种相对的好恶、是非、利害的超越。知一物或一事之"利—害"就是知其价值,因此所谓"不知利害"就意味着不去判断一物或一事之有价值还是没有价值,有积极价值还是消极价值,有肯定性价值还是否定性价值,等等。而这也就意味着,放弃所有价值判断,或超越所有价值判断。

然而,尽管庄子认为价值都是相对的,但他有时似乎也认为有高于一种价值的另一价值。首先就是庄子似乎极其看重之生:

> 庄子钓于濮水。楚王使大夫二人往先焉,曰:"愿以境内累矣!"庄子持竿不顾,曰:"吾闻楚有神龟,死已三千岁矣。王巾笥而藏之庙堂之上。此龟者,宁其死为留骨而贵乎?宁其生而曳尾于涂中乎?"二大夫曰:"宁生而曳尾涂中。"庄子曰:"往矣!吾将曳尾于涂中。"(《庄子·秋水》)

在这一关于庄子自身的寓言中,生被确定为比"留骨而贵"更为重要,而庄子即以此表达了自己的一种可与儒家的价值选择相对比的价值选择。"留骨而贵"可被读为"青史留名"之隐喻。儒家会以青史留名为贵,也即视青史留名为对人更有价值。为了青史留名,人甚至应该"杀身成仁"(《论语·卫灵公》)或"以身徇道"(《孟子·尽心上》)。文天祥的诗句"人生自古谁无死，留取丹心照汗青"就典型地表达着这样一种价值观。庄子则以为，与其让自己"留骨而贵"或青史留名，还不如"曳尾于涂中"，即慢慢爬行于烂泥之中。这听起来几乎就像是在中国古代白话小说中常能听到的"好死不如赖活"的某种前身和经典版，尽管二者并不完全相同。而"好死不如赖活"则正是一种与儒家文化一贯坚持的"舍生取义"正相反对的价值判断。

但是，就在同一《秋水》篇中，庄子又通过河伯与北海若的对话表达了一种甚至否定上述以生为更高价值的观点：

> 河伯曰："若物之外，若物之内，恶至而倪贵贱？恶至而倪小大？"北海若曰："以道观之，物无贵贱；以物观之，自贵而相贱；以俗观之，贵贱不在己。以差观之，因其所大而大之，则万物莫不大；因其所小而小之，则万物莫不小。知天地之为稊米也，知毫末之为丘山也，则差数睹矣。以功观之，因其所有而有之，则万物莫不有；因其所无而无之，则万物莫不无。知东西之相反而不可以相无，则功分定矣。以趣观之，因其所然而然之，则万物莫不然；因其所非而非之，则万物莫不非。"

"以道观之，物无贵贱；以物观之，自贵而相贱；以俗观之，贵贱不在己。"庄子此数语几乎道尽价值的相对性和主观性。如前所述，所谓"贵"以及与之相对之"贱"就是我们古典语言中表达事物之价值的基本用语。从自身来看，总是己贵而彼贱；在常人看来，则是他人决定我之贵贱；只有从超越相对的绝对来看，才能取消贵与贱之相对。而这就意味着，取消贵贱本身，而这也就是说，取消一切价值。就此而言，即使生——生命本身——也不能被绝对化为最高价值。这在下述几段《庄子》引文中有着明确的表达：

> 古之人，其知有所至矣。恶乎至？有以为未始有物者，至矣，尽

矣，弗可以加矣！其次以为有物矣（以上数语亦见《齐物论》），将以生为丧也，以死为反也，是以分已。其次曰始无有，既而有生，生俄而死。以无有为首，以生为体，以死为尻。孰知有无死生之一守者，吾与之为友。（《庚桑楚》）

古之真人，不知说[悦]生，不知恶死。其出不欣，其入不距。（《大宗师》）

孰能以无为首，以生为脊，以死为尻；孰知死生存亡之一体者，吾与之友矣。（《大宗师》）

庄子即让自己笔下的孔子因此而赞许这样的人为"以生为附赘县疣，以死为决疣溃痈"者（《大宗师》）。对于死生的这样一种可以让人吃惊的比喻所反映的，当然是庄子自己有关死生的价值观念。

然而，在《至乐》篇中，庄子还是向自己提出了这样的问题："天下有至乐无有哉？有可以活身者无有哉？"回答首先是典型的庄子式的不确定："吾未知善之诚善邪？诚不善邪？若以为善矣，不足活身；以为不善矣，足以活人。"那么，"诚有善无有哉？"庄子认为最终还是有的：

天下是非果未可定也。虽然，无为可以定是非。至乐活身，唯无为几存。请尝试言之：天无为以之清，地无为以之宁。故两无为相合，万物皆化生。芒乎芴乎，而无从出乎！芴乎芒乎，而无有象乎！万物职职，皆从无为殖。故曰：天地无为也而无不为也。人也孰能得无为哉！

天下是非之"果未可定"是因为，在庄子看来，"是亦彼也，彼亦是也；彼亦一是非，此亦一是非"，所以他才会有"果且有彼是乎哉，果且无彼是乎哉"（《齐物论》）之疑问。然而，"无为"其实并不能真正解决这样的疑问而确定是非，因为"无为"作为一种不采取任何行动的行动也必然包含不做任何价值判断。这当然符合庄子的看法：既然任何价值都只是相对的，我们就无法做出任何"有价值的价值判断"。但"吊诡"的是，庄子的"无为"本身其实就已经是一种价值判断了，因为尽管天地之"无为"可以照其字面意义来接受，但人之"无为"本身却必然始终都是一种有意识的行为，亦即是在一个价值判断——人应该无为——的指导下做出的选择和决定的结果，尽管这一有意识的行为本身却意在取消任何行为，也取消任何意识。

庄子欲超出相对——超出相对的价值——而达到绝对的欲望在《逍遥游》中有生动的形象性的表述："乘天地之正，而御六气之辩，以游无穷"，"乘云气，御飞龙，而游乎四海之外"。《齐物论》中也有类似之语："乘云气，骑日月，而游乎四海之外。"在《山木》篇中，当庄子被问到将如何在"材与不材"的两难之境中存身之时，他也说应该"乘道德而浮游"，这样就可以"无誉无訾，一龙一蛇，与时俱化，而无肯专为；一上一下，以和为量，浮游乎万物之祖"。这些都是同一超越欲望——超越所有相对价值的欲望——的不同表达，而其最哲学的表达则是《齐物论》中所说的那可以让"彼是莫得其偶"的"道枢"。居于道枢就是居于圆环之中央，庄子以为这样人就可以应对无始无终的相对性："彼是莫得其偶，谓之道枢。枢始得其环中，以应无穷。"庄子给这一观念的另一名称则是"天钧"："物无非彼，物无非是……是以圣人和之以是非，而休乎天钧，是之谓两行。"（同上）

庄子所谓"道枢"和"天钧"都代表着对被认为仅具有相对性的各种价值的超越，但这一超越本身同时也是对于价值本身的否认或取消。当然，庄子并不否认有仅相对于是之非，仅相对于材之不材，等等，但他却不让自己在二者之间做任何选择和决定。不做选择和决定，或仅选择和决定处于二者之间（"周将处乎材与不材之间"[《庄子·山木》]），这就是不认为真有所谓是与非或材与不材，从而将这些互相对立的价值取消或令其自行取消。因此，跟随庄子，我们难以发现我们所欲寻找的共同价值，除非我们"吊诡"地将"无为""道枢""天钧"或"材与不材之间"本身作为最高或终极价值。而这将会是一种必然的结果，因为"无为"毕竟也是一种"有为"，而不选择也仍然还是一种选择。人只要活着，就不可能不进行价值选择并据之做出决定，即使只是为了活着而选择和决定活着，亦即为了生或生命本身而选择和决定生与活，就像庄子所说的宁可"生而曳尾于涂中"的神龟一样，尽管这样的选择和决定有时可能并不浮现到做此选择者的意识表面。

三、孟子的价值等级论

相对于庄子，孟子倾向于将不同价值排列成一个由低至高或从小到大的等级。在此意义上，孟子可说是一个价值的等级论者。人的身体是孟子阐明不同价值的等级时所爱用的一个比喻：

> 人之于身也，兼所爱。兼所爱，则兼所养也。无尺寸之肤不爱焉，则无尺寸之肤不养也。所以考其善不善者，岂有他哉？于己取之而已矣。体有贵贱，有小大。无以小害大，无以贱害贵。养其小者为小人，养其大者为大人。今有场师，舍其梧槚，养其樲棘，则为贱场师焉。养其一指而失其肩背而不知也，则为狼疾人也。（《孟子·告子上》）

人皆爱自己的身体，因为身体的价值对人来说似乎不言而喻，没有身体就没有生命。然而，尽管人应该重视自己的身体，但其不同部分的价值在孟子看来也是有等级的。"体有贵贱，有小大"，所以人不应该"以小害大"，"以贱害贵"。然而，身体各个部分的价值对于不同的人来说其实也是不一样的，例如对于孟子也曾提到的乐师师旷来说，手指和耳朵就会比眼睛重要，而眼睛则当然是大部分人宁失十指也要保住者。但孟子只是以身体为喻，他所要做的是根据人是否能在自己身体中区分大小贵贱而对人本身之善与不善做一判断："养其小者为小人，养其大者为大人。"这一判断是对于人本身所具有的价值的决定。孟子之说人会以那些只顾口腹之欲者为"贱"，就是因为他们养小而失大，亦即有一种会被人认为是不对或不好的价值观："饮食之人，则人贱之矣，为其养小以失大也。"饮食所滋养的当然是人之全身全体，但只顾饮食之人之所以在道德或伦理意义上被认为没有价值，就是因为其所养者仍非孟子所谓"大体"。

那么，所谓"大体"究竟为何？人之心也。孟子说："耳目之官不思而蔽于物。物交物，则引之而已矣。心之官则思，思则得之，不思则不得也。此天之所与我者。先立乎其大者，则其小者不能夺也。此为大人而已矣。"（《告子上》，此段中以下引文同）如果"心之官则思"，那么"思则得之"者又究竟为何？那就是孟子认为并非"由外铄我"即从外到来而是"我固有之"的仁义礼智："仁、义、礼、智，非由外铄我也，我固有之也，弗思耳矣。"孟子称人固有之的这些品质或德性为人之"天爵"，而称得之于外的爵禄或地位为人之"人爵"："有天爵者，有人爵者。仁、义、忠、信、乐善不倦，此天爵也。公卿大夫，此人爵也。"人爵与天爵构成一个价值等级，前者只是对于人可能具有的社会身份的肯定，后者才是对于人可以具有的伦理品质的肯定。"人爵"是外在的和形式的，"天爵"才是内在的和本质的。孟子认为，后者才是人自身所具有的根本价值，前者则只是后者可能的但并非必然的结果。并非"必然"则是因为君子总有可能不逢治世或不遇明君，孟子因而感叹时代的人心不古："古之人修其天爵，而人爵从之。今之人修其天爵以要人爵，既得人爵而弃其天爵，则惑之甚者也，终亦必亡而已矣。"当然，孟子承认："欲贵者，人之同心也。"人人都希望得到社会的认可，人人都想被他人重视。然而，"人之所贵者，非良贵也。赵孟之所贵，赵孟能贱之"。所谓"赵孟"即泛指那些在一个国家或社会中能够随心所欲地决定他人之"贵贱"的有权势之人，而这也就是庄子所谓"以俗观之，贵贱不在己"之意。人为了可被授予也可被剥夺的人爵而放弃天爵就是放弃孟子所谓的"良贵"，也即那真正"有价值"的价值。所以，人应该思考和确立的是自身固有的价值，而不能只让他人来决定自己的价值。而人的问题在孟子看来经常就只在于忘记思考因而意识不到人之"所贵于己"

者，即人本身所具有的并不取决于他人的价值："人人有贵于己者，弗思耳矣。"

"贵于己者"就是那些对自己最为宝贵或最为重要者。"仁义忠信"或一般而言的仁义礼智之所以被孟子认为是"天爵"，是人之真正"贵于己者"，即孟子所谓"良贵"，是因为它们作为价值指导人如何安身立命，立身处世，待人接物。这也就是说，它们构成人应该如何在现实世界中行动的原则。这些价值是孟子也是整个儒家传统的基本价值。孟子相信"我固有之"因而"求则得之"的这些价值皆发端于人之四心："恻隐之心，仁之端也；羞恶之心，义之端也；辞让之心，礼之端也；是非之心，智之端也。"（《孟子·公孙丑上》）就恻隐、羞恶、辞让和是非之心乃是这些价值的起源而言，它们内在于人，是人性的表现。而既然孟子认为人性是共同的，那么这些价值也就应该是共同的和普遍的，亦即，是基于人之共同人性的。

然而，尽管如此，是否还会有人不认可这些价值呢？孟子认为，原则上这是不可能的，人应该必定都能喜欢和接受这些价值，就像喜欢那些让人的味觉、听觉、视觉感到舒适的外在事物一样：

> 口之于味，有同耆也。易牙先得我口之所耆者也。如使口之于味也，其性与人殊，若犬、马之与我不同类也，则天下何耆皆从易牙之于味也？至于味，天下期于易牙，是天下之口相似也。惟耳亦然。至于声，天下期于师旷，是天下之耳相似也。惟目亦然。至于子都，天下莫不知其姣也。不知子都之姣者，无目者也。故曰：口之于味也，有同耆焉；耳之于声，有同听焉；目之于色，有同美焉。至于心，独无所同然乎？心之所同然者何也？谓理也，义也。圣人先得我心之所同然耳。故理、义之悦我心，犹刍豢之悦我口。"（《孟子·告子上》）

在这一论辩中，与庄子相反，孟子诉诸人对外物在感官知觉上所具有的共同性来建立自己的论点：既然人会喜欢吃同样可口的食物，喜欢听同样悦耳的声音，喜欢看同样悦目的色彩，那么人也应该会喜欢同样的理义。但其实人却恰恰在口味等属于感官的事物上最有主观性和个人性，不然我们就不会有"萝卜白菜各有所爱"的问题。所以，如果孟子认为理、义乃人"心之所同然者"，即人皆所认可者，那么理、义之能普遍地让人感到愉悦或快乐就不能在人的生理本能中找。这也就是说，这些价值所具有的普遍性和共同性——如果它们确如孟子所认为的那样具有这些特性的话——并不存在于人的主观感觉之中，因而并不像孟子所认为的那样可以就像美味、美声、美色一样被普遍共同接受。相反，如果理、义作为价值应该具有无论任何个人愿意与否、认可与否和接受与否的普遍性和共同性，那么这一普遍性和共同性就不可能取决于任何个人的价值判断。这也就是说，无论任何特定个人的好恶或取舍如何，他们其实都必然已经在以某种方式——自觉地或不自觉地，主动地或被动地——接受着这些价值并在其指导下行动了。如若其然，我们又应在何处寻找这些价值——伦理价值——所具有的普遍性和共同性呢？

在回答这一问题之前，我们应该注意，孟子所说的"心之所同然者"只是"理也，义也"，而不是"仁、义、礼、智"或"仁、义、礼、智、忠、信"。当然，有人会说这可能只是孟子为了表述上的简洁而做的省略，但其实这里可能有着更多值得注意者，而这一"更多"也许会将我们引向对共同价值之可能性的发现之路。《孟子》中"理"仅七见，其中四次是"条理"之"理"（《万章下》），一次在"顺"的意义上被使用（同上），其余两次才是上引"理、义"之"理"。此"理"或可在"道理"这一意义上被理解，但"道理"可以意味着不同的道理，所以才会有所谓"公说公有理，婆说婆有理"，而孟子也从未解释过他所言之"理"的意义，因此我们可先置之不论，而仅集中于孟子所言之"义"。此"义"则可以将我们直接引向孟子那段家喻户晓的名言：

> 鱼我所欲也，熊掌亦我所欲也，二者不可得兼，舍鱼而取熊掌者

也。生亦我所欲也，义亦我所欲也，二者不可得兼，舍生而取义者也。生亦我所欲，所欲有甚于生者，故不为苟得也。死亦我所恶，所恶有甚于死者，故患有所不辟也。如使人之所欲莫甚于生，则凡可以得生者，何不用也？使人之所恶莫甚于死者，则凡可以辟患者，何不为也？由是则生而有不用也，由是则可以辟患而有不为也。是故所欲有甚于生者，所恶有甚于死者，非独贤者有是心也，人皆有之，贤者能勿丧耳。（《告子上》）

鱼与熊掌之所以皆为我之所欲，是因为二者当时都被视为难得的美味。如果可以兼得，那当然就没有必要做出选择，但如果不可兼得而必取其一，孟子说"我"——这意味着每一我——会舍鱼而取熊掌。这一决定基于这样一个判断，即熊掌比鱼更有价值，而这可能是因为熊掌比鱼更好吃，或被认为更难得，或更能反映人的社会身份，等等。但我们也可以想象一种情况，其中鱼会被认为比熊掌更有价值，例如对于不吃熊掌的人或文化来说就会如此。当然，这不是孟子的问题。在他这里，皆我所欲之鱼与熊掌二者之价值的大小似乎毫无疑问，所以当我必须二者择一时，我被认为会不假思索地选择熊掌。孟子认为，与此相类，当我必须在皆为我之所欲的生与义之间选择时，我也应该毫不犹豫地选择义。

但孟子这里为何又是只拿义来跟生对比，就像他论"心之所同然者"之时仅说理、义一样？仁与礼、智呢？忠与信呢？这些不都是儒家的基本价值吗？孟子为何不说"仁亦我所欲也"，因而我应"舍生而求仁"呢？难道孟子实际上是在认为义比仁、礼、智、忠、信还重要吗？这样的问题并非只是咬文嚼字或矫情。是否有这样的可能，那就是即使在这些通常被理解为同样重要的儒家价值之中其实也至少潜在地存在着一个等级，而义是其中最为根本和最为重要者，甚至比仁还重要，尽管孟子并未如此明言？当然，这样提问会有一定的危险，甚至可能冒天下之大不韪，因为此问似乎有悖于对于孟子思想的流行解释。然而,《孟子》的文本又确实允许甚至要求我们提出这样的问题,或进行这样的冒险。

四、义何以最为根本?

在孟子的思想中,与仁、礼、智、忠、信诸价值相比,义是否更为根本,尽管这并不是孟子所明确说出者?为了回答这一问题,我们可以先从孟子的一个论断开始:"行一不义,杀一不辜,而得天下,皆不为也。"(《孟子·公孙丑上》)这是他被弟子问到孔子与伯夷、伊尹之异同时所说的话。公孙丑请老师谈论自己的长处,孟子举出了知言与善养浩然之气两项,这就引出了弟子的老师是否已为圣人之问。孟子不敢以圣人自居,所以回避了弟子问他像孔子弟子之中哪一位部分地像孔子者或哪一位在较小规模上像孔子者的问题。弟子于是转而请老师比较孔子与伯夷、伊尹之异同。孟子认为孔子虽远比这些古代贤者伟大,但他们在非常重要的一点上是相同的,那就是"得百里之地而君之,皆能以朝诸侯,有天下",而"行一不义,杀一不辜,而得天下,皆不为也"(同上)。孟子以设想他们在可能的情况下将会如何行事的方式表达了义在他们心目中的重要性。功莫大于得天下而治之,这是欲"兼济天下"的君子的最高理想。孟子设想,如果给孔子或伯夷、伊尹以百里之地而为君,他们就足可以统一天下,但如果让他们为了得到天下而做哪怕仅仅一件不对的事,杀害哪怕仅仅一个无辜者,他们也是不会干的。

孟子称许孔子和伯夷、伊尹的不是其自身之仁而是其皆以义为重,但因仅凭此点尚不足以充分表明义所具有的重要性和根本性,我们应该进而考虑孟子的另一论断:"仁,人之安宅也;义,人之正路也。"(《孟子·离娄上》)孟子还以反问方式加强了他这一论断的语气:"居恶在?仁是也;路恶在?义是也",并且接着就非常肯定地说:"居仁由义,大人之事备矣。"（《孟子·尽心上》）"居仁由义"，这是读《孟子》者耳熟能详之语。孟子将仁与义分别比喻为居与路，但因为孟子经常"仁义"连言，予人以他视仁与义为一体的印象，所以其以居与路分别比喻仁与义的意义似乎很少得到认真的对待。当然，人们一般都会根据孟子的"恻隐之心，仁之端也；羞恶之心，义之端也"（《公孙丑》）或"恻隐之心，仁也；羞恶之心，义也"（《告子》）之说来理解仁与义，但所谓恻隐之心与羞恶之心本身其实也很少得到详尽的分析，而这就阻碍了我们对仁与义本身的深入理解。

那么，孟子之以居喻仁而以路喻义究竟可以告诉我们些什么？仁为居，义为路，这意味着，在伦理的意义上，人居住在仁之中，行走在义之上。待在自己的居所之中，关起门来与他人隔开，人就可以专注于自身，这就是儒家所非常看重和非常强调的修身。孔子之称许颜渊"三月不违仁"，就正是说颜渊可以独自长久居于仁之中而不离开："回也，其心三月不违仁，其余则日月至焉而已矣。"（《论语·雍也》）孔子对颜渊生活的赞美也生动描绘出一个能够不仅毫无怨言而且非常快乐地居于仁之中的形象："贤哉，回也！一箪食，一瓢饮，在陋巷，人不堪其忧，回也不改其乐。贤哉，回也！"（同上）这样的人正是儒家所推崇的"独善其身"的典型。这样的人在如此生活之时，可以与其所居即作为"人之安宅"的仁以外的人没有实际的交道，亦即并不发生直接的面对面的关系，至少是在他们没有走出其双重意义上的居所——其身居之陋巷与其心不违之仁——之时。

其实，《论语》中所记颜渊向孔子问仁之事也可以从上述分析的角度来理解。"颜渊问仁。子曰：'克己复礼为仁。一日克己复礼，天下归仁焉。为仁由己，而由人乎哉？'颜渊曰：'请问其目？'子曰：'非礼勿视，非礼勿听，非礼勿言，非礼勿动。'"（《论语·颜渊》）在对颜渊此问之答中，孔子强调的是"为仁由己"而非他人。当然，仁从根本上即与他人密不可分，没有他人即无所谓我之仁。只有在与他人的关系之中，仁才能彰显和实现。①然而，又正因为仁总是可以首先被理解为个人之德，所以儒家传统中的经典强调才至少从表面上看来总是"为仁由己"。颜渊之被孔子称许为"其心三月不违仁"，就很好地表明了这一点。孔子对颜渊问为仁之具体方面的回答也很好地表明了这一点。"非礼勿视，非礼勿听，非礼勿言，非礼勿动"之"非……勿……"即皆指向个人应该如何培养自身之仁。当然，礼是制度，是在共同体中建立起来并自个人之外而来的行为模式和规则，它们需要被普遍遵守，因而不可能与他人无关，但为仁者却必须将之内化为自觉的道德。因此，具体地说，以仁为居者就是以礼为居者，而居于仁中者就是居于礼中者。心不违仁，亦即心不违礼，人就可以在"陋巷"之中安居于作为"安宅"的仁—礼之中而独善其身了。

但儒家的独善其身之教与兼济天下之教密不可分。像颜渊这样的努力居于仁与礼之中者，从某种意义上说只是努力成就自身而非他人之德者。在这样的完全集中于个人的伦理生活中，人似乎——但也只是"似乎"——真可以关起门来独善其身而忘记他人的存在。但与此相应，他人也就可以忘记此人的存在。这样的存在对于他人没有意义，因而对于自己最终也没有意义，所以兼济天下才永远都是儒家传统中的最高理想和最终追求。兼济天下就是一己之仁的真正实现，而这只有在与他人的关系之中才能发生。其实，即使不能事实上兼济天下，一个人也不可能永不走出自己实在意义上和比喻意义上的居所，而无可避免地遭遇他人，哪怕只是偶然碰到一将入于井之孺子。遭遇他人就意味着与他人发生关系，而发生关系就意味着，将自己"关—系"于他人，即让自己"关"怀他人，心"系"他人，急他人之所急，救他人之所难。但这却并不是首先出于一己之仁或个人之善，而是因为他人之所求与他人之所责。而且，也只是因为有他人对我之责求，如父兄求我以孝

---

① 参见拙著《吾道一以贯之——重读孔子（第二版）》，北京：北京大学出版社，2013 年，第一章与第二章。

悌，君臣责我以忠信，等等，我之仁或我之善才能够得以实现。没有这一实现，我之仁或我之善就将在上述双重意义上没有真正意义。所以，走出人之伦理意义上的居所即作为"人之安宅"的仁，就意味着要走在一条具有伦理意义的路上。"路恶在？义是也！"这一作为义之路是一条让我走向他人之路，而他人正是在我之外者。正是因为他人所具有的外在性，所以这一伦理意义上的通往他人之路，即这一让我走向他人之义，或这一作为"我为他人"之义，才会被与孟子辩论人性善否的告子称为相对于内在于我之仁的外在于我者："仁，内也，非外也。义，外也，非内也。"（《孟子·告子上》）

这一看法其实并非仅为当时的告子所独有，例如《管子·戒篇》中亦有"仁从中出，义由外作"之说。① 当然，孟子并不认可此说，但他却并未对告子做出明确的反驳，而只是以一些似乎并不十分成功的反问而欲使告子自己承认其说之非。然而，当孟子分别以亲亲和从兄或事君来解释仁与义之实质时，其实却以某种方式自己肯定了仁内义外之说："仁之实，事亲是也；义之实，从兄是也"（《离娄上》）；"亲亲，仁也；敬长，义也"（《尽心上》）；"父子有亲，君臣有义"（《滕文公上》）；"未有仁而遗其亲者也，未有义而后其君者也"（《梁惠王上》）；"仁之于父子也，义之于君臣也，……命也，有性焉，君子不谓命也"（《尽心下》）。在这些表述中，父子关系被视为仁之范型，兄弟关系和君臣关系则被视为义之范型。就此而言，可以说仁被孟子基本上理解为人的自然感情，并就在这一意义上可说是内在的，而此种感情最"自然"的表现似乎就是父子即父母子女之间的亲密关系，因此孟子会说仁就是"亲亲"，"仁之实"就是"事亲"。与此

---

① 《墨子》中对此问题亦有所论及："仁，爱也；义，利也。爱利，此也；所爱所利，彼也。爱利不相为内外，所爱利亦不相为外内。其为'仁内也，义外也'，举爱与所利，是狂举也。"（《墨子·经说下》，吴毓江撰，孙启治点校：《墨子校注》，北京：中华书局，1993年，第543页。）此论针对仁内义外之说而发，但却并不等于支持孟子，因而值得专题分析，本文暂且不论。

相对，义其实并非也被孟子理解为某种像仁一样的自然感情，或孟子所说的人之不学而能的良能和不虑而知的良知，尽管孟子似乎希望我们这样相信。但就在孟子关于良知良能之说本身之中，他其实就自己否定了义是出于自然的亦即是内在的这一他所欲坚持的看法："人之所不学而能者，其良能也；所不虑而知者，其良知也。孩提之童，无不知爱其亲者，及其长也，无不知敬其兄也。亲亲，仁也；敬长，义也。"（《尽心上》）

在以上所引中，我们应该注意的是"爱其亲"与"敬其兄"之间的"时差"：如果孩童从一开始就知道爱父母，那么这似乎确实可说是出于内心的自然而然的感情，因此似乎也"轻而易举"，无须学与知；但他们却要等到长大一些时候才懂得敬兄长，而这就很难再说也是一种自然而然地出于内心的感情了。这就表明，相对于孟子所说的爱亲之仁，敬兄与敬长乃至事君之义其实并非人不学而能与不虑而知者，而是一种需要虑而后知与学而后能者。知是知兄乃一他人，能是能敬作为他人之兄，因为正是在我之外的他人，首先我之兄，其次年长于我者，及至所有他人，皆以其存在本身而"教导"——一种作为要求的教导，一种作为教导的要求——我当如此。这就是义何以为外，因为义作为对我的要求乃自外而来，来自另一者。而这也就是告子与孟子辩论时支持其"义外"之说的"彼长而我长之，非有长于我也。犹彼白而我白之，从其白于外也"（《告子上》）的题中应有之义。外在之长者要求我承认其为长，犹如外在之白者要求我承认其为白，而我之承认他人之长或他物之白的这一"承认"本身，即蕴含和表达着对于在我之外并在我之前的长者或白者的尊重：彼为年长于我者，我承认因而尊重彼之长；该物是白色之物，我承认因而尊重其为白。这样的"承认—尊重"意味着，我不会无知地或故意地"颠倒黑白"或"目无长幼"。不是我自己，而是我所面对之白物，使我承认和尊重其为白。同样，不是我自己，而是我所面对的另一者，在要求我之作为尊重的承认和作为承认的尊重，因为正是此一在我之前者以其存在本身教导我"学会"和"能够"将这一根本的"承认—

尊重"给予他。因此，所谓他人对我的"教导"首先乃是一种无言的"身教"：他人尚未开口说话，而我却已被教导了。

如果作为从兄或敬长之义并非如作为亲亲之仁那般自然而然和轻而易举，而是需要虑而后知，学而后能，那么人之行义就会比为仁更加困难。因为，尽管被孟子认为是内在的仁也与他人密不可分，并且其实只有在与他人的关系之中才能实现，但儒家主流话语在论仁之时倾向于强调的却基本上都是自己而非他人。如前所述，孔子就强调"为仁由己"，到了孟子这里，作为亲亲之仁更被理解为人之不学而能与不虑而知的良能良知，而孟子就正是在这一意义上以亲亲即孩童对父母的被认为是完全自然而然的爱来说明仁之实质。与此相对，义却不可能不涉及他人，而这就正是所有问题和所有困难之开始。董仲舒说："以仁安人，以义正我。"（《春秋繁露·仁义法》）仁之所以能安人正是因为义能正我，而能正我者为人，亦即他人。正是他人要求我之正，亦即要求我以正直、正当和正确的方式承认和尊重他人之为他人。而这也就是说，正是他人要求我之仁，而我之仁也只有在我之义中才能真正实现为可以安人之仁。这就是为什么可以说义比仁还要重要和根本。

其实，孔子已经就以某种方式表达了这一点。弟子仲弓问仁，孔子回答说："出门如见大宾；使民如承大祭。"（《论语·颜渊》）未出自己之门时，人可以安居陋巷，箪食瓢饮，便服简装，而心不违仁，就像颜渊那样。但出门之后就没那么简单了，而所谓"如见大宾"与"如承大祭"就形象地表现着涉及他人之时我所应保持的如履薄冰般的恭敬和谨慎，因为一不小心我就会出错，从而"对不起"包括下民在内的他人，所以面对他人从来即非自然而然和轻而易举之事。"如见大宾"和"如承大祭"的态度就具体地表现着我那能以之安人之仁，但此仁却首先来自他人对我的要求，而不是从我心中产生的自然感情。因此，如果孔子说我与仁的距离其实可以近到"我欲仁，斯仁至矣"（《论语·述而》），那么这一使我求仁之欲却首先正是来自他人。是他人欲我和求我之仁以得安，而安是让他人安，这也就是说，让他人得到善待，因此他人的这一"欲—求"本身就是在责我以义。正因为他人要求我义，所以我才欲仁。因此，孔子此一论仁之语所说的实际上乃是仁如何需要在我以恭敬谨慎的态度善待他人之时才真正是其所是。而这也就是说，仁必然只有在义之中才能实现，亦即在我与他人的关系之中实现。

当然，作为亲亲之仁也涉及他人，但此乃对每一我而言皆独一无二之他人，即我之父母。而正因为父母子女之间所存在的独一无二的特殊关系，一种由血缘形成的自然关系，所以体现为亲亲即敬爱父母的仁才经常会被理解为是自然的或内在的。在被如此理解的"自然关系"或"血缘关系"之中，他人——父母——作为他人可以消失不见，亦即，可以仅仅作为"非他人"而存在。相反，尽管我与兄之关系也由血缘形成，但与父母相比，我之兄却首先作为需要我"学会"和"能够"承认和尊重之他人而存在。因此，与被认为只是出于人之自然感情的亲亲不同，被孟子视为"义之实"的从兄其实并非那么自然而然。[①] 兄既是我应该"学会"和"能够"因其年长于我而顺从的他人，但也是我知道可以妨碍我之为我的他人。且不说诸多有关兄弟竞争的现代心理学研究，中国传统中就有不少兄弟不睦乃至相斗相残相害的传说和记载。[②] 而儒家传统所强调的"从兄"之"悌"这一伦理价值的本质就在于，我被要求对作为他人而在我之外并在我之前的兄无条件地恭敬顺从，无论他会如何对我。[③] 而这就意味着，我也应该对所有在我之外和在我之前的如兄一样的长者恭敬顺从。这就是悌之扩展或"大悌"，而孟子就正是在这一意义上肯定"徐行后长者谓之弟[悌]"（《孟子·告子下》）。推而广之，如果"四海之内皆兄弟"，即所有人皆我之兄弟，那这就意味着，我不

---

① 荀子认为甚至孝子之事亲也并非自然地出于人之情性："夫子之让乎父，弟之让乎兄，子之代乎父，弟之代乎兄，此二行者，皆反于性而悖于情也；然而孝子之道，礼义之文理也。故顺情性则不辞让矣，辞让则悖于情性矣。用此观之，人之性恶明矣，其善者伪也。"（《荀子·性恶》）
② 参考拙作《四海之内皆兄弟与人类和平的可能性》，《文史哲》，2022 年第 1 期，第 27—34 页。
③ 当然，这也同样适用于兄之对弟，而孟子所称道的舜之待其弟的方式就表明着这一点。

仅应该恭顺地走在所有长者之后，而且也应该恭顺地走在所有作为我之兄弟者之后。此一"走在之后"就正是承认和尊敬所有他人皆为在我之先和在我之前者。因为，兄在我之先出生和在我之前站立这一经验事实在理论上即蕴含着他人之在我之先和在我之前，而这也就是说，我，作为必然在他人之后到来者，首先即必然已对所有在我之前者——在我的"前面"因而也在我的"面前"者——做出了无条件的"应一承"，即回应与承担，无论我后来可能会对他人如何，例如在获得成功、地位、权力之后开始自我膨胀并对他人不恭。

因此，如果孟子说我在极端情况下甚至应该"舍生取义"，那却并不是首先因为我之作为自然感情的仁或善，而是因为有他人在我之前要我和求我如此，而其所诉诸或求助于我者即我之仁，其所需要和恳请于我者则是："以义待我，从而实现汝之仁！""义"所涉及之他人即因此而在一个双重意义上在我之前："前面"之"前"与"面前"之"前"。他人在我"前面"，他先于我，他乃是孟子所说的我应该跟在其后"徐行"的"长者"，因而我必须首先承认和尊重其长；他人也在我"面前"，他就面对着我，以其存在本身表示着对我的需要和恳请，所以我必须"对得起"他，必须关心和帮助他，并在他处于危险之中时拼出性命去救护他，就像是去救孟子所说的将入于井之孺子，而孔子也就正是在这一意义上称赞"见危授命"者为"成人"（《论语·宪问》）。①这恰恰就很好地表明了，正是在我为他人"见危授命"也即"舍生取义"的行为之中，我之仁才真正得以实现。就此而言，孔子所言之"杀身成仁"其实最终就体现在孟子所说的"舍生取义"之中。②我为成就仁之为仁而舍生所取之义，亦即，我以我之生命所成就之

---

① 孔子弟子子张也说："士见危致命，见得思义，……其可已矣。"（《论语·子张》）正是处于危险之中的他人将我置于无可回避的舍命相救的责任之中，也正是在承担此一责任之时我才真正成为孔子所说的"成人"。

② 《论语·卫灵公》："子曰：'志士仁人，无求生以害仁，有杀身以成仁。'"

义，就是义之极致或最高之义。

如果义相较于仁而言更为困难但也更为根本，那么其相较于礼而言可能就更加如此。为了阐明这一点，我们可以考虑一下《孟子》中有关礼与食色何者为先的讨论，因为这一讨论其实最终也是表明义重于礼的讨论。在告子与孟子关于是否仁内而义外的对话中，前者一上来就宣称"食色，性也"（《孟子·告子上》），而这当然也是孟子认同的看法。食色对人当然非常重要，但若与礼相比，究竟孰重孰轻？孟子的弟子就在这一问题上被难住了："任人有问屋庐子曰：'礼与食孰重？'曰：'礼重。''色与礼孰重？'曰：'礼重。'曰：'以礼食，则饥而死；不以礼食，则得食。必以礼乎？亲迎，则不得妻；不亲迎，则得妻。必以礼乎？'屋庐子不能对。"（《孟子·告子下》）提问者加以比较的价值是礼与食和礼与色：人应该以遵礼而行为重，还是以吃饱肚子和娶到妻子为重？对于这样的问题，受孟子之教的弟子似乎没有疑问：人当然应该以礼为重！但提问者将问题推到了极端：如果人遵礼而行就会饥饿而死或不得娶妻，那还应该遵礼而行吗？礼虽我之所欲，但"生亦我所欲也"！而饥饿而死就是自身生命之结束，不能娶妻则意味着"生生不息"之结束，所以二者对人而言皆攸关生死。如之奈何？屋庐子无法回答。孟子听说后，为弟子设想了硬扭兄之手臂夺食则得食和跳墙强搂邻家女孩则得妻的情况，让他即如此反诘提问者："紾兄之臂而夺之食，则得食；不紾，则不得食，则将紾之乎？逾东家墙而搂其处子，则得妻；不搂，则不得妻，则将搂之乎？"（同上）

孟子欲以此二例表明的是，人不应以如此强暴的方式违礼而求食求妻，但此二例所表明的实际上却是，人不应该为了吃饱肚子和娶到妻子而对他人做不应做之事，而所谓"不应做之事"就是不义或非义之事。强扭兄之手臂而求食之所以不该，并非只是因为非礼，而是因为非义，跳墙强搂邻家处女也与此相类。所以，孟子所举之例本质上都不是因为人仅违反了某种礼节或礼仪，例如孔子所说的麻冕之礼与拜下之礼："麻冕，礼也。今也纯，俭，吾从众。拜下，礼也。今拜乎上，泰也，虽违众，吾从下。"（《论语·子罕》）礼要求人戴麻冕，但如今戴丝冕更为俭省，所以孔子从众。礼要求臣见君时先拜于堂下，再拜于堂上，但如今人只在堂上下拜，孔子认为这是倨傲不恭的表现，所以仍然坚持行拜下之礼。从某种意义上说，孔子在此二事上的一从一违仅关乎礼而不涉及义，因为孔子所做的决定仅与是否遵守某些既成的规定有关，而并不直接涉及和影响他人。但孟子举以支持自己论点的两例则是人若如此行事就是在行不义之事，亦即做"对不起"他人之事。我若紾兄之臂而夺食即会伤我之兄，若强搂邻家之女而求妻则会害邻之女，所以这里的根本问题其实是义而非礼。因此，在孟子所举之例中，根本问题并不是礼是否重于食色，而是义是否重于食色。义重于食色是因为，我不能为了得到食色而损害他人。以他人为先，让他人在前，这就是要求于我之义，董仲舒以之"正我"之义。而为了义，这也就是说，为了"对得起"他人，我甚至可以不惜让自己受到甚至危及我之生命的损害。因此，义重于食色意味着义不仅重于礼，而且重于生，是以"舍生取义"才是对人的最高和最终要求。

五、"无论我愿意与否都应该的应该"作为最终价值或绝对价值

如果我们已经能够表明，对于孟子来说，义作为价值其实比仁也比礼更为根本，那这应该就正是因为，一切皆始于他人并终于他人，而所谓他人当然也包括在某种意义上似乎可以作为"非他人"而存在的我之父母。因此，在一个非常深刻的意义上，一切皆为义。义作为价值乃是我所面对的他人所要求于我者，因而是我感到不得不接受者，亦即是落在我肩上而我不得不担负者，而不是我所首先和主动选择者。在这一意义上，义作为价值，超越主观性，也超越相对性，因为没有其他价值可与义这一价值相比和互换。如果我们试为孟子所言之义下一简单的形式定义，那么义就是在涉及他人之时必

须做我应做之事,而决定这一应做之事之"应该"者,亦即决定这一应该之必然性者,首先却是我所面对之他人,而非我自己。① 正是我所面对之他人,无论是将入于井之孺子还是下文将会提到的已经溺水之兄嫂,无论是父母兄弟还是君上臣下,亦无论是亲戚朋友还是鳏寡孤独,皆要求我对之做出"应—承"。而暴露于他人之前,面对无法回避的另一者,我其实也自始即已做出了对他——对他们和她们,对所有人——的无条件的"应—承"。"应—承",这一我们一直试图在汉语中唤回其原始表达力量的词汇,就同时表达着对他人的回应和对他人的承担,亦即,"应而承之",而这也就是说,为我所回应的他人负起无可推卸的责任。当然,正因为他人从来不止一个,所以我面对每一他人之时所负有的无条件的责任,才会因我需要同时为不止一个他人负责而受到限制,并因此而变成有条件的。中国传统中诸多"忠孝不能两全"之事就是我对一人即我之父的责任因我对另一人即我之君的责任而受到限制并变为相对责任之例。②

在《孟子》中,我对他人做出的这一无条件"应—承",也即我要为他人负起的这一无可回避的责任之范例,就是孟子设想的人忽然看到一个孩子快要落入井中之时所可能发生的情况:"今人乍见孺子将入于井,皆有怵惕恻隐之心,非所以内交于孺子之父母也,非所以要誉于乡党朋友也,非恶其声而然也。"(《公孙丑上》)井边之孺子突然出现在我之前,这个处于可能落入井中之危险的孺子本身就构成了对我的无言呼唤和恳求:呼唤我做出回应,恳求我承担责任。尽管孺子之危险处境本身并非因我而起或由我造成,但面对这一弱小无助者,眼看这一会有危险的生命,这一并非由我造成的险情亦即并非应我所负的责任却具有无法回避也不可推卸的强制性,那就

---

① 详见拙文《略论"羞恶之心"》,《哲学研究》2023 年第 7 期,第 43—56 页。
② "忠孝不能两全"所涉及的政治—伦理或伦理—政治的问题相当复杂,本文无法论及。此处仅欲以此种情况表明所谓绝对责任如何必然变为相对责任,因为人所面对的他人必然始终不止一人。是以民间有妻问夫若其母与妻同时落水之时作为子与夫者会先救谁之戏言。

是我感到必须采取行动，伸出援手，救此孺子脱离危险。而我此举则既非欲结交孺子之父母，亦非想邀誉于乡里，更非仅仅厌恶孩子之哭声。所以，这里其实并没有任何原因或理由让我非得承担这一并非因我而起的责任不可。当然，孟子欲以此例表明的是"人皆有不忍人之心"或"怵惕恻隐之心"，而此心就是孟子所谓"仁之端"或仁本身。诚之其然也！但不忍之心或恻隐之心其实只在我面对他人时才会被触动和彰显。而正是我所面对之他人——在孟子此例中是将入于井之孺子——唤起了我的恻隐之心并将我置于无法回避的"应—承"之中，亦即无条件的责任之下。因此，对我来说，应该帮助此一弱小无助的他人乃是"绝对的应该"，而这就是义，亦即我绝对该做之事或应行之为。在汉语成语中，表达这一"绝对的应该"的成语就是"义不容辞"。正因为义乃不容辞者，亦即无法逃避也不可推却者，所以"见义不为"者才会被孔子称为"无勇"（《论语·为政》）。当然，此种"绝对的应该"是伦理意义上的，因而并没有实际上的或物质性的约束力量。我被呼唤和恳求必须如此行动，但却并未被逼迫如此，这也就是说，并没有一双大手将我强按在这一责任之上。我在这种情况中仍然有可能会出于某种原因或因为某种私念而"自由地"撒手不管，尽管我在如此之前可能会犹豫不决，在如此之后则可能会后悔不已。而这恰恰意味着，面对他人，已然处在他人置于我之身的责任之下，我其实并不像我所想象的那样自由。

在《孟子》中，表明这一"绝对的应该"或这一应该所具有的绝对性的列子还有一个。这一次不是我看着可能跟我并不沾亲带故的孺子快要落井，而是见到自己兄长的妻子已经溺水。人在此情况下应当如何？这是齐人淳于髡向孟子提出的问题："'男女授受不亲，礼与？'孟子曰：'礼也。'曰：'嫂溺则援之以手乎？'曰：'嫂溺不援，是豺狼也。男女授受不亲，礼也；嫂溺援之以手者，权也。'"（《离娄上》）"男女授受不亲"之礼规定男女之间不应有身体接触，但如果"嫂溺不救"，那一个人就算不上是人了。孟子把话说得这样明确和坚决正是为了表明，在这种情况下，我之应该去救另一人的这一应该是无条件的，所以他会诉诸传统上被理解为残忍之化身的豺狼与人类之间的对比来表明这一应该所具有的绝对性。而这也就是说，孟子在此诉诸他所理解的人之为人者——人之性，人之本质——来表明这一应该：在兄之妻溺水之时，人只要作为人——亦即只要具有人性——就应该出手相救。当然，如果我们考虑到，在《孟子》之中就记载了关于人性为何的不同看法和未结之辩，那么以人性为理由来为"嫂溺援之以手"这一行为的必要性进行辩护也不能是最终的。当然，那意味着"人之可被感动之性"的恻隐之心在此情况中是必要的，不然人可能就会无动于衷，像木头石块一样（人非木石，孰能无情，是老生常谈）。**但我之不可能无动于衷却只是因为我已面对他人**。暴露于他人之前，无论我愿意与否，甚至我假装不见或一走了之，我其实都已经对此他人——可能是跟我毫不相干的旁人之子，也可能是与我亲如手足的兄长之妻——做出了原始的"应—承"，无论这一"应—承"以后会变成什么。而这也就是说，我对每一他人的"应—承"都是已然的，在先的，无条件的，绝对的。只有当落井或溺水者超过一人而我又无法同时援救之时，我才需要限制自己的救人冲动而首先考虑在此种两难情况下应该如何行动的最佳方法或策略。这是我对他人之责任在面对不止一人时由绝对变为相对的另一例。

当然，在中国传统中，男性的我在面对女性他人之时，授受不亲作为礼也是支配我如何持身行己的重要价值。但在兄之妻溺水的情况下，我却应该对此礼进行必要的变通，孟子称此种变通为"权"。在他人需要帮助的情况下，人何以应该对中国传统如此看重的男女授受不亲之礼做必要的变通？在传统社会中，男女授受不亲之礼当然非常重要，亦即它有人们可以为之找到理由和做出辩护的价值，例如维持风尚，防止淫乱，从而维护传统社会秩序等。但这一价值与义相比却不是绝对的。在兄妻已经溺水或孺子将入于井的情况下，只有去帮助和拯救——帮助和拯救另一者，无论是与我关系亲近的兄嫂，还是与我毫不相干的孺子——才是绝对的亦即无条件的应该。这是我，亦即，每一我，每一人，或人类的全体成员，无论愿意与否都应该的应该。

如果孟子所言之义最终就意味着这一"**无论我愿意与否都应该的应该**"，那么其所言之义最终就只意味着"为他人"，而"为他人"具体地说就是，"为他人负起不可推卸的无条件的责任"。此则蕴含着，不仅要为他人的痛苦和不幸负责，因此不仅要为他人救苦扶危解难，而且也要为他人承担起所有的过失、错误乃至罪行。这样的承担当然并不意味着对他人的放纵或屈从，而是为他人负责的极致。例如，父母一般都会认为儿女的一切不好最终都是自己的责任，因而他们会为此而深感内疚并不计代价地想要帮助儿女变好。这是我们所熟悉的一般现代情况。在儒家传统中，被传为美谈的则是子女如何毫无怨言地为父亲承担过错，但这当然并不意味着对亲人的纵容或包庇，而是将无条件地帮助他们作为自己无可推卸的责任。当然，虽是无可推卸的无条件的责任，但我却仍需求助于我之智即孟子所谓"是非之心"来判断何为负起此种责任的最佳方法。

试举一例：曾参为瓜田除草时误伤瓜根，父亲暴怒之下用大棍把儿子打得不省人事，曾参苏醒后却欣然承认是自己的过错并询问父亲是否因为打他而伤了自己。父亲如此痛打儿子当然不对，甚至会让自己犯下过失杀人之罪，但曾参却以回到房中弹琴唱歌的方式来让父亲不要因此过错而悔恨。曾参这一行为可说是出于至孝，而这也正是想要无条件地为他人负责之例。然而，曾参其实却并未做对和做好，所以受到孔子的批评。老师以舜如何对待其父来教导弟子在此种情况下应当如何行事："汝不闻乎？昔瞽瞍有子曰舜，舜之事瞽瞍，欲使之未尝不在于侧；索而杀之，未尝可得。小棰则待过，大杖则逃走，故瞽瞍不犯不父之罪，而舜不失烝烝之孝。今参事父，委身以待暴怒，殪而不避，既身死而陷父于不义，其不孝孰大焉？汝非天子之民也！杀天子之民，其罪奚若？"（《孔子家语·六本》）子当然应该尽孝，这是无条件的，因为子之尽孝从根本上说就是一者为另一者负起无条件的责任，而这就包含着也要为另一者的过失、错误乃至罪行负起责任。为另一者——舜之父——之过失、错误乃至罪行负起责任的方法则是首先尽量让另一者避免犯下过失、错误或罪行，这就是孔子心目中舜这一榜样的伦理意义所在。

总而言之，作为儒家的基本价值之一，义之所以能够被表明为应该列于其他价值之首，是因为我之仁作为对他人的恻隐之心只能由出于我之羞恶之心的义彰显。而义之所以能被孟子称为出于人之羞恶之心，则是因为暴露于他人之前的我始终都会为自己不能为他人做对、做够和做好而"羞—愧"。面对他人，我的羞恶之心让我感到必须"对得起"和"对得住"他人，而这样的"为他人"对我来说是无止境的。①礼作为出于我之恭敬之心者则只是羞恶之心的必然产物，因为义作为在面对他人之时做我该做之事或行我应行之为就蕴含着，我必须对他人"敬而无失"，"恭而有礼"（《论语·颜渊》）。而作为是非之心的智也同样是为义所必然要求者，因为意味着要对不止一人——这也就是说，对所有人——做出应承亦即负起责任的义必然要求我运用我之是非之心即智做出如何才能最好地为他人负责的判断。正因为如此，所以在儒家以之为四德的仁、义、礼、智之中，义作为价值比仁、礼、智更为根本，因而也更为重要，而义作为价值所具有的根本重要性也就是"为他人"作为价值所具有的根本重要性。如果人类共同价值是可能的，那么这一可能性最终即应在于义所表达的这一无条件的"为他人"之中。

只有在这一价值之上，人类共同体才有可能，人类社会成员共享的价值也才有可能，因为只有能"为——为了——他人"，才能让他人"为——作为——他人"，亦即作为我所首先无条件地承认和尊重的另一者而存在，而不是强他人为我亦即要他只能根据我的好恶行事。这也就意味着，我虽喜欢萝卜但不妨他人喜欢白菜，我虽尊重科学但不碍他人相信有神，或我虽以自

---

① 参见拙文《略论"羞恶之心"》，《哲学研究》2023 年第 7 期，第 43—56 页。

由为至上却不阻他人视爱情作第一。但这当然并不就意味着我们只能接受价值相对主义或多元主义，因为"为他人"也必然包含着对于他人所认可和接受的价值的承担，而这一承担——就像对于他人的过失、错误乃至罪行的承担一样——同样并不意味着对于他人的价值的放任或屈从，而是一种从"为他人"所蕴含的对于他人之为他人的无条件的承认和尊重开始的翻译和理解他人之价值观的努力。此种翻译和理解乃是让不同价值之间可以开始沟通的第一步。只有从无条件的"为他人"出发，才有可能达到不同价值的融合。

当然，我应该如此地"为他人"，而与此同时，我也会希望每一我，亦即所有人，人类的所有成员，亦皆能如此地"为他人"，尽管我不可能也不应该将"为他人"也即义这一价值强加于其他的人。"为他人"将在被强加于他人之时而失之为"为他人"。我只能通过我之无条件地"为他人"而促成这一普遍和共同价值的普遍和共同化。汉语中有一个因其意义在现代已经变得稀薄所以人们似乎不再常用的说法，即"（他）人可以不仁，我不能不义"，就很好地表明了这一点。义不容辞！虽然他人，无论其为谁，无论其如何，无论其属于或代表哪一群体，总有可能不仁，但我——我或我们——却始终都不能不义。我或我们以自己之义或自己之"为他人"而希望他人之"为他人"。

人类共同价值的可能性应该就存在于我——每一我，所有的人，人类社会的全体成员——的"为他人"，即每一我对于他人做出的无条件的应承或负起的最根本的责任之中。

2023年9月1日写于新西兰基督城

2023年9月20日修改

2023年10月19日再改

2023年12月17日定稿

伍晓明

　　复旦大学中国文学专业学士，北京大学中国文学及比较文学专业硕士，英国萨塞克斯大学（University of Sussex）哲学博士。曾任天津社会科学院文学研究所研究员（1982—1983），北京大学比较文学与比较文化研究所讲师（1986—1989），伦敦威斯敏斯特大学（University of Westminster）助理研究员，新西兰坎特伯雷大学（University of Canterbury）语言社会政治学院中文系副教授（英制，相当于美式大学的full professor，1997—2018），四川大学文学暨新闻学院讲座教授（2019—2022），四川大学文学暨新闻学院客座教授（2023—2026）。八十年代在国内时从事比较文学及西方文学理论研究。曾翻译伊格尔顿的《二十世纪西方文学理论》及马丁·华莱士的《当代叙事学》等。目前研究方向为中国思想及比较哲学。中文著作包括《吾道一以贯之——重读孔子》《有（与）存在：通过"存在"而重读中国传统之"形而上"者》《"天命：之谓性！"——片读〈中庸〉》《文本之"间"——从孔子到鲁迅》《之前，之间，之后，之外——哲学、文学、文化的异序之思》《有（与）存在——比较哲学视野中的中国"形而上"问题》（此书为《有（与）存在》第二版）。并有其他汉语与英语论文和译著多种。

变革与创新：人工智能的迭代发展与人文学科的未来

陈跃红

引 言

当前中国已经进入由人工智能的突破性应用发展而构建的数字智能社会，这在大概率上是一种社会共识。先不论世界，单论我们所处的亚洲东部的广阔后发地域，无论是城市还是乡村，无论是东西还是南北，数字化的生产与生活也早已经成为社会普遍的运行方式。我们的社会管理、经济运行、科技文教事业乃至日常衣食住行，处处充满数字智能应用，对于大多数人而言，没有智能手机的生活几乎不可想象，甚至说寸步难行。相关统计显示，我国将近一半的GDP都与数字智能相关。这一历史性的社会变迁及其所呈现的社会面貌，构成了当下我们讨论人文学科未来前景的全新语境和思考的出发点。

自1956年在美国达特茅斯学院（Dartmouth College）举行人工智能暑期研讨会以来，人工智能（AI）这一学科被命名并推动学科建构性发展已经有近70年历史，可是让人类社会和各国政府真正认识其颠覆性影响，却是近年才开始。2016年，AlphaGo战胜中韩世界围棋顶尖高手，其作为AI的单一行业场景应用虽轰动一时，却并没有形成焦虑恐慌。但是，2022年11月30日OpenAI

的ChatGPT悄然上线，却立刻引起全球轰动。2023年，生成式AI大模型的浪潮席卷东西方社会，追逐构建各种大模型的所谓"百模大战"愈演愈烈，资金如洪水般地涌进建造基础大模型、垂直应用小模型和类似英伟达这样的超级计算智能芯片生产公司的账户。从底层大模型搭建，到机器学习操作的持续不断创新，从为消费端的创新性应用建造的各类多模态技术模型，到各行各业引申性专项应用的数据模型构建，仅仅一年左右的时间，围绕各种大模型基础、生成式AI的应用生态已经在美国、中国和一些主要发达经济体初步搭建。各种具有看、听、说、读、写、算、编程以及强大自然语言处理能力和图形图像音频视频交互生成能力的大模型功能运用令人应接不暇。

2023年年底，OpenAI的CEO辞职复职闹剧、围绕关于G*（猜测为Q-learning，自己学习自己）和GPT-5的期待，以及人类似乎已经触摸到了AGI（通用人工智能）门槛等扑朔迷离的传闻等，都预示着人工智能将加速改变人类生活，改变绝大多数行业，甚至改变世界。这几乎是连科幻作品都跟不上的变迁速度。鉴于生成式AI对全社会的冲击，若尝试讨论人工智能与人文学科的当下和未来，则2023年以OpenAI为代表的生成式人工智能的大发展，无疑已经构成讨论和回应的技术支持以及对话的主要背景。

再说人文学科，仅就这个术语而言，其对大多数人来讲都是既熟悉又模糊的表述。笔者认为，就算是人文学科的学者，也难以准确说出其学科概念、内涵分支和学科边界。本文尝试利用GPT-4，对"人工智能的爆发与人文学科的未来"的多个逻辑相关问题进行人机交互问答，在保持对GPT-4回答一字不改的基础上，加入笔者的补充、修正、点评和引申，以期让人工智能的回答、笔者的点评和读者的阅读形成三方互相启发的交流与碰撞。

人文学科的概念和范畴

问题：请简要概括人文学科的概念和范畴。

GPT-4：人文学科（Humanities）是研究人类文化、历史、社会和艺术等方面的学科。这个领域主要关注人类的创造性表达和思想，以及这些思想如何塑造我们的世界观和社会。人文学科的主要特点是重视批判性思维、分析和反思。人文学科的范畴相当广泛，主要包括：1. 文学：研究不同文化和时代的文学作品，包括诗歌、小说、戏剧等。2. 历史学：探究过去的事件、人物、社会和文化，以及它们对现在的影响。3. 哲学：研究存在、知识、价值、理性、心灵和语言的基本问题。4. 艺术史：研究艺术作品的历史发展、风格、表现技巧等。5. 音乐学：研究音乐的历史、理论、作曲和表演。6. 语言学：研究语言的结构、发展和使用。7. 宗教学：研究宗教信仰、仪式、神话以及它们对社会和文化的影响。8. 文化研究：探讨文化现象、社会结构和政治力量之间的关系。人文学科通常强调跨学科的学习和研究，鼓励学者从不同的视角和方法论来探究人类的经验和创造。通过人文学科的研究，我们可以更深入地理解人类社会的多样性、复杂性和变化性。

笔者点评：我们都知道，GPT的全称是Generative Pre-trained Transformer，是一种基于Transformer架构的自然语言处理模型，被广泛应用于自然语言处理领域，包括自然语言生成、自然语言理解、机器翻译和问答系统等。ChatGPT是OpenAI公司开发的大型预训练语言模型，通俗而言，ChatGPT就是一个后台强大的聊天机器人，是GPT-3模型的变体。GPT-4将人文学科概括为"研究人类文化、历史、社会和艺术等方面的学科"基本无误，说明其参数训练和数据规模大致可行且有效，但该概括还不够准确和完整，如果表述成"人文学科是研究人类语言、文学、历史、哲学、艺术、文化等领域的学科"，就更具普遍性。GPT-4对人文学科的8个分类基本勾勒出了人文学的主要研究对象和基本的学科体制以及结构样貌。而更为完善的表述，笔者认为文学研究应包括"文学史、文学理论、文献学、比较文学和当代的网络文学"；历史、哲学、语言研究应包括其"时间沿革、年代递进、专科史和空间叙述"；另外应包括世界史、区域史、国别史、断代史以及哲学史和语言学史研究。当然我们不能对ChatGPT求全责备，毕竟它才"出生"不久，仅为4.0版本，当其迭代到更高版本，肯定会更加成熟和睿智。GPT-4提出，"人文学科通常强调跨学科的学习和研究"，这比较前沿，但也有待商榷。但无论如何，GPT-4对人文学科概念和范畴的中文介绍，肯定已超过了大学校园中绝大多数人的认知。所以今后当我们需要学习了解其他类似的各种学科和专业知识的时候，可以先请教ChatGPT，以便比较快捷地拓展自己的知识面和相应的知识深度。尤其是针对那些成熟的、只需要通过记忆储存就可以被整理概括再现表达的知识范畴，ChatGPT可以随时调取和按照需要表达并呈现出来，能够节省我们的大量精力，帮助我们更集中地开展创新性的学习和工作。

人文学科的发展历程与现状：全球视角

问题：请简述人类历史上人文学科的发展历程与现状。

GPT-4：人文学科的发展经历了漫长且复杂的历史过程，其现状也反映了多样化和跨学科的趋势。以下是对人文学科发展历史和现状的简要说明：

发展历史。古代，古希腊和罗马：人文学科的起源可追溯至古希腊和罗马时期，那时哲学、修辞学、历史和诗歌等学科开始形成。思想家如柏拉图和亚里士多德对后世的人文学科产生了深远影响。中世纪：在中世纪，欧洲的人文学科主要集中在宗教和神学研究上。同时，在伊斯兰世界和印度、中国等地区，也发展了丰富的人文学术传统。文艺复兴时期：欧洲文艺复兴时期标志着人文学科的一个重要转折点。学者开始重视古典文化的研究，强调人的价值和个性，推动了文学、艺术、哲学和历史学的发展。近现代，启蒙运动：18世纪的启蒙运动进一步推动了人文学科的发展，特别是哲学和历史学。19世纪至20世纪：这一时期见证了现代学科体系的形成，包括现代语言学、文学理论、艺术史等。两次世界大战后：战后，人文学科开始关注更多的社会问题，如种族、性别、阶级等。当代，多元化和跨学科：当代人文学科趋向于多元化和跨学科，包括文化研究、媒体研究、女性研究等新兴领域。数字化和全球化：数字化和全球化对人文学科产生了显著影响，促进了全球视角的研究和数字人文学的发展。社会应用：人文学科逐渐与公共政策、社会服务等领域结合，致力于解决现实社会问题。

现状挑战。资金和就业问题：人文学科面临着资金减少和就业市场紧缩的挑战。技术和科学倾斜：社会和教育体系越来越倾向于科学和技术领域，对人文学科的重视度有所下降。尽管面临挑战，人文学科在培养批判性思维、文化理解和道德意识方面继续发挥着重要作用。

笔者点评： GPT-4仅用不到800字就将煌煌人文学科历史和现状的轮廓大致勾勒出来，而这对单凭脑力的一般研究者而言恐非易事。古希腊罗马的哲学、修辞学、历史和诗歌，中世纪的宗教神学，文艺复兴的文学艺术和人性复苏倡导，近200年的语文学、文论和艺术学，第二次世界大战后的文化研究、女性研究，全球化时代的数字人文学，等等，GPT-4的归纳概括大致梳理了整个人文学发展的基本脉络。并且GPT-4还注意到了人文学科如何致力于社会现实问题、经济全球化大潮下人文学科的窘境和培养人类批判思维以及道德养成的不可或缺等学科现实挑战性问题。但是，GPT-4的缺陷也是显而易见的。其一，对语料数据不足的领域，GPT-4无法给出准确、全面的回答。例如，在涉及中国、印度和阿拉伯世界的人文学科历史和现状时，GPT-4含糊其词，仅用一句"也发展了丰富的人文学术传统"一带而过，毫无具体内容可言，足见在实施大模型训练的时候，缺少或者忽略了该历史文化地域的参数内容。其二，GPT-4的回答模式性较强。例如，无论有无关系，在对人文学科的梳理中GPT-4都强调跨学科，这显然不是基于事实或者学科发展的必然，而是基于某种应答模板。这也从一定程度上说明GPT-4本质上只是人造科技产品，还远未进化到达能够自行其是的自由王国。下面向GPT-4提出更有深度的有关文化差异的问题，通过提高难度，检验其有无这方面的信息和逻辑存储。

人文学科发展和概念表述：中国视角

问题：请尝试说说中国历史上人文学科的发展和概念表述与欧美的区别以及特殊性。

GPT-4：中国历史上人文学科的发展具有独特性，其概念表述和西方有所不同。以下是对中国人文学科发展的简要说明：古代，儒家、道家、法家等学派，中国古代人文学科的发展与儒家、道家、法家等哲学思想密切相关。儒家学说特别强调礼仪、道德和政治哲学，对后世中国的教育和社会制度产生了深远影响。"六艺"教育：中国古代的教育体系包括"六艺"，即礼、乐、射、御、书、数。这些早期形式的人文学科教育强调实用性和道德修养。中世纪及宋元明清，文人文化：宋元明清时期，文人文化兴盛，诗词、书法、绘画成为文人表达个人情感和品德的重要手段。这些艺术形式在中国文化中占据了极其重要的位置。科举制度：科举制度的实施进一步推动了儒学和文学的发展。考试内容主要集中在儒家经典和诗文创作上。近现代，五四运动：20世纪初的五四运动，标志着中国人文学科的现代转型。西方科学、民主和人文主义思想开始影响中国。文学和艺术的现代化：现代文学、戏剧、绘画等开始吸收西方的元素，形成了独特的现代表达方式。当代，跨学科发展：当代中国的人文学科开始融入更多跨学科的元素，如社会学、心理学等。全球视角：随着中国在全球化中的地位提升，中国的人文学科也开始更多地与国际学术对话和交流。

概念表述的特殊性。道德与政治的融合：中国古代的人文学科强调道德修养与政治实践的结合，这与西方更偏重理性和科学研究的传统不同。文人的全才观：中国古代文人文化强调诗书画全才，将文学艺术与个人品德和社会责任紧密联系起来。实用主义传统：中国人文学科历史上往往强调实用主义,尤其是与治国理政相关的知识。总的来说,中国人文学科的发展融合了哲学、文学、艺术和道德教育,形成了独特的文化传统和学术体系。

笔者点评: 在提问有关中国人文学的历史话语和现实命题时,笔者最大的担心是大模型研究团队对中国历史文化的不熟悉、文化隔膜或者重视不够,这是近代以来根深蒂固的西方中心主义的历史惯性所致的常见弊病,但GPT-4的回答似乎还可以过关。在论述中国人文学科的历史话语时,GPT-4谈到了儒道法、"六艺"、诗书画,还提及了科举制度的推动意义。及至近代,五四运动与来自西学的影响,现代文学如何融汇中西,跨学科和全球视角如何导致中国人文学科学术话语的西方化,甚至话语上的失语症现象,等等,都在其视野范围。GPT-4论及的中国人文学科概念表述上的历史和现实独特性,譬如过于道德化和政治化的遣词造句和人文话语表达上的实用主义,以及将文学、艺术、诗学的成就"与个人品德和社会责任紧密联系",确实是中国人文学科的文化特征之一,而完全无目的性,纯粹形而上或者纯审美的人文主义在中国语境中是难以想象的。当然,在我国这一历史上科学技术的理论倡导和话语逻辑表述并不发达的文化地域,人文学的范畴不仅超出了西学所谓语文学和文史哲的范畴,覆盖整个社会科学,而且在"修身齐家治国平天下"的儒家文化理念的长期熏陶下,人文始终离不开与"治国理政"相关联,使得中国的历史人文学大大超出欧美人文学的基本学科范畴,成为以儒道释以及四书五经等文史经典为核心文本的普遍的国家意识形态的文化表述。然而,对于这些,GPT-4并未提及。当然,考虑类似ChatGPT这种人工智能应用的产生语境、历史文化生成基础和使用人群的期待视野,又鉴于目前ChatGPT只拥有有限比例的(据说不到5%)汉语文化语料数据,让其弥补和生发中国人文学科相关命题确实是"强人所难"。基于GPT-4对本问题的回答,有必要且重要的是让其谈一下人文学科和社会科学的关系。

人文学科与社会科学的异同

问题：也许你可以谈一谈人文学科与社会科学的异同吧？

GPT-4：人文学科（Humanities）和社会科学（Social Sciences）都是研究人类行为和社会的学科，但它们在研究方法、研究重点和理论框架等方面存在显著差异。

相似之处：1. 研究对象：两者都关注人类社会、文化和行为。2. 跨学科性：人文学科和社会科学都倾向于跨学科研究，涉及广泛的学术领域和方法。3. 社会影响：它们对理解社会现象、历史发展和文化差异有重要贡献，对社会政策和公共生活有深远影响。

不同之处：1. 研究方法：人文学科：更侧重于解释和批判性分析，强调文本解读、历史背景分析和理论批判。常用方法包括文本分析、历史研究和比较研究。社会科学：更倾向于使用定量方法和科学研究方法，如统计分析、实验设计和调查研究。2. 研究重点：人文学科：关注个体和文化的独特性，重视文化、历史和语言的深度解读。关注艺术、文学、哲学等领域。社会科学：重视社会现象的普遍规律，关注群体行为、社会结构和社会关系。包括经济学、政治学、社会学等领域。3. 理论框架：人文学科：更多探讨抽象的概念和理论，如道德哲学、审美理论、批判理论等。社会科学：侧重于建立可测试和量化的理论模型，关注经验数据的分析和解释。4. 目的和应用：人文学科：旨在提高个体对人类经验和文化遗产的理解，强调个人的自我实现和批判性思维。社会科学：旨在理解和解决社会问题，提供政策建议，促进社会福祉。

小结：尽管人文学科和社会科学在方法和焦点上有所不同，但两者都是理解复杂的人类社会和文化现象不可或缺的部分。它们相互补充，共同构成了对人类生活的全面理解。

笔者点评：涉及人文学科与社会科学的异同这一话题，GPT-4对差异的解说有条有理，系统地列出了二者在研究方法、研究重点、理论框架和目的应用方面的基本差异，但对相似之处的总结却很不到位。GPT-4指出，人文学科和社会科学都"关注人类社会、文化和行为"，但更全面深入的解释应是二者均以人所置身其中的社会、历史、全部社会关系、文化传统和现实状况作为研究对象。再者，GPT-4总结跨学科研究是人文学科与社会科学的相似处，委实是牵强附会。在笔者的问题框架下，GPT-4似乎热衷提及"跨学科"，不知是不是所谓的答题模板"万金油"。但不可否认，GPT-4确实较有逻辑地回答了问题，并且在最后予以小结，即"两者都是理解复杂的人类社会和文化现象不可或缺的部分"，"相互补充，共同构成了对人类生活的全面理解"。如此总结也不无道理，较为准确地概括了这两类具有相似性的学科，毕竟当前国内院校和学界经常将二者合并，称为"人文社会科学"。我们完全可以进一步预测，不需多长时间，当ChatGPT的专业性学科场景应用成为普遍的文化生态之后，每个使用者都相当于拥有成百上千的学科导师、研究助手和智能数据库的支持，研究工作的效率有可能获得指数级的增长。这对于人文学科的学科史和文献史研究而言，殊为有利。

生成式人工智能的突破性发展及其对人文学科的影响

问题：我问你的问题，其实说的就是你的问题。那么你说说，生成式AI近期的突破性发展，例如ChatGPT、Gemini、文心一言等，以及这些大模型基础上的各种人文学应用，譬如有关数据采集、翻译学科、语言学、文学和图形图像视频生成呈现的App（应用程序）等，它们是否已经对人文学科的发展构成了重大影响？

GPT-4：生成式人工智能（AI Generated Content, AIGC），例如ChatGPT、Gemini、Midjourney、文心一言等，确实开始对人文学科产生重要影响。这些技术的发展对人文学科的影响可以从几个方面来看：1. 研究方法和工具，包括数据分析：AI可以处理大量的文本和数据，为文学、历史、语言学等领域提供新的分析工具。语言模型：例如ChatGPT这样的模型可以帮助研究语言使用、语言发展等，为语言学提供新视角。文本生成与解析：AI在文本生成和解析方面的应用，为文学创作和文本批评提供了新工具。2. 教育与学习，包括教学辅助：AI可以作为教学辅助工具，帮助学生学习语言、历史、哲学等人文学科。定制化学习：AI技术可以根据学生的学习进度和兴趣定制化学习内容。3. 创作与艺术，包括艺术创作：在音乐、文学、视觉艺术等领域，AI已经被用来创造新作品，推动创意表达的新方式。文学作品：AI生成的文学作品和诗歌等正在探索语言和叙事的新边界。4. 文化研究，例如文化分析：AI能够分析和理解不同文化背景下的内容，为文化研究提供新的视角。5. 伦理和哲学的探讨，例如人工智能伦理：AI的发展也引发了关于机器伦理、人机关系、意识和人工智能责任等哲学讨论。6. 学术研究的范式变化，例如跨学科研究：AI的使用促进了人文学科与科学技术领域的交叉融合。7. 带来新的问题、挑战和批评，例如：原创性和著作权问题：AI生成的内容引发了关于原创性和著作权的讨论。质量和准确性问题：AI生成的内容可能存在质量不一、准确性有限的问题。对人类角色的影响：AI在创作和研究中的作用引发了关于人类在艺术和学术中角色的思考。

总的来说，生成式AI在人文学科领域提供了新的工具和方法，但也带来了一系列的伦理、法律和质量挑战。它们对人文学科的影响是复杂且多面的，需要持续的观察和研究。

笔者点评：笔者非常认同GPT-4的这一回答。其几乎系统涵盖了所有人工智能，尤其是2022年以来以ChatGPT为代表的生成式AI对人文学科已经产生和正在产生的影响，概括之系统和全面，至少超出了笔者这样一个自以为对科技人文跨学科研究有多年心得的所谓学者的关注范围。当我们开始思考"人工智能爆发与人文学科的未来发展"这一宏阔主题的时候，要想概括、分析、总结和预测这一对象的未来趋势，以目前的观察和尝试，仅是关在书斋中阅读思考很显然已经远远不够，而依赖海量的训练数据和大规模服务器的算力支持不断迭代的人工智能，无疑可以在未来趋势性判断的相关研究中发挥巨大作用。在当前这个科技与人文相互交融、难分难解的时代，我们亟需突破自身学科的藩篱，拥抱人工智能，学习、探索这一可能决定未来人文学科发展前途的创新性科技的方方面面，学会以其为助力，与其一起前行。只有这样才有可能找到比较接近人文学科未来发展实际状况和能力空间的答案。

问题：你能否具体地说一说生成式AI对人文学科的下列分支学科研究的影响？也就是你前面说的语言学、翻译学、文学、历史学、哲学、艺术史、宗教学和文化研究等。请尽量说得简要些。

GPT-4：生成式人工智能（AIGC）对人文学科各领域的影响是深远且多样的。下面详细探讨它对语言学、翻译学、文学、历史学、哲学、艺术史、宗教学和文化研究的具体影响：1. 语言学，语料库分析：AI可以处理和分析大量语言数据，帮助语言学家研究语言变化、方言差异和语言模式。语言模型：AI语言模型（如ChatGPT系列）在语言生成和理解方面的能力，为理解人类语言的复杂性提供了新工具。2. 翻译学，机器翻译：AI在机器翻译领域的应用极大提高了翻译效率和质量，推动了翻译学的发展。跨文化交流：AI翻译工具促进了不同语言和文化之间的交流，为翻译学的跨文化研究提供了新的视角。3. 文学，文本分析：AI能够分析大量文学作品，揭示文学风格、主题和叙事结构的模式。创作辅助：AI生成的文学作品可以作为创作工具，帮助作家探索新的叙事方式和创意。4. 历史学，历史资料处理：AI可以处理大量的历史文献和档案，辅助历史学家的数据挖掘和事件重建。时间线分析：AI工具能够追踪和分析历史事件的时间线和联系。5. 哲学，伦理和哲学问题：AI的发展引发了关于机器伦理、意识、自由意志等哲学问题的讨论。哲学研究方法：AI可以辅助分析哲学文献，提供逻辑分析和论证的工具。6. 艺术史，图像分析：AI可以识别和分析艺术作品的风格、技巧和历史背景。

艺术鉴赏：AI工具能够辅助艺术史学家的艺术作品鉴赏和分类。7. 宗教学，宗教文本分析：AI能够分析宗教文本，揭示文本中的主题、信仰体系和历史背景。信仰模式识别：AI工具可以帮助研究不同宗教和信仰群体的行为模式和信仰传播。8. 文化研究，文化模式分析：AI工具能够分析不同文化的表现形式，如语言、艺术、习俗等。社会影响评估：AI可以评估特定文化现象对社会的影响，譬如媒体内容的传播和接受。

结论：生成式AI提供了新的研究工具和方法，使人文学科研究者能够以前所未有的方式处理和分析数据。它不仅加速了研究过程，还开辟了新的研究领域和视角。然而，AI在人文学科中的应用也引发了对数据质量、解释权威和伦理问题的讨论。因此，AI工具在人文学科中的使用需要谨慎，同时要与传统的人文方法相结合。

笔者点评：GPT-4对这一问题的回答与上一个问题的回答有部分重合，可能是由于笔者要求其尽可能简要，所以其对8个人文学科分支的研究影响的论述都是点到为止。如果提问设计给出的要点、关键词和论述逻辑路径的指引更细化和丰富，ChatGPT的回答应该也会更加准确和全面。

不过，其回答给笔者的一个重要启发是，到目前为止，ChatGPT始终是一个只会按照人类提问者的要求回答问题的智能系统，纵然经历了千万亿的参数训练，有超过无数世界级图书馆、博物馆、数据库的数据整理和储存，涵盖了人类的大多数语言、文明、文化和学科专业的知识库容，但始终不会主动说话、主动提问、主动挑选和训练对象。那么，作为提问者的人类就面临一系列重要挑战，即面对ChatGPT要问什么？怎么问？问到何种水准和深度？等等。如果说ChatGPT在不断迭代过程中可能会涵盖和掌握人类文明的所有知识，那么人类如何从它那里提取既有知识，组合建构新的知识结构，借助其继承再造新的知识系统，就会成为人工智能时代人类新的专业要求和人文学科的方向。在此背景下，人文学者根本不可能因ChatGPT而一劳永逸，而是将被要求学习更多的新知识、新技能。更甚者，也许如何向类似

ChatGPT这样的人工智能系统提问,本身就可能会成为一门新课程。如此展开思考,则更多新的挑战将接踵而来。

应用实例:以ChatGPT和人类学者对鲁迅文学的研究为例

问题:假定我要利用生成式AI来支持一项关于鲁迅的文学研究,您能提纲挈领地提示一些可能的研究帮助吗?

GPT-4:生成式人工智能(AI),如ChatGPT系列模型,在鲁迅文学研究领域中的应用可以提供诸多帮助和提升。以下是一些具体的应用示例:
1. 文本分析和语料库构建,AI可以根据你的要求,快速全面地展开所有鲁迅作品的文本分析,AI可以分析鲁迅全集,包括小说、散文、论文等,快速提取主题、风格、叙事技巧等特点。不止这些。还有语料库构建:利用AI构建鲁迅作品和相关批评的语料库,方便研究者进行深入的文本挖掘和比较研究。2. 风格和主题探索,风格模仿与分析:AI模型可以模仿鲁迅的写作风格,进行模拟写作,帮助研究者理解其独特的文学表达方式。主题发现:AI可以识别鲁迅作品中的反复出现的主题和观点,揭示其思想的核心和演变。3. 历史和文化背景研究。背景整合:AI可以帮助整合鲁迅时代的历史和文化背景资料,提供更全面的研究视角。社会影响分析:利用AI分析鲁迅作品对其时代以及后世的社会影响和文化意义。4. 跨文化比较研究,譬如国际视角:AI可以帮助比较鲁迅作品与其他国家文学作品之间的相似性和差异性,促进跨文化理解。5. 教学和普及,教学辅助:AI可以作为教学工具,帮助学生理解鲁迅的文学作品和其背后的历史文化背景。普及推广:AI生成的内容可以用于普及鲁迅的思想,吸引更多人对鲁迅文学的兴趣。6. 新视角和创新研究。新视角发掘:AI的深度学习和模式识别能力可能发掘出传统研究中未注意到的视角。创新研究方法:AI的应用鼓励采用更创新的研究方法,如基于大数据的文学分析。

结论：尽管AI在鲁迅研究中的应用具有巨大潜力，但也需要注意数据质量、模型偏见和解释深度等问题。AI工具应被视为辅助人类研究者的手段，而非替代者，结合传统的文学研究方法，以确保研究的深度和质量。

笔者点评：笔者要求GPT-4给予"提纲挈领式提示"，其对于研究方法、学术论文架构的建议和支持，非常适合初入门的研究者。以现在看，GPT-4在资料汇集、背景展开、研究前史梳理、文本分析、风格主题探讨和跨文化比较等方面，对人类研究者都有很大的帮助。但如果要求研究构想和论著规划更具创意、更系统具体全面，ChatGPT可给予的支持就不好预测了。GPT-4提醒，在技术上"要注意数据质量、模型偏见和解释深度等问题"，且"AI工具应被视为辅助人类研究者的手段，而非替代者，结合传统的文学研究方法，以确保研究的深度和质量"。如此地理性、周详和包容，似乎是在以仰望的视角体察人类研究者。这个AI研究者实在可以被视为人间鲁迅研究的同道，而不是需要时时提防的异类，甚至将其当作机器学术指导也不为过。GPT-4对自己目前的本领是有"自知之明"的，而其未来的能力提升也可说是不可限量的。

问题：请区别分析生成式AI的鲁迅文学研究与一般学者的鲁迅文学研究之间的优势和局限。

GPT-4：生成式人工智能（如GPT等）和传统学者在鲁迅文学研究中的应用存在显著差异，各自具有不同的优势和局限。以下是对这两种研究方法的区别分析，以及各自的利弊。

生成式AI的鲁迅文学研究，优势：1. 大规模数据处理：AI能够快速处理和分析大量文本，适合进行广泛的文本挖掘和模式识别。2. 风格和主题识别：AI可以有效识别鲁迅作品中的风格和主题，提供量化的分析。3. 多语言处理能力：AI在处理和比较不同语言的文本方面具有优势，有助于跨文化研究。4. 新视角生成：AI可能发掘出传统方法未曾注意到的新视角或关联。局限：1. 深度和复杂性理解有限：AI可能缺乏对文学作品深层次意义和文化背景的充分理解。2. 原创性和批判性思维：AI生成的分析可能缺乏原创性和深度批判性思维。3. 数据质量和偏见问题：AI分析的准确性受限于训练数据的质量和多样性。

传统学者的鲁迅文学研究，优势：1. 深度理解和批判性思维：学者能够深入理解文学作品的复杂性和多样性，运用批判性思维进行分析。2. 文化和历史背景：学者能够结合丰富的历史和文化背景知识，提供更全面的解读。3. 原创性见解：学者的研究通常具有较高的原创性和独到的见解。局限：1. 数据处理能力有限：相比AI，个人学者在处理大量数据方面可能有限制。2. 时间和资源消耗：传统研究方法通常更耗时和资源密集。3. 主观性和偏见：学者的研究可能受到个人偏好和主观性的影响。

结论：生成式AI和传统学者在鲁迅文学研究中各有优势和局限。AI适合于快速、大规模的数据处理和模式识别，但可能缺乏深度理解和原创性。传统学者的研究在深度、批判性思维和文化背景理解方面更为出色，但在数据处理能力上有限。最理想的情况是结合这两种方法，利用AI的数据处理能力和学者的深度理解共同推进鲁迅文学研究。

笔者点评：这个回答是比较客观的，在GPT-4看来（借助数千亿级别的参数和现行智能网络能够穷尽的大规模数据训练的结果），传统学者的研究与AI的研究具有很大的互补性，其共同作用的结果应该主要还是对相关对象研究的深化和提升。任何技术进步和新工具的出现，都往往是利弊相间的，在利用AI"利"的同时，我们又不得不对飞速迭代的AI介入人文学科研究后已经产生和可能产生的负面影响和潜在危害有所了解，思考化解的路径和方案。

人工智能对人文学科研究的挑战

问题：请稍加仔细地尝试分析GPT等大语言模型的出现和应用对人文学

科研究可能会带来的负面影响和潜在危害。

GPT-4：大型语言模型如GPT的出现和运用，对人文学科的研究的确带来和可能会带来一些负面影响和潜在危害，这些影响主要体现在以下几个方面：1. 数据质量和偏见。偏见和误导：由于大型语言模型通常是基于现有的互联网数据训练的，这些数据可能包含偏见、错误信息和过时的观点。这种偏见可能被模型学习并反映在其输出中。内容可靠性：模型生成的内容可能存在准确性问题，特别是在处理复杂的人文学科主题时。2. 原创性和智力产权。剽窃和原创性问题：GPT等模型能够生成类似于现有作品的内容，可能引起剽窃和原创性争议。著作权问题：模型生成的内容涉及智力产权权益归属问题，可能导致法律和道德上的争议。3. 学术诚信。依赖问题：学生和研究人员可能过度依赖AI工具，减弱了自身的研究和批判性思维能力。学术不端：AI工具的使用可能导致学术不端行为，如未经适当引用或申明就使用AI生成的内容。4. 研究深度和多样性。研究深度：过度依赖语言模型可能限制研究人员探索主题的深度和复杂性。思想多样性：AI模型可能导致学术思想和研究方法的同质化。5. 批判性思维。思维惯性：过分依赖模型生成的答案可能导致人们在解决问题时缺乏创造性和批判性思维。6. 职业道德和责任。道德和责任：在使用AI模型进行人文学科研究时，定义模型的使用范围、数据处理方式和伦理责任是一个挑战。7. 人机关系。人类角色：AI在人文学科的广泛应用可能导致对人类研究者角色和价值的重新考虑。

结论：大型语言模型如GPT在人文学科研究中的应用需要谨慎，必须意识到这些工具的局限性和潜在风险。同时，研究人员和学生应被教育如何正确地使用这些工具，并在使用时保持批判性和伦理意识。最终，这些工具应被视为辅助人类研究者的手段，而不是替代者。

笔者点评：虽然GPT-4还不成熟，但作为已经接近通用人工智能（AGI）的重大技术突破，除了不会主动提问之外，已经初步具有了数据处理意义上的看、听、说、读、写、算、编程和图形图像音频视频交互生成的多种能力,这是人类技术革新历史上从未有过的进步。技术与文明、技术与人文、技术与人之间的一些曾经泾渭分明的关系,在通用人工智能面前开始变得模糊起来。对于AI超大规模的参数训练和数据储量,超越一般人类智能和经验预期的新叙述、新观点涌流,始终存在于黑箱中未知的可能智能技术能力爆发等,ChatGPT自身也已经有所感知。当然这也是ChatGPT等大模型的创造者赋予其能力的同时,ChatGPT对其自身可能带来的社会各领域的颠覆性变化已有论断,并通过自己的陈述提出警示。一段时间以来,关于AI伦理和道德的考量,也是政府、教育部门和学界都在积极关注、研究,并尝试规范和管理的重要方面。同样,当生成式人工智能不可避免地介入人文学科的研究领域后,伴随而来的局限性和潜在风险,也要成为学界考量和提出规范管控的重要事项,而且越早开展越好。但是,学界也绝不应该因噎废食,拒AI于门外。当前人文学科尤其需要跨越自己学科的壁垒,在跨界互动中寻找新的发展提升路径。

来自人工智能的预测:人工智能给人文学科带来的发展契机与可能未来

问题1:请试分析,随着生成式AI的快速迭代与AGI的可能成熟,有可能给人文学科的未来发展带来什么新的契机和突破性认知?

GPT-4:随着生成式AI(如GPT等)的快速迭代和人工通用智能(AGI)的成熟,人文学科可能会经历重大的变革和突破。以下是一些潜在的新发展和突破性认知:1.新的研究工具和方法。大数据分析:AI能够处理和分析大量文本和数据,为语言学、历史学、文学等领域提供新的研究工具。模式识别:AI在识别复杂模式方面的能力将有助于揭示人文学科数据中的隐含关系和趋势。2.跨学科研究的加强:科技与人文的融合:AI的发展将促进科技与人文的深度融合,带来新的跨学科研究领域。新学科的出现:可能出现全新的学科领域,如AI伦理学、数字人文学等。3.易访问性:AI工具的普及将使得先进的研究方法更加易于访问，降低学术研究的门槛。全球协作：AI将促进全球范围内的学术协作，使得不同地区和背景的研究人员能够更容易地共享知识和资源。4. 提高研究效率和质量。自动化分析：AI可以自动化许多研究任务，如文献回顾、数据收集和初步分析，提高研究效率。深度洞察：AI的高级分析能力可能带来对人文学科主题更深入的认识。5. 新的教学方式。个性化学习：AI能够提供个性化的教学内容和方法，根据学生的学习进度和兴趣调整教学计划。互动学习工具：AI可以作为互动学习工具，提高教育的吸引力和效果。6. 伦理和哲学的深入讨论。伦理和责任：AI在人文学科中的应用将引发对伦理、责任和人类角色的深入讨论。认知模型的探索：AI对人类认知过程的模拟将推动哲学和心理学的新发展。7. 文化和社会研究的新视角。文化模式分析：AI的模式识别能力将揭示文化现象和社会变迁的新模式。社会动态的实时分析：AI将使我们能够实时分析和理解社会动态和文化趋势。

结论：虽然生成式AI和AGI的发展为人文学科带来了巨大的潜力，但同时也伴随着挑战，特别是在伦理、偏见和数据质量方面。未来，人文学科的研究将需要在利用这些新技术的同时，也关注它们所带来的复杂性和潜在风险。

问题2：请不妨再具体详细预测一下生成式AI迭代十余年以后，譬如2035年，人文学科主要分支的未来将可能如何发展？

GPT-4：预测生成式AI在未来十年的迭代后对人文学科各分支的可能影响，需要考虑AI技术的发展趋势以及人文学科的特点。以下是一些合理的预测：1. 语言学。自然语言处理的突破：AI技术将进一步提高对自然语言的处理能力，特别是在理解和生成各种语言和方言方面。语言变迁研究：AI将能更有效地追踪和分析语言的演变过程，包括方言和俚语的发展。2. 文学。文本分析的深度化：AI将能够更深入地分析文本结构、风格和主题，甚至能够模拟不同作家的写作风格。创作工具的革新：AI将作为一种新的创作工具被广泛应用，帮助作家和诗人探索新的文学形式和叙事方法。3. 历史学。历史场景的重建和模拟：利用AI对历史事件和社会变迁进行更精确的重建和模拟，提供不同历史假设的可视化。数字档案馆：AI将帮助构建更全面的数字档案馆，使得历史文献的检索和分析更加高效。4. 哲学。伦理学和哲学问题的探讨：随着AI的发展，将产生新的哲学和伦理问题，如人工智能的意识、自由意志和道德责任。逻辑和思想实验：AI将用于进行复杂的逻辑分析和思想实验，帮助哲学家探索复杂的哲学理论。5. 艺术史。艺术作品分析：AI将能够对艺术作品进行更深入的视觉分析，识别风格、技术和历史背景。艺术发展趋势预测：AI可能用于预测艺术风格和流派的发展趋势。6. 宗教学。宗教文本分析：AI将更深入地分析宗教文本，探索不同宗教传统和信仰体系之间的相互关系。信仰模式和传播研究：利用AI分析信仰模式的演变和宗教观念的传播方式。7. 文化研究。跨文化比较研究：AI将有助于进行更深入的跨文化比较研究，理解不同文化之间的相似性和差异。社会动态分析：AI能够实时分析社会动态和文化趋势，提供对社会变化的深入见解。

总结：未来十年，生成式AI的发展可能将人文学科推向一个新的阶段，特别是在数据处理和分析能力上的提升将为人文研究带来革命性的变化。然而，这种技术的发展也伴随着伦理和道德的挑战，特别是在保证研究的客观性和深度上。人文学科的未来将更多地依赖于人工智能和传统研究方法的有效结合。

笔者点评：以上两个问题，一个是对未来人工智能发展环境下人文学科未来发展的总体判断，一个是预测2035年前后人文学科各主要分支的可能发展。作为前提，GPT-4强调，这都得依赖AI迭代的速率和通用人工智能所能达到的技术高度。但不管怎么样，即使是按照目前的进展速度，AI对人文学科的整体和各个分支的影响肯定都是巨大的，即"人文学科可能会经历重大的变革和突破"，譬如"揭示人文学科数据中的隐含关系和趋势"，"促进科技与人文的深度融合"，创造"全新的学科领域，如AI伦理学、数字人文学"。同时AI肯定有能力自动化完成许多人文学术研究，譬如"文献回顾、数据收集和初步分析"，对"人文学科主题做更深入的认识"，又或者，根据对作家创作和所处环境的强大数据把握，可视化地逆向重建文学创作的过程历史场景。AI无疑具有强大的"自然语言处理能力"，可以模拟和生成各种语言并实现智能化自由转换，未来翻译学科将如何颠覆性变迁可想而知。我们在AI支持下，将能够模拟性地重建历史事件的虚拟真实场景，并且对其进行可视化研究，甚至催生关于历史、文学、艺术甚至哲学历史事实场景的可视化高仿真模拟重建和研究，催生相关的全新智能人文学科。人类甚至可能尝试展开可视化、场景化、进程化的逻辑和思想实验。当然，机器写作大概率也可以精确模拟任何知名作家的写作风格，进而自主尝试新的文学类型和写作方法，生产出受读者欢迎的新的类型化机器文学作品。一言以蔽之，未来新的AI迭代和颠覆性技术突破，必定会"将人文学科推向一个新的阶段"。于人文学科而言，即使是就目前为止的人工智能的爆发进展，更多的也是机会，是人文学科从现有理工医商文的学科差序和中心边缘固化格局中突围的历史机遇。借助AI的"智能快车"，人文学科有可能从人们所诟病的非科学、非技术、非定量的魔咒当中跳脱，进而释放在批判性思维、思想创新和知识建构方面的巨大文化生产力，成为智能时代的新学科建构。笔者始终认为，只要一观技术文明的关系历史，就可以作出基本判断，即技术是推动文明和文化发展的基础动力，也是推动人文学科发展和新生的内在动力。个体的人类研究者，可能在人工智能时代失去对于资料信息、学术史和学科史的守护和掌控权，不再是浩如烟海的人类学术库存的守护者，但却有可能成为更强有力的人文创新者和原创思想的开拓先锋。

结　语

今天，人类社会已经发展到了一个重要的历史关口。作为上述对话的总结性展开，关于人工智能与人文学科的未来发展可能，笔者的总体判断是：尽管到目前为止，对飞速发展的人工智能，尤其是生成式人工智能或通用人工智能，可能给人类社会生产、生活等带来的突破性发展契机和影响，一时难以准确预期，但是，面对新型人工智能以及量子科学、生物科学、材料科学等的现状和可以预期的未来的重大颠覆性突破，人文学科与其他众多学科，甚至整个学科、学术体系都已经处在一次大变革的前夜。只需观察2023年全社会对ChatGPT的反响和刚刚上线的OpenAI商店一年内出现的几百万惊人的应用程序，只要想到生成式AI已经具有的看、听、说、读、写、算和编程能力，就已可以预见人工智能的巨大影响。具体到人文学科的发展，GPT-4自己也一再强调，人文学科的研究需要在利用人工智能新技术的同时，关注其所带来的复杂性和潜在风险。

首先，人工智能很可能会引发我们关于人文学科的学科意识概念的整体性改变。从本文的写作模式和结构过程可知，人工智能在文本的生产过程中已经是在以一个相对自主的对话作者和文本创作者参与课题研究和论文形成过程。作为所谓"另一个作者"，人工智能已经使得传统文学研究中关于文化生产主体、生产方式以及成果呈现模式发生重大改变。人工智能所带来的新的人文生产主体（人工智能作为非生物作者）、新的人文生产方式（人机交互对话与机器智能生成）、新的人文成果，即文本的形成和呈现模式（非时间性写作、文本瞬间呈现等等），意味着某种具有本体论意义的、新的人文学研究范式和学科结构正在形成。一些新的学科领域，譬如计算人文学、人文计算学、过程伦理研究、数据价值社会学理论、机器写作理论研究、历史事件的建模和仿真学科等，将开始陆续成为人文学科的重要组成部分。抓住机遇，人文学的人文研究者将会有众多在学科深度和广度上开拓的可能，这也将成为这个智能时代不可或缺的内在需求。

其次，人文学的研究范式和方法陆续发生重要变化。譬如，此前几乎所有人文学科研究均与自然科学以及技术科学呈现若即若离的松散关系，而走进人工智能时代，情况截然不同。人工智能作为一种"机器智能"，在某种程度上早已超越了科学技术传统的、被动的工具属性，一跃成为具有某种主动性和自主性的新兴技术。人工智能在人类的设计安排下所形成的仿人类特征已经具有了某种人文生产的"自主性"，生产出了许多出乎人类预料的新人文产品，譬如机器翻译作品、机器诗歌、机器小说、机器戏剧和机器文艺评论等等。这就使得人工智能介入的文学和文化创造从一开始就不再被人所简单控制和全盘把握，而是不可避免地内生出许多跨越技术与人文二者界面的新的命题和意义。可以说，这是自工业革命以来科学技术界所未曾预料过的局面，作为以这类现象为研究目标的人文学科，要想真正展开深入研究，不使用融入式的跨学科的方法几乎是不可能的。这可能也部分回答了前面提问时，GPT-4总是提及跨学科的原因。同时，学术方法论的突破和创新，将会带来关于人文学科的本体论认知的升华，这也十分值得关注和期待。

当然，鉴于目前人工智能技术进展中所遭遇的瓶颈，ChatGPT仍有许多暂不能跨越的技术门槛，譬如，受虚假数据训练的影响，推理生产出几乎就是机器幻觉的虚假文本，如果没有人类学者的知识判断和纠错，这类文本很可能误导读者；ChatGPT缺乏自知性，只是被动的、被驱使的人文学术研究的参与方；其语言生成方式（机器推导逻辑）与人的语言生成方式（意识思维的语言呈现）在内在机制上完全不同，所以不能自我反省和承担责任。但是不可否认，人工智能的颠覆性发展具有巨大的潜在能量，将带来难以估量的可能性。当然，眼下任何一种AI的进展突破，都是开发技术和掌握技术的人之所为，人工智能目前还未跳出人这一"如来佛"的手掌心，但是未来的通用人工智能将会如何发展却很难准确预测，这也是世界各国政府、头部公司和顶尖人工智能专家不断探讨和不时发出警示的问题所在。

作为人文学者，我们肯定不能对此掉以轻心，但是这也绝不是人文学科拒绝走进未来人工智能世界，并依托其助力、配合和共创而推进自身走向新发展阶段的理由。人文学者有必要提醒自己，进入瞬息万变的人工智能时代，必须要走出封闭的学科自足感，去除对科技的拒斥心理，建立对技术的关注和学习意识，对人工智能日益增强的影响应存有时时放心不下的学术追问心态。生成式人工智能的飞速发展有目共睹。2024年1月，AI Store的300万应用刚刚上线，一款据说是千亿美元赛道的应用AI Agent又将全球性大规模铺开，更新的突破似乎已经到来。人文学科以及几乎所有其他学科大概都很难在此时代背景下从容应对。在技术与文明的交互关系模式上，如同经济基础决定上层建筑一样，人文学者完全没有发言权，反而必须适应其规律。技术进步推动人文学科的迭代升级，似乎也大致符合人类文明诞生以来人文进化的历史规律。

最后，我们先不妨天马行空地想象一下未来的AI人文世界。当前，大家都是面对电脑、平板或者手机等大大小小的屏幕与GPT对话，在键盘上敲击码字展开我们的论文写作。然而，看看今天的技术发展，在可见的未来，这些工具很可能就会被智能眼镜、柔性显示皮肤、虚拟全息悬屏等媒介所替代。我们甚至大概率地可以随时随地用一个召之即来挥之即去、无处不在的人形数字机器人作为我们的工作助手和讨论对话的对象。曾经的研究空间如书房、图书馆和工作室恐怕不再是汗牛充栋，而是元宇宙式的全仿真、全交互、联通整个历史隧道和人类文化空间的精神世界，人文创造和研究也许会逐步整合为一体，成为学术的自由王国。如果身处18世纪，这种想象就是科幻作家也难以做到，可是在今天这个人工智能以及量子科学、合成生物学、智能材料制造等飞速发展的年代，很难说不是10年或者20年后的现实场景。笔者对此保有审慎的乐观态度和预期。

（原刊于《人民论坛·学术前沿》2024年第5期，总第285期，第85—97页）

陈跃红

北京大学比较文学与比较文化研究所退休教授。历任北京大学人文特聘教授；北京大学中文系副系主任、系主任，校务委员，北京大学未来教育管理中心顾问。南方科技大学人文社会科学学院院长，人文科学中心主任、未来教育研究中心主任、全球城市文明典范研究院副院长。澳门大学短期讲座教授，韩国国立忠南大学交换教授，台湾实践大学客座教授，香港大学访问学者，荷兰莱顿大学访问学者等。历任中国比较文学学会秘书长、副会长，中国比较文学学会跨学科分会理事长。《比较文学与世界文学》联合主编，《国际比较文学》编委，《中国比较文学》编委，《深圳社会科学》顾问等。

第三世界批评：民族·种族·性别

张京媛

20世纪90年代的第一年在国内出现了关于"第三世界批评"的学术讨论。有愧于自己的学识浅薄，我不知道如何参加这场讨论，更不敢对此胡乱评头论足。但是"只缘身在此山中"，就不得不"下海"了。为了扬长避短，我想就这个"第三世界批评"的题目写一些我本人所熟悉的问题，提供一些信息，同时也顺便来一点对国内"第三世界批评"讨论的不成熟的看法，当然，误读和曲解是在所难免的。我将主要谈一下第三世界批评、美国黑人批评和女性主义批评的三个关键概念：民族、种族、性别。虽然以上三种批评的任何一个都可以同时包含这三个概念，例如我们以三种方法的任何一种来评论一个几内亚的黑人女作家的传记时，我们必须同时考虑这三个因素，但是为了叙述的方便，我还是把它们分开，各归各。

在美国学术界里，通过解构主义批评试图打破西方逻各斯中心文化的努力，使得许多原来处于边缘的问题被移到了中心，成为人们注意的集中点。美国黑人文学批评、女性主义批评和第三世界批评成为最"走红"的批评。这三者的共同点是它们从前是不存在或是受压抑的；它们共同站在他者的一边，在"对立面"或文化批评之内工作。这三者共享着许多批评隐喻、批评理论以及批评困境。

所谓"第三世界文学批评"的说法是近五年内兴起的，目前在西方成了一个热话题，而且国内也有人开始讨论第三世界文化和文学了。这个话题的提出是因为发展中的国家在国际上起着日益增长的政治作用，这股政治力量已经不能再被西方忽视了。另一个原因是西方或者说美国的文化模式不断地渗透所谓第三世界，这样必然引起一些有良知的知识分子的警觉。"第三世界"是一个带有政治色彩的词，与第一、第二世界相对；没有第一、第二世界则不会有第三世界。在政治上"三个世界"的划分在当前世界政治格局所发生的巨大变化中，尤其是随着美苏关系解冻、东欧的政治变化、德国的统一、日本的经济发展到足以同美国抗衡的高度、东亚"四小龙"的腾起，"三个世界"的划分有待于重新修正。而且"第三世界"这个词所隐含的等级排列（1、2、3）已经引起许多争议，但是为了叙事方便，许多批评家以一种纯描述的态度来使用这个词，不加任何政治上的含义，然而他们也经常在"第三世界"一词的两边加上引号，或者在"第三世界"一词之前加以"所谓的"（so-called）作为形容词[①]。

在开始谈论国内对第三世界批评的讨论之前，我想澄清一个问题，即所谓假定的听众和读者。同一个词的使用在不同的语境中的含义也不同。我们可以这样说，"第三世界批评"在美国的讨论的形式和实质是与中国国内关于"第三世界批评"的讨论有区别的。在美国的第三世界批评主要是对后殖民主义（postcoloniality）的批评。介入第三世界批评的讨论的人一般有美国知识分子和来自第三世界而客居美国的知识分子。前者比较好的论文之一有美国白人左派理论家弗雷德里克·杰姆逊的《处于跨国资本主义时代中的第三世界文学》（中译文刊登在《当代电影》1989年第6期）。1986年他的文章一发表便在美国学术界引起震动，受到马克思主义批评者们的欢迎。当时我在美国上学读到他的文章，感到他对美国读者的通晓了解和一针见血的冷静剖析确实令人耳目一新。然而杰姆逊的文章却受到中国国内的评论者的批判，指责他仍然站在白人中心主义的一边，把第三世界当作一个异己之物、一个客体、一个幻想。这种批评是不无道理的，但是我们也要看到杰姆逊讲

[①] "第三世界批评"是一种特定的批评，不是"第三世界"各国文化传统的同义词。

演稿的最初对象：美国的学术界。主题是作为对第三世界的存在和环境感到陌生的西方读者如何阅读第三世界的本文、重新审视美国的教育宗旨和美国知识分子的作用。他分析"第三世界文学"的目的在于触动和改变美国读者的政治意识。他的批评实际上是透过"东方"的眼睛来反视自己的文学与文化。这与白人中心主义是完全不同的。相反，杰姆逊的批评实践的性质与我们许多评论者正在做的伟大事业一样：通过与陌生本文的"对话"来反思自己的文学与文化。杰姆逊对第三世界本文的阅读是试探性的，采取的是虚心商议的口吻——"我仅举一个方法论的例子，而不是提出关于中国文化的'理论'""仅仅是推测"——从未断言自己所说的是"放之四海而皆准"的真理。在他的本文的任何地方，我们也找不到那种专横跋扈的"东方主义"。相反，他主张美国知识分子对第三世界文化的研究必须包括对美国知识分子自己在世界资本主义总体制度的作用重新进行估价。这种"自我反省"的批评方式往往在我们的文学批评中很少出现。

"第一世界"和"第三世界"的存在——在这里我仅仅指作为一对名词概念的两个世界而不涉及其具体的民族文化传统——是相互倚赖和在某种程度上是相互映照的。诚然，第三世界是作为第一世界的他者而存在的。爱德华·赛义德在《东方主义》一书中严厉地批判了19世纪的西方按照自己的意愿把东方塑造成想象中的东方的所作所为。然而反过来说，第一世界也是第三世界的他者，譬如我们当代文学中许多关于西方的描写充满着有时简直令人难堪的欲望投射，我们现代文学批评术语也多数来自西方。

我认为，国内谈论"第三世界文学"的契机在很大程度上是在同第一世界的"对话"中产生出来的。脱离"对话"的语境，任何关于"第三世界批评"的讨论就变成了"独白"。不论是第一世界的独白，还是第三世界的独白，都是有害无利的。第一世界的独白——把殖民地当作一种研究对象是借助"伟大的欧洲"理论生产出来的——导致文化霸权主义；第三世界的独白——如果仅仅强调民族文化的独特性而不作比较研究——也是没有意义的，因为常识告诉我们如果说某事或某物带有独特性，这是与别的事物相比较而言的，否则这个独特性就没有任何意义。在反对西方文化霸权的同时，我们应该警惕避免重复文化霸权的逻辑。例如，近几年来，我们常见"东西比较文学"和"第三世界文化"之类的提法，其实说穿了，不过是中国与某某，譬如中法、中英、中美或中国与欧洲，而"第三世界文化"却常常只指"中国文化"。这种以中国为"东方"或"第三世界"的说法似乎无意识地反映出我们习以为常的中国中心主义，而忽略了东方和第三世界包含着许多别的民族和文化的事实。

杰姆逊说在当今的世界上，所有第三世界的文化在许多显著的地方处于同第一世界文化帝国主义进行的生死搏斗之中，"这种文化搏斗的本身反映了这些地区的经济受到资本的不同阶段或有时被委婉地称为现代化的渗透"①。这句话引起国内一些批评家的震惊和愤怒，他们认为杰姆逊的表述是缺乏历时性的，忽略了第三世界本身所具有的悠久的民族文化传统。但我想"生死搏斗"一词就包含了民族文化的抗衡。这个论点并不是杰姆逊本人发明的。早在1956年，联合国教育科学及文化组织首次出版了一本关于种族和文化平等权力的论文集。当时人们开始谈论平等权力的问题，唯独C. 列维-斯特劳斯选择了论战中最困难而且似乎是自相矛盾的一面，他从人类学的角度指出所有的种族似乎都在以尽快"西方化"的行动来承认西方的优越性。②逆拨时针再往后面看一看，《共产党宣言》中有那么一段（我们搞比较文学的人最爱引用的）："民族的片面性和局限性日益成为不可能，于是由许多种民族的和地方的文学形成了一种世界的文学。"③但是人们往往忽略了这句

---

① 弗雷德里克·杰姆逊：《处于跨国资本主义时代中的第三世界文学》，张京媛译，《当代电影》1989年第6期，第48页。
② C. Lévi-Strauss, "Race and History," in *The Race Question in Modern Science*, Paris: UNESCO, 1956, pp. 144—145.
③ 马克思、恩格斯：《共产党宣言》，中共中央马克思恩格斯列宁斯大林著作编译局编译，北京：人民出版社，2018年，第31页。

话后面还有一段：促成世界文学的是资本主义。"它迫使一切民族——如果它们不想灭亡的话——采用资产阶级的生产方式；它迫使它们在自己那里推行所谓的文明，即变成资产者。一句话，它按照自己的面貌为自己创造出一个世界。"①《共产党宣言》发表一百多年之后的今天，世界发生了很大的变化。"无产者"——第三世界——也许就是第一世界的掘墓人。但是在这最后一天到来之前，杰姆逊所说的"生死搏斗"依然在持续着。因此，我们可以说第三世界批评的基础是政治性的，但是它的表达方式却是多种多样的。

什么是第三世界批评？国内"第三世界批评"的发起人张颐武先生是这样阐释的："它是从一种独特的文化立场出发对整个文学理论的运作方式提出某种质疑，通过反思而创造出富有生命力的新话语。"②姑且把创造"新话语"的可能性的问题搁置一边，让我们来看一看"第三世界批评"作为某种批评立场的提议。这种立场设在什么地方呢？张颐武认为是"本土主义"，"从本土立场出发去思考自身和世界的文化处境"③，然而他的"本土主义"又宽泛地容纳了"全球性的国际文学理论发展的总体"④。看来当今的世界不再允许第三世界文化徘徊在所谓无法摆脱的两难处境了，"即：要就是尽快掌握发达世界几百年来形成的理论、概念、语言，接受它们的框架，应用它们的模式；要就是永远处于边缘地位，闭关自守，保存国粹"⑤。"全盘西化"和"本位文化"只是一厢情愿的痴语；你要关门自守，外面的世界从窗户跳进来，你要"全盘西化"，祖宗的阴魂却又融化在你的血液中。我们生活在一个杂烩多元化的世界里，任何单一的目标或单向轨道在实际上是行不通的。我们知道，西方文学批评理论，包括马克思主义在内，构成了中

---

① 马克思、恩格斯：《共产党宣言》，中共中央马克思恩格斯列宁斯大林著作编译局编译，北京：人民出版社，2018年，第32页。
② 张颐武：《第三世界文化与中国文学》，《文艺争鸣》1990年第1期，第13页。
③ 同上刊，第14页。
④ 同上刊，第16页。
⑤ 乐黛云：《展望九十年代——以特色和独创进入世界文化对话》，《文艺争鸣》1990年第3期。

国现代批评的基本框架。提倡"第三世界批评"的人都是通晓西方文学理论的人，他们的"批评运作"和话语词汇也是西式的。但是在"第三世界批评"的两边加了引号就说明对第三世界的本质论的质疑。到底有没有"第三世界批评"这种崭新话语？也许问题在别处，也许我们不应该再纠缠到底"全盘西化"好还是"本位文化"好——这个问题已经过时，也许第三世界批评所面临的问题是像雅克·德里达所说的："如何采用他者的语言而同时不放弃自己的语言？"这样，第三世界批评就和美国黑人批评、女性主义批评所面临的是同样的问题，这也是所有"边缘"批评都终将从理论上正视的问题。

第三世界文学评论家、黑人批评家和女性主义者研究的大题之一是：规范批评语言的使用和隐喻式民族/种族/性别差异叙述之间的辩证关系。[①]

20世纪八九十年代的世界文学批评界发生了很大变化，文学研究中的理论化的趋势日益增强。"印象式"或者"文学鉴赏式"的批评逐渐在大学文学专业学生中间丧失了从前的魅力。当代西方文学理论——例如符号学、阐释学、心理分析学、女性主义、西方马克思主义——成为比较文学研究生的必修课。美国黑人文学批评家和女性主义批评家的质量近年也有较大的改变。许多批评家来自后结构主义文学评论家的专业团体，受到过艰难的新方法论和阅读理论的训练，并能够熟练地运用新方法论和阅读理论来阅读文学本文。然而，随着西方文学理论的强化，第三世界批评者、美国黑人批评者和女性主义批评者越来越深刻地意识到"如何采用他者的语言而同时不放弃自己的语言"的问题。在第三世界本文、美国黑人本文、妇女的本文中，有些东西是无法用西方文学理论的规范话语表述的。因此来自"边缘"的批评者开始分析当代理论本身，质疑其基本前提和各种假定。

杰姆逊观察到："从最近同第三世界知识分子的交谈中可以看到，他们执着地希望回归到自己的民族环境之中。他们反复提到自己国家的名称，

---

① 参见 Henry Louis Gates, Jr., "Editor's Introduction: Writing 'Race' and the Difference It Makes," *Critical Inquiry*, Volume 12, No. 1, Autumn, 1985, p. 6。

注意到'我们'这一集合词：我们应该做些什么，我们应该怎样做，我们不应该做些什么，我们如何能够比这个民族或那个民族做得更好，我们具备自己独有的特性，总之，他们把问题提到了'人民'的高度上。"①如果我们说，第三世界批评对于许多第三世界的批评者来说是一种民族主义的立场、从本土文化出发来看待文学理论和文学本文，那么它所主要依靠的是"民族性"——某民族独有的文化和传统。美国黑人批评所依靠的是"黑色性"——强调美国黑人有自己的文学遗产和俚语；女性主义批评所依靠的是"女性"——妇女文学传统、妇女批评家等等。由于国内的第三世界批评仍然十分不成熟，还处于探索阶段，以及国外的第三世界批评又只是集中研究拉丁美洲和非洲的后殖民主义，我想我们有必要来看一看另外两个"边缘批评"——美国黑人批评和女性主义批评，对其中枢概念"种族"和"女性"的讨论，也许能对我们制定自己的合理的批评目标和可行的批评策略具有借鉴意义。

当前美国黑人批评的主要基点是"种族"。在人权运动之前，美国黑人文学批评以占主导地位的白人批评团体的标准为自己的标准，主张黑人作家融进美国文学传统主流之中，反对以种族为基础的特殊考虑。20世纪60年代末，美国人权运动高涨，出现了黑色权力运动。黑色权力运动的领导者反对那种主张从白人文化分衍出来的统一批评标准可以完全解释和评价黑人艺术的观点。"黑色"本身成为衡量美国黑人文学的本体论和批评范畴，即成为建立一个自主和连贯的黑人美学批评话语的基础。然而黑人美学对"种族"的认识仍然没能跳出浪漫主义和意识形态的局限（"Black Is Beautiful！"），并且在理论上显得薄弱。70年代后期，黑人美学被新一代年轻的黑人知识分子所放弃。他们把美国黑人文学研究置放进后结构主义文学理论的话语之

---

① 弗雷德里克·杰姆逊：《处于跨国资本主义时代中的第三世界文学》，张京媛译，《当代电影》1989年第6期，第46页。

中。他们认为"黑人文学批评家"不再必须同美国黑人文化有着特殊的联系，也不必投身于社会改造之中。这两项职责使阅读黑人文学的批评任务负载了难以承受的社会学的重担。黑色性也不见得是阐释本文的权威。黑人文学评论家应该是"主要为别的文学评论家"而写作的专业知识分子，受到严格训练，学会如何阅读美国黑人本文中的"内在文化隐喻""代码的结构"和"诗学修辞"。①80年代末，这批年轻的黑人知识分子中许多人在经历无数次同后结构主义的冲突之后，转而强调他们同黑人文化的联系。美国著名黑人批评家亨利·盖茨说："不论我们采用什么样的理论，我们黑人之间有许多共同点，比我们同任何别的文学批评家之间的共同点要多得多。我们黑人为彼此而写作，也为我们自己的当代作家而写作。"②

把"种族"作为研究写作和批评理论结构的基本修辞范畴，开辟了研究第三世界、殖民地和西方文学的广阔天地，使"种族"成为与马克思主义批评中"阶级"一词同等重要的术语。亨利·盖茨说："种族作为生物科学中有意义的标准很久以来便被认为是虚构的。当我们说'白种人'或'黑种人'，'犹太人'或'雅利安人'时，我们使用的是生物学上的误称，更为通俗地讲，我们以隐喻说话。"③另一个黑人批评家安东尼·阿皮耶也说："除了明显的形态上的特征（例如肤色、头发、骨骼），按照其特征我们把人划分成最广泛的种族范畴——黑种人、白种人、黄种人——以外，当代遗传学研究证明没有其他'种族生物特征'。"④按照这种观点，现在人们所

---

① Houston A. Baker, Jr., "Generational Shifts and the Recent Criticism of Afro-American Literature," *Black American Literature Forum*, Vol. 15, No. 1, Spring, 1981, p. 12.

② Henry Louis Gates, Jr., *Figures in Black: Words, Signs, and the "Racial" Self*, New York: Oxford University Press, 1987.

③ Henry Louis Gates, Jr., "Editor's Introduction: Writing 'Race' and the Difference It Makes," *Critical Inquiry*, Volume 12, No. 1, Autumn, 1985, pp. 5—6.

④ Anthony Appiah, "The Uncompleted Argument: Du Bois and the Illusion of Race," *Critical Inquiry*, Volume 12, No. 1, Autumn, 1985, pp. 21—22.

称的种族只是一种语言学的构造。"种族"范畴的主要优点之一在于它质疑主导成分以及他者成分,为讨论"西方"或"白人"文类和形式提供了一种方法。然而,这种做法也有其危险:如果主体仅仅是"种族"的修辞叙述的话,任何人都可以以写一篇关于美国黑人文学的文章而合法地进入美国黑人批评的阐释循环。人们担心这样的谈论"种族"——在"种族"一词两边加上引号——不仅表明对种族实在论的质疑,而且也表明对黑人特性和美国黑人文学准则的否认。这样的"种族"设置可能会代替黑人文学研究,重新搬回一个熟悉的准则,只不过现在是从种族转义的角度来看待这个准则罢了。盖茨本人原来是十分激进的黑人后结构主义者,后来他也认识到同化的危险,开始重新强调黑人文学的文化基础:"我曾经认为我们最重要的姿态就是要掌握批评的准则,模仿和运用这些批评的准则,然而我现在相信我们必须返回黑人传统本身,从而发展我们固有的文学的批评理论。"盖茨提醒人们注意黑人解构主义中的危险性,提出黑人批评家应该"分析当代理论的语言本身,特别要认识到阐释系统并不是世界通用的,不是无视肤色、非政治性或中性的……企图不加批判地在我们自己的话语中使用西方理论等于以一种新殖民主义形式替换另一种新殖民主义形式"。[1]

同黑人解构主义质疑超验的黑色自我的做法一样,后结构主义的女性主义批评在采纳破坏女性主体概念的理论的同时,必须为此付出代价。法国理论家把"女性"当作瓦解父权意志秩序的隐喻,不断地在"女性"一词上加上引号。然而接受女性作为隐喻等于在反对形而上学的理论斗争中再一次以女性的缺席作为主体。解构主义指出"女性"仅仅是社会的产物,不具有自然的基础,换句话说,"女性"是一个术语,对这个术语的界定取决于它所被讨论的语境,而不取决于某些性器官或社会经验。其他形式的女性主义批评可以从女性主体作为特殊目标中汲取力量。在女性美学中,女性意识作为

---

[1] Henry Louis Gates, Jr., "Editor's Introduction: Writing 'Race' and the Difference It Makes," *Critical Inquiry*, Volume 12, No. 1, Autumn, 1985, pp. 13, 15.

阐释指南而得到讴歌赞美；在以妇女为批评主体的批评实践中，妇女评论家可以以自己同男性批评传统的冲突和自己的写作经验作为理解妇女作家境遇的向导。但是如果妇女是主导话语中被迫缄默和受抑制的他者，一个女性主义理论家又如何可以作为一个妇女来谈论妇女或任何别的事情呢？肖姗娜·费尔曼问道："如果'女性'恰恰是任何能够想象得出的关于言语的西方理论焦点的他者，那么这个女人作为女人又如何在本书中开口说话呢？谁在这里说话？谁在这里判定女人的他者性呢？"[1]采取后结构主义的立场使得女性主义批评陷入批评困境。

80年代末发展得最快的女性主义批评形式是性别理论。性别理论探讨意识形态的印记和性/性别系统的文学效果，它提供了一种方法，用来揭露伪装中立或超性别的文学理论里内在潜伏的性别。"性别"这一术语同"种族"一样质疑占主导地位的成分。但是性别理论的危险是它会使女性主义批评非政治化，似乎许诺着一种更为中立和客观的学术视角，这个视角比集中研究"妇女"更容易被男人所接受——就连最带性别歧视的男人也可以宣称他对性别和权力感兴趣。因此，许多女性主义者坚持把性别界定于继续同性别歧视和种族主义进行斗争的女性主义框架之内，反对将其移位或非政治化。佳娅特丽·斯皮瓦克认为女性主义者应该坚持"策略上的本质论"来反对父权制[2]。这样，女性主义批评从另一个高度重申了"女性"在女性主义批评中的位置。

美国黑人批评和女性主义批评的发展阶段均是从激进独立主义的文化美学开始，发展的中期阶段是同学院文学理论联盟，采取后结构主义的立场解构自己的"特征"，但最后仍然回到自己的文化传统之内，以此为根据地，对当代规范理论进行分析批判。但是在这里，一切变得复杂起来了，"自己的"文化传统可以引起一连串的性质截然不同的意义和信息。正如杰姆逊分

---

[1] Shoshana Felman, "Women and Madness: The Critical Phallacy," *Diacritics* 5(1975), p. 10.
[2] See Gayatri Chakravorty Spivak, *In Other Worlds: Essays In Cultural Politics*, London and New York: Routledge, 1987.

析《阿Q正传》时所说的："阿Q是寓言式的中国本身。然而使整个问题更为复杂化的是欺压他的人——那些喜欢戏弄像阿Q一样的可怜牺牲品，从中取乐的懒汉和恶霸——也在寓言的意义上是中国。"①任何民族文化传统都有沉淀下来的糟粕和渣滓，"第三世界批评"在清理自己同西方理论的关系的同时，必须批判自己文化中例如种族主义和性别歧视的污秽。美国黑人批评和女性主义批评在很长的时期里排除了对黑人之间的性别和阶级以及妇女之间的种族和阶级的差异的考虑，这种现象也不能再继续下去了。作为"第三世界"的女性主义者，我们需要探讨我们的"双重角色"和"双重任务"。

（原刊于《电影艺术》1991年第1期）

张京媛　　　　　　　　　　　　（1954—2020）

　　学者、画家，美国康奈尔大学比较文学博士，曾任北京大学比较文学研究所副教授，美国乔治城大学东亚语言文化系和比较文学项目副教授，并于华盛顿市精神分析学院进修。著有《精神分析学在中国：文学的演变（1919—1949）》（英文版）等，编有《当代女性主义文学批评》《新历史主义与文学批评》《后殖民理论与文化批评》《后殖民理论与文化认同》《中国精神分析学史料》等。

---

① 弗雷德里克·杰姆逊：《处于跨国资本主义时代中的第三世界文学》，张京媛译，《当代电影》1989年第6期，第5页。

中国苦戏与西方悲剧

丁尔苏

悲剧作为舞台艺术在西方先后经历了三次高峰：公元前5世纪的古希腊、16、17世纪的欧洲，以及19世纪末至20世纪中叶的欧洲和美国。20世纪前的中国戏剧很少受到西方文化的直接影响，但在13世纪中叶至14世纪中叶却自发形成一次规模可观的悲剧小高潮。

跟伯里克利（Pericles）时代的雅典和伊丽莎白时代的英国一样，悲剧在中国元代的繁荣与戏剧成为当时社会生活的重要内容不无关系。蒙古民族入主中原之前，宋代的物质文明已经相当发达，美国著名史学家费正清（John King Fairbank）甚至认为当时的中国"在工技发明、物质生产、政治哲学、政府、士人文化等方面领先全世界"[1]。灭金亡宋之后，元代统治者利用其内陆游牧文化的优势，借道西亚开通与欧洲诸国的贸易往来，进一步促进了中国城市商业的繁荣。富足的都市生活产生了巨大的文化消费需求，其中包括看戏听曲，舞台艺术因此在元代迎来一次前所未有的发展机遇。

据史书记载，当时北方的大都（现北京）、南方的临安（现杭州）以及其他中国城市都出现了许多专供艺人集聚的商业性娱乐区，称作"瓦舍""瓦子"或"瓦市"。有些瓦舍规模很大，可以借助曲折的栏杆（也叫勾栏）分割出几十个演出场所。久而久之，人们干脆用"勾栏"来指称表演舞台。勾栏的娱乐对象是普罗大众，他们在众多的曲目中自由选择，品味自己喜欢的作品。

---

[1] 费正清：《中国新史》，台北：正中书局，1994年，第90页。

瓦舍的经营全年不歇，勾栏里演出从早到晚，参与戏曲消费的元代观众之数量可想而知。

人生经历五花八门、形形色色，有的让人欢乐，有的让人激动，有的让人安静，有的让人嬉笑，有的让人心酸，有的让人恐惧，其中最不受欢迎的是那些造成极大悲痛的苦难事件，如厄运、灾难、死亡等等。正因为如此，它们成了哲学家、伦理学家、宗教人士和文人骚客特别关注的话题。戏剧作家也不甘落后，他们时常将人生的不幸搬上舞台，让观众和读者对之进行反思，探求生存的意义。元代是中国戏剧的繁荣时期，其中描写人间苦难的作品为数不少。按照谢柏梁先生的计算，在一百五十余种现存的元代杂剧和南戏中，悲剧作品占到六分之一。[①]不过晚清之前的国人不用"悲剧"这一术语，而是称其为"苦戏""哀曲"或"怨谱"。

原中山大学文学教授王季思曾经选编《中国十大古典悲剧集》，由上海文艺出版社于1982年首次发表，其中四部作品产生于元代。

王先生选录的第一部元代悲剧是关汉卿根据"东海孝妇"的民间故事改编而成的《窦娥冤》。剧中女主角窦娥三岁丧母，七岁因父亲窦天章债务缠身被卖给蔡婆当童养媳。长大成婚两年不到，丈夫早亡，留下两代孀妇相依为命。地痞张驴儿父子前来逼婚，遭拒绝后意图毒死蔡婆，不料弄巧成拙，致使张父身亡。张驴儿乘机讹诈，窦娥决意不从，被诬告至衙门。昏庸县令欲对蔡婆施刑逼供，窦娥于心不忍，主动承认毒死张父，被判斩刑。砍头之前，窦娥对天发誓，她若无罪，其热血飞溅白练，六月雪花飞舞，楚州三年不雨，这三桩誓愿果然一一应验。六年后，及第为官的窦天章出任肃政廉访使。窦娥幽魂显现，向父亲举报冤情。窦天章开堂审案，真相大白，罪犯和昏官都受到应有的惩罚。

就人生遭遇而言，窦娥的不幸的确超出常人经历，母亡父离、丈夫早亡、

[①] 谢柏梁：《世界悲剧文学史》，上海：上海文艺出版社，1995年，第202页。

恶人逼婚、衙门诬陷这一系列灾难接踵而来，足以催人泪下，但更加"感天动地"的是她在充满苦难的人生中坚守传统伦理纲常，不失为忠孝善良的榜样。首先，窦娥是从一而终的"贞妇"。她婆婆出门向江湖骗子赛卢医讨债，不料对方起了歹念，欲用绳将其勒死。正值张家父子路过，吓走凶手。两位"救命恩人"听说蔡家只有婆媳二人，提出双婚的无理要求，否则勒死蔡婆。蔡婆无奈，只好让他们跟回家中，并劝儿媳从命。窦娥深受三从四德伦理教义之影响，埋怨婆婆不懂大是大非，欲跨出令人不齿的一步。她反劝道："遇时辰我替你忧，拜家堂我替你愁；梳着个霜雪般白鬏髻，怎将这云霞般锦帕兜？怪不得女大不中留。你如今六旬左右，可不道到中年万事休！旧恩爱一笔勾，新夫妻两意投，枉教人笑破口。"① 张驴儿随后多番挑逗，得到的答复是："我一马难就两鞍鞴，想男儿在日，曾两年匹配，却教我改嫁别人，其实做不得。"② 窦娥就是这样维护着家族"五世无再婚之女"的清名。其次，窦娥是知恩图报的"孝女"。她七岁被蔡婆收养，十七岁与其子成亲，两年后成为寡妇，从此专心侍奉婆婆，为其分忧解愁。张家父子逼婚时婆婆身体不适，窦娥炖汤为其补养。楚州太守桃杌在庭上欲拷打婆婆，窦娥为免其皮肉之苦，主动承担药死张父的责任。即便在杀身为魂之后，窦娥仍念念不忘孝敬婆婆的责任。她借举报冤案之际，拜托父亲替她照顾膝下无子的蔡婆。这一切都显示出窦娥坚守孝道的优良品德，是舞台再现苦难背后的深层意义。

　　被王先生选入《中国十大古典悲剧集》的第二部元代作品是马致远的《汉宫秋》，其前身为汉朝宫女王昭君出塞和番的历史传说。在马致远之前，不少文人墨客也曾以多种形式吟唱或叙说这一绝色丽人客居他乡的动人故事，但他们大都只表现个人的思乡忧愁，《汉宫秋》则通过情节虚构将儿女私情与社稷安危巧妙结合，突出汉族女子忠君爱国的高尚情怀。

---

① 王季思主编：《中国十大古典悲剧集》，上海：上海文艺出版社，1982年，第11页。
② 同上书，第16页。

剧中男主角是新近嗣位的汉元帝刘奭。正值后宫换妃之际，中大夫毛延寿奉旨在四海之内遴选百名绝色少女进宫听候召唤。元帝高高在上，仅凭毛延寿所作肖像召幸，后者乘机收贿。天下第一美人王昭君因不肯馈送金银，被化美为丑，长期得不到元帝宠幸。王昭君不仅正直淳厚，而且精通丝竹。一日她拨弦遣愁，元帝刚巧路过，发现这位宫女才貌兼备，于是爱不释怀。毛延寿勒索钱财的恶行因此暴露，携王昭君真图投奔番王呼韩邪。后者随即遣使索要美人，否则大军南下，汉室不保。元帝此刻正与昭君情浓意投，依恋不舍，无奈胡汉国力相去甚远，只能眼睁睁看着爱妃朝着朔漠方向越走越远。堂堂一国君主，反而羡慕起普通百姓能够夫妻恩爱相随。这种超越社会等级的苦恋，怎不叫人感动和同情。

《汉宫秋》的女主角王昭君不仅让人心痛，而且令人钦佩不已。此前关于"昭君和番"的民间传说和文学作品大都渲染远嫁女的思乡之苦。马致远在处理这一题材时，把故事发生的历史背景改为胡强汉弱，从而使女主角有机会忠君报国。为了索取美人，北方匈奴大军压境，满朝文武无一人能退敌。王昭君虽然难舍与元帝的闺房之情，但在国家危难关头，她毅然挺身而出，请求"陛下割恩断爱，以社稷为念，早早发送娘娘去罢"[①]。除了社稷利益，王昭君自愿出塞和番还为了报答元帝的恩宠，正如她自己所说，"妾既蒙陛下厚恩，当效一死，以报陛下"[②]。我们在这里看到的又是中国古代女性甘于忠君事夫的传统观念，王昭君后来在汉匈交界处投江而死，也是因为她要用自己的贞洁来维护元帝的体面和汉室的尊严。

《汉宫秋》的另一个特色在于，它几乎没有插科打诨的成分，从头至尾都让观众沉浸在挥之不去的忧伤之中。与许多其他中国悲剧的结尾不同，在女主角投江自尽之后，作者在第四折里继续抒发男主角的满腔愁绪。秋季汉宫，

---

① 王季思主编：《中国十大古典悲剧集》，上海：上海文艺出版社，1982年，第49页。
② 同上。

夜深人静，元帝思念昭君，梦见爱妃逃回汉室，却被雁声惊醒，呆望着墙上青灯映照的美人图，不甚悲凉。为此，王国维先生在《宋元戏曲考》里将这部作品称作"无所谓先离后合，始困终亨"的大悲剧。①

同样被王国维先生誉为大悲剧的另一部元代作品是纪君祥的《赵氏孤儿》。该剧上演的故事发生于春秋时代晋国。大将军屠岸贾视上卿赵盾为眼中钉、肉中刺，欲置其于死地而后快。晋灵公轻信前者谗言，下令将后者满门抄斩。门客医生程婴此时正在赵府出诊，赵家公主自缢前把尚未满月的婴儿托付给他。程婴将其塞入药箱，乘乱出逃，但很快被门将韩厥发现。幸运的是，韩将军为人正直，对赵家的悲惨遭遇非常同情。他舍生取义，在放走程婴和赵氏孤儿后自刎身亡。一心想斩草除根的屠岸贾自然不肯罢休，扬言要杀死城内所有半岁以下婴儿。危急之中，程婴找到为人忠良、已经罢职归农的晋国中大夫公孙杵臼。为了保护赵氏孤子和全城婴儿，两人商定将年龄相仿的程婴亲子交给公孙杵臼，再由程婴向屠岸贾举报公孙杵臼窝藏赵氏孤儿。程婴的亲生骨肉因此被当场剁死，公孙杵臼又痛斥奸佞并撞阶身亡，致使屠岸贾对此事深信无疑。为奖励程婴，屠岸贾事后将其子（赵氏孤儿）收养在身边，精心栽培二十年。其间程婴身负背信弃义之恶名遭世人唾弃，直至他揭开"儿子"的真实身世。赵氏孤儿最终杀死屠岸贾，为三百余名族人报仇雪恨。

就写作题材而言，《赵氏孤儿》并非纪君祥原创，其舍身救孤的故事出自《左传》《国语》《史记》等古代文献。除纪君祥以外，其他剧作家也曾对此做过改编，仅邓涛、刘立文先生在《中国古代戏剧文学史》中列举的相关作品就有《赵氏孤儿记》《八义记》《八义图》《搜孤救孤》《兴赵灭屠》和《赵氏孤儿大报仇》。2010年，当代导演陈凯歌还推出同名电影版本《赵氏孤儿》。在西方，这一众人救孤的中国故事也流传甚广。早在1735年，法国人杜赫德（Du Halde）在其编撰的《中国通志》中首次发表由一位耶稣会传教士翻译的元剧《赵

---

① 姚淦铭、王燕编：《王国维文集（第一卷）》，北京：中国文史出版社，1997年，第389页。

氏孤儿》①，此后各种欧洲文字的翻译和改写时有出现，其中包括伏尔泰的《中国孤儿》和歌德的《埃尔佩诺》。究其原因，《赵氏孤儿》的生命力可能在于它宣扬的是路见不平而出手相助的仗义精神。早在程婴救孤之前，已经有多位好汉为挽救赵盾的性命挺身而出。先是屠岸贾遣派的刺客锄麑，他带刀翻越赵家围墙，从赵盾私下的祷告中听出一片赤诚之心，不忍心下手，但回去又无法向屠岸贾交差，于是撞树自绝。稍后屠岸贾又放凶獒撕咬赵盾，幸亏殿前太尉提弥明眼疾手快，一锤将其击毙。另有壮士灵辄不顾生命危险和皮肉痛苦，随即将受迫害者护送至野外。可惜赵盾最终没能逃脱屠岸贾的陷害，只留下孙子一条细小生命。屠岸贾紧追不放，全城搜捕，这才出现了前面提到的一系列英雄事迹，韩厥以死保守秘密，公孙杵臼撞阶消除屠岸贾的疑心，程婴献出亲生骨肉以换取赵氏孤儿性命。作者通过这一幕幕惊心动魄的场面，成功制造出一种惨烈而悲壮的舞台气氛，也就是西方悲剧理论家们常说的"崇高感"。

　　被收入《中国十大古典悲剧集》的第四部元代作品是高则诚的《琵琶记》。从形式上讲，该剧有别于此前讨论的其他元代悲剧：它不属于拥有四折一楔子的杂剧，而是由几十出场景组合而成的传奇。传奇的叙事能量相对宏大，容许两条线索齐头并进。《琵琶记》的男主角蔡伯喈新婚不久，朝廷开科取士，其父虽然年满八旬，仍然逼迫独子应考入仕以光前耀后。伯喈勉强赴京应试，结果中了状元。不料牛太师倚仗权势，欲招新科状元为婿，后者百般推脱，未能奏效。新状元又以回家尽孝为由向皇上辞官，也未获准，只好遵旨与牛家小姐成婚，滞留京城。身陷牛府之后，伯喈终日思念家中父母和贤妻，托人捎信询问，不幸上当受骗，家书石沉大海。久而久之，伯喈的苦闷和执着感动了牛氏，牛氏最终说服其父派人迎接伯喈全家来京。另一方面，伯喈家乡连年遭灾，其妻赵五娘任劳任怨，尽心服侍公婆。她将大米省给公婆享用，

---

① Adolf Eduard Zucker, *The Chinese Theater*, Boston: Little, Brown and Company, 1925, p. viii.

自己背地吞咽糟糠。公婆过世，五娘罗裙包土亲手建坟，随后携带二老肖像去京寻夫。她一路弹唱乞食，来到京城弥陀寺，正逢伯喈前来烧香，见到父母真容。原配夫妻久别重逢，牛氏通情达理，甘愿居下，一夫二妻和睦共处。

仅从其"大团圆"的结尾看，《琵琶记》宣扬的似乎是善恶有报的传统理念，蔡伯喈与家人起先天各一方，受苦挨饿，终因妻贤子孝而破镜重圆，光耀门楣；但就剧本整体而言，该剧所展现的大都是坎坷人生和悲人惨事，剧终皇上颁发的三面旌旗显然无法抹去古代书生一味求官所带来的悲哀和不幸。

在故事的开头，蔡伯喈一家人相恩互爱，其乐融融，享受着令人羡慕的平静生活。正如第二出的主旋律所唱："逢时对景且高歌，须信人生能几何？万两黄金未为贵，一家安乐值钱多。"① 遗憾的是，蔡家的平静首先被从内部打破。伯喈本人担忧父母年迈，不忍心离家远游；赵五娘新婚燕尔，只求夫妻偕老；蔡母因晚年得子，期盼早日抱上孙儿。尽管出发点各不相同，但他们三人都觉得"真乐在田园，何必区区公与侯"。② 唯有蔡公一心改换门闾，光显祖宗，借"忠孝两全"之名逼迫伯喈上京应考，酿成亲子永别、夫妻长期分离的悲惨局面。

伯喈一旦及第，便失去人身自由。朝中牛太师有一女尚未婚配，自然不会放过这位新科状元。牛家不仅请出皇上主婚，而且派来官媒议事。无论伯喈如何解释妻室已娶，父母健在，都不被理会。其中的道理很简单：牛家招婿不仅涉及鸳鸯鸾凤，而且有关家族声誉，堂堂朝廷丞相拿不下一介书生会招人耻笑。蔡伯喈同意也好，不同意也好，牛家定下的亲事非成不可。可见中试书生只是朝廷权贵手中的玩物而已。太师府拒婚不行，伯喈又向皇上提出辞官，希望回乡尽孝，归耕务农，或至少报知婚事，他的请求同样被驳回。皇帝下诏："孝道虽大，终于事君；王事多艰，岂遑抱父！"③ 按此解释，

---

① 王季思主编：《中国十大古典悲剧集》，上海：上海文艺出版社，1982 年，第 110 页。
② 同上书，第 109 页。
③ 同上书，第 153 页。

留在京城为王室效力即最大孝道,而背弃原妻则合情合理,父母之命也可全然不顾。这样的"大孝"未免过于残酷和无理!此时的蔡伯喈感慨万分:"书呵,我只为其中自有黄金屋,反教我撇却椿庭萱草堂。还思想,毕竟是文章误我,我误爹娘。……书呵,我只为其中有女颜如玉,反教我撇却糟糠妻下堂。还思想,毕竟是文章误我,我误妻房。"① 这既是蔡伯喈的个人感受,也是普天下众多及第书生的内心写照。

蔡伯喈因不能孝养家人而常年郁郁寡欢确实不幸,但这与原配妻赵五娘独侍公婆而历尽艰辛相比算不了什么。五娘结婚才两月,丈夫就被逼进京应试,从此杳无音信,她独自支撑起家庭重负。家乡连年旱灾,农田颗粒无收,她四处乞讨,不时遭恶人强夺。为保公婆温暖,她典尽衣衫和首饰。若家中口粮有限,她自己咽糠皮,让公婆吃大米。公婆去世时,她一贫如洗,只好街头剪发叫卖,为老人送葬。这一系列凄惨经历非一般人能够承受,蔡公临终前感叹:"媳妇。我三年谢得你相奉事。只恨我当初把你相担误。天那。我待欲报你的深恩。待来生我做你的媳妇。怨只怨蔡伯喈不孝子。苦只苦赵五娘辛勤妇。"② 假如蔡公能够看到五娘为他们筑坟时十指刨土,鲜血淋漓的惨状,一定会为她加倍喊苦。作为社会底层的女性,五娘成了男性追逐功名的牺牲品,她虽然也哀叹自己命苦,但还是为"忠孝两全"的官方神话逆来顺受,历尽艰辛。这才是《琵琶记》给读者和观众留下的主要印象。

以上讨论的作品虽然数量有限,但仍然能够为我们提供一幅透视元代乃至其他历史时期中国悲剧的截面图。不少评论家认为,中国悲剧的特征之一在于其人物广泛和题材琐屑,显示出"品味的世俗性"③,与西方悲剧的崇高感形成对照。孙中文先生解释这一中、西审美差异时说:

---

① 王季思主编:《中国十大古典悲剧集》,上海:上海文艺出版社,1982年,第213页。
② 同上书,第175页。
③ 谢柏梁:《中国悲剧的审美特性》,《文艺理论研究》1991年第3期,第24页。

西方悲剧选择伟大、高贵、崇高、英雄的人物做主人公,是因为它将主人公的地位与他们的社会价值、产生的悲剧效果及观众的审美感的关系看成是正比例的。也就是说,高贵人物对历史事件能产生重大影响,甚至能够左右历史的发展方向,他们的价值比那些普通的小人物显得重要得多,所以,他们成为悲剧的主人公就顺理成章了。

中国戏曲悲剧,无论是悲剧人物的设置或悲剧事件的采用,都可以有自由的选择,不像西方戏剧的悲剧人物必须是高贵的,悲剧事件必须是崇高的。中国戏曲悲剧在其最初形成的时候,就不受这些限制,而特别擅长表现弱小善良的小人物形象,强调悲剧人物的正义性和无辜性,更富有人情味。①

孙先生对中国悲剧可以自由选择主要人物的事实应该说把握得很到位。我们从前面的分析中看到,《汉宫秋》的主角之一是汉元帝刘奭,他与明妃王昭君之间的恩爱不仅是感人肺腑的男女私情,而且"对历史事件能产生重大影响,甚至能够左右历史的发展方向"。类似的作品还有《赵氏孤儿》《梧桐雨》《长生殿》和《精忠旗》。与此同时,中国悲剧不排斥将"弱小"社会群体作为戏剧主角。《窦娥冤》里的同名人物以及《琵琶记》里的赵五娘就是生活在社会下层的女性,她们的好歹与生死虽然只影响到身边的亲人,但对观众和读者来说仍然具有伸张社会正义的诗学功用。

需要提醒的是,并非所有西方悲剧都选择高贵人物做主人公,这一点在19世纪80年代之后尤为明显。孙先生所说的那些以神话英雄和王公贵族为主角的悲剧主要创作于公元前5世纪的古希腊以及16、17世纪的英国和法国,到了19世纪末,悲剧题材已经转向资产阶级和普通市民的日常生活。此后的观众和读者不仅可以目睹易卜生在《海达·高布乐》中小资产阶级客厅里所呈现的琐碎争执,而且能够看到豪普特曼和辛格分别在《织工》和《骑马下

---

① 孙中文:《中西悲剧美学特征的比较》,《海上剧谈》2003年第5期,第22页。

海的人》里所描绘的失业工人和下海渔民的凄惨生活。可见西方悲剧从整体上讲也不限制什么人可以在剧中充当主角。在历史发展的某个阶段,剧作家和评论家表现出一定的选材倾向,但这种模式并非一成不变。随着时间流逝,人们的审美趣味发生变化,悲剧的模式也会产生时代性差异。如果仅拿一、两个时期的西方悲剧特征来衡量中国悲剧,难免因以一概全而失之偏颇。

还有评论家认为,中国悲剧的另一审美特征在于其"样式的混合性",尹鸿先生对这一概念具体解释如下:

> 样式的混合有两种主要方式:第一种是悲剧和喜剧的混合。有的悲剧作品设计了一些喜剧人物,如一些剧中的丑角,有的构思一些喜剧情节或细节,如《梁山伯与祝英台》中的女扮男装,《白蛇传》中的游湖借伞等。用孔尚任《桃花扇》中的一段台词说,即是"演得快意,演得伤心。无端笑哈哈,不觉泪纷纷"。这种喜剧化处理,冲淡了悲剧的气氛,使其叙事、情节更具娱乐性,也减少了痛苦和死亡对人的心灵的冲击,更易于恢复心灵的平静,不造成对观众和社会更大的震动。
>
> 更常见的样式混合,则是悲剧与正剧的混合。中国悲剧极少最终以苦难、死亡、价值的毁灭为结局,绝大多数作品都有一个正剧的团圆或解决。苦尽甘来,赏罚分明,甚至有情人终成眷属。悲剧的发展是四段式的:开端、发展、高潮、团圆。在高潮阶段,悲剧冲突发展到最尖锐激烈的程度,悲剧情感最强烈,而紧接着便过渡为一个团圆的尾声,悲剧矛盾最终解决,悲剧美感趋于淡化。[①]

简而言之,尹鸿先生认为中国剧作家因为深受"怨而不怒,哀而不伤"的儒家美学原则之影响,往往通过喜剧化或正剧化来缓解和减轻悲剧所展现的苦难和沉重。西方剧作家则不然,他们反对用喜剧成分冲淡悲剧的严肃或

---

① 尹鸿:《悲剧意识与悲剧艺术》,合肥:安徽教育出版社,1992年,第127—128页。

者对悲惨事件做出正剧式的弥合。

跟前面的情形一样，尹鸿先生准确地把握了许多中国悲剧作家善于避免剧场氛围过于凝重，利用喜乐因素进行调节的创作特征，但这一手法是否为中国悲剧所特有似乎有待商榷。其实早在公元前5世纪，古希腊剧作家就有缓解悲剧观众沉重心情的传统。他们在连续上演三部悲剧之后，总会紧接着安排一出充满滑稽搞笑和色情内容的萨提尔剧（satyr play）。这样一来，在经历了数小时的悲痛和压抑之后，观众也有机会宣泄他们的紧张情绪，仿佛是对先前的苦行做出补偿。即便在悲剧作品的内部，观众也会不时看到底层人物插科打诨，使得舞台上呈现的痛苦不那么难以忍受。《安提戈涅》中向克瑞昂汇报波吕涅克斯尸体被人埋葬的看守人就是一例。下面是他们两人的一段对话：

> 克瑞昂：……现在我对你说，给我听清楚，既然我还信奉宙斯，我以他的名义起誓——如果你们查不出那个掩埋死人的真正犯人并把他送到我的面前，只一死对你们还是不够的，我要先把你们活着吊起来，叫你们供出这一罪行的真情，让你们知道哪方面的利益是应得的，以后可以争取；让你们懂得，惟利是图，不问是否合法，是不应该的。因为，你会发现，不义之财给多数人带来的与其说是福不如说是祸。
>
> 看守人：你让我说点什么，还是就这么转身离开？
>
> 克瑞昂：你不知道吗？连眼前你提的这个问题也在刺痛我。
>
> 看守人：痛在你耳朵里还是心上？
>
> 克瑞昂：为什么你要确定我痛在什么地方？
>
> 看守人：刺痛你心的是犯人，刺痛耳朵的是我。
>
> 克瑞昂：哎呀，看得出来，你生来是个唠叨鬼。[①]

[①] 索福克勒斯：《古希腊悲剧喜剧全集（第2卷）索福克勒斯悲剧》，张竹明、王焕生译，南京：译林出版社，2007年，第263—264页。

让一个普通士兵在生死关头询问国王痛在心里还是耳朵,显然是在开玩笑。这虽然也从某个侧面挑战了后者缺乏人情的治国理念,但其主要功能还是苦中作乐,适度缓解让人透不过气的剧情张力。谢柏梁先生就这种苦乐相错的写作技巧做过一个有趣的比方,他说:"从心理感知的规律言,一悲到底的剧情既缺少波澜,也容易使观众对同一种情感因素的感知丧失敏锐性。好比一直吃黄连者,再苦也不觉其苦。若中间能有品尝蜜糖的间隙,那关于苦的味觉也就更鲜明了。"① 西方悲剧史上类似的例子还有很多,如《罗密欧与朱丽叶》里满口粗话的乳媪、《李尔王》中大智若愚的弄人、《哈姆莱特》里看破红尘的掘坟墓者以及《麦克白》中酒醉醺醺的门房。虽然法国古典主义剧作家和理论家曾经从三一律的原则出发,努力排除悲剧中的喜剧成分,以保证前者的严肃性和纯洁性,但这只能代表某些历史时期内部分区域里一群剧作家和评论家的做法或看法,不应该与整个西方悲剧的审美特征画上等号。

尹鸿先生所说的第二种混合样式是悲剧与正剧的结合。他赞同多数戏剧评论家的观点,认为中国悲剧里的戏剧冲突大都能在剧末得到完满解决,折射了赏罚分明、善恶有报的伦理思想。对照前面考察的四部作品,这一结论应该说与中国悲剧的整体状况相符合。除了未能"先离后合"的《汉宫秋》以外,其他几部元代悲剧都在剧终对蒙冤受难的主人公做出某种程度的补偿:《窦娥冤》里的窦娥受张驴儿和桃杌太守迫害致死,其父窦天章后来出任皇帝委派的巡官,为女儿平反昭雪;《赵氏孤儿》里的屠岸贾迫害忠良,致赵盾全家于死地且殃及他人,多位义士挺身而出,奋力抢救赵氏孤儿,二十年后讨回血债;《琵琶记》里新婚夫妇蔡伯喈和赵五娘因前者进京应考而天各一方,一个被牛丞相逼婚困于京城,另一个在家侍奉双亲历尽艰辛,几经周折,夫妻二人终于破镜重圆。类似的完满结局在元代之后的中国悲剧中更为常见,

---

① 谢柏梁:《中国悲剧的审美特性》,《文艺理论研究》1991年第3期,第27页。

从心理学的角度讲，它可以产生一种钝化作用，使观众或读者在经历了强烈震撼和悲伤之后尽快恢复平静和安宁。

在文学批评史上，完满结局一度被看成中国没有悲剧的主要原因，朱光潜先生在其1933年的博士论文中这样说：

> 中国戏剧的关键往往在亚里斯多德所谓"突变"（peripetia）的地方，很少在最后的结尾。随便翻开一个剧本，不管主要人物处于多么悲惨的境地，你尽可以放心，结尾一定是皆大欢喜，有趣的只是他们怎样转危为安。剧本给人的总印象很少是阴郁的。仅仅元代（即不到一百年时间）就有五百多部剧作，但其中没有一部可以真正算得悲剧。①

与许多同时代的评论家一样，朱先生认为判断某一作品是否悲剧的关键在于一个凄惨的结局，中国古典戏剧缺乏这一基本要素，因而不能被称作严格意义上的悲剧。也就是说，前现代中国没有悲剧。

按照朱先生的解释，中国人热衷于给戏剧添加一个欢乐的尾巴是他们那种特殊的宿命论在文学创作中的反映。不同于古希腊人，中国人对命运的看法非常实在，它非但不导致悲观，反而使人乐观。如果某人生活中发生了不幸，亲朋好友就会安慰说"命该如此"，意思是一切命中注定，不必过多忧伤。久而久之，善者遭殃、恶者逍遥的现象不再令他们惊讶。朱先生稍后又说，中国人生活在"文以载道"的传统之中，他们从事文学的目的不是娱乐，而是教化。也就是说，"他们的文学也受到他们的道德感的束缚"②。这样的解释看似合理，但实际隐藏着一对无法自圆其说的矛盾：既然中国人对命运之不合理性麻木不仁，那么束缚他们文学活动的道德感又从何而来？按照麻木不仁的逻辑，中国文化应该可以接受任何状况的戏剧结局。

另有评论家认为，中国戏剧中的"大团圆"与国民性的怯弱有关，表现

---

① 朱光潜：《悲剧心理学》，张隆溪译，北京：人民文学出版社，1983年，第218页。
② 同上书，第217页。

了中华民族集体意识中无处不在的阿Q式思维方式。胡适先生下面这番话颇具代表性：

> 中国文学最缺乏的是悲剧的观念。无论是小说，是戏剧，总是一个美满的团圆。……这种"团圆的迷信"乃是中国人思想薄弱的铁证。做书的人明知世上的真事都是不如意的居大部分，他明知世上的事不是颠倒是非，便是生离死别，他却偏要使"天下有情人终成眷属"，偏要说善恶分明，报应昭彰。他闭着眼睛不肯看天下的悲惨惨剧，不肯老老实实地写天工的颠倒残酷，他只图说个纸上的大快人心。这便是说谎的文学。①

在此，戏剧的美满结局被与负面的国民性直接挂钩，这种激进的道德化批评在五四运动前后的文化氛围里可以理解。经历了鸦片战争的耻辱之后，许多中国知识分子萌生了追赶世界先进水平的强烈愿望，认为有必要通过文学艺术来反思中国文化的弊端，其中包括不敢直面人生苦难的"大团圆"传统，因为它歌舞升平，粉饰黑暗，不利于唤醒民众，让他们意识到自身的缺陷。一个世纪之后，当年的文化纷争早已烟消云散，尘埃落定，评论家们又发现中国文学作品中常见的"团圆之趣"不一定是懦弱国民心态的表现。相反，这种对生活困境的想象性超越被看作"是中国人民对一种美好、合理生活的追求和向往在艺术上的反映，是中国人民乐观、开朗、积极向上的民族精神和坚信正义必胜这一纯朴信念的艺术反映"②。这表明，戏剧的"大团圆"结局与民族劣根性或者文明的落后没有必然的联系。古希腊悲剧中的确有许多布满尸体的恐怖结尾，但这未能阻止雅典城邦在公元前1世纪被罗马人吞并；德国人在绝大多数历史时期里没有产出悲剧，谈不上"一悲到底"的戏剧传统，但德国仍然屹立于世界强国之列。

---

① 胡适：《文学进化观念与戏剧改良》，《胡适文存（第一集）》，合肥：黄山书社，1996年，第112—113页。
② 张辰、石兰：《悲剧艺术论》，呼和浩特：内蒙古教育出版社，1993年，第144页。

值得注意的是，西方戏剧史上也有不少所谓"曲终奏雅"的悲剧。相比之下，古希腊是西方三次悲剧高峰里最不介意给悲剧加上完满结局的时代，其间三位大师（埃斯库罗斯、索福克勒斯、欧里庇得斯）都写过带有"欢乐小尾巴"的悲剧，我们不妨从他们的作品中各举一例。

《奥瑞斯忒亚》是埃斯库罗斯的名篇，也是古希腊悲剧中唯一幸存的完整三联剧。该剧第一部《阿伽门农》讲述同名人物远征特洛伊归来惨遭变心妻子杀害的故事；第二部《奠酒人》描写奥瑞斯忒斯为父报仇，杀死母亲及其奸夫的血腥事件；在第三部《欧墨尼得》里，复仇女神紧追奥瑞斯忒斯不放，几乎将其逼疯，智慧女神雅典娜只好介入，与其他十二名雅典市民共同组成一个陪审团。认为奥瑞斯忒斯有罪和无罪的陪审员各占一半，雅典娜以审判长的身份投票宽恕了他，而且还说服复仇女神不记前仇。《奥瑞斯忒亚》的欢乐结局表明，埃斯库罗斯不赞成"以牙还牙"的简单公正原则，主张通过代表理性与宽容的司法制度来终止循环的暴力。

索福克勒斯被评论家普遍认为是古希腊剧作者中最"悲"的一位，就连他也写过不少"始困终亨"的悲剧。按照瓦尔特·考夫曼（Walter Kaufmann）的解读[①]，在索氏流传后世的七部作品中曲终奏雅的有四部，其中包括著名的《菲罗克忒忒斯》。主人公菲罗克忒忒斯当年作为希腊将领之一出征特洛伊，不幸在途中被毒蛇咬伤，全身溃烂，臭味熏天，致使同伴们无法忍受，将他遗弃在一个荒无人烟的小岛上。十年过去，特洛伊城久攻不下，有预言说只有使用菲罗克忒忒斯手中那把无敌弓箭才能取得胜利。无情无义的奥德修斯只好回来哄骗菲罗克忒忒斯为希腊军出战，但不管前者如何努力，后者还是拒绝归队效力，这意味着希腊军队终将大败而归。此时亡友赫拉克勒斯的英灵在空中出现，他代表宙斯解除菲罗克忒忒斯的苦难，并勉励他为城邦建功立业。奥德修斯与菲罗克忒忒斯之间的昔日怨恨顿时化解，两人携手并肩向

---

① Walter Kaufmann, *Tragedy and Philosophy*, New Jersey: Princeton University Press, 1992, p. 164.

特洛伊进发。这一完满结局的寓意不难解释：英雄不仅历经千辛万苦，而且以民族利益为大，不计前嫌，忍辱负重。

欧里庇得斯的悲剧作品中"1/3 以上"[1] 带有欢乐小尾巴，其中包括曾经在公元前 438 年古希腊酒神节上获得二等奖的《阿尔克斯提斯》。斐赖城国王阿德墨托斯曾经善待被贬黜的神阿波罗，因而受到后者保护。多亏阿波罗说情，命运之神同意延长阿德墨托斯的生命，但他必须找别人替死。阿德墨托斯的父母虽然年事已高，却不肯为儿子去死，只有他的贤妻阿尔克斯提斯愿意献出自己年轻的生命。当王后真的要被冥王带走时，阿德墨托斯心痛不已，愿意和她一起去死。面对生死选择，夫妻二人痛苦万分。阿尔克斯提斯不想自己的子女成为孤童，于是劝阿德墨托斯留下，但要他承诺不再续娶。阿尔克斯提斯死后不久，挚友赫拉克勒斯到访，他从奴仆那里得知王后去世的消息，随即去阴间与死神搏斗，最终将阿尔克斯提斯带回国王身边。这显然是一个宣扬"善恶有报"的大团圆结局，与高则诚所著《琵琶记》的结尾不无相似之处。

完美结局在 16、17 世纪欧洲悲剧中同样屡见不鲜，英国悲剧大师莎士比亚的作品可当佐证。在《罗密欧与朱丽叶》的结尾，两个有着深仇大恨的家族被他们儿女的爱情所感动而握手言和，这不能不说是一个欢乐尾巴。更叫人拍手称快的是《麦克白》的结局所表现出的"诗的正义"。就指称对象而言，"诗的正义"所涵盖的内容比"大团圆"更为宽广，它不仅期待善有善报，而且还要求恶有恶报。正如文艺复兴时期意大利作家吉拉迪·辛提欧（Giraldi Cinthio）所说："为了更好地满足和教育观众，作家经常让那些给剧中普通善良人带来痛苦的肇事者死去或者遭受巨大不幸。"[2]《麦克白》的剧情安

---

[1] 特里·伊格尔顿：《甜蜜的暴力——悲剧的观念》，方杰、方宸译，南京：南京大学出版社，2007 年，第 90 页。

[2] Giraldi Cinthio, "On the Composition of Comedies and Tragedies," in *Literary Criticism: Plato to Dryden*, ed. Allan Gilbert, Detroit: Wayne State University Press, 1964, p. 257.

排正是如此。从头至尾，观众在舞台上看到的是一个残酷无情的野心家。为了篡夺和巩固王位，麦克白残酷杀死德高望重的在位国王邓肯和安分守己的将军班柯，随后他疯狂清除异己，就连妇女儿童也不放过。得道多助，失道寡助，前国王邓肯之子最终在英格兰军队的协助下击毙麦克白，正义在莎士比亚这出悲剧里得到了声张。法国古典主义悲剧作家高乃依更是古希腊欧里庇得斯的近代翻版。在《熙德》这部作品中，有情人的确终成眷属。罗德里格为捍卫家族荣誉杀死未婚妻的父亲，而深深爱着他的施梅娜有责任替父报仇，一对情人因此陷入无法解脱的两难境地。最后罗德里格有机会为国建功，在国王的调停下与心爱的人重归于好。《贺拉斯》是高乃依另一部结局完满的悲剧。主人公贺拉斯浴血奋战，杀死三个敌军将领，罗马因此得救，但他的妹妹卡米尔是其中一位将领的未婚妻，故而悲痛不已，指责哥哥六亲不认，并诅咒罗马不得安宁。贺拉斯勃然大怒，将其杀死。虽然他自己"愿求一死保全名节"[①]，国王最终因勇士功大于过而赦免了他。

我们最后一个"始困终享"的悲剧例子出自高乃依的同时代剧作家拉辛之手，题为《阿达莉》。剧中女主角阿达莉是犹大王遗孀，为了延续个人统治，她不惜灭绝王室家族，唯有国王孙子若亚斯幸免于难，被僧人若亚德藏于一家寺院。阿达莉后来发现了这个梦中要夺走王位的小孩，欲将其带走，但遭到拒绝。她离开寺院不久，僧侣们宣布立若亚斯为王。当阿达莉再次来寺院索取小孩时，被若亚德就地处决。对比一下纪君祥的《赵氏孤儿》，我们在这里看到的不仅是一个类似的"众人救孤"情节，而且还有一个相同的完满结局。

以上众多例子表明，悲剧结局是变动不居的，有的神秘莫测，有的真相大白；有的死不瞑目，有的报仇雪恨；有的一悲到底，有的曲终奏雅。20 世纪剧作家和批评家大多关注个人命运，忽略个人与社会之间的联系。这一主

---

① 高乃依：《高乃依戏剧选》，张秋红、马振骋译，上海：上海译文出版社，1990 年，第 182 页。

流意识形态倾向通常将戏剧主人公的绝境或死亡看作悲剧的最佳结局,任何后置成分都被认为是庸俗的,甚至是虚伪的,有人干脆将曲终奏雅的作品排斥在悲剧范畴之外。其他历史时期的剧作家和批评家则相对宏观,他们中许多人认为个人经验仅是社会生活的一部分,虽然某一或某些个体的生命结束了,但社会的发展仍在继续。这当然不是对苦难和死亡的简单忘却,而是在另一层面上赋予其社会意义。换句话说,痛苦的经历不仅关乎受害者本身,而且还会引发周边其他人乃至整个社会对它的反应,其中包括超越生存困境的愿望。后一种审美倾向在悲剧创作中的具体表现就是正面的人生价值在剧终得到肯定,剧作家们没有以乌托邦的方式防止苦难发生,但也不让自己完全笼罩在死亡的阴影之中。

既然"一悲到底"只是近、现代人对悲剧艺术的期待,它就不应该被当作普世标准而强加于其他历史阶段或文化传统。事实上,不同的历史时期和民族文化对"悲剧"这一概念历来有不同的解释,我们很难在其中找到永恒不变的本质特征。英国当代批评家特里·伊格尔顿承认,"迄今为止,没有任何比'非常伤心'更为详尽的悲剧定义能够站住脚"(no definition of tragedy more elaborate than 'very sad' has ever worked)[①]。在这一点上,中国古人似乎很有先见之明,他们没有就悲剧的本质特征多费笔墨,而只是笼统地称之为"苦戏"。明代批评家陈继儒又从读者反应的角度将这一类作品描述为"令人酸鼻"[②],这与西方人为悲剧所能找出的最小公分母恰好不谋而合。

---

① Terry Eagleton, *Sweet Violence: The Idea of the Tragic*. Malden, MA: Blackwell, 2003, p. 3.
② 郑传寅:《中国戏曲文化概论(修订版)》,武汉:武汉大学出版社,1998年,第173页。

丁尔苏

美国明尼苏达大学博士,曾执教于苏州大学、北京大学、(香港)岭南大学,现任上海外国语大学英语学院特聘教授。研究方向为世界文学、西方文论、符号学,主要学术成果包括《超越本体》、《现代悲剧》(译著)、《符号与意义》,以及由多伦多大学出版社出版的英文专著 *Parallels, Interactions, and Illuminations: Traversing Chinese and Western Theories of the Sign*。曾担任加拿大《符号学书评》(*Semiotic Review of Books*)杂志编委和副主编(1997—2000)、国际比较文学学会常务理事(2000—2004)以及岭南大学英文系主任,先后在国内外学术刊物发表中、英文论文数十篇,近期成果包括"Repositioning The Injustice to Dou E in a Global Generic Context""Three Bones of Contention in Tragic Theory""Tragedy and Modernity"、《历史与社会视野下的悲剧——雷蒙·威廉斯的悲剧观》《悲悯共同体之拓展——伊格尔顿论悲剧英雄》《悲剧与重大价值》。

《齿痛》到《药》的变幻

刘东

鲁迅短篇小说《药》的主题，在以往的流行诠释中，一向被说成是进步的和深刻的，也很少见人对此发出疑虑；即使其中不无模棱难解之处，也只能被心仪鲁迅的读者们，似懂非懂地愈发叹服其高深——更不要说，由于其确乎极为独特的视角，这篇小说也一向被看作鲁迅小说的最高成就之一；尤其是，他在这方面甫一出手，炼意就如此之深，技巧就如此之高，简直难以思议。

然而，最近到台湾访问，却见到这里的一些基督徒，也试图基于其特定和固有的立场，而且是从标准的"影响研究"的角度，来诠释鲁迅的这篇小说：

> 《圣经》文本里的基督影像先影响了安特莱夫，然后安特莱夫受了《圣经》文本影响而创作的文学作品，又影响了鲁迅的创作小说。这样连串在一块，我们就知道了：单就鲁迅自己明说了这篇创作的构思由来之角度来说，《药》自然成为间接受了《圣经》文学启发的作品了。当然，虽说是间接受了影响，我想鲁迅实在也大有直接接受《圣经》影响的准备，因为只要我们参考他早期的散文作品，就知道鲁迅早就读过《圣经》，也了解耶稣生平事迹的。[①]

[①] 董挽华、杨台恩编：《说书》，新竹：交通大学出版社，2001年，第23页。

接下来，这篇视角独特的文章又略有保留地说：

> 当然，其中最可惜的是：鲁迅虽是直接写了耶稣，也曾以耶稣为模特儿来打造夏瑜革命者，但是他却是缩短了耶稣基督作为有位格的神，作为上帝的儿子，所扮演的宇宙创造者（神子也参与了创造）兼救赎者之开阔壮阔，充塞天地的超凡入圣形象，而只将耶稣减略成为一名地上人间的革命先行者而已，这真是窄化了基督。不过，即使如此，我们仍在鲁迅这位非基督徒学者作家之作品中，看到了难能可贵的上帝普遍恩典之启示了……换句话说，鲁迅表现了他接受基督信仰中，上帝普遍启示的部分，他看见了基督作为一名革命家的神奇姿态了。然而，却仅仅止于此，他没有再进一步，达到领受上帝的特殊启示而尊崇基督为上帝的儿子，是人类的救主的层次，殊为可惜。①

哈哈！我当面就向此文作者表达了不同看法：仅仅基于一个文学上的用典，就认定作者有着如此这般的本教倾向，只怕太过一厢情愿了。别的不说，就连我本人，也曾在写于八十年代的著作中，未加多想地使用过这类典故：

> 这样自觉地"敢为天下先"，势必要使我们去（正确地）犯下很多错误。但我们不要害怕，一旦动手把一些很可能是错误的想法写出来，这本书就会像耻辱柱一样把我们钉死在它上面——它要真地把我们钉死了，我们宁可将它比作耶稣殉难的十字架，足以抬举得我们这班凡夫俗子们像圣子一样地去为中国人民赎点儿罪！②

不过，趁着自己还能发出声音，让我千真万确地在这里表明：在这类文字中要说有什么关系，也不过是一种借用典故的关系，绝不可引申到什么信仰世界。

---

① 董挽华、杨台恩编：《说书》，新竹：交通大学出版社，2001年，第23—24页。
② 刘东：《西方的丑学：感性的多元取向》，北京：北京大学出版社，2007年，"后记"第224页。

特别是说到鲁迅，考虑到他那句"一个都不饶恕"的诅咒，我们更是很难想象，还能跟所谓基督精神有什么相通？前些年流行的一本小书，尽管是以恨不能让他皈依的口气，却也同样点明了这个问题："鲁迅后期的悲剧或者甚至都可以叫滑稽剧，有他个性中的因素，但我觉得这种个人的因素如此放大乃至于狂妄得失控，是我们这个文化没有给他提供一种更高的尺度。我们的文化太世俗化了，没有西方的宗教性的绝对彼岸尺度，如果有，鲁迅如果是个基督徒，在他写完《野草》之后，在他意识到自己在这个文化中社会中是唯一的孤魂野鬼，是匆匆的过客之后，他就再也不会回到世俗之中与庸人们纠缠了。"①

当然又必须承认，基于它的常人难以想到的视角，来自台湾的这篇文章却也歪打正着地说穿了一件事：鲁迅虽未必相信他们的教义，然而他用来处置本土事实的角度，却跟这些基督徒不无相通，即都是发出于外来文化的立场；而且，他的外来立场中也至少有一部分，恰正是安特莱夫所持的立场——对于这一点，我们当然都记忆犹新，因为鲁迅本人就曾明确自道过，是陷于安特莱夫的阴冷而不能自拔。

再回到文学史的基本史实。我们都知道，《药》这篇小说所涉及的文学影响关系，当初是被孙伏园当作具有正面价值的材料，原原本本地表露出来的：

> 鲁迅先生和我说过，在西洋文艺中，也有和《药》相类的作品，例如俄国的安特莱夫，有一篇《齿痛》，描写耶稣在各各他钉死在十字架上的那一天，各各他附近有一个商人患有齿痛，他也和老栓小栓们一样，觉得自己的疾病，比起一个革命者的冤死来，重要得多。还有俄国的屠尔介涅夫五十首散文诗中有一首《工人和白手的人》，用意也是仿佛的。白手的人是一个为工人的利益而奋斗至于牺牲的人。他的手因为

---

① 老侠、王朔：《美人赠我蒙汗药·悲剧的鲁迅》。

戴了多时的刑具,没有了血色了,所以成了白手。他是往刑场去被绞死的。可是俄国乡间有一种迷信,以为被绞死的人的绳子可以治病,正如绍兴有一种迷信,以为人血馒头可以治肺痨一样,所以有的工人跟着白手的人到刑场去想得到一截绳子来治病。不知不觉中,革命者为了群众的幸福而牺牲,而愚昧的群众却享用这牺牲了。①

按理说,如果不是太过崇仰而迷了眼睛的话,这件事原是不无尴尬的,并不适于大张旗鼓地公之于众。最渴望也最被苛求原创性的作家们,恐怕谁也不愿就这么来露出底牌,正所谓"鸳鸯绣出凭君看,莫把金针度与人"。可不管怎么说,还是要感谢孙伏园的冒失,他将这篇小说背后的接受故事,当作一件应当褒奖的事实,直截了当地披露了出来,从而给我们后来的比较研究,留下了不可多得的铁证。

有了这种提示,我们再把两本书在桌面上摊平,对比一下周作人的译笔和周树人的文笔——两者发表在同一年的《新青年》杂志上,时间只相隔七个月——就不难看出其中的奥妙与玄机来了:

> 这条狭街,前端直通山上,挤满了人,在灰尘和不断的喊声中,向前面涌去。人群中间,几个犯人,弯了身子背着十字架,也向前走;他们的上面,罗马兵的鞭子盘旋着,像黑蛇一般。其中的一个人,便是"他",披着浅色的长头发,穿着一件破碎有血迹的小衫,他绊着路上的一颗石子,便跌倒了。喊声更响了,那群人正像一片杂色的海波,漫过那卧倒的人的身上。②
>
> 没有多久,又见几个兵,在那边走动;衣服前后的一个大白圆圈,远地里也看得清楚,走过面前的,并且看出号衣上暗红的镶边。——一

---

① 孙伏园:《鲁迅先生二三事·〈药〉》。
② 安特莱夫:《齿痛》,周作人译,《新青年》第七卷第一号,第66—67页。

阵脚步声响，一眨眼，已经拥过了一大簇人。那三三两两的人，也忽然合作一堆，潮一般向前进；将到丁字街口，便突然立住，簇成一个半圆。

　　老栓也向那边看，却只见一堆人的后背；颈项都伸得很长，仿佛许多鸭，被无形的手捏住了的，向上提着。静了一会，似乎有点声音，便又动摇起来，轰的一声，都向后退；一直散到老栓立着的地方，几乎将他挤倒了。①

　　不过，话既已说到这里，又必须先从反面强调，我其实是向来反对那种单纯"逮小偷式的"影响研究的——至少我认为，研究者不能把自己的工作，仅仅停留在影响事实的爬梳和考索上，不能把湿漉漉水淋淋的跨文化现象，简化成为干巴巴硬生生的文学史铺排，而忘却了其中更重要的美学向度与思想侧面。在这个意义上，由于"借鉴"乃是文学创作之常态，也是文化增长的必由之路，所以决不能一见到"借鉴"的事实，就觉得源流与高下全都立判——要是那些晚出的文学家，确能在审美和思想方面，做到点铁成金和更上一层的话。

　　尤其是，话题一旦落在中外文学关系上，我就更反对只顾挖掘外来影响的事实，而不知进行内在的诗学分析。这样一种被我称作"逮小偷式的"文学研究，怎么就那么巧，跟其他几乎无一例外的领域一样，刚好象征了或对应了强势文化与弱势文化、宗主国与殖民地之间的主次关系——尽管去刻画或制造那样的一种文学关系，也许正是比较文学当初被人家开创出来的本意。在这个意义上，再平心对比一下前引两段文字的美学张力，也就确实不能堵死那样一种可能性：就算鲁迅公然借鉴了安特莱夫，然而他在世界文学史上的地位，还是明显要高于安特莱夫。

　　不过，同样需要具体分析的是，如果只因为这种借鉴是鲁迅所为，就不

---

① 鲁迅：《药》，《新青年》第六卷第五号。

假思索地讴歌和赞颂它，把它褒奖为多么高妙的手法和高超的成就，这样的结论也照样是无原则的。毕竟，考之于汗牛充栋的文学史实和笼罩在所谓"影响焦虑"下的创作历程，画虎不成的例子也是相当不少的，甚至肯定为数更多。

所以一方面，就像我们经常从历代诗话中所看到的，眼下也应平心地从创作规律来体会，像安特莱夫小说中的"齿痛"情节，或屠格涅夫小说中的"白手"情节，如果从艺术手法的角度看，都属于最让行家艳羡不已、过目难忘的诗眼（或文眼）。于是，恨不得那就是自己写的，恨不得将其化入自己的写作，也都会是一种情不自禁的、难以遏止的冲动。甚至有的时候，随着记忆的模糊与混淆，后世的创作家还会下意识地把那种独特的表象，当成自己戛戛独造、妙手偶得的灵感，充满激情与惊喜地"再度创造"出来。

但另一方面，就算我们从艺术心理学方面，已经认清了这样的事实，也必须非常清楚地看到，哪怕忽略掉习作者的生涩模仿，只把眼光对准技巧高明的写家，我们也照样会发现，不光是那些无意识的借鉴，会冒着掠美或剽窃的风险，而且那些有意识的借鉴，也会带来生搬硬套的风险——这是因为，把在此一种文学语境中大为出彩，乃至过目难忘的警句、结构、情节和意境，让它脱开原有的上下文，挪到另一种不尽相同的，甚至风马牛不相及的文学语境中，到底还能否同样如此出彩，乃至于到底合不合用，到底怎么跟另一语境中的其他部分或因子协调起来，这都会构成非常严峻的挑战。在这个意义上，这件看来似乎讨巧的事情，其实并无多少便宜可占。

再回到《药》这篇小说的基本构思。按照孙伏园起初的说法，当然也是后来的流行看法，鲁迅对安特莱夫的这次借用，是把背着十字架的耶稣，转换成了舍生取义的夏瑜，又把正害牙痛的商人般妥别忒，转换成了不为所动的愚民，乃至等着吃人血馒头的小栓；由此，借助于此种尖锐对比，就达到了这样一种艺术效果——"《药》描写群众的愚昧和革命者的悲哀；或者说，因群众的愚昧而来的革命者的悲哀；更直捷说，革命者为愚昧的群众奋斗而牺牲了，愚昧的群众并不知道这牺牲为的是谁，却还要因了愚昧的见解，以为这牺牲可以享用。"①

可不知大家想过没有：安特莱夫的独特故事结构，其实并不那么容易挪用。要知道，这是一位既独断又灰暗的东正教徒，在他特有的世界观里，上界与下界是截然不同、一真一假的两个领域；由此，相对于他所笃信的上界而言，下界干脆就是微不足道的，甚至可以忽略不计的。只有在这个意义上，我们才可能沿着他的逻辑读到，在那篇宗教意味很浓的小说中，叙事者的视角仿佛来自天国，来自全知全能的救世主。也唯其如此，作者才获得了他自信拥有的话语特权，有理由去批评尘世间的芸芸众生，竟然只在乎自己肉体上的虚假病痛，而不去关注精神上的更加重要的得救。这就是其小说那个天谴式结尾的来由：

　　……他觉得特别喜欢说话，想对一切人们，告诉他齿痛的事。他们一同走着，般妥别忒在撒姆耳（般妥别忒和撒姆耳，均为小说中之人物——引者注）同情的摇头与感叹之间，做出痛苦的脸，摇着头，巧妙地呻吟。从深邃的裂岩与远远的焦枯的平原上，暗黑的夜渐渐上来。这仿佛是想将——地上的大罪遮盖住，不给天上看见。②

另一方面，由此也就决定了，当鲁迅决定以这种调子来动笔时，他所要面对的最大风险就在于：尽管这样一个天悬地隔、充满悬念的叙述结构，看起来非常精妙和独特，而且或许在鲁迅心目中，确实也隐约对应了当时的社会心态，可以借之针砭一下冷漠的看客心理，然而，一旦要把如此具有说教味道的情节，保持其原有的结构与角度，而嵌入到中国文化的原生态中，就难免要激起严重的水土不服——对于一个并不信仰天国的文明而言，对于那些正以现世主义态度"生生"于这块土地的民众而言，他们终究跟安特莱夫

---

① 孙伏园：《鲁迅先生二三事·〈药〉》。
② 安特莱夫：《齿痛》，周作人译，《新青年》第七卷第一号，第66—67页。

式的愤世格格不入，而倒觉得生命肉体上的切肤病痛，自己却有充分的权力去关注它！

然而，鲁迅还是忍不住要来借鉴。他把安特莱夫发出于两界之间的慨叹，剥离掉其原有的神秘内容，仅仅抽取其冷眼俯视的角度，再把它插入早已是"天人本无二"的中国语境，让它在那里重新组织和结构起来，或者说，让这样一副被剔干的骨架，拿到异乡他国重新长出筋肉来。由此一来，如果回想一下前引那位基督徒有关他简化了耶稣形象的批评，再反其意而用之，那么深层的困扰自然要接踵而至：尽管这种把革命者等同于耶稣、把民众等同于耶路撒冷商人的比附，看起来也不无似是而非的相似性，然而，仅凭着这么一点相似性，他究竟能否跨越或克服两种文明话语间最难兼容的差异性呢？

果不其然，同样的结构挪用到了鲁迅这里，总还是显得有些变味儿了。尽管同样怀有救世的热望和牺牲的激情，然而奋争于世俗世界里的革命者，一旦被跟他此身所属的民众划为两界，而自身又被推到耶稣的神性一极，他的脚底也就立马飘将起来，被孤零零地提升到了天边外。唯有从这种"连根拔起"的状态出发，我们才可以体会，鲁迅于这种特定写作空间中，仿佛奥妙无穷地写下的"彼此都觉得对方可怜"的戏剧性情节，正是他在潜心于其特有的情境后，顺其固有的思路所发出的受控想象——这样的一种描写，当然显得很有机锋，很有寻味的余韵，然而可惜的是，它却注定收纳不进正发生于神州大地上的、民众由少到多逐渐觉醒的新民运动，反映不出中国人民逐渐改变的精神风貌。

但无论如何，鲁迅毕竟有其不可多得的文学禀赋，而特别会营造艺术氛围和制作文学幻相，所以他还是可以凭借艺术家的手法，来至少部分化解此中的风险。从《药》这个短篇中，我们不无惊异地读到，叙事者几乎只用了寥寥数笔，就把一个来自外部世界的、差之千里的宗教主题，轻巧地勾勒成了似曾相识的本土风情画面，使之至少从外表看来，活脱脱地就像是白描般的中国现实,从而打造出艺术世界里的仿真的"第二生活"。

此外更不消说,鲁迅那冷峻刺骨的笔调和他染自安特莱夫的极度悲沉,也同样会加重别人的印象,认定这种看破一切的眼光,肯定是经过了深思熟虑的——正如我以往的悲剧研究所示,尽管说到底,尽管作为一种西方的惯常剧种,作为一种必须把主人公写死的、相当刻板教条的文体,悲剧并非当真就比喜剧深刻,然而在数千年的西方舞台上,以及在此后被波及的非西方舞台上,这种让人呼天抢地的文体,仍比让人捧腹大笑的文体,显得更严肃和更正确。

正是在这个意义上,又恰如我早就指出的,就其强要艺术的表象向生活靠近这一点而言,"就要求作品的形式必须具备一种脱离人工制作痕迹的幻觉这一点而言,'现实主义'竟又可以被看成一种特定的'形式主义'……"①(不信就请看被那些艺术白痴百看不厌的好莱坞影片吧:还有哪一个镜头没从细节上做到酷肖生活呢?可就是从生活本身的终局中,你永远也找不到如此蹊跷的、称心如愿的"芝麻开门"!)

再把思绪收拢到鲁迅来。现在我们总算弄明白了:别看它讲得何等活灵活现,原来在《药》这篇小说里,实际表现的并不是真实的历史,或者说,当年慷慨取义的革命者,同他们想要从水火中救出的民众,并不是在现实的生活世界中,而只是在一篇虚构的文学作品中,由于受制于某种舶来的故事结构,才显得如此天悬地隔——这也就意味着,鲁迅作为一位小说家,他首先要忠于的,并不是现实的历史趋势,而是想象世界的结构;或者说,也许并不是当时的中国已陷入了绝境,而是顺着某位艺术家的凭空臆想,实在也替它想不出什么前途来了。

进一步讲,在《药》这篇小说中,受制于原有的故事结构,其基本构思还会遭遇另一重困难:由于这里的革命者形象只是从耶稣形象变换而来,已

---

① 刘东:《刘东自选集》,桂林:广西师范大学出版社,1997年,第73页。

被从民众中间连根拔起，故其面孔就只能是抽象和空洞的，只是远远地留下一个侧影，远不像身处另一极的小民那样鲜活生动。此外，叙事者既然要在中国语境里讲述他的故事，就终究不能像安特莱夫那样，只将立足点放在遥不可及的上界，而必须在想象中让它还俗，由此他简直就找不到什么理由，让这位人世间的解放者去忽视或嘲笑被解救者的病痛，无论它被刻画成肺痨，还是被描述为齿痛——须知"牙疼不是病，疼起来真要命"啊！

真的，如果并不对大众的病痛充满同情，那到底还算什么革命者呢？而反过来说，如果人民并不是充满病痛，那又为什么非要有革命者呢？——正是在这样的反诘下，这篇小说的基本立意遭遇到了始料未及的反作用力。按照以往的流行说法，鲁迅对于民众的态度被归结为"哀其不幸，怒其不争"。然而令人扼腕的是，受制于安特莱夫的这个独特结构，至少在《药》这篇小说中，所谓"哀其不幸"的一面，恐怕就很难有所表现了。

而"怒其不争"的另一面，既然脱离了为之解毒的对立面，又裹挟着安特莱夫式的愤世嫉俗，也就大大地发酵起来。设身处地我们不难发现，还是由于受制于安特莱夫的特定结构，再加上屠格涅夫式的对于民众运动的贵族心理，又移植了在《狂人日记》未曾写得尽兴的"吃人"主题……正因为把这些写作动机杂糅到一起，鲁迅竟然阴差阳错地，反而把那位作为下界民众的小栓安排成了刽子手的帮凶，一心在等那个沾满革命者鲜血的馒头——这也许就算作《药》这部小说的主题了吧。只是这样一个相当勉强的主题，如果不从写作心理学来理解，那是很难从社会历史层面来理解的。

那么，有什么经验可以总结呢？——打个比方，我们都看过大卫的《马拉之死》，那是一幅令人羡慕的经典画作，其构图谨严、凝重而洗练，打破常规地只突显冷色调的下部，突显了蒙难者面向观众的遗容，使之同从黑暗中下压的上部，构成了浓重的戏剧性对比，从而把悲剧的效果推向了前景……所有这一切，当然都妙不可言，都可能激起学习借鉴的愿望。然而，真正值得提倡的借鉴，只能是去悉心体会此中的格调、技法与构思，然后循着同样的原则与要求，到自己所熟悉的别样语境下，独创出与之相配的新颖构图来，而不是只把大卫摆放尸体的那个姿态，依样不动地弄到另一个画面上来，更不是为了凑合那个画面的内容，再把它任意地变换成马拉之侧翻，马拉之倒立，或马拉之匍匐——否则的话，就算不上什么"别求新声"，而只能算是画虎不成了。

事实上，如果没有孙伏园的提示和证据凿凿的文句对比，让我们可以参照这篇小说的外来样板，那么究竟为什么有人会既站在革命一边，又要用这种灰暗的调子，来描写中国革命的社会氛围，还是很不容易猜透的。就像寻常所说的那样，革命是革命者的盛大节日，它既需要相当的激情投入，也需要相当的热烈想象，否则就不仅无法鼓动别人，也压根无法感动自己。相反，一旦有了那样的激情，即使真的到了要为民众去抛头洒血的一天，由于革命者天然要认同于民众，也断不会像宗教家安特莱夫那样，对于身后愚不可及的人群充满了嘲弄与讥讽、冷漠与申斥——毕竟，神灵并不属于人群，而革命者却属于人民啊！

我们还能发现，还是因为从一开头就预设了两者的隔膜，这部小说的叙事口吻，有时候也会变成多声部的或复调的。跟坚定地代表上界的安特莱夫不同，如果革命者所代表的那个大众集体对革命者的境遇竟是如此冷漠与隔膜，那么终究就有可能连革命的紧迫性和牺牲的必要性，都给一股脑地颠覆掉。而这时候，叙事者的立场也不觉犹疑起来，逐渐跟那位走向十字架的革命者疏离开来，他不再寄以多少同情，而更像是超乎两界之上和脱离两界之外的旁观者。这就是为什么，鲁迅在小说结尾会以"阴冷得如此精美"的笔调，写下了那个"花环与乌鸦"之间的吊诡。

> 他们的眼睛都已老花多年了，但望这红白的花，却还能明白看见。花也不很多，圆圆的排成一个圈，不很精神，倒也整齐。华大妈忙看他儿子和别人的坟，却只有不怕冷的几点青白小花，零星开着；便觉得心里忽然感到一种不足和空虚，不愿意根究。那老女人又走近几步，细看

了一遍，自言自语的说，"这没有根，不像自己开的。——这地方有谁来呢？孩子不会来玩；——亲戚本家早不来了。——这是怎么一回事呢？"他想了又想，忽又流下泪来，大声说道：

"瑜儿，他们都冤枉了你，你还是忘不了，伤心不过，今天特意显点灵，要我知道么？"他四面一看，只见一只乌鸦，站在一株没有叶的树上，便接着说，"我知道了。——瑜儿，可怜他们坑了你，他们将来总有报应，天都知道；你闭了眼睛就是了。——你如果真在这里，听到我的话，——便教这乌鸦飞上你的坟顶，给我看罢。"[①]

然而，那乌鸦先是"在笔直的树枝间，缩着头，铁铸一般站着"，后又"张开两翅，一挫身，直向着远处的天空，箭也似的飞去了"。如从艺术张力的角度来鉴赏，这种对"希望"二字的吊着胃口的戏弄，当然显得功力不俗，甚至可以说相当完满，至少比起当时最遭不齿的"大团圆"结局，更加出人意表。不过请大家注意，在这种感性层面的神完气足之后，毕竟还紧跟着几个以往常被忽略的汉字"一九一九年四月"，更值得我们仔细寻味，——啊！鲁迅写作这篇小说的日子，不正是五四运动的紧张前夜吗？而再等到这篇小说面世的时候（一九一九年五月），不也正是中国现代史上一段最民气可用、最激情沸腾的岁月吗？

这才是真正的症结所在。以往对于《药》这篇小说的判断，皆认为它的情节、笔调与终局，均来自对于当年时局的深刻观察，甚至，还颇有不少的人士，干脆就乐得偷懒，只愿从鲁迅的小说虚构中，去了解和判断那段历史。然而，经由本文的比较研究，我们才头一次清晰地还原：就算那画面里描写的也是中国，也无非是被安特莱夫的无干镜片过滤后的中国。——正如我如今常对西方影迷说的：喜不喜欢张艺谋的电影，那当然是你们的自由；不过看完以后，你们就算说那是月亮上的传奇都行，就是别说那是发生在中

[①] 鲁迅：《药》，《新青年》第六卷第五号。

国的事!

　　当然,从言论和创作自由的角度来说,无论讲那是舒张了他独特的个性,还是讲那是焕发了他浓烈的感性,鲁迅无疑都有充分的个人权力,去利用他最为擅长的文学手法,来对当代历史做出自己的艺术判断。不过,验之于他生前和身后的历史,那么中华民族那不断涌动的觉醒、抗争、改造之浪潮,中国文明的快速成长、崛起与复兴,却也给了我们同样充分的理由,去认定鲁迅当年所做出的艺术判断,尽管对心弦有过不少触动,却并没有多少现实的根据。

　　要说鲁迅也有什么根据,恐怕主要也不能到本土的现实社会中去寻找,而只能从舶来的艺术世界去寻找——那里到处都弥散着构成了现代主义之基调的普遍的否定情绪。而对于这种笔调的借鉴,则可以说既是大大成就了鲁迅,也是深深伤害了鲁迅:他好比是给自己挖了一个坑,而又毫不犹豫地跳身进去,随之则发现它既深不见顶,也开不了窗,不免愈发憋闷和绝望起来。正是在这个意义上,那种以悲观为尚的舶来时髦,尽管从艺术创作的角度相当出彩,却也使他在享受到掌声的同时,越来越愤世嫉俗,跟他的同胞难以合群。

　　由此我们的话题,也不觉上升到了比较美学的高度。实在说来,鲁迅在这方面并不是什么特例,他的表现无非是文学全球化的常态,因为有很多知名和不知名的作家,都有过诸如此类的举动;而他之所以被推向前台,值得特别在此进行跨文化的分析,实则既有政治力的造因,也有偶然性的成因。朝身边看,我还认识很多如此这般的文学家,尽管其外语水平并不高,或者正因为如此,他们反而更加留意时新的译作,而且特别会"内行看门道",专门留心其中的先锋手法,不定什么时候就神龙见首不见尾地把这种舶来形式化入自己的作品。然而可惜的是,他们对于这种先锋手法,又充其量也只能略窥其然,而根本无从知道其所以然,所以也就很难警觉其中的风险,而弄不巧就要掉入西方的强势话语,拿腔拿调地把自己的文化母语讲得荒腔走板。

当然更加宏观地看，就鲁迅本人的案例而言，如果仅就美学方面进行分析，还只能涉及其作品的"形式因"，而他笔下的灰暗中国图景，其实还另有舶来的"质料因"。我们若要探入这样的内容，那就不能只关注鲁迅跟安特莱夫的关系了，还更要关注他跟另一位基督教徒明恩溥的关系。迄今为止，关于那位牧师的《中国人的特性》同鲁迅的国民性学说之间的关联，最有启发的研究还要数刘禾那本《跨语际实践》。不过，这个复杂问题只有另文详述了，而我在此处，仅限于指出这样一点——实际上鲁迅对于国人的基本判定，比起身为洋人的明恩溥还要悲观得多！

至少，我们细读明恩溥不难发现，他一边对自己所刻画的某些中国特性，表示出不解和轻蔑，一边又疑心正是在那些不可思议的特性中，反而潜藏着某种令人畏惧的力量：

> 人们总是认为，灵魂不朽的一个有力证据就是，灵魂中那些最优秀的力量常常难以在此世获得施展的机会。如果这个证据是确凿的，那么中华民族这种无可比拟的坚韧性格，应该是用来担当某种崇高使命的，而不仅仅是为了让他们去忍受生活中的常见灾难和饥饿的折磨，这样的推论应该是合理的吧？如果"适者生存"就是历史给出的教导，那么毫无疑问，一个天生具有这一品格、同时又具有旺盛生命力的民族，就必定有一个伟大的未来。①

而事到如今，确实已经幸运被地明恩溥猜中了：这样一个强韧坚忍的，从而足以适者生存的民族，即使被抛到了这个并不理想的、弱肉强食的世界，也确实有可能再造出伟大的未来！难道不是这样吗？——回顾悲喜交集的20世纪，或许最重要的中国事实就在于：一方面，恰是从那个被鲁迅视为

---

① 明恩溥：《中国人的素质》，秦悦译，上海：学林出版社，1999年。

充满惰性的民众中，涌现出了各种各样的志士仁人，他们虽有不同的倾向、专业与方式，也充满了纠纷、辩论与争斗，却总还足以去代表和统领民众，让中国逐步摆脱了被动挨打的局面；而另一方面，也许更为重要的是，即使那些被外来眼光视作既可怜又不争的民众自身，其实也并不是历史的惰性力量，相反，正是在他们克勤克俭的起居中间，在他们既忍耐又平和的性情中间，在他们对生命和子女的挚爱呵护中间，在他们对于后代教育的只问耕耘的投入中间，在他们达观知命的人生态度中间，实实在在地隐藏着足以震惊世界的伟力。

看不到这一点，当然是可笑的。而把从域外生硬搬来的悲观套路误读成了简直不知多么深刻，甚至藏贮着值得永远叙说的奥妙，那就更加可笑。说到底，从比较文学的角度来看，这无非是一场小小的误会而已，一场由文学上的小小犯规所引起的、原本不该出现的小小误会。——也许，那个时代的"拿来主义"，还是实在太不讲究了。

2010年1月17日于京北弘庐

（原刊于《道术与天下》，北京：北京大学出版社，2011年）

刘　东

浙江大学敦和讲席教授，中西书院院长。

《长阿含》巴汉对勘研究引论

——双向革命：原典的书面语化与文言的松动

[法] 金丝燕

继《长阿含》二十二卷的前七卷《大本经》（*Mahāpadāna-Sutta*）、《游行经》（*Mahā-Parinibbāna-Sutta*)、《典尊经》（*Janavasabha-suttaṃ*）、《阇尼沙经》（*Janavasabha-sutta*）、《小缘经》（*Aggaññasutta*）、《转轮圣王经》（*Cakkavatti sutta*）、《弊宿经》（*Pāyāsi Sutta*）之后，汉译《散陀那经》（*Udumbarika Sutta*）为《长阿含》巴汉对勘研究的第八部。此项研究旨在以文化转场为框架，探讨公元5世纪以前的佛经圣本汉译对文言演变的推进因素，为当时的文学、社会、精神心态、思想层面的接受视野提供学术支持。

汉译《散陀那经》为南传上座部佛教《巴利文大藏经》中的《长部》第二十五部经《优昙婆逻狮子吼经》（*Udumbarika Sutta*）。《长阿含·散陀那经》与公元398年罽宾沙门僧伽罗叉（Saṃgharakṣa）译出的《中阿含经》中第一百〇四卷《优昙婆罗经》、施护（Dānapāla，？—1017）等译的《佛说尼拘陀梵志经》为同经异译。《大正新修大藏经》对应为《长阿含经·散陀那经》（第1部第47卷）、《中阿含经·优昙婆逻经》（第1部第591卷）、《尼拘陀梵志经》（第1部第222卷）。

汉译特点研究的初步结果，可以响应佛经圣本翻译中三个核心问题：中国语言的发展、从源头语文本转向目的语进行的哲学性思辨、佛经口语性文本与古文言相遇所创造的翻译途径。研究以三个论题框架为轴线展开。第一，可译性（le traduisible）、不可译性（l'intraduisible）和语境化（la contextualisation）问题。第二，公元5世纪的圣本翻译中，佛学词汇从源头语到目的语的转换所借助的表述方法。第三，佛经汉语对中古汉语的推动。

我们从公元5世纪自巴利文本译出的汉译《长阿含》出发，作出逐字逐句的对勘。将巴利文口述性文本转向书面语化，同时通过口述性巴利文本的翻译，推动书面语的古文言向中古汉语的书面口语转化，这一转场是佛经汉译的基本特性，双向革命。我们在《长阿含》二十二卷中的前八卷《大本经》《游行经》《典尊经》《阇尼沙经》《小缘经》《转轮圣王经》《弊宿经》和《散陀那经》的对勘中，逐一勾勒这一双向革命的形成过程。

2016年北京大学出版的《佛经汉译之路——〈长阿含·大本经〉对勘研究：中古汉土的期待视野》一书，首次逐字逐句进行巴汉文本对勘，以此为依据，重点探讨佛经翻译的原典书面语化与文言文的口述性论题。研究从七方面进入：用汉语字为基本语素创造佛学新词，将新概念注入汉语原有字词而成佛学用词，通过音译造汉语新词，意译双音、多音词，推进汉语书面语口语化，汉译本将佛典书面语化的倾向，佛经汉语复数词尾。这一书面语化尤其由将原典的散文叙述转为偈诵体来体现。汉译本一共五十二个四言颂，而原典只有五首偈。

由此开始《长阿含》各经巴汉对勘的基本框架。对勘工作的意义在于重现公元413年以前《长阿含》经卷的汉译文本的接受视野，探究中古汉语的形成因素，为中古前期中国所经历的文化转场勾勒出具体的图谱。在对勘研究中，要注意不落入音的陷阱。文言之"文"，不同于其他语言，后者是以交流为核心的口语落成的书写的形式。佛经圣本汉译为当代语言学提供文言多字项突破的生动案例。要避免套用以话语为基础的普通语言学理论作附和性研究。

《游行经》与《典尊经》的对勘研究尚未完结。2021年巴黎友丰书店出版的《阇尼沙经》将巴汉对勘研究推进一大步。概述首次提出圣本哲学翻译学的论题。

从《长阿含·阇尼沙经》佛陀舍耶和竺佛念汉译本与巴利文本逐句对勘，看到翻译中的细微滚动，译者作为接受者在佛经翻译这样的文化转场中的作用。继对勘之后，展开两文本的叙事结构、修行次第、偈诵和佛学概念四方面的比较；从巴利文、古文言和佛经汉译词语三层进入，对汉译《阇尼沙经》的六个案例进行新角度的训诂，分析汉译本佛学用语的成分、词语中外来成分的音译、割裂、省略、添加和本语词的转义或延伸情况，如以巴利文四类神足的汉译，忠实地翻译出巴利文的构词结构，由一串词语组合成一个词，这样的长音节多项字的词语结构是佛经汉译对中古汉语在造词上的推动。由此勾勒初期中古汉语的多音化进程、音译倾向和通过佛经汉译产生新词与借用词类型。

我们的巴汉对勘研究提出五个观点。第一，公元413年完成的佛陀舍耶和竺佛念汉译本的佛典源头语应该为巴利文。第二，佛经对中古汉语形成有着直接重要的推动。其影响在字词的创造上是具体的、多层面的、结构相当大胆的。第三，早期汉译佛典的语言特点：汉译语言精妙，若干论说汉译本拗口笨拙难解似乎源自对初期中古汉语的陌生。与原典的不同是翻译者的介入。第四，巴汉对勘进一步证实我们在《大本经》研究中的发现：汉译本的书面语化和口语化同步双向。汉译本的偈诵和散文结合，为中国五言与七言诗的形成提供重要参数。《长阿含》汉译本的佛经汉语对勘可以为初期中古汉语和中国诗律学数据库提供数据。第五，"梵汉合成语"的论断不能涵盖早期佛经翻译的源头语及由之产生的佛教汉语。可以设想用"佛汉语言"指佛经汉语，再根据具体源头语分之，如以"巴汉"指巴利文与汉语，"梵汉"指梵文与汉语。

《小缘经》巴汉对勘研究提出散文翻译向《诗经》体的四言诗体靠拢。首先通过翻译，将源头语的佛经书面语化与诗化，并使古文言字得到哲学性升华，如"*Samādhi*"的汉译"定"，其含义已经不是古文言的"安"或者"设定"，而含有佛教修行的次第和哲学两重新意。更为重要的转场是圣本翻译中巴利文原经的散文叙述转译成四言偈诵体。四字句和四言偈颂在早期佛经汉译中形成主要文体，这为涵盖翻译学和文学的文化转场提供生动的中国接受史细节。提出一个论题：《长阿含》汉译中，四字句是佛经各部的基本的韵律，在准确翻译经本的同时，中文译者似有美文的考虑。这是否也是译者向源自古文言的《诗经》和韵律传统的四言节奏靠拢？

这一问题在《长阿含·转轮圣王经》的对勘研究中有新因素可以作为回复。《长阿含》前七卷的巴汉对勘的偈诵体研究中，我们看到，随颂律相对于重颂（Geya 祇夜）、自说（Udāna 忧陀那）、讽颂（gāthā 偈陀），在汉译经本中比重比较小（在其他经典中的比重有待继续对勘）。我们发现，《转轮圣王经》中的偈诵体随颂律与刘勰的《文心雕龙》四言八句赞体有亲缘关系。《文心雕龙》的赞体，顺应《诗经》和古文言经典中的古颂体，并受佛经随颂律的启发，为中国律诗之先。

汉译本的叙述书面语化的简约/浓缩、再书写——四言叙述、调制、擦抹四种方法，生动记录了公元5世纪的文化语言转场中汉土的接受视野。汉译对散文叙述所作的处理，有简约、浓缩、增补和变散文句为四言句式等四种方法。汉译本的特殊性是用古文言的四字格式，此类再书写为圣本翻译书面语诗化的格式，特性是涉及形式层面而非含义转写。通过语言转换，将巴利文口述性文本转向书面语化，而同时又通过口述性巴利文本的翻译推动书面语的古文言向中古汉语的书面口语转化。这是一种罕见的双向革命。

《散陀那经》汉译佛学词语所形成的三种路径：意译词（traduction sémantique）、音译词（transcription phonétique）和半音半意译词（transcription phonétique/traduction sémantique）是我们巴汉升本翻译对勘的研究论题。

《散陀那经》汉本的意译有六种途径：直译（le calque lexical），译词加释的四言句式（l'expansion par l'ajout des mots pour créer une structure quadrisyllabique），增扩性借用古文言文字带佛学新含义（l'emprunt par incrémentalisation en l'ajout à un mot du « wenyan » un nouveau sens），借用古文言字赋之超越性（l'emprunt d'un mot du « wenyan » en lui ajoutant un sens transcendent venant de la langue source），译词加释语的双字项（l'expansion par l'ajout des mots pour créer une structure bisyllabique），借—套用古文言字翻译巴利文词语（l'emprunt-calque sémantique d'un mot en «wenyan» pour l'adoption d'un mot pali）。

佛经汉译本的意译词途径在词语构造上有三种借用法：增扩性借用使古文言文字带佛学新含义（l'emprunt par incrémentalisation en l'ajout à un mot du « wenyan » un nouveau sens），借用古文言字赋之超越性（l'emprunt d'un mot du « wenyan » en lui ajoutant un sens transcendent venant de la langue source），借—套用古文言字翻译巴利文词语（L'emprunt-calque sémantique d'un mot en « wenyan » pour l'adoption d'un mot pali）。

增扩性借用（l'emprunt par incrémentalisation）指翻译加入新成分、不考虑保持源头语的形和意，属转换性借用（l'emprunt hybride）。此类借用指保持源头语的含义而源头语的词形有部分改变。例如第一种意译途径：

"调伏"→"被掌握"(danto)

"止息"→"寂静"(Samatha)

"灭度"→"般涅盘"(Parinibbānā)

借用古文言字（l'emprunt d'un mot du «wenyan»）使古文言字具有超越性，如：

归→"佑护"(Saraṇa)

借—套用古文言字简约翻译巴利文词语：

慈心	→	*mettā-sahagatena cetasā*
悲心	→	*karuṇā-sahagatena cetasā*
喜心	→	*muditā-sahagatena cetasā*
舍心	→	*upekkhā-sahagatena cetasā*

继《长阿含》前七部经意译词的分析，《长阿含·散陀那经》六种意译途径进一步证实，始于公元2世纪的圣本翻译为古文言注入大量来自佛经源头语的新词语。在语言和佛学的双重影响下，古文言开始向中古文言演化。

翻译学所言的"译借"，即音素仿译（le calque morphologique），在《散陀那经》音译中出现两种构词。音素仿译指通过源头语的音译将佛经圣本的外来词语含义导入目的语即文言中，借音译制造多项字。如：

Bhikkhus	→	比丘
Khattiya	→	刹利
Samaṇā	→	沙门
Brāhmane	→	婆罗门
Samādhi	→	三昧
Bodhi	→	菩提

分析发现：第一，汉译通过音译借用与升华文言字的哲学维度，如"三昧"（*Samādhi*）；第二，使音译词同时含语义，如"菩提"（*Bodhi*）。这两个特点拓展了翻译学理论中的音素仿译范畴，亦可视作汉译佛经中的特殊形态，即语义化音译。此为巴汉对勘研究的新进展。

《散陀那经》汉译的第三种途径为半音半译。佛经圣本中半音半译词语的构成结构为复音词（la polysémie lexicale），其组合法为音素仿译加语义意译（le calque schématique/phonétique+calque sémantique）。

汉译《散陀那经》的八个半音半意译词的结构呈五种形式：第一为音

译 + 类名词；第二为动词 + 音译浓缩，一种翻译学浓缩（concentration）的新类型；第三种形式是形容词 + 音译； 第四种为浓缩音译 + 形容词；第五种为音译 + 半音半译 + 意译。这五种复合名词类型结构推进佛学汉语的形成。这里，特别要提出的是第四种浓缩音译 + 形容词。我们提出的案例是：

  禅 + 静 → Mano-bhāvanīyā

这是半音半译的一个特例：转译音译 + 意译。

《散陀那经》汉译特点的研究，响应佛经圣本翻译中三个核心问题：原典的书面语化与文言的松动在佛经汉译中形成的双向革命、佛经原典口语性文本与古文言相遇中汉译所创造的翻译途径、中古汉语的形成因素。

继《长阿含》的《大本经》（*Mahāpadāna-Sutta*）、《游行经》（*Mahā-Parinibbāna-Sutta*）、《典尊经》（*Janavasabha-sutta*）、《阇尼沙经》（*Janavasabha-sutta*）、《小缘经》（*Aggaññasutta*）、《转轮圣王经》（*Cakkavatti sutta*）、《弊宿经》（*Pāyāsi Sutta*）之后，《散陀那经》（*Udumbarika Sutta*）的巴汉对勘在文化转场的框架下，探讨公元5世纪前的佛经圣本翻译是如何促使文言的演变。

《长阿含》佛经汉译巴汉对勘研究，并不期待重要范型（paradigme）的出现，亦非要作重新反思或基本预设，但对已经形成的佛经接受研究理论和普通翻译学在方法、文化转场类型、词汇分类学上有补正作用。

（摘自《双向革命：原典的书面语化与文言的松动——〈长阿含·散陀那经〉巴汉对勘研究》，巴黎：友丰书店，2025年）

金丝燕

北京大学西语系七七级本科生,八二级研究生,获法国语言与文学硕士学位。1984年留校,任教于北京大学中文系现代文学教研室和北京大学比较文学与比较文化研究所。1992年获法国巴黎索邦第四大学法国现代文学博士学位。现任法国阿尔多瓦大学(Université d'Artois)东方学系教授,中国文化书院导师,中法《跨文化对话》杂志副主编,与乐黛云、董晓萍主编中法《远近丛书》。

《钢的琴》：阶级，或因父之名

戴锦华

2011年，《钢的琴》无疑是一个令人振奋的亮点。区区五百万元的制片成本——今日中国制片规模与消费幅度中的超低成本电影，固然不会有好莱坞大片式的奢靡，但它也并非美国B级片之类型或情景剧的甜腻，而且亦无为欧洲国际电影节所规范的"艺术电影"的刻意。小成本，却绝非粗制滥造，相反，影片有情有趣、有型有款、有泪有笑。当然，弥足珍贵的是，我们在这部独具原创、情趣盎然的电影里，重逢了久违的真诚与现实感，重逢了工人、工厂，再次目击饱含尊严的劳动、创造。不仅是一位曾身为工人的父亲的含泪喜剧，而且是一处群像，阶级的群像；不仅是对一个逝去的时代深情、暖意的注目礼，而且是隐忍着激情的另类想象朝向未来飞扬。

《钢的琴》无疑是近年来难得一遇的优秀电影。一个充满喜感实则辛酸的小故事：昔日钢厂的下岗工人陈桂林，靠着一个为人出演红白喜事、促销推广的小乐队，独自抚养女儿、赡养老父。傍了大款的妻子小菊突然归来，争夺女儿的抚养权。女儿对此的回应是：谁给我买钢琴我跟谁。于是，陈桂林试图借钱买琴，"惊"得朋友们四散奔逃；借酒胆聚友去学校偷琴，结果集体遭拘留；万般无奈，剑走偏锋，聚起昔日钢厂的能工巧匠、今日云散的贩夫走卒，要自己造一架琴——钢的琴。造琴之际枝桠横生，致使陈桂林心灰意懒，放弃了对女儿抚养权的争夺。但，最终他们造成了一架钢琴——钢的琴,只因"为兄弟牛一回!为尊严搏一次!"①如此剧情,看似、亦实则一部情节(悲喜)剧,但不同于中产者的小悲欢,小故事里洇染着不止一个大时代的印痕:遥远的,"火红的年代",50—70年代,产业工人、国家的领导阶级奠基了国家工业化进程。并非遥远,却更深地暗哑着的,则是20世纪的最后十年,激变而创楚的年代,曰"壮士断腕":体制转轨、国有大中型企业破产,"人被工厂吐出来","以前,所有人都在一个集体当中,一瞬间,每个人就必须变成一个个的个体,那会儿的沈阳[或所有的老工业区——笔者]就是一盘散沙,所有人都'独立'了"。"这是一个漫长的过程,从1985年开始就陆陆续续有工人下岗,一直绵延到1999年,这么长的一个时间,当时每天每个人都在挣扎,赚到钱也挣扎,赚不到钱也挣扎,有的家庭就妻离子散了,有的受不了了就远走他乡……"并非偶然或过度诠释,这是导演极为自觉的选择:"张猛想做的,是以电影的方式重现那个年代,'讲一个亲情外壳下,失落的阶级的故事'。"②或许最为难能可贵的是,影片并未尝试展示一幅苦难的图画,或标识一段业已淹没的、关于苦难的记忆;相反,这是一卷"极其阳光"的故事,一部恣肆而丰盈的电影。上世纪,当第五代导演刚刚起步,陈凯歌、张艺谋们正年轻,曾由衷地感慨:我们是有吃有喝写忧愁,他们(陕北的乡亲们)可是没吃没喝唱欢乐。但最终,"我们"以光写作出的,仍是些沉重、也曾厚重的故事;其中断然的绝望,只因曾怀抱着一个开敞、尽管空明一片的未来视野。于今,"未来"已至。但"美丽的新世界"里,"你挣钱花钱再挣钱抱着钱生抱着钱死,我们都非常擅于用钱去计算和弥补任何精神的枯竭与损失,所有人都似乎忘了我们是怎么走过来的,所有人都走在钱的云端,盼着云的更高处"③。于是,导演张猛

---

① 影片广告语。
② 记者赵涵漠:《失落的阶级》,《中国青年报》,冰点特稿第804期,2011年8月3日。
③ 记者李东然:《现实与荒诞之间,一架"钢的琴"》,《三联生活周刊》2011年第26期。

为影片的定位是：哀而不伤，含泪带笑①。然而，引子之后第一场，那不无黑色幽默意味的葬礼，则成了对影片的喜剧形态的自反或曰辛辣讥刺：画面在沉郁的苏联歌曲《三套车》的乐曲中渐显，陈桂林的小乐队身着黑雨披在雨中演奏，女中音的歌声自画外传来，镜头平移，显露出着蓝色露肩演出服、披衣、撑黑伞投入演唱的淑娴。突然自后侧画外传来喊声"停！停！停！"（电影摄制中导演特权命令与位置），陈桂林立刻叫停，面朝画面左缘，向画外殷勤请示："怎么的？怎么的？哥？""这曲子听着太痛苦了……听这曲子老人的步伐得多沉重啊？！"试图辩解而为淑娴制止后，陈桂林立刻改弦更张："咱来《步步高》，降B啊……"喜庆轻快的曲调与乐队陡然改变的身体语言令气氛顿然一变，摄影机大幅向左平移开去，显露出一处丧棚，黑纱遗像前跪着披麻戴孝的孝子们，新旧合璧地，挽幛上写着："沉痛悼念母亲"。这一段落终止于大全景画面：老厂区的一隅，空荡的丧棚中唯有纸人侍立，后景中烟囱喷吐着白烟。悲剧的喜剧出演，要求"死者"踏着欢乐的步伐速速离去，出自视觉缺席的权威指令。如果说，片头的这一段在交代下岗后陈桂林们自救的谋生方式的同时，成了影片形态的机智而尖锐的自指——现实悲剧只能以喜剧形态出演（尽管不知道将走向哪里，人们最好步履轻快地嬉笑前行），那么，它同时以对现实与电影叙事的双重自觉，确认了影片举重若轻的主题表述。

事实上，张猛这部情趣盎然的影片，有着相当张扬、一以贯之、可称风格化的叙事形式：正面水平机位，大量的摄影机水平平移运动，人物在画面、场景中的水平调度（画左入、画右出，或者相反）；少数场面调度采取了（相对轴线的）垂直纵深，与水平调度形成了十字交叉参照。开篇伊始，便是正面"乐队指挥机位"，后景是已成荒城的昔日厂区，前景里，主人公陈桂林和妻子小菊并排面对镜头谈及离婚和孩子的归属。似乎是关于电影叙

---

① 记者易东方：《张猛用荒诞照亮现实》，《京华时报》，2011 年 7 月 18 日。

事语言的常识：正面水平机位+水平调度，是大忌，因为它会强化而非突破电影画面——事实上二维媒介的扁平感；而电影教科书告知：电影艺术的魅力之一，便是创造并不存在的第三维度的幻觉。如果再加上水平平移运动，似乎更是禁忌之忌：关于故事片叙事的金科玉律之首，是隐藏起摄影机/叙事行为的存在；为摄影机运动提供人物视点及心理依据，正是成功隐藏摄影机的惯常手段之一。于是，摄影机运动的基本形态推、拉、摇、移、升、降之平移，因其暴露了机械运动特征、难于伪装为人眼观察事物的方式，便成为甚少单一使用的运动形态（除却为了特殊效果）。而张猛以身犯险，却不只是全身而退，而且是以这份看似"非电影"，乃至"反电影"语言形态成就一份丰满、原创的电影表达，而且绝非所谓艺术电影的形式的自我凸显或自我暴露，或曰电影人的"赤膊上阵"，相反，不无极端的语言形态神闲气定地妥帖于故事，在成就了古灵精怪的喜剧风格的同时，举重若轻地传递着影片的题中之义。

生动而内在地，影片的风格化的语言间的悄然变奏，已然"不着一字"地铺陈着电影作者的社会体认。事实上，片头字幕之后，妻子小菊字斟句酌、不无自辩但几无情感的对白已从黑幕中传出："离婚，就是相互成全，……"画面渐显，对白继续："你放我一马，我放你一马的事儿。"乐队指挥机位，稍仰角的镜头中，这对（前）夫妻比肩立于前景，毫无视线碰触地面对前方，后景是空旷、颓败、气势犹存的厂区建筑。继而，镜头切换为两人的正面水平机位的单人中景，分切的画面对应着已形同路人的夫妻关系，对应着陈桂林漠然而干脆的回应："离婚就是离婚。别扯那些没用的。我同意。"此场景拉开这幕婚姻/家庭荒诞喜剧的序幕，如同此后另一幕低角度平移机位跟拍陈桂林在摩托车上和后座老父的对话："小菊回来了，要跟我离婚。我同意了。她跟了个卖假药的，挺幸福的。她终于过上了那个梦寐以求的不劳而获的生活。"一幕家庭黑色喜剧，或一位父亲的悲剧。但不仅于此。它同时是关于一个阶级的故事，一个酷烈却不可见的时代的背影，一个遭遗忘的年代的神奇再现，同时，也许是一个未来乌托邦的重置。

影片的前半部，正面水平机位与中后景里的墙、门或窗相组合，形成了狭仄尽管未必是闭锁的视觉与空间表述，有趣地形成了对陈桂林们的社会位置与社会生存的显影。而当摄影机平移运动令或坐或立、处于静止状态的人物渐次偏移、出画，而他们的声音、对话却继续延续时，陈桂林们，他们的阶级所经历的由社会中心到边缘，进而跌入曰底层的幽冥处的历史"宿命"便获得了举重若轻的视觉演绎。与此相对应的，则是影片的前半部，场景中的人物不时为碍眼的前景所遮挡，尽管这完全可能出自小成本电影实景拍摄的无选之选，但在《钢的琴》里，类似构图却颇为精当地成为主人公社会处境与现实地位的旁注。此间，包含例外的两处，清晰地呈现了这份视觉表述的原创和意蕴：一是造钢琴的过程之中，淑珍情急之下揭出了残酷的真相："这钢琴就是做成了，小元你也留不住！"之后，摄影机稍推落幅呈现着黯然而空荡的车间。继而在近乎轻快的手风琴的音乐伴奏下，夜色中、画面纵深处，小菊、小元母女手牵手地、亲昵地向前走来（事实上，影片中小元是近乎唯一一个始终占有空间纵深的角色。这意味着陈桂林为女儿构想的美好未来？还是仅仅指涉着孩子可能在对父亲或母亲的选择中改变自己——诸如胖头的女儿的阶级身份及宿命？），前景里、焦点外，一个模糊的身影由右及左掠过镜头——那正是骑在摩托车上的陈桂林。镜头切换，正面机位拍摄厂区宿舍楼下，小菊仰视、目送女儿上楼，而后自右侧出画，即刻，骑着摩托车的陈桂林自左侧入画，目视着（前）妻离去，显然心中百味杂陈。镜头切换，屋内陈桂林笨拙而专注地在灯下为女儿编织毛裤——不仅是妻子离家、陈桂林又当爹又当娘的艰辛，而且是对照中爱与付出已无法"折合"为做父亲的"成本"，画面渐隐。另一处则是陈桂林终因无法"支付"做父亲的"成本"，而身心俱疲地放弃了对抚养权的争夺，场景、机位再度重现了序幕。只是这一次，正面水平的常规机位取代了乐队指挥机位，（前）夫妻比肩并面对的双人中景不再岿立，甚至矗立在画面之上——某种抗争命运的姿态，而是在水平机位中降到画面下三分之一；摄影机则在实质性的对话（"小元还是跟你走吧。""你到底怎么想的？""我也不知道。""你不会怪我吧？"）之后，径自笔直地穿过二人向前推去，名副其实地将他们"推"出画面，在颓败厂区的空镜中，两人不无温情的对白在继续："时间过得真快呀，一晃小元都长这么大了。""就跟昨天的事儿似的。""想一想她刚生下来的时候才六斤多……""六斤四两八。""六斤四两六。"……"我怎么能记错呢？我生的我还能记错？""我称的我还不知道吗？"劳燕分飞的夫妻间不无稔熟感的对话不仅填充了这一幕尴尬难言的时刻，而且间或标识了某种影片叙事的自觉：不仅是曾共有的生活已成追忆中无法追忆的过去；甚至记忆中最简单的事实，也不可能成为共识中的确认。或许可以说，正是这段家长里短的对白，间或成了对影片形式逻辑的戏谑自指：水平机位、平移（+纵深）调度为影片场景赋予了舞台、舞台剧之感；相对于电影空间，类似视觉呈现则成为叙事假定性的自我暴露。但其参照性的指涉，或许正是曰现实主义的形式透明或曰真实幻觉，不时、甚或经常充当的正是现实的遮蔽物，或逼真赝品。重要的，或许并非数据的证明，"真实"的再现或再现的真实，而是记忆与情感结构的力度。

然而，更为有力的，是影片形式语言的展开和变奏。当陈桂林成功地"忽悠"了昔日工友——50—70年代特定的大工业生产所造就的精英人才/能工巧匠重聚车间造钢琴之时，摄影机渐次减少了、最终停止了高度自主的、不时"抛弃"人物的运动方式。不仅画面的纵深调度开始出现，水平固定机位（不时是乐队指挥机位所形成的仰角）记述了当他们重返工厂空间、重拾协作劳动时，他们便在不期然间再度获得了尊严、荣誉感，尤其是，劳动与创造的快乐。其中潇洒的蒙太奇段落，是近景、特写镜头中不同工种、工序中的个人劳动场景：专注、自如而从容——人再度主导了画面，掌控了摄影机运动的方式与节奏。此间的平移运动变成了对人物的同步跟拍，间或/同时成为展现不同劳动程序间的工厂长卷画。而影片的最后段落，在陈桂林放弃了对女儿的争夺之后,并非突兀地出现了视觉高潮:伴着乐队协奏、红裙热舞,人们再聚车间造琴,并造成了一架钢的琴。这一段落以三个快速切换的纵深垂直调度的镜头先导——并非在谋生或赚取为父之"成本"的意义上再聚的群体陡然间获得了空间/社会纵深;继而是颇具昔日"工业题材"电影特有的象征工业化及工厂生活活力的"钢花四溅"的浇铸镜头。此段,乐队指挥机位主导着多数画面。如果说,这一机位勾勒出一处舞台,那么它也指认出一尊群像,一位主体——历史中的、也是现实里的主体位置;同时,这一机位组织起我们/观众仰视的目光——朝向劳动与创造的奇迹。

当《钢的琴》成了"2011年口碑第一片",关于这部电影的描述便始终在矛盾修辞法之间:现实/超现实,真实/荒诞。对于此,笔者的联想是:昔日,众多的拉美作家如此回应欧美文学评论家对其作品的命名——"魔幻现实主义":没有魔幻,只有现实,我们自己的现实,拉丁美洲的现实。或许,这一次,张猛亦可如他们一般回复关于影片荒诞/现实主义的指认:没有荒诞,只有现实。老工业区的现实,下岗工人的现实。

令人们难于为影片定位的,除却影片的语言形态,最为直观的因素,便是不时插入、间或中断了叙事连续的歌舞(片?剧?)段落。当然,这可能是剧情内的陈桂林赖以为生的小乐队的"卖艺"场景,更是那些发生在为舞台追光所勾勒的、非叙事时空中的场景。乘酒兴,或曰借酒胆集体出发盗琴,成为悬挂着猪肉的冷藏车上的一幕歌舞;盗琴未遂遭警方拘留的场景出演为漫天飞雪间陈桂林优雅如钢琴家般的、出神入化的演奏;当然,为人们津津乐道,亦为某些人略感疑惑的,是高潮段落的大歌舞:以纵深调度推进的车间轨道车上,陈桂林引导的乐队造型演奏,画面与拉丁舞曲音乐同步,热烈而昂扬地正面闯入;淑娴引导着女性曳地红裙、男性白衫黑裤的斗牛士之舞的方阵;大歌舞场景平行剪辑着造琴小组在默契、协调的配合下,完成钢构架的钢琴组装的蒙太奇段落。酣畅淋漓,回肠荡气。

于笔者，正是这些"舞台演出"式的、载歌载舞的段落，或曰歌舞片元素，是影片迷人而意味深长的构成之一。明快饱满的歌舞、演奏确认了一份拒绝悲情的姿态——尽管悲情政治一向是曰"底层"、曰"弱势群体"的有效的自我显影、实践动员的手段。所谓悲情政治，一则历数敌手的不义，一则呈现自身陷落的苦难，通过"朱门酒肉臭，路有冻死骨"式的对照，呼唤社会的瞩目与变革的举措。然而，一边是20世纪的历史遗产表明，敌手的不义并非天然成为自身的正义，自身的正义性必须经由自己的理论与实践的探求；另一边则是20世纪沉重的遗产——新的全球共识已然成功地抹除了20世纪文化曾赋予苦难的道德优势。因此，当新自由主义、全球化、金融海啸所造就、加剧的失业议题自世纪之交已弥散全球，但屈指可数的呈现这一议题的电影（即使暂且搁置好莱坞堪称出神入化的、现实问题的想象性解决：《当幸福来敲门》《新抢钱夫妻》《在云端》等等）：英国影片《光猪六壮士》、西班牙影片《失业的日光浴》等都采取了悲喜剧而非悲剧或正剧的叙事形态。但在《钢的琴》中，歌舞场景及段落在形构着拒绝悲情之姿态的同时，成为一个或许无意识、却意味深长的能指，提示一个逝去的时代，其中的工厂/单位文娱生活——社会主义文化、呼唤社会主义新人的尝试。此间，《钢的琴》之拒绝悲情的姿态，还在于影片并未刻意凸现物质贫困之于剧情及意义的位置。毋庸赘言，物质的匮乏，或贫困——生存必需品的短缺，无疑是现代世界阶级事实的核心，是个体生命中痛苦的无助与悲哀。因此，这也是90年代中后期，中国文学艺术之"分享艰难"书写的落点。《钢的琴》并未回避剧中人生活中的物质性贫困，但剧情的焦点——能否为孩子提供一架钢琴，便将其落点由生存转移为"财富"。钢琴，绝非生活中的必需品，即使对于今日中产阶级说来，钢琴也属奢侈品，而非必需品。因此，其意义已不复温饱意义上的贫富，而是转移到"因父之名"的层面上。似乎无须细查，我们已知晓，起始于80年代，急剧于90年代的"经济体制改革""国有大中型企业转轨""失业冲击波"，意味着一个数以千万计的社会群体——昔日国企职工因此而从社会生活、消费意义上的"中间层"("中产阶级"？）坠落为社会"底层"、贫困群体。但与之相关的讨论与呈现，几乎都在有意无意间忽略或曰回避了这一过程的另一个、也许是更为重要的面向：昔日国企工人的社会地位，尤其是文化与象征意义上的地位之剧变。这里所说的，不只是所谓披挂在工人阶级头上的"神圣的政治光环"的熄灭，而且是如刘岩极为尖锐且明敏地指出的："同样重要的是，工人作为父亲的符号性死亡"；"当陈桂林试图通过获得一架钢琴来留住女儿时，他一方面是要作为男人和父亲而雄起，另一方面，却是臣服于新的符号秩序，他幻想用一件物品换取自己的父亲身份，但是在这个交换价值主导的世界里，他永远无法获得父亲之名。"① 也正在这一精神分析/政治的象征层面上，影片的诸多插曲中最为意味深长的，是厂区烟囱的段落。对此，张猛可谓铺陈。先是陈桂林贡献"创意"以"忽悠"汪工；继而则是被弃的车间门前密集的自行车、摩托车给人以恍如隔世的职工大会的错觉，其内汪工站在高处为挽留这两根将被定向爆破的烟囱深情演讲（尽管此时他画在黑板上的演示图：将烟囱改造/化装为火箭、长颈鹿或蹦极起跳点……带有十足的黑色幽默），反打镜头切换为下面专注倾听的（前）工人们庄严的中近景画面。汪工演讲的结束语耐人寻味："如果我们成功了，这将是一道亮丽的风景；失败了，将是一段美好的回忆。" 若说黑板上专业而滑稽的图解对应着现场的一派挚情；那么深挚的结语则隐含着辛辣的反讽。关于昔日工业化或曰社会主义时期的历史/空间，于今日，即使得以幸存，也必得改造为消费地平线上的"一道亮丽的风景"，诸如《24城记》中保留区或798里的灯红酒绿，而更多的只能是"回忆"，不如说是"记忆"，几乎不曾被讲述，也无从讲述，却难于忘怀的所在——尽管对于怀抱者说来，这记忆无疑"美好"。其后，在陈桂

---

① 刘岩在北京大学电影与文化研究中心 2011 年 10 月 28—30 日举行的国际学术研讨会"再现：历史与记忆"上的发言。蒙作者提供原稿。

林身心俱疲地放弃了造琴与女儿抚养权的争夺之后，是众人聚在坡上目击了烟囱爆破的场景。在《钢的琴》中，张猛并未直接借重任何精神分析的主干或支脉（或许因为尽管有齐泽克将精神分析政治化的努力，但精神分析的登场，常意味着历史或社会场景的个人化/情节剧化，而不是相反），但他极为清楚地点明了烟囱插曲的象征意：“那两个烟囱就是工人阶级的阳具，唰唰割掉，不要再废话，从这一刻起跟你没关系了，我们把旧工业时代推掉了，我们进入了全新的工业时代。”①因此，爆破烟囱不仅是陈桂林无奈放弃女儿段落的情绪延伸与复沓，而且是对"工人作为父亲的符号性死亡"——一个直截了当的阉割场景。

或需进一步展开的是，笔者之所以认为昔日工人阶级对"父之名"——国家主人公、领导阶级身份的占有，不只是"政治光环"，是因为这一身份有其极为真切的经济基础：为所有制——国有企业之"全民所有制"——所认定并支撑。尽管在50—70年代，中国的现代化与工业化过程中，中国特色的、"以劳动替代资本"的原始积累，令所有制形式未能直接体现为分配制度，却成就为特定的社会生产与社会组织形态：单位制。后者不仅是一套有归属、有保障——生老病死有依靠的制度，而且实践着一套不同于资本主义的、生产社会化的过程，实践着一种不同的生活与文化方式。这便是张猛的相关记忆与剧情线索的由来：“这些整日里与钢铁为伍干着粗活的糙爷们，个个能吹拉弹唱，骨子里尽是柔情，站在车间里，也丝毫不妨碍他们张口就唱，这本身就是一幅现实与荒诞迷人结合的画”②，或是他不经意间发现的那架工人自制的钢琴③。这显然不仅或并非出自东北地方特色，而是单位制内部

---

① 记者姜弘：《"我不造猎枪，我只造钢的琴"——三个东北人弄出〈钢的琴〉》，《南方周末》，2011年7月14日。

② 《张猛解密〈钢的琴〉，感动在现实与荒诞之间》，http://ent.163.com/11/0630/11/77PTLSJL000300B1.html。

③ 记者姜弘：《"我不造猎枪，我只造钢的琴"——三个东北人弄出〈钢的琴〉》，《南方周末》，2011年7月14日。

的"业余文化生活",或"群众文娱活动"的昔日创造或今日遗迹。正是为此,昔日的大厂工人,至少是其中的一部分,才可能既是造琴人,又是演奏者①。

  导演张猛对剧中人的描述是:"失落的阶级"②。这一称谓不时被媒体改写为"消失的阶级"。此表述,尤其是其转写版显影了一个社会视域的盲区:这里的"阶级",设若是指一般意义上的"工人阶级",那么,20世纪80年代以降,他们的确在政治、经济、文化的意义上经历着全面"失落",却绝非消失:在数千万国有企业工人被巨型工厂"吐"出来(或如纪录片《铁西区》的个案中,数万人不仅转瞬间被逐出了生产空间,而且很快被逐出了"单位"生活区——一片破旧却可栖身的厂区宿舍),首先在沿海地区,雨后春笋般涌现的各式(来样来料)加工厂却同时以空前巨大而健硕的胃口"吞"进了逾亿的"打工仔""打工妹"——农村工。"工人阶级"非但不曾萎缩,遑论消失,反而空前的规模壮大。人们绝少将两者放在一起考察,固然由于主流话语及媒体有意识且有效地隔绝了"下岗工人"与"农民工"的论题;但同样重要的是,尽管同为工人,同样从事工业生产与工厂劳作,但其阶级地位却天壤有别。因此他们确非同一能指可指代的人群与生存。即使对于国企说来,"国营"到"国有",一字之差,改变的是所有制与产权。昔日工人阶级,作为宪法所规定的领导阶级、国家的主人公、"共和国长子",其"政治光环"奠基于所有制基础。不仅是意识形态,而且是劳动者产权,创造出了不同的主体位置,创造了不同的生产关系。在影片中,配合着陈桂林喜剧性的(王朔式戏仿的)语言"有困难要上,没有困难创造困难也要上"(其原本是大庆工人"铁人"王进喜的豪言"有条件要上,没有条件创造条件也要上"),是江工平易的回复:"我还是那句话:

---

① 刘岩文。
② 记者赵涵漠:《失落的阶级》,《中国青年报》,冰点特稿第 804 期,2011 年 8 月 3 日。

没有敢想敢干敢拼的精神，那不是咱们工人干的事儿。"如果说后者同样是昔日的"套话"，那么影片所呈现的奇迹：从零开始、从无到有地造出一架钢的琴，却在告知我们不同的生产关系、主体位置及自我想象，确乎曾创造着不同的生命，也曾是全新的社会群体。

令人思绪低回的是，《钢的琴》几乎是绝无仅有的一部故事片，提示起20余年前那如同海啸般地掠过数千万人的生命，也彻底改变了中国社会的变迁。但令笔者叫绝的是，与其说，《钢的琴》清晰地标识了那场曾倾覆了数千万人生命轨道的岁月，不如说，影片成功地铭记了与那段岁月一起遭遗忘的"前史"，那段曾称之为"火红的年代"的岁月；尤其是那段岁月中的人，有尊严、有激情、有想象，富于创造力的人。当"大写的人"作为一个有效的社会修辞充溢了中国"视屏"，我们不曾感知的，却是悄然抹去了别一价值系统中的"真正的人"。影片中最具"煽情"效果的感人段落，是"黑帮老大"季哥重新穿起工装，娴熟、专注地翻铸砂型；当民警到来告知他案发之时，他只是淡定地回答："我还有点儿活没干完。完了跟你们走。"而后从容地启动拖轨，在细心检视砂型之后，他走向陈桂林，平常而郑重地交代："桂林，砂型没问题。我的活儿完了。"而后大步流星地向车间大门走去，垂直纵深调度的画面中，逆光拍摄的车间大门在后景中央勾勒出光雾明亮的框中框，将季哥和两旁的警察嵌在中间；稍后，季哥的爱犬由下缘跃入画面，朝向纵深追赶主人。场景多少带有香港黑帮片的韵味；但此处，令人回肠荡气的不只是义薄青天的兄弟情，而且是劳动者的尊严、职业技能的自豪及丧失了劳动权力后的无望和黯淡。

事实上，正是围绕着季哥这一配角，影片以光影之笔勾勒昔日产业工人阶级历史命运的一幕微型剧：上一场景之前，在那组饱满的蒙太奇：车间各工序（而非流水线的）劳动场景的最后，是季哥铸成砂型。继而，透过烤炉的双门，以框中框/微型舞台的画面拍摄季哥将砂型吊装在轨道车上，而后众人合力将其推入烤炉。炉门便在观众面前缓缓关闭，如落幕遮掩了舞台上集体协作劳动的场景,或渐隐没去了一幅着蓝色工装的车间集体照。一个时代的落幕,或一个阶级的陨落。而前所论及的季哥被捕的场景,则正是以炉门开启显露出他劳作中的形象;片刻之后,这形象将在众人,也是观众的目送中消失于一片空明。故而,影片以迟到的、临渊回眸的一瞥,朝那未曾悲悼便已然逝去的时代和那时代中英雄的群体送上了饱含敬意的注目礼。在陈桂林试图挽留女儿的剧情主线之畔,剧情插曲不着痕迹地充实了这幅情深义重的"阶级"画面。"快手"(退役小偷)和"胖头"(全职混混)的辅线,可以说和季哥故事共同构成了"下岗"之后人们绝望挣扎、无助堕落的幕后景;而为了"缉拿"令胖头女儿未婚而孕的"元凶",二人的和解及倾巢出动的场景,则再度以黑帮片式气势,呈现了同命运者的认同与结盟——只是,这一次"全世界无产者联合起来"再度退还为"四海之内皆兄弟"。然而,电影院/台球厅中的"火并",不过是面对着几个无所事事的孩子——不是恶棍,甚至难称不良少年。一群杀气腾腾的男人只能以一句"滚蛋"结束这场追凶缉拿。胖头女儿的故事只是下岗"海啸"过后,工人区青少年生活的冰山一角[①]。

《钢的琴》毫不矫情且拒绝悲情,但饱满的情感却无疑是影片迷人制胜的重要元素之一。毋庸置疑,这首先是导演本人朝向父辈——昔日中国工人阶级——高度认同却隐忍的激情与创楚;但影片情感的直接呈现,却无疑是其音乐——张猛极为自觉地选取的苏联、东欧的音乐。对影片文本,也是对曾亲历那段历史的观众来说,类似音乐直观而稔熟地指称/提示着20世纪下半叶那段特殊而炽热的年代("我一直在说,谁还能做到社会主义配器方式的音乐,我们就用谁的音乐,所以我选择了大量俄罗斯的、东德的音乐,因为

---

① 有趣的参照,是王兵的《铁西区》第二部《艳粉街》中厂区青少年的生活;而后者则与60年代英国新电影中的类似呈现惊人地相似,这与其说是某种互文关联,不如说是历史与现实的错位重叠。

它还保留了那种细腻的存在"①），亦由于这些音乐的旋律和节奏型成功且内在地形构并再现了前社会主义国家所经历的社会化的工业进程②。尽管这些音乐与片中的流行歌曲形成反差，但不仅一如片中的流行曲，类似乐曲不时地以错落而非单纯对位的方式，与剧情形成色差。有趣的是，对于影片的预期观众（新一代的青年观众）来说，音乐与其说是直接钩沉出记忆的潜藏，不如说这些其生命与记忆之外的音乐，在成功地将叙境：昔日大厂空间与工人生活陌生化的同时，赋予其已遭放逐、遗忘的意味。类似音乐一如影片颇具匠心的摄影机机位、构图与调度，令老工业区在陌生化的观照中获得了一份奇特的美感——混杂着现代荒城与人间气象的美。经由音乐，但不仅是音乐，《钢的琴》触动着我们的情感，那种在今日这个滥情时代尤感奢侈的情感。正是情感唤回了影片特定的空间、氛围，演员们的特定的身体语言：亲昵而舒展，昂扬而自得，一个恍如隔世的时代的身体铭写与记忆；也是情感启动了记忆锈死的闸门。事实上，在中国电影难得一遇的，是《钢的琴》不仅在青年电影观众中唤起了他们的童年记忆：那工厂大院中的生活，其时其地的氤氲与价值；令其忆起了自己曾荣耀的、身为工人之子/女的身份；而且触发了社会性的话题：在公共论域中几乎是首度提及"国营大中型企业转轨"故事中"沉默的另一面"，那袭向数千万人生命的失业海啸③。

此间，为情感所启动的记忆，在一个特定的、为评论者与观众所设定的互文坐标中显现了别样的意义。关于《钢的琴》，几乎每个媒体访谈和众多传统媒体及网络影评都提及了一组有趣的参照：前南斯拉夫导演埃米尔·库

---

① 记者雪风：《导演张猛专访：能坚持，就再坚持一下》，《电影世界》2011年第6期。
② 事实上，战后东德仍是苏联社会主义阵营中工业化程度最高的国家。《钢的琴》大量选择东德而非其他前社会主义国家的音乐，或许正意在于此。
③ 吴晓波：《中国工人阶级的忧伤》，原载英国《金融时报》2011年7月20日，转引自中国评论新闻网《〈钢的琴〉见证中国工人阶级的忧伤》，http://gb.chinareviewnews.com/doc/1017/7/2/1/101772135_2.html?coluid=59&kindid=0&docid=101772135&mdate=0720080752（访问日期：2012年5月31日）。

斯图里卡的《地下》及德国导演沃尔夫冈·贝克的《再见，列宁》。于笔者来说，这组互文联想的浮现本身便极为耐人寻味。因为除却"荒诞"的命名，《钢的琴》与《地下》并不相类；除却黑色喜剧的定位，影片亦与《再见，列宁》亦不相干。这组互文联想的节点，凸显了某种历史情境关于前社会主义国家的、跨越了冷战/后冷战年代的电影书写。导演的回应是："《地下》也好，《再见，列宁》也好，实际上都在描绘变革时期人们内心的波澜，我很满足能在情绪上和这些大师作品达到一定的相似，这说明我捕捉到了类似的情绪。虽然我们所经历的变革，远不及柏林墙一瞬间倒下那般暴烈，但实际上这些具体的普通人感受却是相通的，在我看来，这正是难于捕捉的，也是最值得用电影记录和表达的。"①的确，这在后冷战20年来的中国电影中鲜有先例：导演敏锐而深刻地感知并回应社会与现实，同时对历史保持着高度的清醒。然而，除了被叙对象与历史语境的类似，《钢的琴》不同于《地下》的，还在于《地下》是一幅旧日历史的后现代"整体"漫画像，而《钢的琴》则是一幅微观"全景图"。《钢的琴》不同于《地下》的，更在于叙事基调的迥异。于库斯图里卡，那是十足的游戏与荒诞：也许双眼含泪，但鼻孔里同时喷出两股浓烟，其朝向历史的犬儒姿态，令那浓烟是如此磅礴，乃至我们无法看清其眼中的是泪水还是狡黠的笑意；于张猛，则是认同与郑重间的款款深情："电影似乎也是唯一能使我回望那段生活的方式。实际上我自己对于那个时代充满了眷恋，在那个集体生活中长大的回忆是很美好的，也不仅是'大锅饭'三个字就能概括所有。"②"我是说我们别把我们社会主义的本质，把我们每个人内心，就是深深烙在你心里的那种红色的东西，那种追求忘掉，忘掉以后，我们的影像一点性格都没有了，一点个性都没有了。"③同样，当《钢的琴》以情感开启了遭封存的记忆，于这部的

---

① 记者李东然：《现实与荒诞之间，一架"钢的琴"》，《三联生活周刊》2011年第26期。
② 同上。
③ 记者雪风：《导演张猛专访：能坚持，就再坚持一下》，《电影世界》2011年第6期。

确颇为后现代的影片延伸出（《地下》里彻底扁平了的）历史纵深，但其间"没落的阶级"显现的不只是背影，不只是缅怀、悲悼或守望的"黄昏清兵卫"，而是在历史纵深间陡然开敞的未来视野。

已逝之事，勾勒并召唤的也许正是未来之人。

2012年5月完稿于台湾新竹

戴锦华

毕业于北京大学中文系。曾任教于北京电影学院电影文学系，现任教于北京大学比较文学与比较文化研究所，为北京大学人文特聘教授、北京大学电影与文化研究中心主任。从事电影、大众传媒与性别研究，开设"影片精读""中国电影文化史""文化研究的理论与实践""性别与书写"等数十门课程。著有《浮出历史地表》《雾中风景》《电影理论与批评》《隐形书写》《涉渡之舟》《昨日之岛》《性别中国》等；专著与论文被译为韩文、日文、德文、法文等十余种文字出版与发表。

但丁的"俗语"*

陈 纳

在《共产党宣言》意大利文版的前言中,恩格斯说:"封建的中世纪的终结和现代资本主义纪元的开端,是以一位大人物为标志的。这位人物就是意大利人但丁,他是中世纪的最后一位诗人,同时又是新时代的最初一位诗人。"①恩格斯如此赞誉但丁(1265—1321),不仅因为但丁是"欧洲三千年来的顶级诗人之一",还因为但丁对现代意大利语言发展的重要贡献。但丁是第一位用意大利语创作和发表重要作品的人,其不朽诗篇《神曲》不仅是欧洲文学史上的一座丰碑,而且为现代意大利语的发展奠定了基础。为了倡导用意大利语写作,但丁还专门撰写了论文《论俗语》(*De vulgari eloquentia*)。但丁的《神曲》则是意大利"俗语文学"的第一大作。

然而,究竟什么是但丁的"俗语"?应该怎样理解但丁的"俗语"?这些问题必须置于意大利乃至整个欧洲的历史文化语境中探讨。

意大利所在的亚平宁半岛以及周边地区,在远古是一片多族群和多语言(所谓Italic languages)并存的地方。在公元前9世纪前后,当时的拉丁语仅是诸多意大利古代语言的一种,是半岛中西部拉丁姆地区(今天罗马城及周围地区)的一些农牧业部落的语言。相比之下,当时的拉丁语还是半岛上影

---

* 本文为一篇学术随笔,原载范丽珠、陈纳主编:《全球化与对话(第二辑)》,北京:中国社会科学出版社,2024年,第172—184页。本次刊用,略有修订。

① 弗·恩格斯:《1893年意大利文版序言》,马克思、恩格斯:《共产党宣言》,中共中央马克思恩格斯列宁斯大林著作编译局编译,北京:人民出版社,2018年,第24页。

响较小的一种语言，并没有任何迹象表明这种语言将会在欧洲甚至整个世界范围内开创出辉煌的未来。① 拉丁语的发展受到诸多因素的影响，学界对这些影响的细节有不同的观点，但有一点是无可争议的，即古希腊的语言和文化对拉丁语的发展有着巨大影响。尽管从语言学意义上来说，拉丁语与希腊语属于印欧语系中两个相对独立的不同语族，但拉丁语字母系统的产生是希腊文化对意大利半岛影响的直接后果。② 希腊通过其在意大利半岛南部及周边岛屿的殖民地，首先在文化上（包括字母和书写系统）影响了当时意大利的较大的族群Etruscans，而后者在发展壮大以后又进一步影响了半岛上包括拉丁族群在内的其他族群。

随着罗马的兴起和发展，作为罗马官方语言的拉丁语越发活跃，拉丁语在罗马共和时期逐步标准化，成为一种具有严格规范的语言。③ 然而，强盛的罗马在其扩张过程中采取了相当开明的语言政策，在与异族交往中显示了高度的灵活性。"罗马并没有将拉丁语以暴力强加于被征服的族群。在新征服的土地上，拉丁语与当地的语言同时存在，而不是以法律或其他强制的手段取代当地的语言。在语言问题上，罗马人更倾向于让被征服的民族采取主动，由他们自己提出接受和使用拉丁语的要求。"④ 在这一点上，罗马人的扩张与亚历山大的扩张形成鲜明的对照——亚历山大在征伐过程中将传播希腊语言和文化作为一项重要使命，在其十几年的军事扩张过程中，希腊语言和希腊文化的扩张如影相随，为后来大面积的希腊化做出铺垫。

罗马的语言政策，一方面体现了作为征服者的罗马人之高傲和自信，一

---

① Benjamin W. Fortson IV, *Indo-European Language and Culture: An Introduction*, Oxford: Blackwell Publishing, 2004, p. 245, also "Map 13.1 Languages of ancient Italy" at p. 247.

② Ibid., pp. 245—246.

③ James Clackson and Geoffrey Horrocks, *The Blackwell History of the Latin Language*, Oxford: Blackwell Publishing, 2007, esp. Chapter 5.

④ Bruno Rochette, "Language Policies in the Roman Republic and Empire, " trans. by James Clackson, in James Clackson, ed., *A Companion to the Latin Language*, Oxford: Wiley-Blackwell, 2011, p. 549.

方面也是对被征服者的怀柔感化策略。拉丁语作为罗马人的语言，自共和时期就是与罗马民族的荣耀（the *maiestas* of the Roman people）紧密相连的；①而在被征服的民族面前，拉丁语则是体现征服者的尊贵地位的象征。共和时期的制度规定，采用拉丁语作为公共场合的语言是一种特权，那些被征服的族群如果要在公共场合使用拉丁语，必须获得罗马方面的恩准。Cumae曾专门讨论了接受和使用拉丁语的利弊，他指出，对于被征服者来说，采用拉丁语既有利于解决许多信息沟通的现实问题，同时也加强了与征服者的认同，拉近与罗马的关系，提升自身的社会地位。②从人类文明史的发展过程来看，这种表现在语言上的罗马化现象，正是不同文化之间交往和同化过程的重要组成部分。

不过，罗马语言政策所带来的不同民族文化之间软硬实力的较量，并非总是由罗马占上风。其中最微妙的关系见于拉丁语与希腊语之间的互动。在罗马所征服的土地上，讲希腊语的东部地区占据了半壁江山。即使在被罗马征服和统治的许多世纪里，那里的人们在日常生活和公共场合都继续普遍使用希腊语；无论是在当地人自治的城镇还是在罗马人新建的占领区，行政管理部门的日常语言仍然是希腊语，而拉丁语则主要用于地方官府与罗马中央机构的文书往来。③意味深长的是，罗马对于东部地区的征服并未促成当地大规模的罗马化，反而因为罗马征服者与希腊文化的广泛接触和交流而加速了罗马自身的希腊化。对此，公元前1世纪的罗马诗人贺拉斯曾深有感触地说："被征服了的希腊，却征服了其野蛮的征服者。"④事实上，在罗马兴亡的千年历史中，罗马人始终保持着对希腊文明的仰慕。凡是社会精英或是受过良好教育的罗马人没有不懂希腊语的。有人认为，罗马共和国和罗马帝

---

① Bruno Rochette, "Language Policies in the Roman Republic and Empire, " trans. by James Clackson, in James Clackson, ed., *A Companion to the Latin Language*, Oxford: Wiley-Blackwell, 2011, p. 557.
② Ibid., pp. 552—553.
③ Ibid., p. 549, pp. 554—556.
④ Ibid., p. 550.

国从一开始就是以希—罗双文化，并在一定程度上希—拉双语，为特点的。①

无论怎样，罗马连续数百年的兴旺发达和随之而来的拉丁语扩张还是导致了周边其他语言的衰落。到了奥古斯都改制的帝国时代，拉丁语已经成为意大利地区的主导性语言，那些昔日与拉丁语共存于亚平宁半岛的诸多语言要么已经消亡，要么已经沦落到无足轻重的地位。② 就罗马帝国的整个疆域而言，拉丁语在西部的省区已经得到了广泛的使用，虽然在某些区域（尤其在社会下层的人群中）本地原有的语言仍然延用了相当长的时间。拉丁语的普及，除了与罗马的兴旺发达以及与征服者的身份、地位等因素相关，还有一些制度性的规定发挥着作用。例如，拉丁语是罗马军队的通用语言，来自帝国不同区域不同族群的人参与罗马大军南征北战，必须习用拉丁语并为由此获得的文化身份感到骄傲；同时，拉丁语也是罗马的法律语言，罗马法律的制定、解释和实践都离不开拉丁语（尽管在外省的法律事务中允许一定程度的希腊语和其它非拉丁语的使用）；再者，散布于帝国境内所有的皇帝敕令的碑文以及军功纪念的碑文也一律用拉丁语。③ 即使在帝国的东部省区，虽然希腊语是通用的语言，但由于罗马统治权的长期存在，还是在各地造成了不同程度的希腊—拉丁双语并用的情况。

任何一种活的语言都是变化中的语言，无论是口语还是书面语都是这样。而在具体变化的过程中，这两者的变化往往又是不同步的；随着时间的迁移，口语和书面语之间的差异将会增大。就拉丁语而言，一方面，其变位变格等语言规则相当复杂，而发达的语法学和修辞学的传统以及系统的人文

---

① Alex Mullen, "Latin and Other Languages: Societal and Individual Bilingualism, " in James Clackson, ed., *A Companion to the Latin Language*, Oxford: Wiley-Blackwell, 2011, p. 527.

② Bruno Migliorini, *The Italian Language*, abridged and recast by T. Gwynfor Griffith, London: Faber and Faber, 1966, p. 17.

③ Bruno Rochette, "Language Policies in the Roman Republic and Empire, " trans. by James Clackson, in James Clackson, ed., *A Companion to the Latin Language*, Oxford: Wiley-Blackwell, 2011, pp. 554—557.

教育在很大程度上限制了书面语发生过大变化；另一方面，有着较大灵活性的口语表述则在持续变化，而帝国时期频繁的跨文化事务和人员交往也促进着口语的变化。到了罗马帝国的晚期，拉丁语的突出特点之一就是口语与书面语之间的差距越来越大。① 在这一点上，即使在帝国的大本营意大利也已成为一个显著的社会问题，而外省的情况则更为严重。这就为拉丁语后来的进一步演变和分化，以致最终沦为一种"死语言"，埋下了种子。

与拉丁语的使用和发展相关的一个重要因素是基督教。当基督教于1世纪在罗马帝国的东部（即今天中东一带）刚刚兴起的时候，教会使用的语言是希腊语。《圣经·新约》的原始版本也是用希腊语写成的。即使在使徒们将基督教传至罗马的时候，那里的早期基督教社群的语言也是希腊语，无论是教会的礼拜仪式还是使徒的书信往来，所用的语言都是希腊语。直到2世纪晚期，维克多一世（Pope Victor，故于199年）担任罗马主教的时候，那里教会的礼拜仪式语言才开始改用拉丁语。而拉丁语正式成为罗马天主教的官方语言则要到教宗达玛稣一世的任期（Damasus I, 366—384）之内，即公元380年基督教被正式定为罗马帝国国教的时候。② 在拉丁语成为一个神秘主义宗教的官方语言后的数百年里，一方面，早期教父们通过翻译和写作在语言文字方面形成极大影响，另一方面，借着教会自身的不断扩展和壮大，基督教以其特殊的方式大大丰富了拉丁语，形成了所谓"基督教拉丁语"（"Christian Latin"或"Ecclesiastical Latin"），从而使拉丁语戴上了神圣的光环。③

与拉丁语的历史变迁密切相关的另一股力量，是直接颠覆了罗马帝国的日耳曼族群。在今天的学术界，人们对北方蛮族入侵罗马帝国的历史，已经

---

① Bruno Migliorini, *The Italian Language*, abridged and recast by T. Gwynfor Griffith, London: Faber and Faber, 1966, p. 15.

② Ibid., p. 19.

③ Greti Dinkova-Bruun, "Medieval Latin," in James Clackson, ed., *A Companion to the Latin Language*, Oxford: Wiley-Blackwell, 2011, pp. 286—287.

不再简单地认为是摧毁古代文明的大灾难。① 研究显示，先后南下的日耳曼部落在相当大的程度上被罗马化了。这些来自北方的族群，其中绝大部分，

> 无论定居在哪里，都允许将拉丁语作为唯一的语言交流媒介保存下来。在这方面，如同在所有其他领域一样，他们被同化了。……他们的国王一站稳脚跟，身边就围着一群修辞学家、法学家和诗人。在他们的影响下，王国的法律、大臣官署的记录和文件，以及他们的信件全都用拉丁文书写。部落的迁徙并没有改变地中海西部地区的思智生活的基本特性。……尽管日常生活中使用的拉丁语多有讹误，但还是拉丁语。从9世纪的情况来看，没有任何资料能够证实教堂中的信众已经听不懂拉丁语布道。②

也就是说，在日耳曼族群南侵以后的几个世纪里，拉丁语的使用在这些居住在前罗马帝国地盘上的新老居民中得到了延续。Curtius认为，罗马帝国的传统不仅存在于中世纪的语言方面，同样见于"拉丁中世纪"社会文化总体面貌的诸多方面。而这一切"全都源自并且贯穿于罗马的语言。这也是《圣经》的语言、早期基督教教父的语言、教会的语言、经教会当局认可的作家们的语言，而且也是中世纪的学术语言。所有这些都是'拉丁中世纪'形象的一部分，并且赋予了它枝繁叶茂、成熟饱满的面貌"③。

然而，拉丁语在中世纪得以继承和沿用的同时也在不断地发生变化。这个变化在互相关联的两个方面同时展开。一方面是前面提到的口语和书面语之间的差异性。中世纪拉丁语的书面语，无论作为基督教会的神圣语言，还是政府管理和外交事务的通用语言，或是文学、教育和学术的语言，都试图

---

① James Clackson and Geoffrey Horrocks, *The Blackwell History of the Latin Language*, Oxford: Blackwell Publishing, 2007, p. 263.

② Ernst Robert Curtius, *European Literature and the Latin Middle Ages*, trans. by Willard R. Trask Princeton: Princeton University Press, 1991, pp. 24—25.

③ Ibid., p. 27.

坚持经典拉丁语在语法修辞方面的规范。然而，在种种因素的影响下，书面拉丁语的变化也在所难免，尽管其变化的轨迹相对平缓。在这种长期的双重变化过程中，书面拉丁语的变化与拉丁语口语的变化往往既不同步也不同轨。其实，如前所述，早在罗马帝国衰亡之际，拉丁语的书面语与口语之间的差异就已经相当明显。步入中世纪，社会从帝国的大一统走向四分五裂的割据状态，语言的分化更加严重。尽管罗马教会发展成为基督王国（Christendom），从观念上和实践中试图继承罗马帝国大一统的传统，但也无法阻止社会剧烈动荡和重组的过程对语言这个微妙的社会制度的冲击。民众日常生活中使用的拉丁语口语，早在罗马帝国时期就逐步偏离了书面拉丁语的严格规范，19世纪的德国语言学家Hugo Schuchardt称之为"鄙俗拉丁语"（vulgar Latin），后被学界接受为一种约定俗成的说法。① 所谓鄙俗拉丁语在公元5世纪以后数百年的民族大融合的过程中越发鄙俗化，而且发展出许多带有方言色彩的地方版本。于是就出现了后面所谈到的在欧洲出现的重要语言现象：书面拉丁语和鄙俗拉丁语之间的差异和隔阂日趋严重，到了耶稣纪年第一个千年行将结束之际，没有受过正规教育的人已经难以在这两种语言之间沟通。

如果说拉丁语书面语与口语之间的差异性是一种社会性的变化，即特定社会群体之间在特定场合下使用的语言之差异，那么，拉丁语（主要是口语，在较轻程度上同样见之于书面语）在中世纪发生变化的另一个方面，则是透过语言的地域性演化所形成的地理差异，从而导致现代欧洲语言中不同罗曼语言的产生。② 拉丁语口语的地方性差异并非到中世纪才开始发生的，而是贯穿于拉丁语扩张的整个过程。早在罗马发迹之初，拉丁语逐步取代亚

---

① Roger Wright, "Romance Languages as a Source for Spoken Latin," in James Clackson, ed., *A Companion to the Latin Language*, Oxford: Wiley-Blackwell, 2011, p. 63.

② Cf. James Clackson, "The Social Dialects of Latin," in James Clackson, ed., *A Companion to the Latin Language*, Oxford: Wiley-Blackwell, 2011, p. 505.

平宁半岛上诸多其他语言的时候,就产生了拉丁语最早的方言口音。在拉丁语推广到罗马帝国的广大地区的过程中,各地原本的语言传统都会在帝国的语言版图上留下地方性的印记,无论是发音、词汇还是表述。① 另一方面,持续了数百年的日耳曼诸多族群的南侵,不可避免地冲击着罗马帝国的语言。尽管许多日耳曼族群或迟或早地接受并使用拉丁语,然而可以想见,他们所说的拉丁语只能是带着种种"蛮族"语言特色的拉丁语;或者换一个角度说,这些尚处于相对原始阶段的"蛮族"在走向语言拉丁化的过程中难免要导致拉丁语进一步鄙俗化。在罗马帝国崩溃以后的碎片化社会环境里,日益鄙俗化的拉丁语口语的地方性差异得以强化并进一步发展,终于导致了罗曼语言的形成。

所谓"罗曼语言"(Romance)在语言学上亦称"罗曼语族",可以理解为一个复数概念,涵盖许多不同版本的罗曼语言,即"罗曼诸语言"(Romance languages)。从地理意义上讲,"这些语言在罗马帝国的国土上发展,从黑海一直延伸到大西洋。从最东边开始,这些语言依次排列如下:罗马尼亚语、意大利语、法语、普罗旺斯语、加泰罗尼亚语、西班牙语、葡萄牙语"②。当然,如果细分的话,可以分出数十种,甚至数百种罗曼方言。早在中世纪就有人发现,这些语言之间存在比较显著的亲缘关系,曾有学者认为它们可能是由某种罗曼原始母语(proto-Romance)派生出来的。而通过对语言演化脉络的深入研究发现,并不存在一个比较语言学意义上的罗曼原始母语。如上所述,所谓"罗曼诸语言"实际上源自作为口语的鄙俗拉丁语,因其在各地的差异性而演化出不同"版本"的罗曼语言。也就是说,在

---

① Cf. Martin Maiden, *A Linguistic History of Italian*, New York: Longman, 1995, p. 5; James Clackson, "The Social Dialects of Latin," in James Clackson, ed., *A Companion to the Latin Language*, Oxford: Wiley-Blackwell, 2011, p. 505.

② Ernst Robert Curtius, *European Literature and the Latin Middle Ages*, trans. by Willard R. Trask Princeton: Princeton University Press, 1991, p. 30.

中世纪形成的讲罗曼语言的区域里，不同地方的语言在原先的本地鄙俗拉丁语的基础上各自相对独立地发展，经数百年的演化而形成若干不同的"罗曼语言"。①

与此同时，中古拉丁语（Medieval Latin）作为罗马教会的宗教语言、王国城邦之间的外交语言，以及（主要由教会掌控的）教育文化事业和学术界的通用语言继续存在。虽然中古拉丁语与鄙俗拉丁语同步存在，但两者的发展越发各行其道。如果说，中世纪的初期，即五六世纪的时候，当时的中古拉丁语与鄙俗拉丁语之间还可以互相沟通，还可以看作是同一个语言的雅俗版本的话，那么，到了10—11世纪的时候，中古拉丁语与鄙俗拉丁语（即罗曼语言）已经演变成为互不相通的语言实体（separate entities）了。② 这是一个持续而缓慢的演变过程，其中由量变转向质变的临界状态是一个模糊概念。而且，在罗曼诸语言中，各种语言与中古拉丁语之间失去"相通性"的时间也先后不一。例如，对于意大利语来说，这个现象的出现似乎要比法语来得更晚。③ 对于社会整体来说，这种现象的出现意味着普通民众的口语与特定阶层的书面语（以及宗教语言）之间失去了"相通性"。在其形成以后的相当长时间里，罗曼语言只是作为日常口头语言存在，并没有形成相应的文字，即书面语的形式。

人们讨论历史事件或现象，难免出现"后视"的情况，就是将后来历史中产生的概念和结论投射到对早先历史的分析中去。例如，对罗曼语言的七种姐妹语言的命名和分析就有这样的"后视"现象。为此，Curtius指出，这

---

① Ernst Robert Curtius, *European Literature and the Latin Middle Ages*, trans. by Willard R. Trask Princeton: Princeton University Press, 1991, p. 30.
② Cf. Roger Wright, "Romance Languages as a Source for Spoken Latin," in James Clackson, ed., *A Companion to the Latin Language*, Oxford: Wiley-Blackwell, 2011, p. 63.
③ James Clackson and Geoffrey Horrocks, *The Blackwell History of the Latin Language*, Oxford: Blackwell Publishing, 2007, p. 268.

些罗曼语言的名称只是指称相关的语言而并不指称相关的国家。① 事实上，这些所谓姐妹语言的概念之形成是晚于罗曼语言形成的事情；而与某种特定语言相关的国家之形成的情况则更加复杂，不但在时间上更晚，而且涉及诸多历史、政治和社会文化的因素，超出了本文探讨的范围。

假如回到中世纪，探寻罗曼语言形成时期的"原始状态"，呈现在我们面前的应是大片的方言连续体（dialect continuum）。简单地说，在"理想类型"（ideal-type）的方言连续体中，地理上相邻的每两个村落之间的方言是相通的，其中或许存在某些细微差异，但完全可以忽略不计；如果将这种"语言地理"现象扩展至相隔数十个村落来观察，则可能出现显著的方言差异；如果再进一步扩展至相隔数百个村落（或者说，在连续体的两端）来观察，则会出现极其显著的方言差异，甚至可能出现语言不再相通的情况。这种方言连续体的现象同样见于罗曼语言的每一个特定的姐妹语言的内部，也就是说，每一个姐妹语言自身还涵盖若干不同的方言。

需要指出的是，尽管罗曼语言中的每一种"姐妹语言"是某一特定地区的语言，但是在该地区内的若干方言与该"姐妹语言"之间并不存在语言学意义上的母子从属关系。以罗曼语言中的意大利语为例。意大利语的使用地区主要在亚平宁半岛，② 在半岛上存在许多意大利罗曼语方言（Romance dialects）。这些方言的形成与上述罗曼诸语言形成的情况大致相似，是各自在中世纪由当地的鄙俗拉丁语演化过来的。所以，这些方言并不是从一个作为原始母语的意大利语（所谓proto-Italian）派生出来的，而这些方言当然也不是中世纪的意大利语（即罗曼诸语言的大类之一）的子语言。③

---

① Ernst Robert Curtius, *European Literature and the Latin Middle Ages*, trans. by Willard R. Trask Princeton: Princeton University Press, 1991, pp. 31—32.
② 意大利语的实际使用区域与地理上的亚平宁半岛以及后来作为民族国家政体的意大利都不完全重合，在此仅以亚平宁半岛为例。
③ Cf. Martin Maiden, *A Linguistic History of Italian*, New York: Longman, 1995, p. 3.

由于社会历史发展的原因以及语言学研究的需要,"意大利语"这个概念有着多重含义。作为中世纪罗曼诸语言之一的"意大利语"是一个历史性概念,是对当时意大利地区所讲诸多罗曼语方言的总称。因为这个地区内的各种罗曼语方言之间有较多的基因结构层面的相关性(genetically related),以及许多共同的语言特点,所以在语言学上和文化研究中将其作为一个相对独立的大的语言群体来认识。而我们今天通常所说的"意大利语"主要是指现代意大利语,是意大利作为一个现代民族国家的标准语言。而现代意大利语的产生经历了一个漫长的过程,它源自意大利地区的罗曼语方言,与但丁当年探讨的"俗语"直接相关。

与当时讲罗曼语言的其他地区一样,10世纪晚期的意大利是一个"双语"并存的社会。一种语言是拉丁语,那是教会的语言和社会上少数知识精英的语言,也是社会生活中通用的书面语言;另一种是当时的意大利语,即意大利地区的罗曼语,各地有各地的方言,是人们用于日常生活的口头语言。这两种在严格意义上本是同源的语言,此时已经演化成为两种互不相通的语言实体,并且处于一种矛盾的紧张状态。事实上,当时的拉丁语一方面已经成为社会上少数人垄断的一种工具——必须通过接受长时间的正规教育才能习得——故而是地位和权力的象征;而另一方面,因为与社会民众鲜活的语言文化土壤相脱节,拉丁语成为一种人为的(artificial)语言,失去了现实生活的滋养和活力而被认为是缺乏生命力的"活化石"。[①] 与此同时,社会上每一个成员(从新生儿开始)所"自然习得"的语言,即人们日常使用的活的罗曼语言,则被视为一种下等的语言,称为"vernacular"。所谓"vernacular"源自拉丁语"vernāculus",其原本的含义是"本土的""家养的""与在主人家出生的奴隶相关的";而"vernāculus"又源自"verna",

---

① James Clackson and Geoffrey Horrocks, *The Blackwell History of the Latin Language*, Oxford: Blackwell Publishing, 2007, p. 269.

意思是"在主人家出生的奴隶"。如果说，在今天的西方现代语言中，"vernacular"可以认为是一个中性的词汇，意指相对于标准的书面语言或外来语言的本土语言，那么，在拉丁语被视为知识的语言、政治的语言、法律的语言和神圣的语言的中世纪，与拉丁语并存的、不具备书面语形式的"vernacular"则无疑是低下鄙俗的语言，① 甚至到了"低贱得几乎不屑一顾"的程度。② 这种语言上的贵贱之分是中世纪等级森严的社会、政治和文化的重要组成部分。

作为拉丁语变体的罗曼语言，即vernacular，如果要从中创造出一套拉丁化的拼音文字体系，似乎不存在很大的困难。然而，在中世纪的意大利社会现实中，这并不是一个简单的问题。意大利现存最早的含有vernacular语言的文献是10世纪后期的几份法律文书，原文是用拉丁语起草的，只有其中让证人起誓的誓言是以一种意大利方言写就的。想来证人是不懂拉丁语的，只能用拉丁语字母将誓言以方言的发音拼写出来，形成存档的文案。尽管研究者们还发现了一些11和12世纪的类似的简单文献，但都不足以认定该历史时期的意大利已经形成了某种vernacular语言的文字体系，更不用说形成统一的意大利语了。③

中世纪的意大利社会政治和文化四分五裂，不利于产生统一的语言。在这样的背景下容易出现的一种情况是，某一特定的方言因为该地区的政治、经济和文化的发达而突显出来，成为一种有影响的语言，受到人们的追捧和模仿。在13世纪前叶，意大利最有影响的语言曾经是一南一北的两种方言——西西里的方言和博洛尼亚的方言。自13、14世纪之交开始，佛罗伦萨

---

① Cf. Bruno Migliorini, *The Italian Language*, abridged and recast by T. Gwynfor Griffith, London: Faber and Faber, 1966, p. 58.

② Sally Purcell, "Introduction," in Dante, *Literature in the Vernacular* (De vulgari eloquentia), translated with an introduction by Sally Purcell, Manchester, UK: Carcanet Press, 1981.

③ Cf. Bruno Migliorini, *The Italian Language*, abridged and recast by T. Gwynfor Griffith, London: Faber and Faber, 1966, Chapter 3.

方言逐渐取得超群的地位,其受益于当地经济的发展和文化的兴旺,尤其因为当地在文学方面的巨大影响——首先出现了但丁,继而有彼得拉克、薄伽丘等一批成就极高的作家,他们用佛罗伦萨方言写就的文学作品为人称道,很快传遍了整个意大利。[1]

在但丁开始其划时代的文学创作活动之前,意大利曾经有人尝试过用本土的罗曼语言进行文学创作,主要是抒情诗或短文之类,但都没有形成大的影响。[2] 但丁身兼政治家和文学家双重身份,他的前半生主要投身于佛罗伦萨和意大利的政治,他抱着促进天下一统、达成现世普遍和平的理想,曾经发表论著《帝国论》(*Monarchia*)表述自己的政治哲学,受到天主教会的强烈反对。但丁死后,该著作被梵蒂冈列为禁书。作为一个天赋极高的文学家,但丁通晓拉丁语并熟悉当时所有主要的拉丁文典籍,然而他的大多数作品都是用佛罗伦萨方言写的。但丁选择用本土语言进行文学创作,不仅仅是为了将一种活的语言用于文学,同时也是在表明他的政治态度,是对欧洲中世纪的语言政治(或者说,语言霸权)的抗争。14世纪初,但丁撰写《论俗语》,专门讨论所谓"俗语"(vernacular)与文学的关系。但丁将拉丁语与vernacular进行比较,明确指出,在这两者之间,vernacular是更为高贵的语言,因为它是人类正常使用的语言,是天下人共用的语言(尽管各地方言的发音和表述有一定的差异),是人们在日常生活中自然习得的语言,相比之下,当时的拉丁语则是一种人为的语言,即使花费大量时间专门学习,也很少有人能够真正掌握。[3] 但丁立论的出发点并非针对某一种vernacular语言,而是就所有活的自然语言(所谓vernacular languages)相对于"死的"人为语

---

[1] Martin Maiden, *A Linguistic History of Italian*, New York: Longman, 1995, pp. 6—7.

[2] Bruno Migliorini, *The Italian Language*, abridged and recast by T. Gwynfor Griffith, London: Faber and Faber, 1966, p. 117.

[3] Cf. Dante, *De vulgari eloquentia*, edited and translated by Steven Botterill, Cambridge: Cambridge University Press, 1996, Chapter 1.

言（即拉丁语）而言的。回顾但丁所处的时代，他在语言问题上的立场无疑代表了一股尚在萌发之中的新生力量，直接挑战了以传统既得利益阶层为代表的保守势力，为正在蓄势待发的文艺复兴运动吹响了号角。在此后几个世纪的时间里，这些充满活力的而又"低贱得几乎不屑一顾的"vernaculars在欧洲大地上纷纷崛起，形成欧罗巴历史上的各种"现代语言"，谱写了西方语言文化发展的新篇章。所以，有学者称但丁的《论俗语》是西方现代语言的"独立宣言"。[①]

但丁既是提倡使用vernacular写作的理论家，也是较早使用vernacular写作的实践家。他的作品《神曲》以其精湛的诗艺和百科全书式的鸿篇巨制，在世界文学史上空前绝后。尽管在其语言表达的某些方面（尤其词汇方面）对拉丁语和其他罗曼语言有所借鉴，《神曲》还是充分显示了佛罗伦萨的方言是一种成熟而丰富的语言，可以用于极其生动的文学表达。然而，真正的"现代意大利语"的形成绝非一蹴而就的事。在但丁以后的一两百年时间里，通过一系列佛罗伦萨作家和其他作家的影响，逐步形成了以佛罗伦萨方言为基础的意大利文学语言。不过，此时的"意大利文学语言"虽然流通于整个意大利地区，但在不同程度上与意大利各地的罗曼方言（甚至包括佛罗伦萨方言）相脱节。因为，一方面，意大利各地长期处于政治分裂的割据状态，除了少数专业人士垄断的拉丁语流通于某些特定场合外，并没有统一的语言；另一方面，意大利本土的文学语言一旦形成，就循着自身的生命轨迹发展变化，并不为佛罗伦萨方言的发展轨迹所左右。结果，经过几个世纪的发展，在本土文学语言传统中形成的意大利语，仍然仅为少数接受过正规教育的人所专享。

19世纪60年代，古老的意大利终于实现统一。历史赋予由但丁用"俗

[①] Steven Botterill, "Introduction," in Dante, *De vulgari eloquentia*, edited and translated by Steven Botterill, Cambridge: Cambridge University Press, 1996, p. xviii.

语"开创的意大利文学语言一项新使命——成为意大利官方语言（即"现代意大利语"）的底本。当时，在意大利能够掌握现代意大利语的人大约仅占人口总数的百分之十二（还有些研究则认为远不足百分之十）。[①] 作为欧洲主要现代语言之一的意大利语，其真正成为意大利这个民族国家的标准语言并在国民中得以推广普及，是19世纪中后期的事。当恩格斯于1893年为意大利文版《共产党宣言》写序的时候，正赶上现代意大利语在历史悠久的亚平宁半岛上新春勃发，其时距离但丁的时代已经六百年了。

（2014年春于加州圣地亚哥）

陈 纳

社会学博士，复旦大学复旦发展研究院研究员，主要研究方向为宗教与文化、社会变迁、跨文化传播。

---

① Cf. Martin Maiden, *A Linguistic History of Italian*, New York: Longman, 1995, pp. 6—10.

产生自日本的中国"自画像"

刘建辉

前 言

纵观19世纪中叶以来的历史,可以说近代日本及日本人在确立其民族认同时,主要进行了以下两种努力:一是诸事均以欧美国家为范本,尽其所能去接近这些国家的基准;二是彻底异化周边各国,以力争创建出自己的优越性。毋庸置疑,这两种努力,亦正同近代日本的所谓国策——"脱亚入欧"这一近代化路线相一致,在以后相当长的时间里,对日本人的精神结构产生了巨大的影响。其中,特别是后者,作为突显"文明"日本的一种手段,曾通过各种形式创造出了大量带有偏见性的亚洲及中国表象。

这些为了确立自身的民族认同而由日本人创造的诸种亚洲和中国表象,如果仅仅是在日本国内以自我完结的形式被不断地生产和消费,问题也尚还简单。但实际上,这种产生自日本的亚洲及中国表象,在其后的历史进程中,虽有一些形式的改变和程度的保留,却基本上得到了当时中国知识分子的认同,并在其精神层面上被不断地加以"深化",从而使事态变得非常复杂。具体地说,就是当中国由于甲午战争失败,在不得不从战败的"反省"中来确立自己的民族认同时,成为其"反省"材料和参照物的只有两种:或是由战胜国日本创造的中国认识及其表象,或是同这一胜利者相比较而显现出的诸种民族"缺点"。因此,最初只不过是为了"脱亚"而由日本提出的一系列中国表象，正是凭借着战争结果这一绝对"依据"，便几乎作为一种不可动摇的"真实"沁入了中国知识分子的心灵深处。

鉴于这种情况，本文首先拟就各种中国表象在近代日本的形成、发展以及这些表象被部分中国知识分子接受并重复的历史过程，进行一下概略的梳理和考察，并在此基础上力图阐明彼此之间的那种单纯的所谓"他者认识"，同时亦争取能够解析超越了这一自我完结的框架，而明显地体现在"自画像"和"他者像"中自我与他者的种种"同犯"关系。

一、近代日本的中国表象之变迁

1. 三次中国表象的时间高潮

由千年以前的遣唐僧、遣宋僧等遗留下来的越海记录姑且不论，如果我们整理一下日本有关中国的各种"表象"，即可以发现其中大致存在着三个时间高潮，以及与之相应的三种不同内容和表现特征。

首先来看一看这三次时间高潮。第一次大约是在安政开国（1858）之后的文久年间到明治改元（1868）这一时期。其间，日本许多访问使节和留学生被派往欧美诸国，而他们在中途停靠上海和香港时所作的各种有关当地情况的记录，便是近代日本人最初描述中国的"表象"。此外，同一时期还有一些并非旅欧途中的一时停靠，而是被专门派遣到中国的访问使团。他们的目的主要是收集正处于内忧外患中的中国，尤其是有关有列强租界的上海的各种情报。以著名的高杉晋作《游清五录》为代表，这些使团成员所遗留部分日记和见闻录等，可以说也是日本近代初期的中国记录。

有关中国表象的第二次高潮大致是出现在甲午战后到日俄战后的近十年间。这一时期，以战地报告为主，不仅出现了关于开战国情况的介绍以及有关战后处理的分析等各种各样的言论，同时由于战败后中国国内的进一步开放，一部分中国研究家及探险家可以比较长期地到各处"漫游"，并撰写了为数可观的报告和游记。

接下来的第三次高潮,大抵是从大正时代中期开始,之后虽略有起伏,但可以认为一直持续到太平洋战争结束之前。在此期间,中日近代旅行机制相继形成,众多的作家和诗人都开始利用旅游公司的服务访问中国,并大量地记述了他们的印象和感想。此外,伴随着日本军方的多次暴行,中日之间的战火越燃越烈,亦出现了一批不是以旅游者身份,而是作为从军记者或从军作家而来到中国的文人,可以说他们留下的各种记录同样也是所谓中国"表象"不可忽视的重要组成部分。

2. 中国表象的内容和特征

正是由于种种历史因素,近代日本的中国"表象"经历了上述三次较大的时代高潮。在确认了这一事实的基础上,下面再简单地介绍一下这三次高潮中表现出的有关这些表象的大致内容及形式特征。

首先,因受种种时代的限制,最早出现于江户幕府末期,由各种访问使节所记述的第一期中国"表象",大都局限于定期航线的中途停靠港——上海和香港这两座城市。同时由于鸦片战争后列强与中国在政治、军事力量上的强大反差,这些武士的记述视角和关注热点基本上集中在这两座都市所具有的那种西方文明的一面,其记录的内容亦多是对于近代资本主义发达的惊叹。尽管如此,这时,武士们对曾经泱泱中华的尊敬尚未完全消失。他们一方面着力去记述当地所存在的列强与中国之间的统治与被统治的不平等关系,一方面仍然十分喜欢街头的各种传统事物,对接触过的中国友人也充满了善意。

顺便补充一点,这时期武士们的记录,近半数是以古汉文,古汉文外也几乎都是使用所谓"汉文训读体"来记载的。这是当时他们与外部世界交流时近乎唯一能自由并有效使用的"外语"。可以说,这种在表现手段上与中国传统的牢固关系,亦是使他们无法彻底地去歧视这个"老大国"的一个重要原因。如果将武士们这时的态度与过去遣唐僧、遣宋僧的那些奉中华为至上的种种记述，或者与后来明治时期所泛滥的对中国百般非难的种种言论进行一下比较，我们可以发现其中既没有前者的毕恭毕敬，也感觉不到后者的傲气凌人，基本上应该看作是一种比较平等的关系。曾经有学者指出：正是由于武士们有关上海和香港等系列"表象"的存在，日本才在"发现"西方的同时真正地"发现"了中国。①可以说，能使这种中国"发现"成为可能的，正是依靠上述这一空前绝后的平等关系而产生的某种客观性。

之所以作如此结论，是因为在此之后，中日两国的国力和国际地位急剧逆转，尤其是甲午战争的结局使得描述中国的客观性几乎完全丧失，而在日本新兴的民族主义背景下创造出的则大多是一种带有很大歧视性的中国表象。这些新一轮的表象，从时间上讲，即正相当于上面我们确认的有关中国表象第二次高潮。在这里，为了确立所谓日本及日本人的民族认同，亚洲诸国，尤其是中国和朝鲜，始终作为突显日本这一"文明之邦"的参照对象，被在近代国民国家的各种价值尺度下加以彻底地否定。其结果，中朝两国的国家和国民便极为自然地形成了一个具有"散漫""懒惰""不清洁"等诸多缺点，理应接受日本教导的落后形象。而这些表象一经产生，即不仅在日本的言论界开始长期流行，同时其中的一部分亦逐渐被中朝两国，尤其是中国一些有代表性的知识分子所接受，甚至深化到某种精神的层面。

然而，于明治时期所发现的这一系列中国及中国人的"缺点"，也即根据近代国民国家的价值尺度而完全否定了的那些对于国家和公共观念的"漠然态度"，充满了"堕落"和"享乐"气氛的社会风俗，以及"不清洁"且没有秩序的平民生活等等国民"特质"，在一进入大正时期中叶，其评价就发生了一个巨大的反转，一些日本作家和诗人，将此作为对西方近代进行相对化的一种重要价值，突然开始对这些"特质"倍加"赞赏"了起来。造成这一反转的历史原因，大体可能有以下几点：首先，日俄战争之后，随着所

---

① 松泽弘阳：《近代日本的形成与西方体验》，岩波书店，1993年10月。

谓国民国家的统制越来越严格,很多知识分子开始对日本国内"均一""闭塞"的社会空间抱有强烈的不满;其次,由于自明治维新以来长达半世纪的"文明国"创建已基本步入正轨,国民中间逐渐出现了一种伴随着对于邻国的优越感而产生的"从容"心态;最后,随着有关文学和艺术的西方世纪末思潮陆续传入,一种否定近代传统的新价值观开始引导作家们去重新认识以往的各种所谓"邪恶"。基于以上的种种因素,这一时期的有关所谓中国表象的第三次高潮,从表面上看,似乎是完全颠覆了明治时期那种彻底否定中国的言论。但究其根本,可以说其实际依然是基于一种以日本为中心的"东方主义"而操作进行的。只不过这时的作家和诗人们,完全是在西方世纪末思潮的影响下,以其业已颠倒的价值观,重新发现了与以往评价完全不同,具有一种"颓废之美"的中国。

以上这些,即近代日本有关所谓中国表象三次高潮的大致内容及表现特征。其中,关于江户时代末期的第一次高潮和大正时代中期以后的第三次高潮,笔者已通过一些个案,分别在《时隔二百年的"再会"——19世纪中叶的中日文人交流》[①]和《作为东方主义的"中国情趣"——谷崎文学中的另一个世纪末》[②]等论文中进行过一定程度的阐述,因此,下面仅以由甲午战后到日俄战后这十余年间的第二次高潮为中心,就其发生、发展的过程,以及对周边诸国,尤其是对中国知识分子的波及等作一简要的论述。

二、明治时期日本民族认同的成立与中国表象

1. 日本与日本人论的盛行

将日本及日本人视作统一的"共同体",在与欧洲及东亚其他各国进行比较的过程中,对其特殊性加以评论,虽然相当零散,但早在明治初期,福

---

① 神户大学文艺思想研究会编:《近世与近代的通道》,双文社,2001年2月。
② 松村昌家编:《谷崎润一郎与世纪末》,思文阁出版,2002年4月。

泽谕吉即曾进行过这方面的探讨。不过他当时只是在文明论中触及了日本及日本人的特质，其初衷并非在于构建"日本人论"。我们可以认为，所谓的日本及日本人论正式开始于明治20年代后半期，尤其是与甲午战争期间日趋高涨的民族主义的进程步调一致。

顺便提一下，虽然三宅雪岭的《真善美日本人》（1891）与《伪恶丑日本人》（1891）出版时期较早一些，但其他近代日本的"日本人论"代表性著作，大多是在甲午战争至日俄战争（1904—1905）后这十几年间出版发行的。可以说，当时的日本人论几乎成了一股热潮，其盛况不难通过下列的诸多作品得以某种确认：

志贺重昂：《日本风景论》（1894）

内村鉴三：《日本及日本人》（1894，后改名为《代表性的日本人》）

大町桂月：《日本的国民与国家》（1895）

新渡户稻造：《武士道》（1899）

苦乐道人：《日本国民品性修养论》（1903）

大町桂月：《作为美术之国的日本的国民气质》（1903）

冈仓天心：《论茶》（1906）

芳贺矢一：《日本人》（1912）

远藤隆吉：《作为一个日本人》（1912）

不仅仅是这些著名人士的作品，例如，在创刊于中日开战之年（1894）的日本第一部大型综合杂志《太阳》上，很早就相继刊载了金子坚太郎的《日本人种的特征》（一卷9—10号）、岸山能武夫的《日本人的五大特质》（二卷7—8号）、武富时敏的《日本国民的资力》（二卷7号），以及高山樗牛的《赞日本主义》（三卷13号）、井上哲次郎的《日本民族思潮的倾向》（五卷1—2号）等文章，由此亦不难推知该时期日本及日本人论的空前盛况。

2. 获取"日本"与异化中朝

上述的日本人论论述了日本人各种各样的"特征",而这些特质是如何被提炼出来的呢？要一条一条地构建这些特质,自然需要比较的对象,即需要一个"他者"的存在。而刚刚迈出近代国家步伐的日本,自然不会以欧美列强为比较对象,由此他们便将这一目标锁定在所谓"文明"尚未觉醒的邻国,即朝鲜和中国身上。

例如,在创刊不久的《太阳》杂志上,一名作者曾将朝鲜的特质归结为"第一,虽有国家,属邦的历史,但无独立的历史","第二,国民游惰而无勤俭之德,文弱而无尚武之气","第三,国民轻薄而无廉耻,卑劣而无节义","第四,政治家朋党勾结,互相倾轧,绝无国家之精神"等十条。①而在归纳这十条特质之前,作者则事先描述了一个标准国家应该具备的形象,即暗示着以日本为代表的所谓"独立自主的国家"形象：

第一,有国家独立的历史；

第二,国民富于勤俭尚武的气象；

第三,国民富于廉耻节义的精神；

第四,政治家重视公德；

第五,有经济上的要素；

第六,有兵备上的要素；

第七,有教育上的要素；

第八,具有便利的交通运输；

第九,有宗教上的要求；

第十,不丧失文学、工艺、美术、语言上的独立。

以上这十条,应该说,是作为裁决"缺乏独立要素"的"朝鲜王国"的前提而提出来的。但如果换一个角度,亦可以将其看作是从朝鲜的"特质"

---

① 川崎三郎：《朝鲜问题》,《太阳》一卷 7 号。

诸条"反证"而得出的。显而易见，在这里，朝鲜的形象成为一幅照片的底片，而日本的形象则是其反转后的正照。并且，如后所述，这一结构同样也适用于日本与中国的关系。

尽管条款内容稍有不同，但由《太阳》杂志开创的以十条来总结一国特征的"习惯"似乎在很多地方为后人所继承了。如上述芳贺矢一的《国民性十论》及大町桂月《日本国民的气质》等就是将日本人的国民性分别整理归纳为十条。此外，受其影响，中国的启蒙思想家梁启超也有中国版国民性论著《国民十大元气论》（1899）问世。以下是芳贺矢一在其著作中列举的十条日本国民性：

（1）忠君爱国；

（2）崇敬祖先、重视家名；

（3）现世、实际；

（4）喜欢草木、热爱自然；

（5）乐天洒脱；

（6）淡泊潇洒；

（7）美丽纤巧；

（8）清净洁白；

（9）彬彬有礼；

（10）温和宽恕。

如前所述，芳贺后来又著有相当于《国民性十论》增补版的《日本人》一书，在此，作者将各个条目分别改为"天皇""家""勇武""修业""简易生活""同情""救济""公益""国家"等九项，进一步深化了以往自己的论述。

仔细阅读发端于甲午战争之后的一系列关于日本及日本人的论述便可发现，这里大致主要强调了三个要素，即国家观念、勤劳观念及卫生观念。几乎所有的作者都不厌其烦地反复提示道，日本人自古以来就具备这三种观念。其意图无非是旨在构建近代国家，有意识地彰显作为其基础的国民观念的存在而已。并且，如前所述，这种彰显工作，说到底，多半是以否定和异化中国及朝鲜而完成的。

例如，以《太阳》为首的各大媒体无不充斥着这样一种论调：正因为中国和朝鲜缺乏上述观念，所以至今尚未步入"文明国家"之列。这一主张不仅占据了当时"言论"的绝对优势，并且在此后很长的时期里对于日本人的中国观及朝鲜观亦产生了深刻的影响。

虽然引用篇幅有稍长之嫌，但下面我们还是来看看其中的几个主要例子：

> 至于支那国民对于国家之观念，可谓非常漠然，不甚明了。支那国民之国家观念并非由佛教培养，亦非如吾日本国民，将帝室与国家之观念有机结合。……（日本）国家之观念统一于皇室，与此相反，支那国民完全将其帝室与国家别而视之，而其所谓国家之最高理想，乃在于善保和平与秩序，并不问其主权者为本国人抑或外国人。（中略）
>
> 支那国民缺乏国家观念之证据，吾辈可由支那尚无足以表彰其国家观念之名称推而知之。大凡支那称自己为中国，则唯以礼仪是否推行为其标准，近于一种无形之理想，而非地理之概念，亦非政治之概念。谓大清则仅指当代政府之主权而已。……日本人一闻日本之名，便萌生为其而死之感情，而支那国民绝无此种观念。
>
> 在此必须指出，支那国民具有一种将自国视为中华中国、将他国视为海外蛮夷之自尊心，虽有人欲视此自尊心为对外之爱心，实乃一大误解。……故若将支那国民视自国为中国、视他国为海外蛮夷之自尊心作为对外之爱国心，即本国之中既有蛮夷，又有敌国，岂可将支那国民所持中华中国之自尊心等同于对外之爱国心哉。①

---

① 中西牛郎：《支那帝国之真相》，《太阳》二卷1号。

……东洋所行忠君主义有二：其一为建立于国家基础之上之忠君主义；其二为建立于个人利害或俸禄之上之忠君主义。……前者谓之国家式忠君主义，或更确切谓之勤王主义；后者谓之利禄式忠君主义。此二主义中，前者自史前以至今日，纵贯数千载，能始终如一日推行者，非仅东洋，放眼世界，亦唯有我邦也。至如支那……其所谓忠君，自孔孟立教，百世以下，以至今日，非因君王为其国家元首而效忠，诚乃出个人利害，或因累世受其恩禄之故，而行效忠也。（中略）

盖支那今日之国势，与古代相同，依然属于专制政治，尚未以殖产兴业为国家。……又因其专制政治，延至今日，故绝无爱国之念。由此其国民唯利是图，私利私心盛行，心事卑劣，国民视邦家、公共事业，宛如秦人视越人。……与此相反，我日本人民，封建时代之武士受到可买不可卖、可借不可贷之无欲或寡欲主义熏陶，长久行之，或将之定为人生行为之高尚准则。（中略）

……古公（指周太王——引用者注）心中，盖有仁政精神。至若国家观念，则丝毫未见。……由此足证支那人民之理想中丝毫未有国家观念之痕迹。①

以上言论主要集中于国家观念这一领域。当然，关于其他两种观念的论调也与此不相上下，甚至可谓有过之而无不及。例如，以下两处引用就格外渲染了中国人在勤劳及卫生意识等方面的欠缺：

如上所述，就余在美国之所见所闻，可知日本人较美国人远为清洁。然余心中尚存疑虑：较之支那或朝鲜人等其他东洋人如何？二者与我日本人何者清洁耶？幸而借此番战争，余有机会漫游辽东、朝鲜等地。余至其地，仔细研究其清洁程度到底如何。出余意料之外，辽东半

---

① 清野勉：《支那国民性之由来》，《太阳》二卷20号。

岛，其脏乱程度实难以用语言形容，不洁之至，甚至不知清洁与不洁为何物。进入朝鲜，情况较辽东稍好，然比起日本住居，朝鲜人之住居形同猪圈，其脏乱，简直令吾辈日本人民不堪入住。因此余愈加明白，此清洁实为日本人之特质，西洋既无，东洋亦无，乃我等日本人所特有之性质。①

支那人秉性之恶端业已为世人所知晓：过于自尊，过于保守，国家意识淡泊，自私自利，狡猾散漫，野卑吝啬，因循姑息，愚昧而不识趣，兼加注重虚礼，娴于辞令，且一般不厌脏乱。②

当然，这种论调绝非始于《太阳》。例如，经常在《太阳》上发表文章的论客之一尾崎行雄，在其十年前中国旅行之际写下的《游清纪略》中，就有关于中国人的"懒惰"与"不清洁"的评论。如果再进一步追溯到明治初期，在福泽谕吉等的各种文明论中，也可以发现一些与之相类似的议论。在此意义上，可以说，甲午战争后这一系列言论的大量流行，只不过是以胜战这种巨大的自信为背景，将以往零散的议论更加明确地加强并拓展开来而已。而且，其影响力所及已不仅限于对人的评价，甚至还推广到了风景等诸方面。如志贺重昂在《日本风景论》中所阐述的，日本的"风景警拔俊秀"，而中国北方"一山一峰盖无耸立，风景单一雷同"，南方则"少巨木高树之幽邃（四川省及长江上游除外），浮现于眼前的仅是由薯蓣般的画面所构筑的山水，只能'卧游'而聊以自慰"，即是通过与中国风景的单调贫乏相比，来极力强调日本风景优越性的一个典型。

然而，仔细考虑一下便可发现，这一系列对中国予以彻底差异化的操作实际上是很危险的。因为倘若否定了几千年来一直尊奉为"师"的中国，那么作为长期接受了其文明恩惠的日本，其地位也必然会遭到动摇。避免这种

---

① 岸本能武太：《日本人之五大特质》，《太阳》二卷7、8号。
② 藤田剑峰：《论支那人之秉性及支那之方策》，《太阳》四卷5号。

危险的唯一方法就是将古代中国与现代中国割裂开来,并暗示古代中国真正的继承者乃是现今的日本。这样,在否定中国的同时,又给了自己一个合理的定位,可谓一箭双雕。

> 唯闻康熙年间,文武大臣欲购一顷良田,欲添一妾,亦无不报告至康熙皇帝,其政治周密、机务明了可推而知之。①

> 观今日之支那人,无不惊奇于其礼法的败坏。苟欲得黄金白银,无论使其身如何不洁,使其行如何卑劣,皆无所顾忌。然回首过去,追溯四千余年之往昔,翻阅其古典文学,稍加考察,便可知与今日如有天壤之别。彼时其人民优美,以礼法自居,某些地方实可谓与泰西人所称道之希腊人种有相同之处也。②

在这里,古代中国及中国人是被"好意"地加以提及的。然而,作为比较对象而受到否定的仍然是破坏"礼法"的现代中国以及"卑劣""不清洁"的现代中国人。相对"野蛮之国、非理之国"的中国以及"缺点众多"的中国人,日本及日本人正是通过"百事与之相异"这一点,而获取了自身作为"优秀民族"的地位。

当然,此时,论客们还运用大量的"实例"来证明"百事相异"的中日之间最大的差异,即战场上中日士兵的行动差距。日本士兵"勇武绝伦",而中国士兵则属"不规律之徒""只求保全性命",两者之间简直有"天壤之别":

> 东洋有两种不同之人种,即有两种特别不同之国民明矣。其中,人口少之国民富于战斗性,虽外貌相似,然与另一国民具有显著差别。③

---

① 中西牛郎:《清朝全盛时代》,《太阳》一卷6号。
② 小柳司气太:《支那文学一斑》,《太阳》一卷12号。
③ 《支那兵与日本兵》,《太阳》二卷20、21号。

这是自《法国将校会杂志》抄译来的记录。就连法国将校都持有此种观点，其"客观性"当然不容怀疑。就这样，"勇武"的日本人与"怯懦"的中国人这一互为对照的形象便日趋得以加强。

在"怯懦"的中国人中，《太阳》杂志唯一赞赏过的是率领北洋舰队与日本海军战斗到最后的提督丁汝昌。但即便是被称为"清国第一人"的丁汝昌，最终也无法打败日军。由此不难推知日军是何等的"勇武"。

就这样，日本及日本人几乎在所有方面都比中国人"优秀"这一"事实"得到了证明。既然日本与中国的地位发生了如此的逆转，那么当然需要由"一等国"的日本来领导"未开化"的中国，并且有必要对之进行"教导"了，而这正是作为所谓亚洲"盟主"的"使命"与"责任"。

> 至于征讨清国之结局，舆论首先希望迁都，即奉我圣驾定都支那本部，以我帝国仁义之教及文明主义，统率彼四亿万人民，此乃救彼生灵之方案，亦实为我帝国之天职也。①

> 而后需执其手尽力教导之，如此，"支那"虽战败，然若受良好教导，开学问之道，于人智进步之方策上，获得巨大利益，亦可谓大幸焉。若无此番战争，"支那"到底无法改进人心。如今之计，唯有日本充当先导，以教导彼大国之四亿万人民。若此，则日本须作老师，作兄长、对方须作小弟、弟子也。②

众所周知，19世纪这一百年，一般可以认作是一个近代国民国家在世界各地不断兴起并逐渐得到强化的时期。衡量其中某一个国家是否已经达到了近代国民国家的水平，首先要考虑它在何种程度上实现了"富国强兵"。而日本不仅仅在"国家观念""勤劳观念"等精神领域，就连在以往被认为处于劣势的军事领域也打败了中国，因此，此时的日本可以说正是"全面"地

---

① 《征讨清国之结局》，《太阳》一卷1号。
② 大鸟圭介：《日清教育之比较》，《太阳》一卷9号。

将中国转化为其"弟子",并以此来逐渐巩固自己作为近代国家"老师"这一地位的。实际上,日本也的确业已开始站在这一立场上来不断地"教导"中国等国家了。

3. 以"义"来超越中国与欧美

如上所述,日本通过近代国家的各项指标巧妙地"裁决"了中国与朝鲜,并由此获得了自己作为"文明国家"的民族认同。但是,事实上日本仍具有一个很大的烦恼,即如果用相同的近代国民国家的尺度来衡量的话,那么后进国日本必须将不得不屈服于欧美各国,沦为其"小弟"或"弟子"。那样,即便日本已经基本上实现了"文明国家"的目标,但在欧美列强面前依然挺不起胸来。于是,为了赶超欧美,日本又准备了另外一套与"裁决"中国及朝鲜时截然不同的标准,这就是根源于传统伦理道德的"忠""义"等东方的道德规范。日本将自身作为这些道德规范的"正统"继承者,在首先批判了业已"堕落"的中国的基础上,又开始毫不留情地攻击虽然是"国民国家"的先行者,但另一方面却是唯利是图的欧美国家。

> 请擦亮眼睛,仔细研究一下彼国势之由来。自周季始,虽已有人口喊仁义忠信,然绝无行之于政者。秦汉魏晋杂以霸术,虽有四五贤君,其世风却愈益卑下,失去道德殆二千余年,此乃识者所共知,其灭亡实兆于仁义忠信之不行也。……回顾我邦所为,扶弱助小,义也;诛除残虐,安抚四百余州之民,仁也;守约,信也;尽心,忠也。……①

> 欧美诸国制裁国际法律上及道德上犯罪者之规定颇为疏漏也,此可谓其建国性质之必然结果。质言之,其始乃由游牧之民、侵略之族所组织之新兴国家,且其人种多共同一宗教,忠君爱国精神甚弱,故我日本维护皇统连绵、国家天长地久之爱国心,彼等仅靠物质、法律上之观

---

① 藤泽南岳:《论征讨后之教育》,《太阳》一卷3号。

察，到底无法洞悉真相。①

后者的引用中出现了"刘雨田"这一人物，该人曾在甲午战争期间为日本军队作向导，战争结束后又作为当地的协作者一度非常活跃。然而，辽东半岛最终被归还中国，于是此人在日军开始撤退时便申请流亡日本。日方围绕如何处置这个中国叛徒一事进行了多方争论，上述引用便是一例。

在这里，作者强调：欧美国家可能会接受这种祖国的"叛徒"。因为他们是"新兴国家"，不懂得"道义之根本"。然而日本拥有欧美人基于"物质、法律上之观察"所难以理解的"爱国心"，因此，即使面对曾经的协作者，仍然绝对不能接受这种背叛祖国的"不义"之人。

相对于"物质方面"领先的欧美诸国，日本人强调自己更加重视"道德"，可见其是在如何想方设法超越对手，并试图以此来克服自己作为一个后进国的自卑感。甲午战争后出现的一系列日本及日本人论中，有相当一部分像这样强调"忠""义"等传统伦理的主张。这显然与"裁决"中国和朝鲜时所采用的国民国家的标准完全矛盾，但同时这也是为了"裁决"欧美，并突显日本特殊地位而预备的另一套价值尺度。"物质"的欧美对"道德"的日本，从日俄战争后到第二次世界大战结束期间，日本众多的舆论一直贯彻着这一两项对立的话语结构。

三、中国部分知识分子对于来自日本之中国表象的接受

1. 梁启超等对来自日本之中国表象的再生产

如前所述，以上这些为了确立自身的民族认同而由日本人创造的诸种亚洲和中国表象，如果仅只是在日本国内以自我完结的形式被不断地生产和消费，问题也尚还简单。但实际上，这种产生自日本的亚洲以及中国表象，在

---

① 东邦生：《由道义之根本论刘雨田之归化》，《太阳》二卷13号。

其后的历史进程中,虽有一些形式的改变和程度上的保留,却基本上不仅得到了中国知识分子的认同,并在其精神层面上被不断地加以"深化",从而使事态变得非常复杂。

具体地说,就是当中国由于甲午战争失败,在不得不从战败的"反省"中来确立自己的民族认同时,成为其"反省"材料和参照物的只有两种:或是由日本创造的中国认识及其表象,或是同这一胜利者相比较而显现出的诸种民族"缺点"。因此,最初只不过是为了"脱亚"而由日本提出的一系列中国表象,正是凭借着战争结果这一绝对的"依据",便几乎作为一种不可动摇的"真实"深深地沁入了中国知识分子的心灵深处。

比如,以反省甲午战败为契机,中国于19世纪末开始了一场"变法"运动。变法领袖之一的梁启超曾相继发表了《国民十大元气论》(1899)、《中国积弱溯源论》(1900)、《十种德性相反相成义》(1900)、《论中国国民之品格》(1903)等批判中国固有"国民性"的文章,其主张大都使人联想到上述日本有关中国的一系列议论。其中,特别是在《中国积弱溯源论》一文中,梁启超将中国"积弱"的原因归结为基于"理想"的三种和基于"风俗"的六种共九种要素,无论是其内容,还是条目的设置方法,都明显地沿袭了日本的"中国表象"。

> 欧西日本有恒言曰,中国人无爱国心,斯言也,吾固不任受焉,而要之吾国民爱国之心,比诸欧西日本殊觉薄弱焉,此实不能为讳者也,而爱之心薄弱,实为积弱之最大根源,吾尝穷思极想,推究其所以薄弱之由,而知其发源于理想之误者,有三事焉。
>
> 一曰,不知国家与天下之差别也,中国人向来不自知其国之为国也,(中略)吾民之称禹域也,谓之为天下,而不谓之为国,既无国矣,何爱之可云。(中略)
>
> 二曰,不知国家与朝廷之界限也,吾中国有最可怪者一事,则以数

百兆人立国于世界者数千年，而至今无一国名也，夫曰支那也，曰震旦也，曰钗拿也，是他族之人所以称我者，而非吾国民自命之名也，曰唐虞夏商周也，曰秦汉魏晋也，曰宋齐梁陈隋唐也，曰宋元明清也，皆朝名也，而非国名也，盖数千年来，不闻有国家，但闻有朝廷，每一朝之废兴，而一国之称号即与之为存亡。（中略）

三曰，不知国家与国民之关系也，国也者，积民而成，国家之主人为谁，即一国之民是也，故西国恒言，谓君也，官也，国民之公奴仆也。（中略）

故今推本穷源，述国民所以腐败之由，条列而偻论之，非敢以玩世嫉俗之言，骂尽天下也，或者吾国民一读而猛省焉，庶几改之，予日望之，今将风俗之为积弱根源者，举其荦荦大端如下：

一曰奴性，数千年民贼之以奴隶视吾民，夫既言之矣，虽然，彼之以奴隶视吾民，犹可言也，吾民之以奴隶自居，不可言也。（中略）

二曰愚昧，凡人之所以为人者，不徒眼耳鼻舌手足脏腑血脉而已，而尤必有司觉识之脑筋焉，使四肢五官具备，而无脑筋，犹不得谓之人也，惟国亦然，既有国形，复有国脑，脑之不具，形为虚存，国脑者何，则国民之智慧是已。（中略）则我中国积弱之源，从可知也，四万万人中，其能识字者，殆不满五千万人也，此五千万人中，其能通文意，阅书报者，殆不满二千万人也。（中略）以堂堂中国，而民智之程度，乃仅如此，此有心人所以睊睊而长悲也。（中略）

三曰为我，天下人亦孰不爱己乎，孰不思利己乎，爱己利己者，非圣人之所禁也，虽然，人也者，非能一人独立于世界者也，于是乎有群。（中略）中国人不知群之物为何物，群之义为何义也，故人人心目中但有一身之我，不有一群之我。（中略）

四曰好伪，好伪至极，至于如今之中国人，真天下所希闻，古今所未有也，君之使其臣，臣之事其君，长之率其属，属之奉其长，官之治

其民，民之待其官，士之结其偶，友之交其朋，无论何人，无论何事，无论何地，无论何时，而皆以伪之一字行之。（中略）

五曰怯懦，中国民俗，有与欧西日本相反者一事，即欧日尚武，中国右文是也，此其根源，殆有由理想而生者，《中庸》曰，宽柔以教，不报无道，南方之强也，《孝经》曰，身体发肤，受之父母，不敢毁伤。（中略）凡此诸论，在先圣昔贤，盖有为而言，所谓言非一端，各有所当者也，降及末流，误用斯言，遂浸成痼疾，以冒险为大戒，以柔弱为善人，至有好铁不打钉，好子不当兵之谚。（中略）

六曰无动，老子有言曰，无动为大，此实千古之罪言也，夫日非动不能发光热，地非动不能育万类，人身之血轮，片刻不动，则全身冻且僵矣，故动者万有之根原也。（中略）乃今世之持论者则有异焉，曰安静也，曰持重也，曰老成也，皆誉人之词也。（中略）有其举之莫敢废，有其废之莫敢举，一则曰依成法，再则曰查旧例，务使全国之人如木偶，如枯骨，入于岿然不动之域然后已。（中略）

以上六者，仅举大端，自余恶风，更仆难尽，递相为因，递相为果，其深根固蒂也。

此外，在《论中国国民之品格》一文中，梁启超还就中国的国民品格总结出如下四条特征："爱国心之薄弱""独立性之柔脆""公共心之缺乏""自治力之欠阙"，并将此与"国民性"联系起来。时隔三年，再次重复了与上述类似的主张，其受各种"中国表象"影响之深，可见一斑。

2. 鲁迅、戴季陶的中日国民性议论与日本的中国表象

略晚于梁启超，同是长期经历过明治话语"洗礼"的鲁迅，在其后来展开改造国民性的讨论时，也曾以不同的形式表露过对于外来"中国表象"的某种认同。

比如：鲁迅在众多场合，反复提及美国公理会传教士明恩溥（Arthur

Henderson Smith）的《中国人的气质》（1890）一书，并作过简短的引用。但实际上，鲁迅看到的并非其英语原文，而很可能是涩江保翻译的日文版（1896）。这部《中国人的气质》在当时的日本颇受欢迎，以至多次再版。特别是其中作者总结的"缺乏公共精神"等二十六条有关中国人"特质"的论述，恰与这时世间流行的"中国表象"有诸多相近之处，故引起了日本读者极大的"共鸣"。在此意义上，可以说，正是通过引起了广泛"共鸣"的这部著作，鲁迅也间接地认同了源于日本的部分"中国表象"。

顺便提一句，鲁迅在1933年发表了随笔《沙》，以引用他人的形式将中国的官吏与民众喻作"自私自利的沙"和"一盘散沙"，指出此乃统治者"恶政"的"成果"，并强调正是因为中国处于"一盘散沙"的状态，曾经"团结一致"打败过"沙皇"（俄罗斯）的日本人才轻而易举地打了进来。这里，虽然作者是以其独特的反讽手法表达了对现实的感叹，但所借用的比喻却明显是来自海外的"中国表象"。

最后，再简单地来介绍一下戴季陶的情况。1928年，这位国民党的首席论客发表了近代中国具有代表性的日本人论名著——《日本论》。在这部著作里，曾有过留学日本经历的戴季陶虽然猛烈抨击了当时日本的对华政策，但从这些严厉批判日本的言论中，作者仍无意识地表露出了日本人所提示的"日本形象"以及基于这些"日本形象"的各种论调。例如，在就日本所归纳的二十四条主题中，作者列出了"爱美之国民""尚武、和平、男女关系"等项目，对日本固有的"美德"大加赞赏。诚然，作者在承认这一系列"美德"的同时，亦对其与现实之间的落差反复地表达了自己的困惑。

毋庸置疑，中国知识分子之所以接受了源于日本的中国表象，主要是出自他们对于近代中国悲惨历史的反省，他们急于通过对导致如此悲惨现实的"国民性"进行改造，以争取民族的自立自强，这使得他们比较轻易地接受了源于日本的中国认识。但是，问题似乎还不仅以此便能完全说明。我们应该看到，这种现象背后潜在着一种以日本为中心的"东方主义"意识形态话语的束缚。

如前所述，进入大正时期以后，在新时代的语境中，这种"散漫""懒惰"以及"不清洁"等"特质"则随着历史环境的变化而逐渐演变成另外一种"东方主义"的表现对象。依据这一新的"表象"，一种在日本已经难以得到的"慰藉"和"颓废之美"被重新发现，以至自此时起这种产生于日本的所谓"中国表象"又展现出了一番全新的局面。

刘建辉

1961年生于辽宁，1990年获日本神户大学文学博士学位。先后任职于南开大学、北京大学，现任（日本）国际日本文化研究中心教授。研究领域为中日文化交涉史、比较文学与比较文化。代表著作有《日中二百年——支え合う近代》《魔都上海——日本知識人の「近代」体験》《帰朝者・荷風》等，另有合著5部，编著（包括合编）30部，论文百余篇。其中《魔都上海——日本知識人の「近代」体験》曾获2001年度第6届日本比较文学学会奖，并有中、英、韩译本。

德意志为什么失去真正的批判力量?
——试说奥尔巴赫对歌德、席勒的不满

张 辉

一

《摹仿论:西方文学中的现实呈现》一书面世7年后,奥尔巴赫(Erich Auerbach,1892—1957)在1953年的《罗曼语研究》上发表了一篇18页的长文——《〈摹仿论〉附论》①,为自己这部引起巨大反响的扛鼎之著申辩。除主要回应库尔提乌斯等同行对该书中一些关键理论问题(如文体分用与文体混用原则)的质疑外,还引人注目地在最后部分说了下面这段话:

> 拉丁语材料在《摹仿论》中占有优势,这不仅是由于我是一个罗曼语文学家这一事实,毋宁说,这首先是因为,在大多数历史阶段,较之其他语言比如德语,罗曼语族文学在欧洲更具有代表性。在12、13世纪,法兰西毫无疑问占领先地位;在14、15世纪,意大利取而代之;到了17世纪,法兰西再度领先,并且在18世纪绝大部分时间乃至19世纪的一部分时间保持领先,19世纪的那段时间正好是现代现实主义的兴起和发展阶段(就像在绘画方面那样)。要是从我选择的材料中读出某种根深蒂固的偏爱或厌恶,那可就错了——同样错误的是,在偶尔针对19

---

① Erich Auerbach, "Epilegomena zu Mimesis," *Romanische Forschungen*, 65. Bd., 1./2. H. (1953), pp. 1—18.

世纪德国文学景观的某种局限性所表达的遗憾或批评中看到的疏远或厌恶。相反的意见倒可能更准确。那种批评出自对错过给欧洲历史提供一个方向的可能性的惋惜（辉按：德文原文为Trauer，有"悲苦""悲哀""悲叹"的意思；英文译为sorrow）。对于《摹仿论》中提出的问题来说，伟大的法国小说家具有重要的意义，我对他们非常佩服，赞美不已。但是，要是为了愉悦和消遣，我宁可阅读歌德、斯蒂夫特和凯勒。[①]
（《附论》，中文本第687页，德文本S. 13—14，英文本pp. 570—571）

这段申辩，对全书格外倚重拉丁语系材料特别是青睐法兰西文学所作的解释，其实并不出人意料。毕竟奥尔巴赫最受人瞩目的学术身份就是罗曼语文学家。真正值得我们重视的，是他关于德国文学的看法。考虑到奥尔巴赫是一个生长于19世纪末20世纪上半叶的德国犹太人，他的上述陈词尤其显得非同寻常。

对奥尔巴赫来说，读歌德（1749—1832）和读另两个作家，即奥地利的斯蒂夫特（Adalbert Stifter，1805—1868）与瑞士的凯勒（Gottfried Keller，1819—1890）一样，似乎主要是用于"愉悦和消遣"的。伟大的法国小说家，尤其是司汤达、巴尔扎克、福楼拜，才是他佩服与赞美的对象，这后一

[①] 埃里希·奥尔巴赫：《〈摹仿论〉附论》，朱生坚译，埃里希·奥尔巴赫：《摹仿论：西方文学中现实的再现》，吴麟绶、周新建、高艳婷译，北京：商务印书馆，2018年，第687页。以下引自此篇及中译《摹仿论》（吴麟绶等译）一书者，仅随文注页码。需要时，注出德文原文和对应英译（《附论》德文出处见 Erich Auerbach, "Epilegomena zu Mimesis," *Romanische Forschungen*, 65. Bd., 1./2. H. (1953), pp. 1—18；英文出处见 APPENDIX, "Epilogomena TO MIMESIS," trans. by Jan M. Ziolkowski, in *Mimesis: The Representation of Reality in Western Literature*, Princeton and Oxford: Princeton University Press, 2003, pp. 559—574。《摹仿论》的德文原文和英译，请分别参看 Erich Auerbach, *Mimesis*: *Dargestellte Wirklichkeit in der abendländischen Literatur*, Zehnte Auflage, Tubingen und Basel, 2001，以及上述英文本）。此处汉译有重要错误，"这不仅是由于我是一个罗曼语文学家这一事实"一句中的"罗曼语文学家（Romanist）"误译为"天主教徒"，已据原文改正。另外，该书副标题译为"西方文学中的现实再现"亦有未安之处，"现实呈现"或更近原意。关于此的详细讨论，请见 Hayden White, *Figural Realism*, Baltimore: Johns Hopkins University Press, 2019, p. 192, note 10，此处恕不赘言。

点,在《摹仿论》第18章与第19章以及全书"结语"中已然显露无遗。

这里多少流露出的对大文豪歌德的"轻视",显然并非出于奥尔巴赫个人的审美偏好而已。文中已明白指出,不仅更多地选择罗曼语材料并非出于"偏爱或厌恶"(Vorlieben oder Abneigungen/preference or aversions),而且"偶尔针对19世纪德国文学景观的某种局限性所表达的遗憾或批评",也并不是基于任何"疏远或厌恶"(Fremdheit oder Abneigung/estrangement or aversion)。奥尔巴赫在这短短一段文字中,两次使用"厌恶"一词,并断然否定他对非罗曼语文学,特别是德国文学抱有极端负面的判断,无疑是试图着重表明他对德语文学不存偏见——他甚至在私下喜欢阅读歌德,更是一个明证。

但这段申辩性的解释中一再使用表达个人情感的词汇,却让我们更加重视他的下面这段话,特别是其中的一个富于情感色彩的关键词——Trauer:"那种批评(辉按:指对19世纪德国文学局限性的批评)出自对错过给欧洲历史提供一个方向的可能性的惋惜。"(Die Kritik fließt aus der Trauer über versäumte Möglichkeiten der europäischen Geschichte eine andere Wendung zu geben/The criticism comes out of sorrow over missed possibilities to give a different direction to European history.)Trauer这个感情色彩很强的词,中译为"惋惜"显然程度不够。奥尔巴赫对19世纪德国文学所存在的不足,毫无疑问并不只是惋惜而已。从个人审美趣味上来说,他甚至是喜欢歌德的,但他对歌德所代表的19世纪德国文学整体状况和存在问题,却恰恰既感叹惋,又不满乃至悲愤。问题的症结不只存在于文学与文学史本身,而更在于令人悲悼地错失了一次改变欧洲历史行进方向的机会:一次在精神史意义上避免1933年悲剧的机会?

至少,奥尔巴赫自己完全意识到了《摹仿论》这本书与现代德国的内在关联。《附论》一文中,有两处特别明确指出了这一点。首先,奥尔巴赫告诉我们,尽管《摹仿论》试图理解欧洲,但这却更是一本"德国之书"。他这样写道：

> 《摹仿论》试图理解欧洲；但是，这是一本德国之书，不仅从语言上来说是如此。任何人，只要对各国人文学科的结构有所了解，就会立即看到这一点。《摹仿论》源自德国的精神史（Geistesgeschichte）和语文学的主题和方法；与其他任何传统相比，只有在德国浪漫主义和黑格尔的传统中，它才能得到更好的理解。如果不是我青年时代在德国的耳濡目染，这本书是绝不可能完成的。（《附论》，第688页，译文略有调整；S.15）

这里所谓的"德国之书"，如奥尔巴赫所说，并不只是因为它用德文写成。更重要的是，它与德国精神史、德国语文学传统密切联系。从精神养成来说，奥尔巴赫从青年到成年，都浸淫在德国浪漫主义和黑格尔的大传统之中。而这不仅构成了奥尔巴赫的思想和精神背景，而且也构成了他为什么试图从讨论19世纪文学这一精神存在所蕴含的问题出发，探究德国政治和社会危机的重要缘由。① 他显然选择的是一条观念论的路径，并不直接从追寻外在历史进入问题，而是相反，从内在历史（Geistesgeschichte/inner history）切入，探寻外在历史发生发展的精神—思想动因。这种由内而外反思19世纪德国文学局限性，乃至反思现代德国历史的进路，无疑非常具有德国色彩，或

---

① 需要特别注意的是，这里的"19世纪德国文学"这个说法，年代上并不完全确切。奥尔巴赫在《摹仿论》第17章中所着重讨论的三位作家（也是仅有的不惜花浓墨讨论的几位作家），生卒年如下：莱辛1729—1781；歌德1749—1832；席勒1759—1805，只有歌德的晚年主要生活在19世纪。请参看范大灿：《德国文学史（修订版）（第二卷）》，北京：商务印书馆，2019年，第一章"启蒙运动"第四节"启蒙运动的鼎盛期（1748—1770）"之第三小节"戏剧：莱辛"、第五节"狂飙突进（1700—1789）"之第五小节"狂飙突进的主将——青年歌德"，及同一节之第八小节"狂飙突进的最后一位主将——席勒"；以及第二章"古典文学"第一节"概述"之第四小节"歌德与席勒的合作"、第三章"晚年歌德的创作"（1805—1832），分别见第175—222页、第286—312页及第352—393页；以及第441—458页，第594—722页。但这或许也提示我们注意到在奥尔巴赫的论述中歌德——尤其是晚年歌德——的极端重要性，以及上述三位作家之间的内在联系和这三位作家对后辈德国作家乃至整个德国精神文化长时间的巨大影响。

更准确地说黑格尔色彩。

但奥尔巴赫显然觉得仅从观念论侧面点明他与德国大传统的联系还不够，甚至容易引起误解。因此，在《附论》结尾部分，他甚至不惜以否定许多博学之作的"客观性"为由，卒彰显其志地宣称，《摹仿论》乃是"一本完全具有自觉意识的书"。换言之，他的写作与德国的联系，一方面是精神性的，另一方面又是现实性的，甚至可以说是希特勒德国的现代悲剧促成的。而这本德国之书，既具反思性，也是深具切肤之痛的忧患之书：

> 人们在很多博学的著作里，可以发现某种客观性，就在这种客观性中，从每一个词语，每一个修辞性的华丽辞藻，每一个段落中，现代的判断和偏见（通常不是今天的，而是昨天或前天的）呼之欲出，而作者对此毫无知觉。《摹仿论》是一本完全具有自觉意识的书，是由一个特定的人，在一个特定的情形中，在20世纪40年代初写成的。（《附论》，第691页；S. 18）

正因为此，当我们将奥尔巴赫前后三段直接关于德国特别是德国文学的文字联系起来看，就不难理解，他为什么要用"悲愤"（Trauer）这个感情色彩如此浓烈的词来表达他对19世纪德国文学的不满了。

说到底，尽管《摹仿论》全书20章中只有第17章"乐师米勒"这唯一的一章是直接关于德国文学的，而全书其他部分则更多地是关于罗曼语文学的；但是，从问题意识上来说，这本旷世之作却还是一本"德国之书"。而以下的分析将使我们进一步看到，奥尔巴赫之所以要更多地在"乐师米勒"中表达对莱辛、席勒，特别是歌德的不满，确是与他作为一个特定的、生长在德国的犹太人来写作《摹仿论》这本书，而且在1933年之后作为流亡者写作这本书，有不容忽视的内在纠结。

仔细分析第17章"乐师米勒"，不仅可以让我们更加知道奥尔巴赫到底对19世纪德国文学有什么深刻不满，感觉到他在深深叹惋的同时所流露出的内心悲愤，而且也让我们对他的"不客观"，有几分理解之同情。

所有这一切，奥尔巴赫正是在高度自觉中有意为之？

二

第17章从讨论席勒（1959—1805）的市民悲剧《路易丝·米勒林》也即著名的《阴谋与爱情》开始。在引录该剧第1幕第1场乐师米勒与夫人关于女儿路易丝和贵公子费迪南之情事的对话之后，奥尔巴赫开门见山就要求我们格外注意席勒所营造的小市民氛围（kleinbügerliche Atmosphäre/petty bourgeois atmosphere）。"（小）市民"一词，是第17章开头数段频繁出现的字眼，而读毕全章，这种作为19世纪德国文学典型特征的小市民气息，依然四处弥漫，令人挥之不去。

细心的奥尔巴赫让我们首先留意的，是席勒的第一个舞台提示。一开场，"坐在桌边喝咖啡的米勒太太还穿着睡衣"。睡衣这个细节，尽管完全符合剧情设定，但对奥尔巴赫来说，却也恰好与米勒生硬、粗鲁的小市民口头语甚至他的德国南部的施瓦本方言一道，是小市民气氛的天然组成部分。因而与剧中人物既"没有丝毫的英雄气概"，也缺乏"远离日常生活的超脱"（《摹仿论》，第513—514页，以下引自该书者仅注页码）可以等量齐观。故事发生之地的这个公国的"小"，甚至也构成为一种象征："观众看到的这个世界，无论在空间上还是在道德上，都极其狭小。一个小市民的陋室，一个狭小的公国，正如人们常说的，小得骑马一小时就可以出境。"（第517页）

也就是说，这里的"小"，既是空间上的，也是道德上的，甚至是政治上的。

而这种"小"，在奥尔巴赫看来，并不始于席勒，而早已始于德国市民悲剧的第一人莱辛。一方面，奥尔巴赫肯定了莱辛的勇敢探索，认为莱辛

1755年（注意：奥尔巴赫笔误为1775年）创作的德国第一部市民悲剧《莎拉·萨姆逊小姐》，以及其后创作的喜剧《明娜·封·巴尔赫姆》和悲剧《爱米丽亚·迦洛蒂》都是德国市民剧的代表，如歌德在《诗与真》中所说，"成功地在文学与市民世界开创了一个视野更高、更重要的天地"（第515页）。但另一方面，奥尔巴赫又在不止一处指出这些戏缺乏他所期待的真正深度与广度。《莎拉》是"没有时代政治倾向的作品"（第514页），《明娜》依然"生活在一种市民的家庭氛围中"（第515页），《爱米丽亚》则"时代政治色彩不浓厚，并且不具有革命性"——这第三部戏的故事，甚至"不是发生在德国，而是发生在意大利的一个公国"（第515页）。

在奥尔巴赫看来，既展示矛盾与冲突，又几乎在同时让人不解地以各种方式回避矛盾与冲突，不仅构成了莱辛的突出特点，也实际上是席勒和歌德的最主要问题。

这种对德国文学亦是亦非的悖论性判断，在奥尔巴尔对席勒的分析中流露得格外明显。

有时我们看到，与很多高度肯定《阴谋与爱情》的批评家类似，奥尔巴赫因为"这部戏以文学形式真实再现了基本社会矛盾中的极端事件"而对之赞赏有加。因为，与狂飙突进时代的其他作品不同，席勒对现实环境和革命政治的关注，使他摆脱了"粗俗或田园般宁静的现实主义"，也避免了仅在历史题材或充满奇幻色彩的人物和题材中展开剧情的弊端。（第516页）正因为此，《阴谋与爱情》在将"充满伤感、市民化的现实主义手法与理想政治和人权真正结合"上，一直是足以打动人心的作品。但，这只是席勒可以令人满意的一个侧面。

与此同时，我们却看到完全相反的另一个侧面：奥尔巴赫对席勒表达了高度不满的侧面。而真正让人难解的是，在完全相同的问题上，奥尔巴赫却对席勒下了似乎截然相反的判断。

如果不细加分辨，我们甚至根本无法理解，下面这两段话为什么出于同一个作者笔下。请看奥尔巴赫这样概括科尔夫（Hermann August Korff, 1882—1963）对席勒的"精辟论述"（einige vorzögeliche Seiten）：

> 尽管该剧主题与政治上的自由思想之间的联系并不是必然的，只是偶然的，但它比任何一部剧都更像一把直刺封建专制心脏的匕首；它揭露了贵族暴力统治的种种罪行：臣民没有丝毫权力，任凭王公贵族及其宠臣和情妇随心所欲地摆布。故事情节的发展触目惊心，它让人们认识到，封建贵族的专制统治之所以存在，是被统治者的内心束缚和俯首帖耳的奴性使然，这就是对这种现象心理学上的解释。（第518页）

尽管只是借概述同行的观点表达自己的看法，但奥尔巴赫却显然赞同其判断，甚至认为精辟。可是，纵然如此，他却还是对《阴谋与爱情》有极其负面的评价。在肯定这部戏"犹如疾风暴雨，动人心弦，锋芒毕露，极具影响力"（第518页）的同时，他甚至做了让人吃惊的否定：

> 但如果仔细品味，这又是一部相当糟糕的作品。它是一位天才作家创作的，矫情的叫座作品。（aber doch, bei etwas genauerem Hinsehen, ein recht schlechtes Stück; es ist ein von einem genialen Menschen geschreibener melodramatischer Reißer.）对一部严肃戏剧而言，这部戏的戏剧剧情被精心设计了过多阴谋狡诈，让人常常产生不真实的感觉。（第518—519页，译文略有调整；S. 409, p. 441）

一部由天才创作的糟糕作品！这个反讽的判断，事实上恰恰表达了奥尔巴赫内心的矛盾。他在激赏席勒，却又毫不留情地对这位狂飙突进的天才"恨铁不成钢"。用他自己的话来说，就是"遗憾的是，席勒知道反对什么，却不知道应该争取什么"（第518页）。

我们当然不能用"爱之深，故责之切"这样的套话来描述奥尔巴赫对席勒的不满，但却毫无疑问可以说，他对席勒乃至整个19世纪德国文学寄予过更大期望。而这是没有实现的期望，如前文所说，就因为此欧洲尤其是德国失去了一个改变方向的机会。

说到底，对奥尔巴赫而言，席勒虽然表现了现实，乃至触目惊心地表现了现实，但是，他的戏却没有脱出"家庭感伤剧"的窠臼。有关公国，从席勒这里，我们看到的只是"个别的、零散的、不大明了的单个事件"；有关公国中的人，我们看到的只是那些"愚昧、浅薄、怀着扭曲的虔诚心的臣民"——认为自己"受压迫只是命中注定的"臣民。（第520、521页）因而整个戏呈现的不是现实（Wirklichkeit），而只不过是情节剧（Melodrama，中译本作"激情戏"似不切）。"它极其适于引发强烈的、情绪激昂的政治效果，而不是对时代现实的艺术阐释。即使在那些描述了真实情况和事件的地方，给人的印象也是一幅扭曲的画面，因为一旦脱离了事实的本源，它们就失去了内在本质，从而显得感情色彩过浓，倾向性过大。"（第520页）而这，也就从根本上使得席勒无法处理最重要的问题：社会结构。

换言之，奥尔巴赫认为，由于在《阴谋与爱情》中，个人情感尤其是爱情故事"成为政治革命的起点，成为具有政治倾向的现实主义的起点"，因而偶然性、个人性和情感本身受到了过多的关注，对真正现实的关注却反而削弱了。对此，席勒哀婉动人的艺术风格，甚至还更加起了推波助澜的作用。（第520页）总之，以强调情感、情节乃至矫情，牺牲了对现实深入而切近的呈现与批判性反思。

奥尔巴赫提示我们特别注意《阴谋与爱情》第3幕第4场。这一场中，女主人公路易丝由于缺乏内心的独立，放弃了逃走这条出路。而在发生了前面的一切之后，别人制造的阴谋使费迪南妒火中烧，并对路易丝起了疑心，因而也为最终的悲剧埋下了伏笔。但在奥尔巴赫看来，这一点恰恰是最不真实的。它虽然增加了情节的曲折性，也在很大程度上表现了人物的情感，但却把观众（读者）的注意力转移到了对路易丝拒绝逃走这一故事的关注上。路易丝在这里被描写得无辜而令人怜惜，内心也充满了高尚的情感，但这却恰恰无法让观众认识到她的局限性和软弱性，甚至把她错认为一个富于自我牺牲精神的英雄，即使中了伍尔姆可笑的圈套，也还是显得那么"高大、令人敬佩"（第521页）①。当然，对奥尔巴赫来说，恰恰是这种感情戏、这种情节剧，冲淡了人们对现实的深入观察与思考，从而忘记并回避了真正的现实。更有甚者，会把深刻的社会矛盾和社会问题的原因，仅仅归之于个人道德污点和情感悲剧。好像只要宰相和伍尔姆不是流氓无赖，宰相也不是偏偏非要儿子与公爵的情妇联姻，而路易丝选择了逃跑，一切的悲惨后果就不会发生一样。而事实正好相反，正是由于"现存的社会制度被臣民，甚至被路易丝本人都视为'普遍的、永恒的秩序'"，达官显贵尤其是宰相那样的暴君才有可能肆意依据权力一次次发号施令，无所顾忌地达到狭隘的个人目的、谋取一己之私利，而却不需要考虑民众的任何权利或承担任何责任与使命。（第517页）

不过，与其说奥尔巴赫这里是在"苛求"席勒，不如说，他是试图从席勒这个个案出发，探究更具普遍性的德国问题的症结之所在。

奥尔巴赫明确指出："席勒创作这部戏剧（《阴谋与爱情》）的艺术鉴赏力并非造成这部戏缺陷的主要原因，其不够真实的原因在于18世纪形成的市民悲剧这一类型本身。"因为，市民悲剧局限于个人和家庭生活，虽然剧情感人、富于情感成为其不可或缺的要素，但是，也恰恰因为此，这一源自感伤（或流泪）喜剧（*comedie larmoyante*）的戏剧形式，"与扩展社会舞台，涉及普遍的社会政治问题背道而驰"（第519页）。

奥尔巴赫的深刻性在于，尽管他完全不满意于席勒乃至德国的市民悲剧之"小"，不满意其市民气，不满意于真正的社会现实被对剧中家庭的和个人情感的宣泄与渲染所遮蔽，但他却清醒地知道，"政治和具有普遍意义的

---

① 请参看席勒：《阴谋与爱情》，章鹏高译，席勒：《席勒文集Ⅱ（戏剧）》，章鹏高、张玉书译，北京：人民文学出版社，2005年，第403—560页，尤其是第484—487页。

社会问题方面的突破，也正是通过这种途径实现的"（第519页）。这是一个悖论，这既是奥尔巴赫激烈批评席勒的原因，同时又是他肯定席勒天才探索的原因。从根本上说，他理解席勒的意义和价值，但他失望于像席勒这样的天才却止步于市民悲剧的既有范式，而并未能实现最终的突破。

对奥尔巴赫来说，"儿女情长"不可少，但"英雄气短"更可惜？

无论如何，正如前引《附论》中的文字所云，奥尔巴赫转而并不完全情愿地回护席勒，肯定并不是出于对"客观性"的尊重而已。《阴谋与爱情》之所以对奥尔巴赫也对我们有意义，乃是因为，"在德国古典主义和浪漫派时期较为著名的作品中，它是唯一一部这一类型的剧目。在此后的歌德时代，再没有人以现实社会状况为基础，用悲剧形式表现当时中等市民阶层的生活环境"了。（第521页）也就是说，这是一个非常值得重视的苗头，了不起的尝试，但却是一个并不完全成功的尝试。更让人惋惜的是，哪怕是这个失败的尝试，在歌德那里也成了凤毛麟角，甚至成了明日黄花、"灭绝物种"。

那么，我们就来看看奥尔巴赫如何讨论歌德。

三

弗里德里希·迈内克《历史主义的兴起》一书第十章"歌德"这样不容置疑地开头："倘若没有歌德，我们就不会是我们今天所是的样子。"[①]奥尔巴赫从席勒进入问题，进而转入歌德，也基于与迈内克几乎完全相同的判断："我们将主要讨论歌德，这既因为他具有决定性的影响，也因为没有哪个作家像他那样，具有如此高超的捕捉感性和真实的天资。"（第523页）

当然，歌德在德国文学史乃至整个精神史上举足轻重的地位，无须等到迈内克和奥尔巴赫来再次确认。真正值得我们注意的是，尽管这两位历史主

---

① 弗里德里希·迈内克：《历史主义的兴起》，陆月洪译，北京：商务印书馆，2022年，第568页。

义思想者，都高度肯定歌德的巨大影响，但两个人对这种影响的性质所作的判断，却在很大程度上是截然相反的。对迈内克来说，尽管"歌德通向思想高峰的特殊道路并不是直接可用的"，但是，"他确实是我们通向高处的指路人"①，这一点确定无疑。而与迈内克不同，奥尔巴赫恰恰提醒我们注意歌德所留下的精神遗产中，保守思想、贵族观念和仇视革命的态度这三者所占的不容忽视的比重。（第527页）

一个突出的事实是，奥尔巴赫更希望我们看到的不是（至少不只是）《浮士德》《葛兹·封·柏利欣根》或《哀格蒙特》《普罗米修斯》等作品所代表的歌德，而是写作《威廉·迈斯特》《亲和力》，甚至写作并不为人熟知之《佛罗伦萨状况简论》的歌德。

先说《佛罗伦萨状况简论》。与迈内克不同，奥尔巴赫从《佛罗伦萨状况简论》的结语中，看到的并不是歌德"以独特的认识原则直接把握"历史的超群之处。②正相反，从这本书中，奥尔巴赫所看到的是歌德如何忽视社会斗争的动力以及佛罗伦萨历史的经济基础的"令人遗憾"之处。更重要的是，歌德不仅并未试图真正把握历史，而且甚至回避历史——尤其是令他不快的市民骚乱这样的事件。奥尔巴赫特别指出，歌德既具有辩证的、悲观的观察者的一面，同时也具有"古典道德主义"的另一面。当后一种倾向占主导地位时，这位伟大的歌德就不再伟大，尤其是不再能感受到"历史的普遍生活潮流"。因为，在此情况下，歌德认为，"'美好前景的实现'只存在于贵族高度文明的全盛时期。在这种文明中，举足轻重的个体可以不受干扰地施展自己的才能"（第526页）。总之，古典的、贵族的、保守的歌德明显占了上风。

不仅如此，奥尔巴赫还进一步认为，"歌德那些描述当时的社会关系，

---

① 弗里德里希·迈内克：《历史主义的兴起》，陆月洪译，北京：商务印书馆，2022年，第730页。
② 关于迈内克对歌德的论述，请参看上书，第568—730页。

展示建立在稳固的旧市民等级基础上人物命运的其他严肃作品，也大多不涉及那个时代政治、经济的深层运动。书中对地点和时间只做泛泛的说明，以致人们觉得对个别情况还能说出个一二，而一旦涉及整个政治、经济状况，便情况不明，分辨不清了"（第528页）。也正由于此，歌德所展现在读者面前的，就是"处于永远静止状态的市民等级社会"（第529页）。

这就要再说到《威廉·迈斯特》。奥尔巴赫引人注目地引述了《威廉·迈斯特》第5卷第3章威廉给朋友维尔纳的一封信，来说明对歌德的主人公来说，"那个等级制度看起来是何等的完美无缺、不可动摇"（第529页）。尽管将作品中的人物的观点等同于歌德本人的观点，现在看来未必妥当，但奥尔巴赫显然试图让我们从中一窥歌德思想的端倪。尤其是歌德无意于理解革命，乃至期望摆脱革命、讨厌革命并仇视暴力的精神底色。（第528页）事实上，威廉信中的那段话，如今读来，依然引人深思，不妨引述如下：

> ……我不知道外国的情形如何，不过在德国只有贵族才受到一种确切普遍的，如果我可以这样说，就是人格的培养。一个市民可以作出贡献，至多是培养他的思想；随便他怎么作，然而他的人格失去了。……
>
> 在这种差别中，既不能怪贵族蛮横，也不能怪市民懦弱，只能怪社会制度本身；至于这种社会制度将来是不是有所变化，变化些什么，我对此并不关心；得啦，我只实事求是地想到我自身，以及我怎样挽救自己，获得我必不可少的需要。（第530页）①

无论我们是否同意奥尔巴赫将这段文字直接归为歌德的观点，有一点是非常确定的，那就是，奥尔巴赫显然非常反感不关心社会制度变化、得过且过的小市民心态，对只"想到我自己"以获取自身可怜需要的"威廉们"也是嗤

---

① 歌德：《威廉·麦斯特的学习年代》，董问樵译，上海：上海译文出版社，1993年，第283—284页。

之以鼻。这从前文他批判席勒戏里的臣民默认现存社会制度为普遍、永恒秩序所作的辛辣批判中，已很容易看出。

作为一个杰出的文学批评家，奥尔巴赫当然不会不知道歌德与威廉之间不能画上等号，但他却依旧期望提醒我们不要忘记，歌德也是等级制度下一个市民的儿子。"像威廉·迈斯特一样，歌德也在寻求一条跳出市民阶层，完全个人化的道路，而无需关注是否有一天社会制度会发生变动，会发生什么变动。"（第530页）这才是歌德，才是恩格斯所说的那个"心中经常进行着天才诗人和法兰克福市议员的谨慎儿子、可敬的魏玛的枢密顾问之间的斗争"的歌德？[①]

再来看《亲和力》——歌德多次声称自己最喜欢的作品。[②]对这部歌德完成于花甲之年（1809年）的作品，奥尔巴赫格外强调的，是它所呈现的静止不变的社会背景。不仅与狂飙突进的其他作品相比是如此，甚至与前述突出"展现永远静止状态的市民等级社会"的《威廉·迈斯特》相比，还更有甚者。与《亲和力》可资对照的，反而是歌德更具个人色彩的自传作品，比如《诗与真》等。原因很简单，歌德更关心的"不在于变化本身，而在于这种变化成为叙述对象"（第532页）。也就是说，"（歌德）对真正具动态性、原发性事物的兴趣，体现在对个人及他自己亲身所参与的思想运动上，他所描写的社会情况虽然常常生动而传神，却都是既成的、一成不变的（gegebene und ruhende Zustände）"（第532页，译文此处有调整）。

总之，奥尔巴赫坚持认为，歌德关心的不是真正的社会状况，也不是真正的变化。歌德的现实，是既成现实，他的变化也只是与己相关的变化。这些有限的现实、一己的变化，到头来不能不远离实际社会状况本身，而仅仅"安全地"存在于歌德自己的叙述之中。因此，奥尔巴赫甚至在第17章中重

[①] 弗·恩格斯：《诗歌和散文中的德国社会主义》，《马克思恩格斯全集（第四卷）》，中共中央马克思恩格斯列宁斯大林著作编译局译，北京：人民出版社，1958年，第256页。

[②] 歌德：《亲和力》，高中甫译，南昌：江西教育出版社，2016年。

复陈述了下面的观点:"歌德从未生动地表现他那个时代社会生活的现实,也从未将其作为正在形成的、未来结构的雏形加以描述。"(第532页;几乎同样的表述另见第524页。)

很显然,正像奥尔巴赫对席勒的批评那样,这位杰出罗曼语文学家对歌德的批评却也不无"失焦"之处。而奥尔巴赫之所以完全没有提及人们通常从《亲和力》中所读出的"断念"(Entsagung)、亲和(合)性(Verwandtschaft)等更具哲学意味的主题,则无疑与他对歌德本人及其时代的整体判断密切相关。

不过,这一方面表明了奥尔巴赫对歌德"理解的同情";另一方面,也确实如他后来在《附论》一文中所说的那样,蕴含着一种深深的"悲愤"。个中思想情感的曲折与复杂,我们不能不细加体察、领会。

奥尔巴赫首先从歌德时代的现实出发,为歌德"开脱"。虽然他对歌德不满,但他也完全知道,德国(更准确地说是德意志)当时的状况无法为真正的现实主义提供宏阔的舞台。当时的德意志,社会形态不统一,政治上动荡不安,使整个区域内小邦林立、诸侯割据,处在一种混乱之中。即使"在一个个小诸侯国里,某种虔诚的惬意和创造历史的感觉在一定程度上消弭了专制主义枷锁带来的束缚甚至窒息感",但是这一切却"助长了投机风气,人们转向内心生活,邦国闭关自守,地方贵族称王称霸。这些都不利于果断地抓住更多内在联系、领悟更宽阔的具体和现实的东西"。(第524页,译文略有修改)在这样的外部环境中,期望歌德真正克服自己的时代,确实有几分"苛求"。

而更具决定意义的,在奥尔巴赫看来,乃是歌德本人的生命底色,尤其是他混合着狂飙突进之勇气和市民气的内在精神底色。奥尔巴赫一针见血地说:"如果有谁希望歌德不是这个样子,那就太幼稚可笑了。他的直觉和爱好,他给自己创造的社会地位,给自己划定的工作范畴,都成为他的一部分,缺一不可,否则就会破坏对他的整体认识。"(第533页)

斯人也乃有斯疾，斯世也、斯国也乃有斯劫。即使是歌德，又其奈它何？！

不过，在"理解"歌德和他的时代的同时，奥尔巴赫终究还是无法彻底抛却他的遗憾乃至悲愤。所以他还是要说：

> 但是，回顾迄今所发生的一切，人们仍禁不住做这样的设想，假如歌德凭借他的感知力、高超的生活技巧和远见卓识以及逐渐形成的对现代生活结构的认识，将更多的爱好与意愿倾注到创作中，那将对德国文学和社会产生怎样的影响啊。（第533页）

谁能说明白，在这低沉却近乎浩叹的发问中，奥尔巴赫对歌德以及歌德的同时代天才表达了多少希望——同时也是失望。天才意味着责任，天才也是人们"回顾迄今所发生的一切"——特别是1933年以降之悲剧——的起点。至少是奥尔巴赫的一个重要起点。

四

如果不是奥尔巴赫自己在《附论》一文结尾着重点明，他对19世纪德国文学的论述之所以如此"负面"实际上是有意为之、另有幽怀，我们或许真的多少会对他的"不客观"不敢苟同。如果不是他格外强调，《摹仿论》既是一部欧洲之书，也更是一部德国之书，我们大概也很难理解为什么他要将自己"回顾迄今所发生的一切"所累积起来的情绪，"迁怒"于席勒、歌德乃至莱辛。

歌德们的影响力太大了，以致在很大程度上确定了其后整个德国（语）文学和精神进程的方向。在《摹仿论》第17章"乐师米勒"的结尾，奥尔巴赫对歌德之后的德国（语）文学史做了如下总结性的判断：

> 现实（主义）的分裂与局限同样表现在比歌德年轻的同时代人及后

> 几代人身上。直到19世纪末，那些极其重要并试图严肃认真地反映当代社会的作品，几乎依旧充满幻想和田园诗般的意境，或者至少局限在狭小的区域内。这些作品展示的经济、社会和政治画面是静止不变的。那些风格迥异的作家无一例外，如让·保罗、E.T.A.霍夫曼、耶雷米亚斯·戈特黑尔夫、阿尔贝特·施蒂夫特、黑贝尔、施托姆等。冯塔纳作品中的社会现实几乎没有触及深层，而戈特弗里德·凯勒作品中反映的政治运动是纯瑞士的。也许克莱斯特和后来的毕希纳可以带来一场变革，但命运却没有给他们自由施展才华的机会，而且他们都是英年早逝。（第533—534页）

这段总结陈词，或许应该与《摹仿论》第19章和"霍米尼·拉赛特"的结尾部分对德语区文学的论述结合起来看。（第607—610页）比较而言，那里涉及的德语作家更多，对德语文学的论述也略为详细。但是，基本判断与第17章是一致的，甚至是更低、更"负面"的："找不出一位伟大的现实主义天才。深陷偏乡僻壤那根深蒂固的传统中而不能自拔，是那些着手刻画自己时代生活的德国作家身上的通病。"（第608页）

可以看出，对席勒、歌德的批评，也延伸到了其他德国（语）作家身上。"幻想"和"田园诗般的梦境"，甚至已不具褒义。因为，沉醉在幻想和梦境中，沉迷于个人情感的自我满足中，与局限在一个"小"的、静止不变的现实中，其实会带来如出一辙的恶果。那就是，回避乃至逃避现实，不愿、不敢，以致最终不能面对现实发言，更不要说像法国现代现实主义作家如司汤达、巴尔扎克或福楼拜那样，参与现实并对现实做出反思和批判。在这样的时代氛围和精神传统规范与规训之下，当1933年悲剧之类的灾难降临时，人们也就只能沉默、麻木、隐忍，变成一个十足的犬儒。细致读来，这样的想法，不能不说正蕴含在奥尔巴赫的内在逻辑之中。

如今数十年过去了，今天的我们，也许不得不对奥尔巴赫从精神史和观念论出发，将德国悲剧发生的原因倒推到歌德、席勒们那里的做法，有所保留，甚至认为他有失公平。至少，奥尔巴赫所钦佩的法国作家并不完全如他所表扬的那样足够"大"、足够"现实"。至少，观念论本身从本质上说也还是一种回避现实的思想进路。至少，有不少学者已经指出，将某个自己时代的悲剧归咎于先人和传统，实际上是一种逃脱自身责任的懦弱行为——这与将纳粹的罪恶归咎于尼采、将法国大革命的危机归咎于卢梭，事实上没有多少区别。①

  我们也许还有更多理由，不同意奥尔巴赫这本"完全具有自觉意识的书"所持有的观点、所采取的思考路径，但是，我们却完全不应该否定他试图深入反思悲剧的勇气和决心。何况，他对歌德、席勒的批判，又何尝不是一种知识人的自我反思？他也许部分地牺牲了学术的"客观性"，没有做到所谓的"价值中立"，他甚至也许在很大程度上错误地理解了他的德意志先贤——这是我们必须予以纠正的，但是他对现代德国悲剧的反思所做的认真努力，却绝不是仅仅对德国、对欧洲有价值而已。

  这是我们在中国重读这本德国之书的意义之所在：因为，奥尔巴赫是我们的一面镜子——不可多得的镜子。

2024年4月5日再改于京西学思堂灯下

（原刊于《北京大学学报（哲学社会科学版）》2024年第4期，中国人民大学复印资料《外国文学研究》2024年第12期全文转载）

---

① 关于此，请参阅梅尼克：《德国的浩劫》，何兆武译，北京：生活·读书·新知三联书店，1991年；理查德·J.埃文斯：《第三帝国的到来》，赖丽薇译，北京：九州出版社，2020年，尤其是第3—24页；以及沃尔夫·勒佩尼斯：《德国历史中的文化诱惑》，刘春芳、高新华译，南京：译林出版社，2010年。

张　辉

比较文学博士，北京大学中国语言文学系教授、北京大学比较文学与比较文化研究所所长。兼任中国比较文学学会（CCLA）会长，国际比较文学学会（ICLA）执委会委员。著有《审美现代性批判——20世纪上半叶德国美学东渐中的现代性问题》《德意志精神漫游：现代德语文本细读》《冯至：未完成的自我》《文学与思想史论稿》《悲剧现实主义的七个问题：奥尔巴赫研究》（待出）及随笔集《如是我读》等。主编"文学×思想译丛"（商务印书馆）、"比较文学与世界文学文库"（复旦大学出版社）及《巨人与侏儒：布鲁姆文集》、《伯纳德特集》（11卷本）等；译有《诗与哲学之争：从柏拉图到尼采、海德格尔》等。

中国语境中的诠释循环

王宇根

作者按：本文原载于中国文艺理论学会《文艺理论研究》1994年第1期（总第72期），第32—38页。此次重刊，仅对原文排印中的少数几处错误作了修正，并将尾注改为脚注。此篇文章原是我初到北大时选修乐老师比较诗学课的期末作业，直至发表之际，方知乐老师将其推荐并投寄给了《文艺理论研究》。三十余年倏忽而过，乐老师辞世已周年，而我的人生之旅也早已过半。这篇文章虽稚嫩浅陋，却是我学者生涯的真正起点。北大老文史楼西首大阶梯教室里熙熙多士盈庭的盛况，同列学子们眼中炽热的求知光芒，至今犹在我眼前，深刻于心中，永远不会褪色。在纪念乐老师仙逝周年之际，重读我交给乐老师的这第一篇青涩作业，不禁涕泪交流，几多悲怀，多少感慨。唯愿乐老师在天之灵安息！

尽管人们对诠释学（Hermeneutics）的认识存在着很大差异，尽管诠释学在不同的学科领域具有不同的表现形式，我们还是可以将其宽泛地定义为对于意义的理解和解释的理论或哲学。"意义"无疑是个非常抽象，很难有明确、统一定义的概念，它是人类生活中最普遍，最常见，须臾不可或缺的东西。没有"意义"，人类社会便无法存在。人类社会存在的本质决定了理解意义，包括对世界、对历史的理解以及人与人之间甚至不同文化之间的相互理解，是人类所面临的基本问题。

虽然从哲学本体论的层次上说对自然科学的理解与对人文学科的理解基本上是相似的，但在方法论的层面上人文学科因其独特的精神品格其理解又有很多不同于自然科学之处。而对于在人文学科中异常活跃，作为人类文化集中体现的文学的意义的理解，更是困扰着古今中外无数的文学理论研究者。20世纪以前的研究者大多倾向于认为文学作品的意义是一个至高无上的先在的作者所赋予的，理解作品本文（text）就是为了发现作者寄寓其中的意图。这种传统的意图论（intentional theory）不乏其现代表述形式。美国理论家赫希（E. D. Hirsch）虽然在很大程度上改变了"意图"这个概念的内容，把它由作为心理学术语的作者个人的心灵意义改造为作为语言学术语的可共享的语词意义，但他却坚持认为意义是意识而不是语词的事，除非意义本身不变化，否则不存在任何诠释客观性。为了追求诠释的客观性，他不得不非常武断地把"作者的意图"确立为诠释有效性的唯一标准。有的理论则与此针锋相对，如新批评就认为意义的产生与作者和读者都没有关系，意义只存在于作品本文之中，他们以"感受谬误"（affective fallacy）和"意图谬误"（intentional fallacy）切断了本文与外界的一切联系，醉心于在"本文的孤岛"中进行一些自得其乐的游戏。70年代末声名鹊起的接受理论则认为意义既不存在于作者的意图也不存在于作品本文的物质符号之中，而是存在于作者与本文相遭际的阅读过程之中。后现代主义的理论家们干脆从根本上否定终极意义的存在，认为"能指"（signifier）只是漫无目的地在空中飘浮，并不必然地指向某个现实的"所指"（signified）。德里达不遗余力地拆除所指在场（presence），力图享受在能指中任意悠游的快乐。可以看出，传统的理论强调超越的终极意图和中心，而现代理论则力图摧毁此先在中心，它在某种意义上说是对传统的意图论的一种矫枉过正。

中国古代诗学中起主导作用的诠释观念也非常崇尚客观性的原则，正如西方在对《圣经》的解释中人为树立了某种诠释权威一样，中国对于古代经籍的诠释也以儒家的那套观念作为诠释的规范和准则。"文以载道"，但这个道必须是在儒家的思想范围之内。三家诗散佚而毛诗独传，虽说有多种复杂的原因，但与这种"定于一尊"的对客观性的追求也不无关系。诠释者往往把发现作者的意图作为自己的主要任务，如陆机就认为诠释活动的主要目的是欲窥"为文之用心"[1]。汉儒说诗宁可扭曲作品本文也要牵强附会硬是把"关关雎鸠"说成是"后妃之德"，他们认为这就是作者写此诗的原意，而作者的意图是被赋予了至高无上的权威了的。对于诠释过程中读者的积极作用，对于作者与读者之间由于时间距离而造成的诠释差异的问题，中国古代诗学也有精辟的论述。《系辞上》："仁者见之谓之仁，智者见之谓之智。"董仲舒也说："诗无达诂，易无达占，春秋无达辞。"[2]并不是说中国早在两千多年前就有了诸如接受美学这样的理论，我的意思是说诠释差异是个非常普遍的现象，中国古代诗学很早就注意到了这一点。愈到后来这方面的见解也就愈为成熟，如清代薛雪认为杜甫诗"解之者不下数百家，总无全璧"的原因即在于接受者期待视野的差异："兵家读之为兵，道家读之为道，治天下国家者读之为政，无往不可。"[3]金圣叹在评《西厢记》时认为它"断断不是淫书，断断是妙文。……文者见之谓之文，淫者见之谓之淫耳"[4]。

阿伯拉姆斯（M. H. Abrams）在《镜与灯》中提出"文学四因素"的概念，认为不同的文学理论思潮和流派都是由于对这四个因素强调的重点不同而造成的。我们可以说，对于意义的理解和诠释而言，这个结论同样成立。对作者意图、本文语词和读者接受的单方面的强调使得各派理论唇枪舌剑，相持不下。20世纪文学思维发生的一个重要变化是，"过程"受到愈来愈多的重视，以前被奉为金科玉律的因果关系受到怀疑，理论家关注的重心由原

---

[1] 陆机《文赋》。
[2] 董仲舒《春秋繁露·精华》。
[3] 薛雪《一瓢诗话》。
[4] 金圣叹《读第六才子书西厢记法之二》。

因和结果转向由因及果这个过程本身。对于人们普遍关注的意义这个问题而言，谁赋予意义（who）和意义是什么（what）的层面逐渐退居幕后，而意义是怎样产生的（how）这一层面则凸现于前台。我认为，文学意义是一个相当复杂的问题，它的产生是一个诸多因素相互作用的综合过程。作者、本文、读者缺一不可。在考察作品意义的时候，必须将其与一个包括读者和作者在内的更大的系统相连，也就是说，必须把部分放到整体中去进行理解。既然如此，意义的理解就不是一蹴而就，不是一下子所能实现，所能完成的，而必须有一个渐进的过程。这正是"诠释的循环"（the hermeneutic circle）所要讨论的中心问题。

诠释学一词最早出现于古希腊文中，其拉丁化拼法为是Hermeneuein。词根Hermes（赫尔墨斯）是古希腊神话中的神使，他不仅向人们传递诸神的信息，而且还担任解释者的角色，因此诠释学一词最原始的意义是"解释"。古希腊的文字解释传统主要用来解释与批评荷马的诗作，到中世纪后期对古代流传下来的典籍与《圣经》经文的诠释考证才变得日益重要。文艺复兴的曙光结束了中世纪的漫漫长夜，古希腊文化的发现与复兴，对古代文化的无比热忱，推动着这种诠释考证工作的进一步发展。与此同时，随着宗教改革运动的兴起，新教徒为了摆脱罗马教会的精神束缚，迫切需要对《圣经》经文作出自己的解释。从这一目的出发，他们对《圣经》经文的解释不再停留于纯文字技巧上，而是对其内容进行解释和阐发，寻求他们所需要的"微言大义"。与此相适应，他们提出了一些诠释的原则和方法。如路德派教徒福莱修斯（Metthias Flacius）就提出，一节《圣经》的意思如果不好理解，可以在进行语法解释的基础上，参照基督徒实际的生活经验所提供的有关背景情况，最主要的是根据整体的意向来进行解释。这种个别可以根据它与整体以及其他部分的关系来理解的观念，可以说就是后来被反复讨论的"诠释循环"的先声。到19世纪，德国神学家施莱尔马赫（F. D. Schleiermacher）使诠释学逐渐系统化，使原先主要应用于经典和文献注释的分散而零碎的诠释学由一种技术性的辅助方法逐渐成为具有普遍意义的方法论。施氏寻求有效解释的普遍条件，确立了一些诠释的基本规则；其中一条规则要求，一段给定的文章中的每一个词的意义只有参照它周围的词才能确定。这是对诠释循环更加明确的表述。狄尔泰（Dilthey）进一步丰富和发展了诠释循环的内容。狄氏认为，理解是一个心理重构的过程，诠释者必须设身处地地重建作者创作时的心理才能获取作者的原意。从这种理论前提出发，他发现诠释循环对这种心理重建具有很大的阻碍作用。狄尔泰一方面发现个别词的充分理解须在整体之中进行，另一方面他又敏锐地注意到了前人所未曾注意到的东西：个别须通过整体来理解，但是对于个别所赖以获取意义的"整体"的理解却又是在对个别的理解的基础上进行的；也就是说，整体通过部分来理解，而对部分的理解又假定已经先有整体理解这个前提——被证明的东西成了证明的前提。基于这种认识，狄尔泰把诠释循环视为有碍理解的在认识论上无法克服的恶性循环。这正是古典诠释学身上的"阿喀琉斯之踵"：由于无法摆脱作者意图客观性这个假定，因而无法超越诠释循环在形式逻辑上所存在的二难困境。诠释学在20世纪经历了一次根本性的转折，超越了其古典的局限性，由狄尔泰的人文学科的总方法论上升到了哲学本体论的高度；"理解"（understanding）成为人类生存的本体论要素，诠释循环成为人理解自己及其周围环境的基本原理和基本方式。如海德格尔（Martin Heidegger）赋予存在以时间的维度，认为任何理解都是在时间中进行的，都不可能超历史和超时间。人类理解的"前结构"使诠释不可避免地带有自己历史环境的成分，因此，他并不遵循一般的形式逻辑原则把诠释循环看作是恶性循环，而是在其中发现了非常积极的意义。海德格尔指出："在这一循环中看到恶性（vitiosum），找寻避免它的门径，或即使只把它当作无可避免的不完善'接受'下来，这都是对领会的彻头彻尾的误解。"① 理解的前结构是诠释的基本

---

① 马丁·海德格尔：《存在与时间》，陈嘉映、王庆节合译，北京：生活·读书·新知三联书店，1987年，第187页。

条件，没有这个条件，诠释活动便无法进行。海德格尔接着说："……决定性的事情不是从循环中脱身，而是依照正确的方式进入这个循环。"①伽达默尔（Hans Georg Gadamer）进一步肯定了理解的历史性，他认为历史性是人类存在的基本事实，真正的理解不是去克服历史的局限，而是去正确评价和适应这一历史性。伽达默尔的理解的历史性观念是海德格尔理解的"前结构"思想的具体化和进一步发展，而理解的历史性的根据，则是海德格尔的存在的时间性，伽达默尔曾引述过海德格尔那段关于诠释循环的著名的论述，进一步肯定了诠释循环的积极作用。他自己也说："这样，这种循环在本质上就不是形式的，它既不是主观的，又不是客观的，而是把理解活动描述为流传物的运动和解释者的运动的一种内在相互作用（Ineinanderspiel）。……所以，理解的循环不是一种'方法论'的循环，而是描述了一种理解中的本体论的结构要素。"②

可以看出，自从现代诠释学者如海德格尔和伽达默尔把时间性及历史性引入诠释活动，诠释循环也就获得了肯定性的意义层面，由古典诠释学者眼中对理解的障碍成为理解得以发生的基本方式。实际上，诠释循环揭示了人类认识活动的辩证过程，它要求将已知和已经验的东西与一个更大的未知的背景联系起来，正是这更大的背景给予已知的东西以意义。这种辩证过程并非静止的循环往复，而是一个以已知的经验结构不断结合新机，不断吸取新质的动态过程。每一次循环之后，我们原有的视野便扩大一次；以此扩大的视野再去进入下一次循环，理解便会得到更进一步的深化。

中国古代哲学思维可以说是这种辩证的理解观念的极好例证。中国哲学向来把宇宙万物的运动视为一个周而复始、循环往复的过程，把体现这

---

① 马丁·海德格尔：《存在与时间》，陈嘉映、王庆节合译，北京：生活·读书·新知三联书店，1987年，第187页。
② 汉斯－格奥尔格·加达默尔：《真理与方法——哲学诠释学的基本特征（上卷）》，上海：上海译文出版社，1992年，第376页。

种运动过程的"复"的观念以及"反"的观念视为宇宙运动的基本规律。《易·复》:"复其见天地之心乎!"《易·泰》:"无往不复。"《老子·四十章》:"反者,道之动。"《文子道原》:"反者,道之常也。"这种思想虽然不可避免地包含某些消极的因素,如容易简单化地将动态的辩证过程归结为静止如"轮"和"环"之类的东西:"始卒若环,莫得其伦"①,"始则终,终则始,若环之无端"②,"天地车轮,终则复始,极则复反"③,"轮转而无废,水流而不止……钧旋毂转,周而复匝"④;但是,更为重要的是,这里面同样充满着生生不已的生命运动,其主调是动态的,积极的。它告诉我们,认识过程并非简单地一次就能完成,而要经历无数次的循环往复运动。车轮的转动虽然是在重复一个一个的圆,但其最终实现的结果则是直线运动,既"轮转而无废,又水流而不止"。它要求思维不断处于运动状态,在不断运动中逐渐向前发展。

在这种哲学思想背景之下,中国古代艺术形成了自己独具特色的事物观照方式:"仰观俯察"。《易·系辞》:"古者包牺氏之王天下也,仰则观象于天,俯则观法于地。"《兰亭集序》:"仰观宇宙之大,俯察品类之盛。"《文心雕龙·原道》:"仰观吐曜,俯察含章。"中国文化独具的这种仰观俯察式事物观照方式要求观照主体的视点灵活而不固定,在不同的对象上不断移动,即"游目";即使视点集中在同一个对象上,也要求不是主体向客体单向投射,而要求视点在主客体之间不断地进行转换,进行来回往复运动,"既随物以宛转……亦与心而徘徊"⑤。这种动态运动观念正是诠释循环的精髓之所在。中国文化积五千年之悠久历史,经典古籍数量之丰富,

---

① 《庄子·寓言》。
② 《荀子·王制》。
③ 《吕氏春秋·大乐》。
④ 《淮南子·原道训》。
⑤ 刘勰《文心雕龙·物色》。

含义之深微，在世界上鲜有其匹。对这些古籍经典进行注疏考证，爬罗剔抉，索幽发微，在中国文化的传统中一直占据着举足轻重的地位。可以毫不含糊地说，中国有着悠久而深厚的本文诠释传统。从某种意义上说，中国文化史就是一部注经、解经的历史，无论是"我注六经"还是"六经注我"都表明了某种诠释立场，这里面蕴含着极为丰富的诠释学观念。而尤其是在诠释的实践方面，更是积累了丰富的经验。传统的小学在这方面作出了很大贡献，而乾嘉朴学又集其大成。钱锺书先生曾非常精辟而简洁地总结出乾嘉朴学的诠释方法：

> 乾嘉"朴学"教人，必知字之诂，而后识句之意，识句之意，而后通全篇之义，进而窥全书之指。虽然，是特一边耳，亦只初桄耳。复须解全篇之义乃至全书之指（"志"），庶得以定某句之意（"词"），解全句之意，庶得以定某字之诂（"文"）；或并须晓会作者立言之宗尚、当时流行之文风，以及修辞异宜之著述体裁，方概知全篇或全书之指归。①

可以看出这种诠释方法的关键之处在于要能由局部到整体之后，再由整体"复"归局部。其关键在一个"复"字。在此基础上，钱锺书先生总结出乾嘉朴学诠释活动的基本原则：

> 积小以明大，而又举大以贯小；推末以至本，而又探本以穷末；交互往复，庶几乎意解圆足而免于偏枯，所谓"阐释之循环"（der hermeneutische Zirkel）者是矣。②

只有交互往复，才能"意解圆足"，而免于"偏枯"。"复"的观念在乾嘉诠释原则中处于中心地位。这不仅是对乾嘉朴学诠释原则的高度概括和总结，同时也是对我国的整个经典注释原则的高度概括和总结。

---

① 钱锺书：《管锥编（第一册）》，北京：中华书局，1979 年，第 171 页。
② 同上。

在具体操作实践的层面上，中国古代的经典注释者们在积累了丰富的实践经验的基础上发展出一套与中国诗歌特点相适应的独特的诠释方法，其基本要求可以用八个字来概括："沉潜往复，从容含玩"。中国古典诗歌含蓄朦胧的意象特色决定了诠释者必须反复吟咏，细心体会，才能见出个中滋味，朱子说："涵咏"久之，自然见得条理浃洽。罗大经也认为，当"涵咏"之，体认之。清代沈德潜在《唐诗别裁·凡例》中更加明确地说："读诗者心平气和，涵咏浸渍，则意味自出，不宜自立意见，勉强求合也。况古人之言包含无尽，后人读之，随其性情浅深高下，各有会心。"可见，"涵咏"与"含玩"这种阅读与诠释方式是阅读和诠解中国文学非常重要的方式，对于诗歌的诠释而言更是如此。这种方式也就是严羽所说的为了达到妙悟之境而必须采用的"熟参"之法。无论是"涵咏"还是"熟参"的诠释方式，都不要求"目击道存"式的瞬间感悟，而是强调必须有一个由浅入深、沉潜往复的循环过程。

为了得到完备的理解，从细处着眼，弄清一词一字甚至一个读音的意义，是最基础的工作。但光有这个由局部到整体的过程是不够的，这只是诠释过程中的一个方面。中国古代的经典注释者们没有忽视诠释过程的另一方面：从上下文的具体语境中了解每一个元素的意义。孟子问："诵其诗，读其书，不知其人，可乎？"他提出"知人论世"的诠释原则，主张把作品本文放在作者的整个一生以及他所处的历史语境中去考虑，要求"不以文害辞，不以辞害志"①。可以说，从一个大的语境中去确定每一个字的意义，是中国古代诠释操作实践所使用的基本方法。王安石曾举过一个例子：

> 孔子曰："管仲如其仁"，仁也；扬子谓"屈原如其智"，不智也。犹之《诗》以"不明"为明，又以"不明"为昏。考其辞之终始，

---

① 《孟子·万章》。

其文虽同，不害其意异也。①

相同的措辞在不同的整体语境中意义殊异。顾炎武也举过"高高下下"的例子：

> 国语之言高高下下者二。周太子谏灵王曰："四岳佐禹，高高下下，疏川道滞，钟水丰物。"谓不堕高，不埋卑，顺其自然之性也。申胥谏吴王曰："高高下下，以罢民于姑苏。"谓台益增而高，池益浚而深，以竭民之力也。语同而意则异。②

钱锺书先生在《管锥编》中也举过"老老幼幼"的例子：《孟子·梁惠王》中"老吾老，幼吾幼"是"尊之爱之"的意思，而在《列女传·齐管妾婧》中"毋老老，毋少少"则是"轻之贱之"之意。他因而总结说，"故只据句型，未由辨察；所赖以区断者，上下文以至全篇、全书之指归也"；又说，"观'辞'（text）必究其'终始'（context）耳"。③这些例子涉及的虽然只是对单个字词的理解，但其中蕴含着的诠释原则则是相同的：意义离不开语境；本文（text）须在语境（context）中才能得到理解。

从以上论述可以看出，中国古代有着非常丰富的诠释实践经验，尤其是关于诠释过程中部分与整体之间关系的观念已非常成熟。然而遗憾的是，中国终究没有像西方那样发展出一门具有完整理论体系的诠释学科来，像乾嘉朴学所提供的原则与方法基本上还只处于西方以狄尔泰等人为代表的古典诠释学的水平上。古典诠释学力图克服理解过程中由于历史时间距离而造成的主观先入之见，超越"现在"以求达到客观的历史真实，即把握本文的原意。但是这种追求绝对历史客观性的观念本身就是一个悖论：在追求作者意

---

① 王安石《临川集》卷七二《答韩求仁书》。
② 顾炎武《日知录》卷二七《国语注》。
③ 钱锺书：《管锥编（第一册）》，北京：中华书局，1979年，第170页。

图历史客观性的同时实际上否定了诠释者的历史客观性。因此古典诠释学要想获得发展，就必须超越这个悖论，必须克服企图重建作者意图以求达到理解的绝对客观性这个障碍。以海德格尔和伽达默尔等人为代表的现代诠释学正是超越了这种障碍才获得了突破性进展。伽达默尔不仅肯定了作者的历史性而且肯定诠释者的历史性，其出发点也由狄尔泰的历史转向了艺术。由历史进入艺术和文学正是古典诠释学发展成为现代诠释学非常关键的一点。中国之所以终究没能发展出诠释学的理论体系来，重要的原因之一就在于中国古代的文学理论受历史观念的束缚太严重，因而难以实现由历史向文学的提升。钱穆先生曾说过，西洋重哲学，而中国则重历史。中国的历史意识觉醒相对早，古代神话在解体时不是像西方那样地被艺术化，而是过早地被历史化了。"文史合一"的实质是文学被历史所同化。以历史的标准去衡量文学成为人们普遍认同和接受的诠释惯例。"诗史"成为一种很高的荣誉。《左传·成公十四年》："君子曰：《春秋》之称，微而显，志而晦，婉而成章，尽而不汙，惩恶而劝善。"经过杜预等人的发挥，形成后世所谓的"春秋笔法"：既要微言大义，又要直书其事。其关键之处在于保持历史的客观性。令人奇怪的是，"春秋笔法"以后不仅成为史家楷模，也成了诗家的楷模。宋杨万里《诚斋集·诗话》曾经引用"微而显"等四句话，认为"此《诗》与《春秋》纪事之妙也"。把《诗经》与《春秋》同等看待，以史的标准来衡量诗，就更不必说怎样对待与历史具有更多共性的叙事性文学类型了。实际上，叙事虽同是历史与叙事性文学的特征，历史叙事与文学叙事却存在着重大的差异：历史叙事要求叙事者与作者合二为一，二者之间的距离被尽可能地压缩到最低限度，要求达到历史的客观真实性；而文学叙事的叙事者与作者却往往并不合一，二者之间存在着很大的距离，并且距离越大，文学的虚构性也就越强，有时中间还存在着"暗含的作者"这一层次。然而，使问题变得越来越复杂的是，历史叙事中亦不时存在着文学叙事成分，即存在着一个虚构的叙事者，他可能比作者知道得更多。中国古代的研究者们认为"六经皆史",以历史眼光去看待一切叙事,因此在处理这种历史叙事中的文学叙事成分时往往会无所适从。历史上有过许多著名的争论。例如,有不少人认为《左传》僖公二十四年介之推与母偕隐前的一段问答,宣公二年鉏麑"触槐而死"之前的自我感慨之类生无傍证、死无对证的事情,是叙事的大败笔。李元度《天岳山房文钞》卷一《鉏麑论》直接对此进行质疑:"又谁闻之而又谁述之耶?"纪昀《阅微草堂笔记》卷一一也说:"鉏麑槐下之词,浑良夫梦中之譟,谁闻之欤?"他们对这些事由谁听到又由谁叙述出来的问题感到大惑不解。他们根本没想到叙述者和作者完全是可以分离的。非常有趣的是,还是这个纪昀,因不满于蒲松龄《聊斋志异》以传奇法志怪的文学叙事手法,认为那是"才子之笔"而不是更为高雅纯正的"著书者之笔",于是他自己亲自创作出《阅微草堂笔记》,以六朝晋宋之风与之相抗。其弟子盛时彦在《姑妄听之》跋中曾转述老师的话说:"《聊斋志异》盛行一时,然才子之笔,非著书者之笔也。……小说既述见闻,即属叙事,不比戏场关目,随意装点。……今燕昵之词,媟狎之态,细微曲折,摹绘如生,使出自言,似无此理;使出作者之言,则何从而闻见之?"区分出叙事者和作者是现代叙事学的重大贡献之一;在叙事者与作者之间拉开距离,正是由历史叙事向文学叙事发展非常关键的地方。亚里士多德曾经论述说,历史与诗的主要区别在于,历史"叙述已发生的事",而诗则"描述可能发生的事",即"按照可然律或必然律可能发生的事"。[①]戴着历史的眼镜用史的眼光看待一切,以准确模拟"已发生的事"为目的,在文学中追求历史的绝对客观性,实际上就抑制了文学发展的丰富可能性,而这些可能性正是由历史向文学发展的必然条件。狄尔泰追求那种历史客观性,致使古典诠释学虽在他那里集了大成,却无法进一步向前发展。中国古代虽然有着非常丰富的诠释实践经验,但却没能进一步向前发展出一种学科体系出来,这与

---

① 亚理斯多德:《诗学》第九章,罗念生译,北京:人民文学出版社,1962年。

中国"六经皆史"的观念不无关系。这种观念不仅束缚了中国古代文学理论的发展，同时也阻碍了中国的"诠释学"由经验形态向理论形态的升华。

王宇根

字羽更，一字逋赓，晚年戏号夜锦客，春不居士。中国安徽省太湖县西源里王氏二十八世裔孙。

1992年毕业于安徽师范大学中文系，获文学学士学位。1995年毕业于北京大学比较文学研究所，获文学硕士学位。2005年毕业于美国哈佛大学东亚语言文明系，获文学博士学位。

自2005年起居美利坚合众国俄勒冈州与金城，以教授研究中国文学为业。

与金，本地人呼为尤金，因多雨，好事者或雅称作雨津。

阿甘本文论视野中的诗与哲学之争

蒋洪生

阿甘本思想的诸种向度

在谈论意大利当代著名思想家阿甘本的总体思想向度时,他的同乡,也是论战对手的安东尼·奈格里(Antonio Negri)说:"看来存在着两位阿甘本。一位阿甘本徘徊于存在的、宿命的和可怖的阴影之中,在那里,他被迫持续不断地与死亡的理念发生冲突。同时存在着另外一位阿甘本,这位阿甘本通过致力于文献学(philology)和语言学分析的工作,实现了存在的力量(就是说,他通过巧妙的处理和建构,重新发现了存在的断片或者元素)。"[1]这前一位阿甘本,关注存在,关注宿命,关注阴影,关注死亡,可以说是关注形而上学,受海德格尔式的存在主义思想影响至深的一位哲学阿甘本。对于这后一位阿甘本,2003年在评论其新书《例外状态》的时候,奈格里将其明确表述为一位"通过沉浸于文献学工作和语言学分析来把握生命政治视野(seizing the biopolitical horizon)"的思想家[2],大致可以理解成一位政治阿甘本。奈格里将阿甘本划分为哲学阿甘本和政治阿甘本,这大体标

---

[1] Matthew Calarco and Steven De Caroli eds., *Giorgio Agamben: Sovereignty and Life*, Stanford: Stanford University Press, 2007, p. 117.

[2] Antonio Negri, "The Ripe Fruit of Redemption," published in Italian on *Il Manifesto-quotidiano comunista* (26 July, 2003), Trans. Arianna Bove. <www.generation-online.org/t/negriagamben.html>

识了阿甘本思想中的两大向度：哲学阿甘本略显阴郁、悲观，而致力于生命政治学说的政治阿甘本则试图突破裸命性"生命政治"的困境（aporias），探求"幸福生活"（happiness/happy life）或"形式—生命"（form-of-life）之可能，力图为西方历史尤其是现代性以来的晦暗、可怖的生命图景涂上些许亮色。对此，奈格里补充说："吊诡的是，这两位阿甘本总是并存不悖，在你最料想不到的时候，前面一位阿甘本重新浮现，使得后一位阿甘本变得黯淡无光，死亡之暗影扩展开来，笼罩了生命的意志和丰盈的欲望。反之，亦是如此。"当然，奈格里的本意并不是要将阿甘本截然地一分为二，所以奈格里在谈论阿甘本的政治向度时也提到，关注生命政治的阿甘本有时显得像一位批判性本体论领域（critical ontology）的阿比·瓦尔堡①。

奈格里对阿甘本之总体思想向度的评述，与当今学界对阿甘本的思想定位是一致的，就是认为阿甘本主要是位哲学家兼政治理论家（阿甘本的神学和法学思考也十分重要，但学界一般不把他视为神学家/神学研究家和法学家，而是将其神学思考置于其哲学维度之下，将其法学探索置于政治维度之下）。著名的阿甘本研究专家威廉·沃特金（William Watkin）则反对这种主流看法，他提示大家不要忘记，阿甘本约三分之一的著作是关于文学和艺术的，阿甘本尤其喜好解析诗歌。所以，沃特金认为主流的阿甘本研究相当程度上遮蔽了阿甘本思想中的文艺向度，为此他专门撰写了《文学阿甘本：探索"通过制作而思"》（*The Literary Agamben: Adventures in Logopoiesis*）一书来详尽论述阿甘本的文艺思想。这本书得到了加州艺术学院的阿甘本研究学者阿恩·德·布菲（Arne De Boever）的高度评价，认为该书对阿甘本文艺维度的讨论不仅对阿甘本著作的专门研究者，而且对一般的语言和文学研究

---

① Antonio Negri, "The Ripe Fruit of Redemption," published in Italian on *Il Manifesto-quotidiano comunista* (26 July, 2003), Trans. Arianna Bove. <www.generation-online.org/t/negriagamben.html> 阿比·瓦尔堡（Aby Warburg, 1866—1929），德国文化史大家，有名言"上帝在细节中"。本雅明、阿甘本、贡布里希、帕诺夫斯基等受其影响颇深。

者,都是极有价值的。但是布菲也认为该书存在一个根本性的问题,就是沃特金在该书完全避免讨论阿甘本的政治向度。布菲质疑是否真的有一个所谓脱离政治向度的文学阿甘本,他说:"归根结底,我认为我们必须记住,不存在一个[单纯的]所谓文学阿甘本,正如不存在一个[单纯的]所谓的政治阿甘本一样。它们都是分析性的草人,通过这种草人,批评家们得以企近即便是最有经验的比较学家也心存畏惧的阿甘本的大量著作。"①对于阿甘本的研究者来说,我认为Boever的忠告是非常有益的,把阿甘本的思想进行学科分工式拆解的任何企图,不管是拆解为分立的哲学阿甘本和政治阿甘本两个维度,还是拆解为分立的哲学、政治和文艺三个维度,或者更多的维度,都可能是不必要的,甚或可能对把握阿甘本的思想起到事倍功半的不良效果。

诚然,在阿甘本的著作中,有不少是直接谈论文学和艺术的。举其著者,有《没有内容的人》(1970),有《诗节/空间:西方文化中的语词与幽灵》(1977),有《诗的终结——诗学研究》(1996),等等。但于阿甘本而言,他绝对不是为谈文艺而谈文艺,而是像布菲这样的论者所观察到的,是将文艺、语言学、文献学、哲学、政治等熔为一炉,一起来谈的。不得不承认,阿甘本的文学和文献学修养十分了得,他所论的哲学和政治,往往是由对原典之最细微的词源—文献学勘察和文学形式分析所触发的。我们从大量的文本中可以见出,阿甘本非常钟情于诗歌和诗学分析。仅以他的诗学研究专著《诗的终结》一书而言,阿甘本就重点考察了意大利诗人但丁、安东尼奥·德尔菲尼(Antonio Delfini)、帕斯科利(Pascoli)、吉奥乔·卡普罗尼(Giorgio Caproni)、普罗旺斯诗人阿尔诺·达尼埃尔(Arnault Daniel)等人的诗作,也兼及了马拉美和荷尔德林等人的诗学。值得注意的是,虽然阿甘本的诗论非常关注诗歌文本的内部张力,其分析丝丝相扣,细致入微,但

---

① Arne De Boever, "Review: The Literary Agamben: Adventures in Logopoiesis," *Bryn Mawr Review of Comparative Literature*, Volume 10, Number 1 (Fall 2012). 〈http://www.brynmawr.edu/bmrcl/BMRCLFall2012/TheLiteraryAgamben.htm〉

他的诗歌研究并不局限于所谓文学的"内部分析",也不太关注传统所谓的"文学性"。诗歌之所以有存在和分析的价值,是因为诗歌与思想相关,与真理相关,甚至与弥赛亚的神学救赎相关。对于作为后海德格尔思想家的阿甘本而言,在一个形而上学贫困的时代,诗歌是唯一朝向真理的通路。"一如海德格尔,对阿甘本来说,诗歌最为有力地将语言呈现为支撑思想的直接媒介。"① 在《诗的终结》一书的前言中,阿甘本提道:

> 对《寻爱绮梦》和帕斯科利的解读,考量的是作为现代性诗学之根本内部张力的,活语言与死语言之间的关系问题;我将对当代意大利作家安东尼奥·德尔菲尼诗歌作品的介绍视为一种契机,借此来重新表述生命与诗歌之间的关系这一古老的问题,以及界定罗曼语文学中作为基于诗歌的生活经验之发明的叙事原则。[……] 在《Corn:从解剖学到诗学》和《诗的终结》中,研究的主题转换到诗歌本身的具体结构问题。因此,这两篇论文应被理解为对目前尚未存在的韵律(meter)的哲学和批评的初步贡献。这些论文中的第一篇,通过检视阿尔诺·达尼埃尔晦涩的"雇佣军之歌"②,扩展了罗曼·雅各布森所论的声音与意义之间的关系问题。③

由此可见,与其说阿甘本关注的是作为文学文类的诗歌,不如说他更关心的是诗歌与生命,诗歌与生活经验,以及语言与思想的关系。诗歌之所以重要,乃在于"在语言的媒介中经验到此种[诗与生活的]统一的个体经历了一种人类学转变,这种转变在个体之自然史的语境中,全然具有决定性的意义,

---

① Alex Murray and Jessica Whyte eds., *The Agamben Dictionary*, Edinburgh: Edinburgh University Press, 2011, p. 154.
② Sirventes,传统欧西坦抒情诗一种,得名于 sirvent 即雇佣军,意为自雇佣军角度撰写的诗歌,其旨或刺或美。
③ Giorgio Agamben, *The End of the Poem: Studies in Poetics*, trans. Daniel Heller-Roazen, Stanford: Stanford University Press, 1999, p. xii.

这就如同灵长类的直立行走将手解放出来，又如爬行类动物四肢的变化将其转变为鸟类一样"①。在具体考察诗歌文本之时，阿甘本的落脚点在于语言问题，在于语言不同的运作方式所形构的声音和意义之间的关系问题，一定程度上说，也在于困扰西方文化数千年的诗与哲学的关系问题。对这个问题，阿甘本不吝笔墨，在《没有内容的人》（1970）、《诗节/空间：西方文化中的语词与幽灵》（1977）、《幼年与历史：经验的毁灭》（1978）、《语言和死亡》（1982）、《散文的理念》（1985）、《诗的终结》（1996）、《潜在性》②（1999年英文初版，2005年意大利文版，两版所收文字略有不同）等诸多著作中都多所论列。下面我们可以见到，那个对诗和哲学的关系进行反复研讨的阿甘本，既不是单纯的文学阿甘本，也不是纯粹的哲学阿甘本，更不是单一的政治阿甘本，而是一个将文学、哲学和政治融为一体进行整体（holistic）思考的三位一体的阿甘本。③

诗与哲学之分：西方文化的精神分裂症

早在1970年的开山之作《没有内容的人》中，阿甘本就开始谈论西方文化中的"诗与哲学之争"。与一般的印象不同，阿甘本指出，诗与哲学的交恶其实并不始于柏拉图，柏拉图只是陈述了一个长久以来的既成事实而已：根据《理想国》的说法，在柏拉图的时代，诗与哲学的分离就已经是一种

---

① Giorgio Agamben, *The End of the Poem: Studies in Poetics*, trans. Daniel Heller-Roazen, Stanford: Stanford University Press, 1999, p. 94.
② 在阿甘本的用法中，"potentiality"与"actuality"及"impotentiality"关联。本人将这三个词分别译成"潜在性""实在性"和"非潜在性"。王立秋等人将"potentiality"译为"潜能"，亦可。
③ 本文不将阿甘本就诗和哲学的关系所作的神学思考作为考察重点，相关研究可以参考 Colby Dickinson 的论述。Colby Dickinson 是研究阿甘本神学思想的专家，有专著《阿甘本与神学》（*Agamben and Theology*, T. & T. Clark, 2011）。他的"The Poetic Atheology of Giorgio Agamben Defining the Scission Between Poetry and Philosophy"一文，从神学/非神学的角度深入考察了阿甘本对诗与哲学之争的思考。

"宿怨"了。柏拉图列举了一些诗人对哲学的攻击，比如骂哲学是"对着主人狂吠的母猎狗"，指责一撮哲学家"把宙斯变成奴隶"、哲学家"最善说混账话"等等。根据阿甘本的意见，诗和哲学的分裂从西方文化的肇始就已经开始了，"我们如此习惯于两者的交恶，以致无法认识到这对西方文化的命运起到了多么富于决定性的主导作用"[1]。

如果说诗与哲学的关系在《没有内容的人》中只是初步涉及的话，那么阿甘本的第二本著作《诗节/空间》则在一定程度上，将两者的关系置于该书的论述中心。在《诗节/空间》中，阿甘本认为诗与哲学之间的分裂是欧洲文化中的一个根本性分裂，而它们之间的分裂实际上源于诗的语词与思想的语词之间的分裂：

> 语词的分裂被解读为诗拥有其客体（按，指经验到、享受到）却不认识它，而哲学认识其客体却不拥有它（poetry is seen as possessing its object without knowing it, and philosophy as knowing it without possessing it）。因此，在西方，语词由此被一分为二：分离为无意识的，如同从天而降的，并通过以美的形式再现知识客体，来对这一知识客体进行享用的词，以及那种对自身具有所有的严肃性和意识，却不享用（enjoy）其客体——因为它不知道如何再现客体——的词。[2]

在阿甘本看来，西方文化中诗的语词与思想的语词之间、诗和哲学的分裂所起到的作用，与其说是建设性的，不如说是问题性甚或是灾难性的；它造成了一个严重的后果，就是对西方文化而言，主体"完全拥有（fully possessing）知识之客体（因为知识问题是拥有问题，一切拥有问题都是享

---

[1] Giorgio Agamben, *The Man without Content*, trans. Georgia Albert, Stanford: Stanford University Press, 1999, p.33.

[2] Giorgio Agamben, *Stanzas: Word and Phantasm in Western Culture*, trans. Ronald L. Martinez, Minneapolis: University of Minnesota Press, 1993, p. xvii.

用（enjoyment）问题，也即语言的问题）的不可能性"①。阿甘本在此谈论的拥有（possession）和知识（knowledge）之客体，根据阿甘本研究家Paolo Bartoloni的意见，就是"自我（self）及其对现象学世界和超感知之物（the supersensible）的应对。研究的客体，如果不是最重要的话，也是语言，语言是知识和拥有之间不可避免的、必要的助力或者障碍"②。诚然，诗和哲学都致力于探索自我及其与世界的关系，但是诗的语词与思想的语词之间的本源性分裂，导致主体无法在一种完整的语言中（in language）和以一种完整的语言（through language）来处理知识客体的问题，也就是说，分立的诗和哲学各自无法"完全拥有"知识之客体，也就是无法经验"我们人性的完整性"（experience of the fullness of our humanity）③。阿甘本进一步具体指摘哲学和诗的分裂的问题说：

> 在我们的文化中，知识被分裂为灵感激发—迷狂（inspired-ecstatic）与理性—意识（rational-conscious）的两极，二者从未成功地完全约束（reducing）对方。就哲学与诗被动地接受这种分裂而言，哲学没有精心打造出一种合适的语言（proper language）——就好像可能存在一条可以避开其表征的问题，而直达真理之境的康庄大道一样——而诗也未能发展出一种方法或自我意识。④

这就是说，在西方文化中，广义的知识被严格分类为非理性知识和理性知识，这也就是经验和狭义的理性知识之间的分裂，是诗歌（愉悦）和哲学

---

① Giorgio Agamben, *Stanzas: Word and Phantasm in Western Culture*, trans. Ronald L. Martinez, Minneapolis: University of Minnesota Press, 1993, p. xvii.

② P. Bartoloni, "The Stanza of the Self: on Agamben's Potentiality," *Contretemps* 5(2004): 8—9.

③ Colby Dickinson, "The Poetic Atheology of Giorgio Agamben: Defining the Scission between Poetry and Philosophy," *Mosaic: A Journal for the Interdisciplinary Study of Literature*, vol.45 (2012), Database Proquest.

④ Giorgio Agamben, *Stanzas: Word and Phantasm in Western Culture*, trans. Ronald L. Martinez, Minneapolis: Unversity of Minnesota Press, 1993, p. xvii.

（认知）、语言和思想之间的分裂。诗歌和哲学的严格界分，使得它们各自只在自己的领域中起作用，这样做的结果，造成哲学无法用来享用，而诗歌无法用来思考，"诗性思维"（poetic thinking）在西方文化中无法获得其合法性。被动地接受流俗对诗和哲学的学科分野，严守诗和哲学的各自传统边界，一方面会使诗无法发展出某种方法和自我意识，也就是说，无法发展出"诗性思维"，使得诗歌与知识和真理绝缘；另一方面，这也使得哲学无法拥有一种适当的语言，无法通过合适的语言表征达至愉悦之境。下面我们会看到，阿甘本主张诗和哲学必须跨越各自的传统边界，通过两者向着对方的循环转化，诗和哲学各自才既能认知真理，又能享受愉悦，才能"完全拥有知识之客体"。如果缺失两者中的任何一方，那么就会导致经验的碎片化，"任何声称的完整性都会不断地缩减，从而导致进一步的种种分裂和被随之而来的异化感所支配"①。这就是说，诗和哲学的分裂，作为一种本源性的语言（原初的语言被分裂为诗的语言和哲学/散文/思想的语言）分裂的后果，因其无法统合和"完全拥有"知识之客体，导致了人（自我）和社会文化的异化。

阿比·瓦尔堡是本雅明、阿甘本、贡布里希等人都十分推重的一位德国文化史研究大家。瓦尔堡反对温克尔曼的希腊学说，因为温克尔曼将希腊文化单纯视为"高贵的单纯，静穆的伟大"，瓦尔堡认为这是一种单向度的古典学说，他本人则赞同尼采的希腊阐释，认为"酒神"和"日神"之间的对立和斗争形塑了希腊文化。但这种文化，在瓦尔堡来看，无疑是一种精神分裂（schizophrenia）的文化。在一段日记中，瓦尔堡将自己视为一位精神—历史学家，他对西方文明进行诊断后得出结论，西方文明的精神分裂在于："一方面是狂喜的'宁芙'（躁狂），另一方面则是哀悼的河神（忧

---

① Colby Dickinson, "The Poetic Atheology of Giorgio Agamben: Defining the Scission between Poetry and Philosophy," *Mosaic: A Journal for the Interdisciplinary Study of Literature*, vol.45 (2012), Database Proquest.

郁）。"①这与西方文化中的种种二元对立密切相关，阿甘本指出："也许，在我们的文化中区分诗与哲学、艺术与科学、'歌唱'的词语和'记忆'的词语的那种断裂，不过是瓦尔堡在狂喜的宁芙与忧郁的河神之极化中辨认出的，西方文化精神分裂的一个方面罢了"②。如何疗救西方文化中这种源远流长、根深蒂固的悲剧性精神分裂，从而创造出一种解放人类意志的解放性知识和科学，就成为阿甘本魂牵梦绕的一大课题。

本真之诗、本真之哲学和"真正的人类语言"

如前所述，诗与哲学的分裂是西方文化的一大问题，正如美国罗森教授所论，这会导致"用部分代替全体的危险，或者说有用影像代替原本的危险"③。而阿甘本更认为，两者的分离会造成主体无法完全拥有知识之客体和人及其文化的异化这样的严重后果。所以，寻求这一问题的解决之道，自然成为阿甘本所致力的精神探索方向。在为一本意大利文的百科全书④撰写的条目"品味"（Gusto）中，阿甘本就提出了类似的问题，他说："在认识真理然而却无法享受它的系统研究（systematic study）和享受美却无法理性地解释它的品味（taste）之间，能否达成和解？"⑤这里，"系统的研究"指称的即是哲学研究，而"品味"无疑与文艺/诗歌相关。诗和哲学的和解问题，委实是阿甘本一个优先考虑的思想议题。

由此，在《诗节/空间》一书的前言，阿甘本提请人们不要被动地接受诗与哲学、诗的语词与思想的语词之间的区分。他反对主流的对诗歌和哲学

---

① 乔吉奥·阿甘本：《潜能》，王立秋、严和来等译，桂林：漓江出版社，2014 年，第 140 页。
② 同上。
③ 斯坦利·罗森：《诗与哲学之争》，张辉译，北京：华夏出版社，2004 年，第 33 页。
④ *Enciclopedia: Volume sesto: Famiglia-Ideologia,* Turin: Einaudi, 1979, pp. 1019—1038.
⑤ Leland De la Durantaye, *Giorgio Agamben: A Critical Introduction*, Stanford: Stanford University Press, 2009, p. 58.

的学科性区划，认为在这种学科区划下的流俗的诗和哲学不是本真的。与此相对，阿甘本力倡一种他心目中的"本真之诗"和"本真之哲学"。那么什么是"本真之诗"和"本真之哲学"呢？阿甘本给出了一个描述性的陈述："一切本真的诗学工程都通往知识，正如一切本真的哲学行为都通向愉悦一样。"而这一事实，恰恰是人们所一直忽视的①。诗和哲学的"本真性"就在于它们两者都通往对方，并不固守诗和哲学为流俗所划定的传统边界。所以我们不仅要"学着去看宁芙的舞蹈姿势中上帝沉思的目光"，也要理解到"歌唱的词语也会记忆而记忆的词语也会歌唱"。②打破诗与哲学之间，语言与思想之间的传统边界的吁求，可以说贯穿了《诗节/空间》一书的始终。这从阿甘本为这本书拟定的书名"Stanzas"，以及他精心选择的全书题记，就可见一斑。选择"Stanzas"作为书名有什么特别呢？一般的理解，是将"Stanzas"仅仅理解为由不少于四行的诗句组成的"诗节"。毕竟，阿甘本在这本书中细致地探讨了作为诗学技法和形式的"诗节"的问题。但是，"Stanzas"在意大利文的主要意思却不是"诗节"，而是"空间/房间"（room）。"Stanzas"一词的这一双重含义，具体地体现在全书的题记之中，该题记引自但丁的《论俗语》：

> 这里我们应该知道，这一术语（stanza）是专门出于技术原因而选择的，这样，我们把包含一首歌体诗（canzone)的全部艺术的段落称为"诗节"，也就是说，它是能容纳全诗的技艺因素的宽敞场所或容器。因为正如歌体诗是其全部思想的容器（字面意为膝部［lap］或者子宫），诗节也包罗了全诗的全部技艺（但丁，《俗语论》[*De vulgari eloquentia*]

---

① Giorgio Agamben, *Stanzas: Word and Phantasm in Western Culture*, trans. Ronald L. Martinez, Minneapolis: University of Minnesota Press, 1993, p. xvii.
② 乔吉奥·阿甘本：《潜能》，王立秋、严和来等译，桂林：漓江出版社，2014年，第145页。

II.9）。①

在但丁和阿甘本看来，诗节作为一种宽敞的场所或容器，也就是"空间"，包罗了诗歌的全部艺术和技艺；由诗节组成的诗歌更是一种宽敞的容器，它承载着"全部思想"，也就是承载着认知，承载着被动接受诗与哲学区划的流俗诗人们所拒斥的知识和哲学。在这里，我们看到了但丁这样的伟大诗人所构建的"本真的诗学工程"中语言和思想、诗和哲学、愉悦和知识等的辩证统一。在阿甘本心目中，荷尔德林也是但丁这样将"本真的诗学工程"和"本真的哲学行为"融为一体的伟大诗人。阿甘本提到，荷尔德林经常希望在未来，诗歌会被提到古人的"机器工具"（mēchēan）的层次，这样，诗的程序就可以得到计算和传授。阿甘本在《诗节/空间》中召唤但丁和荷尔德林的魂灵，其目的就是要让他们来"见证一种紧急要求，即对我们的文化来说，重新恢复其碎片化语词的统一性"②。所以，《诗节/空间》这本书既是关于"诗节"的诗学问题的书，也是关注空间以及装饰空间的图像的书，它还是关于诗和哲学、语言和思想之间关系的书。整本《诗节/空间》，即是试图从忧郁、物神、图像和符号学等四种不同的进路，来试图回答和弥合西方文化中诗与哲学、语言和思想的冲突问题。

重提和激活诗与哲学的分离这一已然司空见惯、见怪不怪的问题，来引起读者的警醒和思考虽然不凡，对这一难题的回应和解决却谈何容易。实际上，在《诗节/空间》之后的一系列著作中，阿甘本反复触及这一困扰西方数千年的问题，其中的不少著作或篇章还是以对诗和哲学、语言和思想之间关系的探询来作结语的。例如，在《幼年与历史：经验的毁灭》（1978）倒数第二章"评论计划"中，阿甘本提出诗化西方传统的文献学，以使得"西方

---

① Giorgio Agamben, *Stanzas: Word and Phantasm in Western Culture*, trans. Ronald L. Martinez, Minneapolis: Unversity of Minnesota Press, 1993, p. xvii.
② Ibid.

文化中把诗和哲学分离开来之断裂的语词（fracturing of the word）变成一种有意识和问题性的经验，而不是一种窘迫的压制"①。

在《语言和死亡》（1982）中，阿甘本认为诗歌和哲学均面临着"语言之位所的否定性经验"，它们都把语言之不可把捉的否定性位所经验视为最高的问题，也就是存在的问题。正是这种共同的语言之发生的否定性经验（common negative experience of the taking place of language），使得诗和哲学既相互分离，又同时汇集起来，指向对两者之断裂的超越②。所以，"诗和哲学之间总在展开的'对抗'由此不只是一种简单的冲突。两者都试图把捉词语之原初的难以通达的位所；对于言说之人，这正是最高的目标"③。这就是说，通过两者共同关注的最高问题——语言和存在的问题，诗和哲学被自然地链接在一起，看起来，两者的千年对立顿时被化解为无形。但是，"诗歌和哲学在这方面虽然都忠实于其音乐的灵感，但它们最终表明，这一位所是难以获得的④。对阿甘本而言，"也许不管是诗歌还是哲学，是诗句抑或散文，都不能以它们自身的力量实现其千年的事业。也许只有这么一种语言——在此种语言之中，纯粹的哲学散文会在某一时刻介入并拆解诗歌词语的诗句，而诗歌的词句会（在某一时刻）介入并让哲学散文屈折成一个圆环——才是真正的人类语言"⑤。这就是说，真正的人类语言是超乎诗与哲学两者之严格界分的语言，是诗与哲学互相介入的语言。只有超越诗的语词与思想的语词的分裂，才能够超越诗和哲学的痛苦分裂；也只有诗和哲学汇集一起之时，这种完美、真正的人类语言才能得以绽现。

---

① Giorgio Agamben, *Infancy and History*, trans. Liz Heron, London: Verso, 1993, p. 147.
② Giorgio Agamben, *Language and Death: The Place of Negativity*, trans. Karen E. Pinkus and Michael Hardt, Minneapolis: Unversity of Minnesota Press, 1991, p. 74.
③ Ibid. p. 78.
④ Ibid.
⑤ Ibid.

"界阈"：超越诗和哲学之分

1996年出版的《诗的终结》是阿甘本的一本诗学专论，全书的结束，也落在了如何超越诗与哲学之分离这一西方文化本源性、根本性的问题上面。但是该书是以一种出人意料的、问题式的方式结尾的——全书的结语被置于一对括号之内：

（维特根斯坦曾经写道，"确实，唯有诗化才有哲学。"基于其话语中的声音和意义之间似乎保持了一致，哲学散文 [philosophical prose] 有堕入平庸的危险；换言之，它有可能陷入思想贫乏的危险。而就诗歌而论，人们可以说，相反，过度的张力和思想对诗歌造成了威胁。或者也许 [perhaps]，[1]套用维特根斯坦的话来说，确实，唯有哲学化才有诗歌。）[2]

此书以这种加括号的方式结尾，实在是展示了作者非同寻常的一种思想姿态。这是行文的中顿（caesurae），是思想的踌躇，亦可视为一种紧急状态的书写。我们知道，阿甘本把诗歌简洁地界定为"跨行连续的可能性"（possibility of enjambment）[3]，在他看来，"跨行连续"是诗歌区别于散文的根本特征。根据阿甘本在《散文的理念》一书所述，"跨行连续揭示了一种错配，也就是韵律因素和句法因素，发声的韵律和意义之间的一种断裂，因此（和人们普遍接受的诗歌中声音和意义完美契合的观点相反）诗歌只活

---

[1] 意大利原文为 forse（也许），《诗的终结》英文译者 Heller-Roazen 译为"rather"，即"毋宁"，不确。

[2] Giorgio Agamben, *The End of the Poem: Studies in Poetics*, trans. Daniel Heller-Roazen, Stanford: Stanford University Press, 1999, p. 115.

[3] Ibid., p.112; *The Idea of Prose*, trans. Michael Sullivan and Sam Whitsitt, Albany, N.Y.: State University of New York Press, 1995, p. 39.

在其内在的不谐之中"①。所以,以"跨行连续"为根本特点的诗歌话语,是以韵律来对抗语法、以词来对抗物,以声音来对抗意义的话语,而在散文书写中,韵律因素与句法因素、词与物、声音与意义之间并不发生冲突。对阿甘本来说,传统学科意义上的哲学书写就纯然是一种散文书写,它要求词与物、声音和意义、韵律和句法、能指和所指之间的完美对应。但是如果一种哲学写作是这样的严格在词与物之间进行一一对应的写作,那么显而易见,这种写作主体因其固守诗和哲学、诗的语词与思想的语词之间的分裂,就无法"完全拥有知识之客体",写作主体所呈现出来的哲学也肯定会是一种平庸的、陈词滥调式的、缺乏创造性思想的哲学。从这个角度出发,阿甘本应该赞同维特根斯坦的意见,"唯有诗化才有哲学",也就是说,不把哲学当作诗歌来写作的哲学不会是好的哲学。而就诗歌写作而论,一般人比较担心过度的"张力或思想"会对诗歌的文学性造成损害,而阿甘本套用维特根斯坦的说法,提出了一个不同于流俗的看法,就是"唯有哲学化才有诗歌",只有把诗歌当成哲学来写作,才会有"本真的诗歌"。这一表述也可以在阿甘本的其他文字中找到呼应。例如2005年他在给学者莱兰德·杜兰塔耶(Leland De la Durantaye)的一封信中说:"我确实以写作诗歌开始,但是我不认为我放弃了它。相反,直到哲学进入我的生活之中,我似乎才真正地开始写作诗歌。"阿甘本还说:"诗歌是一种只有通过哲学才可以写作的东西。"②

但是,阿甘本在《诗的终结》结末以"也许"(forse)行文,一定程度上体现了其对诗与哲学之分裂的此种解决之道的谨慎、留有余地,甚至是踌躇和犹疑的态度。问题在于,可能光从诗或者光从哲学的角度解决诗与哲学

---

① *The Idea of Prose*, trans. Michael Sullivan and Sam Whitsitt, Albany, N.Y.: State University of New York Press, 1995, p. 40.

② Leland, De la Durantaye, *Giorgio Agamben: A Critical Introduction*, Stanford: Stanford University Press, 2009, p. 59.

分离的棘手难题吗？本来，对维特根斯坦的引述和申发无疑是本书一个很好的结尾，但是阿甘本在这里却对其进行了"加括号"的处理，对括号内的文字进行了类似现象学的"悬置"。看来，阿甘本或许并不完全满意自己在此提出的诗与哲学之分的此种解决之道。沃特金总结阿甘本于此的立场说：

> 对西方形而上学问题的回答只可能从恢复诗歌作为一种思维形式来企近，但是其解决之道并不仅仅出于诗歌。相反，解决之道存在于诗歌与哲学之分的某个地方。解决之道既不在于诗和哲学两者之间的分离，也不在于两者之间理想化的统一，而是以某种方式，存在于诗和哲学之间的皱褶（fold）或不可见的谐和（invisible harmony）之中。这种皱褶或看不见的谐和，阿甘本相信，总是存在于我们文化中的两种基本的语言经验之间：支撑性的诗学语言（经验）和检测性的哲学语言（经验）〔language as sustaining (poetry) and as testing (philosophy)〕。①

我们可以以阿甘本关键性的"界阈"（threshold）理论，来理解此处所讲的皱褶或不可见的谐和。在《来临中的共同体》（*The Coming Community*）一书中，阿甘本首次从哲学上阐释了他的"界阈"理论，他将"界阈"描绘为一种"纯粹的外在性"（pure exteriority）。"界阈""不是关于界域（limit）的另外一种东西，而是界域自身的经验"。作为"纯粹的外在性"的界阈并不指向确定空间外的另一个空间，而是一种"通道"（passage）②。有时，阿甘本也会把"界阈"作为其组织文本的一种结构形式。例如在《散文的理念》这本书中，阿甘本在书的开始和接近书末的部分分别设置了两章题为"界阈"的文字。在《神圣人》（*Homo Sacer*）这本书中，阿甘本也设置

---

① William Watkin, *The Literary Agamben: Adventures in Logopoiesis*, London and New York: Continuum, 2010, p. 48.

② Giorgio Agamben, *The Coming Community*, trans. Michael Hardt, Minneapolis: University of Minnesota Press, 1993, pp. 66—67.

了数处题为"界阈"的文字，其作用一是在于总结和重述前文所讨论的问题，一是为后文开启新的理论空间。从文本结构的意义上讲，这种"界阈"的空间就起到了一种"通道"的作用。在阿甘本看来，诗歌和哲学之间也存在着这种"通道"、皱褶和"界阈"，存在着这种不确定地带、交互空间（interspace）和间隙状态（interstitiality）。如同阿甘本笔下的法律与非法、主权与生命等之间的关系，诗与哲学之间的"界阈"，作为一种"纯粹的外在性"，其实是内在于诗和哲学的语言经验之内的。不管是诗歌对哲学，还是哲学对诗歌，它们之间的关系都是一种"排除性的纳入"，是互为条件的。诗和哲学的交互作用所指向的，可以说是一种"前语言"（pre-linguistic）也就是"幼年期"（infantile）[①]的界阈状态，是诗的语言和哲学/思想的语言、支撑性的语言和检测性的语言重归于好的状态。由此，诗歌和哲学/散文、诗性语言和哲学语言、经验和知识之间的旧的严格区划归于消解，诗和哲学各自的面目变得模糊不清，达到了一种"不可见的谐和"的"潜在性"（potentiality）状态。这种"界阈"空间是一种姿势领域，也是一种"潜在空间"，甚或是"幽灵空间"（phantasmic space）。在此种空间中，既有"to be"，也有"not to be"；既有"to do"，也有"not to do"的"潜在性"。

在《神圣人》中，阿甘本论述说，主权并不限于区分内外，而在于"探查两者之间的'界阈'（例外状态）"。主权"界阈"的逻辑并非一种对立逻辑，而是一种"弃置"（abandonment）逻辑。以此"弃置"逻辑，"外部"通过排除被纳入。这就意味着"界阈"是这样的一种空间，在此空间，

[①] 阿甘本在指称"幼儿""幼年"的时候，选用的不是意大利语中常用的词汇"bambino"，而是"infante"，因为"infante"指涉了拉丁语的"infans"，意指"不说话的"（unspeaking）（*The Idea of Prose*, trans. Michael Sullivan and Sam Whitsitt, Albany, N.Y.: State University of New York Press, 1995, p. 48f），即指涉一种前语言的状态。

"内"和"外"进入一种"无区分地带"（a zone of indistinction）[①]。如前所述，诗歌和哲学的关系也是一种相互"排除性纳入"的关系。在诗和哲学的"界阈"处，诗和哲学的各自的传统规定性特征变得模糊不清，在"界阈"的空间，诗和哲学亦进入一种"无区分地带"，在此，有的只是"非诗"/"非非诗"和"非哲学"/"非非哲学"。

阿甘本在《诗的终结》中论述说，在诗的结尾，从诗歌形式和诗歌技法上讲，声音和意义两者皆"行到水穷处"而戛然而止，"跨行连续"无以为继，"中顿"自然取代"跨行连续"，这样，在诗的结尾，声音和意义趋向叠合，声音在意义的深渊之中趋于毁灭，也就是说，在此一节点，诗性的语言有自然固化为散文/哲学语言的危险，结果，诗歌的结尾天然具有反诗的倾向。那么，在诗歌的结尾，在诗歌的符号学机制与语义学机制趋向一致的这样一种"诗性紧急状态"下（the state of poetic emergency）[②]，如何做到既能够承载思想、认知和哲学，又能延展诗歌的诗性呢？于此，阿甘本再次同情性地引用了但丁的《论俗语》："和韵律一起，如果诗歌的结尾进入沉默状态的话，那么这样的结尾是最美丽的。"[③]漂亮的，也即本真性诗歌的结尾，应该是一种进入"无尽的消散"（endless falling）状态的结尾。陷入沉默的诗歌结尾，就是试图打破声音和意义、符号学机制和语义学机制的一致性关系的结尾，由此，诗歌之诗性重新出发，重新与哲学和思想建立起一种往复的关系。在沉默中，诗歌和哲学建立起一种水乳交融的关系。这就是说，本真的诗歌有着这样的特点，一方面，在诗歌结束的时刻，哲学和思想开始；另一方面，通过陷入沉默等诗学装置，哲学和思想得以中顿，诗歌重新出

---

① Alex Murray and Jessica Whyte eds., *The Agamben Dictionary*, Edinburgh: Edinburgh University Press, 2011, p. 191.

② Giorgio Agamben, *The End of the Poem: Studies in Poetics*, trans. Daniel Heller-Roazen, Stanford: Stanford University Press, 1999, p. 113.

③ Ibid., pp. 113—114.

发。这样余音绕梁，余味无穷，循环往复，以至永恒。在如此的往复过程之中，诗和哲学变成了"非诗"/"非非诗"和"非哲学"/"非非哲学"，进入了分化为诗歌语言和散文语言之前的原初语言状态，也即一种人类的"幼年"状态。在这种诗和哲学的"界阈"和"无区分地带"，诗与哲学的分离得以消解和超克。"如果用黑格尔的概念，纷争消失在创造的话语中，结果诗不像诗、哲学不像哲学，而是哲学的诗[，和诗的哲学]。"①

阿甘本的理想书写：走向创造性批评

可见，阿甘本所追求的理想写作，既非纯粹的诗歌，亦非纯粹的哲学/散文，而是进入两者之间的"界阈"空间而创造出的一种非诗非非诗，即是哲学，亦非哲学的非典型书写。流俗的哲学/散文语言要求精确，要求词与物之间的完美对应，要求语言意指这种或那种命题，而阿甘本所吁求的写作语言，却仅仅是意指自身，是既可能意指这种命题，也可能意指那种命题的一种具有强大的"潜在性"的语言。海德格尔认为，对潜在性的思考，总是一种创造性的思考②。由此言之，富于"潜在性"的语言，也就是创造性的语言。把握住这种具有不同意指可能性的创造性语言，就有望创造出能够克服诗与哲学之千年分裂的理想书写：自诗歌而言，或许"唯有哲学化才有诗歌"；而自哲学/散文写作而言，或许"唯有诗化才有哲学"。真正的"批评"（criticism）的标志性特点，就是要模糊诗和哲学的界限，让诗和哲学水乳交融，难分彼此。所以，为了处理诗与哲学交恶的问题，阿甘本致力于倡导这种真正的"批评"，也即是一种连接哲学与诗、融批评（criticism）与创造（creation）为一体的创造性批评（creative criticism），以此来重新恢复西方文化中碎片化语词的统一性。

---

① 斯坦利·罗森：《诗与哲学之争》，张辉译，北京：华夏出版社，2004年，第34页。
② Martin Heidegger, *Nietzsche. Volume II: The Eternal Recurrence of the Same*, trans. David Farrell Krell, San Francisco: Harper and Row, 1984, p. 130.

阿甘本眼中的理想作者，就是那种"既是诗人又是批评家"（poietes hama kai kritikos）①，志在打破流俗加诸诗歌和哲学之上的学科藩篱的作者。这种作者，很难将其归入单一的类别和范畴。对同一位作者而言，"诗人"和"批评家"这两者是他的一体两面，不可随意去掉其中任何一面。他的诗歌也好，批评也好，都是超越诗和哲学之分，兼具批评性和创造性的，是批评与创造合一。阿甘本告诉大家，超越诗和哲学之分的创造性批评，在西方历史上作为一种非主流的、潜流性的传统，也是始终存在的。出人意料的是，阿甘本将创造性批评的源头追溯到要将诗人驱逐出城邦的柏拉图。柏拉图的矛盾之处在于：他在许多地方谴责诗，却让诗人成为苏格拉底的最后陪伴者；柏拉图的著作一向被视为"哲学"，却采取了戏剧或诗的形式，作为哲人的柏拉图本人也经常被视为"戏剧诗人柏拉图"②。据此可见，即便是柏拉图，实际上也是不满足于诗和哲学间"古已有之的争吵"的；柏拉图力图使诗和哲学达到高度的统一，以至于声称"哲学就是最高的诗"③。而根据古希腊哲学史家第欧根尼·拉尔修（Diogenēs Laertios，200—250）在其《杰出哲学家生平与言论》中的记载，亚里士多德将其师柏拉图的对话风格，视为诗和哲学之间的一种"中间物"（half-way）④。阿甘本以亚里士多德的说法为据，认为柏拉图实际上试图在诗与哲学之间找到"中项"（middle term）。这种"中项"，既非诗歌，亦非哲学/散文，而是一种"语言的理念"，也就是"语言的基本经验"本身⑤。书写创造性批评的人们，其特质

---

① Giorgio Agamben, *Stanzas: Word and Phantasm in Western Culture*, trans. Ronald L. Martinez, Minneapolis: Universtity of Minnesota Press, 1993, p. xvi.
② 张辉：《文学与思想史论稿》，上海：复旦大学出版社，2013 年，第 16 页。
③ 同上书，第 302 页。
④ Diogenes Laertius, *Lives of Eminent Philosophers*, trans. R. D. Hicks, London: William Heinemann, 1926, p. 311.
⑤ Giorgio Agamben, *The Idea of Prose*, trans. Michael Sullivan and Sam Whitsitt, Albany, N.Y.: State University of New York Press, 1995, p. 41; Alex Murray and Jessica Whyte eds., *The Agamben Dictionary*, Edinburgh: Edinburgh University Press, 2011, p. 165.

即是"既是诗人又是批评家"。按照阿甘本的研究,明确提出"既是诗人又是批评家"这一公式的人是古希腊亚历山大时代的诗人—文献学家菲勒塔斯(Philitas of Cos,前340—前285)。菲勒塔斯既写作爱情诗和挽歌,也是一位知名的学者。他的写作是批评与创造、注释和发明合二为一的很好证明。作为一位诗人,菲勒塔斯的死也是颇具象征意义的:据说他死于因思考说谎者悖论而产生的失眠后的衰弱;诗和哲学、语言与思想、创造与批评不仅在菲勒塔斯的生命中,也在菲勒塔斯的死亡里得到了统一。菲勒塔斯这样典型的诗人兼批评家,阿甘本认为,在古希腊尚有卡利马科斯(Callimachus),在意大利早期人文主义时期有彼得拉克和波利齐亚诺(Poliziano)[①]。对18世纪末形成的德国耶拿学派的写作理论和实践,阿甘本更是赞赏有加。他说:"耶拿群体试图通过'渐进的总汇诗'(universal progressive poetry)的工程,来废除诗与各种批判—文献学学科之间的区别——一个名实相符的批评作品,同时也包含其自身之否定;因此,这个作品的核心内容,也正在于它不包括的那种东西。"[②]耶拿学派所谓"渐进的总汇诗"就是他们倡导的浪漫诗,它以诗歌的面目出现,同时又是对其自身的否定,就是说,它不仅仅是诗歌,还是散文、思想、批评和哲学。"渐进的总汇诗"的核心特点就在于它对自己诗歌纯粹性的否定,在于散文、思想、批评和哲学的涌入。耶拿学派的旗手弗·施勒格尔在其《雅典娜神殿断片集》中对此有明确的论述,他说:

> 浪漫诗是渐进的总汇诗。它的使命不仅是要把诗的所有被割裂的体裁重新统一起来,使诗同哲学和修辞学产生接触。它想要,并且也应当把诗和散文、天赋和批评、艺术诗和自然诗时而混合在一起,时而融合

[①] Giorgio Agamben, *Infancy and History*, trans. Liz Heron, London: Verso, 1993, p. 146.
[②] Giorgio Agamben, *Stanzas: Word and Phantasm in Western Culture*, trans. Ronald L. Martinez, Minneapolis: Unversity of Minnesota Press, 1993, p. xv.

起来，使诗变得生气盎然、热爱交际，赋予生活和社会以诗意。……它包括了凡是有诗意的一切，最大的大到把许多其它体系囊括于自身中的那个艺术体系，小到吟唱着歌谣的孩童哼进质朴的歌曲里的叹息和亲吻。①

可见，耶拿学派所倡导的浪漫诗无疑也具有哲学/散文的特质。从弗·施勒格尔《雅典娜神殿断片集》本身的断片式写作来看，施勒格尔的散文性批评也无疑有着强烈的诗歌的色彩。

然而，对现当代诸多所谓"批评"作品，阿甘本是多所贬斥的。阿甘本抱怨说，在当代，人们可以接受小说实际上不讲述许诺讲述的故事，但是，对一个批评作品，人们却期待实证性的"结果"，或者期待至少是"可论证的命题"②。所以长久以来，"批评"蜕化为一种实证主义的学科，成了实证主义和工具理性的奴仆，成了词与物严格对应的工具性计算，其创造性丧失殆尽。而根据阿甘本的谱系学考察，"批评"（criticism）在西方哲学语汇中最早应该是指"在知识的极限（limits）处对那些既不能被再现（posed），也不能被把握（grasped）之物的探索"③。就像一切本真的质询一样，"批评的质询不在于发现其自身的客体，而在于确保客体之不可企近性（inaccessibility）的条件"④。这就是说，本真的批评并不凸显、指向和发现特别的客体，而是创造一种缺乏明确批评客体的"潜在性的"空间，此种空间无法为探索主体所完全把捉。这种基于"潜在性"、作为一种"无客体的科学"的非实证意义的批评，阿甘本认为才是西方本源意义上的"批评"：如果"批评"要了解真理，试图探寻"真理之家""真理之岛"的无

---

① 菲利普·拉库-拉巴尔特、让-吕克·南希：《文学的绝对：德国浪漫派文学理论》，张小鲁、李伯杰、李双志译，南京：译林出版社，2012年，第74页。

② Leland De la Durantaye, *Giorgio Agamben: A Critical Introduction*, Stanford: Stanford University Press, 2009, pp. 57, 59.

③ Giorgio Agamben, *Stanzas: Word and Phantasm in Western Culture*, trans. Ronald L. Martinez, Minneapolis: University of Minnesota Press, 1993, p. xv.

④ Ibid, pp. xv—xvi.

限风光，那么"它就必须向着'辽阔的，在风暴中汹涌的大海'的魔力保持开放，这种大海的魔力，'不断地吸引着水手进行他不知道怎样拒绝却永远无法抵达终点的探险'"①。从"批评"的本源意义上考察，"批评"的任务也当然不是产生"可论证的命题"。如果"批评"是处理知识之限度的问题的话，那么它所达成的任何"结果"都会为限度之外的、不可知的东西所再次遮蔽②。阿甘本痛心地发现，在诗的语词与哲学的语词分离的情形之下，再加上实证主义的巨大影响，"批评"的这种向着"魔力"、向着不可知的客体、向着"潜在性"开放的功能现在已经很少有"批评家"能够掌握了。所以，对于20世纪以批评面貌出现的西方写作，阿甘本总体上是相当失望的，认为能够包含"自身的否定"的创造性批评作品，是凤毛麟角的。在1977年的《诗节/空间》前言中，阿甘本赞赏性地提到了出生于意大利的法国艺术批评家费利克斯·费内翁（Félix Fénéon，1861—1944）的作品。费内翁的写作以简洁著称，在阿甘本看来，其行文"以其缺失，更胜完整"③。至于20世纪真正典范性的批评作品，阿甘本认为或许只有瓦尔特·本雅明的《德国悲苦剧的起源》这一本书④。阿甘本心目中的理想书写，就是本雅明式的、消解批评（criticism）与创造（creation）两者相对立之俗见的一种创造性批评。当然，阿甘本后来又赞扬了20世纪其他本雅明式的"本真的批评家"，包括德国作家卡夫卡和马克斯·科默雷尔（Max Kommerell）、法国作家雅克·里维埃尔（Jacques Rivière）和瓦雷里、意大利文献学家詹弗兰科·孔蒂尼（Gianfranco Contini）等人⑤。

---

① Giorgio Agamben, *Stanzas: Word and Phantasm in Western Culture*, trans. Ronald L. Martinez, Minneapolis: Unversity of Minnesota Press, 1993, p. xv.
② Leland De la Durantaye, *Giorgio Agamben: A Critical Introduction*, Stanford: Stanford University Press, 2009, p. 59.
③ Giorgio Agamben, *Stanzas: Word and Phantasm in Western Culture*, trans. Ronald L. Martinez, Minneapolis: University of Minnesota Press, 1993, p. xv.
④ Ibid.
⑤ Giorgio Agamben, *Potentialities: Collected Essays,* Stanford: Stanford University Press, 1999, p. 77.

在《科莫雷尔，或论姿势》（1991）一文中，阿甘本为批评划定了三个层面：文献学—阐释学的层面，相术（physiognomic）的层面，姿势（gestic）的层面。在这三个可以描述为三个同心球的层面中，第一个层面专注于作品的阐释；第二个层面则着眼于（在历史和自然的秩序中）定位作品；第三个层面则把作品的意图分解为姿势（或分解为一个姿势的星丛）。每一位本真的批评家都在批评的三个层面中运动，但是唯有能够进入第三个层面，也就是姿势层面的批评家才称得上是顶级的伟大批评家[①]。进入姿势层面的批评不重确定性和实在性（actuality）而重"潜在性"，唯其如此，这种批评才得以向着不可知的创造性领域开放，从而达致诗和哲学、批评与创造、经验和知识的完美统一。可以说，唯有姿势层面的批评，才当得上真正的创造性批评。阿甘本自己的行文，也是有意朝着这一方向努力的。他的《散文的理念》就是一本这样的姿势或姿势的星丛之书。《散文的理念》的主体部分由33个断章组成，每章的标题皆为"某某的理念"，可是细查每个章节的内容，就会发现各章的内容都不是直接呼应其标题的，比如献给雅克·德里达的"思想的理念"一章讨论的是标点符号，"共产主义的理念"讨论的是色情，"权力的理念"讨论的是"潜在性"与愉悦的关系，而"政治的理念"一章压根就没有提到政治一词。另外，《散文的理念》还运用了一系列典型的文学技法和装置，例如格言警句、寓言甚至谜语等等。所以说，这本以散文（prose）为题，看起来像是一本论述各种理念的哲学之书，其实是有意弃绝符号体系与语义体系的一一对应，模糊哲学/散文与诗歌之界分，努力把捉语言的纯粹"潜在性"，从而具有高度文学性的一种创造性批评。如果不以阿甘本所倡导的诗性思维和创造性批评的理念去对其反复进行"溯洄从之""溯游从之"的涵泳和读解，那么就根本无法一睹阿甘本笔下之蒹葭美人颜貌。

[①] 乔吉奥·阿甘本：《潜能》，王立秋、严和来等译，桂林：漓江出版社，2014年，第251—252页。

结语：来临中的一代人之文化任务

比起经济的必然和技术的发展，阿甘本认为，语言存在的异化（the alienation from linguistic being），也就是将所有人自其关键的语言存在寓所中拔根而起这一现象，更是将全球民族国家推向单一的共同命运，也就是推向灾难性的所谓"景观—民主"社会的主要原因①。逻辑上来看，阿甘本由此直接将语言的异化与政治的异化铰接到一起。一方面，语言存在的异化渊源于西方文化古已有之的诗的语词和思想的语词、诗与哲学之间的本源性分裂；另一方面，全球资本主义时代无远弗届的解辖域化又大大加剧了这种异化。两者的相互结合和相互促进，导致了一系列的严重政治后果。本真经验的丧失，主权逻辑的辖制，景观社会的肆虐，甚至是作为西方生命政治的基本范式的"集中营"的出现等等，一定程度上来说，均与语言存在的异化不无关系。阿甘本对诗和哲学之争的持续关注，不仅仅是出于文学的考量，也不仅仅是出于哲学本体论的考量，其落脚点还在于政治，是从西方文化的病理根源及现实症候出发，探索如何避免人性和社会文化的异化。至此，我们看到了文学阿甘本、哲学阿甘本和政治阿甘本的三位一体。

"情况太复杂了，现实太残酷了"，幸而，在阿甘本超克诗与哲学之精神分裂的努力中，我们能够看到些许的微光。对阿甘本来说，这是一个绝望的时代，也是一个希望的时代：一个死之暗影与生之意志同在的、极富"潜在性"的时代。在我们这个时代中，"人类经验他们自己的语言本质——也就是说，不是去经验某种语言内容或某种真实命题，而是去经验语言自身，还有言说的事实本身——第一次成为可能。当代政治正是这种毁坏性的语言实验（experimentum linguae）……只有那些能够使这种经验完成——不让展露之物在其展露的虚无中（重新）受到遮蔽，而是将语言本身带到语言

---

① Giorgio Agamben, *Means without End: Notes of Politics*, trans. Vincenzo Binetti and Cesare Casarino, Minneapolis: Unversity of Minnesota Press, 2000, p. 85.

中——的人才能成为那种既无前设亦无国家之共同体的第一批公民"①。不破不立,当代的全球化政治在造成人类的语言存在之异化的同时,也摧毁了建基于流俗的诗和哲学之分的各种传统和信仰、意识形态和宗教、身份认同和以归属(belonging)为前设的共同体,这样,来临中的共同体(the coming community)之亟待解决的一个问题,一种"当务之急",就是要在旧的废墟上,"将语言本身带到语言中",在"潜在性"的语言空间中来重建碎片化语词的统一性,重建诗与哲学的新型关系。阿甘本钟爱的人物巴特尔比②喜欢说"我宁愿不……"(I prefer not to)③。对于持续数千年的诗与哲学之争,建基于独异性(singularity)之上的、来临中的共同体的第一批公民肯定也会说,我们宁愿不将诗和哲学割裂开来。汇聚包括诗和哲学在内的所有人文科学,促成一种没有特定研究客体的"跨学科的学科"(interdisciplinary discipline),也即"人的一般科学"(general science of the human)的形成,在阿甘本心中,是来临中的一代人(the coming generation)的重要文化任务④。

(原刊于《文艺理论研究》2017年第2期,中国人民大学复印资料《文艺理论》2017年第7期全文转载)

---

① Giorgio Agamben, *Means without End: Notes of Politics*, trans. Vincenzo Binetti and Cesare Casarino, Minneapolis: University of Minnesota Press, 2000, p. 85.
② Bartleby,美国作家麦尔维尔小说《文书巴特尔比》的主人公,阿甘本对其有专论"Bartleby, or On Contingency",收入阿甘本的 *Potentialities: Collected Essays,* Stanford: Stanford University Press, 1999。
③ Giorgio Agamben, *Potentialities: Collected Essays,* Stanford: Stanford University Press, 1999, pp. 243—274.
④ Giorgio Agamben, *Infancy and History*, trans. Liz Heron, London: Verso, 1993, p. 147.

蒋洪生

美国杜克大学文学博士,北京大学中文系比较文学与比较文化研究所副教授,主要从事比较文学、批评理论、东亚思想史、全球六十年代研究。撰有《非物质劳动、"普遍智能"与"知识无产阶级"》《雅克·朗西埃的艺术体制和当代政治艺术观》《弗雷德里克·杰姆逊的乌托邦研究及其"反—反乌托邦主义"》《恩格斯的社会主义文学论》《关于鲁迅与托派关系的一桩公案》等学术论文。

不以诗怨：惠特曼的《草叶集》

秦立彦

惠特曼对美国和世界的前景曾有乐观的预想，站在二百年后的今天，他还能认出这世界吗？他所热烈歌唱的美国已经不再像从前那样闪光，他预言的人类共同的乌托邦也并未到来。如果他目睹了"一战"与"二战"，他会怎么说？在《荒原》之后，在卡夫卡之后，我们应该如何阅读惠特曼？

惠特曼作为诗人的很多品质会令我们感到有些陌生。现代诗人大多敏感、孤独、悲伤、脆弱。而从《草叶集》中浮现的惠特曼骄傲、勇敢，充满能量和希望，不迷惘，不虚无，有明确的目标和自我身份。他的健旺的语气，与比他小十岁左右的狄金森很不同。惠特曼少有异化的感觉，他在大自然里和城市里都如在家中。华兹华斯书写了大都市伦敦的异化感，而惠特曼自豪地称纽约为"我的城"（my city）。走在城市的人群中，他没有陌生感。他认为每个人都是自己的同伴，没有社交恐惧症。他拥抱现代性，拥抱现代机器。在他看来，"现代"这个词是英雄性的（the heroic modern），是应当歌颂的，而"现代"的前沿与代表就是美国。

惠特曼笔下的劳动不异化，不辛苦，劳动者都强壮。他参与了美国南北战争（不是作为士兵，而是作为志愿的医护人员），目睹了惨烈的伤亡，但这并未打消他的热情。战后他没有感到幻灭，也没有PTSD（创伤后应激障碍）。他笃信自由、平等、民主与个人，相信这些将最终胜利。

钱锺书从"兴观群怨"的中国诗学中，提取了"诗可以怨"这一条古今中外名诗的特点,就是诗歌主要用以抒发郁结,这样的诗也容易写好。钱锺书援引弗洛伊德的理论为一种依据:文艺是作者日常生活中不能实现的愿望的替代。钱锺书所引的清代陈兆仑之言尤其具有启发性:"盖乐主散,一发而无余;忧主留,辗转而不尽。意味之浅深别矣。""诗可以怨"是在中外文学中具有相当解释力的概念,惠特曼却是一个醒目的反例。然而作为纽约人,当代人,难道他没有感受到当代人的忧郁与危机?他如何以诗歌处理个人际遇,尤其是其中的伤痛?

惠特曼的自我定位是美国的国民诗人,扩而广之,是人类的诗人,甚至诗人自身就像大自然一样是无所不包的,神一般的。"我赞美我自己,歌唱我自己/……/属于我的每一个原子也同样属于你。""我"与你没有差别,也就没有隔阂。"我"歌唱自己,也就是歌唱一切人。"每个男人女人都是我的邻人","我的同志"(my comrade)。惠特曼与他人合一,他相信,自己要说的也是人人都要说的,他就是人人。他一直关注读者,他的许多诗都是对读者的召唤,虽然《草叶集》第一版销量甚少,虽然至少在较早的时候,大众并不承认他是他们的代言人或"同志"。

从这样一个视角,惠特曼作为一个独特个人的品质和他个人的悲喜,在他的诗中就并非很重要。他确认自己的诗歌主题是"事物是多么令人惊奇"。在这样的信念之下他写道:"我在宇宙中没有看到过残缺,/我从来未见过宇宙中有一桩可悲的前因或后果。"他歌唱人类的集体身份,歌唱一个超越了个人"小我"的自我。他爱自然的部分与华兹华斯类似,但爱人类的部分相当激进。他写自然的部分要少于写人的,人是他最重要的关注点。人人平等的观念使他尊重女性,尊重黑奴,走在了自己时代的前面。虽然他最著名的作品题为《我自己的歌》,然而这首诗并非歌唱惠特曼自己,而是歌唱每个人的"自我",也召唤每个人都像他这样歌唱。正如他另一首诗的题目是《普遍性之歌》(Song of the Universal),他写的是普遍性,而较少写具体之人或物。

在《草叶集》中，名词常常以复数的形式出现。惠特曼多次使用"all"这个无所不包的、超越式的、淹没了个体的代词。他有一首题为《一个女人在等着我》（*A Woman Waits for Me*）的弘扬性爱的诗，诗题里是"一个女人"，而在诗的正文中则写道："我要做那些妇女的壮硕的丈夫。"（I will be the robust husband of those women.）类似地，他的男性爱人们在诗中也没有名字或具体生平，常表现为复数。

复数，多，是惠特曼的力量之一，他的句法也促成了这样的效果。他的诗歌风格是此前的西方诗歌史上不曾有过的。大量并列的名词、同位语、分词，如同滚滚不穷的海浪（catalogues）。在排比之中，诗行的前后顺序并非固定，在长诗中多一行少一行对全局也没有大影响。他的句法不是碎片与切断，而是难以句摘，有一种贯穿的淋漓之气和强烈的激情。他不甚关心炼字、炼句。甚至许多诗如同同一首诗，是对同一主题的多角度的反复表达。我们可以将博尔赫斯诗歌中有惠特曼风的排比列举法与《草叶集》对照，更能看出两位诗人各自的特点。博尔赫斯大量列举静态之物，句子不长，不追求力量，而惠特曼则有一种"奔流到海"般的腾涌。

惠特曼的复数与长篇列举，形成宏大而众多的效果；在这中间，单个人的面目一闪而过。他的诗歌写法并不是现实主义小说的那种针对具体事物的精雕细琢，如福楼拜做到的那样。我们可以说惠特曼的视角是全景照相机式的，而不是显微镜式的。他很少写一朵花、一只鸟。以他的诗《一只沉默而坚韧的蜘蛛》（*A Noiseless Patient Spider*）为例，这首十行的小诗写一只蜘蛛，但并非像华兹华斯或狄金森那样对自然界中微物的凝视，而是以这只在虚空中释放蛛丝的蜘蛛，比喻诗人的灵魂在无限空间中寻找落脚之处。蜘蛛在虚空中结网，诗人的灵魂也如此，诗的结尾的声音是有信心和安全感的，仍归于自我。类似地，另一首写于1888年的诗《老水手柯萨朋》（*Old Salt Kossabone*）写自己的一位已经去世的祖先——他九十多岁的时候日日坐在扶手椅上遥望大海，最后一天看见一条挣扎的船终于找到了方向，然后就死去。这首诗的目的也并非记录一位祖先的生平故事，而是以他作为惠特曼自己面对死亡的榜样。

惠特曼的诗具有某种英雄性和公共性，诗人尤其书写失败的英雄："失败的人们万岁！/战舰沉没在海里的人们万岁！/自己也沉没在海里的人们万岁！"在对南北战争的死伤者的描绘中，诗人不只感到他们生命的可贵，也感到北方士兵为之而死的事业的可贵。那种失败就具有了崇高感，诗人本人也被英雄们所激励。作于1876年的一首诗《在遥远的达科他峡谷》（*From Far Dakota's Canons*），赞美在达科他州的一次印第安人袭击中，一百多名美国士兵英勇战斗而死。在这首诗中也出现了诗人的自我："就像在艰难的日子里坐着，/孤单，闷闷不乐，在时间的浓厚黑暗里找不到一线光明，一线希望。"惠特曼对日常生活的阴郁描述，近似于华兹华斯对一些低落时刻的描述。但惠特曼几乎是有意识地在当代寻找英雄性。在这首诗中，他书写的英雄就鼓舞了他。在此诗的几个段落中，包含着"我"与那些死去的英雄两类人物，英雄在西部的战场，"我"在东部城市的房间里，形成鲜明的对照。勇于赴死的无畏战士，正是他觉得自己应具有的面对生活重负的态度。惠特曼笔下的华盛顿、林肯、格兰特将军也是英雄式的。在英雄主义视角下，日常生活的痛苦也变得可以忍受。

这也可以解释为什么惠特曼乐于以士兵自比，为什么他在战后对战争岁月有留恋之意。惠特曼不是反战的。这固然因为美国南北战争可以视为一场正义战争、民主国家的阵痛，一种为未来付出的值得的代价。同时也因为恰是在战争中，惠特曼强调的人们之间的同志关系（camerado）能够实现。《列队急行军与陌生之路》（*A March in the Ranks Hard-prest, and the Road Unknown*）一诗，非常真切地书写了战地医院里的情景、气味、死亡。在美国诺顿出版社2002年版本的《草叶集》中，编者对此诗中的战地场面颇为赞誉，加脚注说这些描绘很"现代"，不亚于斯蒂芬·克莱恩（Stephen Crane）和海明威。但我们可以说，不同的是，惠特曼所写的战争是正义的，在正义战争的框架下,血腥与残酷可以得到解释,而不导向绝望与虚无。

惠特曼也多次写到死亡。他关于死亡的诗时间不一,显然很早就在思考这个问题,而这个主题在他晚年的时候尤为凸显。虽然他没有明确的关于死后的主张,但对于他而言,死亡不是终结。1888年的《将结束六十九岁时的一支颂歌》(*A Carol Closing Sixty-nine*)一诗中,他说自己身体虽然衰残,但欢乐与希望之歌仍将继续。他的这种态度使他能够承受死亡的到来。1874年的《哥伦布的祈祷》(*Prayer of Columbus*)以哥伦布的第一人称书写,而哥伦布显然也是惠特曼。诗中"我"老朽失败,但仿佛看见"在远方的浪头上航驶着无数船只"。作为熟悉纽约和大海的诗人,惠特曼多次以水手、船、航行等意象,将死亡比作重新出海。惠特曼以英雄主义和探险者的身份对待死亡。虽然他不舍此生,但死后未来的不确定性变为一种期待,死亡是另一种开始。

除了战争、死亡这样的重大问题外,或许更难以乐观处理的是当代平庸的日常。惠特曼的诗是诚挚的,但不包含很多的个人色彩。在《草叶集》中,人类的每一分子都是诗人的朋友,但他写具体人物的诗并不多,最突出的就是写林肯总统的,亦有写格兰特将军的(格兰特战后也担任了总统)。林肯与格兰特都是公共人物,并不是惠特曼私人生活中的人物。惠特曼很少在诗中具体写到他的父母、爱人、朋友、兄弟。他仿佛与一切人都亲密,而并没有固定的亲密者。

在《有那么一个孩子出得门来》(*There Was a Child Went Forth*)一诗中,惠特曼列举各时节的自然风物与人,并很罕见地写到了父亲和母亲:"父亲,健壮,过于自信,男子气,难对付,发脾气,不公正,/打人,尖锐地大声骂人,苛刻论价,诡计多端。"在这里我们仿佛窥见了惠特曼的秘密,找到了他原生家庭的缺陷,然而这一点私人信息埋藏在他的大量列举之中,父母在众人众物之中并不醒目。惠特曼在母亲去世八年后,有一首纪念自己母亲的十行小诗——《死亡也走到你门口时》(*As at Thy Portals also*

Death），写自己的母亲"那理想的女性，务实的，富有精神性的，对我说来，在所有大地、生命和爱情之中是最好的"。但这样一个完美的母亲在惠特曼的诗中很少露面，只有这一首小诗是专门为她而作。

虽然惠特曼不断提到"我"，大部分诗都采用"第一人称"，但他并没有在诗中融入很多的个人生平信息。他很少说到自己生活中的具体欢乐烦恼，从他的诗中很难勾勒出他的生平或年谱，连他的个性都是不怎么清晰的。他自己或许也看到这一点。在他的诗《在我随着生活的海洋落潮时》（*As I Ebb'd with the Ocean of Life*）中他写道："真正的我尚未被触及，被说出，完全没有被抵达。"（the real Me stands yet untouch'd, untold, altogether unreach'd.）

博尔赫斯有一文一诗论及惠特曼的作品和他的生平之间的这种差距。博尔赫斯曾翻译《草叶集》，在译序中说，看过"炫目与晕眩"的《草叶集》的读者再去看惠特曼的传记，会有上当之感。在《草叶集》中，惠特曼到处游荡，爱人众多，而在生活中他并未去过多少地方，不过是一个普通的记者。博尔赫斯由此认为有两个惠特曼：普通记者惠特曼和"惠特曼想成为却并不是的另一个人，一个爱冒险之人，一个游荡的、热情的、无忧无虑地在美国游历的旅行者"。博尔赫斯的诗《卡姆登，1892》（*Camden, 1892*）也循着这样的思路（惠特曼1892年死于美国新泽西州的卡姆登）：垂死的惠特曼看见镜中老朽的自己，但感到满足，因为"我曾是沃特·惠特曼"。两个惠特曼，与博尔赫斯许多作品中的多重自我类似。博尔赫斯的言下之意是，生活平淡的惠特曼创造出了另一个与自己迥异的文本的自我，作为一种补偿，这也是惠特曼的天才所在，而那个日常的自我在诗歌中几乎没有留下痕迹。博尔赫斯是将惠特曼进行了"博尔赫斯式"的解读，正如博尔赫斯在另一首诗里将塞万提斯描绘为忧伤失败、失去了祖国的人。

我更愿意相信惠特曼并非在诗中掩藏了日常的自我。如果我们在一切过往的诗人中都看到一个当代的脆弱失败的诗人，文学版图将趋于平面化、单一化。惠特曼异于当代诗人的部分,也许恰是值得我们注意的地方,是我们的另一种资源。

惠特曼也有纯然书写痛苦与焦虑的诗,但很少,篇幅也不长,且不进入细节。《泪水》(*Tears*)一诗特别沉重,写一个人晚上在海边痛哭,而白天他那么整齐有序(regulated),我们不知此人痛苦的具体缘故,诗中也没有说那人是谁。《然而,然而,你们这些懊丧的时刻》(*Yet, Yet, Ye Downcast Hours*)中,惠特曼说自己对懊丧的时刻十分熟悉,但语焉不详。在别的诗中,他告诉我们他完全理解那些邪恶的人,因为他自己也"充满邪恶",但同样没有细节。《你们这些在法院受审判的重罪犯》(*You Felons on Trial in Courts*)写"我"与那些罪犯和妓女一样,"在这张看似冷漠的脸下面地狱的潮水不断在奔涌",然而从这首诗看惠特曼并无罪感,而是接受这些底层犯罪者,将他们也纳入世界的神圣秩序。

更多的时候,生活苦痛只在《草叶集》的字里行间出现,较少作为诗的主体。惠特曼的处理方法之一是将其埋藏在长篇的列举中。在《我自己的歌》中,他列举了众多健康的劳动者,包括木匠、农夫、纺织的女子,然而在其中我们发现了几个不和谐的人:一个被送进疯人院的疯子,手术台上一个血肉模糊的畸形身体,还有"自杀者趴伏在卧室里血淋淋的地板上,/我目睹了尸体和它黏湿的头发,注意到手枪落在什么地方"。《草叶集》中共有两处提及"自杀者"(suicide),然而"自杀者"并非这两首诗的题目,没有被突出地集中书写,也并不醒目。在《我自己的歌》大量健康的人物谱中,几个不和谐者几乎被淹没,是大幅群像里的几张痛苦的面孔。我想这并非惠特曼将世界的阴暗面隐藏在诗中,而是在看到这些的同时,他也看到了许多健康者,他的心思和笔都没有在黑暗的部分过久停留。当诗人的视野放宽,容纳了众多的人与物时,黑暗也仿佛得以冲淡。或以他的名诗《来自不停摆动着的摇篮那里》(*Out of the Cradle Endlessly Rocking*)为例,诗中之人从鸟和大海那里听到的是爱与死的主题,与惠特曼大部分诗中的明亮色彩不一样。此诗加入了鸟的哀声,形成多声部的效果。这也是《草叶集》从开篇到此唯一一首哀伤痛苦的诗,然而那是一只鸟痛失爱侣。而且那是使一个诗人觉醒的时刻,是他的起步和开始,鸟是诗人的启发者和唤醒者,这也减弱了诗的哀伤。

在惠特曼的几首关于忧郁的诗中,我们瞥见了熟悉的忧郁诗人形象,读到了华兹华斯的很多诗中、雪莱的《西风颂》、济慈的《夜莺颂》中的那种对尘世生活的抱怨,读到孤独。然而惠特曼很少表达逃世的想法。他没有想变成西风、夜莺,没有在过去寻找梦境。他是未来导向的,不像欧洲浪漫主义者有时指向中世纪的过去,也没有想象到远方无人的幻美之地躲藏。在他的大部分书写忧郁的诗歌,也就是"怨诗"中,他都找到了鼓舞自己的办法。

他有时以士兵的勇敢对待痛苦。《啊,贫穷,畏缩,闷闷不乐的隐避所》(*Ah Poverties, Wincings, and Sulky Retreats*)列举日常的许多痛苦,最后宣布:"我还会作为一个赢得最后胜利的士兵那样站起来。"他的"怨诗"中常自带解决方案,尤其是老年,当他非常看重的美好身体变得衰朽的时候。《你那欢乐的歌喉》(*Of That Blithe Throat of Thine*)写一个北极探险者听到一只孤鸟的歌声,诗人也如那被冰雪包围的北极探险者一样,被老迈所包围,但那只鸟给诗人以教导。鸟鸣改变了一切,包括"老年被封锁在冬天的海港内——(冷,冷,真冷啊!)"。《致日落时的微风》(*To the Sunset Breeze*)中,"我,老迈,孤独,患着病,给汗水浸得筋疲力尽",但一阵清风吹来使"我"重生。这些诗有杜甫的"秋风病欲苏"之感,甚至题目都不是痛苦的。诗中对老年困境的描写令人动容,但诗人主动突围和自救。惠特曼把诗笔献给那些安慰之物,而并不在痛苦之上过多"逗留"。他是可以安慰的,不沉溺于自怜。

我想,我们不应当将这些品质视为惠特曼的幼稚,或者他"不够现代"。我们所处的现代阶段并非多么令人自豪,我们对悲伤知道得更多,而不是快乐。也许我们可以从惠特曼身上获得灵感与鼓舞，以减轻我们的现代负担。也许我们可以重新呼唤勇气和乐观，不过多耽留于悲伤与怨诉，更注目于我们共同的身份，而不是个人的悲喜。我相信这也是为什么博尔赫斯这位与惠特曼如此不同的诗人，会乐于翻译惠特曼的《草叶集》，而且视惠特曼为天才。

（原刊于《读书》2020年第1期）

秦立彦

北京大学比较文学与比较文化研究所副教授，博士生导师。美国圣地亚哥加州大学比较文学博士，北京大学硕士、学士。主要研究领域：中美文学关系研究，英美诗歌。著有《理想世界及其裂隙——华兹华斯叙事诗研究》，译有《华兹华斯叙事诗选》《我孤独地漫游，如一朵云——华兹华斯抒情诗选》《济慈诗全集》（即出）等。并从事诗歌创作，出版有诗集《地铁里的博尔赫斯》《可以幸福的时刻》《各自的世界》《山火》，曾获人民文学奖、丁玲文学奖、李白诗歌奖。

比较文学之道：一个中国的视角

张 沛

引言："文学"的解放[①]

说明：

1. 本文所说的文学，意指关于文学的观念或话语（文中加引号以示区别），现代意义上的文学作品仅是其中一端。
2. 本文所说的现代，不仅包括所谓"中国现代文学"之现代，即从1919年至1949年这三十年，也包括现代早期的近代（pre-modern）和后现代的当代。

历史回顾

请言"文学"之本原。

考诸中国典籍，"文学"一词首见于《论语·先进》：

> 德行：颜渊、闵子骞、冉伯牛、仲弓；言语：宰我、子贡；政事：冉有、季路；文学：子游、子夏。

[①] 本文曾以今题发表于乐黛云、李比雄主编：《跨文化对话（第29辑）》，北京：生活·读书·新知三联书店，2012年。

在这里,"文学"意谓"文"之学,而"文"指礼乐或国家生活制度①。儒家以周文(周礼)为人类文明极则,如孔子称:"周监于二代,郁郁乎文哉!吾从周。"(《论语·八佾》)畏于匡之时又说:

> 文王既没,文不在兹乎?天之将丧斯文也,后死者不得与于斯文也;天之未丧斯文也,匡人其如予何?(《论语·子罕》)

"文武之政,布在方策"(《礼记·中庸》),学此之学即是"文学"。另一方面,"文"与"质"相对而言。孔子曰:"质胜文则野,文胜质则史。"(《论语·雍也》)韩非亦称:"捷敏辩给,繁于文采,则见以为史。殊释文学,以质信言,则见以为鄙。"(《韩非子·难言》)文、史互文见义,可见"史者当时之文也"(《史通内篇卷九·覈才》),而"文学"即是史学;"六经皆史",故"文学"又是经学。经学经世以致用,是"文学"为经世之学②。

洎及唐宋,"文学"古义犹存(如《旧唐书·许孟容传》称孟容"富有文学,其折衷礼法、考详训典甚坚正"即是一例),但已经是明日黄花。魏晋以降,随经学衰微,"文学"转向"文章之学"。鲁迅所谓"文学的自觉",确切说是"文学"的变异:以《文赋》《文选》和《文心雕龙》等作品的出现为标志,一种新的"文学"观念和话语诞生了。尽管如此,"义归乎翰藻"(萧统:《文选序》)、"缘情而绮靡"(陆机:《文赋》)的"文学"时时受到经史权威话语(如"文以载道")的陵迫。如刘知几称"文章"为"小道",而"著述之功,其力大矣,岂与夫诗赋小技校其优劣者哉!"(《史通外篇卷十八·杂说下第八·别传》)再如司马光评论宋文

---

① 朱熹《论语集注》:"道之显者谓之文,盖礼乐制度之谓。"(《子罕》子畏于匡一章)
② 参见《国语·周语下》:"能文则得天地……夫敬,文之恭也;忠,文之实也;信,文之孚也;仁,文之爱也;义,文之制也;智,文之舆也;勇,文之帅也;教,文之施也;孝,文之本也;惠,文之慈也;让,文之材也;……经纬不爽,文之象也。"

帝父子（刘义隆、刘骏）设"玄学""史学""文学""儒学"一事：

> 史者儒之一端，文者儒之余事；至于老庄虚无，固非所以为教也。夫学者所以求道，天下无二道，安有四学哉！（《资治通鉴·宋纪五·文帝元嘉十五年》）

理学宗师程颐更认为"作文"适以"害道"，声称：

> 古之学者一，今之学者三，异端不与焉。一曰文章之学，二曰训诂之学，三曰儒者之学。欲趋道，舍儒者之学不可。（《二程遗书·伊川先生语四》）

"文学"一方也有自辩反击，如洪迈、袁枚、姚鼐等人所为（分见《容斋随笔卷十六·文章小伎》《散书后记》《述庵文钞序》等处）[1]，但在当时语境下，终不过是一种非主流话语或"意识形态方言"罢了。

尽管如此，"文学"并未消沉，而是继续积蓄力量，等待时机。19世纪末，西方现代"文学"进入中国，与本土传统合流共振而启动了新一轮的文学解放运动。19世纪末，王国维开领风气而率先发难：

> 披我国之哲学史，凡哲学家，无不欲兼为政治家者，斯可异已！……岂独哲学家而已，诗人亦然。……至诗人之无此抱负者，与夫小说、戏曲、图画、音乐诸家，皆以侏儒、倡优蓄之。所谓"诗外尚有事在"，"一命为文人，便无足观"，我国人之金科玉律也。呜呼！美术之无独立之价值也久矣！（《论哲学家与美术家之天职》）[2]

王国维借重康德美学倡导文艺自为，事实上提出了中国现代"文学"的独立

---

[1] 这一传统可上溯到王充，如其声称"人以文为基"（《论衡·书解篇》）而区分"文儒"（即"著作者"）与"世儒"（即"说经者"），以为"文儒之业，卓绝不循"，且"自用其业，自明于世"，为"世儒"所不及（《论衡·书解篇》），即为后世"文人"张目开山。

[2] 王国维：《静庵文集》，沈阳：辽宁教育出版社，1997年，第120页。

宣言。然而世事多舛，此后"文学"屡被政治牵引掇弄，至"文化大革命"而登峰造极。20世纪60年代，钱锺书在《管锥编》中再度借机说法：

> 诗必取足于己，空诸依傍而词意相宣，庶几斐然成章；苟参之作者自陈，考之他人载笔，尚确有本事而寓微旨，则匹似名锦添花，宝器盛食，弥增佳致而滋美味。芜词庸响，语意不贯，而藉口寄托遥深、关系重大，名之诗史，尊以诗教，毋乃类国家不克自立而依借外力以存济者乎？尽舍诗中所言而别求诗外之物，不屑眉睫之间而上穷碧落、下及黄泉，以冀弋获，此可以考史，可以说教，然而非谈艺之当务也。（《管锥编·毛诗正义·狡童》）①

钱锺书所说的"诗"和"艺"即王国维所说的"美术"，立言思路一脉相承。他的批判（"诗必取足于己"）非唯指向学院中人"以诗证史"的研究路数（以陈寅恪的《元白诗笺证稿》为代表），更指向国家领袖倡导的"诗言志"即文学为政治服务的文艺政策②，与王国维的"独立价值"说遥相呼应，在某种意义上标志了中国"文学"现代转型的完成。

---

① 钱锺书：《管锥编》，北京：中华书局，1979年，第110页。钱氏此处所说，亦即克罗齐在《美学的核心》（1928）一文中所说："诗是纯粹的，它剔除了对它所包含的种种形象是否具有现实性进行任何历史判断和任何评论的内容"，如果"它们被人从物质上加以看待，恢复了它们在诗创之前的面貌"，那么诗"就被那种不懂得或不再懂得何为诗的读者弄得失掉了诗味，这类读者之所以把诗味驱除干净，有时是由于他无力使自己置身于诗的理想境界，有时则是为了达到某些正当合理的目的，要进行什么历史研究，或是为了达到其他的实际目的，而这些目的却降低了诗品，或者索性把诗当作了资料和工具"。（贝内代托·克罗齐：《美学或艺术和语言哲学》，黄文捷译，天津：百花文艺出版社，2009年，第3页）

② 哈耶克指出："斥责任何只为活动而活动、没有远大目标的人类行为，这是完全符合极权主义的整个精神的。为科学而科学、为艺术而艺术是同样为纳粹党徒、为我们的社会主义知识分子和共产党人所痛恨的（略）每一个活动都必须有一个自觉的社会目标来证明它是正当的。决不能有任何自发的、没有领导的活动，因为它会产生不能预测的和计划未作规定的活动。"（弗里德里希·奥古斯特·冯·哈耶克：《通往奴役之路》第11章，王明毅、冯兴元等译，北京：中国社会科学出版社，2017[1997]年，第177页）哈氏所说，足申钱氏未尽之意。

问题分析

中国近代以来从西方引进的"文学",如鲁迅早年论文《摩罗诗力说》(1907)所示,主要是经过浪漫主义洗礼的现代文学观念-话语。浪漫主义诗学的一个重要思想来源,就是柏拉图主义。如雪莱自称是一名柏拉图主义者,即代表了浪漫主义者的共同心声。但具反讽意味的是,柏拉图本人的文学观与浪漫派的理解大相径庭,他的立场毋宁说是工具论或实用主义的。在柏拉图看来,事物是对其真实所是(Idea)的摹仿,而诗(即柏拉图时代的文学)则是对事物的摹仿,也就是摹仿的摹仿;更有甚者,诗摹仿低劣的欲望而败坏了理性,因此必须驱逐出城邦(Republic 605b-607a & 398a)。不过,要驱逐的只是抒情诗、史诗、喜剧和讽刺诗,并不包括颂诗和悲剧(Republic 607a; Laws 801c-d & 935e)。特别是后者,对于城邦和城邦的统治者来说具有辅助教化的重大意义,如《法律篇》中"雅典客人"(这是柏拉图的化身和代言)所说:城邦是对最好、最高生活的摹仿,这是悲剧的真谛;我们(作为立法者的哲人)是真正的悲剧诗人,我们作的悲剧是最好和最高的悲剧(Laws 817b)。政治是哲人之诗,哲人因此是诗人,而且是真正的诗人——这显然不是一个"浪漫主义的"想法。

浪漫主义者格外推崇"诗性真实",而最先提出"诗性真实"的,不是柏拉图而是亚里士多德。后者在《诗学》第九章指出:

> 诗是一种比历史更富哲学性、更严肃的艺术,因为诗倾向于表现带普遍性的事,而历史却倾向于记载具体事件。①

这一观点为后世浪漫主义诗学提供了重要的灵感来源和理论支点。在这个意义上,亚里士多德实为浪漫主义运动之"未被承认的立法者"。尽管如此,亚里士多德认为"诗"高于"史",乃是因为"诗"更接近真理("更富哲

---

① 亚里士多德:《诗学》,陈中梅译注,北京:商务印书馆,1996年,第81页。

学性"），这意味着"真"是最高标的，而哲学是认识真理的最高方式，因此"诗"下哲学一等，或者说"诗"只是哲学的次级形式。后来黑格尔将此表述为一个历史主义命题："无论是就内容还是就形式来说，艺术都还不是心灵认识到它的真正旨趣的最高的绝对的方式"；艺术发展到诗的阶段即自身解体而走向宗教和哲学，这时"艺术已不复是认识绝对理念的最高方式"，"就它的最高职能来说，艺术对于我们现代人已经是过去的事了"①。

黑格尔所说的"艺术"包括文学在内，因此"艺术"的终结同时就是文学的终结。终结后的文学何为？答案是"自为"：终结后的文学只能是自为的文学。所谓"自为"，即以自身为目的。以自身为目的或"自身合目的"的文学不再以"精神"及其在时间中的展开即"世界历史"的目的为目的，因此是根本无目的的。自身合目的而根本无目的，这正是现代"文学"的吊诡之处，也是它的症结所在。

因此，"文学"的独立也就是"文学"的隐沦。美国学者斯科特（Nathan A. Scott）曾批评美国当代小说"鼓吹个人与社会完全脱离的无根的生存状态"，结果仅仅生产出"贫血而又苍白的鬼魅"②，这在一定程度上也适用于今天的中国文学，无论是研究还是创作（德国汉学家顾彬称中国当代文学是垃圾，并非空穴来风）。从"观乎人文，以化成天下"（《易·贲卦·彖传》）的经世之学降解为与理、工、医、农并列的"文科"之一的"文史哲"之"文"，现代"文学"与其缘在的世界分离了。不仅如此，现代"文学"也是"文学"自身的离散：首先，现代"文学"分为不同的国别，如中国文学、英国文学、美国文学等等；其次，分为不同历史阶段，如古代文学、现代文学、当代文学等等；另外还有不同专业分工，如文艺学、文献学、民间文学等等。这是一个不断规定和分化的过程，也是一个连续否定和

---

① 黑格尔：《美学》，朱光潜译，北京：商务印书馆，1979 年，第一卷第 13、15 页，第三卷下第 15 页。
② 列奥·施特劳斯：《古今自由主义》，马志娟译，南京：江苏人民出版社，2010 年，第 305 页。

坎陷的过程；在此过程中，"文学"作茧自缚而歧路亡羊。今天，我们认为"美女作家"的"身体写作"是文学，而色诺芬的对话作品不是；或者，《哈利·波特》的作者是文学家，而《诗集传》的作者不是。文学之所以为文学，端在于"文学性"，而文学有其本真存在，即所谓"纯文学"：这已经成为现代人不言自明的通识（common sense）。然而，"文学性""纯文学"之类概念的出现恰恰意味着"文学"本原的禁锢和失落。借用列奥·施特劳斯的话说，"文学"自以为走向光明，实则落入了更深的"洞穴"①。谓此"文学"之隐沦，不亦宜哉！

解决之道

我们看到，"文学"因终结而独立，又因独立而隐沦。所谓"终结"，并不是"文学"的结束或消亡，而是指"文学"不再承载或指向"世界精神"，不再与精神的历史即世界共在同行。遗世而独立的"文学"失去了世界，或者说被世界抛弃了。被世界抛弃的"文学"隐沦为了现代"文学"。换言之，现代"文学"即是被抛（于世）而（自身）隐沦的"文学"。要改变这一命运，"文学"只有重新回到世界——不是作为驯服的奴隶，也不是作为自为的主人，而是作为二者的合题：平等的、负责的伙伴——与世界共在同行。这是"文学"的第二次解放，也将是它的真正解放。

那么，"文学"如何重新回到世界呢？

19世纪20年代，歌德曾经预言："世界文学的时代已经快来临了。"②稍后，马克思和恩格斯在《共产党宣言》（1848）中指出：

> 资产阶级，由于开拓了世界市场，使一切国家的生产和消费都成为

---

① Leo Strauss, *Persecution and the Art of Writing,* Chicago: The University of Chicago Press, 1980, pp. 155—156.
② 爱克曼辑录：《歌德谈话录》，朱光潜译，北京：人民文学出版社，1978年，第113页。另见歌德：《威廉·麦斯特的漫游年代》，董问樵译，上海：上海译文出版社，1995年，第1019页。

世界性的了。……物质的生产是如此，精神的生产也是如此。各民族的精神产品成了公共的财产。民族的片面性和局限性也日益成为不可能，于是由许多民族的和地方的文学形成了一种世界的文学。①

在全球一体化的今天，"文学"必然是"世界的"。"文学"的"客观对应物"和"意向性客体"是世界。世界不仅是"在时间中的有形实在"②，而且"世界的存在具有一种发生的性质"③。换言之，世界"世界着"：作为自身的绽露和延异，世界显现为自身的时间性存在即"世界历史"。黑格尔认为存在—历史是概念—精神的外化或实现④，这一外化—实现过程结束于"绝对知识"，此即"世界历史"之终结；然而，这也是"世界历史"的重新开启：

> 精神在这里必须无拘束地从这种新的精神形态的直接性开始，并再次从直接性开始成长壮大起来……虽然这个精神看起来仿佛只是再次从自己出发，再次从头开始它的教养，可是它同时也是从一个更高的阶段开始。⑤

世界不断重新出发而生成着自身。通过回归这一"止于至善"而"纯亦不已"的世界，"文学"成了"世界的文学"即"世界文学"。

所谓"世界文学"，并不是国别文学的简单相加或静态组合，而是"文学"在世界中的自相差异（self-differentiation）和动态生成。在这个意义上，

---

① 中共中央马克思恩格斯列宁斯大林著作编译局编译：《马克思恩格斯选集（第一卷）》，北京：人民出版社，2012年，第404页。
② 卡尔·雅斯贝斯：《时代的精神状况》，王德峰译，上海：上海译文出版社，2003年，导言部分第12页。
③ 克劳斯·黑尔德：《世界现象学》，倪梁康等译，北京：生活·读书·新知三联书店，2003年，第201页。
④ 黑格尔：《哲学史讲演录（第四卷）》，贺麟、王太庆译，北京：商务印书馆，1960年，第283页。
⑤ 黑格尔：《精神现象学》，贺麟、王玖兴译，北京：商务印书馆，1979年，下卷第274页。

"世界文学"也就是"比较文学"。

有人说比较文学是一个"不幸的名称",因其经常引起误解(比如将"比较文学"理解为"文学比较");然而,如果我们把"比较"理解为"(自相)差异"和(自我与他者的)"对话",那么"比较文学"无疑是一个恰当的名称。作为跨越学科—语言—文化、兼有历时向度和共时向度、综合古今而向未来展开、通过自我—他者对话实现创造性互动的元—超学科,比较文学见证了世界的"此在"亦即"世界经验"的"根本运动性"①。这是"文学"在世的自相差异,亦即"世界文学"的发生过程:在此过程中,"文学"作为世界精神的永恒镜像与世界历史一体同行,摆脱隐沦状态而真正解放了自身。

正文:比较文学:人文之道②

和其他学科一样,比较文学在诞生之初曾多有争议;不同的是,时至今日比较文学仍然面临"什么是比较文学?"的质疑,甚至是"比较文学比较什么?"这样的误解。可以说,比较文学是一门自身焦虑的学科③。自身焦虑提供了自身反思的契机。与其他学科相比,比较文学更是一门自身反思的学科:通过自身反思,也正是通过自身反思,比较文学不断深化和提升了自身,并由此不断生成和展示着自身。

现在回到这个问题:什么是比较文学?概念的界定意味着概念的延异:为了回答"什么是比较文学",人们首先要回答"什么是文学";为了回答

---

① 汉斯-格奥尔格·伽达默尔:《诠释学 II:真理与方法》,洪汉鼎译,北京:商务印书馆,2011 年,第 554 页。

② 本文曾以《比较文学·比较诗学·人文之道》为标题发表于《北京大学学报(哲学社会科学版)》2010 年第 5 期。

③ Charles Bernheimer ed., *Comparative Literature in the Age of Multiculturalism*, Baltimore: The Johns Hopkins University Press, 1995, p. 1.

"什么是文学",则需要回答"什么是人";而要回答"什么是人",又需要回答"什么是人性"……在不断回溯的过程中,答案一再迁延、消逝而变得不可能。因此,我们与其追问什么是比较文学(What is comparative literature?),不妨转向思考:比较文学如何是?(How is comparative literature?)

所谓"如何是",是一种历时性的自身呈现过程。一般说来,比较文学经历了三个历史发展阶段。第一个阶段主要表现为对异质文化及其语言载体的译介与阐述(包括评论、改写等等),此即比较文学的自在或潜在阶段。在西方历史上,古罗马作家翻译和阐发古希腊文化(如西塞罗摹仿柏拉图对话录、维吉尔摹仿荷马史诗),中世纪—文艺复兴作家翻译和阐发希腊—罗马文化和希伯来文化(如基督教《圣经》的翻译、伊斯兰哲学家阿维罗伊对古希腊哲学的阐发、莎士比亚对古罗马悲剧与中世纪宗教剧的取用),古典主义作家翻译和阐发古代文化(如布瓦洛学习贺拉斯、蒲伯翻译荷马史诗),启蒙主义和浪漫主义作家翻译和阐发外国文化(如伏尔泰根据马约瑟神父翻译的元杂剧《赵氏孤儿》而创作的《中国孤儿》、斯太尔夫人的《德国的文学与艺术》、奥·维·施莱格尔翻译莎士比亚),可以说构成西方文化的一大传统。在中国,本土文化和异域文化的交流(所谓"西学东渐")也多次发生,如汉魏以来印度佛教文化的传入(第一时期)、晚明以来欧洲基督教文化的传入(第二时期)以及清末以来西方现代文明的传入(第三时期),而这也是一个译介和阐发的过程。第一时期以佛经翻译为主,第二时期的重点是基督教神学和自然科学(如利玛窦和徐光启合作翻译的《天主实义》《几何原理》),而第三时期无论是在广度还是在深度上都大大超过了前两个时期,如严复的《天演论》(译介赫胥黎的《进化论与伦理学》)、《原富》(译介亚当·斯密的《国富论》)、《群己权界论》(译介约翰·密尔的《论自由》),王国维的《红楼梦评论》(依据叔本华的意志哲学),鲁迅的《摩罗诗力说》(介绍浪漫诗学)、《文化偏至论》(阐发尼采的超人思想）即为其早期代表。这一时期的译介作者往往从当时政治现实的问题意识（如强国新民、救亡图存这样的宏大关怀）切入，有意识地引进、运用西方话语（包括理论范畴、叙述模式、研究范式乃至价值体系等等）来救治、改造本国文学—文化，即如鲁迅在《文化偏至论》（1907）中所说，"外之既不后于世界之思潮，内之仍弗失固有之血脉，取今复古，别立新宗，人生意义，致之深邃，则国人之自觉至，个性张，沙聚之邦，由是转为人国"[①]，但他们往往对西方话语自身的合法性缺乏批评性反思而作为超历史的标准或超时间的真理加以运用，也没有自觉的学科意识。在这个意义上，他们的著述只是潜在地属于比较文学而有待展开：作为自在的比较研究（comparative literature in itself），它们为将来的比较文学研究提供了对象和材料。

第二个阶段，是对这些译介和阐释所构成的文学—文化关系的研究，即比较文学的关系史研究阶段。这一阶段以自在阶段的实践为研究对象，其特点是历史意识和学科意识的产生。美国人文主义思想家和比较文学学者白璧德曾以古典研究为例指出：

> 以维吉尔为例，要研究他不仅需要熟悉古典时期的"维吉尔"，也需要熟悉后来的那个"维吉尔"——诱导中世纪想象的那个魔幻"维吉尔"、作为但丁向导的那个"维吉尔"等等，——乃至丁尼生的美妙颂歌。如果他研究的是亚里士多德，他应当能为我们展示亚氏通过拉丁文传统或间接通过阿维罗伊等阿拉伯学者对中世纪和现代欧洲思想所产生的巨大影响，如果他研究的作家是欧利庇得斯，那么他应该知道欧氏在哪些方面影响了现代的欧洲戏剧；他应该有能力对欧利庇得斯的《希波吕托斯》与拉辛的《菲德拉》之间的异同做出比较。如果他研究的内容是斯多葛思想，那么他应该能用斯多葛学派的"完善"理想来对照圣

[①] 鲁迅：《鲁迅全集（第一卷）》，北京：人民文学出版社，2005年，第57页。

波拿文都拉和圣托马斯·阿奎那等基督教作家所盛称的"完美生活"理想。在关注迄今所有研究成果的同时,他也不能忽略用希腊语和拉丁语写作的教父文学名篇,这些著作表明了古代思想是通过何种方式过渡为中世纪思想与现代思想的。上面为数不多的几个信手拈来的例子都向我们说明,比较方法的应用可以多么的广阔和富于成效。①

在白璧德(他本人正是一名严格意义上的古典学者)看来,比较文学是古典文学的延伸,理想的古典研究应当是"比较文学"。我们看到,白璧德所说的"比较方法"(comparative method)即实证主义的历史比较方法。中国比较文学的先驱陈寅恪于此心有灵犀而身体力行,他在任教清华国学院时曾针对当时的研究状况指出:

> 即以今日中国文学系之中外文学比较一类之课程言,亦只能就白乐天等在中国及日本之文学上,或佛教故事在印度及中国文学上之影响及演变等问题,互相比较研究,方符合比较研究之真谛。盖此种比较研究方法,必须具有历史演变及系统异同之观念。否则古今中外,人龙天鬼,无一不可取以相与比较。荷马可比屈原,孔子可比歌德,穿凿附会,怪诞百出,莫可追诘,更无所谓研究之可言矣。(《与刘叔雅教授论国文试题书》)②

陈寅恪所批判的研究路数,后来在20世纪80年代中国大陆比较文学复兴时期曾风行一时,即所谓"X比Y模式";他主张的实证方法,也就是白璧德所说的历史比较方法。在当代学术语境下,历史比较方法具有了新的内涵:它要求研究者在关注事实联系(rapports de fait)的同时,不再把作家、文本或话

---

① 欧文·白璧德:《文学与美国的大学》,张沛、张源译,北京:北京大学出版社,2004年,第108—109页。
② 《陈寅恪集·金明馆丛稿二编》,陈美延编,北京:生活·读书·新知三联书店,2001年,第252页。

语视为单一的、静止的、封闭的、本质主义的实体，而是作为某种"差异的内在发生"（inner differentiation）或文化变异现象、某种效果历史（effective history）、某种延异活动（différence）加以剖析。这既是一个拆解的过程（dissection），同时也是一个重新组装的过程（rearticulation）；总而言之，就是今天所说的解—建构（deconstruction）工作。正是在此解—建构过程中，比较文学反思前一阶段的自在状态，由此获得自我意识而成为一门自觉的学科。

这一自觉过程分两步完成。首先是方法论的自觉。在中西文化交流的第一时期，佛学初传东土，时人（如康法朗、竺法雅、毘浮、昙相等）曾用"格义"方法译介和阐释作为异质文化的佛学理论。所谓"格义"，即用本土儒家或道家的概念、范畴"比配"佛学"名相"术语（如把僧人称为"道人"、将"涅槃"译为"无为"），这正是一种比较的方法。在第二时期，基督教偕同西方近代自然科学进入中国，并引发了"天崩地解"的思想革命；面对这一情况，徐光启于1631年提出："欲求超胜，必须会通；会通之前，先须翻译。"（《历书总目表》）如果说"格义"启动了第一时期方法论的自觉，那么"翻译–会通–超胜"说则标志了第二时期的方法论自觉。在第三时期，现代西方文明随坚船利炮涌入中国，中国文化面临前所未有的巨大挑战，如何正确看待自我（中国文化）、他者（西方文化）和二者的关系成为当时中国知识界的首要关注，而方法论的自觉即成为文化自觉的一个重要环节。20世纪初，章太炎在《訄书》（1902）中指出：

> 今日之治史，不专赖域中典籍。……亦有草昧初启，东西同状，文化既进，黄白殊形，必将比较同异，然后优劣自明，原委始见，是虽希腊、罗马、印度、西膜诸史，不得谓无与域中矣。（《哀清史》）[1]

---

[1] 章炳麟：《訄书详注》，徐复注，上海：上海古籍出版社，2000年，第867页。

章氏在此强调比较的方法("比较同异"),但这仅就"治史"即历史研究而言,并未涉及文学研究。数年后,鲁迅在《摩罗诗力说》(1907)一文中提出:

> 欲扬宗邦之真大,首在审己,亦必知人,比较既周,爰生自觉。①

鲁迅主张通过比较走向自觉,他所说的"自觉"是指中国文化的自觉或自我认识,而自觉的方法或途径即是"比较"。他在晚年提倡"拿来主义"(1934),认为"没有拿来的,人不能自成为新人,没有拿来的,文艺不能自成为新文艺"(《拿来主义》)②,与之一脉相承。从今天的角度看,鲁迅的主张和学衡派的宗旨"昌明国粹、融化新知"(1922)实是殊途同归、不谋而合。事实上这也是当时中国知识界的共识,如陈寅恪在《冯友兰〈中国哲学史〉下册审查报告》(1933)中指出:

> 真能于思想上自成系统、有所创获者,必须一方面吸收输入外来之学说,一方面不忘本来民族之地位。此二种相反而适相成之态度,乃道教之真精神、新儒家之旧途径而二千年吾民族与他民族思想接触史之所昭示者也。③

陈氏之意,文化正是由于差异而具有生命力,差异为文化的自我反思与自我超越提供了必要的契机和动力。然则反思和超越的依据何在?钱锺书在《谈艺录》序(1948)中回答了这个问题:

> 凡所考论,颇采二西之书,以供三隅之反。……东海西海,心理攸同;南学北学,道术未裂。④

---

① 鲁迅:《鲁迅全集(第一卷)》,北京:人民文学出版社,2005年,第67页。
② 鲁迅:《鲁迅全集(第六卷)》,北京:人民文学出版社,2005年,第41页。
③ 《陈寅恪集·金明馆丛稿二编》,陈美延编,北京:生活·读书·新知三联书店,2001年,第285页。
④ 钱锺书:《谈艺录》,北京:中华书局,1984年,序言第1页。

"同"或者说对包含差异在内的更高自我的认同，构成了自我超越的起点和终点。就此而言，比较——作为自身反思和自身超越之道（途径和方法）——必然具有人文主义的内涵与指向。

方法论的自觉进一步促进了学科的自觉。20世纪80年代以来，比较文学在中国大陆经过三十年的沉寂后重新崛起。这一时期的代表人物钱锺书指出：要发展我们自己的比较文学研究，重要任务之一就是清理一下中国文学与外国文学的相互关系（张隆溪：《钱锺书谈比较文学与"文学比较"》）。所谓"清理关系史"，即通过知识考古重新建构（同时也是解构）文学史，并对作家、作品重新进行定位。通过这一阶段的工作，比较文学将事实联系内化为自身效果历史，由此获得本体存在（自身研究领域）而成为一个独立的学科。

比较文学研究的第三个阶段，是对文学—文化关系研究进行反思而上升为理论，同时作为阐释实践进入新一轮的文化互动。如果说比较文学第一个阶段是自在的译介阐发实践，第二个阶段是自觉的关系研究，那么第三个阶段就是自为的比较诗学。所谓自为，即自我界定、自我解释和自我规划。正是在这个阶段，比较文学真正成为一个按照自身逻辑发展的学科。这时，译介阐释、关系史研究和比较诗学形成三种相互支持—蕴涵、相互渗透—转化的共时研究模式：译介阐释实践必然同时构成关系史研究的对象，关系史研究必然在比较诗学的指导下进行，而比较诗学的阐释（如诗学比较）必然作为理论实践进入关系史研究的视野。没有译介实践，比较文学的关系史研究将是无源之水，而比较诗学研究自然也就无从谈起；没有关系史研究，比较文学的译介实践将滞留在不自觉的前学科状态，而比较诗学将成为虚浮的海市蜃楼；而没有比较诗学，比较文学的译介实践和关系史研究则将是蒙昧的（即缺乏自我意识的）和他律的（即无法自我规定的）。在这个意义上，比较诗学是比较文学的自身反思的灵魂：正是通过比较诗学，比较文学成为一个自我立法、自我规定的学科。因此，比较诗学虽然在时间上是后来的、派生的,但在逻辑上却是先在的、本原的。

正如比较文学并非就是文学比较一样,比较诗学也并非就是诗学比较。前面谈到,比较文学经历了从自在到自觉、再从自觉到自为的发展历程,并将与之对应的译介阐释、关系研究、比较诗学作为自身的基本构成。作为比较文学的内在灵魂,比较诗学同样经历了从自在到自觉、再从自觉到自为的发展历史,并在共时层面上表现为阐释、关系史研究和比较诗学的结构形态:首先是跨文化的诗学比较,或者说诗学的平行比较,这是比较诗学的自在实践,也是比较诗学的起步和基础,正如异质文化间的译介阐释实践是比较文学研究的基础一样;其次,是对前一阶段诗学比较的自觉反思,即比较诗学的关系史研究;最后,是对自觉阶段的研究成果进行反思的自为阶段,即作为比较文学自身诗学的比较诗学研究,这不仅包括一切关于比较文学的元叙述或自我言说,同时因其跨越语言、学科和文化的特性,亦是"理论"本身(theory in general)的话语实践。可以说,诗学比较、诗学关系研究和比较文学的自身诗学共同构成了比较诗学;诗学比较固然不是比较诗学的全部,却是后者的必要构成。

既然比较诗学是比较文学的灵魂、核心机制和根本原理,那么它是否只有一个?换言之,它是一个单数概念还是一个复数概念?或者说,它是一元的还是多元的?如果从比较诗学是比较文学的统一性原理这个角度来看,比较诗学似乎应当是一元的。然而正如黑格尔所说,一切概念或理念都是包含自身差异在内的同一体[①],或者用德里达的话讲,延异构成了生命的本质[②],比较诗学也不例外。首先,以比较诗学为神经中枢的比较文学是一个不断变迁的建构过程,其中包括文学关系研究、海外华人文学研究、海外汉学研究、翻译研究、跨文化研究、大众文化研究、文化人类学等等分支领域,它

---

① 黑格尔:《小逻辑》115 节附释,贺麟译,北京:商务印书馆,1980 年,第 249—250 页。
② 雅克·德里达:《书写与差异》,张宁译,北京:生活·读书·新知三联书店,2001 年,第 368 页。

们分别具有自己的指导原则，这些原则构成各种具体的比较诗学，同时作为差异性的支流而汇入整体比较诗学，这时比较诗学作为自相差异的同一体而不断奔流变化；其次，诗学比较、诗学关系研究和比较文学自身的诗学共同构成比较诗学，比较诗学自身同时也在经历内在分化而包含差异于自身。无论在哪一种意义上讲，比较诗学都必然是"多"中之"一"，即寓自身于特殊和多元之中的普遍与一致。就其自身同一而言，比较诗学甚至必须是多元的、复杂的，这种多元性、复杂性是比较诗学自身生命力的来源和保证。如果比较诗学是绝对的单一（the one），作为绝对的普遍凌驾于一切特殊（the many）之上而与之相对立，那么普遍恰恰因此下降为特殊，这时它不过是名义上的（假的）普遍、死的普遍而不是真正的普遍、活的普遍。"问渠那得清如许？为有源头活水来。"真正的普遍（一）与特殊（多）对待生成并生息相通；特殊是普遍的自身构成，普遍通过反思自身差异而获得自身同一。正是通过对差异、非同一的反思，比较诗学不断超越、丰富自身而完成、呈现自身；也正因为如此，比较诗学才有资格被称为比较文学的灵魂。

比较诗学既是对实践的理论反思，同时也是理论层面的实践；比较文学由此在更高层面回归自身并开始新一轮的演化（同时也是异化和延异）。这一进程不仅是比较文学的自身回归与重新出发，也是比较文学向人文学科总体方法论的具化落实。

在西方，方法论问题的提出是近现代思想学术转型的一个重要标志。中世纪经院哲学尊奉亚里士多德的演绎法，以为天下之能事毕矣；但自文艺复兴以降，人类发现了一个新的世界，新的世界需要新的认识，而新的认识需要新的方法。17世纪20年代，培根在《新工具》中提出：经院哲学的演绎法不足以发现真知，发现真知只能通过新的方法，这就是建立在实验基础上的归纳法[①]。随着"新工具"的提出，一个以方法论为标志和导向的新时代到

---

① 培根：《新工具》第 1 卷第 11—19 章，徐宝骙译，北京：商务印书馆，1984 年，第 10—12 页。

来了。培根之后，笛卡尔提出在"直观"（天赋观念）基础上运用"马特西斯"（Mathesis）即数学方法（包括代数方法和几何学方法）作为"探求真理的指导原则"①。此后的人文研究，从斯宾诺莎运用几何学方法撰写《伦理学》到康德通过代数方法论证"先验综合判断如何可能"，都不同程度受到笛卡尔方法的影响。牛顿的《自然哲学的数学原理》及其物理学的成功更进一步加强了人文学者对数学方法的信心，此后数学和物理学成为真理或"科学"的化身，数学—物理学方法充当了包括人文学科在内的一切科学的方法论模型（休谟运用牛顿方法研究道德哲学即是典型一例）。然而，随着研究不断深入，人们发现数学—物理学方法并不足以揭示人文真理，人文科学需要有自己的方法。18世纪20年代，意大利学者维柯在《新科学》一书中提出：人类社会文化是人类自身的创造物，认识人类自身必须通过语言回顾考察理念的历史，这种关于人类原则的"新科学"类似于几何学，"但是却比几何学更为真实"②。维柯的"新科学"揭橥了19世纪的历史主义方法，在一定程度上甚至预示了20世纪以语言学和解释学为主轴的方法论转向。其后卢梭也指出：人类特有的"精神活动是不能用任何力学法则来解释的"③。19世纪初，黑格尔提出数学方法只是一种"外在的方法"，而人文研究应当具有属于自己的方法，这就是历史的方法（《精神现象学》序言"论科学认识"3.2）。黑格尔以历史的方法考察哲学（黑格尔心目中的人文科学的最高代表），事实上历史成为哲学的方法。20世纪30年代，意大利人文学者克罗齐（他也是维柯著作的译介者和阐释者）指出：通过批判超验哲学，哲学在其自主性中死亡，因为它自诩的自主性恰恰基于形而上学性，取而代之的不再是哲学，而是历史——作为哲学的历史和作为历史的哲学，即"哲学的历

---

① 笛卡尔：《探求真理的指导原则》，管震湖译，北京：商务印书馆，1991年，第8、11—13、19、21页。
② 维柯：《新科学》，第1卷第4部分，朱光潜译，北京：商务印书馆，1989年，第163—165页。
③ 卢梭：《论人与人之间不平等的起因和基础》，李平沤译，北京：商务印书馆，2007年，第58页。

史化",这时哲学只具有历史思维方法论的功能[①],或者说它只构成"历史学的方法论的一个阶段"[②]。继续克罗齐的思路,英国学者柯林武德强调"一切历史都是思想史"而指出:"只有在历史过程亦即思想过程之中,思想才存在;而且只有这个过程被视为思想过程时,它才是思想。"[③]历史主义与现象学相结合而产生了现代阐释学,其代表人物如伽达默尔认为:真理通过阐释而自身呈现,这一过程构成了阐释的"效果历史"。伽达默尔认为效果历史是一条"不应局限于某一历史境况的"普遍原则,并且指出:

> 我们所探究的是人的世界经验和生活实践的问题。借用康德的话说,我们是在探究:理解怎样得以可能?这是一个先于主体性的一切理解行为的问题,也是一个先于理解科学的方法论及其规范和规则的问题。我认为海德格尔对人类此在(Dasein)的时间性分析已经令人信服地表明:理解不属于主体的行为方式,而是此在本身的存在方式。本书(按:即《真理与方法》)中的"阐释学"概念正是在这个意义上使用的。它标志着此在的根本运动性,这种运动性构成此在的有限性和历史性,因而也包括此在的全部世界经验。[④]

我们看到,阐释学不仅是对先验认识论的历史主义改造(康德认为是先验的"纯粹知性"使知识成为可能,而伽达默尔则认为经验的"阐释"使作为理解的知识成为可能),而且标志着现代方法论——从"新工具"(培根)、"新科学"(维柯)和"科学方法"(黑格尔)一直到作为"真理的方法"的阐释学——的最后完成。

---

① 克罗齐:《作为思想和作为行动的历史》,田时纲译,北京:中国社会科学出版社,2005年,第19、113、106页。
② 克罗齐:《美学原理 美学纲要》,朱光潜译,北京:人民文学出版社,2008[1983]年,第254页。
③ 柯林武德:《历史的观念》,何兆武、张文杰译,北京:商务印书馆,1997年,第303、319页。
④ 伽达默尔:《诠释学II:真理与方法》,洪汉鼎译,北京:商务印书馆,2013年,第560、554页。按"Hermeneutik"原译作"诠释学",为行文统一,改为"阐释学"。

作为跨越语言和文化、兼有历时向度（如所谓"法国学派"的影响研究）和共时向度（如所谓"美国学派"的平行研究）、综合古今而面向未来展开、在自我与他者的对话中实现互动超越的现代学科，比较文学既是阐释学的具体运用，也是它的生动例证。比较文学的自身反思（同时也是它的自身实现）即人文科学的自身经验，我们由此得以直观"此在的根本运动性"。因此，比较文学不仅是人文科学的一个具体部门，同时也是人文科学的一个全息影像。可以说，比较文学是人文科学的具体而微，而比较文学之道即人文科学之道：通过自在到自觉再到自为的"此在"，比较文学为人文科学提供了共通的方法论模型。

比较文学的"此在"是一种自身反思的运动过程。通过自身反思，比较文学深入自身而实现了自身。因此，比较文学是一种自我认识。当然，这是一种特殊的自我认识：在这里，自我不再是本质性的实体或主体，而是某种动态的过程，其中蕴涵了自我与他者的对话和互动。在自我反思中，自我分裂为反思的自我和被反思的自我；反思的自我是作为主体的自我，而被反思的自我是作为他者的自我。自我始终是自相差异的自我：他者异在于自我，但又因自我而存在；他者总是自我的他者，或者说是自我的另一种存在样态。反过来说，自我也总是相对他者而存在，甚至是作为他者而存在：单纯的自我本身是不完整的、未完成的，只有通过他者即异在的自我才可能成就真正的自我。在这个意义上，他者是自我的潜在。事实上，真正的自我总是一种超越性的自我；换言之，自我总是自我的超越性存在，这种超越性存在恰恰来自自我的相对性或自相差异性，即他者。这也就意味着：正是自我的相对性、他者性构成了自我的实在性、超越性，而自我与他者的对话也就是自我的相对性和自我的超越性之间的反思和对话。通过这种反思性对话，自我超越自身而升华为更高的自我。这既是一种否定的工作（对自我的否定），也是一种肯定的工作（对更高自我的肯定）。丹麦学者勃兰兑斯认为法国浪漫主义作家斯达尔夫人"通过自己的作品，特别是她关于意大利和德

国的伟大著作,帮助法国、英国和德国人民以比较的观点来看待自己的社会及其文艺思想和理论",并就此指出:

> 如果你想唤醒和震惊人类大多数,你必须清楚地让他们认识到他们认为绝对的东西是相对的,这就是说,必须让他们看到他们普遍承认的标准只不过是某一数量思想相近的人接受的标准;而别的国家、别的民族对是非美丑却又完全不同的概念。①

所谓"让他们认识到他们认为绝对的东西是相对的"即意味着对单纯自我的否定。而白璧德在强调用东方思想对治现代西方文明弊病时指出:

> 认为欧洲和亚洲的一小块地方构成了整个世界,这不过是我们西方人骄傲自大的一种表现。这意味着对将近一半人类的经验视而不见。在这个交流普遍而便捷的时代,整合这两部分人类经验将是格外可取的。②

"人类经验"的"整合"即指向对更高自我的肯定。相对性自我与超越性自我互为主体,这种内在而超越的主体间性构成了比较文学的人文内涵。美国比较文学学者尤斯特曾经指出:作为人类总体历史发展的必然结果,比较文学代表了新的人文主义精神③。的确,比较文学的终极目标在于发现更高自我或实现自我的更高存在;在这个意义上,比较文学是哲学——不仅是单纯认识论意义上的哲学,更是作为"认识你自己"的实践哲学,即人文之道。通过此在的实践和实践的此在,比较文学成为新时代人文主义的标志和先锋。在这时,比较文学作为一门人文学科的意义和价值便得到了最终证明(fully justified)。

---

① 勃兰兑斯:《十九世纪文学主流(第一分册)》,北京:人民文学出版社,1997年,第137页。
② Irving Babbitt, *Democracy and Leadership*, Boston and New York: Houghton Mifflin Company, 1924, p. 156.
③ Francois Jost, *Introduction to Comparative Literature*, New York: The Bobbs-Merrill Co., Inc., 1974, pp. 29, 30.

余论：如何进入和开展比较文学？①

十年前我曾撰文探讨何为比较文学，今天我想继续这个话题和青年研究生谈谈如何进入和开展比较文学，也就是研究比较文学的方法、路径和要求。

俗话说"法无定法"，比较文学也不例外，甚至更加强调这一点——因为它本身就是一个开放的、跨越的、永远不定型而始终在生长的学科。不过作为一个学科（an established discipline），比较文学也确有"一定之法"或基本的游戏规则。我把它们归纳为**语言**、**文本**、**问题**和**方法**四项，并做简要说明如下。

第一是**语言**。语言是一切研究的基础。如果说"语言是存在之家"，那么一名比较文学学者应该至少有两个"家"：一个"家"是他的母语，对中国学者来说就是中文-汉语；另一个"家"则是作为他研究工具和对象的外语。毫不夸张地说，外语是比较文学研究的生命线。这并不意味着母语不重要——恰恰相反，母语是我们认识和转化外来语言-文化的主要动力和第一工具，很难想象一个连母语都不合格的学者能深入了解并有效转化另一语言和文化，遑论介绍和推广本国语言和文化；因此无论如何，掌握母语是任何人进入文化存在的第一要义。不过，在此基础之上（也唯有在此基础之上），掌握一门外语——比如英语（必须承认，它是现代学术界的"lingua franca"和"普通话"，尽管它不一定就是"原文"，而往往也是一种转译的语言）——是一名比较文学研究者的基本素质和要求。在中国大陆地区，经过四十年的学科建设和发展，这一点似乎已不成为问题。今天我们也许反而更要警惕一种浅薄的"外语主义"，即将掌握多门外语（特别是一些小众的古典语言）视为比较文学研究的纯度标记或高超境界。钱锺书先生固非什么

---

① 本文曾以今题发表于《中国比较文学》2021 年第 4 期。

"绝食艺人"（批评者实际上是在大战风车，与大众心理–文化传播制造的神话幻影相搏斗），但画虎不成、买椟还珠的误解和反例也时有发生。学习外语需要投入大量时间和练习，因此除非是语言天才，或是有特殊际遇，如果不能同时兼顾专精和多能，那么结合自身研究兴趣先学好一门作为工作语言的外语（如果该学者研究中日文学关系，那么他的工作语言自然就是日语；其他以此类推），乃是明智可行的选择。如果学有余力，可再结合实际需要和研究兴趣学习第二外语——最好是一门古典语言，如拉丁语或希腊语。特别是拉丁语，这是通向西方中世纪和古典文学—文化的语言津梁和载体，仿佛我们的文言文，其重要性不言而喻，未可以"不实用"而轻视之（其实它和一切古老的事物一样，只是看似不实用而已）。比较文学是古今中外之学，青年学者当有"取法乎上"、直击本源的眼光和雄心；而从语言入手，无疑是一条稳妥有效的途径。

第二是**文本**。如果说语言（原文）是进入另一文化—生活世界的"时空隧道"，那么经典文本（原典）就是全景记录人类历史和文明的"微缩胶片"。通过研读经典并将之内化为自身存在（οὐσία）的一部分，我们能以最快的速度直击人类经验的本原核心，在此与最伟大的心智——他们同时是我们的绝对他者和另一自我——对话、交流而见证真实和超越的存在。这既是后来者的权利，同时也是后来者的责任。

另一方面，学术研究千门万户而层峦叠嶂，学者当结合自身兴趣和实际能力确定未来的研究方向。对于已经明确研究方向、即将进入论文写作的研究者来说，首先需要全面掌握本领域内的基本、重要和前沿文献（这里默认是原文）；如果条件允许，最好从全集（权威版本+初版+手稿）入手，尽量"涸泽而渔"以"观其大略"，否则难免盲人摸象而陷入自说自话、自欺欺人的可悲境地。在经典文本与核心文本之外，比较文学学者还应当注意（甚至要特别注意）周边文本，例如日记、书信、评论、访谈、批注、题签这些"副文学文本"以及印鉴、收藏、相片、录音、视频等"无字书"乃至历史语境、时代精神、文化氛围、社会思潮、政治事件——一言以蔽之，种种话语-权力关系交织而成的"大书"或"超文本"：它们与经典-核心文本互文交错地构成了研究对象的"此在印迹"，并可在一定程度上预防和矫正"文字工作者"的文字障（textualism）或"逻各斯中心主义"。

语言和文本是进入研究的必要准备，但仅有这些是不够的：如果没有思想的灌注和引领，那么再多再好的语言支持和文本准备也不过是（如黑格尔所说）"一系列的单纯意见"堆砌而成的"死人的王国"[①]而已。然则何谓"思想"？这对所有人文学者来说都是一个真实的问题，而对比较文学专业的青年学生来说，这尤其是一个需要认真面对的问题。

第三，我们常说研究需要有**问题意识**，所谓"问题意识"首先来自学者个体的学科意识和自我定位。就比较文学研究而言，青年学者（例如博士生）需要了解：国内外的比较文学学科（尤其是他所关注的研究领域）现在发展到了什么水平？当下热点讨论的题目是什么？其间有哪些有代表性的学者？他们建立了怎样的理论框架、运用了何种研究方法并取得了哪些具体成果？其突破和局限何在？对此**我**——作为在此时此地的具体历史境遇下研究此课题的一名中国学者——还应该和能够做些什么？当年陈寅恪先生曾以敦煌学研究为例指示学人："一时代之学术，必有其新材料与新问题。取用此材料，以研求问题，则为此时代学术之新潮流。治学之士，得预于此潮流者，谓之预流（借用佛教初果之名）。其未得预者，谓之未入流。"[②] 所谓"预流"，即指通过观察跟踪而进入学术发展的主流和前沿。需要指出的是，这绝不意味着观风弄潮、曲学阿世——此学者之大弊，青年学者尤其需要警惕和克制。事实上，"预流"和"读书不肯为人忙"这二者并不矛盾，关键在于具有学术的真诚：这不仅是技术意义上的"遵守学术规范"，更涉

[①] 黑格尔：《哲学史讲演录（第一卷）》，贺麟、王太庆译，北京：商务印书馆，2009年，导言第18、23页。

[②] 《陈垣敦煌劫余录序》，《历史语言研究集刊》1930年第1本。

及研究者的主体意识和理智德性。人文科学与自然科学有本质的不同：自然科学，如1+1=2、氧原子的质量、绝对零度、光速和圆周率的数值等等，都属于客观的知识，或普遍有效的自然规律；但人文科学是主观的知识，它建立在主体感知的基础之上，以确信（certainty）为标准，并随时代变化而变化。例如莎士比亚、《古兰经》、昆曲、罗马斗兽场对一名中国藏族摇滚歌手、美国犹太裔现代诗人、法国印度学家或日本佛教徒来说意义会大不相同，甚至截然相反。特别是文学，它是人类主体感受的"道成肉身"，其中充满了"歌哭于斯"而"一枝一叶总关情"，"冷暖自知"然"不足为外人道"的真切感受和生命记忆；因此，"他山之石"固然可以"攻玉"，但是"石"终究无法代替"玉"本身。就比较文学研究而言，过于强调或一味倚重"庐山之外"的视角（虽然他者的眼光可以帮助"庐山"之内的居民走出"庐山"而发现"庐山"的整全之美）——例如海外汉学的研究方法和范式——也许会导致"梦里不知身是客""直把杭州作汴州"的研究错位和"人间失格"：这不是陈寅恪先生所说的"预流"，而是很可能"迷不知其所之"的"随波逐流"，甚至是"只争朝夕"的学术投机。

其次，比较文学是一门独立的学科，有自身的学科规范和要求，研究者如果没有明确的**学科意识**，那么他的研究很可能会失焦脱靶。如前所说，比较文学研究需要思想——对真实存在的问题的思考——的贯注和引领，事实上比较文学和广义的思想史（包括概念—观念史和精神—文化史）声息相通并互为表里，但这并不意味着比较文学等同于思想史，除非我们把一切人类文化活动都归结为思想（但是这样一来，"思想史"也就过于宽泛而失去了学科的意义）。文学研究兼容并包，从来不是一个单纯的"华屋美厦"（House Beautiful）或自我封闭的桃源秘境，但它自有根基和家门。德国学者库尔提乌斯（1886—1956）标举语文学（philology）的基础学科地位，认为语文学之于人文科学（intellectual sciences），其意义正如数学之于自然科学[①]；研究文学而忽略语文学很容易（如德国一战之后至纳粹崛起时期的学术发展所示）导致为了预流甚至引领"时代精神"（尽管它可能已经是一种变态和偏离）而逢迎强权、歪曲历史、恣意发挥的"思想（史）"研究[②]（列奥·施特劳斯所谓"第二洞穴"）。中国也有殷鉴不远的历史教训，我们要格外反思和警惕，以免"后人复哀后人"的悲剧或闹剧再次发生。

当然，学术问题本身即是时代和社会问题的一种反映（以抽象、变形和迂回的形式），尽管它们并不完全同步或重合。学术有其实际面对和需要解决的问题，这些问题并不一定都是"社会问题"或是必须围绕它们而展开。不过比较文学的情况有些特殊：一方面，作为传统语文学的分支后裔，比较文学内涵超越流俗的美学维度和人文旨趣；另一方面，作为文艺复兴-启蒙运动和帝国主义-殖民统治-西方现代霸权的话语产物，比较文学学科自身具有"古今之争"（在中国它特别以"中西之争"的面目出现）或"传统的现代转型—现代的诞生"的问题指向和学科身份而有别于单纯的文学研究（韦勒克所谓的文学"内部研究"）。在很大程度上，比较文学的学科史或"谱系学"本身构成了比较文学的历史语境、研究对象和问题意识。这是比较文学学科的一项基本事实（datum），比较文学学者对此应有充分的自觉。

有了语言的基础、文本的支持、学科定位和问题意识的指引，最后我们谈谈研究比较文学的**方法**。笛卡尔曾以《谈谈方法》（1637）一书开启今人对古人权威的反抗，而三百多年后伽达默尔在《真理与方法》中宣称他的诠释学原则弥合并超越了旷日持久的古今之争（第2版序言，1965）[③]，可见方法问题（方法论）本身即是现代性的一个思想标记和工作议程。在很大程度上，比较文学本身是一门方法论，并为现代人文学术研究提供了共通的方法

[①] Ernst R. Curtius, *European Literature and the Latin Middle Ages*, trans. by Willard R. Trask, Princeton: Princeton University Press, 2013, Foreword XXVI.

[②] Ibid, Epilogue, p. 382.

[③] 伽达默尔：《诠释学 II：真理与方法》，洪汉鼎译，北京：商务印书馆，2013 年，第 560 页。

模型。比较文学的两大类型——影响研究和平行研究（变异研究似可归入前一类，阐发研究似可归入后一类）同时也是比较文学研究的两种基本方法。这两者都是现代解释学方法（借用雅各布森的说法，前者构成了现代解释学的换喻横轴，而后者构成了现代解释学的隐喻纵轴）的具体运用，并可与现代语言学–思想史的言语行为理论（speech act theory）和话语分析–谱系学研究相互发明。然而，无论采取何种方法，比较文学学者都需要面对和回答这样一个问题：**谁（在特定关系中作为"主体"出现的个人或集体）在何种情形下、出于什么原因（动机或目的）、以何种方式、向哪些人说了什么话/做了什么事并产生了怎样的效果和反应？** 如果研究者能言之有据地解说并回答这一问题，那么他的研究也就立住了——不但能立住，而且会是一篇高完成度（姑且不说是高质量）的论文。

为此目的，带着问题意识（它参与建构了我们的前理解和期待视野）穿越文本的"幽暗森林"的细读工作必不可少。在这方面，理论的作用不容忽视，甚至是不可或缺的技术支持：它是我们"打开"文本、进入理解、发现意义的一种方式。然而，理论本身不是目的：为理论而理论、生搬硬套、直接运用理论（例如现代西方理论）——仿佛它们是普遍有效的真理，或是默认它们如此——处理分析作为具体历史生成物的文学文本和文化现象，这恰恰不是一种理论的（也就是说反思的或批判的）态度，而是思维方式简单、研究能力不足的表现。

另一方面，研究还要量力而行。在进入研究并发现问题后，研究者应根据自身的实际能力（这需要自知的智慧和自制的定力）选择最适合做的题目，而不一定是最高端的题目。这好比挑选兵器，贵在趁手，而不是越重越好。如果实际水平有限，却非要挑战高难度的动作，仿佛失败了也情有可原，甚至认为知难而上虽败犹荣，这其实反映了研究心智的不成熟和学术品性的不诚实。

课题确定之后，就可以进入和展开研究了。那么如何进入和展开研究呢？对青年学生来说，这本身是一个涉及实际操作即如何写作学术论文的问题。我们常说某人"会写文章"或"文章写得好"，即指该学者进入–开展研究的方法和技术而言。当然，具体方法"运用之妙，存乎一心"，有难以言传或言不尽意者在；但就其大端而论，则"有数存乎其间"，亦可强为之说一二。对青年研究者来说，写作论文要贯彻**"小切口、大截面"**这一原则，即从某个具体的观念、意象、话语或现象切入它的历史语境，"以无厚入有间"而"纳须弥于芥子"，以问题为轴心在思想的衍变–断裂脉络中展开纵深的调查和研究。同样的材料，如果只是分门别类、按部就班地罗列说明，这可以是文献综述、资料汇编、年谱学案、辞书读本，尽管同样需要广博的学识和敏锐的判断，甚至可能具有更高的学术价值和影响，但却不是学术论文。学术论文（如硕士和博士论文）必须有论点和论证、提出问题并回答问题。古人所谓"一车兵器"与"寸铁杀人"之说，意正在此。法国比较文学大家艾田蒲（René Étiemble）说过"比较不是理由"（Comparaison n'est pas raison），我们也可以说"比较本身不是目的"（Comparison is not an end in itself）：通过比较的方法——无论是影响研究、平行研究还是阐发研究——发现问题并解决问题才是。在这个意义上，我们大可以说"结果证明手段"，即真实存在的"问题"及其解决确证了比较文学"方法"的意义和价值；同时"真理与方法同在"（此即希腊语"μέθοδος"[方法]之本义），即比较文学作为一种研究"方法"或思考问题的方式积极有效地促成了人类思想的"生生之有"（延异—去蔽）。

张 沛

　　1998—2001年就读于北京大学比较文学与比较文化研究所,获文学博士学位。2003年博士后出站留校任教至今。现任北京大学中文系比较文学与比较文化研究所教授,北京大学人文特聘教授。研究领域包括西方文论、莎士比亚戏剧、英国现代早期思想史。撰著有《隐喻的生命》《中说校注》《比较文学:人文之道》《莎士比亚、乌托邦与革命》《爱的戏剧:莎士比亚与我们》等,编著有《英国人文经典读本》《比较文学基础读本》等,译著有《文学与美国的大学》《常识中的理性》《怀疑主义与动物信仰》《讽刺的解剖》等,发表论文多篇。

高乃依《西拿》和《庞培之死》中的"国家理性"话语

高 冀

高乃依(Pierre Corneille, 1606—1684)是17世纪法国古典主义文学的杰出代表,他的戏剧创作实践也与当时法国实行的绝对君主制(monarchie absolue)的历史背景密切相关。本文分析高乃依笔下的"国家理性"话语,不仅因为高乃依在文学上的重要性和代表性,更因为他的多部作品均涉及权力合法性和君权更迭的问题,且人物的权力欲往往又与情节的发展密切相关①。这就让我们可以从一个独特的视角观察"国家理性"话语在绝对君主制时代的运用。

"国家理性"是现代政治学的基石。这个词在意大利语中是Ragion di Stato,在英语和法语中分别为Reason of State和Raison d'État。按照迈内克(Friedrich Meinecke)在《马基雅维利主义》中所呈现的脉络,马基雅维利尽管并未使用"国家理性"这个词,却在现代西方世界第一次摆脱了基督教的世界观和政治观,表述了"国家理性"的实质内涵②,被视为"国家理性"学说的开创者。在西方政治思想史中,马基雅维利占据极为关键的位置,这

---

① 丁若汀:《高乃依悲剧中的权力欲与君权合法性》,《古典学研究(第四辑):近代欧洲的君主与戏剧》,刘小枫主编,贺方婴执行主编,上海:华东师范大学出版社,2019年,第2页。
② Friedrich Meinecke, *Machiavellism: The Doctrine of Raison d'Etat and Its Place in Modern History*, trans. Douglas Scott, New Haven: Yale University Press, 1957, p. 29.

主要体现在他开启了政治和国家挣脱宗教而获得独立性与自主性的进程[1]。与前人和同时代人相比，马基雅维利首次将道德/宗教与政治相分离，倡导一种去道德化的权力观。马基雅维利强调君主的virtù即"能力"[2]，认为君主的首要关注点应是权力的获取和维持，而不是传统意义上的道德。对于马基雅维利而言，在追求意大利统一这一目标的过程中，基督教的道德观不再适用于政治领域，政治层面的virtù与道德层面的良善可以相互分离。至于威力巨大且变幻不定的fortuna即"命运"[3]，马基雅维利一方面承认fortuna超乎人的控制，另一方面更强调人的自由意志，认为君主有必要通过virtù与之对抗（《马基雅维利全集（第一卷）》第98页）。

自《君主论》问世以来，关于马基雅维利道德观或宗教观的争议便一直存在。受到最严厉非议的是《君主论》第18章"论君主应当怎样守信"（《马基雅维利全集（第一卷）》第68—71页）。争议的焦点在于，能否以国家利益之名，施行背离道德或宗教之事。在16世纪下半叶的意大利，因写出《论国家理性》（*Della Ragion di Stato*）一书而让"国家理性"一词广为人知的博特罗（Giovanni Botero）本人即采取了一种反马基雅维利的姿态，倡导一种与天主教会的利益和价值相符合的"国家理性"[4]。而在法国，16世纪的让蒂耶（Innocent Gentillet）和博丹（Jean Bodin）成为马基雅维利

---

[1] 刘训练：《马基雅维利的国家理性论》，《学海》2013年第3期，第162页。
[2] 马基雅维利笔下的virtù一词兼有"德"和"力"的含义。在中文学界，有的译法强调"德"，译为"德""德性"或"美德"，有的译法则强调"力"，译为"能力"或"力量"。鉴于virtù尚无统一且通用的译法，本文直接采用意大利语的virtù。参见马基雅维利：《马基雅维利全集（第一卷）：〈君主论·李维史论〉》，潘汉典、薛军译，长春：吉林出版集团有限责任公司，2013年，第20—23页。
[3] 在中文学界，fortuna这一概念有"幸运"和"时运"等不同译法。本文无意探讨译法，为避免混淆，直接采用意大利语的fortuna。
[4] Friedrich Meinecke, *Machiavellism: The Doctrine of Raison d'Etat and Its Place in Modern History*, trans. Douglas Scott, New Haven: Yale University Press, 1957, pp. 67—69.

最早的批判者①。17世纪上半叶，在黎塞留（Armand Jean du Plessis, Duc de Richelieu, 1585—1642）和马扎然（Jules Mazarin, 1602—1661）两位红衣主教的统治下，随着绝对君主制的确立和强化，对马基雅维利和古罗马史家塔西佗（Cornelius Tacitus）的不同评价构成了法国政治思想的大致分野。此时的塔西佗形象近似于马基雅维利，与其历史形象并不相符。总的说来，批评马基雅维利的法国文人大多从宗教道德的角度出发，指责他不讲信仰、背离道德。而那些支持君主专制、具有国家主义倾向的政治家和文人则视马基雅维利为重要的思想资源。②

马基雅维利所开创的"国家理性"学说顺应了绝对君主制的需要。在17世纪上半叶的法国，红衣主教黎塞留本人正是"国家理性"的主要践行者。黎塞留的《政治遗嘱》（*Testament politique*）展现了他对个人道德与政府职责以及私人事务与公共事务所做的明确区分。对他而言，国家利益是首要的，而其他所有价值，包括基督教的核心价值在内，都要让位于国家利益③。黎塞留于1642年去世，恰好位于《西拿》（*Cinna*）和《庞培之死》（*La Mort de Pompée*）两部戏首演之间。黎塞留之死是当时的重要事件，也引发了高乃依对"国家理性"话语的反思。

之所以选择《西拿》和《庞培之死》，是因为这两部作品较为集中地呈现了君主形象和阴谋主题，显示出高乃依对"国家理性"话语的复杂态度。此外，这两部戏的创作背景既有一致，又有差异。一致性在于两部戏创作时间非常接近。《西拿》首演于1641年，出版于1643年，而《庞培之死》首演于1643年末，并于次年出版。这意味着，《西拿》和《庞培之死》写于同

---

① Friedrich Meinecke, *Machiavellism: The Doctrine of Raison d'Etat and Its Place in Modern History*, trans. Douglas Scott, New Haven: Yale University Press, 1957, pp. 49—64.

② Étienne Thuau, *Raison d'État et pensée politique à l'époque de Richelieu*, Paris: Albin Michel, 1966, pp. 33—102.

③ William F. Church, *Richelieu and Reason of State*, Princeton: Princeton University Press, 1972, pp. 497—498.

一时期，产生于相近的背景。差异性则在于《西拿》首演于黎塞留生前，而《庞培之死》首演于黎塞留死后。这种一致性和差异性让我们既能深入分析高乃依对"国家理性"话语的运用，又能窥探其对"国家理性"所持态度的微妙演变。通过对《西拿》和《庞培之死》的细读，本文试图探讨高乃依如何在绝对君主制的历史语境下充分运用"国家理性"话语塑造君主形象，同时又如何对这一话语的滥用感到担忧，而"国家理性"又如何与高乃依戏剧中的崇高美学相符。

一、《西拿》和《庞培之死》中的阴谋与"国家理性"

《西拿》和《庞培之死》均写于17世纪40年代初。此时的高乃依正当盛年，刚刚经历过《熙德》（*Le Cid*）的巨大成功和围绕《熙德》的论战即"《熙德》之争"（Querelle du Cid）[①]，不断推出新作，其经典作品《贺拉斯》（*Horace*）、《波利厄克特》（*Polyeucte*）和《撒谎者》（*Le menteur*）均写于这一时期。鉴于《西拿》和《庞培之死》尚未有中译本，有必要首先概述其内容。

《西拿》又名《奥古斯都的宽恕》（*La Clémence d'Auguste*）。这部剧围绕西拿（Cinna）和艾米莉亚（Émilie）等阴谋者展开。西拿是名将庞培之后，深受罗马皇帝奥古斯都的信任。然而，他心爱的姑娘艾米莉亚却由于父亲曾被奥古斯都放逐，而一心要为父报仇。西拿一方面爱着艾米莉亚，另一方面又对奥古斯都的美德充满敬慕，可谓进退两难。在艾米莉亚的怂恿下，

[①] 1637年，《熙德》上演并取得了巨大成功，也招致了诸多批评。乔治·德·斯屈代里（Georges de Scudéry）对其发表了严厉的批评，即《对〈熙德〉的观察》（*Observations sur Le Cid*），认为这部戏不逼真，没有遵循古典戏剧的规则。刚刚成立的法兰西学士院（Académie française）也应黎塞留的要求针对《熙德》发表看法，这就是1638年由夏普兰（Jean Chapelain）执笔的《法兰西学士院关于〈熙德〉的感想》（*Sentiments de l'Académie française sur Le Cid*），其中提出了一些修改意见，意在将历史真实与情节的逼真更好地结合。围绕《熙德》的论争涉及戏剧创作的诸多根本问题，史称"《熙德》之争"，在文学史上占据重要地位。

西拿开始策划一场针对奥古斯都的阴谋，并决心在计划成功后自杀。然而这一阴谋被他的情敌、同样爱着艾米莉亚的马克西姆的手下人告发。奥古斯都召见西拿和艾米莉亚，指责他们背叛了自己。于是两人一心求死。此时马克西姆也来到皇帝面前，承认他背叛了西拿和艾米莉亚。奥古斯都先是大吃一惊，而后在皇后的开导下，决意赦免所有的阴谋者，让西拿与艾米莉亚成婚。皇帝的宽宏大量让参与这场阴谋的人感激不已，决心彻底臣服。如"奥古斯都的宽恕"这一标题所示，《西拿》所提倡的是一种以德服人的统治方式，类似于儒家的"仁政"。

《庞培之死》同样取材于古罗马历史。在内战中败给恺撒之后，庞培逃往埃及，并向年轻的托勒密国王寻求庇护。针对是否要接纳庞培，埃及宫廷人士展开了激辩。最终，托勒密国王出于国家利益的考虑，决心杀死庞培。他的姐姐也是王后克娄巴特拉反对这种做法，认为这不仅不会赢得恺撒的欢心，反而会招致恺撒的惩罚。然而托勒密并未听从克娄巴特拉的建议。几天后，恺撒登陆埃及，得知庞培已被埃及方面处死，表达了强烈的愤怒，同时善待庞培的遗孀柯内莉亚（Cornélie）。托勒密看到恺撒的反应不如预期，便密谋发动叛乱。柯内莉亚一直忠于庞培，但在得知这一阴谋后，反而将其泄露给恺撒，因为在她看来，恺撒不应死于埃及人之手。而后恺撒击败几位阴谋者，托勒密国王也在战斗中死去。柯内莉亚被恺撒释放，随后加入庞培在非洲的余部。其后恺撒与克娄巴特拉相见，对她表达安慰，并将她扶上王位。

这两部戏的核心主题都是阴谋，有着诸多共同点。一方面，阴谋和专制之间存在着张力，君主的统治面临诸多危险。另一方面，君主都显示出某种宽容的姿态，而这种宽容也为其合法性提供了支撑，同时使得阴谋者失去了合法性。

这两部戏中的阴谋家均是君主身边的身居高位者。在《李维史论》第三卷第六章"论阴谋"中，马基雅维利对"阴谋"的原因、结果和不同形式展开了细致讨论，并明确提出："那些密谋者全都是大人物或者君主亲近的人，他们中的许多人密谋的动机，与其说受太多的伤害推动，不如说为贪图过多的利益所驱使"（《马基雅维利全集（第一卷）》第457页）。在这个意义上，无论是西拿和艾米莉亚的小集团，还是托勒密及其近臣，都可以被归入马基雅维利所说的"密谋者"的范畴。但是，如果我们认真审视他们阴谋背后的动机，便可以发现其中的不同。

在《西拿》的故事里，艾米莉亚是整场阴谋的幕后主使。西拿本人起先并无意愿，只是出于对艾米莉亚的誓言才被迫领导此次行动。有意思的是，当奥古斯都本人询问西拿是否支持恢复共和政体时，西拿表达了反对，并支持奥古斯都继续掌权。他对此给出的理由是，若要为奥古斯都所带来的一切苦难复仇，并有效吓阻日后的独裁者，就需要一场正式而庄重的谋杀。按照这一叙述逻辑，西拿把奥古斯都描绘成一位犯下诸多罪行的暴君，从而试图把阴谋正当化。由此可见，在对艾米莉亚的爱恋之外，西拿还有一个终极动机，即渴求荣耀。在回答马克西姆时，西拿是这样说的：

> 从他那里得到她，对我是一种折磨。
> 但是，在为罗马所遭受的种种损害报过仇之后，
> 我将与他对抗，直至地狱。
> 是的，在通过他的死亡赢得她之后，
> 我想用我的沾满鲜血的手握住她的手，
> 在他的遗骸上迎娶她，在经历过我们的努力之后，
> 让暴君的礼物成为他死亡的代价。
>
> ——《西拿》第二幕第二场第694至700行[①]

从这段回答中，可以看出，西拿的阴谋同时具有几重动机，包括对艾米

---

① Pierre Corneille, *Œuvres complètes*, Georges Couton éd., Paris: Gallimard, « Bibliothèque de la Pléiade », p. 933.

莉亚之爱，对暴君之恨，以及对荣耀的渴望。马基雅维利明确反对暴政，并试图分析阴谋的动机，宣称"一位君主要能够对抗一切阴谋，最有效的办法之一就是不要受到广大人民憎恨，因为搞阴谋的人总是指望把君主置诸死地来取悦于人民"（《马基雅维利全集（第一卷）》第73页）。这恰恰符合西拿的情形。出于对荣耀的追求，西拿有意在他的动机中纳入"国家理性"的考量。换言之，西拿利用公众对奥古斯都专制统治的不满，宣称自己之所以选择刺杀，是出于对罗马长期利益的考虑，从而让阴谋行为显得英勇无畏。

但是按照这种逻辑，西拿也置身于一种进退两难的窘境。倘若奥古斯都确实是一位残忍无道的暴君，那么西拿的阴谋便符合罗马的利益，符合"国家理性"，从而具有正当性。西拿自己也会被视为反对暴君的英雄。可情况并非如此。奥古斯都所表现出的信赖、仁慈和宽容，让情况变得更为复杂。如果西拿继续坚持刺杀计划，那么原先的基于"国家理性"的刺杀理由就可能不再令人信服，反而变成某种背叛，也不再能带来任何荣耀。换言之，奥古斯都通过呈现一种仁慈的形象，实际上使得西拿和马克西姆的阴谋不再名正言顺。但是对于西拿而言，若是拒绝执行刺杀计划，又会违背他对艾米莉亚的誓言。故而在该剧的第三幕第四场中，西拿最终决定先刺杀奥古斯都，以践行自己的誓言，然后再自杀，以避免背叛之名，重新获得荣耀。

然而，马克西姆的手下人向奥古斯都告密，使得这场阴谋彻底破产。西拿由此进入了极端无助的境地。奥古斯都的宽恕让他不再能获得荣耀，成为全剧中最具悲剧性的人物。如福雷斯捷所言，正是西拿的这种悲剧性处境，才使得这部剧既有皆大欢喜的结局，又是正统意义上的悲剧[①]。

如果说，《西拿》中的"国家理性"被用于论证阴谋的合法性，在《庞培之死》中，对"国家理性"的运用就更加明显。庞培和恺撒均是外人。托勒密身为埃及国王，自然会运用"国家理性"的理由来捍卫自身的利益。如

---

① Pierre Corneille, *Cinna*, edited and annotated by Georges Forestier, Paris: Gallimard, 1994, pp. 20—22.

马基雅维利所言:"还有一个原因,也是一个使人们阴谋反对君主的极其重大的原因,它就是解放被君主占领了的祖国的愿望",以及"任何专制君主都无法防止这种怨恨,除非通过放弃专制统治"(《马基雅维利全集(第一卷)》第455页)。解放故土的事业充满正当性。托勒密本来可以高举保卫家园的旗帜,但是这种天然的正当性却因为他和身边近臣对庞培的残忍,以及他和克娄巴特拉的矛盾,而被消解殆尽。由此,托勒密和恺撒之争不再是守土者和侵略者之争,而变成了单纯的权力之争。

在决定谋杀庞培时,托勒密试图运用"国家理性"话语,来让这种行为正当化。在他看来,谋杀庞培可以赢得恺撒的欢心。他身边的谋臣弗坦(Photin)曾明确提出,"国家理性"应是君主的唯一考虑:

> 让人把他的死亡称为一场不公正的谋杀:
> 正义并不是一种国家美德。
> 对坏的或者好的行动加以选择,
> 只会消灭王权的力量;
> 国王有权拒绝任何宽恕;
> 胆怯的公平将破坏统治之道。
>
> ——《庞培之死》第一幕第一场第103至108行[①]

在这段话中,弗坦明确提出了"国家美德"(vertu d'État)的说法。在他看来,"国家美德"有其自己的标准,而君主也不应将其与正义(justice)、公平(équité)等道德上正确的价值相混淆。此处的"国家美德"实际上类似于"国家理性"。按照弗坦的建议,基于道德价值的行动可能会损害君主的权力,故而君主应按照国家利益的需要,冷酷无情地对待庞培这个外来者。

然而,托勒密所考虑的绝不仅仅是国家利益,还有他和克娄巴特拉的竞

---

① Pierre Corneille, *Œuvres complètes*, Georges Couton éd., Paris: Gallimard, « Bibliothèque de la Pléiade », pp. 1081—1082.

争关系。庞培手中握有一份埃及老国王的遗嘱，其中规定王位要由托勒密和克娄巴特拉共享。对于托勒密而言，谋杀庞培也符合他个人的利益。在第一幕的第一场中，托勒密的谋臣对是否要处死庞培仍有不同意见，然而到了第二场中，在弗坦向托勒密谈到这份遗嘱及其与托勒密国王个人权力的关系之后，托勒密终于下定决心，谋杀庞培。弗坦是这样说的：

> 我同您说对她不利的话，并不是想要
> 打破手足之爱的神圣联结。
> 我想让她远离王位，而不是远离心灵，
> 因为两个人统治等于不统治。
> 一位决意那样做的国王是一位坏政治家。
> 他在传递权力的同时也毁掉了自己的权力，
> 至于那些国家理性么，可是大人，这就是国家理性啊。
> ——《庞培之死》第一幕第二场第229至235行①

此处的弗坦继续用"国家理性"的理由劝说托勒密，并在这段话的结尾处明确使用"国家理性"一词的复数形式即raisons d'État，不仅指"国家理性"这一概念，也指基于"国家理性"的各类实践。弗坦先是声明，自己绝没有挑拨离间托勒密和克娄巴特拉两人关系的意思，而后试图从国家长远利益的角度强调，"两个人统治等于不统治"（c'est ne régner pas qu'être deux à régner），而托勒密应该具有完全的统治权。对个人绝对权力的维护，是托勒密和任何专制统治者内心最在意的问题。

由此可见，弗坦为了取悦于托勒密国王而有意歪曲"国家理性"话语，使得"国家理性"并不服务于公共利益，而是服务于个人的权力欲。此处的"国家理性"并非在为君主的个人行为提供指导，而是让君主把个人野心包

---

① Pierre Corneille, *Œuvres complètes*, Georges Couton éd., Paris: Gallimard, « Bibliothèque de la Pléiade», p. 1085.

装成国家利益，从而冠冕堂皇地开展权力斗争。这种对"国家理性"的反向运用也使得托勒密的形象远不如恺撒那么正面。高乃依通过引入在法国影响甚大的"国家理性"话语，让托勒密与其谋臣之间的对话显得更加逼真，以回应观众的心理预期。

在《西拿》和《庞培之死》这两部戏中，阴谋者均利用"国家理性"话语及其所带有的正面意义来把自身的行为合理化。但是，无论是西拿和马克西姆，抑或是托勒密和弗坦，都未能成功或恰当地运用"国家理性"话语。在某种意义上，对于争夺权力者而言，"国家理性"已经成了一个普遍标准。如果剧中人物未能适当地运用"国家理性"话语，他们的行为便不具有合法性和正当性，呈现给观众的亦是负面形象。与之相反，如果剧中人物能够适当地运用"国家理性"话语，他们的行为便会具有合法性和正当性，呈现给观众的亦会是正面形象，君主会变得完美甚至崇高。这两部戏中的奥古斯都和恺撒便是如此。

二、"国家理性"与《西拿》和《庞培之死》中的君主形象

奥古斯都和恺撒的宽容姿态使我们清楚地看到，两人的合法性以及他们所呈现的正面形象归根结底靠的是"国家理性"话语。一方面，阴谋者试图把奥古斯都描绘为作恶多端的暴君；另一方面，奥古斯都试图通过回顾他最初如何赢得权力，从而维持自己的合法性。在《西拿》第五幕第一场中，奥古斯都向西拿解释，为什么要由他来统治[①]。其中的关键在于，他能通过自身的virtù登上皇位并让各民族臣服于他。如马基雅维利所言，通过virtù所获得的位置要比通过fortuna获得的位置稳固得多。因此，按照奥古斯都的论述逻辑，倘若西拿篡位成功，便会因为缺乏合法性而导致帝国内部发生剧变和动

---

① Pierre Corneille, *Œuvres complètes*, Georges Couton éd., Paris: Gallimard, « Bibliothèque de la Pléiade», pp. 958—962.

荡，因为各个地方和民族并不会接受这种依靠"幸运"的篡位。奥古斯都通过引用"国家理性"话语成功地将个人权力问题转化为公众利益问题。换言之，他试图证明，自己之所以反对篡位，并非因为自己贪恋权位，而是出于对国家利益的考量。在奥古斯都的映衬下，阴谋者则不再是勇敢的起义者，而成了只顾一己之私，置天下人福祉于不顾的懦弱可鄙的篡位者。

以《西拿》为例，在听闻奥古斯都决定原谅他们后，西拿、马克西姆和艾米莉亚立刻放下了原先的仇怨，对奥古斯都感激不已，宣布要永远效忠于他。前面说过，西拿向往荣耀，而在策划阴谋的过程中，他的根本动机也是追求荣耀。奥古斯都选择了原谅，而这使得西拿变得无能为力，完全失去了刺杀的动机。奥古斯都的宽容之举出乎所有人的预料，现代欧美学界对此也有许多不同的解读。但是毋庸置疑，剧中的奥古斯都确实凭借这一宽容姿态超越了凭借"幸运"掌握权力的普通君主的形象，而变得近乎圣人。正是"国家理性"话语的运用，让奥古斯都的个人权力和国家利益紧密结合，凸显了明君形象，也消解了阴谋者所试图刻画的暴君形象。

在《庞培之死》中，"国家理性"同样与君主形象密切相关。高乃依选择正面呈现恺撒的伟大，完全压倒了阴谋者的种种考量。如前所述，托勒密试图以"国家理性"为由谋杀庞培，其根本动机既涉及国家利益，更与个人权力密不可分。然而，恺撒面对庞培之死所表现出的同情，以及他对庞培遗孀柯内莉亚的仁慈，要远比托勒密的精明算计更令人尊敬。与奥古斯都在《西拿》中实现了个人形象与"国家理性"的完美结合不同，恺撒的仁慈并未对庞培遗孀柯内莉亚的态度带来丝毫软化。柯内莉亚仍然坚持要在重获自由之后加入庞培的余部，继续与恺撒作战。如此看来，恺撒所展现的宽仁形象似乎并未给他个人或者罗马帝国的统治带来实际的益处。如果单纯从"国家理性"的角度思考，恺撒在政治和军事上均占尽优势的情况下，扣留柯内莉亚，一鼓作气消灭庞培余部，似乎才更符合帝国的利益。

或许可以这样理解，即如果只考虑短期利益，那么"国家理性"与君主的个人形象确实存在矛盾。但是与此同时，在《庞培之死》中，恺撒也认识到，他对庞培的哀悼以及对柯内莉亚和托勒密所表现出的仁慈可以起到潜在的积极作用，可以让他未来的敌人更容易臣服于他。

从这个角度看，在《庞培之死》中，高乃依想要表达对精明算计的政治操作的某种质疑。黎塞留致力于强化绝对君主制和消灭封建割据，但他的专断作风也引发了很多人关于其合法性的质疑。在《庞培之死》上演的1643年，黎塞留刚刚于前一年即1642年过世，很多人已经在批评黎塞留的专制倾向。高乃依的这部戏体现出一种对黎塞留的隐晦而温和的批评。举例来讲，在《庞培之死》第四幕第二场，高乃依通过克娄巴特拉之口，提及托勒密的谋臣因为出身寒微而养成了卑躬屈膝的习惯[①]。对于当时的观者而言，"一个生来就服侍人的心灵，不会知道如何领导"（Un coeur né pour servir sait mal comme on commande）这样的台词带有一定的暗示性，也令人想起黎塞留本人的出身。

《西拿》和《庞培之死》都是对古罗马历史的改编。在16、17世纪的语境下，法国社会普遍将古罗马视为政治、文学和艺术等各方面的典范，高乃依剧作对古罗马的描绘显然具有强烈的现实关切。绝对君主制的法国被比作新的罗马，如高乃依在《庞培之死》开篇致马扎然的献词中所言："我为阁下您呈现伟大的庞培，也就是把古罗马最伟大的人物呈现给新罗马最杰出的人物。"[②]这两部戏所呈现的"国家理性"也在一定程度上反映出高乃依对现实政治的观感。在《西拿》的阴谋者中，没有一个人能像奥古斯都那样拥有足以维系帝国稳定的巨大权威，故而"国家理性"的话语让奥古斯都得以远离暴君的形象，变身为理想化的明君。《庞培之死》则更令人想起马扎然的情形。尽管恺撒也像马扎然一样，是出身于外国的统治者，却得以通过宽容

---

① Pierre Corneille, *Œuvres complètes*, Georges Couton éd., Paris: Gallimard, «Bibliothèque de la Pléiade», p. 1116.
② Ibid., p. 1071.

大度的姿态不仅赢得了军事上的胜利，更赢得了敌人的肯定。在他写给马扎然的献词中，高乃依强调，后者在掌管国家时所依循的原理均是基于virtù①。与此同时，托勒密及其谋臣弗坦则提供了负面示范，显示出高乃依反对把"国家理性"话语用作扩张个人权力的借口。

三、"国家理性"与高乃依戏剧的崇高美学

《西拿》和《庞培之死》均是17世纪40年代高乃依创作黄金期的重要作品，也都大致遵循"三一律"。之所以说"大致"，是因为在高乃依看来，鉴于各类戏剧主题有着不同的要求，有时难以把情节安排在同一地点，那么就需要让情节至少发生在同一座城市，如《西拿》的几个不同场景都位于罗马城内②。经过了"《熙德》之争"的高乃依在创作时更加注重顺应官方认可的戏剧创作规律和审美趣味，而《西拿》和《庞培之死》的结构和主题也都反映出这一倾向。在高乃依自己看来，《西拿》之所以受到普遍赞誉，是因为《西拿》对历史题材的处理在不违背基本史实的同时，最大限度地保留了逼真性并遵循了"三一律"③。至于《庞培之死》，高乃依也谈到，他一方面保留了基本史实，另一方面也对其进行了重新编排，以符合当时的戏剧创作规律④。

与此同时，在处理这两部剧作中的政治主题时，高乃依也不可避免地将古罗马的历史题材与他所生活的时代的政治背景相联系。在戏剧的编排中，"国家理性"话语成了非常关键的内容。这既因为当时的执政者黎塞留和马

---

① Pierre Corneille, *Œuvres complètes*, Georges Couton éd., Paris: Gallimard, « Bibliothèque de la Pléiade», p. 1071.

② Pierre Corneille, *Trois discours sur le poème dramatique*, Bénédicte Louvat and Marc Escola éd., Paris: Flammarion, 1999, p. 150.

③ Pierre Corneille, *Œuvres complètes*, Georges Couton éd., Paris: Gallimard, « Bibliothèque de la Pléiade», p. 910.

④ Ibid., pp. 1074—1075.

扎然均是"国家理性"的践行者,更因为"国家理性"话语可以被很好地纳入高乃依戏剧的崇高美学。

高乃依笔下的人物往往超乎常人。在《贺拉斯》《西拿》《波利厄克特》《庞培之死》《罗多庚》等高乃依的多部代表作中,荣誉、爱国心、宽恕和信仰等高贵情感最终都战胜了爱情、亲情和复仇的本能[1]。这是高乃依剧作中人物塑造和情节安排的内在需要。例如,在《西拿》结尾处,奥古斯都最终选择原谅所有的阴谋者。这一举动虽然符合历史事实,却并不逼真可信,不符合亚里士多德在《诗学》第25章中对情节的要求[2]。唯有为这一举动赋予一种无比崇高的宽恕之情,并将其与"国家理性"的论述相联系,这一情节才能被合理化,为作品提供一个完满的结局。如文学史家贝尼舒所述,在高乃依笔下,在所有的"伟大灵魂"中,都充溢着同一种辉煌和浮夸的崇高,同一种自我力量的展示,同一种骄傲和爱情的道德成长。[3]换言之,若要成为"伟大灵魂",就要有"崇高"。而若要有"崇高",就要夸张地展现出高贵的情感。这在高乃依和同时代的剧作家中十分普遍,而"国家理性"恰恰有助于让理想君主的形象显得更加伟岸。

在朗基努斯《论崇高》法译本的序言中,布瓦洛明确引用高乃依的《贺拉斯》,来阐明他所理解的崇高。[4]在此书的序言中,布瓦洛提供了正反两个具体的例子。正面的例子是《贺拉斯》第三幕第六场中老贺拉斯的短促有力的"他可以死战!"[5] 这句话的法文原文为Qu'il mourût[6],只有三个音节,极为凝练。布瓦洛认为,这是最典型的崇高。负面的例子则是《庞培之

---

[1] Erich Auerbach, *Introduction aux études de philologie romane*, Frankfurt am Main: Vittorio Klostermann, 1965, p. 183.
[2] 亚里士多德:《诗学》,陈中梅译注,北京:商务印书馆,2009年,第170页。
[3] Paul Bénichou, *Morales du grand siècle*, Paris: Gallimard, 1948, p. 19.
[4] Nicolas Boileau, *Œuvres complètes*, Paris: Gallimard, « Bibliothèque de la Pléiade », p. 340.
[5] 《高乃依戏剧选》,张秋红、马振骋译,上海:上海译文出版社,1990年,第155页。
[6] Corneille, *Œuvres complètes*, Georges Couton (éd.), Paris: Gallimard, « Bibliothèque de la Pléiade », p. 878.

死》第一幕第一场中托勒密的开场白："命运已被宣告,我们刚刚听到/命运对岳父和女婿所做的决定。/当诸神感到惊讶,似乎意见不一致时,/法尔萨(Pharsale)已经为诸神所不敢裁决的事做了决断。"①在布瓦洛看来,这些话浮夸而空洞。高乃依正是通过让托勒密讲出这些看似滔滔不绝,实则毫无力量的话,从而使其显得负面。托勒密的开场白尽管极尽铺张,却并不崇高,原因是言说者自己没有亲身经历,也缺乏真情实感。由此,即便托勒密及其谋臣弗坦试图运用"国家理性"的话语,也因为其功利性的考量而远不如奥古斯都的话语诚恳。

奥古斯都与托勒密形成鲜明对比。他的话既能显露出君主的宽宏大量,又能保持简洁、淳朴而真挚。在《西拿》的结尾部分,即第五幕第三场,奥古斯都决定宽恕所有人:"奥古斯都已全部知晓,也想全部忘记",原文为 Qu'Auguste a tout appris, et veut tout oublier②。这是全剧的最后一行,被中间的停顿分为同样长度的两部分,以一种最简洁的方式对奥古斯都的想法加以概括。前一个"全部"(tout)显示出奥古斯都身处权力巅峰,无所不知,后一个"全部"则一方面安慰阴谋者,另一方面也彰显他的宽大与仁慈。简洁的形式与高贵的情感相配合,让观者得以充分感受到奥古斯都的慷慨大度,也完全符合布瓦洛所期待的崇高效果。

高乃依对崇高的追求与他对"国家理性"的解读有着密切关系。对高乃依而言,美学的追求是第一位的,而"国家理性"则构成了一种可以从正反两方面运用的话语。以奥古斯都为例,如果"国家理性"真正与国家利益相关,便可以让人物形象显得更加正义,产生崇高的效果。与此同时,如果一位君主只是把"国家理性"话语当作某种借口,以此拓展个人私利,那么便会与崇高美学相背离。托勒密便是如此。他看似按照"国家理性"行事,形

---

① Corneille, *Œuvres complètes*, Georges Couton (éd.), Paris: Gallimard, « Bibliothèque de la Pléiade », p. 1079.
② Ibid., p. 969.

象却远不如恺撒光辉而伟岸。

结　语

回到本文的出发点。如果马基雅维利是"国家理性"话语的开创者，那么，高乃依对马基雅维利这位现代政治学的重要奠基人究竟采取何种姿态呢？这取决于我们对马基雅维利道德观或宗教观的解读。现代西方学界有两种大致的倾向。第一种倾向以施特劳斯（Leo Strauss）为代表。在他看来，马基雅维利实际上在鼓励君主背离正义、仁慈等传统美德，转向采用残忍、恐惧等手段巩固自身统治，故而是"邪恶导师"①。如果按照这种理解，高乃依在《西拿》和《庞培之死》中所描绘的恺撒、奥古斯都等理想化的明君显然不属于这一类型。第二种倾向则以斯金纳（Quentin Skinner）为代表。他认为，马基雅维利并不是在鼓励背离道德之事，只是在道德和国家利益有着明确冲突时，才主张以国家利益为重②。如果采用斯金纳的理解，并依照迈内克所呈现的脉络，将马基雅维利主义理解为某种广义的"国家理性"传统，那么高乃依笔下的奥古斯都和恺撒不仅符合马基雅维利所推崇的"慈悲为怀、笃守信义、合乎人道、清廉正直、虔敬信神"（《马基雅维利全集（第一卷）》第70页）的理想君主的外表，更体现了君主个人权力与国家长远利益的统一。

高乃依着迷于崇高的情感，而他的首要目标也是赞扬君主的美德，维护君主的理想形象。他显然深受"国家理性"的影响，同时也对这种话语的不同运用怀有某种警惕，认为君主应合理运用"国家理性"话语，将其用来捍卫国家的整体利益和公众的利益，而绝不能将"国家理性"变成冷冰冰的功

---

① Leo Strauss, *Thoughts on Machiavelli*, Los Angeles: The Free Press, 1958, pp. 9—10.
② 昆廷·斯金纳：《近代政治思想的基础（上卷）：文艺复兴》，奚瑞森、亚方译，北京：商务印书馆，2002年，第217页。另参见《马基雅维利全集（第一卷）》，第70页。

利主义或者满足个人野心的借口。尽管这两者的界限可能并不完全清晰，高乃依还是试图把前者与理想化的明君相联系，而把后者与小人或暴君相联系。从这个意义上说，《西拿》和《庞培之死》展现了高乃依对"国家理性"话语的接受和反思，即一方面认同"国家理性"话语的有效性，另一方面又反对运用"国家理性"话语来扩张个人野心。

（原刊于《外国文学研究》2022年第5期）

高　冀

2019年入职北京大学比较文学与比较文化研究所，美国芝加哥大学罗曼语言文学系博士，本科和硕士先后受教于北大法语系和法国里昂高师，主要研究方向为法国近代早期文学、西方书籍史、中法文化关系。

附录

北京大学比较文学与比较文化研究所介绍

1981年1月23日，北京大学第40次校长办公会议批准成立"北京大学比较文学研究中心"。1985年中华人民共和国教育部发布（85）教高一字013号文件，正式批准"北京大学比较文学研究中心"改建为独立建制的实体性研究机构"北京大学比较文学研究所"。1994年，北京大学校长办公会议第（1994）58号文件决定，北京大学比较文学研究所更名为"北京大学比较文学与比较文化研究所"。2017年9月，成立比较文学教研室。

1985年，研究所在创建的同年成为全国第一个"比较文学硕士学位培养点"，1993年经国务院学位委员会批准，成为全国第一个"比较文学博士点"，1996年起建立了"博士后流动站"。40年来，比较所培养了来自不同国家的178位文学硕士、141位文学博士、10位博士后。他们分布于中国和世界各地，成为中国文化与世界文化相互认知、相互联系的桥梁。

40年来，比较所已逐步形成一支具有较高学术素养的研究者队伍。目前专职研究者有：陈跃红、车槿山、戴锦华、张辉、张沛、秦立彦、蒋洪生、高冀。40年间，陈纳、金丝燕、伍晓明、张京媛、王宇根、丁尔苏、刘建辉、刘东、康士林等学者亦曾在不同时期加盟。

比较所创所所长为乐黛云教授，自1981年至1999年担任所长；第二任所长为严绍璗教授，1999年至2014年担任所长。孟华教授、车槿山教授曾分别担任副所长。现任所长为张辉教授，副所长为秦立彦副教授。

比较所具有多语言和跨学科优势。研究人员可使用的工作语言为英语、法语、日语、德语、拉丁语等，教师可用外语讲授专业课程；研究领域广泛涉及比较文学基本理论、比较诗学、中外文学与文化关系、文学发生学、文化史学、形象学、叙事学、解释学、电影研究、性别研究、文学与思想史、文艺复兴诗学、莎士比亚研究、批评理论等。

除在上述领域取得突出成就外，比较所还承担多个国际国内合作项目和大型课题，并获得多项荣誉。如乐黛云教授组织编写了我国第一部《世界诗学大辞典》，主编了"北京大学比较文学研究丛书"（25卷）、"跨文化沟通个案研究丛书"（15卷）、"中学西渐丛书"（9卷）等。严绍璗教授主编了"北京大学比较文学学术文库"（15卷）、"北京大学20世纪国际中国学研究文库"，参与主编了"日中文化交流史丛书"（10卷）等。孟华教授主编了"中法文学关系研究丛书"（6卷），参与主编了"20世纪法国思想家评传丛书"（11卷）和"法兰西思想文化丛书"（41卷）等。张辉教授主编了"中国比较文学文库"等，并与张沛教授共同主编了"文学×思想译丛"。张沛教授主编了"莎士比亚研究丛书""比较文学基础文库"。此外，严绍璗著述的《日藏汉籍善本书录》（300余万字）、张辉主持的《伯纳德特集》（11卷本）、张沛主持的"桑塔亚纳文集"（10卷本）等都是持续十数年甚或数十年的"长线项目"。

比较所聘任学术顾问八人：乐黛云、饶芃子、陈惇、谢天振、钱林森、孟华、刘象愚、张隆溪。

比较所还是中国比较文学学会秘书处所在地。以中国比较文学学会为依托，比较所负责编辑《比较文学与世界文学》和《跨文化对话》两种杂志，管理"中国比较文学网"，并与北京大学出版社等单位合作设立了"比较文学与世界文学学术讲座系列""乐黛云学术讲座"以及"比较文学与世界文学高级研修班"。杂志、网站、讲座和研修班已形成序列，长期为国内外比较文学学者提供交流与沟通的高端平台。

"风雨如晦，鸡鸣不已"，北大比较所人，秉承几代学人的长期积淀，正以对人文研究的热忱与坚守，以对中国与世界文化的深切关注与思考，努力站在比较文学学科最前沿，认真书写新的篇章。

The Institute of Comparative Literature and Comparative Culture (ICLCC), Peking University (PKU), was established on January 23, 1981, as the Center for Comparative Literature, Peking University, and then became Institute of Comparative Literature, PKU in 1985. It acquired its present name in 1994.

As one of the most important comparative literature research organizations in China, ICLCC has continually played an important role in the revival and development of comparative literature in China. It set up the first MA degree program (1985), the first doctoral program (1993), the first post-doctoral research program (1996) in China, and has embraced students from all over the world. Up to now, ICLCC has trained 178 MA students, 141 doctoral students and 10 post-doctoral fellows. Distributed around China and the world, these students have become cultural ambassadors in a multicultural world.

Over the past four decades, ICLCC has developed a team of outstanding scholars. Currently, the researchers at ICLCC are: Chen Yuehong, Che Jinshan, Dai Jinhua, Zhang Hui, Zhang Pei, Qin Liyan, Jiang Hongsheng, and Gao Ji. In addition, Chen Na, Jin Siyan, Wu Xiaoming, Zhang Jingyuan, Wang Yugen, Ding Ersu, Liu Jianhui, Liu Dong, and Nicholas Koss have worked as members of ICLCC at various periods of time.

Professor Yue Daiyun founded the institute, and was its first director from 1981 to 1999. The second director was Professor Yan Shaodang, from 1999 to 2014. Professors Meng Hua and Che Jinshan acted as deputy directors at different periods. The present director is Professor Zhang Hui, and the deputy director Qin Liyan.

ICLCC is a multi-language and interdisciplinary team. Our working languages include Chinese, English, French, Japanese, German, and Latin, and a variety of courses are offered, ranging from comparative poetics, Sino-foreign literary and cultural interactions, genesis of literature, cultural history, imagology, to modern narratology, film studies, gender studies, literature and intellectual history, Renaissance poetics, Shakespearean plays, critical theories, etc.

ICLCC has undertaken many national and international research projects. For example, Professor Yue Daiyun has compiled, with other scholars, the *Dictionary of World Poetics*, the first of its like in China, and has organized the *PKU Comparative Literature Series* (25 volumes), *Transcultural Case Studies* (15 volumes), and *Chinese Culture in the West* (9 volumes). Professor Yan Shaodang has edited *PKU Comparative Literature Studies Series* (15 volumes), *PKU International Sinology in the 20th-Century* (3 volumes), and, together with other scholars, *Japanese-Chinese Cultural Interaction Series* (10 volumes). Professor Meng Hua has organized *Sino-French Literary Relation Studies* (6 volumes), and, together with other scholars, has edited *20th-Century French Philosophers* (11 volumes) and *Bibilothèque de France* (41 volumes). Professor Zhang Hui has edited *Comparative Literature in China Series*, etc., and together with Professor Zhang Pei, *Literature & Intellectual History Translation Series*. Professor Zhang Pei has edited *Shakespeare Studies* and *Basic Comparative Literature Series*. Long-term projects such as the 2-volume *Rare Chinese Books in Japan* by Yan Shaodang, the 11-volume *Selected Works of Seth Bernardete* organized by Zhang Hui, and the 10-volume Anthology of George Santayana by Zhang Pei, etc., also feature the academic pursuit of ICLCC.

Over the years, ICLCC has had eight senior academic advisers: Yue Daiyun, Rao Pengzi, Chen Dun, Xie Tianzhen, Qian Linsen, Meng Hua, Liu Xiangyu, and Zhang Longxi.

ICLCC is also the Secretariat of the China Comparative Literature Association (CCLA). As such, ICLCC has two journals, *Comparative Literature and World Literature* and *Transcultural Dialogue*, and sponsors the website of Chinese Comparative Literature. Meanwhile, we have also carried out, in cooperation with the PKU Press, the Comparative Literature and World Literature Lectures, Yue Daiyun Lectures, and the World Literature Advanced Seminars, for scholars both at home and abroad to communicate and interact with one another.

A new horizon is unfolding before us. We are still on the road. Let us meet under the flag of "γνῶθι σεαυτόν", and go on together to explore and discover a better future.

杂　志

- 《比较文学与世界文学》，由中国比较文学学会主办，系"比较文学与世界文学"国家二级学科专业双语辑刊，集中刊载本学科领域各位同人的学术成果，并力图反映国际国内最新研究信息。

- 《跨文化对话》是教育部所属文科重点研究基地北京大学跨文化研究中心主办的定期性系列学术集刊，1998年创刊，刊登海内外有关跨文化方面的学术论文，以及上述领域的严肃的学术评论。乐黛云教授长期担任主编。

丛　书

"北京大学比较文学研究丛书"

乐黛云　主编

已出书目（北京大学出版社）：

《当代女性主义文学批评》　　　　　　　　　　　　　　　张京媛　编
《独角兽与龙：在寻找中西文化普遍性中的误读》　乐黛云　勒·比松　编
《新历史主义与文学批评》　　　　　　　　　　　　　　　张京媛　编
《文化类同与文化利用：世界文化总体对话中的中国形象》

史景迁　著，廖世奇　彭小樵　译
《比较文学形象学》　　　　　　　　　　　　　　　　　　孟华　编
《后殖民理论与文化批评》　　　　　　　　　　　　　　　张京媛　编
《比较文学译文集》　　　　　　　　　　　　　　　　　　张隆溪　编
《比较文学与民间文学》　　　　　　　　　　　　　　　　季羡林
《诗歌与哲学是近邻——结构-解构诗论》　　　　　　　　郑敏
《寻求跨中西文化的共同文学规律：叶维廉比较文学论文选》

叶维廉　著，温儒敏　李细尧　编
《中西美学与文化精神》　　　　　　　　　　　　　　　　张法
《从传统到现代：19至20世纪转折时期的中国小说》

米列娜　编，伍晓明　译

《比较文学》　　　　　　　　　　　马·法·基亚 著，颜　保 译
《西方文艺思潮与二十世纪中国文学》　　乐黛云　王　宁 编
《文化传递与文学形象》　　　　　　　　　　　　　　乐黛云
《比较文学与中国现代文学》　　　　　　　　　　　　乐黛云
《中西文学关系的里程碑》　马立安·安利克 著，伍晓明　张文定 译
《比较文学论文集》　　　　　张隆溪　温儒敏 编，方　平 译
《什么是比较文学？》　布吕奈尔（P. Brunel）等 著，葛　雷　张连奎 译
《比较文学与小说诠释》　　　　　　　　　　　　　　周英雄
《中国比较文学研究资料》　　　　北京大学比较文学研究所　编
《中西比较文学论集》　　　　　　　　　　　　　温儒敏　编
《世界文学格局中的中国小说》　　　应锦襄　林铁民　朱水涌
《超学科比较文学研究》　　　　　　　　　乐黛云　王　宁 编
《抗倭演义（壬辰录）及其研究》　　　　　　　　　　韦旭昇

"跨文化沟通个案研究丛书"

总序（乐黛云）

21世纪，世界文化正面临一个新的转折。为反对文化霸权主义和文化原教旨主义，必须大力推进多极制衡和文化的多元发展。在这个过程中，中国文化必然成为世界新文化建构的一个重要组成部分。这就要求我们一方面要对传统文化进行现代诠释，以利于其现代发展并有益于世界进步；另一方面又亟须总结过去在中国文化的基础上吸收西方文化的经验和教训，对百年现代文化进行总结，以便为建构未来的世界新文化做出贡献。这一总结的核心无疑是百年古今中西文化的冲突激荡及其酿成的发展趋势。

百年中国比较文学正是在这一历史使命的驱动下发展起来的。20世纪的

一百年，是中国学术文化史从传统向现代转型并在中外学术的冲突和融通中曲折地走向成熟和繁荣的一百年。在这一百年中，比较文学先是作为学术研究的一种观念和方法，后是作为一门相对独立的学科，在中国学术史上留下了深刻而独特的足迹。比较文学在20世纪中国的发生、发展和繁荣，首先是基于中国文学研究观念变革和方法更新的内在需要。这决定了20世纪中国比较文学的基本特点。学术史的研究表明，中国比较文学不是古已有之，也不是舶来之物，它是立足于本土文学发展的内在需要，在全球交往的语境下产生的崭新的、有中国特色的人文现象。

百年中外文学的关系和相互影响是中国比较文学的重要组成部分。正如钱锺书先生所说："从历史上看来，各国发展比较文学最先完成的工作之一，都是清理本国文学与外国文学的相互关系，研究本国作家与外国作家的相互影响。"百年来，已有很多学者在这方面做出了显著的成绩，但过去这方面的研究多局限于西方文化对中国学者和作家的影响，少有研究这种影响如何在中国文化自身传承之中发生和发展，更少有研究中国传统文化如何在外来文化的影响下得到新的诠释而促成自身的现代化。本丛书从这一现实状况和学术史的角度出发，对20世纪一百年来卓有成就的中国学术名家如何在继承中国传统文化的基础上，吸收西方文化，根据时代和社会的需要形成独特的中国现代文化，进行全面的总体探讨和深入研究；并在这一基础上探讨继承传统文化，吸收西方文化以及多元文化交汇共存的规律，目的在于阐明新文化在中国生成的独特路径，通过实例对延续百年的中西、古今之争做出正确结论并预示今后的发展方向，以便中国文化真正能作为先进文化，在世界文化多元格局中占据应有的地位，在推动世界文明进步中起到应有的作用。

古今文化承接和中西文化沟通是20世纪文化发展的一个十分重要的内容，但学术界至今较多关于这方面的一般理论探讨，较少有将中西会通和古今传承二者结合起来的、有分量的重点个案分析。本丛书从学术史的角度出发，对沟通中西文化、对中国文化发展卓有贡献的中国学术名家进行深入的个案研究，在古今中西文化交汇的坐标上，完整地阐述他们的生活、理想、事业、成就及其对中外学术发展的贡献。特别着重探讨20世纪一百年来他们如何在继承中国传统文化的基础上，吸收西方文化，形成完全不同于过去的20世纪中国现代文化景观。着重个案研究，意在通过主要人物的生活、理想、事业、成就，以及他们对传统文化的继承、对西方文化的吸收，突出他们对中外学术发展的独特贡献，阐明新文化在中国生成的独特路径，力图通过实例对延续百年的中西、古今之争做出正确结论并预示其今后的发展方向。

本丛书的作者都是国内跨文化研究和中西文学方面著述颇丰的一流专家学者，具备深厚的文化底蕴和研究功力，是继20世纪沟通中西文化的钱锺书、季羡林等大家之后涌现出来的新一代领军人物。基本上做到了名家写名人，研究有深度，叙述到位，资料翔实，视角独特。

总之，本丛书进行的这种研究不仅对中国极为重要，对世界多元文化的对话和沟通也具有突出的方法论和认识论意义。本丛书志在这方面填补学术界的空白。

已出书目（文津出版社）：

《陈铨：异邦的借镜》　　　　　　　　　　季　进　曾一果
《冯至：未完成的自我》　　　　　　　　　　　　　张　辉
《傅雷：那远逝的雷火灵魂》　　　　　　　谢天振　李小均
《梁实秋：在古典与浪漫之间》　　　　　　　　　　高旭东
《梁宗岱：穿越象征主义》　　　　　　　　　　　　董　强
《林语堂：两脚踏中西文化》　　　　　　　　　　　王兆胜
《刘若愚：融合中西诗学之路》　　　　　　　　　　詹杭伦
《钱钟书：爱智者的逍遥》　　　　　　　　　　　　龚　刚

《王国维：独上高楼》 潘知常

《闻一多：寻觅时空最佳点》 刘介民

《吴宓：理想的使者》 张　弘

《朱光潜：出世的精神与入世的事业》 钱念孙

《宗白华：文化幽怀与审美象征》 胡继华

《卞之琳：在混乱中寻求秩序》 刘祥安

《穆旦：苦难与忧思铸就的诗魂》 高秀芹　徐立钱

"中学西渐丛书"

乐黛云　主编

已出书目（首都师范大学出版社）：

《莱布尼茨与中国文化》 孙小礼

《史耐德与中国文化》 钟　玲

《卡夫卡与中国文化》 曾艳兵

《白璧德与中国文化》 段怀清

《庞德与中国文化》 陶乃侃

《中国禅与美国文学》 钟　玲

《伏尔泰与中国文化（第2辑）》 陈宣良

《黑塞与中国文化》 马　剑

《荣格与中国文化》 申荷永　高岚

"北京大学比较文学学术文库"

总序（严绍璗）

"北京大学比较文学学术文库"是近数十年来以北京大学学者为主体的中国比较文学研究的学术集成，它是这个学术群体数十年来在"比较文学"这一学科中所积累的对于这一学术的理解和从事的学术实践，现在以"系列书系"的形式公刊于世。

中国比较文学学术研究自20世纪70年代末期复兴以来，已经走过了三十年的路程。如果从学术层面上考察，可以说出现了三代主峰。以朱光潜、黄药眠、杨周翰、李健吾、钱锺书、季羡林、金克木、李赋宁、周珏良、陈嘉、范存忠诸先生为代表，他们是"文革"之后推动中国比较文学复兴的第一代学者。以乐黛云、饶芃子、陈惇、钱中文诸先生为代表，他们是推进中国比较文学繁荣和发展的第二代学者。目前，在跨入21世纪之后，中国比较文学的学术研究已经形成了第三代学者。他们中间已经出现了一批杰出的具有代表性的学人。在几代主峰中间，也都存在着许多过渡性的学术桥梁。前一代主峰学者的学术与精神正是经由这些"学术桥梁"传达到了后一代的主峰层面上，承前启后，把学术推向新的境界。

北京大学比较文学与比较文化研究所的建立与发展，与中国比较文学事业发展的轨迹相一致。它的前身"北京大学比较文学研究中心"创建于1981年，由杨周翰教授领衔主其事。这正是第一代学者们致力于复兴中国比较文学学术的产物。它被定位于北京大学，或许这正体现了20世纪中国新文化与新学术发展的基本脉络。

1985年，我国教育部批示同意北京大学把"比较文学研究中心"改建为具有独立建制的实体性的"比较文学研究所"（1994年，北京大学校长会议依据学术研究的需要，决定将该所更名为"比较文学与比较文化研究所"），以季羡林教授为顾问，由乐黛云教授为所长。不久，乐黛云教授又当选为中国比较文学学会会长、国际比较文学学会（ICLA）理事、副会长。而北京大学比较文学研究所也成为中国比较文学学会秘书处与国际比较文学学会中国联络处的所在单位。这一系列的文化事态，便成为在80年代中期中国比较文学学术经过近十年的复苏准备而进入向其学术峰面跃进的标志。

此后的二十年来，北京大学比较文学与比较文化研究所与全国学术同仁共同努力，希望在这个长期被忽视而又对于我国人文科学在世界崛起具有相当意义的学术领域中能够有所作为。尽管研究所的规模不大，教学与科研人员不多，但全所对于学术的忠诚不敢懈怠于片刻。在教育部和北京大学的支持下，比较文学与比较文化研究所不仅在国内学术界而且在国际学术舞台上，在三个层面中取得了具有决定性意义的发展。

第一，北京大学比较文学与比较文化研究所在我国高等学校比较文学研究的专业人才的培养中率先建立起了"硕士→博士→博士后流动站"的完整的学位学术体系。国内和国际上对比较文学学术有兴趣的研究者在这里经过严格的、规范的训练，造就成比较文学学术领域中强有力的学者，他们既在国内的学术界，也在欧洲、北美、日本、韩国等广袤的学术领域中发挥着积极的学术作用。与此同时，二十年的人才培养也使我们对于在中国的人文环境中如何造就以本民族文化教养为基础的、具有世界性多元文化思维能力的比较文学研究者的体验愈益深入和深刻，成为不可多得的学术财富。

第二，北京大学比较文学与比较文化研究所组成的学术群体，以自己坚韧的学术精神和相对坚实的学术功力，以他们勤勉和聪颖的智慧，在继承本学术领域内相对稳定和合理的公共成果的基础上，以创造性的精神，拓展和深化了比较文学的研究层面。由这一群体所特别提倡并躬身持久实践的比较文学的"发生学""形象学""叙事学""阐释学""符号学"和"比较诗学"等学术层面的研究，已有相当的进展，从而把对"比较文学"的学术认识从它的功能价值与社会作用引向了对学术内奥的研讨，把传统的"传播研究""影响研究"和"平行研究"综合而融为一体，推进了把文本实证与理论阐发相互贯通的多层面原创性思维，显示了以中国文化为教养的世界多元文化精神、文化观念和方法论特征。今天，我们可以多少有把握地说，这一群体已经开始具备捕捉国际学术发展新趋势，回应本领域中相关学术挑战的能力。

第三，北京大学比较文学与比较文化研究所组成的学术群体，不仅已经为国际学术界所承认，而且已经获得了相当的学术声誉。其标志有三：一是北大比较文学与比较文化研究所已经在本领域中建立了高层次、多项目的国际学术合作，其学术成果为学术界所认定，其中有获得国际（政府间）组织所授予的"学术类金奖"的荣誉，且目前仍然继续着这样的国际学术合作。二是本学术群体的成员，全部在研究对象国有过"学位留学""学术讲学"和"研修养成"等广泛的学术文化体验。其中有些先生的学术信念和学术观点为相应的对象国学术界所重视，在国际同行中具有程度不等的影响力和学术声望。他们的著作被指定为大学研究生的"必读书"；他们在国外学术会议中，经常作为"基调报告"和"主题讲演"者出现，从而开始实现以"自我学术"为基点融入并推进国际学术发展的"全球学术"势态。在这一过程中，相应展示了北京大学乃至中国的人文学术的某些风采特征。三是北大比较文学与比较文化研究所的成员，先后长期承担着国际比较文学学术组织的负责工作。除乐黛云教授担任国际比较文学学会副会长外，孟华教授长期担任国际比较文学学会理事，严绍璗教授担任国际比较文学学会东亚研究委员会（CEAS）主席，并先后担任在日本大阪成立的东亚比较文化国际会议（常设）副会长、会长等。由此使得北京大学比较文学与比较文化研究所有可能实际参与国际学术活动的运作，并相应地表达中国学者的声音。

北京大学比较文学与比较文化研究所数十年来随着祖国在世界的崛起，在丰富多彩的人文学术中尽了自己最大的努力，取得了这些微薄的业绩。正当研究所准备回顾自己的学术踪迹，结集自己的心得之时，"北京大学比较文学学术文库"作为"国家重点学科"的学术课题被纳入北京大学"211"学术规划之中，经教育部专家组审议予以认定，从而得以公刊于世。

本"文库"的内容暂定为两大系列。一是二十年来，北京大学比较文学与比较文化研究所在邀请与接纳世界各国学者来本所讲学的同时，本研究所的教授也在世界许多国家有过许多的讲学和讲演。他们使用对象国的语言，阐述自己的研究心得，沟通中国比较文学学术与国际的联系，展现中国和北大学者的学术业绩和人文精神。"文库"对此加以编辑为"海外讲演录"，仍然使用作者当年讲学和讲演时的"对象国"语言出版，以便对他们在世界各地学术界表述的"中国声音"进行"保真"。第一期先行刊出英文版、法文版和日文版三卷，以后还将继续结集公刊。二是这一学术群体成员在多元文化层面中所做的具有学术意义的专门著作。我国比较文学的研究在近四分之一世纪中成果殊丰，但在作为比较文学学术内奥的各个文学与文化层面上则还未见有切实的阐述研究。本研究所致力于推进把文本实证与理论阐发相互贯通的多层面文化的原创性思维，在文学的发生学研究、形象学研究、比较诗学研究、阐释学研究和文化学研究诸多领域，做了探索性的努力，分别撰著为专题研究的论稿。第一期先行刊出四卷，以后将会陆续公刊。

参与"文库"著作的作者大约有三个层面，一是比较文学与比较文化研究所的成员，二是在本研究所获得"文学博士"学位的成员，三是参与本研究所课题研究的特邀成员。

我们希望这一"文库"的刊行，能够把比较文学的学术研究的注意力，在一般概念阐述的基础上引向更加深入的学科的各个研究层面，展现学科各个内在领域的内奥与各自的特征，逐步形成具有"中国话语"特征的"中国比较文学学术"。

我们衷心地期望有更多的学者在同一学术目标下有着更加广泛和切实的合作，也诚恳地期待在阅读本"文库"过程中各位读者的批评指正和提出各种商榷感想。

本研究所感谢北京大学出版社承担本"文库"的出版,特别感谢出版社副总编张文定先生、外语编辑室主任张冰女士与各位编辑的辛勤劳作。

严绍璗

北京大学比较文学与比较文化研究所所长

（2004年清明之日撰于北京大学静园六院）

已出书目（北京大学出版社）：

《中岛敦文学的比较研究》	郭　勇
《拉夫卡迪奥·赫恩文学的发生学研究》	牟学苑
《中国早期口岸知识分子形成的文化特征：王韬研究》	王立群
《诠释的圆环：明末清初传教士对儒家经典的解释及其本土回应》	刘耘华
《隐喻的生命》	张　沛
《晚清一个外交官的文化历程》	李华川
《他者的镜像：中国与法兰西——孟华海外讲演录》	孟　华
《中国古代文学中的日本形象研究》	张哲俊
《比较文学视野中的日本文化：严绍璗海外讲演录》	严绍璗
《川端康成文学的文化学研究——以东方文化为中心》	周　阅
《哈姆雷特的问题》	张　沛
《比较文学与中国：乐黛云海外讲演录》	乐黛云
《文学与仪式：文学人类学的一个文化视野——酒神及其祭祀仪式的发生学原理》	彭兆荣
《俄罗斯汉学家李福清研究》	张　冰

"北京大学20世纪国际中国学研究文库"

总序（严绍璗）

对中国学术界来说，"Sinology"正在成为一门引人瞩目的学术名词。它意味着我国学术界对中国文化所具有的世界历史性意义的认识愈来愈深化，也意味着我国学术界愈来愈多的人士开始意识到，中国的文化作为世界人类共同的精神财富，对它的研究，事实上具有世界性。——或许可以说，这是三十年来我国人文科学学术观念最重要的转变与最重大的提升的标志之一。[①]

呈现在你面前的这一部著作，是"北京大学20世纪国际中国学研究文库"的一种。它是三十年来我国人文学术在关注国际学术界"Sinology"的学术趋势下，北京大学比较文学与比较文化研究所为回应和盘点上一世纪这一学术而展开的专题性研究。

"Sinology"就其学术研究的客体对象而言，则是中国的人文学术，诸如文学、历史、哲学、艺术、宗教、考古等等，实际上，这一学术研究本身则是中国人文学科在域外的延伸。从这样的意义上说，"Sinology"的学术成果，都可以归入中国的人文学术之中。但是，作为从事这类学术的研究者，却又是生活在与中国文化很不相同的文化语境中，他们所受到的教养，包括价值观念、人文意识、美学理念、道德伦理和意识形态等等，和中国文化很不相同。他们是在由他们的文化铸成的"文化语境"中从事"中国文化"的研究，通过这些研究所表现的价值观念，从根本上说，则是他们的"母体文化"观念的一种形态。所以说，"Sinology"的学术成果，其实也是他们"母体文化"研究的一种。

---

① 关于"Sinology"的意义，学术界有不同的理解，所以在行文中仍然使用"Sinology"。当使用译文时，译为"国际中国学"，但同时加一括号（汉学），以示对各学派的尊重。

由此考量"Sinology"的学术性质，可以说，这是一门在国际文化中涉及双边或多边文化关系的近代边缘性的学术，它具有"比较文化研究"的性质。

遗憾的是，直至目前，我国学术界仍然有不少人士常常误解了这一学术。主要表现在两个方面。

一方面是，仍然有不少的学者，始终把"Sinology"这一学术与中国国内从事的本国文化研究混为一谈，视为一个体系、一种学术。最具有典型意义的是，在北京的两个最有名的大学中，一个大学出版了一种定名为《××汉学》的刊物，登载的几乎全是我国国内学者研究本国文化的论说；另一个大学召开了"国际汉学大会"，会上的发言绝大部分是中国学者在谈论中国学术。所有这些都让国际中国学家瞠目以对、莫名其妙。

另一个误解是，有些先生以为，只要是个中国人，不需要什么必需的知识装备，只要在外国走一走，参观参观，回来讲讲在座谈会上听来的消息，说说在外国人的研究室中看到的题目和大学里收集来的课程表，就是"Sinology"了。

这样的遗憾当然是因为他们事实上还没有能够介入这一学术的相关的研究层面而造成的。实际上，"Sinology"具有确定性的学术内容。依据我们三十年间摸索这一学术的体验，本学术范畴大致应该具有如下的学术层面：

第一，关于中国文化向域外传递的轨迹和方式。中国文化向域外的传播，构成国外对中国文化研究的基础。文化的传递可以有多种渠道，包括人种的、典籍的、宗教的方式，以至现代的电子传媒。但是一般而论，文献典籍的传播是文化传播最主要的载体。因此作为"Sinology"的基础性研究，就必须从事收集整理和研究相关的文献，以原典性的实证方法论，解明中国汉籍向世界的传播，探讨这种传递的轨迹和方式，阐述其文化学的意义。失却了这一基本性的功能，所谓对"Sinology"的研究，都是无根之木、无源之水。其实，从人文学科研究的基本要求来说，一个人文学者，假如他的一生从未做过基本资料的收集、整理和研究，那么他的所谓学术，便是大可怀疑的。

第二，关于中国文化在传入对象国之后，于对象国文化语境中的存在状态，即对象国文化对中国文化的容纳、排斥和变异的状态。有人对把这样的文化研究纳入"Sinology"的学术范畴，大感不解。但是，依据我们自己的研究所获得的深切体验，诚如前述，任何一个外国学者对中国文化的观念和他的方法论，都受制于他的母体文化；而他的母体文化与中国文化交会接触的层面，便是造就他们中国文化价值观的最重要的区域，这样形成的"中国文化价值观"支撑着他们对中国文化的研究。有的时候，有些"中国学"家的研究，使中国学者感到不可理解（这里只是就学术范畴讨论，不涉及特定的政治层面和更加广泛的意识形态层面），这是缘于他们在接受中国文化时形成的"文化的变异"所造成的。因此，研究异国文化语境中中国文化的变异，便命定地成为"Sinology"学术范畴中的内容。

第三，关于世界各国（对具体的学者来说，当然是特定的对象国）在历史的进程中，在不同的政治、经济和文化条件中形成的"中国观"。从宏观的角度看，"中国观"并不一定只有"中国学（汉学）家"才有。只要中国存在和活动着，中国之外的许多民族和国家，都会在不同的层面上有对中国的观念。这些中国观念，在不同的时期，会对各国的"中国学（汉学）家"产生重大的影响。尽管许多学者标榜自己的"学术独立"，但是，无论是"顺时思维"或者"逆向思维"，任何学者都不可能离开他现时生存的环境而独立地生存，因而他的思维和对文本的解析，必定具有特定时期的社会总体思维的烙印（比较文化中称之为"社会集体无意识"），它们以公开的或隐蔽的、精致的或粗糙的多元形态存在。例如，我们现在可以指证20世纪的日本"中国学家"中，几乎没有一位不受他所生存时代"中国观"的影响，想来欧美亦然。只有在总体上把握了特定对象国的各种"中国观"的形态与特征（尤其是主流"中国观"的形态和特征），才能在对特定国家的"中国学"的论述中具有理论的深度和宽阔的视野。事实上，从世界文化研究的范畴来考察，"国际中国学（汉学）"中的对象国的"中国观"的研究与阐发，本身就构成了特定国家的"中国学（汉学）"的重要的内容。因此，无论是作为一门独立的学术，还是只进行这一学科中的某一层面或特定课题的研究，为了准确地（即科学地）把握和阐述客体对象，研究者对特定对象国在特定的历史时期中的"中国观"及其历史源流的把握，应该是"Sinology"必不可缺的内容。这几乎成为考量一个"Sinology"研究者学术水平的基本标准。

第四，关于在中国文化（以人文学术为主体）各个领域中的世界各国学者具体的研究成果和他们的方法论。关于这一内容的意义和价值，无须再讨论。但是，指出下列的问题仍然是具有意义的——这就是不要把对象国的次流学者的观点，当成是主流性观点；更不要把对象国一个学者的观点，当成是对象国的普遍性观点。三十余年来，我们曾经为自己这种在学术上的无知，闹出了好多"国际笑话"。我以为研究者只要遵守两个基本的学术原则，这种状态是完全可以不发生的。一是把对任何国家的"中国学"的研究作为"研究"来对待，即所谓的"研究"不是任意地捡拾外国人的"字纸"，研究者必须对特定对象国的"中国学"进行"学派"和"学派谱系"的研究，起码要有所了解，在此基础上，再来进行整体的或个别的研究。只有这样，我们才能认定各国的"中国学家"们在他们自己国家学术谱系上的地位，才能避免由无知而造成的愚昧。二是研究者必须以忠诚于学术的心态来从事研究，不要试图利用学术来谋求实际的功利。有的时候，我们明明知道对象国的某位学者，其学术水平并不很高，却偏要在我们的杂志报纸上说"××国中国研究的权威学者"，甚至弄到对方专门申明自己不是"权威学者"。这种以学术为由头而谋求私利的心态和行为，实在是一种学术的腐败。

回想20世纪70年代末期，在中国社会科学院情报研究所内，当时的研究室主任孙越生先生筚路蓝缕，主持着一个"中国学研究室"，不定期地出版一份《外国研究中国》的刊物，集合志同道合的朋友，各人从自己能够看到的国外材料中翻译一些"世界对中国的研究"。这可以说是我国学术界最早的"Sinology"的专门性刊物。与此相呼应，1977年起北京大学古典文献专业内也编辑一份《国外中国古文化研究》，这份出版物小得有些可怜。版面为大16开，每期20页，铅印的封面，打字油印的内文，每期约为2万字，是从日文和英文刊物上翻译过来的一些学术消息，自编自印，在同行中散发。这份看起来有点像"非法"的印刷物，却是为后来北京大学的"国际中国学（汉学）"作了最早的也是最原始的奠基——因为后来由国家教育委员会认定的北京大学古文献研究所的"国际中国学（汉学）研究室"，便是从这里发育出来的。1985年又从这里开始，正式招收了我国第一批"国际中国学（汉学）硕士学位方向"的硕士生（两名）。当时，我的想法是很幼稚的，就是让从事于中国古文化研究的同行，能够大体知道外国人是如何研究中国的。或许这是一个因缘，孙越生先生因此而与我相识。孙先生早年从事经济学研究，对"Sinology"极为注目，立意要为此"做出点事业来"。于是，我们似相见恨晚，经常在一起，有时候在社科院孙先生的办公室里，有时候在东单孙先生的家里，共同研讨"Sinology"诸事。

我本人接触"Sinology"，要感谢我的老师——20世纪60年代初期时任北京大学副校长兼古典文献专业教研室主任的魏建功教授。1960年9月，当时我是北大古典文献专业第一届二年级的学生，在我的英文结业之后，魏先生又要我去学习日文。他对我说："我们一定要去翻动那些日本人的著作，看看他们做了些什么，不要让他们笑话了我们！"1964年我大学毕业的时候，考上了中国科学院哲学社会科学部历史研究所的研究生（张政烺教授指导）。魏建功教授劝我放弃升学，在北京大学从事"哈佛（大学）—燕京（大学）学社"的资料整理，以期培养出新中国第一批从事"Sinology"的人才。但当我刚刚在北大未名湖北岸"才斋"的顶层上为被尘封了十六年（1949年起）

的"哈佛—燕京学社"的文献掸去尘埃，当年10月，作为主持这项研究的最高学术领导——时任中华人民共和国国务院副秘书长的齐燕铭先生，忽然变成了"修正主义分子"而被驱逐出京城，到山东济南当了副市长。"哈佛—燕京学社"的整理也作为"学术领域的修正主义活动"而被停止。尽管如此，当时在我还年轻、无知的心中，留下了"哈佛—燕京学社"的事实和关于"Sinology"些微的知识。到了20世纪70年代末期，尽管距我初次涉足"哈佛—燕京学社"已经过去了十余年，我们又都经历了"文革"的沧桑之变，但心头的这个愿望，却总想着待机勃发。

孙越生先生对"Sinology"的执着，令我非常感动。大约在1977年的年底，他开始筹划"国外研究中国丛书"的编撰，由此而开启后代各类"中国学（汉学）"丛书之先河。20世纪初期开始的中国近代文化运动，完全没有为"Sinology"这一学术准备最起码的材料。当20世纪70年代末，中国学者开始意识到中国文化的世界性意义的时候，他们的手边竟然没有最基本的学术资料。孙越生先生关于编撰和出版日本、苏联和美国三国的中国学具有基础性的连续资料的想法，实在是具有前瞻性的学术思维。冯蒸先生为此首先刊出了《国外西藏研究概况》，引起了国际学术界的瞩目。1980年1月，中国社会科学出版社出版了由我编撰的《日本的中国学家》，这是"中国学"中一部应用性的工具书。此书收录当时在世的具有高级学术职称的日本中国学者1105人，辑录他们的著作10345种，行文65万字。这或许是我国学术界关于"Sinology"的最早的一部工具书。尽管这部工具书需要提升的地方确实还不少，但当时却对"日本中国学"的研究起了提示析疑的作用。后来，姜筱绿女士等又编撰了《俄苏中国学手册》（上下册），孙越生先生领衔编著了《美国中国学手册》，从而完成了孙越生先生关于"国外研究中国丛书"的第一步。

这里还必须要提到我国学术界在最早确立"国外中国研究""国际中国学"方面具有首创之功的两个似乎不为人们注意的非公开发行的刊物——这

就是中国社会科学院历史研究所的《中国史通讯》和国务院古籍整理出版规划领导小组主编,由中华书局出刊的《古籍整理出版情况简报》。自1978年开始,《中国史通讯》刊登了一些关于日本、法国、美国、荷兰等国学者对"中国史"研究的历史和现况,有综述描写,也有个案报道。它为我国学术界对中国史的研究引进了新的视野。但是,人们很难想象的是,像《古籍整理出版情况简报》这样关于"古籍整理动态"的专门性通讯,怎么会在70年代末就跻身于"Sinology"报道的首创行列呢?当时大难刚过,许多人对国际学术还双眼未开。记得教育部的官员拿着我申请前往日本的报告,在写字桌上敲了两敲说:"一个学中国文化的人,到外国去做什么!"可就在这样的文化氛围中,《古籍整理出版情况简报》却率先把学术的眼光移向世界,表现了当时作为该(简报)主编的杨牧之先生和他所在的中华书局的学术前瞻性。从1979年《简报》第4号起陆续刊登了严绍璗等撰写的关于日本对中国古文化研究的综合报道,如《日本学者关于中国文学史分期方面的见解》《日本对〈诗经〉的研究》《日本对〈尚书〉的研究》等,特别是在1981年3月,为全文发表严绍璗所做的《日本学者近年来对中国古史的研究》而特设一期《增刊》。该文综述了日本史学界近二十年间关于中国史研究中六大问题的论争,即"中国文明起源的提法与关于黄河文明与河江文明的论争""甲骨卜辞的整理与关于殷代史的论争""秦汉帝国的社会性质和关于中国古代'共同体'的论争""六朝社会的特点与关于'豪族共同体'的论争""唐宋社会与中国社会特点的论争""明清研究与'乡绅论'的论争"。此文后来被多次引用和重印,并在日本中国史研究者中有积极的呼应,表现了当时正在觉醒中的中国本土学术界对域外知识的渴望。这两个刊物对"国际中国学(汉学)"的参与,表明了从70年代后期起步的这一学术,正在从最基本的学术资料的积累走向关于对"中国学(汉学)"具体学术成果的阐述和评价。

但是,在这一阶段中,尽管我国学术界已经开始了对"Sinology"的关注，并已经实际地从事这一学术的基本建设，然而，就其对这一学术的理解和把握，仍然显得过于狭窄和肤浅。这一点只要从中国社会科学院把"中国学研究室"设置在情报研究所中就可以窥见其一斑。而当时参与这一学术起步的刊物，也只是《中国史通讯》《古籍整理出版情况简报》和北大古典文献专业的自编的"消息"，这就是说，人们还只是把国际学术界对中国文化的研究作为一种"学术情报"看待的。

80年代中后期以来，我国学术界对"Sinology"的研究有了实质性的提升，其中以"敦煌学"为领军，以史学为基点，旁及哲学、文学、艺术和考古等学术，我国学者较为全面地介入"Sinology"的各个领域，从基本资料的收集整理和学理论说的阐发梳理诸层面，开始获得为各国"中国学家"所瞩目的业绩。与此相一致的，则是北京大学中国语言文学系古典文献专业于1983年起，正式开设了"日本中国学"课程——这是我国大学史上第一门关于"Sinology"的课程。当时国家教育委员会全国高等学校古委会特地把这一课程摄制成36小时的教学录像片，在全国相关的校系专业中以授课方式放映。1985年该专业正式招收"Sinology"硕士学位研究生，并于同年在北京大学古文献研究所内建立了"国际中国学研究室"。十年后即从1994年起，由于我本人的行政隶属由古文献研究所转为比较文学研究所，北京大学又在比较文学研究所内设立了"Sinology"方向的博士学位研究生，由孟华、严绍璗担任导师。根据世界学术的通例，当一种"研究"登上了大学的讲台，在大学中成了稳定的课程，并有了相应学生的时候，这一研究便可以被承认是一门"学术"了。假如我们沿此通例，则可以大胆地说，"Sinology"大约是在20世纪80年代中期，以北京大学为学术舞台，在我国学术界开始成为一门独立的"学术"。

1987年11月，北京大学"国际中国学研究室"与深圳大学文化研究所在深圳联合举办"国际中国学讲习班"，约请李学勤、章培恒、汤一介、严绍璗，以及中国香港、澳大利亚的学者担任讲师，有七十余人参加。这是我国学术史上第一次举行的以"Sinology"为主题的全国性的研修会，它事实上宣告了在中国学术界，"Sinology"作为一门独立的学术已经形成。

我国学术界在创造"国际中国学（汉学）"的学术道路上，已经走过了荆棘之路，在进入90年代以来，终于成为一门为世界瞩目的学术。我以为标志有五：一是大学对"Sinology"的重视和参与程度有了很大的提高。继北京大学之后，清华大学建立了"国际汉学研究所"，北京外国语大学建立了"世界汉学研究中心"等。这就意味着作为一门独立的学术，它已经具有了稳定的学术基地。二是公开出版了具有学术专业性质的学刊。以任继愈先生为主编、张西平先生为常务编委的《国际汉学》，具有先驱之功，继而，阎纯德先生主编的《汉学研究》发刊，1998年刘梦溪先生主编的《世界汉学》也相继问世。此外，全国各地尚有一些相关的刊物，如复旦大学的《中国学》等，这就意味着作为一门独立的学术，已经具备了具有专业意义的学术成果公开发表的稳定的学术阵地，从而具备了进行国际学术对话的物质条件。三是有计划地把"Sinology"的成果推向中国学术界。其中，中华书局有率先之功，先后推出了《日本学者论中国哲学》和《日本学者研究中国史论著选译》（十卷本）等，引起中日两国学界的瞩目。继而，王元化先生主编的"海外汉学丛书"（上海古籍出版社），刘东先生主编的"海外中国研究丛书"（江苏人民出版社）都陆续出版，这就改变了对"Sinology"成果研究的原始性的无序状态。四是开始了"Sinology"学术史的研究。在上述各项研究展开的基础上，我们已经有可能开始对特定的对象国的"中国学（汉学）"的学术的形成与发展、学派的组合与嬗变、对象国的"中国学（汉学）"与世界相关国家相关学术的关系等等，在学术的层面上加以梳理、描述和阐发，从而形成特定的"学术史"。在季羡林先生和周一良先生的督导之下，1992年严绍璗首先完成了《日本中国学史》（江西人民出版社），继而，有关德国、瑞典、法国、苏俄的学术史论著相继刊出或即将刊出。这就意味着我国学术界在理论层面上已经具有深入把握各对象国"中国学（汉学）"内在结构的能力，并能够加以研究、分析和描述。五是经历了四分之一世纪的学术磨炼，我国开始建立一支从事国际中国学研究的、为国际中国学术界所认可的、具备在国际学术界对话的高层次的学者队伍。2000年北京语言大学副教授钱婉约，以《内藤湖南研究》获得北京大学比较文学与比较文化研究所"国际中国学研究方向"文学博士学位，2001年北京大学副教授刘萍，以《津田左右吉研究》获得北京大学上述相同研究方向文学博士学位。这是真正以"Sinology"作为研究对象在我国学术界最先获得的博士学位。目前，还有博士生正在从事《服部宇之吉研究》和《德富苏峰研究》等。这意味着在进入21世纪后，我国人文学术界中经过规范的高层次的学术训练，已经养成了具有相应的本学科专业知识、站在学科的前沿、牵动本学科的研究，并且可以进行国际学术对话的、更加年轻的"国际中国学"的学者了。

在"Sinology"的研究中，我本人一直有一个情结萦怀于心，这就是面对发展着的这一学术，我以为我们应该以足够的学识和力量，进行"Sinology"学术史的梳理，推进包括综合性的和学者个案的研究，应该将此作为本学术学理认知和更加深入阐述的基础。1985年我在京都大学人文科学研究所担任日本学部客座教授期间，曾经和日本学者一起，反复磋商如何认识和把握20世纪日本中国学研究的本质和业绩及其问题，一起拟定了一个认识"日本中国学"的具有学派谱系性质的四十余位学者的名单图谱，确认把握他们的学术状态和脉络，是进入"日本中国学"的钥匙。当然，这只是一部分学者的认识，但它毕竟构筑起了具有全局性质的系统，成为我们考量日本中国学的一个基本定位仪。我撰写的《日本中国学史》便是依据学派和谱系来展开论述的。因此，在我国"Sinology"学术中，推进具有学术史意义的学者的个案研究，便成为理解一个国家的"Sinology"的基础。我的这个想法，得到了北京大学当时主管文科的副校长何芳川教授的积极评价和鼎力支持，为此而数次到我家里商讨课题的设置，立此项目于北京大学著名的"985"学术规划之中,并且将其内涵扩展至世界主要国家的"Sinology"研究,项目定名为"北京大学20世纪国际中国学(汉学)综合研究",分编为"日本编""法国编""美国编"等,研究业绩以"北京大学20世纪国际中国学(汉学)研究文库"面世。

本文库在构思过程中,一直得到中华书局汉学编辑室,特别是编辑室主任柴剑虹编审的支持。柴先生本人以"Sinology"学者入主汉学编辑室,他以学者的眼光审视本项目的进展及其研究成果,对于提升本文库的学术质量贡献至大。

回想80年代初期,当我们在"Sinology"的研究中刚刚起步的时候,邓广铭教授曾经特意鼓励我说:"你一定要把这个研究坚持下去……这个领域的研究是非常重要的,坚持十年,必然会有很大的成果的!"现在,四分之一世纪过去了,在中国大地实现着历史上最伟大的变革的步伐中,中国学术界以自己艰苦的努力,终于造就了"Sinology"这一独立的学术,并进入了与国际学术界对话的前沿。当我们在迎接新世纪曙光的时候,回顾这一学术的形成与发展,提升自己的学术认识,这对于在未来深化这一学术,将会是很有益处的。

"北京大学20世纪国际中国学研究文库"把"日本"编作为第一编公刊出版,由此而忆及三十年学术道路的万种景象,有感而发,是为文库总前言。

2004年4月20日(谷雨日)写于北京西郊

北京大学静园六院

已出书目(中华书局):

《内藤湖南研究》	钱婉约
《吉川幸次郎研究》	张哲俊
《津田左右吉研究》	刘 萍

"中法文学关系研究丛书"

总序（孟华）

几年前，我曾写过一篇《"皮之不存，毛将焉附"——试论国际文学关系研究的地位与作用》的文章。写那篇东西的目的，一是回应国际上风行一时的比较文学"消解论"，二是为愈来愈被边缘化的"国际文学关系研究"正名。《北京大学学报》刊发此文时附有如下"摘要"：

> 比较文学是一门研究"文学方面的文化交流"的学科，只要文化交流一天不停止，比较文学就没有被"消解"的理由。作为这门学科最原初的研究领域，国际文学关系研究在学科中的地位曾大起大落，至今仍在某些地区、某些学者中受到轻视。然而，它一直在反思中前进，它最根本的变化，就是在传统的历史研究中引入了问题意识，引入了文学批评的精神。国际文学关系研究维系着本学科的身份与根本，它过去是，今天与未来也应是本学科最基本、最主要的研究内容。

这个颇有些"檄文"味道的"摘要"，是我应编辑部要求而自拟的。我在这里重新引用它，皆因它概括了那篇文章的核心观点，而末尾几句，尤其点明了策划这一套"中法文学关系研究丛书"的基本立意。

多年来，我一直在为国际文学关系研究摇旗呐喊。不过，毕竟是人微言轻，虽聊胜于无，却很难有大的反响。面对外部世界热闹非凡的大环境，面对人们求新求变求大的普遍心态，面对电视台、广告牌里充斥着的"闪亮登场""华丽转身""震撼推出"一类的夸张表述，那些希冀被人仰视、受人推崇，轻而易举地就能占据学术制高点的种种举动就都变得不难理解了。国际文学关系研究——具体到中国而言，更多的是中外文学关系研究——则没有这般显赫、亮丽的外表，更没有这个时代人们竞相追逐的高回报率。它要求研究者屁股坐下来，老老实实从梳理资料开始，从认真阅读文本开始，爬罗剔抉、刮垢磨光，点点滴滴地积累和建构起足以支撑一个课题研究的宽广的知识场。不仅如此，它还要求研究者具有敏锐的眼光和强烈的批评意识，质疑现象，提出问题，探幽索微，揭示本质。这是何等清苦而寂寞的过程！在凡事都讲效率、讲性价比的当今世界，又有多少人愿意承受这般的冷清和辛劳？但我很庆幸，在北大比较文学与比较文化研究所执教的二十年时间内，有一群学生愿意与我一样，做这个一点都不"华丽"，更不"震撼"的基础性工作。这是我的幸事，更是学科的幸事。

如今他们已成人，分散在全国各地的高校和科研机构里。让人感动的是，他们在忙碌的教学、科研、学术活动中依然没有丢弃如此需要时间、需要砥砺的中外文学关系研究。有了一群人在踏踏实实地做，在课堂上讲，在研讨会上谈，在文章中写，再去指导他们的学生……这就变成了一种既成事实。这样一种实实在在的存在，远胜过千言万语的论证和宣传，它让本学科最基础、最本质、最核心的研究方向得以发扬，得以光大，得以传承。

这套"中法文学关系研究丛书"，就是专为他们设计的。我希望借此平台展示他们的研究，向学界推荐他们的作品；同时也在内容与方法两个方面，丰富国际文学关系研究的成果。而之所以使用了限定词"中法"，则是受我本人研究范围所限。我是专治中法文学关系研究的，学生们也就大多沿袭了此一方向。当然，如有可能，我也希望未来能推出其他双边或多边文学关系研究的成果来。

在人类文明史上，中国和法兰西是两个响亮且诱人的名字。这两个文化大国，各自以其璀璨的文化丰富了人类的文化宝库。两国间的文化交流源远流长，彼此都对对方产生过积极、深远的影响，又都从对方那里汲取了有益的成分来革新、滋养本民族的文化传统，使其生生不息。这样一部丰富、瑰丽的历史，为中法文学关系研究提供了多姿多彩的研究对象与视角。

本丛书没有愧对这样的多姿多彩，它的选目及作者同样也异彩纷呈：入选本丛书的所有论著，都是作者们在自己博士论文的基础上加工修订而成。

丛书的作者们的论文既有在北大答辩的，也有在巴黎四大答辩的，其中有一些是在中法双方导师合作指导下完成的。丛书涉及的内容不仅是中法文化、文学间双向的对话、接受、互视、互补，而且横跨了数个世纪，涵盖了整整一部中法文化交流史：从两国间文化交流滥觞的17、18世纪，直至交流已成定势、成共识的21世纪。所处理的文本则远远超出了纯文学的范畴：除了戏剧、小说、诗歌外，也不乏难以归类的记游作品、报纸杂志，甚至一切可冠之以"文"的材料……同样纷繁多样的还有作者们的研究方向：翻译研究、形象研究、媒介研究、文化研究，不一而足。而且往往在同一部著述中，又数个方向并存，彼此切换勾连照应。

尽管有这般的千差万别，本丛书的著述仍然有着许多共通之处。首先是作者们的研究和立论都建立在第一手中西文资料的基础上。说到这一点，或许应特别指出，不管他们最终在哪里答辩，作者们在论文撰写过程中都曾在中国政府或法国政府的资助下，远赴对象国搜集资料、实地考察，呼吸异国的精神文化空气，切身感悟异国的文化氛围。其次是所有的论著都是个案研究。这就保证了这批年轻的学者能在有限的时间内建构起相应的知识场，尽可能地穷尽相关资料，最大限度地保证研究成果的原创性、科学性。但这些从小处入手的研究，却不乏大的抱负。我们可以看到，入选的每一本书都透露出一种强烈的文学史关怀。研究中国文学流播法国的作者，汲汲于讨论中国文化因子、元素，为何和怎样参与了法国文学的变革；处理法国文学在中国的作者，则念念不忘探讨法国文学、文化如何在中国的现代化进程中起作用。一国文学，因为与异文学的相遇、交流、对话而产生了革命性的变化，这是比较文学国际文学关系研究最感兴趣的话题之一。作者们敏锐地捕捉到这些变化，从而也就丰富甚至改写了接受国的文学史。由此牵连出的，是作者们对变化过程的重视。而在这种对过程的描述和讨论中，文学史就必然与思想史、心态史、社会史，甚至经贸史、外交史相交叉、相关照、相联系。如此宽广的研究场域才保证了他们可以进而去探讨接受国的观念是如何在与异文化的对话、对质中渐变、革新的。不仅如此，这些年轻的比较学者还有更高远的追求。他们知道：一国文学在异国的译介、传播、接受，不仅在时间上延续了原著的艺术生命，而且在空间上也由于跨文化变异而赋予了原著以新的意义。所有这些，都必将进入我们称之为世界文学的版图中。所以说到底，他们瞄准的是书写世界文学史。

以上这些共通点，既有对传统国际文学关系研究的继承，更体现出了作者们对方法论变革的自觉。我在"摘要"中强调的那些最根本的变化，完全可以引这些著述为证。令人欣喜的是，作者们并没有"鹦鹉学舌"般地照搬各种新概念、新理论，而是将一切适用的东西融会贯通于自己的研究中，并且以自己的实践和思考，再去补充和完善现存的理论和方法。所以他们不仅仅是变革实践的参与者、亲历者，更是变革历史的建构者、书写者。这对他们个人而言，无疑是一笔宝贵的精神财富和一段值得回忆的经历。而历史——中国的、法国的、世界的比较文学历史，不是已经在变革的事实中铭记下了这些参与者、书写者的奉献？

入选本丛书的所有著述，无一例外，都是作者们生平的第一本专著，因而也就不可避免地带有初出道者的特点：略显稚嫩，多少未脱博士论文特有的"学究味"，分析和探讨也都还有向纵深拓展的余地。但我们完全可以相信，这是"成长中的烦恼"，随着年龄和阅历的增长，他们必定会"天天向上"。

最后还要补充的是，2014年是中法两国建交50周年，两国举行了多种纪念活动。我们选择此时推出这套丛书，自然是希望沾一点欢庆的喜气，同时也为中法两国关系的发展送上我们比较学者的祝福。为了让这套丛书按时出版，北大出版社外语编辑部主任张冰，法国驻华使馆文化处专员易杰（Nicolas Idier）及其助手张艳，本丛书责编初艳红等都付出了很大的努力，给予了我们从物质到精神的各种帮助，我谨代表丛书的各位作者向他们致以诚挚的谢意！

作为专治中法文学关系研究的比较学者，能在古稀之年推出这样一套丛书并为之作序，实在是我此生最大的荣耀！最大的幸福！

是为序。

2014.10.10 写于京西

以上这些文字写于2014年，丛书第一辑即将付梓之际。倏忽间八年过去，丛书第二辑也已面世七年。现又突然推出一本，形单影只，责编建议不如将它并入第二辑，以求丛书的完整。我思忖再三，决定接受他的建议。

既是纳入同一套丛书的同一辑，似无必要再为原序添加什么文字。无奈，世事多变，星移斗转间发生了太多难以预料之事，确实需要对读者做些说明：

其一是原定的一、二辑中，均有个别选目因种种原因至今未能如愿出版。为了对读者、作者负责，此次已在勒口上删除了这些书名。

其二是基本出于同样的原因，我对"总序"的个别语句也做了微调，使其更符合丛书现有状态。

最后，也是最重要的一点，是本书突破了原先设定的作者范围。这套丛书原是为我在北大比较所带出的硕博士们设计的，"总序"中所言之"他们"（丛书作者）皆有明确所指。而现在的这一本，却是出自巴黎四大博士、复旦法语系副教授杨振之手，而他从未就读于北大。之所以会有这个变化，皆因我曾一度计划扩大丛书作者范围，且已将此计划付诸实施。

自1989年在北大执教以来，在将近三十年的时间里，我常去法国开会、讲学、做研究。每次赴法工作，总能结识一些在当地读博的中国留学生。或许因兴趣相投，所思所想都离不开"中法文学关系研究"的大方向，我们也就有了共同语言，相互切磋讨论，逐渐熟谙起来。其中一些人的法国导师还与我私交甚笃，有时也会向我推荐自家学生的工作。于是我便萌生了将那些颇获好评的论文推介给国内学界的念头，而最直接、最方便的做法当然就是将它们收入本丛书。由此便诞生了做一个新专辑的计划。

原以为选目确定，选题申请在北大出版社通过，这个新专辑不久即可与读者见面。没曾想，作者们一旦走向社会，就不再能单纯地问学治学，他们必须首先应对现实生活的挑战。更何况，从法文改写成中文绝非易事。它要求的，不仅仅是语言的转换，更需按照另一文化体系中读者的知识结构增删，甚至重写整部论文。在重重压力下，新专辑的作者，无论是已返故土的，抑或留在异国他乡的，几乎所有人都未能在规定时间内交出完稿。唯一的例外就是杨振，于是便有了前文提及的责编的建议。

我很遗憾，也颇无奈，只能直面现实。不过，我骨子里是个无可救药的乐观主义者，永远对未来充满希望。我坚信：有学术价值的研究成果终将会留存下去——以这样或那样的形式。

末了，还想说几句感谢的话：本书责编严悦，是我遇到过的最负责任的编辑。没有他的努力和坚持，本书恐怕也难见天日。北京外国语大学的马晓冬教授，在我最困难的时候，义无反顾地伸出援手，承担起了所有的组织联络工作。那些枯燥、繁琐的杂务占用了她太多的时间和精力，她却毫无怨言，兢兢业业、全力以赴地"为人作嫁"。我敬重这两位年轻的同事，谨向他们致敬，并深表谢意！

2022年8月30日写于北京协和医院

已出书目（北京大学出版社）：

《曾朴：文化转型期的翻译家》	马晓冬
《18世纪法国戏剧中的中国形象研究》	罗　湉
《莫里哀喜剧与20世纪中国话剧》	徐欢颜
《中国戏曲在法国的翻译与接受（1789—1870）》	李声凤
《钱德明：18世纪中法间的文化使者》	龙　云
《现代性的纷争与沉默：中国文学期刊中的法国文学（1917—1937）》	杨　振

"北大比较文学与世界文学研究丛书"

序言（张　辉）

乐黛云教授领衔编写的《比较文学原理新编》（北京大学出版社1998年初版）一书所附之"比较文学学科发展大事记"中曾有下列记录： 1981年，北京大学成立中国第一个"比较文学研究会"，出版会刊《北京大学比较文学研究会通讯》。同年1月23日，北京大学第40次校长办公会批准成立"北京大学比较文学研究中心"，并开始编辑"北京大学比较文学研究丛书"……1985年，中华人民共和国教育部发布（85）教高一字013号文件批准成立独立建制的"北京大学比较文学研究所"……1994年北京大学校长办公会议第（1994年）58号文件决定北京大学比较文学研究所更名为"北京大学比较文学与比较文化研究所"……

数十年过去，这些看似平凡的事实，又一次生动注解了鲁迅先生"北大是常为新的、改进的运动的先锋"这句话，彰显了北大人的首创精神。

与此同时，这些细致而朴素的记录，无疑也会让我们激动地回忆起北京大学与中国比较文学学科的重要联系，尤其让我们认真重温了中国比较文学学会第一任会长杨周翰先生下面这段意味深长的概括："西方比较文学为什么在学院中兴起当然也有社会原因和其他原因（如哲学），不过直接起因是学院里要解决文学史的问题。而中国比较文学则首先结合政治社会改良，而后进入校园的。"

事实上，和北京大学比较文学与比较文化研究所由教育部批准成立可以相比照的是，1985年由北大人和全国诸多学者同人共同发起成立的"中国比较文学学会"，也是经国家发展和改革委员会批准成立的。

回顾20世纪80年代以来中国比较文学学科发生发展的这段历史，我们完全可以说，这个具有鲜明中国特色的学科，既是新时期改革开放的产物，同时也以自身的方式参与了波澜壮阔的改革开放进程；她既是一个相对年轻的学科，又与伟大的五四传统，与一代又一代放眼看世界的中国人、北大人之精神血脉紧密相通。正是为了继承这一传统，并努力将之发扬光大，在2016年北京大学人文学部发起建设"北京大学人文学科文库"时，我们开始编辑这套"北大比较文学与世界文学研究丛书"，此丛书成为该文库的十多套丛书之一。

这套新启的丛书是乐黛云先生所主持之"北京大学比较文学研究丛书"（北京大学出版社，1983—2003）、严绍璗先生所支持之"北京大学比较文学学术文库"（北京大学出版社，2003—2019）的续编。

百多年前，王国维先生在《论近年之学术界》一文中曾说过："宇宙人生之问题，人人之所不得解也。其有能解释此问题之一部分者，无论其出于本国，或出于外国，其偿我知识上之要求，而慰我怀疑之苦痛者，则一也。同此宇宙，同此人生，而其观宇宙人生也，则各不同。以其不同之故，而遂生彼此之见，此大不然者也。学术之所争，只有是非真伪之别耳。"这段话至今仍发人深省。

破除"彼此之见"，破除"中外之见"，破除"入主出奴之见"，于今之日，依然需要我们如鲁迅先生所说，"运用脑髓，放出眼光，自己来拿！"依然需要我们牢记鲁迅先生的教导并付诸行动："洞达世界之大势，权衡较量，去其偏颇，得其神明，施之国中，翕合无间。外之既不后于世界之思潮，内之仍弗失固有之血脉，取今复古，别立新宗。"

是所愿也，是所祷也。让我们共勉，让我们一起勠力前行。

2020年5月草于燕园，2024年岁末再改

第一辑书目（北京大学出版社）：

《理想世界及其裂隙——华兹华斯叙事诗研究》　　　　　　　秦立彦
《中国电影在东南亚地区的接受与影响研究》　　　　　　　　吴杰伟

《文艺复兴诗学研究：一种比较的视角》　　　　　　　　　　张　沛
《文学与早期出版：基于16世纪法国里昂两位书商的个案研究》　高　冀
《比较文学的中国命题与方法论建构》　　　　　　　　　　　　陈跃红
《悲剧现实主义的七个问题：奥尔巴赫研究》　　　　　　　　　张　辉
《文学与政治：巴迪欧、朗西埃与杰姆逊比较研究》　　　　　　蒋洪生
《法国民众戏剧观与中国现代话剧》　　　　　　　　　　　　　罗　湉
《重构16世纪欧洲文化记忆的晚明乌托邦》　　　　　　　　　　高　博

"比较文学与世界文学学术文库"

总序（张　辉　宋炳辉）

　　"比较文学与世界文学学术文库"第一辑即将与读者见面。从动议编辑这套文库到今天，转眼已3年。

　　"风雨如晦，鸡鸣不已"，这是"中生代"比较文学学人一次小小的集结；"虽不能至，然心向往之"，这是我们献给自己师长们一份迟交的作业；"嘤其鸣矣，求其友声"，这又是我们给各位同人，乃至更年轻同行们发出的对话与批评的邀请。

　　三年的酝酿筹划与协同努力，使我们逐步将自己的工作与更深远而广大的时间和空间背景联系了起来，并开始慢慢融入其中。作为从1980年代开始接受系统学术训练的"新一代"比较文学学人，我们深深知道，自己的每一点成长与进步，都无不受惠于祖国的开放改革，受惠于师长们的谆谆教诲，受惠于同辈间的切磋琢磨。我们是这15年、30年乃至更长时段文化积淀的受益者，也是一批如饥似渴的学习者和无比幸运的历史见证者。我们也许注定是行色匆匆的"过客"，但我们却也应是承先启后的"桥梁"。这里记录的是我们探索行进的脚印，也是我们对自己所从事的学科一点微末的贡献。

百年中国文学"走向（进）世界"的历程，给了我们思考过去、筹划未来的"底气"；新时期中国比较文学的复兴与发展，为我们准备了难能可贵的学术资源和不可或缺的学科建制。我们将这套丛书命名为"比较文学与世界文学学术文库"，以之与我们所属的学科名称相呼应，因为我们有一个共同的默契：打破界限、超越语言与文化的限制，乃是我们比较文学学人的使命乃至宿命。是的，我们无疑拥有不同的学术爱好、志趣和观点，但至少有一个基本的共识把我们联系在了一起——那就是，我们必须在世界的语境中，以比较的眼光，从多学科的视域，面对并尝试回答我们所浸润其中的文学与文化问题。

"道不孤，必有邻。"非常幸运的是，我们身处富于活力和学术追求的知识与精神共同体之中。我们的工作得到了中国比较文学学会许多老师和朋友的无私帮助，也得到了具有远见卓识的上海文化发展基金会以及复旦大学出版社的大力支持。在这里，我们要送上衷心的谢意。

同样值得高兴的是，与这套"文库"相呼应，《比较文学与世界文学》辑刊、"比较文学与世界文学讲座系列"等姊妹项目也已陆续启动。

在"文库"第一辑即将面世的这个特殊时刻，先贤们的声音似乎又一次在我们的耳畔响起。鲁迅先生说，中国文化的发展应"外之既不后于世界之思潮，内之仍弗失固有之血脉，取今复古，别立新宗"；而陈寅恪先生则说，华夏文化的崛起须"取塞外野蛮精悍之血，注入中原文化颓废之躯，旧染既出，新机重启，扩大恢张，遂能别创空前之世局"。响应先贤的号召，集结这些著作，仅是我们的第一次尝试。希望有更多的朋友加入这"取今复古""扩大恢张"的行列中，贡献你们的智慧与力量；希望我们会有继续编辑以后各辑的荣幸。

是所望也，谨为序。

2013年5月

已出书目（复旦大学出版社）：

《比较文学：人文之道》	张　沛
《比较文学视野中的中日文化交流》	周　阅
《文学·比较·侨易》	叶　隽
《文学与思想史论稿》	张　辉
《文学的政治底稿：英美文学史论集》	程　巍
《跨学科研究与跨文化诠释》	张　华
《跨文化形象学》	周　宁
《跨媒体的诗学》	严　锋
《浪漫主义、文学理论与比较文学研究论稿》	张旭春
《视界与方法：中外文学关系研究》	宋炳辉
《性别·城市·异邦：文学主题的跨文化阐释》	陈晓兰
《从国别文学走向世界文学》	刘洪涛
《彼此的视界》	季　进
《东西跨界与都市书写》	王宏图
《中西文学与诗学关系的实证和诠释》	刘耘华
《女性与爱欲：古希腊与世界》	陈戎女
《秘响旁通：比较诗学与对比文学》	江弱水
《西方文学经典与比较文学研究》	李伟昉
《寻求中西文学的会通》	杨莉馨
《俄罗斯文学：追寻心灵的自由》	董　晓
《当代英语文学的多元视域》	戴从容
《越位之思与诗学空间》	胡继华
《近代德语文学中的政治和宗教片论》	谷　裕

"中国比较文学文库"

总序（张　辉　宋炳辉）

"中国比较文学文库"第一批著作终于即将付梓，从2018年11月拟定"征稿启事"至今，倏忽4年有余。疫情之后，转眼之间，世界已兀然发生许多完全未曾逆料的深刻变化。"人事有代谢，往来成古今"，在这样的时间节点上草拟这篇序言，怎能不感慨系之。

这是一套文学研究丛书。文学，是一个几乎无法定义的概念。文学，又始终在为我们提供认识和理解世界的新的可能性：无穷的可能性。从这个意义上说，文学是一切成见、一切僵化思想、一切一元化意识形态的反义词：致命的反义词。

文学教会我们反抗所有"要求玫瑰花散发出和紫罗兰一样芳香"的愚蠢观念，文学也让我们知道"要求世界上最丰富的东西——精神只能有一种存在形式"，是多么颠顸而又不可思议（马克思：《评普鲁士最近的书报检查令》，1842年）。

我们不能要求杜甫以李白的方式写作，不能要求曹雪芹以狄更斯的方式思考，我们也不必要求托尔斯泰喜欢莎士比亚和歌德，不必要求林黛玉和薛宝钗、安娜·卡列尼娜和包法利夫人有同样的个性和爱好……而人性的丰富，决定了世界的多元、杂多，难以定于一尊。马尔克斯的马孔多，不是福克纳的约克纳帕塔法，更不是鲁迅的未庄或鲁镇，不是雷巴科夫的阿尔巴特街，以及沈从文的湘西……正因为此，文学既是难以把握的，也是富于魅力的。正因为此，文学研究既在不断拓展我们理解作家和作品的已有规定性，也在拓展我们认识和解释世界的现成范式和固有边界。倡导并努力培育多元的文学研究观念，也是我们编辑这套文库的初衷。

这是一套比较文学与跨文化研究丛书。片面的不同或机械的趋同乃至统一，不是世界应该有的样子，也不是文学与文学研究应该有的样子。《说文》中给出的"文"的原意是:"文,错画也,象交文"。汉学家翻译中文的"文"字时也常常用"pattern"作为对应。这至少提示我们,真正的"文",是与交叉、交错以及交流的思想和行为紧密相关的。正像平行的线条和图案不可以称为"文",孤立的、老死不相往来的物质与精神存在,也不可能产生文学、文化与文明。

在马克思所预言的世界文学时代,上述事实就更加不可回避,因为:"过去那种地方的和民族的自给自足和闭关自守状态,被各民族的各方面的互相往来和各方面的互相依赖所代替了。物质的生产是如此,精神的生产也是如此。各民族的精神产品成了公共的财产。民族的片面性和局限性日益成为不可能,于是由许多种民族的和地方的文学形成了一种世界的文学。"(马克思、恩格斯:《共产党宣言》,1848年)

如果说,没有他者的个人注定是孤独的,没有他者的社会必然是封闭的,那么,没有他者的文学与文化则毫无疑问是无法成为现实的。要准确而全面地了解鲁迅,不仅需要了解"魏晋文章",而且需要了解"托尼学说";阅读叔本华虽然不是读懂《红楼梦》的必要前提,但要真正理解早期王国维特别是他的《红楼梦评论》,叔本华则是无法忽略的关键一环。这就像要阅读乔叟,必须了解薄伽丘;阅读莱辛、歌德,必须同时阅读莎士比亚一样。甚至还没有进入比较文学的研究阶段,我们就会如巴斯奈特所说,"一旦开始阅读,就会超越边界,做出种种联想和联系,不再局限于单一的文学内,而是在歌德所谓的'世界文学'这一伟大广阔的大写的文学空间内阅读"(巴斯奈特:《比较文学批评导论》,1993年)。正是在这样的上下文中,比较文学显示了其特别的意义。跨越语言、跨越文化,甚至跨越学科,走出固定的语言和文化局限乃至"牢笼",不仅是增加了观察和思考问题的视角而已,它本身就是理解文学与文化现象的先决条件。正是基于这样的理念,这套丛书应运而生。

这是一套收录海内外中国比较文学学人——尤其是中青年学人——最新

力作的丛书。这套文库，是"当代中国比较文学研究文库"（谢天振、陈思和、宋炳辉主编）、"比较文学与世界文学学术文库"（张辉、宋炳辉主编）（均由复旦大学出版社出版）的延续和拓展。与此同时，本文库的出版，也与《中国比较文学》杂志以及"中国比较文学云讲堂"相互呼应，形成鼎足之势，成为中国比较文学学会的三大重要学术平台。

晚清以来，中国比较文学事业的兴起与发展，始终与现代中国整体文化进程息息相关。以"新时期"为时间节点，我们则更可以说，没有改革开放，就没有中国比较文学的复兴。中国比较文学既是改革开放的成果，也是改革开放的巨大促进力量。抚今追昔，立足中国，对话世界，"取今复古，别立新宗"，是我们的共识，也是我们的神圣使命。

不久，中国比较文学学会及其会刊《中国比较文学》杂志，都将迎来40岁生日，谨以此文库，献上我们的最美好祝福。

衷心感谢中国比较文学学会诸位前辈和同事的指导与大力支持。也特别感谢上海外语教育出版社的精诚合作，特别是孙玉总编辑和李振荣先生的指导和帮助。

诚邀各位比较文学同行继续踊跃加盟，共襄盛举。

是为序。

2023年3月改毕

第一辑书目（上海外语教育出版社）：

《约翰·卡普托的事件诗学研究》	陈　龙
《神话叙事：U. K. 勒奎恩与D. 莱辛比较研究》	郭　建
《世界的白蛇》	罗　靓
《内山完造研究》	吕惠君
《鲁迅在德语世界的传播与影响》	谢　淼

"文学×思想译丛"[1]

编者说明(张　辉)

"文学×思想译丛"这个名称,或许首先会让我们想到《思想录》一开篇,帕斯卡尔对"几何学精神"与"敏感性精神"所做的细致区分。但在做出这一二分的同时,他又特别指出相互之间不可回避的关联:"几何学家只要能有良好的洞见力,就都会是敏感的",而"敏感的精神若能把自己的洞见力运用到自己不熟悉的几何学原则上去,也会成为几何学家的"。[2]

历史的事实其实早就告诉我们,文学与思想的关联,从来就不是随意而偶然的遇合,而应该是一种"天作之合"。

柏拉图一生的写作,使用的大都是戏剧文体——对话录,而不是如今哲学教授们被规定使用的文体——论文;"德国现代戏剧之父"莱辛既写作了剧作《智者纳坦》,也是对话录《恩斯特与法尔克》与格言体作品《论人类的教育》的作者;卢梭以小说《爱弥儿》《新爱洛伊斯》名世,也以《社会契约论》《论人类不平等的起源》而成为备受关注的现代政治哲学家。我们也不该忘记,思想如刀锋一样尖利的维特根斯坦,在他的哲学中讨论了那么多文学与哲学的对话关系;而桑塔耶那(George Santayana)干脆写了一本书,题目即为《三个哲学诗人:卢克莱修、但丁和歌德》;甚至亚当·斯密也不仅仅写作了著名的《国富论》,还对文学修辞情有独钟。又比如,穆齐尔(Robert Musil)是小说家,却主张"随笔主义";尼采是哲学家,但格外关注文体。

毋庸置疑,这些伟大的作者,无不自如地超越了学科与文体的规定性,高高地站在现代学科分际所形成的种种限制之上。他们用诗的语言言说哲学乃至形而上学,以此捍卫思想与情感的缜密与精微;他们又以理论语言的明

---

[1]　此译丛系与北京大学张沛教授联合主编。
[2]　帕斯卡尔:《思想录》,何兆武译,商务印书馆,1995年,第3—4页。

晰性和确定性，为我们理解所有诗与文学作品提供了富于各自特色的路线图和指南针。他们的诗中有哲学，他们的哲学中也有诗。同样的，在中国语境中，孔子的"仁学"必须置于这位圣者与学生对话的上下文中来理解；《孟子》《庄子》这些思想史的文本，事实上也都主要由一系列的故事组成。在这样的上下文中，当我们再次提到韩愈、欧阳修、鲁迅等人的名字，文学与思想的有机联系这一命题，就更增加了丰富的层面。

不必罗列太多个案。在现代中国学术史上，可以置于最典型、最杰出成果之列的，或许应数王国维的《红楼梦评论》和鲁迅的《摩罗诗力说》。《红楼梦评论》，不仅在跨文化的意义上彰显了小说文体从边缘走向中心的重要性，而且创造性地将《红楼梦》这部中国文学的伟大经典与叔本华的唯意志论哲学联系了起来，将文学（诗）与思想联系了起来。小说，在静庵先生的心目中不仅不"小"，不仅不只是"引车卖浆者之流"街谈巷议的"小道"，而且也对人生与生命意义做出了严肃提问甚至解答。现在看来，仅仅看到《红楼梦评论》乃是一则以西方思想解释中国文学经典的典范之作显然是不够的。它无疑启发我们进一步思考文学与更根本的存在问题以及真理问题的内在联系。

而《摩罗诗力说》，也不仅仅是对外国文学史的一般介绍和研究，不仅仅提供了比较文学法国学派意义上的"事实联系"。通读全文，我们不难发现，鲁迅先生相对忽视了尼采、拜伦、雪莱等人哲学家和诗人的身份区别，而更加重视的是他们对"时代精神"的尖锐批判和对现代性的深刻质疑。他所真正关注的，是如何通过召唤"神思宗"，从摩罗诗人那里汲取文学营养、获得精神共鸣，从而达到再造"精神界之战士"之目的。文学史，在鲁迅先生那里，因而也既有其独立存在的价值，也实际上构成了精神史本身。

我们策划这套"文学×思想译丛"主要基于以下两个考虑。首先以拿来主义，激活对中国传统的再理解。这不只与"文史哲不分家"这一一般说法相关，更重要的是，在中国的语境中，我们应该格外重视"诗（文学）"

与"经"的联系,而《诗经》本身就是经的一个重要组成部分。正如刘勰在《文心雕龙》中所揭示的那样,《诗》既有区别于《易》《书》《春秋》和《礼》而主"言志"的"殊致",即"摛《风》裁'兴',藻辞谲喻,温柔在诵,故最附深衷矣";同时,《诗》也与其他经典一样具有"象天地,效鬼神,参物序,制人纪,洞性灵之奥区,极文章之骨髓"的大"德",足以与天地并生,也与"道"不可分离(参《宗经》《原道》二篇)。

这样说,在一个学科日益分化、精细化的现代学术语境中,自然也有另外一层意思。提倡文学与思想的贯通性研究,固然并不排除以一定的科学方法和理论进行文学研究,但我们更应该明确反对将文学置于"真空"之下,使其失去应该有的元气。比喻而言,知道水是"H_2O"固然值得高兴,但我们显然不能停止于此,不能忘记在文学的意义上,水更意味着"逝者如斯夫,不舍昼夜",意味着"弱水三千,我只取一瓢饮",也意味着"春江潮水连海平,海上明月共潮生"……总之,之所以要将文学与思想联系起来,与其说我们更关注的是文学与英语意义上"idea""thought"或"concept"的关联,不如说,我们更关注的是文学与"intellectual""intellectual history"的渗透与交融关系,以及文学与德语意义上"Geist"(精神)、"Geistesgeschichte"(精神史)乃至"Zeitgeist"(时代精神)的不可分割性。这里的"思想", 或如有学者所言,乃是罗伯特·穆齐尔意义上"在爱之中的思想"(thinking in love),既"包含着逻辑思考,也是一种文学、宗教和日常教诲中的理解能力";既与"思"(mind)有关,也更与"心"(heart)和"情"(feeling)涵容。

而之所以在intellectual的意义上理解"思想",当然既包含着对学科分际的反思,也在很大程度上,是对过于实证化或过于物质化(所谓重视知识生产)的文学研究乃至人文研究的某种反悖。因为,无论如何,文学研究所最为关注的,乃是"所罗门王曾经祈求上帝赐予"的"一颗智慧的心"(un coeur intelligent)。

是的，文学与思想的贯通研究，既不应该只寻求"智慧"，也不应该只片面地徒有"空心"，而应该祈求"智慧的心"。

2020年7月再改于京西学思堂

第一辑书目（商务印书馆）：

吉尔伯特·海厄特：《讽刺的解剖》　　　　　　　　　　　　张　沛　译

勒内·韦勒克：《对峙：19世纪德英美文学与思想关系研究》

　　　　　　　　　　　　　　　　　　　　　　寿晨霖、张　楠　译

安格斯·弗莱切：《讽喻：一种象征模式理论》　　　　　　李　茜　译

克特·汉布格尔：《诗的逻辑》　　　　　　　　　　　　　李双志　译

凯瑟琳·祖克特：《自然权利与美国想象》　　　　　　　　纳　海　译

布鲁诺·斯内尔：《精神的发现：欧洲思想在希腊的兴起》　陈郁忠　译

乔治·斯坦纳：《安提戈涅：传说与变形》　　　　　　　　严蓓雯　译

贝内德托·克罗齐：《诗与非诗：19世纪欧洲文学札记》　　郭逸豪　译

埃里希·奥尔巴赫：《伊斯坦布尔讲稿：罗曼语语文学导论》高　冀　译

乔纳森·贝特：《古典如何造就莎士比亚》　　　　　　　　唐建清　译

"莎士比亚研究"丛书

总序（张　沛）

每个民族都有自己的文化英雄和灵魂作家，彼此间未必能够认同；但在世界文学的万神殿中，莎士比亚享有无可置疑的和众望所归的崇高地位。他在生前即已成为英国现代—民族文学的偶像明星，自浪漫主义时代以降更是声誉日隆，并随"日不落帝国"的政治声威和英美文化霸权而成为普世文学的人格化身，即如美国学者艾伦·布鲁姆（1930—1992）所说：

> 莎士比亚对所有时代和国家中那些认真阅读他的人产生的影响证明我们身上存在着某种永恒的东西，为了这些永恒的东西，人们必须一遍又一遍地重新回到他的戏剧。①

当然，这个"我们"在我们看来更多是西方人的"我们"，即西方人自我认同的、以西方人为代表的，甚至默认（首先或主要）是西方人的那个"我们"。正像莎士比亚取代不了荷马、维吉尔、但丁一样，我们——我们中国人——在莎士比亚中也读不到屈原、陶渊明和杜甫。那是另一个世界，一个不同的世界。这一不同无损于莎士比亚（或杜甫）的伟大；事实上，正是这一不同使得阅读和理解莎士比亚——对于我们，他代表了一个不同的世界，我们既在（确切说是被投入或卷入）其中又不在其中的世界——成为一种必需的和美妙的人生经验。

在中国，莎士比亚作品原典的翻译已有百年以上的发展和积累，如朱生豪、梁实秋、方平等人的译本广为流传而脍炙人口，此外并有新的全集译本正在或即将问世，这为日后的注疏工作打下了坚实的基础。中国古人治学格言："旧学商量加邃密，新知培养转深沉。"时至今日，中国汉语学界的西学研究渐入"加邃密"和"转深沉"之佳境，而莎士比亚戏剧与诗歌作品的注疏或者说以注疏为中心的翻译和研究工作——也该提上今天的工作日程了。

有鉴于此，我们准备发起"莎士比亚研究"丛书，以为"为王前驱"、拥彗清道之"小工"。丛书将以注释和翻译为主，后者重点译介20世纪以来西方特别是英语世界中的莎学研究名著，兼顾文学、思想史、政治哲学、戏剧表演等研究领域和方向，从明年（2021年）起陆续分辑推出。至于前者，

---

① Allan David Bloom: *Love and Friendship*, Simon & Schuster, 1993, p. 397.

即"莎士比亚注疏集"（以下简称"注疏集"）部分，编者也有一些原则性的先行理解和预期定位，敢布衷怀于此，并求教于海内方家与学界同人。

首先，在形式方面，注疏集将以单部作品（如《哈姆雷特》或《十四行诗集》）为单位，以朱生豪等人译本为中文底本，以新阿登版（兼及新牛津版和新剑桥版）莎士比亚注疏集为英文底本（如果条件允许，也会参考其他语种的重要或权威译本），同时借鉴具有学术影响和历史意义的研究成果，既入乎其内又出乎其外地对之进行解读——事实上这已触及注疏集和文学解释乃至"解释"本身的精神内容，而不仅是简单的形式要求了。

所谓"入乎其内又出乎其外"，首先要求解释者有意识地暂时搁置或放下一切个人意志与成见而加入莎士比亚文学阐释传统这一不断奔腾、历久弥新的"效果历史"长河。其次是进入莎士比亚文学的传统：作为"一切时代的灵魂"，莎士比亚关注的是具体情境中的普遍人性，即便是他政治意味相对明显的英国历史剧和罗马剧也首先是文学文献而非其他（尽管它们也可用于非文学的解读）。第三是进入"中国"，即我们身为中国人而特有的审美感受、历史记忆、文化经验和问题意识，因为只有进入作为"西方"之他者的"中国"，我们才有可能真正走出西方中心主义的自说自话而进一步证成莎士比亚文学的阐释传统。

以上所说，只是编者的一些初步想法。所谓"知难行易"，真正实现谈何容易！（我在此想到了《哈姆雷特》"戏中戏"中国王的感叹："Our thoughts are ours, their ends none of our own."）蒙华东师范大学出版社六点分社倪为国先生信任，本人忝列从事，承乏主编"莎士比亚研究"丛书。自惟瓦釜之才，常有"抚中徘徊""怀隐忧而历兹"之感，但我确信这是一项有意义的事业，值得为之付出。昔人有言："锲而不舍，金石可镂。"（《荀子·劝学》）请以二十年为期，其间容有小成，或可留下此在的印迹，继成前烈之功并为后人执殳开道。本人愿为此前景黾勉努力，同时祈望海内学人同道惠然肯来，共举胜业而使学有缉熙于光明——为了莎士比亚，为了中国，也是为了方生方逝的我们：

> 皎皎白驹，在彼空谷。
> 生刍一束，其人如玉。
> 毋金玉尔音，而有遐心。
> There lies the port; the vessel puffs her sail:
> 'Tis not too late to seek a newer world.
> Our virtues lie in the interpretation of the time.
> Multi pertransibunt et augebitur scientia.

2021年9月4日于昌平寓所

已出书目（华东师范大学出版社）：

《莎士比亚、乌托邦与革命》	张　沛
《莎士比亚戏剧中的英国史》	马里奥特 著，虞又铭 译
《〈麦克白〉注疏》	徐　嘉 注
《爱的戏剧：莎士比亚与我们》	张　沛

"比较文学基础文库"

总序（张　沛）

　　比较文学自20世纪70年代末在中国复兴，至今已历三纪；以人为喻，则已年近不惑。然而何为比较文学？比较文学何为？相信许多比较文学专业的学者和学生仍在思考这两个问题。问题之所以为问题，正因问题真切存在，并不因为我们不去思考便会自动取消。当然，答案或者解释因人而异，并将随比较文学学科的具体实践而发展变化；但一时截断众流，则变化中自有不变者在。唯知此不变者，乃可与言变化。此即"比较文学基础文库"发起因缘之一。

北京大学比较文学与比较文化研究所向为中国比较文学研究之重镇，在学科与学术建设方面开领风气，并曾产生深远影响。以丛书编纂为例，前者如乐黛云先生主持的"北京大学比较文学研究丛书"（北京大学出版社，1983—2003），近者如严绍璗先生主持的"北京大学比较文学学术文库"（北京大学出版社，2004—），均享誉学林，大有功于后来。新世纪以降，中国比较文学研究渐入千岩竞秀、百舸争流之佳境，向日之前驱，亦不敢后人，愿在此学术大潮中激扬挺立，为我们的共同事业（*res publica litterarum*）更尽心力。此"比较文学基础文库"又一缘起。

本丛书以"基础"为名，顾名思义，重在介绍和梳理比较文学学科的基础知识。昔人云："旧学商量加邃密，新知培养转深沉。"温故所以知新；所谓"故"者，实为"常识"（common sense，一译"通识"，兼有常情常理之意）。"人而无恒（常），不可以作巫医"，何况学者！中国未来之比较文学研究，当能"偏其反而"、各尽其妙而不至往而不复、各自为政。"观复"之方，首在"归根"；根深柢固，道乃大光。此"比较文学基础文库"缘起之三，亦编者深衷所在，读者幸鉴察焉。

"比较文学基础文库"将分辑依次出版。第一辑内容初拟如下：

1. 比较文学概论（乐黛云）

2. 比较诗学（陈跃红）

3. 比较文学关键词（张　辉）

4. 比较文学基础读本（张　沛）

5. 比较文学最新文选（秦立彦）

6. 比较文化基础读本（蒋洪生）

人力恒有不足，但诵古人"为仁由己""众志成城"之语，不觉心生向往，更寄望海内外同道，友于辅仁而共修胜业。是所乐也，亦所祷也，谨为序。

2013年癸巳初春正月于北京大学中关园寓所

学生名录

博士生

史成芳	张　辉	宋伟杰	赵白生	王柏华	林贞玉
张哲俊	大野香织	陈戎女	张旭春	犹家仲	于荣胜
钱婉约	李京美	龚　刚	刘耘华	张　沛	陈铉美
刘元满	刘　萍	李华川	顾　钧	吴京嬉	吴允淑
全美子	王益鸣	王立群	中田妙叶	张洪波	尹文涓
韩一宇	余建荣	泽　拥	滕　威	丸井宪	涂晓华
周　阅	叶向阳	张　源	孙　柏	张　欣	贺　雷
黄逸含	李　强	陈　倩	姚　斌	小园晃司	古市雅子
牟学苑	王　娟	马晓冬	徐德林	刘　岩	刘文瑾
徐欢颜	李　阳	张慧瑜	金镇烈	肖伟山	郭　勇
何　恬	文　韬	苏明明	龙　云	易　凯	成红舞
彭姗姗	潘军武	邹　理	钟厚涛	金正秀	丹羽香
聂友军	张　冰	龙瑜宬	李声凤	李根硕	魏　然
邹　赞	郑海娟	刘　军	范晶晶	齐一民	安　宁
金基玉	秦兰珺	吴向廷	杨　果	孙凌钰	赵柔柔
刘　斐	王　瑶	王广生	李树春	赵海燕	徐　超
高慧芳	权度暻	林子敏	崔晓红	张钊维	陈　佳

韩 笑	惠天羽	林 品	余静远	陈兰薰	靳成诚
边明江	车致新	好麦特	聂 卉	胡根法	龚世琳
成桂明	王 昕	张 驰	傅 琪	李宝蓝	雷 鸣
周 琦	许双双	谢云开	胡亮宇	王雨童	黄隆秀
杨 宸	陆浩斌	魏域波	李 莹	任 昊	胡希琴
王年军	朴性日	颜 妍	张菁洲	陈 瑶	董文鑫
熊若琳	徐梓贤	卢 丹	赵 凯	赵钚然	徐志鸿
陈一杭	周 疃	佟皓田	陈津君	赵嘉宇	叶 威
王元江					

博士后

杨乃乔	王 青	任佑卿	周以量	徐东日	蒋洪生
王 飞	李 茜	马艺璇	卢意芸		

硕士生

伍晓明	张宇红	王 青	刘 萍	赵冬梅	王达敏
廖世奇	程 巍	陈跃红	米佳燕	孔书玉	黄学军
曹卫东	陈慰萱	史成芳	周 阅	丹羽香	朱 非
宋伟杰	马向阳	申洁玲	王宇根	张洪波	李广利
蒯轶萍	俞国强	程铁妞	吉令旭	蒋洪生	林国华
李华川	龚 刚	罗 浯	马晓冬	唐克扬	贺 雷
涂晓华	林光江	吴晓黎	程 瑛	黄晓鹃	苏明明
王 昶	郑惠京	申宜暻	冯倾城	李 玲	赵继红
齐雪梅	梅园眿	孙红梅	熊文莉	刘 静	于洪梅
刘晓红	凌 敏	恽文捷	朱振宇	王俊文	李冠南
关口美幸	秦 晶	古市雅子	沈宇扬	徐百柯	何 翔

黄逸含	金镇烈	张疆	周嫄	来晓燕	程亚婷
刘军	吴德祖	严蓓雯	刘珊珊	熊璐	朱伟
王蓓	杨治宜	李根硕	何恬	李阳	王琳
孟庆琨	周舟	彭姗姗	金正求	陈勤	刘伟
刘斐	徐梦	姜璐璐	董熠晶	郭鹜	尚垒
金海英	孙世伟	郑海娟	吴向廷	阎炎	董炜
洪潇潇	崔晓红	赵柔柔	范晶晶	彭超	刘真
银和扎娅	陈蹊	钟玥	廖淑志	张赟	熊婕
王毅	贺菁菁	杨静静	靳成诚	沈亚男	刘方
史诗	郭盈	聂卉	史画	王和平	李茜
张烨	田源	曾健德	何双双	刘金元	王慧仪
边明江	雷鸣	缴蕊	高华鑫	张士毅	张钰珣
朴性日	于洪清	王晨晨	蒋思婷	杨卓灵	李瑞
卢意芸	濮玥	谢云开	蔡谨竹	丁文静	胡明哲
泉涟漪	王亭钧	赵月	徐子兴	何诗航	李梦一
刘梦秋	孟来燕	毛士奇	李若白	胡瑄	段品章
张逍吟	张泽宇	奚邦荣	魏舒忆	张灏洋	逯婧扬
周观晴	熊丽萌	吴晨昕	徐志鸿	柯小兰	王小海
吴辰宣	刘辉辉	闫淑一	楼雨欣	唐思越	高蕴萌
肖钦文	史晓宇	李松晓	殷若楠	韩乐菲	王慧蓓
徐才佳					

学位论文目录

乐黛云

博士论文:

1997 史成芳　诗学中的时间概念

1997 张　辉　审美现代性批判——二十世纪上半叶中德审美思想的现代性关联

1997 宋伟杰　金庸小说研究——"文化研究"一"个案"

1998 王柏华　言意之辨及其诗学效应

1998 林贞玉　李白诗与李奎报诗之比较研究

1999 陈戎女　西美尔：文化与现代性

1999 张旭春　现代性视野中的中英浪漫主义思潮比较研究

2000 犹家仲　《诗经》的解释学研究

2001 赵白生　传记文学本体论

2001 龚　刚　会通与新变：钱钟书文学学术述略

2001 刘耘华　先秦儒家意义生成研究——以《论语》、《孟子》、《荀子》为个案

2001 张　沛　转换生成：隐喻存在形态之研究

2001 陈铉美　当代中韩女性小说比较研究

2002 吴京嬉　中韩二三十年代女性小说的现代性研究

2002 吴允淑　中国现代文学中的基督教话语

2003 张洪波　《红楼梦》"事体情理"观研究

2005 余建荣　中英诗歌譬喻中物我关系的探讨

硕士论文：

1986 伍晓明　自我·艺术·自然——西方浪漫主义与五四文学运动

1988 张宇红　五四前后西方现代主义的文化输入

1989 赵冬梅　中国古代小说中的女性形象与文化心理

1989 王达敏　佛教对苏曼殊、丰子恺和废名的影响

1989 廖世奇　现实主义与现代主义之争：卢卡契、布莱希特与当代中国

1991 程　巍　斯坦尼斯拉夫斯基、布莱希特与梅兰芳

1991 陈跃红　言意之争的比较诗学阐释

1991 米佳燕　放逐与还乡——论中西现代诗人的家园意识

1991 孔书玉　美籍华人女作家与文化边缘人现象

1991 黄学军　五四时期的周作人与外国文学

1993 曹卫东　异国，隐喻，他者——十九世纪德国文学中的中国形象研究

1993 陈慰萱　困惑与选择：在两个世界之间——美籍华人女作家查建英、於梨华、谭爱梅小说分析

1993 史成芳　心灵与宇宙之箭——时间诗学论纲

1994 宋伟杰　美国社会文化语境内的美华文学——解读帕迪·列、弗兰克·秦、大卫·黄

1994 马向阳　语言表达的限制及其困境

1994 申洁玲　《诗经》阐释：从经学向文学的转型

1995 王宇根　"观"与"外"：中国诗学意义的动态生成与诠释

1995 张洪波　"红学"的解释学分析

1996 俞国强　略论王弼"言意之辨"及其对文学的适用性

1997 林国华　论陀思妥耶夫斯基思想中的末世论问题

严绍璗

博士论文:

1998 张哲俊　中日古典悲剧研究——三个母题与嬗变的研究

1999 大野香织　京津相声考

2000 于荣胜　中日近现代小说中的"家"——文学、文化的比较

2000 钱婉约　内藤湖南的中国学研究

2000 李京美　《聊斋志异》与日韩志怪传奇小说女性问题研究

2001 刘元满　汉字在日本的文化意义研究

2001 刘　萍　津田左右吉研究——以对日本记纪文化·中国儒道文化的批判研究为中心

2002 王益鸣　空海学术的范畴研究

2003 王立群　王韬研究——中国早期"口岸知识分子"形成的文化特征

2003 中田妙叶　《雨月物语》研究——试论日本近世叙述文学与中国文化的关联及其文学意义

2005 丸井宪　绝海中津汉诗研究——日本"五山文化时代"游学派禅僧汉文学的主要成就

2005 涂晓华　《女声》杂志研究——上海沦陷时期妇女杂志个案考察

2006 周　阅　川端康成文学的文化学研究——以东方文化为中心

2007 贺　雷　福泽谕吉研究——以政治思想为中心

2007 李　强　厨川白村文艺思想与社会批评研究

2008 小园晃司　德富苏峰研究——其中国观与近代日本国民精神的生成

2008 古市雅子　伪"满映"电影研究

2008 牟学苑　拉夫卡迪奥·赫恩（小泉八云）文学的发生学研究——以其"日本创作"为中心

2009 肖伟山　《三国演义》在韩国的传播与影响

2009 郭　勇　中岛敦文学的比较研究——以怀疑主义为中心

2011　丹羽香　　服部宇之吉研究——以他的"孔子教"思想为中心

2011　聂友军　　早期日本学中旅日欧美学者的日本文化观——以1872—1922年《日本亚洲学会学刊》（TASJ）为中心

2012　张　冰　　李福清汉学研究

2014　王广生　　宫崎市定学术方法论研究——在日本近代中国学研究的视域下

硕士论文：

1988　王　青　　五山禅僧义堂周信之学术在日本汉学史上的地位和作用

1989　刘　萍　　日本中国学早期学术流派辨析

1993　周　阅　　试论近代日本文化对中国新文学的影响

1994　丹羽香　　上田秋成《雨月物语》的创作与中国文学的关系

1994　朱　非　　美而凶悍与圣洁典雅——谷崎润一郎和他的作品的"女性至上"

1996　吉令旭　　明清之际传教士传入的西方地理学知识及其接受状况的考察

1997　蒋洪生　　日本蘐园诗学・蘐园诗风研究——江户时代中日文化与文学关系

1998　贺　雷　　村上春树简论

1999　林光江　　正冈子规的生命认识及其审美追求——兼及正冈子规与中国思想之关联

2000　郑惠京　　《古文真宝》在东亚的传播研究

2000　申宜暻　　中韩现代文学交流研究（1917—1949）

2002　关口美幸　　《西游记》在现代日本的接受与再创造——以中国作为比较对象

2003　古市雅子　　20世纪40年代日据东北时期的日本对华文化政策的考察——以"满映"时期李香兰出演的作品为中心

2005　孟庆琨　　论井上靖的西域历史小说

2010　廖淑志　　中日弃老故事的比较与探源

孟 华

博士论文：

2001 李华川　一个晚清外交官的文化历程——陈季同研究

2001 顾　钧　在中美之间——对赛珍珠小说的形象学解读

2002 全美子　18世纪韩国游记文学中的中国形象——以三种"燕行录"为中心

2003 尹文涓　《中国丛报》研究

2004 韩一宇　清末民初汉译法国文学研究（1897—1916）

2005 泽　拥　法国人旅藏游记研究（1850—1930）

2006 叶向阳　17、18世纪英国旅华游记中的中国形象

2006 张　源　白璧德"人文主义"思想译介研究——以《学衡》杂志译文为中心

2008 王　娟　《点石斋画报》中的西方想象

2008 马晓冬　文化转型期的翻译实践——作为译者的曾朴

2009 徐欢颜　莫里哀喜剧在中国

2010 苏明明　林语堂英语散文研究（1927—1948）

2010 龙　云　钱德明研究——18世纪一位处在中法文化交汇处的传教士

2010 易　凯（Eric Lefebvre）La collection de Ruan Yuan (1764—1849), un cas de transmission du patrimoine culturel en Chine（阮元的收藏：一个中国文化遗产传承的个案研究）

2011 邹　理　周立波与外国文学

2012 李声凤　19世纪中国戏曲在法国的翻译与接受（1789—1870）

硕士论文：

1995 李广利　曾朴和法国文学：翻译、研究与接受

1995 蒯轶萍　朱笛特·戈蒂耶叙事作品中的中国形象

1997 李华川　晚清知识界的卢梭幻象

1998 罗　湉　法国传教士王致诚研究——十八世纪中西艺术交流探讨

2000 黄晓鹃　法国传教士李明笔下的"中国形象"

2000 苏明明　林语堂笔下的"吾国吾民"形象

2001 李　玲　亦西亦中的圣君贤相——《时务报》传递的异国执政者形象

2001 赵继红　《北京女报》传递的西方女性形象

2001 齐雪梅　陈若曦笔下的海外华人形象

2002 凌　敏　十九世纪中叶中国古典诗歌法译本研究——以李白诗歌为中心

2002 恽文捷　复古与革新——萧友梅在北大的音乐活动与中国近代音乐思想的转变

车槿山

博士论文：

2006 张　欣　20世纪西方小说中耶稣形象的比较研究

2008 刘文瑾　他人的面容与"歌中之歌"：列维纳斯文学思想研究

2010 成红舞　波伏瓦他者思想研究

2012 郑海娟　贺清泰《古新圣经》研究

2012 刘　军　晚清科学幻想小说与"知识型"转变

2013 秦兰珺　差异中的意义——德勒兹思维方法研究

2013 吴向廷　论穆旦诗歌的历史修辞

2017 崔晓红　当代北京空间重构的文化再现

2017 陈　佳　周作人翻译研究——以知识分子形象的建构为视角

2017 惠天羽　论罗兰·巴尔特的中性写作

2018 聂　卉　《北京政闻报》的中国文学译介研究

硕士论文：

2003 张　疆　建构神话——马尔罗的中国革命

2003 周　嫄　二十年代新诗中的异国情调——李金发及其《微雨》

2004 刘　军　《英文汉诂》——论严复的文化语言观

2005 王　琳　从文章之学到文化之境——英国汉学家翟理斯的《聊斋志异选》研究

2007 尚　垒　图兰朵的变形

2008 郑海娟　重写的暴力——清末民初凡尔纳小说翻译研究

2008 吴向廷　新诗历史的叙述与新诗本体的建构

2009 陈　蹊　三国故事在日本——以吉川英治的接受为中心

陈跃红

博士论文：

2011 钟厚涛　语言转换与文化重构——《沧浪诗话》在英语世界

2012 李根硕　朝鲜的中国想象与体验（从17世纪到19世纪）——以燕行录为中心

2013 范晶晶　中国古代佛经汉译译场研究——从公元179年至1082年

2013 齐一民　日本近代言文一致问题初探

2013 安　宁　梅列日科夫斯基宗教象征主义研究

2014 杨　果　钱钟书诗学方法论研究

2014 孙凌钰　理性与经验的调和——柯尔律治"两极思维"研究

2016 李树春　约翰·德莱顿的讽刺诗学初探

2018 靳成诚　祭祀、仪式与帝国——西汉初与罗马帝国初期合法性建构之比较研究

2018 边明江　明六社与中国近代思想

2019 胡根法　跨文化视野下曹丕的储君成长教育研究

2019 龚世琳　新文化运动中的杜威——"实用主义"的变奏

2021 周　琦　爱尔兰戏剧运动在中国的接受研究（1918—1930）

2024 朴性日　朝鲜王朝宫廷文人对中国明代文学思想的接受

硕士论文：

1998 马晓冬　文化语境的变迁与翻译的语言策略——以《茶花女》的翻译为例

1998 唐克扬　李金发诗歌语言风格研究

1999 程　瑛　作为一种文化现象的晚清小说期刊——以《新小说》等四种小说期刊为例

2001 梅园稞　"拿来主义"背后的传统底蕴——试论五四时期西方文学理论译介的特征

2001 孙红梅　伊索寓言在中国

2001 熊文莉　雪莱在中国——从1900年到1940年

2001 刘　静　毛姆笔下的中国形象

2002 朱振宇　但丁在中国——19世纪末至20世纪三十年代

2003 沈宇扬　数据库与自我认同——一种跨学科与比较文化研究的视野

2004 来晓燕　从娱情到悲情——悲剧中丑角身份衍变初探

2005 王　蓓　文本翻译与诗学对话——从《二十四诗品》的英译及现代汉语翻译看相关诗学问题

2005 杨治宜　群体写作的诗学——西昆酬唱与宋诗新质的发生

2005 李根硕　从《热河日记》看十八世纪中朝交流与互识

2006 周　舟　从蒙学到童话——作为文化策略的儿童文学观念之诞生

2007 董熠晶　猴子与近代欧洲文化视野中的中国人形象——从18世纪"中国热"到20世纪初

2007 郭　鸳　欧阳修《诗话》的批评特征

2008 金海英　象棋之诸种文化境界——以域外棋类文化为参照

2008 孙世伟　《古事记》中创世神话的比较研究——以东亚文化为中心

2009 刘　真　仿作与改写——卡洛琳·凯瑟与中国古典诗歌

2009 银和扎娅 选择与遮蔽——鲁迅小说在蒙古国的译介初论

2010 钟　玥　另眼看梭罗：梭罗在中国的影响研究

2011 史　诗　"记纪"天皇编年部分中的女性形象研究

丁尔苏

硕士论文：

2001 冯倾城　论华语圈内最有影响的葡萄牙作家——关于若泽·萨拉马戈文化身份的探讨

刘　东

博士论文：

2008 姚　斌　"拳民形象"在美国——义和团运动的跨国影响

2008 陈　倩　文明对话中的施坚雅模式——区域中国或文化中国

2009 何　恬　比较视野中的越剧文化

2009 文　韬　西学东渐与"四部"解体——从分类变化看中国学术体系变迁

2010 彭姗姗　卢梭在中国——历史语境下对《社会契约论》的翻译与阐释（1898—1926）

2012 龙瑜宬　索尔仁尼琴：历史语境与文明冲突中的反抗性写作

硕士论文：

2001 刘晓红　叶公超的自由主义文艺观

2002 李冠南　西洋的本土——宗白华美学观念的形成

2003 徐百柯　中魂西魄——孔子与耶稣在二十世纪早期的相会

2003 何　翔　红楼西影——从半部小说到一门学问

2005 何　恬　跨越与羁绊："国剧运动"新论

2006 彭姗姗　封闭的开放：泰戈尔1924年访华的遭遇

戴锦华

博士论文：

2005 滕　威　拉丁美洲文学汉译与中国当代文学（1949—1999）

2006 孙　柏　比较文学视野下的现代戏剧和社会空间

2008 徐德林　英国文化研究的形成与发展——以伯明翰学派为中心

2008 刘　岩　比较文学视野下的现代化中国想象——华夏边缘叙述与新时期文化

2009 李　阳　电影的转折——比较文学视野下二十世纪四五十年代电影研究

2009 张慧瑜　视觉呈现与主体位置——比较文学视野下的文化重读

2011 金正秀　晚清女性传记与国族想象的形成研究

2012 魏　然　拉丁美洲新电影的文化认同与情感政治

2012 邹　赞　重构"文化"的位置——英国文化主义研究

2013 金基玉　南北韩间谍片中的冷战文化——以女间谍题材为主

2014 赵柔柔　20世纪英语世界的反乌托邦研究

2014 刘　斐　缺席的音乐：媒介、本真性与中国摇滚的历史叙述

2014 王　瑶　全球化时代的恐惧与希望——当代中国科幻文学与文化政治（1991—2012）

2015 高慧芳　文化研究视野下的唐宋女侠故事探析

2015 权度暻　21世纪中国的中产阶级文化书写——以中国电影与小说为中心

2017 林子敏　危机与再现——文本中的资本主义危机与危机中的资本主义

2017 林　品　从弗洛伊德到拉康——精神分析理论的文化重读

2018 车致新　媒介技术的谱系——基特勒思想研究

2018 好麦特　古波斯哲人鲁米之《玛斯纳维》的文学和影响研究

2019 王　昕　打开中国早期电影的"内部"：好莱坞电影在中国（1921—1949）

2020　张　驰　数字电影——历史、问题与方法

2020　傅　琪　中国电影创伤叙事研究（1978—2018）

2020　李宝蓝　《西游记》：多重文本的历史考察与空间叙事研究

2021　胡亮宇　在远近与东西之间：中国社会主义文艺中的第三世界（1950—1970年代）

2021　王雨童　越界的"话语实践者"：唐娜·哈拉维理论研究

2022　杨　宸　"人"的再发明——论技术性后人类主义的兴起

2023　胡希琴　立异·反叛与救赎——论汉德克20世纪对"另一种可能性"的文学追寻

2023　王年军　电影符号学：理论的迸发与话语脉络的形成

2024　颜　妍　亨利·列斐伏尔节奏分析理论研究

硕士论文：

1996　程铁妞　试论斯蒂芬·欧文之中国古典文学研究

1997　龚　刚　民族性情结与本土文化抵抗——论张承志及其"抗战文学"

1999　吴晓黎　作为关键词的"大众"：对二三十年代中国相关讨论的梳理

2000　王　昶　从一种注视到一种学科：二十年来英语世界中国电影研究综考

2001　于洪梅　《钢铁是怎样炼成的》在中国

2001　杨增和　关于九十年代国内"后现代主义"的论争

2003　黄逸含　接受与误读——精神分析和意识形态电影理论在中国

2003　金镇烈　"韩流"在中国——以电视剧为中心

2004　程亚婷　文化研究的实践：北京房地产广告的分析与批判

2005　李　阳　当代中国电影的"第六代"现象研究

2006　金正求　文化对话中的"个人"——以90年代中国电影为中心

2006　陈　勤　重读与对话——浦安迪"奇书文体"理论的梳理与反思

2013　曾健德　合谋者之家：论新世纪合拍武侠片中香港后殖民的主体性想象

2016　朴性日　九十年代以来中韩慰安妇形象再现研究

2020 刘梦秋　用电影打开"经验"——米莲姆·布拉图·汉森对批判理论的再阐释

2021 段品章　从"御宅族"到"二次元"：虚构与现实的破壁相遇

2022 张逍吟　中国导演性别意识分析

2022 魏舒忆　虚拟主播："皮""魂"之下的羁绊

刘建辉

硕士论文：

1998 涂晓华　论芥川龙之介小说的审美特征——"凄厉"之气的生成与展开

2000 郑惠京　《古文真宝》在东亚的传播研究

2000 申宜曒　中韩现代文学交流研究（1917—1949）

2000 王立群　从王韬看晚清文人的日本观

2001 张　键　近代上海日本画派的发端及变异

2002 关口美幸　《西游记》在现代日本的接受与再创造——以中国作为比较对象

2002 王俊文　台湾日据末期"皇民文学"之考察，1940—1945

张　辉

博士论文：

2016 徐　超　主体的游移——萧乾的英文写作研究（1939—1946）

2017 余静远　诗与道德心灵——论爱默生诗学的伦理维度

2018 陈兰薰　跨文化的都市想象与自我探索——项美丽上海书写研究

2019 成桂明　乔纳森·斯威夫特与英格兰"书籍之战"

2020 雷　鸣　《诗经》之镜——孙璋《诗经》拉丁文译本研究

2021 许双双　视差之见——传教士的明清易代书写研究

2021 谢云开　太虚法师与新文化运动

2022 魏域波　清末社会思想变革中的侠义想象

2023 任　昊　文学与国民教育——马修·阿诺德的批评实践与对话语境

2023 李　莹　经典之辩——弗兰克·克默德文学批评思想研究

2025 董文鑫　英雄、城邦与神——欧里庇得斯三部"俄瑞斯忒斯剧"中的传统与新变

2025 熊若琳　书写自我：丹尼尔·笛福对英国通俗小说的革新

硕士论文：

2002 秦　晶　书写英雄：1899—1910年间在日本出版的中文报刊传记研究

2004 吴德祖　胡适"中国文艺复兴"思想研究——中英文著述的互动与展开

2004 严蓓雯　《论语》的两个早期英译本研究

2005 刘珊珊　1920年代滕固文艺思想研究

2005 熊　璐　中国古典小说的经典化——以20世纪20年代前后小说文体的兴衰为中心

2005 朱　伟　新与旧的杂糅——《大公报》三十年代两种文艺性副刊研究

2006 刘　伟　梁实秋对新人文主义的解读和再造

2006 刘　斐　"垮掉的一代"的跨语境生成——以克鲁亚克的《在路上》为中心

2007 徐　梦　"现代主义诗人"穆旦和英国浪漫主义

2007 姜璐璐　新文学视域下"世界文学"的建构——以1935年—1936年的《世界文库》编译出版为中心

2008 董　炜　古韵悠远的文化乌托邦——林语堂向西方人呈现的北京形象

2008 洪潇潇　木兰形象的跨文化书写

2009 崔晓红　传承与开拓——中国文学传统观照下的林译狄更斯小说

2009 赵柔柔　威尔斯的世界想象及其中国回响——以《世界史纲》的译介为中心

2010 王　毅　20世纪初叶长城形象变迁研究

2010 贺菁菁　自我的他者化——虹影的中国书写

2011 杨静静　茨威格：中国现代精神史的一面镜子——以三部传记汉译为线索

2011 靳成诚　陶渊明作品英译研究

2012 史　画　爱丽丝的中国旅行——中国现代文学对《爱丽丝漫游奇境记》的接受

2012 王和平　狄金森诗歌汉译中的意义流变

2013 李　茜　犹太流亡戏剧在上海：1939—1947

2014 张钰珣　被规训的海涅——"十七年"文学时期的海涅译介

2015 高华鑫　他者的维度——论武田泰淳的中国书写

2016 王晨晨　终极维度与当代处境——作为现代性症候的弗兰纳里·奥康纳

2017 卢意芸　论弗里德里希·施莱格尔的"普遍诗"

2019 何诗航　文学形象的历史哲学内涵——论本雅明笔下"驼背小人"的意义

2021 胡　瑄　"另一个德国"——论三位流亡作家对德国文化形象的重述

2023 熊丽萌　她们的"四十自述"——四部中国女性英文自传的回望与开拓

2024 吴晨昕　安部公房与电影：影像中的他者与责任

2025 刘辉辉　跨媒介身体叙事：小说、插图、电影中的爱丽丝形象

张　沛

博士论文：

2022 陆浩斌　爱欲的变形记：莎士比亚对奥维德的挪用与改写

2025 张菁洲　文类生成与共同体想象：莎士比亚英格兰–不列颠编年史剧研究

2025 陈　瑶　莎士比亚中晚期悲剧死亡主题研究

硕士论文：

2008 阎　炎　经典好莱坞的华裔女性套话——以黄柳霜出演作品为中心

2009 范晶晶 《太平广记》中的胡人形象

2009 彭　超 英国思想家拉斯基在中国的接受——以《新月》月刊为中心

2010 张　赟 "他者"的透视与回响——明恩溥《中国人的特性》的中国国民性书写

2010 熊　婕 晚清时期《鲁宾逊漂流记》中译——以"冒险小说"和"儿童文学"为中心

2011 沈亚男 伍光建译《侠隐记》研究

2011 刘　方 理雅各对《诗经》的翻译与阐释——以《中国经典》内两个《诗经》译本为中心

2012 郭　盈 《十二楼》英译研究：以德庇时、茅国权、韩南译本为中心

2012 聂　卉 1840—1911年英国女性来华游记研究

2013 张　烨 《红楼梦》邦索尔英译本研究

2013 田　源 燕卜荪复义理论研究

2014 边明江 狩野直喜的中国古典小说研究：发轫与危机

2014 雷　鸣 乌托邦三部曲中的女性描写及其历史与文本传统

2015 张士毅 小说与历史：曾朴译《九十三年》研究

2016 杨卓灵 镜中之国——笛福的两次中国想象

2017 谢云开 "诗"、"史"之间——宇文所安杜诗英译研究

2018 泉涟漪 图说中国：美国《时代周刊》中的中国形象（1949—1973）

2018 赵　月 中西文化论争下民国知识分子的文化选择——以《西风》杂志为研究对象

2020 孟来燕 翻译与再现：康达维《文选》赋英译研究

2021 毛士奇 守护"主体性"——哈罗德·布鲁姆的莎评论战

2023 张灏洋 出离的喜剧：文类视野下的莎士比亚问题剧研究

2023 周观晴 莎士比亚与市民悲剧——论魏塞改编版《罗密欧与朱丽叶》

2024 柯小兰 以中国为业：美国大学对中国知识的制度化

秦立彦

硕士论文：

2013 何双双 《百年孤独》在中国的译介

2014 刘金元 《大地》在中国的接受研究（1931—1949）

2014 王慧仪 华裔马来西亚作家杨谦来小说中的华人主体建构

2015 缴蕊 重构政治时空——雅克·朗西埃的电影观

2016 于洪清 《四库全书》对《天学初函》的著录与处理研究

2016 蒋思婷 90年代以来法国电影中的摇滚乐——以谢侯、阿萨亚斯、克拉皮斯为例

2017 李瑞 民国中期中学语文教科书中的西方形象——以三大书局为例

2018 王亭钧 跨文化语境未来的崭新主体形式——以近年欧洲中国学家的研究视域为例

2018 丁文静 谷崎式"唯美"的选择与转化——以田汉、章克标为例

2019 徐子兴 评论、翻译与续写——葛浩文的萧红研究

2021 李若白 "总体小说"的向度——论马里奥·巴尔加斯·略萨文学评论中的现实观

2022 张泽宇 当代女性幻想文学中的乌托邦书写——以2016—2020年"星云奖""雨果奖"获奖幻想小说为中心

2023 逯婧扬 新文化运动中的"个人"概念——以《新青年》杂志为中心

2024 王小海 绝代语释：晚清经学训诂与西学格致的认识论竞争

2025 楼雨欣 圣典与花冠：波吉奥-瓦拉之辩与十五世纪意大利知识流转

蒋洪生

硕士论文：

2017 濮玥 "诗人时代"及其重启——阿兰·巴迪欧论诗与哲学的关系

2018 蔡谨竹 西方当代女性主义科幻小说的身体书写

2018 胡明哲　不安的灵魂与不安的写作——鲁迅杂文及其英译研究

2019 李梦一　世界文学语境下新时期儿童翻译文学研究——以《儿童文学》（1979—1989）中的翻译文学为中心

2022 奚邦荣　论陈映真的去殖民书写

2024 吴辰宣　论布莱希特对德国表现主义戏剧的扬弃

2025 唐思越　论新加坡剧作家郭宝崑的"边缘写作"

高　冀

硕士论文：

2025 闫淑一　"国王的数学家"与"皇帝的仆人"——白晋的身份意识与叙述策略

讲座目录

"比较文学与世界文学学术讲座"

"比较文学与世界文学学术讲座"是由北京大学中文系、北京大学比较文学与比较文化研究所主办，北京大学出版社和《比较文学与世界文学》杂志协办的系列讲座活动，于2012年10月正式拉开帷幕。活动开始以来，陆续邀请海内外知名学者前来讲学，至2025年6月为止已举办过91讲。

系列讲座活动开展以来，受到了在校师生特别是比较文学方向的教师与同学们的好评。每次讲座都设有听众向主讲人提问的环节，现场常常发生热烈的讨论。为方便更多人利用学术资源，系列讲座内容还以纪要的形式发布于"比较文学与比较文化"公众号平台。"比较文学与世界文学学术讲座"系列将继续邀请国内外优秀学者参加，依托北京大学、中国比较文学学会以及《比较文学与世界文学》杂志，营造海内外人文学者特别是比较文学学人的高端学术平台，以促进学界的深入交流。

各次讲座的时间、主讲人与演讲题目如下：

	主讲人	单位	演讲题目	时间
第1讲	刘小枫教授	人民大学	卢梭笔下的坦诚和谎言	2012年10月17日
第2讲	严绍璗教授	北京大学	比较文学研究中的文本细读体验	2012年11月7日
第3讲	戴锦华教授	北京大学	欧洲经典的光影转世：名著电影改编与社会文化	2012年11月28日

（续表）

	主讲人	单位	演讲题目	时间
第4讲	刘建辉教授	国际日本文化研究中心	东亚"近代"开启之路：从广州到上海·长崎与横滨	2012年12月12日
第5讲	Prof. Paula Marantz Cohen	Drexel University	《傲慢与偏见》200年：走向后现代的简·奥斯丁	2013年3月27日
第6讲	王柯平教授	北京第二外国语学院	柏拉图的"至真悲剧"喻说	2013年4月10日
第7讲	Prof. Janell Watson	Virginia Polytechnic Institute and State University	文化作为存在之域：21世纪的生态智慧家园——以瓜塔里的文化思想为中心	2013年5月17日
第8讲	Prof. Kenneth Surin	Duke University	美国大学对批评理论的接受谱系	
第9讲	盛宁教授	山东大学	文学与文学批评的审美回归	2013年5月29日
第10讲	高建平研究员	中国社会科学院	从"他"到"你"：他者性的消解——读弗朗索瓦·于连《间距与之间：如何在当代全球化之下思考中欧之间的文化他者性》	2013年10月16日
第11讲	曹顺庆教授	四川大学、北京师范大学	比较文学前沿问题研究	2013年10月21日
第12讲	孟华教授	北京大学	比较文学形象学导论：理论与实践	2013年11月13日
第13讲	Prof. Galin V. Tihanov	University of London	现代文学理论为什么起源于中欧和东欧（以及如今它为什么已经死亡）？	2014年4月2日
第14讲	Prof. David Martin Bevington	University of Chicago	《哈姆莱特》中的爱与友谊	2014年4月7日
第15讲	Prof. Galin V. Tihanov	University of London	现代性话语景观中的世界主义：两种启蒙表述	2014年4月9日
第16讲	Dr. Adelina Angusheva	University of Manchester	过去的色彩：东欧电影再现中世纪的叙事策略	2014年4月15日

（续表）

	主讲人	单位	演讲题目	时间
第17讲	Prof. Galin V. Tihanov	University of London	流放的叙事：自由主义想象力之外的世界主义	2014年4月23日
第18讲	Prof. Roland Boer	University of Newcastle	当代批判理论与西方神学	2014年5月14日
第19讲	王中忱教授	清华大学	组织与文学：无产阶级文学理论的跨国转译与再生产——以冯雪峰翻译的列宁文论为主要线索	2014年5月21日
第20讲	谢天振教授	上海外国语大学	译者的隐身与现身——从钱锺书翻译思想中的矛盾说起	2014年9月26日
第21讲	贝一明教授	韩国庆熙大学	朝鲜与日本接受中国白话小说过程的比较	2014年10月10日
第22讲	方维规教授	北京师范大学	比较文学形象学的理论和实践	2014年12月10日
第23讲	杨慧林教授	中国人民大学	中国思想何以进入西方的概念系统	2015年4月15日
第24讲	叶舒宪教授	上海交通大学	原型批评的中国化	2015年4月22日
第25讲	赵宪章教授	南京大学	文学图像论——面向图像时代的文学理论	2015年5月14日
第26讲	乐黛云教授	北京大学	我的比较文学之路	2015年5月20日
第27讲	吴晓都教授	中国社会科学院	俄苏文学的人文价值	2015年9月23日
第28讲	Prof. Massimo Verdicchio	University of Alberta	Dante's Divine "Comedy"	2015年9月30日
第29讲	耿幼壮教授	中国人民大学	如何能够展露一个文学的秘密？——以德里达读解策兰的一首诗为例	2015年10月14日
第30讲	王宁教授	上海交通大学	比较诗学、认知诗学与世界诗学的建构	2016年3月23日
第31讲	王立新教授	南开大学	"启示"与"圣约"结构——关于《希伯来圣经》文学研究基本进路的一种思考	2016年4月13日

（续表）

	主讲人	单位	演讲题目	时间
第32讲	Prof. Jerusha McCormack & Prof. John Blair	北京外国语大学（Visiting Professors）	Literary Texts as Cultural Artefacts: China and the West	2016年4月22日
第33讲	王达敏研究员	中国社会科学院	毛泽东与桐城派	2016年12月7日
第34讲	张隆溪教授	香港城市大学	东西方比较的挑战和机遇	2016年12月15日
第35讲	程巍研究员	中国社会科学院	文学革命的"官史"与"野史"	2017年5月18日
第36讲	Prof. Alessandra Brezzi	Sapienza University of Rome	20世纪初中国游记中的意大利形象	2017年6月19日
第37讲	郭英剑教授	中国人民大学	离散文学与家国想象	2017年9月21日
第38讲			弗莱与《批评的解剖》	2017年12月4日
第39讲			弗兰克·科莫德《结尾的意义》和《经典美学》	2017年12月6日
第40讲	张隆溪教授	香港城市大学	彼得·布鲁克斯《情节阅读》和弗洛伊德《三个匣子的主题》	2017年12月11日
第41讲			艾柯《解释与过度解释》和伽达默尔《真理与方法》	2017年12月18日
第42讲			"比较文学与人文学"对谈	2017年12月21日
第43讲	陈戎女教授	北京语言大学	"阿基琉斯"与《伊利亚特》的整全——以卷十六为中心	2018年4月25日
第44讲	孔书玉教授	Simon Fraser University	西方汉学之检讨：再思高罗佩现象	2018年5月8日
第45讲	张治副教授	中国海洋大学	路吉阿诺斯在中国：以周作人、罗念生与钱锺书为代表	2018年5月9日
第46讲	唐克扬教授	南方科技大学	城市、空间与写作	2018年6月7日

（续表）

	主讲人	单位	演讲题目	时间
第47讲	张英进教授	University of California, San Diego	朱利安《万重浪》的跨地性与跨媒体美学	2018年9月19日
第48讲	雷立柏教授	中国人民大学	中国的拉丁语墓碑及其文化意义	2018年10月17日
第49讲	周伟驰研究员	中国社会科学院	基督新教与太平天国"新人"观	2018年10月24日
第50讲	闵道安教授(Achim Mittag)	Eberhard Karls Universität Tübingen	再论朱熹的《诗集传》的源流考以及朱熹《诗》解在南宋晚期的流传	2018年10月31日
第51讲	张哲俊教授	北京师范大学	跨学科研究：《史记》"箜篌瑟"的校勘	2018年11月22日
第52讲	索嘉威教授(Aleksandr Storozhuk)	St. Petersburg State University	异域文明的概念：了解，阐释和翻译特色	2018年12月11日
第53讲	张源教授	北京师范大学	柏拉图迷城	2018年12月19日
第54讲	黄群副研究员	中国社会科学院	卢梭为何批判莫里哀——从莫里哀《恨世者》看启蒙戏剧的内在争议	2019年4月10日
第55讲	Prof. Almut-Babara Renger	Freie Universität Berlin	Narrating Narcissus, Reflecting Cognition: Illusion, Disillusion, and "Self-cognition" in Ovid and Beyond	2019年4月17日
第56讲	周阅教授	北京语言大学	冈仓天心的中国之行与中国认识——以首次中国之行为中心	2019年4月24日
第57讲	顾钧教授	北京外国语大学	五四新文学在英语世界的传播——以胡适、鲁迅为中心	2019年5月15日
第58讲	宋炳辉教授	上海外国语大学	中国当代文学如何面对"世界"？——以莫言的中国评价话语为例	2019年5月24日

（续表）

	主讲人	单位	演讲题目	时间
第 59 讲	Prof. Glenn W. Most	The Advanced Normal School of Pisa	Ancient Greek Poetics 1: Plato	2019 年 10 月 9 日
第 60 讲			Ancient Greek Poetics 2: Aristotle	2019 年 10 月 14 日
第 61 讲			Ancient Greek Rhetoric 1: Aristotle	2019 年 10 月 16 日
第 62 讲			Ancient Greek Rhetoric 2: Longinus and Plutarch	2019 年 10 月 21 日
第 63 讲	徐德林研究员	中国社会科学院	有人厌烦了讨论文化研究的未来吗？	2019 年 11 月 28 日
第 64 讲	姚达兑副教授	中山大学	重释"歌德与世界文学"一案	2019 年 12 月 18 日
第 65 讲	梁展研究员	中国社会科学院	近代共同体理论：从政治学、人类学到社会学	2021 年 5 月 27 日
第 66 讲	董强教授	北京大学	米兰·昆德拉：现代与反现代	2021 年 6 月 11 日
第 67 讲	严蓓雯副主编	中国社会科学院	在思想与文本中穿行：学术论文写作谈	2021 年 10 月 8 日
第 68 讲	张颖研究员	中国艺术研究院	表现与同情：基于法国美学学科史的理解	2021 年 11 月 19 日
第 69 讲	文铮教授	北京外国语大学	在中国遇见但丁——纪念但丁逝世 700 周年暨《神曲》在中国翻译 100 周年	2021 年 12 月 4 日
第 70 讲	丁尔苏教授	香港岭南大学	悲剧与现代性：两种虚假的因果关系	2021 年 12 月 18 日
第 71 讲	蒋承勇教授	浙江工商大学	"科学的世纪"与文学的特质——科学与十九世纪现实主义"求真"之关系考论	2022 年 3 月 25 日
第 72 讲	Prof. Daisy Delogu	University of Chicago	Thinking with Animals in Medieval Literature: Cognition, Language, Politics	2022 年 4 月 14 日
第 73 讲	涂险峰教授	武汉大学	《魔山》中的知觉现象学与身体阐释学	2022 年 5 月 20 日

（续表）

	主讲人	单位	演讲题目	时间
第74讲	王柏华教授	复旦大学	狄金森的信仰危机与诗学历险	2022年10月15日
第75讲	包慧怡副教授	复旦大学	羊皮上的"感官世界"：英国中世纪感官文化探微	2022年11月11日
第76讲	柏恪义副教授(Marco Caboara)	Hong Kong University of Science and Technology	Mapping China: Self-portrait and Exotic Imaginations	2022年12月2日
第77讲	张旭春教授	四川外国语大学	"以诗证史"与"形而上学的慰藉"——以华兹华斯《康伯兰的老乞丐》为例	2023年3月22日
第78讲	刘文飞教授	首都师范大学	纳博科夫的双语写作	2023年4月6日
第79讲	Prof. Anthony John Lappin	Stockholm University	Go to Hell: The Early Modern Version	2023年4月28日
第80讲	Dr. Isaias Fanlo	University of Cambridge	Branding Barcelona: Catalan Culture in Performance	2023年5月25日
第81讲	张春洁副教授	University of California, Davis	韦伯的儒家生活美学	2023年6月14日
第82讲	彭磊教授	中国人民大学	《威尼斯商人》中的现代心灵	2023年11月22日
第83讲	李双志教授	复旦大学	废墟的光辉：本雅明解读德意志悲苦剧的溯源路径	2023年12月8日
第84讲	秦海鹰教授	北京大学	以互文性为中心的诗歌符号学——里法泰尔的文学阅读理论与方法述要	2023年12月29日
第85讲	杨治宜教授	Goethe University Frankfurt	一场逆向"世界诗歌"的旅行：数字时代的世界文学与当代网络先锋诗词	2024年3月13日
第86讲	张隆溪教授	北京大学	中国文学与世界文学	2024年3月21日
第87讲	Prof. Philippe Desan	University of Chicago	The Sociability of Animals in Montaigne	2024年4月26日

（续表）

	主讲人	单位	演讲题目	时间
第88讲	Prof. Alison James	University of Chicago	Fact into Fiction in Contemporary Literature	2024年5月23日
第89讲	Prof. Chloë Starr	Yale University	Chinese Literary Afterlives and Their European Influences	2024年9月30日
第90讲	范圣宇副教授	Australian National University	译者三事读写改：霍克思《红楼梦》英译研究	2024年12月18日
第91讲	Prof. Victor Vuilleumier	Institut national des langues et civilisations orientales (INALCO)	一个在巴黎的中国"现代主义者"：艾青与阿波利奈尔、夏加尔及其他人的相遇	2025年4月16日

"乐黛云学术讲座"

"乐黛云学术讲座"是由北京大学中文系、北京大学比较文学与比较文化研究所主办，中国比较文学学会、北京大学出版社协办的系列讲座活动，于2024年9月正式拉开帷幕，至2025年6月为止已举行过5讲。

此次讲座的设立，是为了纪念乐黛云先生对中国比较文学学科以及中国人文事业的巨大贡献。乐先生不仅是当代中国比较文学学科的奠基人之一，更以其独特的人文关怀和广博的学术视野影响了后代学者。她所开创的中国比较文学学术事业与她所代表的独立精神将永续绵延，"与天壤而同久，共三光而永光"。乐黛云先生"知道存在荒谬，却不靠近虚无"的生命意志，她的"我就是我、行不能行"的从容气度，她的"与时俱进，但绝不随风起舞"的高贵品格，将成为北大比较所人乃至中国学人反观自省的明镜。乐先生虽然离世，但她所秉持并践行的自由精神与学术理想，必将激励后辈学者继续前行。

各次讲座的时间、主讲人与演讲题目如下：

	主讲人	单位	演讲题目	时间
第1讲	戴锦华教授	北京大学	时代·学科与人——中国比较文学与乐黛云老师	2024年9月19日
第2讲	Prof. Larry Norman	University of Chicago	Constructing the "Classical": A Transnational Approach to a French Singularity	2024年12月13日
第3讲	刘建辉教授	国际日本文化研究中心	区域国别研究视域下中日近代文化史的重构——借鉴严绍璗先生比较文化研究方法论的一个尝试	2024年12月23日
第4讲	金莉教授	北京外国语大学	《汤姆叔叔的小屋》与斯托的文学想象	2025年4月2日
第5讲	段映虹教授	北京大学	我们了解艾田蒲吗？	2025年5月30日

后　记

　　1985年，中华人民共和国教育部批准成立"北京大学比较文学研究所"，1994年更名为"北京大学比较文学与比较文化研究所"。风雨兼程之中，这所改革开放后国内第一所比较文学研究机构，至今已倏忽走过40年矣——简要的历史回顾、师生名录和学术成果介绍等，请见本书"附录"。

　　这本《和而不同，多元之美——北京大学比较文学与比较文化研究所成立40周年纪念文集》，遴选了40年来曾在比较所任职之各位老师的代表性论文各一篇。这是一段学术史的结晶，这也是几代北大比较所人用文字精心勾画的一幅幅时代精神剪影。"文之思也，其神远矣。故寂然凝虑，思接千载；悄焉动容，视通万里。吟咏之间，吐纳珠玉之声；眉睫之前，卷舒风云之色。"亦此之谓欤？

　　此时此刻，抚今追昔，我们更加怀念比较所创所所长乐黛云教授（1931—2024）、第二任所长严绍璗教授（1940—2022）以及曾在比较所任教的张京媛教授（1954—2020）。虽然她（他）们已经永远离开了曾经与我们朝夕相处的燕园，但他们的精神魅力和学术贡献将长存。

　　乐黛云教授在她的《比较文学与中国现代文学》一书的后记中曾说：

　　　　我寄厚望于年轻一代……他们可以成为世界第一流的学者，他们可以成为中外兼通、博采古今的文化巨人。中国文化将通过他们在世界文化宝库中发出灿烂的永恒的光辉,他们将达到一个辉煌的世界,这个世界不太可能属于我和我的同辈人。然而,在这启程之际,也许他们还需要在雄浑的莽原中找到一条小径,在严峻的断层中看到一座小桥?换言之,在他们登上那宏伟壮丽的历史舞台之前,也许还需要一些人鸣锣开道,打扫场地!我愿作那很快就会被抛在后面的启程时的小桥或小径,我愿作那很快就会被遗忘的鸣锣者和打扫人。

乐先生当然不仅仅是"鸣锣者"和"打扫人"而已。正是她与诸多前辈学人的筚路蓝缕之功,以及"但开风气不为师"的崇高风范,引领了北大比较所的发展,也在不断拓殖中国比较文学疆土的同时,正大力推进我们共同的比较文学事业不断走向世界、走向纵深。

乐先生曾说过"知道存在荒谬,却不靠近虚无";她也曾说过"与时俱进,但绝不随风起舞"。

让我们永远记住她的谆谆教诲,发扬"和而不同,多元之美"的比较文学真精神,一起不懈地努力,一起"寄厚望于年轻一代",也一起寄厚望于北大比较所、寄厚望于中国比较文学事业光明而美好的未来。

论文集的编成,由衷感谢各位老师的大力支持;还要特别感谢所友张冰教授和责任编辑朱房煦的鼎力帮助。

是为记。

张 辉 秦立彦

2025年2月